츤데레의 정석

츤데레의 정석 1

초판 1쇄 찍은 날 | 2018년 2월 12일
초판 1쇄 펴낸 날 | 2018년 2월 19일

지은이 | 윤소다
펴낸이 | 서경석

편 집 책 임 | 조윤희
편   집 | 이은주
            이예진
디 자 인 | 신현아

펴 낸 곳 | 도서출판 청어람
등록번호 | 제387-1999-000006호
등록일자 | 1999. 5. 31
어람번호 | 제11-0075호

주소 | 경기도 부천시 부일로 483번길 40 서경B/D 3F (우) 14640
전화 | 032-656-4452 팩스 | 032-656-4453
http://www.chungeoram.com
E—mail | chungeorambook@daum.net

ⓒ 윤소다, 2018

ISBN 979-11-04-91622-9   04810
ISBN 979-11-04-91621-2   (SET)

윤소다 장편소설

츤데레의
정석

1

도서출판 청어람

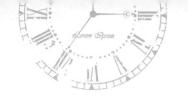

목차

제1장.
썸만 18년

온몸을 감싸는 따스한 봄기운이 무척이나 좋은 날이었다. 그러나 따스한 날씨와는 정반대되는 차가운 표정을 한 남자가 바로 여기 있다.

"아야, 아무래도 부러진 뼈가 아직 덜 붙었나 봐."

말 같지도 않은 유미의 꾀병에 이겸의 눈꼬리가 치켜 올라갔다. 그러나 투덜거리는 그를 바라보는 유미의 표정은 봄 햇살처럼 상큼하기 그지없었다. 유미는 답답한 병원에서 퇴원해 다시 학교에 갈 수 있다는 사실, 그리고 그 첫 등굣길을 이겸과 함께한다는 사실이 무척이나 기쁜 듯이 보였다.

열여덟, 어린 나이에 큰 사고와 상처를 겪은 것치고 그녀의 얼굴엔 전혀 어두운 기색이 없었다. 큰 교통사고로 다친 몸과 마음의 상처가 제법 컸을 텐데도, 언제나 그랬듯 유미는 명랑하게 아픔을 잘 이겨낸 것 같았다.

"꾀병 부리지 마. 깁스 뺀 지가 언젠데."

이겸은 민망함에 헤헤 눈웃음을 치는 유미를 가만히 응시했다. 그녀의 미소에 이겸의 눈꼬리가 가늘게 늘어졌다.

"그럼 내 가방 좀 들어주라."

이겸은 코 먹은 소리를 내며 백팩을 건네는 유미를 물끄러미 바라보다 마지못해 그녀의 가방을 받아 들었다. 겉으론 싫은 척하지만, 제 부탁이라면 거절하지 않고 다 들어주는 이겸의 모습에 유미의 콧잔등에 살며시 주름이 피어났다.

'치, 어차피 들어줄 거면서.'

양어깨에 책가방을 하나씩 둘러메고 있는 그를 보고 있자니, 유미의 얼굴에 절로 밝은 웃음이 감돌았다. 이겸은 앞서가다가도 가끔씩 몸을 돌려 유미가 잘 따라오고 있는지 확인했다.

"짜식."

좋으면서 아닌 척하는 이겸의 모습이 이제는 익숙하다는 듯 유미는 인자하기까지 한 표정을 지었다. 하지만 아는 길도 물어 가라는 말이 있듯 유미는 몇 번 더 이겸의 마음을 확인해 본다고 손해 볼 건 없을 것이란 생각이 들었다.

"다리도 좀 아픈 것 같아."

유미의 말 한 마디에 이겸의 발걸음이 우뚝 멈춰 섰다.

'아픈 날 두고 갈 수 있을 리가 없지.'

그것은 명백한 확신이었다. 이겸이 저를 좋아한다는 확신.

유미의 입술이 기쁨에 차올라 제자리를 찾지 못하고 꿈틀거렸다. 유미가 괜히 자리에 멈춰 서 멀쩡한 다리를 톡톡 두드리자 등만 보이던 이겸의 몸이 서서히 그녀가 서 있던 쪽으로 돌아갔다. 유미는 허리를 숙여 웃는 얼굴을 숨겼다.

"그래서, 뭐. 어쩌라고."

이겸이 저보다 키가 한참 작은 유미를 흘긋 내려다보며 말했다.

"어? 뭐라고?"

"여태 잘 걸어와 놓고. 갑자기 아픈 척 하지 마."

그는 이미 그녀의 가방을 들어준 것만으로 과하게 친절을 베푼 상태였다. 이 정도 차갑게 말했으면 알아들었을 것이라 여긴 이겸은 바지 주머니에 양손을 찔러 넣고 휙 몸을 돌렸다. 일부러 유미에게 보이려 잔뜩 인상을 구기고 있던 이겸에게 폭탄과 같은 한 마디가 날아들었다.

"업어줘, 이겸아."

막 몸을 돌리려던 이겸은 그 자리에 멀거니 선 채, 저를 향해 두 팔을 최대한 넓게 벌리고 선 유미의 모습을 보며 황당한 표정을 지었다.

"그만 까불어."

이겸이 아무리 일부러 무서운 표정을 지어 보아도 유미에겐 먹히지 않는 모양이었다.

"너는 친구가 그 큰일을 겪고 다시 등교하는 이 감격스러운 날에, 어쩜 그렇게 험한 말을 입에 담니?"

끝을 모르고 기어오르는 유미를 보며, 이겸은 입을 굳게 다물었다. 그 속도 모르고, 유미는 자칭 최대의 무기라고 자부하는 살인미소를 한껏 입가에 띄웠다. 양쪽 볼에 쏙 하고 보조개가 움푹 패여 우물을 만든다.

"목발 구해다 줘?"

"뭐? 뭘 구해?"

유미의 얼굴을 가득 채운 웃음이 순식간에 사라졌다. 그리고 그녀의 미간에 주름이 졌다.

"그게 아니면, 휠체어?"

"내가 환자냐!"

"그래. 잘 아네. 이제 너 환자 아니야. 그러니까, 괜한 꾀병 부리지 말고 제대로 걸어."

저 할 말만 쏟아낸 이겸이 그대로 큰길가를 향해 빠르게 걸음을 옮겼다. 유미는 그의 뒤통수를 노려보며, 볼에 빵빵하게 바람을 집어넣었다.

'꼭 잘 나가다가 한 번씩 이렇게 빅 엿을 먹인다니까!'

유미는 이겸이 아무리 날고 기어봐야 제 손바닥 안에 있는 남자라고 생각했다. 그래봐야 결국 제자리걸음일 뿐인데 말이다. 그걸 그가 한시라도 빨리 알아주길 유미는 간절히 바랄 뿐이었다.

"알았어! 꾀병 안 부릴게. 신이겸! 거기 서!"

예나 지금이나 상대방을 전혀 배려하지 않는 이겸의 빠른 걸음을 쫓아 유미는 허겁지겁 잰걸음으로 그를 뒤따랐다. 그의 뒤를 쪼르르 쫓아가는 유미의 모습이 흡사 주인의 걸음에 맞춰 뛰는 강아지 같아 보였다.

딱 두 달 만의 등교였다. 학년이 바뀌고 난 다음 거의 바로 사고가 났고, 그 사고로 인해 유미는 그동안 학교에 출석하지 못했다. 분명 사고 전과 같은 학교, 같은 교문, 같은 복도인데 유미에게는 이 모든 게 어쩐지 무척이나 낯설게 느껴졌다.

고작 두 달인데. 그렇게 긴 시간도 아닌데 말이다. 익숙함과 낯섦의 경계에 선 유미는 교실 문턱 앞에서 쉬이 걸음을 떼지 못했다.

교실 미닫이문을 열어놓기만 하고 그 앞에 멀뚱멀뚱 서 있는 유미의 머리 위로 퉁명스러운 목소리가 들려왔다.

츤데레의 정석

"들어갈 거야, 말 거야? 기다리고 있는 거 안 보여?"

유미는 이 낯선 환경에 '신이겸'이 함께라는 사실이 정말 다행이라고 생각했다. 양어깨에 나란히 다른 색 가방을 멘 이겸이 팔꿈치로 유미의 등을 앞으로 슥 밀었다.

"어, 어!"

생각에 잠겨 있던 유미는 갑작스러운 이겸의 손길에 떠밀려 저도 모르게 교실로 한 발짝 발을 들여놓았다. 이겸은 스쳐 지나가듯 유미의 표정을 살폈다. 그러고는 수고롭게 둘러메고 온 유미의 가방을 그녀에게 휙 집어 던졌다. 유미는 갑작스레 품으로 날아든 자신의 가방을 받아 들고 어리둥절한 표정을 지었다.

"뭐가 이렇게 무거워. 교과서는 웬만하면 사물함에 좀 넣고 다녀."

무거운 가방을 들고 온 게 싫은 건지, 아니면 유미가 무거운 가방을 들고 다니는 게 싫은 건지. 이겸은 유미의 바로 옆에 서서 혼잣말하듯 투덜거렸다. 거기서 그치지 않고 이겸은 손을 들어 한 차례 유미의 머리를 쓰다듬었다. 갑작스러운 그의 행동에 유미의 눈이 동그래졌다.

이겸은 저도 모르게 한 행동인 듯 순간 허공에서 손을 멈칫거렸다. 그러고는 당황한 낯빛으로 어색하게 손을 내렸다.

'방금 뭐였지?'

유미는 눈을 깜빡이지도 못한 채 고개를 들어 제 옆에 선 이겸을 바라보았다. 방금 전 한없이 냉랭하게 굴던 사람이라고는 느껴지지 않을 만큼 이겸의 손길과 말투는 따뜻하기 그지없었다.

유미는 차오르는 기대감으로 이겸을 향해 눈을 반짝였다.

"왜? 우리 이겸이 내가 무거운 가방 들고 다니는 게 싫어요? 응? 그랬어요?"

유미는 입술을 한껏 내밀고, '그래, 그래, 우쭈쭈' 하는 표정으로 이겸을 향해 말했다. 만약 손에 가방이 들려 있지 않았더라면, 그녀는 그의 엉덩이를 팡팡 두드려 줬을지도 몰랐다. 눈빛으로 엉덩이를 희롱당한 이겸은 눈꼬리를 올리며 잠시 황당한 표정을 지어 보였다.

"그래. ……싫어."

순식간에 이겸의 눈빛이 진지하게 변했다. 갑작스레 달라진 그의 표정에 유미는 또다시 당황할 수밖에 없었다. 이겸이 살며시 몸을 낮춰 유미의 귓가에 제 입술을 갖다 대었다. 가까워지는 이겸의 체향에 반응한 유미의 심장이 펄떡거렸다.

"봐도 모르는 거 무겁게 들고 다니면 뭐 해? 몰랐어? 무거운 가방 들고 다니면 키 안 커."

유미는 이겸에게서 무언가 달콤한 말이 돌아오길 기대했다. 하지만 그 예상은 보기 좋게 빗나가고 말았다.

"얼굴도 못생겼는데, 키라도 건지려면 분발해야지. 안 그래?"

비아냥대는 이겸의 목소리에 유미의 미간에 빽빽하게 주름이 잡혔다.

"가방 좀 들어줬다고 유세는!"

유미가 입술을 비쭉거렸다. 아마도 그녀는 이겸의 반응에 실망한 듯 보였다. 이겸이 아직 덜 자란 듯 자신보다 한참은 아래에 있는 유미를 지그시 내려다보았다.

"한참 더 커야겠다, 너."

이겸은 제 가슴팍 언저리에 머물러 있는 유미의 머리 위에 손바닥을 대보더니 고개를 절레절레 저으며 자신의 자리를 찾아 걸어갔다.

"키 큰 여자가 좋다고? 취향이 그쪽이었어?"

유미는 이겸의 뒤통수에 대고 날카롭게 질문을 던졌다. 하지만 이겸은 유미의 질문엔 대답도 하지 않고 비웃음을 흘려보냈다.

'뭔데? 그래서 뭐, 키 큰 여자가 좋다고? 아니면 내가 좋다고? 대답은 해줘야 할 거 아냐.'

유미는 이겸이 키 큰 여자를 좋아한다면 바로 오늘부터 어떻게든 키를 1cm라도 늘일 방법을 찾을 생각이었다. 설사 생물학적 한계에 부딪친다고 하더라도 유미는 그의 취향을 최대한 존중해 주고 싶었다. 이겸은 제게 너무도 완벽한 취향이기에 그 정도 수고로움쯤은 감수할 수 있을 것 같았으니까.

유미가 학교에 나오지 않은 사이 자리 배정이 새로 되었다. 유미의 자리는 그녀가 그토록 원하던 창가 자리였다. 그 자리가 좋은 이유는 원하던 자리여서라기보단 옆 분단, 오른쪽 대각선 방향에 앉은 이겸이 잘 보이는 곳이었기 때문이다.

유미는 책상에 팔꿈치를 대고 턱을 괸 채 대각선으로 보이는 이겸의 뒤통수를 넋 놓고 바라보았다. 이겸은 확실히 말수가 많은 편은 아니었다. 하지만 저를 제외한 모든 사람에게 친절한 편이었다.

'왜 나한테만 그래?'

아무리 머리를 굴려보아도 유미는 이겸이 제게만 불친절한 이유라고 할 만한 것을 찾지 못했다. 원래 사랑에 서툰 남자들은 괴롭히는 것이나 심한 말을 하는 것으로 자신의 마음을 표현하고는 한다. 사춘기 소년은 특히 더 그런 편이라고 했다. 이겸은 툭툭 되는 대로 말을 내뱉으면서도 결국 유미가 원하는 걸 무시하지 않고 다 들어주었다.

유미는 이겸이 제게 마음이 있지 않고서야 이 모든 것들을 설명할 이유가 없다는 확신이 섰다.

'짜식. 좋으면 좋다고 하지.'

유미는 유리창에 반사된 이겸의 얼굴을 뚫어져라 바라보았다.

그는 그려놓은 것처럼 진한 눈썹과 한쪽만 깊게 진 외쌍꺼풀이 매력적이었다. 그 아래로 곧고 길게 뻗은 콧대가 그의 인상을 더욱 진하게 만들었다. 그러나 뭐니 뭐니 해도 가장 큰 매력은 앵두같이 빨갛고 도톰한 입술이었다. 그걸 굳이 표현하자면, '키스를 부르는 입술'이 적당할 것이다.

유미는 저도 모르게 유리창에 비친 이겸의 얼굴선에 손가락을 뻗어 가만히 쓸어내렸다. 그런데 그때, 이쪽을 쳐다보는 이겸의 모습이 비쳐 보였다. 그는 창밖에 시선을 둔 채 정확히 그 창에 비친 저를 바라보고 있었다.

'저 눈빛이 어떻게 친구를 바라보는 거냐고. 좋아하는 이성을 바라보는 진한 눈빛이지.'

유미는 그가 저를 좋아하는 마음을 표현하지도 못하고 속으로만 끙끙 앓고 있는 게 분명하다고 생각했다. 그는 신중함과 진중함을 모두 가지고 있었다. 그런 그가 자신에게 먼저 마음을 고백하지 않는 건 어떻게 보면 당연한 것이었다. 혹여 고백에 실패해서 친구 관계마저 끊어질까 봐. 또는 마음이 맞아 사귀었다 하더라도 헤어져 버릴까 봐. 무수한 이유로 포장된 이겸의 마음은 결국 첫 포장지마저 벗겨내지 못한 원상태 그대로일 것이다.

그렇다면 방법은 단 하나였다. 세월아 네월아 그의 고백을 기다리느니, 자신이 먼저 고백하는 것.

❋❋

우뚝 솟아오른 분홍빛 벚꽃 나무 아래. 유미는 눈처럼 곱고 부드러

츤데레와 정석

운 벚꽃 잎에 마음이 녹아내릴 것만 같았다.

"널 많이 좋아해."

새하얀 얼굴에 오목조목 들어찬 예쁜 이목구비, 볼에 앙증맞게 폭 파인 보조개하며, 뭇 남성들의 로망인 등허리를 덮을 만큼 길게 떨어지는 생머리까지. 누구든 이런 그녀의 모습을 본다면 예쁘다거나 사랑스럽다는 찬사를 아끼지 않을 것이다. 그런 유미가 누군가에게 고백을 받은 적은 있어도, 자신이 직접 고백을 하는 건 난생 처음 있는 일이었다. 남자 이겸의 앞에 마주 서 있는 자체만으로 유미의 가슴은 더할 나위 없이 벅차올랐다.

"뭘 해?"

유미의 갑작스러운 고백에 이겸은 놀란 듯 눈을 크게 떴다.

"좋아한다구."

유미의 말을 가만히 듣고 있던 이겸의 표정이 점점 굳어져 갔다. 예상치 못한 그의 반응에 유미의 표정도 덩달아 굳어갔다.

"누가? 네가, 나를?"

예쁘고 여린 여고생의 풋풋한 고백을 받은 이겸의 표정이 이상하다.

'왜 저런 표정을 짓는 거지?'

어딘가 슬퍼 보인다고 해야 하나. 그러한 표정을 동반한 이겸의 목소리는 차갑기만 했다. 계속되는 이겸의 반문에 유미는 수줍게 내리깔고 있던 눈을 들어 올려 그와 시선을 맞추었다. 그들의 좁은 간격 사이로 살랑거리는 봄바람이 불었다. 피부에 와 닿는 봄바람의 감촉은 더 할 나위 없이 따뜻했다. 하나, 이겸과 유미, 두 사람 사이에 부는 바람은 어쩐지 냉랭하기만 했다.

"그래. 내가, 너를…… 좋아해."

이번엔 확실하게. 제대로 들으라고. 또박또박 글자 하나하나에 힘을 주어 말하는 유미의 음성이 미약하게 떨렸다. 의사 전달은 완벽하게 이루어졌다. 하지만, 조금의 고민도 없이 이겸의 입술을 비집고 또 다른 질문이 흘러나왔다.

"날 좋아한다고?"

좋아하는 걸 좋아한다고 했는데, 좋아하냐고 되물으면 뭐라고 대답해야 할지 몰라서 유미는 난감한 표정을 지었다. 이겸은 여전히 알 수 없는 표정을 지은 채 유미를 빤히 바라보며 그녀의 대답을 기다렸다.

"왜?"

이겸은 꿀 먹은 벙어리처럼 아무 말 못하고 멍하게 서 있는 유미를 추궁하기에 이르렀다. 뭔가를 기대하기라도 한 것처럼 미동도 없는 눈동자로 한참이나 그녀를 빤히 바라보았다. 그 시간만큼 유미의 입술은 굳게 다물린 채 벌어지지 못했다. 그러자 이겸의 입매가 기분 나쁜 형태로 비틀어져 올라갔다.

유미는 죽음의 문턱까지 다녀오고 나서야 겨우 이 사랑의 소중함을 알았다. 지독히도 오랜 시간 동안 이겸만 짝사랑 해왔다. 그리고 여러 정황으로 볼 때 이겸도 자신을 좋아하고 있다고 확신했다. 99.9%의 확신이 있었기에 오늘의 고백을 망설이지 않았다. 그런데 이겸의 싸늘하고 차가운 반응에 유미는 몸을 움찔 떨었다.

"왜…… 라니?"

유미는 이겸의 입에서 무미건조하게 흘러나온 질문들을 다시 한 번 곱씹어보았다. 그녀가 그를 사랑하는 데에는 딱히 커다란 이유가 없었다. 그저 마음이 가는 대로 사랑했고, 가슴이 시키는 대로 그에게 고백을 하는 것이었다. 머뭇거리는 유미를 보며, 이겸이 허탈한 웃음을 지었다.

"묻는 말에 제대로 대답도 못 할 거면서. 무슨 고백을 하겠다고. 웃기지도 않네."

유미가 치아로 아랫입술의 정 가운데를 지그시 누르고 주먹을 동그랗게 말아 쥐었다. 누군가에게 전하는 첫 번째 진심이었다. 그런데 그 진심이 이토록 무참히 짓밟히는 건 몹시 불쾌했다.

"사랑하는 데 이유가 어디 있어?"

"이유가 왜 없어. 이 세상에 이유 없는 사랑이 어디 있다고."

유미는 단 한 번도 그를 향한 사랑에 이유를 갖다 대본 적이 없었다. 그저 '그' 자체로도 좋은 것이었다. 그런데 그는 이유 없는 사랑은 없다고 말했다. 그 말 한 마디에 그녀의 온 세상이 다 무너지는 줄도 모르고.

"나는 이유 없이 널 사랑해. 정말이야!"

유미가 호소하듯 높아진 목소리 톤으로 말해보았지만.

"웃기지마."

낮게 목소리를 내는 이겸의 표정에는 알 수 없는 그림자가 드리워져 있었다.

'넌 날 사랑하지 않아.'

이겸은 차마 속에 담은 말은 하지 못한 채, 마음속 깊은 곳으로 감춰냈다.

"사람이 진심을 고백하는데 왜 그렇게 재수 없게 굴어? 지금 내가 너한테 장난하는 걸로 보여?"

유미의 마음속에 끓어오르기 시작하는 감정이 그 정점을 향해 치솟아 올랐다.

"그럼 나는 장난하는 걸로 보여, 공유미?"

눈이 내리는 것처럼 그들 머리 위로 순식간에 벚꽃 잎이 쏟아져 내리기 시작했다.

"사람이 진심을 고백하는데, 최소한 잠깐 생각하는 척이라도 해야 하는 거 아니야?"

마음 졸여 고백한 사람에 대한 최소한의 예의이자 배려조차 없는 이겸의 행동에 유미는 화가 났다.

"생각 같은 걸 뭐 하러 해, 어차피 답은 정해져 있는데."

이겸은 평소 유미에게 까칠하게 굴기는 했지만, 이렇게 사람 마음을 무참히 짓밟을 만큼 못되지 않았다.

'왜? 대체 뭐 때문에 이렇게까지 아프게 말하는 거야.'

유미는 그 이유를 알 수 없었다.

자신의 고백을 생각할 가치조차 없는 듯 행동하는 이겸의 반응에 유미는 결국 할 말을 잃고 말았다. 지그시 깨물고 있던 입술에서 쓰디쓴 피 맛이 났다. 긴장감이 고조될수록 입술을 내리 누르는 힘이 조절되지 않고 더 세진 탓이었다.

"그리고 나, 좋아하는 사람 있어."

그것은 '싫다'는 거절의 말보다 더욱 가슴 아픈 말이었다. 실낱같은 희망과 기대를 무참히 짓밟아 버리는 것이었다. 눈망울 가득 눈물이 들어찬 유미가 금방이라도 울 것 같은 표정을 했다. 유미는 그를 올려다보았다. 아무것도 담겨 있지 않은 그의 메마른 검은 눈동자가 그 마음을 대변해 주는 듯했다.

"그게 누군데?"

눈물을 집어삼킨 유미가 이겸에게 물었다. 거기까진 묻지 말아야 한다는 걸 아주 잘 알고 있었다. 하지만, 유미는 자신의 고백을 이렇게 단칼에 잘라낼 만큼 좋아한다는 그 대단한 사람이 누군지 궁금했다.

"네가 안다고 달라질 건 없어."

순식간에 누군지도 모르는 사람을 향한 질투심이 뻥 뚫린 유미의 마음을 채웠다.

"누가 됐든 아직은 '좋아하는 사람'인 거네. 맞지?"

유미가 확인하듯 물었다. 아직 기회가 남아 있을 거라고 믿고 싶었다. 그렇지 않으면, 제 인생의 전부라 여겼던 이겸이 갑자기 사라져 버릴 것만 같아 견딜 수가 없었다. 그가 없는 세상을 견디고 호흡하는 일은 유미에게 있을 수 없는 일이나 마찬가지였다.

"헛된 기대는 버려. 어차피 우린 안 돼."

이겸은 확실히 다정함과는 거리가 멀었다. 그러나 그는 단 한 번도 유미를 밀어낸 적이 없었다. 그게 유미를 착각하게 만든 가장 큰 이유였다. 그런 그가 지금 유미를 밀어내고 있었다.

"이제 좀 확실히 알겠다."

유미가 두 눈에 그렁그렁 들어찬 눈물을 손등으로 훔쳐 냈다.

우는 유미의 모습에 이겸의 동공이 살며시 흔들렸다.

"나중에 나한테 차일까 봐 몸 사리는 거지?"

"뭐?"

당당하게 흘러나오는 유미의 말을 듣고 있자니, 이겸은 절로 말문이 막혔다.

"말도 '아' 다르고 '어' 다르다고, 친구와 연인 사이도 다르겠지. 그게 두려운 거잖아. 사귀고 나서 내가 너한테 실망할까 봐."

아직도 눈물이 채 마르지 않았는지, 간간이 훌쩍거리며 유미는 듣고도 믿을 수 없는 황당한 말을 내뱉었다.

'이건 대체 무슨 말도 안 되는 상황이야?'

황당함을 넘어선 놀라움에 이겸은 경악했다.

'역시, 저 녀석. 만만하게 볼 상대가 아니었어.'

이겸은 고개를 저으며 손을 들어 올려 이마를 짚었다.

순간, 이겸의 속에서 울컥 설움이 북받쳤다.

"너 있잖아…… 아무래도…… 병원에 다시 가봐야 하는 거 아냐? 사고 나면서 머리를 크게 다쳤다거나……."

"뭐?"

울음 섞인 유미의 목소리가 살짝 갈라졌다.

"그렇지 않고서야. 어떻게 그런 말도 안 되는 상상을 하지? 머리가 다친 게 아니면, 미친 거야?"

이겸의 말에도 아랑곳 않고 유미가 고개를 작게 끄덕이며 눈썹을 팔(八) 자 모양으로 만들었다.

"난 다 알아. 네 마음."

"너, 대체……. 네가 뭘 안다고 떠들어?"

이겸은 처한 상황이 너무나도 황당해서 대체 무슨 말을 어떻게 해야 자기만의 착각에 빠진 유미의 마음을 돌릴 수 있을지 고민해야 했다.

"좋아하는 여자가 먼저 고백을 하니까 당황한 거잖아. 남자답게 먼저 고백했어야 했는데, 내가 먼저 고백해서 자존심 상해서 그러는 거지?"

흥분하여 점점 벌게지는 유미의 얼굴을 따라 이겸의 볼도 붉어졌다.

"병원은 네가 가봐야 하는 거 아니야? 고백 받고 나니까 가슴이 두근거려 미치겠지? 응? 지금 네 심장, 괜찮은 거니?"

이어지는 유미의 물음에 이겸은 기가 찼다. 분명 에둘러 말하지 않고 직접적으로 싫단 소릴 했는데. 어느 정도 예상은 했지만, 이 정도

일 줄은 몰랐다. 하고 싶은 것은 꼭 하고야 마는 직진녀가 바로 공유미인 것을 이겸은 잠시 망각했다. 그는 마땅히 해야 할 대답을 찾지 못한 채 고개를 설레설레 저었다. 이대로 계속 대화를 나눴다간 유미의 페이스에 휘말리고 말지도 모를 노릇이었다.

이겸은 그대로 휙 뒤돌아서 걸어갔다. 이럴 땐 도망치는 게 상책이다.

"야! 신이겸! 어디 가! 너 이대로 가면 끝이야, 끝! 내가 다시 너한테 고백할 날이 올 줄 알아? 기회가 있을 때 잡으라고! 이 바보야!"

제자리에서 발까지 동동 구르며 큰 소리를 내는 유미의 외침에도 이겸은 고개 한 번 돌아보지 않고 멀어져 갔다.

다음 날. 학교 건물 뒤쪽의 인적이 드문 벤치. 구슬픈 음색이 조용한 공터에 가만히 울려 퍼졌다.

"울지 마, 유미야."

벤치의 가장자리에는 눈물과 콧물로 뭉그러진 휴지가 수북이 쌓여 있었다. 유미는 눈물을 그쳤다가도 또다시 끅끅거리며 울었다. 그런 유미가 안됐는지 주하가 그녀의 어깨를 토닥거렸다.

"내가, 어? 자길 얼마나 오랫동안 좋아했는데! 어떻게 이런 식으로 나를 깔 수가 있어?"

"이겸이도 뭔가 말 못 할 사정이 있었을 거야."

"말 못 할 사정? 그런 게 대체 있기는 한 거야?"

유미는 지금 누군가에게 위로를 받고 싶은 게 아니었다. 아니, 그 '위로'라는 단어조차 싫었다. 위로를 받는다는 건, 자신이 이겸에게 차였다는 걸 인정하게 되는 걸 테니까.

"이 세상에 신이겸보다 잘난 남자가 얼마나 많은데!"

"난 신이겸이 아니면 안 돼."

눈물, 콧물 다 뽑아내며 엉엉 우는 유미를 보며 주하가 안쓰러운 표정을 지었다. 주하가 잘게 떨려오는 유미의 어깨를 부드럽게 쓸어내렸다.

"그래서, 신이겸이 절대 넌 안 되겠대?"

"'절대'는 절대 아니었어!"

"여지는 남겨뒀단 소리네?"

유미가 동의하듯 세차게 고개를 끄덕였다.

"네가 보기엔 어때? 이겸이, 나한테 마음 있는 거 같지, 응?"

물음에 대한 답은 정해져 있었다. 그것은 여자들 사이에 정해진 무언의 룰 같은 것이었다.

"너한테 마음도 없는 애가 그렇게 너랑 꼭 붙어 다닐 리가 없지!"

"그렇지! 날 안 좋아한다면서 왜 등·하굣길마다 같이 다니는 건데? 왜 내 부탁은 거절하지도 못하고 다 들어줘? 오늘 하루 종일 멀리서 나를 바라보던 그 눈빛은 뭐였냐고!"

썸만 18년. 끝을 내든, 시작을 하든 뭐라도 해야 했다. 그렇지 않으면 이 미쳐 날뛰는 심장이 더 이상 버티지 못할 것 같았다.

"글쎄, 나한테 이렇게 인상을 쓰고 그러는 거야! '나 좋아하는 사람 있어!' 하고 말이야"

유미가 난데없이 이겸의 흉내를 냈다.

"진짜? 신이겸이 그래? 좋아하는 여자가 있다고? 누구? 누군진 안 물어봤어?"

여자라곤 눈길 한 번 주지 않던 녀석이 마음에 둔 사람이 있다고 했으니, 유미는 물론이고 주하도 그게 누군지 궁금하긴 마찬가지였다.

"짐작 가는 사람이 하나 있긴 해."

유미는 짐짓 심각한 어투로 말했다.

"그게 누군데?"

"나."

유미의 입에서 흘러나오는 기막힌 한 글자에 주하가 입을 꾹 다물었다.

'정말 설마 했는데……. 얘 진짜 중증이구나.'

유미를 위로하던 주하의 손길이 갈 곳을 잃고 허공을 배회했다.

"유미야."

"응?"

"힘내……."

때마침 울린 수업 종이 무슨 말을 해야 할지 몰라 난감해하는 주하를 구해주었다.

"주하야. 다른 사람한텐 나 신이겸한테 차인 거 절대 비밀이야. 알았지?"

"알았으니까. 눈물 좀 닦아. 코도 좀 풀고."

주하는 잔뜩 풀이 죽은 유미를 다독거려 주었다. 과하게 길고 큰 한숨을 내쉬는 주하의 표정은 안타까움으로 깊어졌다.

유미는 잠깐 화장실에 다녀온 사이 흔적도 없이 사라진 이겸을 찾아 헤맸다. 꼭 같이 가자고 신신당부를 했건만 잠깐을 못 참고 도망이라도 가버린 모양이었다.

"내 신이겸 이 자식을!"

비록 이겸에게 오래 품어온 마음을 고백하고 매몰차게 차이기는 했지만, 그렇다고 그들의 끈끈한 우정에 금이 간 것은 아니었다. 언제나처럼 조금 설레고, 이상하면서도 가까운 관계는 여전히 진행 중이었다.

빠른 걸음으로 교문까지 단숨에 도착한 유미는 학교 밖을 살폈다. 이겸이 아무리 걸음이 빠르기로서니, 그 잠깐 사이에 그리 멀리 가진 못했을 것이다. 아니나 다를까, 유미의 시야에 이겸의 뒷모습이 들어왔다.

'역시, 넌 뛰어봤자 내 손바닥 안이야!'

유미의 입꼬리가 유려하게 밀려 올라갔다. 저보다 빠른 이겸의 걸음에 맞추려면 여기서부터 뛰어야 겨우 따라 잡을 수 있는 거리였다. 이겸과의 거리가 점점 좁혀질수록 유미의 걸음이 서서히 느려지더니 이내 뚝 멈춰 섰다. 멀리서는 보이지 않았던 것이 가까이 다가서자 비로소 보이기 시작했다. 늘 자신의 자리라고 생각해 왔던 이겸의 옆에 다른 사람이 있었다.

"신이겸……."

유미는 그가 좋아한다고 둘러대던 사람이 자신일 거라 생각했다. 그 자신도 쑥스러워 차마 말하지 못하는 거라고, 당연히 그럴 거라고 믿었다. 그런데 다정하게 말을 주고받는 두 사람의 뒷모습을 보는 순간, 유미는 심장이 바닥으로 덜컥 떨어져 내리는 것만 같았다.

김지원. '얼짱'이라고 들어는 보았는가. 학교에서 유명한 정도면, 자신과 지원을 나란히 놓고 비교를 해보기라도 할 텐데, 지원은 전국구로 놀았다. 이미 인터넷상에서도 지원이 셀카 한 장만 올렸다 하면 수천 개의 댓글이 달렸고, 팬 카페는 회원 수가 몇 만 명에 달할 정도였다. 세상 청순은 다 녹여놓은 듯 예쁘장한 얼굴과 여리고 이기적인 몸매는 웬만한 연예인 못지않았다. 지원의 비율 좋은 몸매 덕분인지 같은 교복임에도 유미가 입고 있는 것과는 아예 다른 옷을 입고 있는 것처럼 근사하게 느껴졌다.

'신이겸이 좋아한다던 여자가 김지원이었어?'

그야말로 퍽 난감한 상황이었다. 머릿속에서 유추해 낸 결론이 뾰족한 칼날이 되어 유미의 심장에 푹 박혔다. 유미는 자신이 고백했을 때 이겸이 지었던 차갑고 날카로웠던 표정을 떠올렸다. 앞으로도 제 머릿속에서 절대 지워지지 않을 것 같은 서늘한 표정이었다. 그런데 이겸은 분명 지원을 향해 웃어주고 있었다. 자신의 퇴원 이후, 저토록 환한 미소를 지은 건 처음이다.

'둘이 언제 저렇게 가까워진 거지?'

유미의 눈가에는 또 눈치 없는 눈물이 모습을 드러냈다. 사실은 애써 외면하고 싶었던 걸지도 몰랐다. 이겸이 자신이 아닌 다른 여자를 좋아할 수 있다는 사실을. 이대로 실연을 인정하고 그의 사랑을 응원해야만 하는 처지로 전락해 평생 그의 뒷모습만 좇으며 멀어지는 것보단 가까이서 이따금 제 마음을 드러내며 아슬아슬한 친구 관계라도 이어갈 수 있지 않을까 싶었던 까닭이었다.

이겸과 함께 다니던 길로 가면 학교에서 집까지 느리게 걸어도 십분이면 도착할 거리였지만, 더는 두 사람을 지켜볼 수 없던 유미는 이겸과 지원이 걷는 그 길을 피해 일부러 돌아가는 것을 택했다. 터벅터벅 걸음을 옮기는 유미의 걸음이 무거웠다.

한편, 한창 지원과 한참 대화를 나누고 있던 이겸은 인기척을 느끼고 뒤를 돌아보았다. 그는 그 인기척이 유미일 거라 생각했으나, 거기엔 아무도 없었다.

'분명 뒤따라오고 있었는데…… 아직인가?'

그때 저 멀리 골목길 쪽에 빠르게 스쳐 지나가는 익숙한 백팩이 이겸의 눈에 담겼다.

'공유미?'

이겸은 무언가에 이끌리듯 골목길로 사라진 그림자를 뒤따랐다.

이미 하교 시간을 훌쩍 넘은 시각. 학생들이 아니면 지나는 이도 없는 을씨년스러운 골목길을 걷는 유미의 발걸음이 느렸다. 유미는 거의 매일을 이겸과 함께 등하교를 했기 때문에 이렇게 혼자 걸어가는 것이 무척이나 낯설게 느껴졌다. 먹구름과 함께 대지를 드리운 어둠에 유미는 주변을 의식하며 걸었다. 골목길 끄트머리에 저와 같은 학교 교복을 입은 불량 학생 서넛이 모여 있었다. 마치 사냥감을 발견한 듯 그들 무리가 유미를 보고는 낄낄거리며 웃었다.

"어이, 거기!"

왁자지껄한 그들의 음성이 들려올 때부터 유미는 위험을 감지했다. 하지만, 이상하게도 유미의 발은 그 자리에 얼어붙은 듯 움직이지 못했다.

"잠깐 이리로 와봐."

유미가 검지를 까딱이며 제게 손짓하는 한 놈을 빤히 쳐다보았다. 어깨에 둘러멘 가방끈을 부여잡은 유미의 손이 진동하듯 떨렸다. 이겸에게 정신이 팔려 완전히 잊고 있었다. 이 음산하고 어두운 길을 친구들이 혼자서 이용하지 않는 이유. 이곳은 불량 학생들의 아지트로 유명한 곳이었다. 걸리면 옷을 다 벗겨서라도 있는 돈, 없는 돈 다 털어간다는 악질 중에 악질이라는 소문이 사실이었던 모양이다.

유미는 온몸에 소름이 돋아날 만큼 무섭고 두려웠다. 방금까지 손짓을 하던 남학생이 답답했는지 유미에게로 한 걸음씩 다가왔다. 그와 동시에 유미의 걸음이 뒤로 한 걸음씩 밀려났다.

"뭐, 뭐 하는 거예요?"

"나한테 걸린 애들 반응이 딱 너처럼 이래. 한 번 말해서 바로 듣는 법이 없다? 오라면 오고, 가라면 가지."

비아냥거리는 그의 말투에 유미의 얼굴이 굳어졌다. 당장에라도 다리가 풀려 주저앉을 것만 같았다. 곧이어 유미의 등에 차디찬 벽이 맞닿았다.

"소, 소리 지를 거야."

가늘게 떨리는 유미의 목소리가 허공에 울려 퍼졌다.

"와. 되게 무섭다."

능청스레 영혼 없는 말을 쏟아내며 깔깔거리는 모습에 유미의 미간에 주름이 생겨났다.

"여기 우리가 전세 냈어. 지나가려면 통행료 내고 가야 해."

그가 부리는 억지에 유미는 주먹을 꽉 말아 쥐고, 길게 한숨을 내쉬었다. 괜히 혼자 힘으로 어떻게 해보려고 했다간 그들을 자극하는 꼴 밖에 안 될 것이다. 차라리 누군가에 도움을 구하는 게 나았다.

"거기 누구 없어요?"

유미는 있는 힘껏 크게 소리쳤다. 그러나 그녀의 목소리는 골목길을 공허하게 메아리쳐 다시 자신에게로 돌아올 뿐이었다. 주택가도 아닌 데다, 인적 하나 없는 이 골목길에서 유미를 구해줄 사람은 단한 명도 없었다.

'아아…… 이제 어떡하면 좋지?'

평소에는 잘만 돌아가던 머리가 멍했다. 사람이 갑작스러운 상황에 부딪치면 사고를 할 수 없는 상태가 된다는 소리를 들은 적이 있었다. 지금 유미가 딱 그런 상황이었다.

곧이어 그녀는 잠깐 동안 큰길가로 나가는 골목길 끝을 힐끔거렸다. 이들과 달리기 시합을 해서 자신이 이길 확률은 얼마나 될 것인지를 계산해 보았다. 가뜩이나 걸음도 느린데, 젖 먹던 힘까지 다해서 뛰어도 그대로 잡힐 게 뻔했다. 유미는 이 말도 안 되는 상황이 제발 꿈이었으면 싶었다.

'그래도 하는 데까진 해보자. 도망갈 수 있을지도 몰라.'

짧은 순간 결심을 마친 유미가 그대로 몸을 돌렸으나, 채 한 걸음 떼보기도 전에 불쑥 뻗어 나온 남학생의 손에 머리채를 휘어 잡히고 말았다.

"으악!"

소스라치게 놀라 몸을 떨며 유미가 소리쳤다.

"통행료 내고 가라니까. 어딜 내빼?"

머리카락을 그러쥔 남학생의 아귀힘이 점점 강해지자, 유미의 눈도 절로 질끈 감겼다. 이대로 끝이구나 싶어서 심장이 굳어버리는 것만 같았다. 그때, 갑자기 휘어 잡힌 유미의 머리카락이 자유를 되찾고 아래로 흘러내렸다. 이를 이상히 여긴 유미가 살며시 한쪽 눈을 가늘게 밀어 올렸다. '틱' 하는 소음과 함께 유미의 머리채를 휘어잡은 놈으로부터 '윽' 하는 짧은 신음 소리가 흘러나왔다. 당혹감에 그녀의 눈이 순식간에 커다래졌다.

"같이 가자고 기다리라더니, 먼저 가버리는 건 대체 무슨 경우야?"

이겸이 유미의 손을 끌어 제 쪽으로 당겼다. 힘이 완전히 빠져 버린 그녀의 몸이 속절없이 이겸에게로 끌려갔다. 이겸은 아무렇지 않은 표정을 하고 앞에 선 놈들을 하나씩 쏘아보았다.

"뭘 봐? 얘한테 뭐 볼일 있어?"

제법 위협적으로 흘러나오는 목소리에 그들이 당황한 듯 잠시 말을 잇지 못했다.

"볼일 있냐고."

듣지 못해서 대답을 못 하는 것도 아닐 텐데 말이다. 이겸은 꿀 먹은 벙어리가 된 그들에게 재차 질문을 던졌다.

"너 뭐야?"

그제야 정신을 차린 우두머리가 이겸의 앞에 다시 마주 섰다.

"그러는 넌 뭔데?"

인상을 팍 쓰고 있는 이겸의 표정에는 아무 감정도 담겨 있지 않았다.

"이게, 어디서 겁대가리도 없이!"

손을 들어 올리는 그를 가볍게 무시하고, 이겸이 유미 쪽으로 고갤 돌렸다.

"공유미. 오는 길에 파출소 들러서 이쪽 순찰 좀 돌아달라고 했어. 이 골목, 너무 음침하지 않아?"

"응?"

유미의 두 눈에는 어느새 눈물이 그렁그렁 맺혔다.

"여기서 삥 뜯겼다고 신고 들어와서 보면 매번 허탕이라 잔뜩 벼르고 있는 눈치더라고."

"어?"

"아, 저기 오네."

여태 지은 죄가 있어서인지 무리는 이겸의 말에 동요하듯 점점 몸을 뒤로 물리기 시작했다. 이어 '경찰'이란 말에 겁을 집어먹은 그들은 이겸과 유미에게서 완전히 몸을 돌리고 그 길로 도망치듯 어딘가로 사라졌다. 이겸이 지어낸 이야기인 줄도 모르고.

'멍청하긴.'

이겸의 눈동자는 그들이 자신의 시야에서 완전히 벗어날 때까지 한 치의 흐트러짐도 없이 그 뒤를 좇았다. 그들이 사라진 다음에야 이겸의 검은 눈동자가 유미에게로 돌아갔다. 겁에 질려 떨고 있는 그녀의 모습은 영락없이 비에 홀딱 젖은 강아지 같았다.

"교문 앞에서 기다리고 있었는데."

이겸의 말투는 그 어느 때보다 차분했다. 이제 위험에서 벗어났으니 안심하라는 듯.

"기껏 기다려 줬더니. 위험했잖아, 방금."

이겸의 말투에는 허락도 없이 제 시야에서 벗어난 유미를 향한 질책이 어려 있었다. 고개를 아래로 푹 숙이고 있던 유미가 얼굴을 들어 이겸을 바라보았다. 어느새 유미의 두 눈에 들어차 있던 눈물이 아래로 후드득 흐르기 시작했다. 놀란 만큼 돌아오는 후 폭풍이 엄청난 모양이었다.

"흐윽."

유미는 다리가 풀려 버려 더 이상 서 있을 수 없었다. 결국 바닥으로 주저앉고야 말았다. 공포와 두려움이 사라지자, 마음에 다 담지 못한 서러움이 넘쳐흐르기 시작했다. 지원과 웃으며 이야기하는 이겸의 얼굴이 아직도 눈앞에 어른거렸다. 그를 피하고자 뒷걸음질 치다시피 해서 돌아온 길목에서 만난 공포. 그로부터 자신을 구해준 사람 또한 우습게도 이겸이었다.

이것을 우연이 아니라 말할 수 없었다. 인연이 아니라 결코 단정 지을 수 없었다.

"이게 다, 너 때문이잖아! 이 자식아!"

눈물과 함께 쏟아지는 원망의 화살이 이겸에게로 향했다. 이겸은 어릴 때부터 그랬다. 늘 유미가 위기에 처하면 이렇게 멋진 기사처럼 나타나 위기에서 그녀를 구해주었다.

'이 극적인 상황이 모두 다 내 헛된 망상이라고? 이게 다 내 착각이야?'

풀썩 내려앉은 유미의 어깨가 가늘게 떨렸다. 지원에게 이겸을 뺏기는 건 죽어도 싫었다. 이겸이 계속 지금처럼 자신의 옆에 있어줬으면 싶었다. 그리고 앞으로도 언제 어떻게 놓일지 모르는 위기의 상황에서 이겸이 자신을 구해줬으면 했다. 유미가 눈물에 젖어 잔뜩 습기를 머금은 눈을 들어 이겸을 바라보았다.

"나 좀 좋아해 주면 안 돼?"

그걸 억지라고 치부하고 외면하기엔 유미의 눈빛은 너무나도 진실되었다. 이겸이라고 누군가의 진심을 거절하고 외면하는 것이 편한 것은 아니었다. 받아주지 못하는 마음도, 거절당한 마음만큼이나 아픈 것은 마찬가지였다.

이겸은 유미가 제게 이렇게 매달리듯 고백해 올 거라곤 꿈에도 상상하지 못했다. 그래서인지, 그의 표정은 온갖 복잡함으로 얽혀 있었다.

"만나다 보면 좋아질 수도 있잖아."

그래도 아닌 건 아닌 거다. 그는 유미의 애원에 대한 아무런 대답도 하지 못했다.

"아니야?"

대답 없는 이겸에게 유미가 재차 물어보았지만, 그에게서 돌아오는 대답은 지나치리만큼 냉정하기만 하다.

"괜한 억지 부리지 마."

빽빽하게 가로막힌 이겸의 마음에 유미가 비집고 들어갈 틈 따위는 없어 보였다. 유미는 더 이상 이겸과 눈을 맞추지 못하고 시선을 아래로 떨구었다.

'부끄러워 죽겠어.'

부끄러워서 어디 하소연도 못 할 일이다. 한 사람에게 이렇게 여러 번이나 차일 거라곤 유미는 단 한 번도 상상해 보지 못했다.

'꼭, 네가 날 좋아하게 만들 거야.'

유미의 가슴 속은 수치심과 분노로 어우러져 폭풍을 이루고 있었다. 반면, 고개를 푹 떨군 유미를 바라보고 있던 이겸은 차마 들썩이는 유미의 어깨를 보듬어주지도, 그렇다고 시선을 거두지도 못한 채 그 자리에 굳어 있었다.

다음 날. 이겸을 놓칠세라 쏜살같이 그의 뒤를 졸졸 쫓아가는 유미의 걸음이 빨라졌다.

"같이 가!"

그렇게 유미가 종종거린다고 곁을 내주는 법이 없는 이겸도 참 한결같았다. 유미는 그와 같이 등교를 해보겠다고 아침잠도 포기하고 매일 같은 시간에 등교하는 그를 따라나섰다.

이겸은 일부러 유미가 저를 따라오지 못하게 걸음을 빨리 했다. 그렇게 빨리 걸어도 어떻게든 쫓아오던 유미였는데. 항상 뒤에서 종알거리며 궁금하지도 않은 이야기를 쉴 새 없이 떠들어대더니만, 왜인지 들려오는 인기척이 없어 이겸이 슬쩍 시선을 뒤로해 주변을 살폈다.

'어디 갔지?'

이겸은 갑자기 사라진 유미를 찾으려 아예 몸을 뒤로 돌렸다. 그제야 바닥에 널브러진 유미가 '아!' 하고 새된 비명 소리를 냈다.

'타이밍 한번 기가 막히네.'

이겸이 황당한 표정을 지으며 시선을 아래로 내리깔았다.

"너, 뭐 하냐?"

"이겸아. 나 다쳤어. 좀 일으켜 줘."

남자는 타고나길 여자를 보호해야 한다는 사명감 같은 것이 있다고 했다. 유미는 이겸의 보호 본능을 이용해 볼 심산이었다. 대놓고 빨리 걷는 남자의 걸음을 따라가긴 벅차고, 그렇다고 제 페이스대로 걷자니 그를 따라잡기 힘들 것 같아 한 선택이었다. 유미는 상처 하나 없는 맨 무릎을 쓰다듬으며 금방이라도 울 것 같은 표정을 지어 보였다.

이겸은 그런 유미를 한심하게 바라보았다.

"가지가지 하네."

낮게 읊조리는 그의 목소리가 차가웠다. 이겸은 성큼성큼 유미에게로 걸어갔다. 그러자 꽤 벌어져 있던 그들의 거리가 좁아지기 시작했다.

'오예! 작전 성공!'

유미는 속으로 쾌재를 외쳤다. 그녀는 수줍게 고개를 낮추고는 가만히 한쪽 손을 내밀어 이겸이 제 손을 잡아주길 기다렸다.

"손 치워봐."

"응?"

"그 손, 치워보라고."

이겸이 턱짓으로 무릎 위에 포개어진 그녀의 손을 가리켰다. 그는 당장 유미가 손을 치우지 않으면 잡아먹을 기세였다. 이겸의 기에 눌려 유미가 살며시 맨 무릎에 올려진 손을 치웠다. 동시에 상처 하나 없이 맨질맨질한 무릎이 드러나자, 이겸이 그럴 줄 알았다는 듯 피식 웃었다.

"작작 해라, 진짜."

휙 돌아서 가버리는 이겸을 쫓아가려 유미가 자리에서 몸을 일으켰다. 그와 동시에 몸이 말을 듣질 않고 땅바닥으로 풀썩 내려앉았다.

"으윽."

유미는 갑자기 밀려드는 깨질 듯한 두통으로 인해 미간에 잔뜩 주름을 잡고 머리를 부여잡았다.

'기립성 빈혈인가?'

이미 저만치 멀어져 가는 이겸을 불러 세울 여유도 없을 만큼 머리를 꽉 조여오는 통증에 유미는 마른 숨을 토해냈다. 두 눈을 질끈 감고 숨을 고르게 내쉬어보았다. 후우, 하고 긴 숨을 내쉴 때마다 공기 중에 부서지는 숨결이 뜨거웠다.

호흡을 고르게 맞춰보려 해도 제대로 되지 않았고, 심장은 더욱 세게 뛰었으며, 갑작스러운 어지러움증 때문인지 시야가 컴컴하게 변해버리고 말았다. 한참만에야 조금 진정이 된 유미는 가늘게 떨리는 눈꺼풀을 살며시 밀어 올렸다. 눈을 뜨자마자 시야에 들어온 건, 깔끔한 주인의 성격을 대변해 주는 티 하나 없이 깔끔한 흰색 스니커즈였다.

"성가시게 구네, 진짜."

"신이겸……."

유미는 저도 모르게 입술 사이로 흘러나오는 그의 이름이 무척이나 아프게 느껴졌다. 현실은 아픈데, 마음은 좋으니 더욱 미칠 노릇이었다. 그 아릿한 감정이 심장을 관통해 갈 무렵, 이겸이 유미에게 손을 내밀었다. 굳은살 하나 없이 가늘고 길게 뻗은 이겸의 손이 유미가 있는 쪽으로 천천히 내려왔다. 이겸의 손과 얼굴을 번갈아 보던 유미는 천천히 그의 손을 마주 잡았다. 그저 손을 잡았을 뿐인데, 닿은 감촉이 너무 아찔해서 유미는 심장이 두근거렸다.

"연극부에 자리 하나 남는다더라."

"응?"

"방금 좀 그럴듯했어."

"뭐가?"

"공부 머리가 안 될 것 같으면, 연기 쪽으로 가보든가."

"그런 거 아니거든? 좀 전엔 진짜로 아팠다고!"

유미가 습관처럼 미간에 잔뜩 힘을 주었지만 이겸은 그런 것들을 전혀 신경 쓰지 않았다. 이겸이 손에 가볍게 힘을 주자, 유미의 몸이 쉽게 위로 올라갔다. 끌어당기는 힘이 조금 셌던 모양인지 유미는 그대로 그의 품에 풀썩 안긴 꼴이 되었다.

"연극부에 김지원 있잖아. 자리 알아봐 줘?"

갑작스레 이겸의 품에 안겨 버리는 바람에 유미의 얼굴이 붉어졌다.

"걔랑 친해?"

유미는 이겸의 입에서 흘러나오는 '김지원'이란 이름이 마음에 들지 않았다. 여자에겐 관심을 두지 않는 그가 입에 올린 유일한 여자 이름이었기에.

"친해."

이겸은 제 품에 안긴 유미를 자연스럽게 멀리 밀어냈다.

"정말 친해?"

유미는 설마 이겸이 제 고백을 고민 하나 없이 거절한 이유가 지원이리라곤 상상도 하지 않았다. 그랬기에 그의 입에서 다른 여자와 '친하다'는 말이 나왔을 때 그녀가 받은 충격은 실로 엄청났다. 그런데 놀랍게도 딱히 반박이란 걸 할 수는 없었다. 이겸과 지원 두 사람이 나란히 서 있던 투 샷은 자신이 보기에도 잘 어울려 보였기 때문이었다. 제발 아니길 바랐던 유미의 바람을 고스란히 담은 애처로운 질문이 다시 한 번 이겸에게로 향했다.

"어."

무감하게 뱉어내는 이겸의 말에 유미는 저도 모르게 마른침을 꿀꺽 삼켰다.

"얼마나? 나보다 더? 나보다 더 친해?"

이겸이 좋아하는 이성이 지원일지라도, 더 친한 것은 저이기를 간절히 바란 유미의 두 번째 질문이 이어졌다.

"여자애들은 꼭 개랑 친해, 나랑 친해? 이런 걸 묻더라. 성가시게."

바가지 긁는 마누라처럼 구는 유미를 뒤로하고 이겸은 구시렁거리며 다시 걸어 나갔다. 그러나 유미가 눈치채지 못할 만큼 그의 걸음은 느려져 있었다.

"대답해 줘. 누구랑 더 친한데? 응?"

유미는 기필코 답을 듣고 말겠다는 듯 이겸의 뒤를 졸졸 쫓아갔다. 이겸은 그런 유미가 귀찮은 듯 표정을 구겼다.

"사람 가지고 재고 따지고. 그런 취미 없어, 난."

"혹시 말이야. 저번에 네가 좋아한다던 애, 김지원이야?"

이겸은 입을 다문 채 말이 없었다. 유미는 이겸의 옆에 바짝 붙은 상태로 고개를 틀어 그를 올려다보았다.

"왜 대답이 없어? 응?"

이겸은 제 앞으로 바짝 다가온 유미의 얼굴에 앞을 향하던 걸음을 우뚝 멈추었다. 그리곤 손가락으로 그녀의 이마를 지그시 밀어 멀찍이 떨어뜨려 놓았다. 보통 사람이 이렇게 성가신 질문을 해왔다면 가뿐히 무시하고 말았을 테지만, 이렇게 엉겨 붙는 상대가 유미인 것이 문제였다.

"내가 좋아하는 사람이 누구든, 내가 너랑 사귈 일은 없어."

이겸은 유미의 눈을 똑바로 바라보지 못했다. 비단 고백을 거절하는 것에 대한 미안한 감정 때문은 아니었다. 여러 복합적인 감정으로 인해 그 또한 유미만큼 마음이 혼란스러웠다.

"안 되는 거야, 아닌 거야?"

"안 돼…… 우린."

거절을 말하는 이겸의 목소리가 가늘게 떨렸다.

포기란 걸 모르는 여자와 기필코 그녀가 자신을 포기하게끔 만들고 말겠다는 남자의 마음이 충돌했다.

"될지 안 될지 어떻게 장담해. 사람 일 모르는 건데."

"왜 몰라? 내 일인데."

호언장담까지 하는 이겸에게 유미는 너무나도 서운했다.

'자기 일이라고 다 어떻게 될지 잘 알면, 난? 나는 고작 내 마음 하나도 어쩌질 못하는데!'

고백을 하고, 차이기까지 했는데도 이상하게 마음이 접어지지 않았다. 이렇게 몇 번이나 고백을 해도 받아주지 않는 이겸을 미련 없이 잊고 싶은데, 유미는 쉽게 마음을 돌릴 수가 없었다. 이대로 포기하기엔 지난 세월이 미치도록 아쉽고, 또 이대로 돌아서기엔 이겸의 마음에 목이 말랐다.

그들의 머리 위로 벚꽃 잎이 눈처럼 흩날렸다. 유미는 떨어지는 벚꽃 잎을 잡아보려 손바닥을 내밀었다.

'만약 여기서 떨어지는 벚꽃 잎을 잡으면……'

그 순간, 거짓말처럼 유미의 손바닥 위로 벚꽃 잎 하나가 내려앉았다.

"그럼 신이겸 너, 이것도 알아?"

유미는 조금의 망설임도 이겸의 교복 깃을 잡아 제 쪽으로 쭉 끌어당겼다. 밀어낼 새도 없이 유미에게 당겨진 이겸의 몸이 딱딱하게 굳어졌다. 유미가 발뒤꿈치를 한껏 들어 올려 이겸의 볼에 제 입술을 가져다 댔다. 마치 두 사람을 제외하고 이 시공간에 존재하는 모든 것들이 멈추어 버린 듯했다.

촉, 하고 볼에 닿는 말랑하고 촉촉한 감촉에 당황한 듯 그의 표정이 파리하게 변해갔다. 유미의 입술이 닿은 이겸의 볼에 습기가 생겼다. 그녀는 재빨리 제 손에 들어온 벚꽃 잎을 자신의 입술이 닿았던 그의 볼에 붙여놓았다. 이겸의 볼에 연분홍빛 예쁜 꽃잎이 피어올랐다. 그걸 본 유미는 그제야 만족스러운 표정을 하고 생글거리고 웃었다.

"뭐 하는 짓이야! 이게!"

성난 짐승처럼 으르렁대는 이겸의 목소리에도 유미는 아랑곳하지 않았다.

"내 거라고 찜해두는 거야."

혀를 쏙 내밀어 '메롱'을 하며 배시시 웃는 유미의 모습을 잠시 동안 멍하게 바라보고 서 있던 이겸은 급히 정신을 차리고 자신의 볼에 묻은 꽃잎을 떼어냈다.

"유치하게! 이런다고 내가 넘어갈 줄 알아?"

당황하는 이겸의 모습에 유미는 흡족하게 미소 지었다.

"원래 다 이렇게 시작하는 거야. 꼭 손잡고 뽀뽀하란 법 있나? 뽀뽀하고 손잡으나, 손잡고 뽀뽀하나 그게 그거지. 안 그래?"

어제까지 수줍게 볼을 붉히고 짝사랑을 고백하던 소녀는 그 어디에도 없었다.

"헛소리 좀 그만해!"

분명 이겸은 유미에게 확고한 자신의 마음을 내비쳤다. 그 정도로 차갑게 굴었으면 포기할 법도 했다. 그 정도면 포기할 거라고, 분명 그렇게 생각했다. 그런데 그녀는 조금도 포기할 마음이 없어 보였다.

뒤늦게 일을 저질러 놓고 보복이 두려운 듯 유미가 다다다 앞서 달려 나갔다. 그에 이겸은 헛웃음을 지었다.

'진짜…… 너 대체 뭐야. 왜 이렇게 날 쥐고 흔들어. 대체 왜…….'

이겸은 갑갑하게 심장 언저리에 갇힌 숨을 크게 내쉬고선 유미가 사라진 곳으로 빠르게 걸음을 옮겼다.

❋

조금 더운 감이 없지 않아 있었지만, 불쾌하지는 않은 온도가 좋은 날이었다. 내리쬐는 햇살은 눈부시게 아름다웠으며, 이따금씩 살랑거리며 불어오는 덥고 습한 바람 또한 좋았다. 미풍이 불어들 때마다 초록색 나뭇잎이 흩날리며 사락거리는 소리까지. 모든 것이 딱 알맞게 조화를 이룬, 아주 완벽하게 고백하기 좋은 날이다.

"날씨 참 좋다! ……나랑 사귀어볼래?"

길을 걷다가도.

"오므라이스 맛있지? ……그럼 우리 사귈까?"

밥을 먹다가도.

"그래 그럼, 나랑 사귀면 딱 좋겠네."

대화를 나누다가도.

"이제 그만 받아주지 그래?"

무르익은 더위에 지친 순간에도. 시간과 장소를 불문하는 유미의 고백은 정말 시도 때도 없이, 지치지도 않고 이어졌다. 벚꽃이 흐드러지던 봄, 고백을 한 그날부터 유미는 이겸에게 틈만 나면 대시를 했다. 한번 고백해 보고 차이면 마음을 접는다든가 기다리겠다든가 하는 것이 일반적일진대, 유미는 달랐다. 그렇다고 이겸이 평범하냐? 그것도 아니다. 시종일관 무시가 답인 양 구는 이겸 또한 한 우물만 파는 유미만큼이나 대단했다.

"그만 좀 하지?"

무심하게 책장을 넘기고 있던 이겸이 참다못해 버럭 언성을 높였다.

"그만하라고? 이제 고백 그만할까? 그럼…… 혹시 우리, 설마."

유미가 감격스러운 듯 입을 손으로 감쌌다.

"오늘부터 1일?"

"아, 진짜!"

'쯧' 하고 혀를 차는 소리가 이겸의 입술 사이로 흘러나왔다. 얄미운 짓만 골라 하는 것 같은데 그게 또 미워 보이지가 않으니, 그게 문제였다.

이겸은 보고 있던 책을 거칠게 덮고 자리에서 일어섰다.

"넌 공부도 안 해? 친구도 안 만나냐? 왜 하루 종일 엉겨 붙어서 이러고 있어! 성가시게."

같은 학교여서 매일 얼굴 부딪치고 사는 것도 힘들어 죽을 지경이었다. 주말에는 좀 안 보겠구나 싶으면 어김없이 유미는 이겸의 집에 들이닥쳐 그의 옆에 찰싹 들러붙었다.

'진짜 진생에 거머리였나.'

이겸의 눈썹이 하늘을 향해 바짝 치솟았다.

"성가셔? 내가?"

유미가 눈을 동그랗게 뜨고 되물었다.

"그럼 시도 때도 없이 사귀자, 밥 먹자, 놀자, 보고 싶다고 하는데 성가시지, 안 성가셔? 너는 이게 정상으로 보이냐? 어?"

유미는 폭 한숨을 내쉬었다.

'내가 봐도 내가 정상은 아니야. 근데 그래도 좋은 걸 어떡해?'

처음에는 손가락을 꼽아가며 세어보던 고백 횟수가 이제는 발가락을 합쳐 꼽아도 다 못 셀 정도였다.

'내가 어쩌다 이런 애를 좋아하게 됐을까?'

남자들이 말하는 '예쁘면 성격 좀 못나도 괜찮다'도 유미에겐 해당되지 않는 말이었다. 털털한 성격이며, 어디 한 군데 모나지 않은 사교적인 성격을 가진 그녀의 곁에는 늘 사람들로 바글거렸다. 하루걸러 한 번씩 남학생들에게 고백을 받는 것은 물론이고, 무슨 데이만 됐다 하면 유미의 책상 위엔 선물이 쌓여 있었다. 그뿐인가. 동성 친구들도 너나 할 것 없이 쉬는 시간만 되면 유미의 곁에 우르르 모여 앉아 놀곤 했다. 외모지상주의에서 살아남은 것은 물론이고, 인간관계에서도 승리한 이 시대의 진정한 승자가 바로 공유미였다. 그러나 모두에게 사랑받는 유미를 외면하는 단 한 사람. 모두에게 친절하면서, 유독 유미에게만 친절하지 않은 남자가 바로 신이겸이었다.

'다들 내가 좋아 죽겠다는데, 왜 신이겸 하나만 저래?'

유미는 그런 이겸을 이해할 수 없었다. 아니, 이해하고 싶지도 않았다. 그만둬야지 싶다가도 어쩔 땐 오기가 생겨났다. 하루에도 수십 번씩 감정이 오락가락하고, 좋아하지 말아야지 생각했다가도 뒤돌아서면 다시 좋아진다. 미쳤다고 자책하면서도 마음을 돌리는 게 쉬이 되질 않았다. 아침에는 바라봐 주지 않는 그가 미치도록 밉다가도, 저녁이 되면 자신의 일방적인 마음을 다 알면서도 외면하지 않고 계속 관계를 유지해 주는 것 자체에 감사함을 느끼기도 했다. 유미는 매일을 그렇게 정신 나간 사람처럼 웃었다, 울었다를 수도 없이 반복했다.

"원래 사랑은 조금 미쳐야 할 수 있는 거야."

유미는 지금 이겸에게 완전히 미쳐 있었다. 말 같지도 않은 궤변을 늘어놓는 유미를 보며, 이겸은 습관처럼 긴 한숨을 쉬었다.

"난 사랑에 미칠 생각 없거든? 하려면 너나 많이 하세요."

"너 나중에 후회할 거야. 지금 이렇게 날 밀어내는 거 말이야!"

유미는 이겸의 말에 토라졌는지 울상이 되어 휙 방문을 열고 나가 버렸다.

"아니? 후회할 일 없어. 내가 너한테 매달릴 일은 죽어도 없을 테니까."

쿵쾅쿵쾅 멀어지는 그녀의 뒤로 낮지만 단호한 이겸의 목소리가 뒤따랐다.

"나더러 대체 뭘 어쩌라고."

답답함에 허공에 발차기를 해보지만, 그의 속은 도통 풀릴 기미가 보이지 않았다.

"내가 뭘 어떻게 해야 하는데. 아니, 우리가 뭘 할 수 있는데?"

의미를 알 수 없는 말들이 짜증스럽게 흩어졌다.

삼 년 후, 이겸과 유미가 딱 스물둘이 되던 해였다. 이겸은 강원도 철원에서 군복무 중이었다. 대한민국 최전방에다, 겨울이라 이곳까지 일부러 매주 찾아오는 이는 별로 없었다.

"신 상병님. 또 오셨습니다."

관물대를 정리하고 있던 이겸에게 이등병 하나가 각 잡힌 소리를 냈다.

"뭐?"

관물대의 녹슨 철이 기괴한 소리를 내며 닫히는 소리가 적막을 가로질렀다.

"여자친구분! 또! 오셨습니다! 지금 면회소에 계시답니다! 오늘도 어김없이 예쁘십니다!"

이겸은 낮게 한숨을 쉬고는 빠르게 면회소로 향했다.

츤데레와 정석

"여기가 무슨 옆 동넨 줄 아나. 뭐 이렇게 자주 와?"

분명 입으로는 투덜대고 있었지만, 그의 심장은 걷잡을 수 없이 떨려왔다. 이겸이 자대 배치를 받은 순간부터 상병이 된 지금까지 유미는 훈련이 있거나, 기타 행사가 있을 때를 제외하고는 면회가 가능한 날마다 그를 찾아왔다.

면회소로 들어서자, 가만히 앉아서 기다리고 있는 유미의 모습이 보였다. 풀 메이크업, 풀 세팅을 한 채인 그녀를 다른 군인들이 대놓고 침을 흘리면서 보고 있었다. 그 모습을 날카로운 시선으로 노려보는 이겸의 눈썹이 사선으로 틀어졌다. 그는 유미의 바로 맞은편 의자 등받이에 등을 비스듬히 기대어 앉았다.

"넌 춥지도 않아? 옷 꼴이 그게 뭐냐?"

한겨울에 패딩을 입고 다녀도 추울 판에 그리 두꺼워 보이지도 않은 코트를 입고 나타난 유미가 이겸은 못마땅했다.

"예뻐? 알바비 들어와서 하나 샀지!"

유미는 따뜻해 보이는 베이지색 코트에 재작년 생일에 이겸이 선물해 준 벙어리장갑을 끼고 있었다. 결코 인정하고 싶지는 않았지만, 그런 유미의 모습은 꽤 귀여웠다.

"오지 말라니까 왜 사람 말을 안 들어."

"보고 싶어서 그런걸, 뭐."

유미가 혀 짧은 소리를 내자, 이겸의 표정이 더욱 굳어갔다.

"하여간. 성가셔."

"너는 나 안 보고 싶었어? 하다못해 키우던 강아지가 갑자기 사라져도 보고 싶은 법인데, 그렇게 맨날 보던 내 얼굴, 안 보고 싶었니?"

유미는 서운한 듯 입술을 삐죽였다.

"어. 전혀."

단호하기 그지없는 이겸의 어투에 유미는 픽 하고 콧방귀를 꼈다.

"그래, 그럴 줄 알았어. 이 미친 철벽남 같으니! 우리나라는 전쟁 나도 최전방에 있는 신 상병님이 철벽을 잘 쳐 줘서 아주 안전하겠어!"

"까분다."

이겸이 떨떠름한 표정을 지었지만, 테이블 아래에 위치한 그의 손가락은 거칠한 군복을 부자연스럽게 매만지고 있었다.

"정 오고 싶으면 한 달에 한 번씩 오라니까."

이겸은 매주 그 먼 거리를 오가는 게 얼마나 힘든지 잘 알고 있었다. 그래서 그는 더욱이 유미가 주말마다 이곳에 오는 게 부담스러웠다.

"아, 맞다! 내 정신 좀 봐!"

이겸이 뭐라고 하건 유미는 전혀 신경 쓰지 않는 눈치였다. 그녀는 갑자기 서울에서부터 들고 온 도시락 통을 꺼내어 테이블 위에 주욱 늘어놓았다.

"내가 새벽부터 이거 만드느라 얼마나 힘들었는 줄 알아?"

한눈에 보기에도 먹음직스러운 것들이 펼쳐지자 이겸은 자신도 모르게 침을 삼켰다.

"닭강정?"

튀김만 보면 환장하는 건 물론이고, 치킨에 눈이 뒤집히는 군인의 심리를 백프로 반영한 메뉴였다.

"먹어봐. 둘이 먹다 하나 죽어도 모를 맛이야! 얼른."

이겸은 유미가 건넨 젓가락을 받아 들어 마지못해 닭강정을 입안에 넣었다. 군인 신분에 치킨이 웬 말인가. 게걸스럽게 먹어도 모자랄 치킨을 앞에 두고 이겸은 느긋하게 젓가락을 놀렸다.

"맛있네……."

입안 가득 유미가 만든 음식을 넣고 오물거리며 이겸이 중얼거렸다.

안 먹을 것처럼 굴던 이겸은 유미가 싸온 4단짜리 도시락에 있는 음식들을 모조리 먹어치웠다.

'이렇게 잘 먹다니! 대박! 신이겸이 내가 만든 음식을 먹었어!'

감격스러움에 젖은 유미의 양 볼에는 수줍게 보조개가 파였다. 같은 과에 이미 전역한 친구 한 명이 군대에 가면 짬밥 말고 사제 음식(사회 음식)이 먹고 싶어진다고 이야기하는 걸 들은 유미는 거기에서 영감을 얻어 이겸에게 줄 도시락을 쌌다. 이겸이 이렇게 맛있게 먹어줄 줄 알았다면, 진작 면회를 올 때마다 도시락을 싸 와서 그를 기쁘게 했을 것이다.

"훈련은? 힘들지 않아?"

유미는 곧 있을 이겸의 혹한기 훈련을 걱정했다.

"괜찮아."

유미가 커다란 가방 안에서 캔 콜라를 꺼내어 이겸에게 건넸다.

"마셔. 마셔. 마시면서 얘기해."

이겸은 마치 아들 면회 온 엄마처럼 구는 유미를 여전히 못마땅한 표정으로 쳐다봤다.

"나 보고 싶진 않았고?"

"보고 싶은 마음이 들 리가 있나. 이렇게 옆집 드나들 듯 하는데."

"흐응. 그런가? 그래도 어떻게 해. 나한텐 일주일도 길단 말이야."

"하여간 넌……."

이겸은 하려던 말을 삼킨 채 또 고개를 저어버렸다.

실내 온도가 그렇게 높지도 않은데, 유미가 갑작스럽게 손부채질을 하는가 싶더니 코트 단추를 하나씩 풀었다.

"좀 덥네."

"얼어 죽겠구만. 덥긴 무슨."

진정한 추위를 몰라 저러지. 군장 메고 혹한기에 행군 한번 해봐야, '아, 내가 진정한 추위를 몰랐구나' 할 테지.

이겸이 고개를 설레설레 저으며 유미가 건넨 콜라를 입가로 가져갔다.

꿀꺽.

식도를 타고 흘러드는 콜라의 청량감이 짜릿했다. 그와 동시에 유미는 입고 있던 베이지색 코트를 어깨 아래로 밀어내 벗었다. 브이넥 니트 사이로 훤히 드러나는 그녀의 가슴골에 이겸은 마시던 콜라를 뿜고 말았다.

"푸흡."

"아이, 더럽게!"

유미가 제 얼굴에까지 사정없이 튄 콜라를 손등으로 훔쳐 냈다.

"야! 너!"

인상을 구길 대로 구긴 이겸이 주위를 의식하듯 둘러보았다.

'저 미친놈들을!'

면회소에 있던 군인 여러 명이 유미에게서 시선을 떼지 못한 채 입을 '헤' 벌렸다. 언뜻 침을 흘리는 놈들도 있었다.

"옷 꼴이 그게 뭐야! 너!"

이겸의 입에서 제대로 된 말이 나올 리가 없었다. 수컷들만 득실득실한 곳에 여자라는 생물체는 존재 자체만으로도 자극적이었다. 그런데 거기다 맨살을 보이는 것은 그들(정확히 이겸)에게 큰 영향을 주고 있었다.

"왜, 이것도 알바비 받아서 산 건데, 이상……."

유미가 말을 채 마치기도 전에 이겸이 벌떡 일어나 유미의 코트를 집어 들었다.

"입어! 빨리!"

"아, 왜! 덥단 말이야."

"잔말 말고 빨리 입으라고!"

이를 악물고 이야기하는 이겸의 단호한 목소리에 유미가 마지못해 코트를 껴입었다.

"갑자기 무섭게 왜 그래."

"너, 빨리 가."

"온 지 얼마 되지도 않았는데 가긴 어딜 가. 면회 시간 다 채우고 갈 건데."

"진짜 미치겠네."

이겸이 답답한 듯 별로 길지도 않은 머리카락을 헤집었다. 왜 답답한지, 그 이유는 이겸 본인도 너무나 잘 알고 있었다. 이겸은 남자들이 침까지 흘려가며 유미를 쳐다보는 게 싫다. 그녀가 저를 보고 해맑게 웃는 것도 싫고, 이렇게 매주 찾아와 보고 싶다고 말하는 것도 싫고, 유미가 저만 바라보고 바보같이 사는 것도 싫다.

"필요한 건? 없어?"

그러한 이겸의 마음을 아는지 모르는지 유미가 그에게 바짝 얼굴을 들이대고 물었다.

"없어, 그런 거."

마음을 다스려야 했다. 여기서 마음을 다스리지 못하고 마음 가는 대로 행동하는 순간, 여태껏 쌓아온 모든 것이 무너질 것이다.

이겸은 가늘게 숨을 내쉬었다.

"먹고 싶은 건?"

"없어."

마음이 동요할수록 이겸은 유미에게 더욱 차갑게 굴었다.

"그럼, 휴가 나오면 하고 싶은 건?"

"없어."

유미는 귀찮은 듯 질문도 제대로 듣지 않고 같은 말만 반복하는 걸 보고 있는 이겸을 보며 음흉하게 웃었다.

"나랑 사귀기 싫은 마음은?"

"없어."

유미가 낄낄거리며 웃었다.

"아! 가라고…… 쫌."

이겸은 가기 싫다는 유미를 억지로 등까지 떠밀어 보내 버리고서야 생활관으로 복귀할 수 있었다.

훈련이 없는 주말은 군인들에게도 여유로운 시간이었다.

"얼, 신 상병. 여친 왔다며. 근데 왜 이렇게 일찍 들어와?"

곧 전역을 앞둔 말년 최 병장이 비스듬하게 누워서 이겸에게 말을 걸었다.

"여자친구 아닙니다."

가뜩이나 갑갑해 죽을 지경인데, 그 속을 박박 긁는 최 병장에게 이겸이 낮은 목소리로 대답했다.

"여자친구도 아닌데 그렇게 매주 찾아와? 가족도 그렇게는 못 해. 우리 엄마는 나 입대하고 면회 딱 한 번 왔어. 거리가 좀 멀어야 말이지."

아직도 유미와의 짧은 만남으로 이겸의 가슴에 잔잔한 파동이 일고 있었다. 이겸이 풀썩 자리에 앉았다. 그러자 기다렸다는 듯 최 병장이 쏜살같이 그의 옆으로 다가왔다.

"여자친구 아니면, 뭔데?"

궁금증 가득한 얼굴을 한 최 병장이 약간 높아진 목소리 톤으로 질문했다.

"친구지 말입니다."

일부러 최 병장의 시선을 피하기 위해 군화를 벗으려 끈을 푸는 이겸의 손길은 느리기만 했다.

"그 친구 성격 한번 극성맞구먼. 친구 면회를 매주 오다니."

유미의 성격을 들어 극성맞다고 표현하는 최 병장이 마음에 들지 않았지만, 여전히 시선은 군화에 고정시킨 채 이겸은 살며시 고개를 끄덕였다.

"좀 그런 편입니다."

추위에 얼어버린 군화가 잘 벗겨지지 않아 그가 손에 힘을 주었다. 뜻대로 되지 않는 일이 한두 가지가 아닌 탓일까, 이겸의 손길에 약간의 짜증이 묻어났다.

"그 애, 나 소개시켜 주라. 저번에 보니까 얼굴이 완전 내 스타일이야."

최 병장의 말이 흘러나옴과 동시에 이겸이 행하는 모든 동작이 멈췄다. 내뱉던 숨조차도.

"그건, 안 됩니다."

이겸의 표정이 잠시였지만 싸늘하게 굳었다.

"왜? 여자친구도 아니라며. 제대도 얼마 안 남았는데, 나도 여자 좀 사귀어보자. 다른 애들은 휴가 때마다 꼬박꼬박 소개팅도 시켜주는데. 신 상병한테만 여자 소개 못 받았어."

최 병장은 서늘하게 변한 분위기를 눈치채지 못한 채 이겸을 나무랐다.

"병장님께 어울릴 만한 다른 친구로 찾아보겠습니다."

"다른 친구는 안 돼. 걔가 내 취향이야."

확고한 취향을 어필하는 최 병장으로 인해 이겸은 잠시 말을 잇지 못했다.

"왜? 신 상병이 좋아하는 여자야? 그래서 소개해 주기 싫은 건가?"

허를 찌르는 최 병장의 공격에 이겸은 입술을 굳게 다물었다.

"아닙니다."

"그럼 좋아할 예정?"

기어코 유미를 소개받을 작정인 건지. 최 병장은 이겸의 마음을 계속해서 떠봤다.

"그것도 아닙니다."

이겸이 제법 단호한 어투로 답했다.

"그런데 왜 이렇게 뜸을 들여? 내가 뭐 잡아먹겠대? 그냥 소개만 시켜달라고, 소개만."

"싫습니다."

엉겨 붙는 최 병장에게 이겸은 또렷한 거절의 의사를 내비쳤다.

"뭐? 싫어?"

"네. 싫습니다."

"사귀는 것도 아니고, 좋아하는 것도 아니라면서. 다른 남자에게 소개시켜 주기는 싫다?"

앞뒤가 맞지 않은 이겸의 말에 최 병장의 표정이 서늘해졌다.

"다른 이유는 없습니다. 그 친구 집과 저희 집은 가족보다 더 가까운 막역한 사이인데, 제가 알기로 그 친구 집이 굉장히 보수적입니다."

"보수적이면, 소개팅도 하면 안 되나?"

츤데레의 정석

자칫 엇나갔다간 최 병장이 전역하는 그날까지 미움을 받을 수도 있는 상황이었다.

　"그건 아니지만, 집에서 그 친구가 남자 사귀는 걸 꺼려합니다."

　"그거랑 소개시켜 주는 거랑 뭔 상관인데?"

　최 병장이 답답한 듯 목소리를 한껏 높였다.

　"그 친구가 최 병장님이랑 만나면 그 자리에서 홀랑 넘어갈 것 아닙니까?"

　"뭐?"

　그의 눈이 놀라 커다래졌다.

　"최 병장님처럼 완벽한 남성상에 홀리지 않으면 그게 이상한 겁니다."

　"뭐?"

　최 병장의 눈매가 가늘게 휘어졌다.

　"제가 그 친구를 소개시켜 드리면 당연히 사귀게 될 거 아닙니까. 만약 제가 주선한 걸 그 친구 아버지가 아는 날엔 저 그 친구 아버지한테 맞아 죽습니다."

　이겸의 말을 가만히 듣고 있던 최 병장의 입매가 조금씩 꿈틀거렸다.

　"그 말은!"

　"생각하신 그대로입니다."

　이겸이 굳이 다른 말을 덧붙이지 않아도 눈치 빠른 최 병장은 그 속뜻을 이해했을 것이다.

　"내가, 미친 매력의 소유자다. 이건가?"

　"예. 그렇습니다."

　이겸의 목소리에는 군기가 바짝 들어갔다.

"교묘하게 피해가는군. 하지만, 마음에 들었어. 신 상병. 지금 당장 PX로 따라온다. 실시."

이겸은 머리가 빨리 돌아가는 사람이었다. 최 병장에게 미움을 받지 않고도 유미를 소개시켜 주지 않을 방법을 떠올리는 건, 그에게 있어 꽤 쉬운 일이었다. 그걸 알 리 없는 최 병장은 그 후로도 제대할 때까지 이겸을 예뻐했다.

✻✻

칠 년 후, 여름. 아주 늦은 저녁이었다.

장맛비에 천둥, 번개까지 가세해 밤하늘이 번쩍번쩍 갈라졌다. 대지가 밝았다 어두워졌다 수없이 반복하던 밤이었다. 무슨 일이 일어나도 이상하지 않을 것 같은, 그런 밤.

덜컹덜컹, 튼튼한 철제 대문을 두드려 대는 소음이 빗소리와 한데 어우러져 조용한 새벽녘 골목길에 기괴하게 울려 퍼졌다.

"공유미!"

술에 취한 주정뱅이 하나가 유미의 집 앞에 앉아 동네가 떠나가라 고래고래 소리를 지르고 있었다. 유미는 자신의 집 대문 앞에 드리워진 다소 공포스러운 그림자에 놀라 순간적으로 앞으로 향하던 걸음을 멈추었다. 그리곤 큰 비에 이미 무용지물이 되어버린 우산 손잡이를 잡은 손에 힘을 실어 넣었다. 여차하면 저 주정꾼을 쫓아낼 수 있는 무기가 될 수도 있으니.

"공유미!"

자신의 이름을 부르는 한 맺힌 목소리에 가방에서 휴대폰을 꺼내려던 그녀의 행동이 일순 정지했다.

"안에 있는 거 다 알아! 나와봐!"

빗속에 삼켜진 희미한 목소리에 유미는 가만히 귀를 기울였다. 그런데 어째 꽤 익숙한 목소리다.

"휴대폰 전원은 왜 꺼두는데! 내가 무슨 스토커냐. 어?"

익숙함으로 치자면 같이 산 지 20년도 넘은 부부보다 더할 테고.

"누가 너 잡아먹는대?"

이 목소리로 치자면, 유미가 그토록 사랑해 마지않던 것이다.

"너, 왜, 사람 마음을 가지고 노는데?"

그렇게 고백을 해대도 철벽을 치던 신이겸인데.

"이제 못 하겠다고 말하면. 그러면 넌 끝이야? 그러면 다냐고!"

바로 그 이겸이 술에 취해 유미를 찾아온 것도 모자라, 하소연 아닌 하소연을 하고 있었다.

'설마 내가 오늘 선 보러 다녀온 걸 알고 이러는 건가?'

유미는 보고도 믿기지 않는 광경에 잠시 제가 꿈을 꾸고 있는 것인가, 멍하게 그 자리에 섰다.

'그럴 리가 없지. 미친 철벽남 신이겸인데.'

유미는 이내 멍한 표정을 풀어내고 머리를 잘게 털어냈다. 비를 맞아 옷이 완전히 젖어버린 그에게 다가서는 유미의 걸음이 빨라졌다. 마침내 대문 앞에 다다른 유미가 쓰고 있던 우산을 재빨리 그의 위로 옮겼다.

"뭐 하는 거야, 여기서."

설레어서 쿵쾅대는 마음과 달리 다소 묵직하고 퉁명스러운 말투였다. 쏟아지는 빗속에 서서 자신을 내려다보는 유미를 빤히 바라보던 이겸의 표정이 살짝 구겨졌다.

"왜 거기서 와."

집 안에 있을 거라 생각했던 유미가 생각지도 못한 곳에서 걸어오는 것을 발견한 이겸의 눈썹이 살며시 꿈틀거렸다.

비에 젖은 이겸의 얼굴이 가로등에 희미하게 비추었다. 그러자 그 처연한 아름다움에 유미의 심장은 걷잡을 수 없을 정도로 쿵쾅대었다. 마음을 숨기는 게 익숙하지 않은 탓일까, 마음과 다른 말을 내뱉는 유미의 목소리가 가볍게 떨렸다.

"내가 어디서 오건, 그게 너랑 무슨 상관이야."

그를 나무라듯 흘러나온 목소리였지만 거기에 단호함이나 차가움은 조금도 들어 있지 않았다.

"술 마셨으면 곱게 집에 들어갈 일이지, 뭐 하러 남의 집 대문 앞에서 그러고 있어?"

질문을 쏟아내는 유미를 가만히 바라보고 있던 이겸이 허탈한 듯 작게 웃었다.

"몰라서 물어?"

"내가 알아야 돼?"

"너……."

뭔가 유미에게 할 말이 있는 모양새로 이겸이 입을 열었다. 그러나 그것은 쏟아지는 빗소리와 유미의 작은 목소리에 완전히 삼켜졌다.

"얼른 집으로 돌아가. 가족들 걱정할라."

유미는 얼굴 가득 주름을 만들어 이겸을 무섭게 노려보았다. 그러나 우습게도 유미의 우산은 줄곧 이겸의 위에 씌워져 있었다. 저는 장대같이 쏟아지는 비를 다 맞아도, 이겸이 비를 맞는 건 싫기 때문이었다. 유미는 그걸로 만족하지 못하고 술에 취해 제 기능을 다 하지 못하는 이겸의 손에 우산을 쥐여주었다. 그리고 난 뒤에야 돌아서 대문 안으로 걸음을 옮겼다.

그 순간, 이겸의 곧게 뻗은 손이 유미의 자그마한 손을 붙잡아 돌려 세웠다. 그리고 그대로 이겸의 입술이 유미의 입술 위로 내려앉았다. 그것만 해도 과했다. 그런데 갑작스레 유미의 입술 사이를 파고든 이겸의 혀끝이 입안의 예민한 살을 짜릿하게 훑고 지나갔다. 이겸과의 첫 키스에서 알싸한 알코올 맛을 느꼈다. 정말 조금도 예상하지 못한 상황이었다.

유미는 눈을 깜빡일 생각도 하지 못한 채 한참을 둥그렇게 눈을 치켜뜨고 이겸을 뚫어져라 쳐다보았다. 밀어내지도 받아들이지도 못한 채 그 자리에 얼어붙은 듯 아주 멍하게 말이다. 가늘게 눈을 뜬 이겸이 얼어 있는 유미를 흘긋 바라보다 살며시 미소 지었다. 그러고는 손바닥을 들어 올려 그녀의 눈을 가려 유미에게 완벽한 어둠을 선사했다.

이겸과의 사랑과 키스를 기다려 온 것은 사실이었다. 하지만 유미는 갑작스러운 그의 키스가 달갑지 않았다.

"이제 그만할 거야. 너 좋아하는 거."

바로 어젯밤 유미는 이겸에게 오랜 짝사랑과의 이별을 고했다.

사랑도 같은 사람과 오래 하다 보면 질리기 마련이다. 하물며, 같은 사람을 이십년 넘게 짝사랑 해온 유미는 어떠하랴. 드디어 유미에게도 권태기가 찾아오고야 만 것이다. 권태기가 뭐 꼭 서로 사랑을 나눈 남녀에게만 찾아오는 것이던가? 백 번 찍어 안 넘어오는 놈, 이제 그녀 쪽에서도 필요 없다 생각했다. 추락한 자신의 자존심을 회복하는 유일한 일은 이겸을 더 이상 좋아하지 않는 일이라 여겼다.

"너 깨끗이 잊고 선을 보든, 소개팅을 하든 해서! 나도 사랑받는 여자가 될 거라고!"

모두가 혀를 끌끌 찰 만큼 오래, 또 지독하게 그에게로 향했던 마음. 그 오랜 세월을 외면당한 마음이 슬퍼서 그만하겠다 말한 것뿐인데.

'이 말도 안 되게 섹시한 키스는 대체 뭔데!'

유미는 아무런 부연 설명도 없이 다가서는 이겸을 밀어내야 한다는 걸 머리로는 알고 있었지만, 도무지 손이 앞으로 나서 그를 밀어내지 못했다. 예민한 속살을 파고드는 알코올 향이 달콤하게 느껴졌다. 마치 처음부터 한 몸이었던 듯 딱 달라붙은 두 사람의 몸이 맞물렸다. 좋다는 말로 다 표현할 수 없는 짜릿함. 유미는 거기에 온 신경이 바짝 집중되어 이겸의 몸이 앞으로 쏠리는 줄도 몰랐다.

"엄마야!"

점점 이겸의 무게 중심이 제 쪽으로 쏠리더니 결국엔 유미의 품 안으로 그의 건장한 몸이 무너져 내렸다.

"뭐, 뭐야. 지금?"

유미의 눈동자가 황망하게 흔들렸다.

"설마…… 지금 뻗은 거야?"

차라리 이 모든 게 꿈이었으면 싶었다. 유미는 힘이 완전히 빠진 이겸을 흔들어 깨워보았지만, 그에게서는 아무런 대답도 돌아오지 않았다.

'겨우 다잡은 마음이었는데…….'

잠깐 스쳐 꾼 꿈처럼 허탈한 키스는 유미의 혼란한 마음을 더 흐트러뜨렸다.

다음 날 아침. 유미는 밤새 한숨도 자지 못하고 출근을 했다. 피로에 뻑뻑해진 눈을 비비다 갑작스러운 호출을 받고 달려왔다가 대놓고 까이기까지 했다.

"공 주임, 일을 왜 이런 식으로 처리해요? 숫자는 두 번, 세 번 제대로 확인하라고 말했습니까, 안 했습니까?"

잔뜩 화가 치민 남자의 낮고도 단호한 음성이 침체된 분위기의 사무실을 울려 퍼졌다.

"죄송합니다. 확인을 한다고 했는데……."

"확인을 해요? 이게 확인을 하고 작성한 겁니까?"

유미의 고개가 땅에 닿을 듯 푹 꺼졌다. 그 모습은 흡사 무르익은 벼 같아 보이기도 했다. 그녀는 입술을 말아 넣고 나름의 변명을 해보았지만, 그러한 변명이 그에게 통할 거라는 생각은 조금도 하지 않았다.

"정말 죄송합니다."

왜냐하면 그는 신이겸이니까. 유미가 이 회사에 들어온 이래, 단 한 번도 당근을 물려준 적 없던, 매몰찬 채찍질만 해대던 그이기에.

"오늘 퇴근 전까지 다시 작성하세요."

날카롭게 흘러나오는 그의 음성은 차갑다 못해 꽁꽁 얼어붙어 있었다. 이미 머리끝까지 화가 오른 이겸은 답답한 듯 입술을 꼭 깨물었다.

"네. 알겠습니다."

울 것 같은 얼굴을 하고 자리로 돌아온 유미가 의자에 풀썩 몸을 묻었다. 다른 것도 아니고 매출 관련 서류에 민감한 것은 모든 회사가 마찬가지일 것이다. 이제 막 주임을 단 유미가 처음 맡은 업무가 거래처별 월 매출을 뽑는 것이었다. 조금의 오류가 있다고 그냥 눈 감고 넘길 수 없는 것이었다. 절대적으로 정확해야 했으며, 0.001의 오차 범위도 용납되지 않았다.

유미는 크게 숨을 들이마시고 내쉬길 반복해 보았다. 그럼에도 답답한 마음이 쉬이 풀리지 않았다. 아니, 저 밑에 꾹꾹 눌러놓았던 분노가 치밀어 올랐다. 뜨거웠던 어제의 키스는 어떻게 설명할 수 있을까. 아침에 출근하자마자 이겸의 얼굴을 보고 저도 모르게 얼굴을 붉힌 자신이 초라하게 느껴졌다. 꿈도 아닌 그 생생한 현실을 어떻게 잊을 수 있을까. 잘하고 싶은 마음에 며칠씩 야근까지 자처해 가며 완성시킨 자료였다. 그래도 그렇게 혼낼 필요가 있었나. 아직 거래처에 넘기기도 전인데 억울하다기보다는 꾸지람을 들은 상대가 이겸이기에 더욱 속이 상했다.

'나쁜 놈!'

생각하면 생각할수록 분해 미칠 것 같았다. 유미는 왈칵 쏟아져 내릴 것 같은 눈물을 참기 위해 이를 악물었다. 굳이 따지자면 자존심이 상했던 것이다. 꼭 그렇게 동료들이 다 지켜보는 앞에서 목소리까지 높여야 했을까 싶었다.

유미는 미련스럽게 그 구질구질한 짝사랑을 끝내지 못하고 다니던 회사의 경력까지 버린 채 이겸이 다니는 회사에 신입사원으로 입사했다. 단지 그와 함께하고픈 마음이 굴뚝같았던 까닭이었다. 그래서 이 회사에 먼저 입사한 이겸은 유미보다 먼저 승진해 대리 직급을 달았고, 나중에 입사한 유미는 그보다 아래인 주임 직급을 달고 있는 것이다. 어설프지만 끈끈한 친구 관계 덕분에 회사 생활이 편할지도 모른다는 착각은 하지도 않았다. 하지만, 유미는 감히 이 정도일 줄은 상상도 하지 못했다.

상사가 까라면 까고, 기라면 기는 게 사회생활의 기본 수칙이다. 그것은 시대가 변하고, 세월이 흘러도 변하지 않는 불변의 법칙이었다. 유미가 회사 밖에서야 이겸과 맞먹을 수 있을지 몰라도, 회사 내에서는 달랐다. 상사 신이겸이 하라면 해야 하는 게 그의 아래 근무하는 유미가 할 수 있는 유일한 일이었다.

점심시간이 되자 사무실에 있는 사람들이 하나둘 식사를 위해 자리를 떠났다. 유미는 아직 반도 채 만들지 못한 장부를 보고 있자니 땅이 꺼져라 한숨만 터져 나왔다. 자연스럽게 시선이 이겸의 자리로 흘러갔다.

"치사하게 혼자 밥을 먹으러 가?"

이겸을 생각하기 무섭게 떠오르는 지난밤의 키스. 떠올리는 것만으로 입술로부터 시작된 열감이 온몸으로 퍼져 나가는 기분이었다.

"설마…… 술주정은 아니겠지?"

유미는 제 입술을 살며시 문질러 보았다.

"이 자식, 술만 마시면 다른 여자들한테도 막 그렇게 들이대고 그런 거 아니야?"

생각이 거기에까지 미치자 유미는 부정하듯 머리를 잘게 털어냈다.

"말도 안 돼!"

유미가 아는 신이겸은 그럴 만한 인물이 아니었다.

"일부러 모른 척하는 거야, 뭐야. 진짜. 자존심 상하게 그걸 대놓고 물어볼 수도 없고!"

그가 키스를 한 건 냉정하게 그를 대하리라 다짐한 지 불과 하루도 지나지 않은 시점이었다. 평소의 유미였다면, 자존심이고 뭐고 다 내려놓고 '키스했으니 책임져!'와 같은 드립을 날렸을 것이다. 그런데 이겸과 눈만 마주치면 얼굴이 붉어졌고, 시선은 그의 입술로 향했다.

'키스는 어디서 배워온 건지, 더럽게 잘해서. 나 원 참.'

쓰린 속은 달랠 길이 없고, 굶주린 유미의 배에선 끊임없이 꼬르륵 소리가 울려 퍼졌다.

"뭐라도 먹어야지. 안 되겠어."

점심을 굶고서라도 빨리 업무를 끝마치고 싶은 마음이야 굴뚝같았다. 하지만 천성이 배고픈 걸 참지 못하는 성격인 걸 어쩌겠는가. 유미는 결국 회사 건물 바로 아래에 있는 편의점에서 삼각김밥이라도 사올 요량으로 사무실을 벗어났다.

같은 시각, 이겸은 아침부터 윗선에 불려가 대차게 깨져서 기분이 다운 된 허 팀장과 단둘이 점심 식사 중이었다.

"아니, 신 대리, 왜 평소 안 하던 실수를 하고 그래?"

속이 타기라도 하는 건지, 허 팀장은 찬물을 몇 잔째 들이켜며 화를 삭이고 있었다.

"죄송합니다. 요즘 업무량이 많아져서 더블 체크를 하지 못했습니다."

이겸은 고개를 숙이고 허 팀장의 화가 가라앉길 기다렸다.

"자칫 예민한 거래처에 걸렸다면, 더 이상 거래하지 않겠다고 할 수도 있는 사안이었어."

"……죄송합니다."

괜히 말대답을 했다간 그의 심기를 건드릴 수도 있는 상황.

"에잇, 하필 윗선에 그 얘기가 먼저 들어갈 게 뭐람."

사실 마음 같아선 그렇게 중요한 것이었으면 윗선에 보고하기 전에 본인이 한 번 더 확인하지 그랬냐는 말을 하고 싶었다.

"앞으로는 그럴 일 없도록 하겠습니다."

츤데레와 정석

하지만, 상사에게 그런 말을 할 수 있을 리 없다. 이겸은 바짝 고개를 조아리고 허 팀장에게 사죄했다. 이겸의 반듯한 모습을 보자 더 화를 내기도 뭣했는지 허 팀장이 짜증스레 남은 국을 모조리 원샷했다.

"아니, 잠깐만. 그러고 보니 거래처별 매출 정산 이번 달부터 공 주임이 맡아서 하기로 하지 않았나?"

이겸의 목울대가 얕게 출렁였다.

"……아닙니다. 아직 업무 인계가 제대로 안 돼서, 이번 달까지는 제가 하기로 했었습니다."

"그래?"

허 팀장의 눈빛이 미심쩍게 변해갔다.

"공 주임한테도 매출 관련한 사항은 특별히 잘 살피라고 이야기하겠습니다."

이겸은 허 팀장의 예리한 눈빛을 발견하고 황급히 뒷말을 덧붙였다.

"내가 신 대리 아끼는 거 알지?"

오락가락하는 예민한 성격의 허 팀장은 오전 내내 이겸에게 화를 낸 게 그제야 미안했는지, 어깨를 늘어뜨렸다.

"잘하라고."

허 팀장은 이겸의 어깨를 힘주어 두드렸다.

아껴서 이 정도 깨지는 걸로 끝난 것이 다행이라고 여겼다. 이겸은 만약 자신이 아닌 유미가 실수를 한 걸 알면, 허 팀장 성격에 두고두고 유미에게 이 실수를 언급할 것이 분명하다고 여겼다.

"명심하겠습니다."

이겸은 허 팀장의 빈 물잔에 물을 가득 채워 넣었다.

"기분도 꿀꿀한데 저녁에 한잔할까?"

혼잣말을 하듯 했지만, 이겸은 허 팀장이 은연중에 저에게 대답을 받아내려는 심산인 걸 안다.

"팀장님과 함께라면, 내일 아침 해장국까지 먹을 수 있죠."

이겸이 능글맞게 허 팀장의 비위를 맞췄다. 그에 따라 허 팀장이 흡족하게 미소를 지으며 이겸의 어깨를 두드렸다.

"그래, 사회생활 하다 보면 실수할 수도 있지. 내가 이해 못하는 건 아닌데, 매출 관련해선 우리 조심 하자고. 응?"

"네!"

"신 대리, 담배 안 하지?"

"네…… 담배는 안 합니다."

허 팀장이 몸을 일으켰고, 이겸도 그를 따라 일어섰다.

"아쉽군, 그래. 담배 한 대 태우고 갈 테니까 먼저 사무실 들어가 있어."

먼저 식당을 나선 허 팀장을 뒤로하고, 이겸은 식당에서 계산을 마치고 나왔다.

"후."

갑자기 더워진 날씨 탓인지 속이 갑갑해졌다. 쪼잔한 허 팀장에게 유미가 걸리지 않은 것만 해도 다행이었다.

허 팀장이 곤란한 질문을 해올 때마다, 허겁지겁 뜨겁고 매운 부대찌개 국물을 들이켠 탓인지 입술이 화끈거렸다.

저도 모르게 화한 입술을 매만지다가, 이겸은 불현듯 스쳐 지나가는 어젯밤의 기억에 마른 침을 삼켰다.

"내가 대체 무슨 짓을 한 거야……."

이겸은 스스로도 납득이 가지 않는 어제 일로 인해 아직도 심장이 제멋대로 뛰어오는 것만 같았다.

　삼각김밥을 사서 사무실로 돌아가던 유미는 로비에서 낯이 익은 얼굴을 발견했다.

　"어?"

　그 사람은 어제 유미와 맞선을 보았던 윤호였다.

　"유미 씨. 계속 전화드렸는데 연락이 안 되어서요."

　뜻밖의 장소에서 그와 마주한 유미는 당황한 듯 눈을 깜빡였다.

　"아……. 절 보러 여기까지 오신 거예요?"

　"어제 제대로 이야기도 나누지 못하고 헤어진 게 마음에 걸려서요."

　불편해하는 유미와 달리 윤호는 제법 당당한 기세였다.

　"그건요. 어제도 이미 말씀드렸다시피 제가 아직 마음의 준비가 안 되어서……."

　"결혼을 전제로 만나는 게 부담스러우신 거죠?"

　"네? 아니, 그게 아니라……."

　단도직입적인 윤호의 물음에 유미는 난처했다.

　"어제는 그렇게 가버리셔서 많이 당황했습니다."

　유미는 무슨 대답을 해야 할지 몰라서 눈만 깜빡일 뿐 아무런 대답도 하지 못했다.

　"잠도 제대로 안 오더군요."

　"……왜요?"

　유미가 이해할 수 없다는 표정을 하고 되물었다.

　"서로에 대해 파악하기엔 너무 말도 안 되게 짧은 시간이었어요."

　"아니, 저는. 어제도 말씀드렸다시피, 아직 마음의 준비가 안 되어서요. 정말 정말 죄송하지만, 준비도 없이 여지를 주는 건 아닌 것 같아요."

줄곧 난감해하던 유미가 계속해서 자신이 할 말만 내뱉는 그에게 단호하게 말했다.

"몇 번만 더, 아니 한 번만 더 만나봐요. 만나면 생각이 바뀔 거예요. 분명."

윤호는 첫 만남에 거절당한 걸 납득하지 못하는 듯했다. 그는 선자리에서 자신을 이제 막 개인 병원을 오픈한, 성공한 내과 의사라고 소개했다. 그러곤 테이블 위 커피 잔이 바닥을 드러낼 때까지 자신의 직업이 마치 대단한 것이라도 된 양 떠들어댔다. 유미는 아주 잠깐 이야기를 나누었음에도 그가 자기중심적인 사고방식을 가진 사람이라는 것을 알 수 있었다. 자신의 의견을 피력하는 데에만 급급하고 상대방의 이야기는 들을 줄도 몰랐다. 어쩌면 그는 자신이 퇴짜를 맞았다는 것이 납득할 수 없었던 게 아니라, 단지 자존심 상해서 이렇게 자신을 찾아오는 수고로움까지 감수하며 이미지를 쇄신하려는 것일 수도 있다. 그렇지 않으면 스스로가 못 견뎌서.

"죄송합니다."

유미가 고개까지 숙여가며 그에게 사과를 하고 돌아섰다. 이 정도면 꽤 정중하다고 생각했다. 그런데, 윤호가 '턱' 하고 유미의 팔목을 낚아챘다.

"뭐 얼마나 잘났다고 그렇게 튕겨대요?"

"튕기다니. 누가요. 아직 마음의 준비가 되지 않았다고 분명히 말씀드렸잖아요!"

유미는 윤호에게 붙잡힌 팔목을 흔들어 빼보려 했다. 하지만, 윤호는 유미가 도망이라도 갈까 봐 그녀의 팔목을 쥔 손에 더욱 힘을 가했다.

"그러니까 한 번만 더 만나보자고 말하잖아요?"

"왜 이러세요. 이거 안 놔요?"

유미가 질겁하고 그에게 소리쳤다.

"얼굴 좀 반반한 거 믿고 맞선 자리 나와서 몇 마디 나눠보고 마음에 들면 만나고, 아니면 차고. 꽃뱀이야?"

"뭐요? 꽃뱀?"

점심을 먹고 복귀하는 직원들이 유미와 윤호 주변으로 하나둘씩 모여들기 시작했다. 유미는 혹시라도 이겸에게 이런 모습을 보일까 봐 두려웠다. 얼른 이 자리에서 벗어나고 싶어서 그에게 버럭 화를 내려던 순간이었다.

"남자 새끼가, 존심도 없나. 싫다는 여자 찾아와서 추태 부리는 꼴하고는."

혹시가 역시가 되는 것이었다.

"뭡니까? 지금 대화하고 있는 거 안 보여요?"

윤호가 자신을 향해 날 선 말을 쏟아내는 사람을 향해 짜증스럽게 소리쳤다.

"대화? 대화는 서로 이야기를 나누는 거고. 내가 방금 들은 건 대화가 아니라 일방적으로 모욕하는 거였거든요."

남자는 가시가 돋친 듯 뾰족한 말투에 비해 느른한 눈빛으로 여유롭게 윤호를 바라보았다.

"신이겸."

유미는 제 앞으로 다가선 이겸을 올려다보았다.

"여자 쪽에서 정중하게 거절하는데 이렇게까지 하는 건, 정말로 이 여자가 마음에 들어섭니까? 아니면, 인정하고 싶지 않아서예요?"

분명 이겸의 말투는 냉정하게 흘러갔지만, 유미는 이겸이 지금 몹시 화가 났다는 걸 알 수 있었다.

"둘이 뭐라도 됩니까? 왜 이야기하고 있는데 제삼자가 끼어들어서 이러는 거지?"

윤호의 얼굴이 붉으락푸르락했다.

"뭐라도 되면 그만할래?"

"말이 짧네요? 초면에 너무 무례한 것 아닙니까?"

"그러는 그쪽이야말로, 연약한 여자 붙잡고 꽃뱀이냐 모함하는 거 무례하단 생각 안 들어요?"

남자 둘의 언성이 점점 높아지자 주변의 이목이 집중되었다. 자칫 잘못했다간 회사에 안 좋은 소문이라도 날까 싶어서 유미가 이겸의 팔을 잡아끌었다.

"이겸아, 그만해."

이겸이 매서운 눈빛을 하고 윤호를 쏘아보았다.

"제 부하 직원은 업무가 너무 많아서 당신 전화 받을 여유 따위는 없을 거 같거든. 그러니까 앞으로 연락도 하지 말고, 이렇게 동의 없이 회사 앞으로 찾아오지도 마요. 알아들었어?"

"나 참, 재수가 없으려니까. 이봐요. 당신 말 다 했어?"

존대도, 반말도 아닌 이겸의 말투에 윤호가 자존심이 상한 듯 소리쳤다.

"말 다 못 했는데 참고 있는 겁니다. 재수가 없는 건 얘지 당신이 아니잖아? 남의 회사까지 찾아와서 이따위 저급한 행동하는 건 대체 무슨 경우지?"

"둘 다 그만해요. 그만!"

그대로 뒀다간 주먹다짐이라도 할 기세로 으르렁대는 둘 사이에 유미가 끼어들었다.

"정윤호 씨. 그만 돌아가 주세요. 저는 분명히 싫다고 말씀드렸는데 불쑥 찾아와서 이러는 거 너무 불쾌해요. 한 번만 더 이 일로 찾아오면 경찰에 신고할 거예요!"

윤호가 뭐라 대꾸를 하기도 전에 유미가 이겸의 팔을 잡아끌어 그 자리를 벗어났다. 그리고 인적이 드문 복도에 도달해서야 이겸의 팔을 놓아주었다.

"너 뭐야?"

유미는 잔뜩 화가 났다. 이겸이 제 일에 끼어든 것도 화가 났고, 어제의 갑작스러운 키스에도 화가 났다.

"내가 뭘."

이겸이 심드렁한 표정을 하고 유미의 말에 대꾸했다.

"네가 뭔데 거기서 나서?"

"기껏 도와줬더니. 고맙다는 말이 나와야 맞는 거 아냐?"

위기에서 구해준 제게 화를 내는 유미에게 이겸은 황당한 표정까지 지어가며 반박했다.

"누가 도와달래?"

"말이 나왔으니까 하는 말이지만, 너 말이야. 내가 소개팅하라고 했지, 선보랬어?"

터진 입이라고 아무 말이나 막 하는 이겸을 보고 있자니 유미는 기가 막혀 돌아가실 지경이었다.

"네가 소개팅하라면 소개팅하고, 선보라면 선봐야 하냐! 내가!"

"그건 아니지. 아닌데. 소개팅이랑 맞선은 엄연히 달라. 소개팅은 가볍게 나가도 좋은 거지만, 맞선은 결혼할 마음이 있어서 나가는 거잖아."

이겸의 말이 틀린 건 아니지만, 유미는 어쩐지 속 어딘가가 단단히 꼬여 버리는 느낌이 들었다.

"신이겸. 내가 벌써 나이가 스물아홉이다? 근데 태어나서 한 번도 연애의 그 쫄깃한 감정을 못 느껴봤어."

"근데?"

"기억도 안 나는 그 어린 시절부터 한 사람만 바라보느라 주고받는 사랑이란 걸 알 기회가 없었던 거지."

유미가 당당하게 이겸과 눈을 맞췄다.

"여기서 갑자기 그 얘기가 왜 나와?"

"근데 생각해 보니까 이렇게 연애 한 번 못 해보고 늙는 게 서러워. 서러워도 너무 서러워! 그래도 서른 되기 전에 그 모욕적인 모태솔로 타이틀은 떼야 할 거 아니야? 아니다, 이참에 그냥 확 아무나 붙잡고 결혼을 해버릴까?"

스물아홉. 여자로서 가장 아름다울 나이이자, 이십대의 끝자락을 향해 달려가는 나이.

"이게, 말이면 단 줄 알아?"

이겸이 미간에 잔뜩 힘을 주고는 검지를 세워 유미의 이마를 살짝 밀었다. 그런 그의 자극적인 말과 행동에도 유미는 조금도 아랑곳하지 않고 하고 싶은 말을 이어갔다.

"남자 만날 기회도 마땅찮고 그렇다고 자존심 상하게 결혼정보회사에 이력서 넣기도 그렇잖아? 그래서 어머니한테 부탁해서 봤어, 선!"

굳이 '선'에 임팩트를 주는 유미를 보며 이겸의 잇새로 짧은 한숨이 터져 나왔다.

"어머니? 지금, 우리 엄마 말하는 거야?"

유미에게 어머니라면, 이겸의 어머니를 뜻하는 것이었다. 그는 믿는 도끼에 발등 찍히는 기분을 이런 상황을 두고 하는 말 같아 난감했다.

"그럼 나한테 어머니가 너네 엄마 말고 또 누가 있어?"

"허."

유미가 세상 기가 찬 표정을 하고 헛웃음을 짓는 이겸을 아니꼽게 바라보았다.

"왜, 내가 막상 선봤다니까 배 아프니? 너 갖긴 싫고, 남 주긴 아까워?"

유미가 이겸에게 진짜 묻고 싶은 건 따로 있었다. 어제의 키스에 대한 완벽한 해명이 필요했고, 굳이 나서지 않아도 될 방금 전 상황에서 저를 구해준 것에 대한 설명이 듣고 싶었다. 하나, 마음이 비뚤어져 있으니, 그녀의 입을 통해 나오는 말 또한 곱지 않았다.

"공유미, 너 오늘 좀 과하다."

"그렇잖아. 내가 너 좋다고 따라다닌 세월이 몇 년인데, 죽어도 나는 싫다면서? 근데 내가 선보는 것도 싫다는 건 또 무슨 망할 놈의 모순이야?"

"그만 긁어."

유미는 미묘하게 얽히고설킨 이겸의 표정에 어쩌면 더 조바심이 났던 걸지도 모르겠다.

"맞네. 일부러 아닌 척하려고 하는 거지, 너. 신이겸, 그렇게 안 봤는데 되게 못됐다."

유미가 주체할 수 없이 화가 났던 이유는 단 하나였다. 아무리 술에 취했어도 전혀 기억이 나지 않을 리 없는 어제 일에 대해 앞뒤 하나 맞지 않아도 좋으니 이겸에게 무슨 말이든 듣고 싶었다. 그것도 아니면, 술에 취해 미쳐서 그랬나 보다 자책이라도 해줬더라면 좋았을 것이다. 그랬다면 최소한 지금 마음이 조금은 덜 속상했을지도 모르 겠다.

여기서 가장 큰 문제는, 어제 이겸과 나누었던 키스가 너무나도 황홀했다는 사실이었고, 또 그것에 유미는 너무나도 많은 의미를 부여하고 있다는 사실이었다. 그녀는 초라한 취급을 받으며 사방팔방에 부끄럽게 흩뿌려진 자신의 마음에 스스로 자책감이 들었다. 그래서 하찮은 자존심이라도 부려보고 싶었다. 이미 유미는 이겸에게 수도 없이 자존심도 뭣도 없는 여자가 되었지만, 지금은 있는 자존심 없는 자존심 전부 끌어 모아서라도 부려야만 했다. 그는 한 번도 제 감정을 쉽게 여기고 가벼운 행동을 하지 않았다. 일방적으로 퍼주는 마음도 잠깐은 쉽다. 하지만, 그 시간이 길어지고 그 마음이 깊어지면 분명 지치게 되어 있다. 쉼 없이 고백한 마음이 더 이상 상처가 날 수 없을 만큼 다쳤는데, 그는 얼마나 더 제게 상처를 주려는 걸까.

"그만하라고 했다."

감정을 참아보려 했던 모양인지 이겸이 두 눈까지 감고, 나지막이 유미를 향해 그만하라는 말만 반복했다. 하지만 이미 흥분 상태인 그녀에게 그게 통한다면 그게 더 이상한 것이었다.

"사람이 그러면 안 돼. 사람 마음 가지고 장난……."

그러나 어쩐 일인지 흥분에 차올라 잔뜩 곤두선 유미의 반박은 끝을 채 맺지도 못하고 삼켜져야 했다. 어느새 유미에게 바짝 다가와 코앞에 얼굴을 맞댄 신이겸 때문이었다.

"너…… 뭐 하는 거야……."

아무 말 없이 무표정하게 빤히 바라보는 이겸 때문에, 유미는 마치 어젯밤처럼 다시 심장이 쿵쾅거렸다. 그녀는 자신의 심장 소리가 귀에 까지 들리는 기적을 경험했다.

'제발, 나대지 좀 마. 심장아.'

그 소리가 이겸의 귀에도 들릴 것만 같아 부끄러운 마음이 들어 유미의 얼굴이 금세 붉게 달아올랐다.

"공유미."

"왜……."

이겸이 그 예쁘게 휜 입매를 한 붉은 입술을 달싹이며 나긋나긋 부르는 이름. 흔한 이름이라 여겼던 이름이, 항상 누군가에게 쉬이 불리던 그 이름이, 아름다움으로 번지는 기적.

"그렇다면 어쩔래?"

"뭐……?"

"남 주기 아깝다면 어쩔래."

유미는 깨알만큼의 자존심도 없이 펄떡펄떡 뛰어대는 심장 소리에 쥐구멍이라도 있다면 숨어버리고 싶었다. 이겸이 숨을 내쉴 때마다 귓가를 드나드는 그 숨결이, 마음을 세게 쥐어 잡고 흔드는 느낌이었다. 분명 어제와 같은 듯 다른 상황이었다.

'퍽' 하는 둔탁한 소리와 함께 유미의 딱딱한 하이힐 앞코와 이겸의 정강이가 정확히 들어맞았다.

"아!"

짧고 굵은 고통에 이겸이 신음을 흘렸다.

"이 시베리안 허스키 같은 놈!"

"야, 이!"

이겸은 유미에게 얻어맞은 정강이를 부여잡고 소리쳤다.

"남 줘! 남 주라고! 신랄하게 까댈 땐 언제고 이제 와서 남 주기 아깝네 마네, 작작해라 진짜!"

정강이 한 번 걷어찼다고 완전히 마음이 풀리는 것은 아니었지만 유미는 그걸로 어느 정도의 위안을 받을 수 있었다.

'복수다! 이 비겁한 놈아!'

유미는 승리감에 취한 듯 한쪽 입꼬리를 비틀어 올려 웃었다.

"왜 그렇게 삐딱하게 굴어? 애도 아니고."

"너 정말 몰라서 묻는 거야? 아니면 알면서 모른 척하는 거야?"

잘못해서 얻어맞아 놓고도 당당하게 구는 이겸의 행동에 유미는 화가 났다.

"내가 모르는 게 또 있어? 설마 맞선이 이번이 처음이 아니라거나 뭐 그런 거야?"

되도 않는 소리를 해대는 이겸을 보자 결국 유미는 머리끝까지 차오른 화를 제어하지 못하고 터뜨려 버렸다.

"키스 말이야!"

어젯밤. 그, 키스!

유미는 궁금했다. 어젯밤 대체 왜 이겸이 저를 찾아왔고 왜 제게 동의도 구하지 않고 그렇게 진하게 키스했는지. 그녀는 궁금함으로 가득 찬 마음을 내보이지 못한 채 질러 버린 말에 그 어떤 설명도 덧붙이지 못하고 이겸의 눈치를 살폈다.

"키스?"

유미가 예상한 반응은 놀라 당황하거나, 하다못해 당당하게 굴지라도 변명을 할 거라 생각했다. 그런데 놀랍게도 이겸은 아무것도 모르는 눈을 하고 있다. 그의 그러한 표정을 확인한 유미의 얼굴은 점점 울상이 되어갔다.

"키, 키스……."

"너 설마, 아까 그 남자랑 키스도 했어? 첫 만남에? 혹시…… 억지로 당한 거야?"

이겸이 허탈하고도 황당한 표정을 지으며 버럭 했다.

'뭐야. 얘 진짜 기억 못 하는 거야?'

유미는 조금도 예상하지 못한 그의 반응에 차마 말을 잇지 못했다.

"이 반응 뭐지? 설마 진짜…… 했어?"

대답 없는 유미를 보며 이겸이 마른침을 삼켰다.

"그래! 했다! 아주 진하게 했다! 됐어?"

어떻게 그걸 기억하지 못할 수가 있을까. 그 짜릿했던 키스를 어떻게 부정할 수 있단 말일까. 유미는 속에서 쉼 없이 솟아나는 질문을 꾹 눌러 참아야 했다. 질문과 함께 돋아나는 울분은 무어라 표현할 수 없는 유미의 가슴을 뜨겁게 만들었다.

"얘가 진짜, 세상 무서운 줄 모르고."

급기야 이겸이 혀를 끌끌 차기 시작했다.

"그러는 넌! 너도 해봤을 거 아니야. 나라고 못 하란 법 있어?"

아무 것도 기억하지 못하는 이겸에게 추궁을 할 수도, 욕을 할 수도 없는 노릇이었다. 유미는 최대한 침착하려 애썼다.

"해봐? 내가? 뭘? 키스를?"

"그래! 이 자식아!"

유미에게 평생 남자라고는 이겸 하나뿐이었으나, 그에겐 아니다.

"잘 들어. 나한테 악질 스토커가 하나 있어. 아침저녁 집에서든 회사에서든 옆에 붙어서 내 전후방 100미터 이내에 여자 그림자도 접근 못 하게 해. 그런데 내가 뭘 어떻게 하겠냐?"

이겸의 말을 찬찬히 듣고 있던 유미는 그제야 그가 말하는 '스토커'가 저를 지칭하는 거라는 걸 알 수 있었다.

"뭐가 어째? 스토커?"

"연애든 키스든, 할 시간이나 주고 말해. 이 스토커야."

사랑이 어떻게 스토킹이 될 수가 있는 건지. 유미는 입을 한껏 벌리고 저를 '스토커'라 말하는 이겸을 쏘아보았다.

"잠깐만, 그러면 너 혹시…… 설마."

순간 뭔가 대단한 것이라도 깨달은 듯 유미의 입이 한껏 벌어졌다.

"또 뭔 소리를 하려고!"

입만 열었다 하면 핵폭탄이 떨어지는 여자가 공유미였다. 그래서인지 이겸은 긴장한 얼굴을 한 채 마른침을 꿀꺽 삼켰다.

"너 설마, 지금까지 키스도 안 해봤어?"

의아함을 표현한 질문에 반해, 유미의 얼굴은 화사함으로 번져 갔다.

"다시 말하지만, 할 시간이나 여유 정도는 주고 말할래?"

분명 방금 전까지만 해도 화가 끓어올라 붉으락푸르락하던 유미의 얼굴에 서서히 안정이 찾아들었다. 순간 머리끝까지 올랐던 화가 확 가라앉는 느낌이 들었다.

'진짜 키스도 안 해봤어?'

말이야 더 이상 좋아하지 않겠다고 호기롭게 내질렀지만, 세는 것도 귀찮아질 만큼 오랜 시간을 이어온 마음을 한순간에 접기란 쉽지 않았다. 식어가는 유미의 마음에 '동정남'이라는 이겸의 타이틀은 그녀의 승부욕을 불러 일으켰다.

'그럼, 어제 나랑 한 게 첫 키스……?'

의외의 수확을 넘어선 계를 탄 것을 바로 이럴 때 두고 말하는 것일까. 이겸의 첫 키스 상대가 바로 자신이란 사실에 유미의 가슴에 다시금 불길이 일어났다.

"너 방금 한 말, 책임질 수 있어?"

그녀는 팔짱을 끼고는 일부러 표정을 무섭게 만들어 이겸을 올려다보았다. 자꾸 입술 끝이 말려 올라가 미소가 지어지려던 것만 빼면 실로 완벽한 협박조였다.

"내가 너한테 그런 걸 거짓말해서 남는 게 뭔데?"

이겸이 빈말을 하는 성격이 아니란 걸 알기에 유미의 미소는 밝은 웃음이 되어갔다.

"난 말이야. 첫 키스는 꼭 첫눈 오는 날 할 거야."

유미의 반응에 탄력을 받은 듯, 이겸이 대뜸 제 취향을 고백하고 나섰다.

"첫눈? 눈 오려면 아직 멀었거든? 지금 초여름이야."

이겸에게 일방적으로 키스를 당한 건 억울했지만, 유미는 그의 첫 키스가 바로 어젯밤 저와 나눈 것이라면 모든 걸 용서할 수 있을 것 같았다.

'어이구, 어떡하나. 첫눈이 오기도 전에 나랑 키스를 해버려서.'

유미는 아직도 생생하기만 한 어젯밤 키스를 떠올렸다.

"말이 그렇다는 거야."

거의 표정에 변화가 없던 이겸이었지만, 어쩐 일인지 그 얘길 하며 그의 양 볼이 수줍게 달아올랐다.

'첫 키스치고는 수준급이었단 말이야.'

유미가 살며시 입술을 매만졌다.

'순진한 녀석. 내 너의 첫 키스를 가졌으니, 이번 한 번만 봐준다!'

유미는 이겸의 첫 키스를 받고, 그에게 용서를 베푸는 후한 인심을 써주기로 했다.

"그게·너는 아닐 테니까, 괜한 기대는 말아."

"뭐?"

참 후하게도 용서라는 인심을 베풀 '뻔'한 유미의 표정이 또다시 굳어갔다.

"괜한 기대 말라고. 첫눈 오는 날 기다리고 있지 말란 소리야."

"신이겸, 너 뭔가 착각하나 본데, 나 이제 너 안 좋아할 거거든? 완전 싫거든? 받아달라고 애원해도 이쪽에서 거절이거든?"

"그래줄래? 제발?"

비꼬아 말하는 이겸을 보며 유미는 다짐했다.

곧 죽어도 자존심은 지켜야 했다. 오랜 세월 버리고 산 자존심을 회복하기 위해 짝사랑과의 이별을 고하지 않았던가. 아무리 마음을 접기 힘들어도 이제 더는 자존심도 없이 이겸에게 매달리는 일은 없을 것이다. 물론, 이겸이 제게 제발 사귀어달라고 매달린다면 못 이기는 척 고민이라도 해보겠지만 말이다.

퇴근을 하고 집으로 돌아오자마자 이겸은 답답하게 목을 조이는 넥타이를 풀었다. 유미의 어머니, 미진이 현관으로 들어서는 그를 반겼다.

"아들, 회사에서 무슨 일 있었어? 얼굴이 왜 이렇게 안 좋아?"

"별일 없었어요."

이겸은 드물게 야근도 하지 않고 집으로 돌아왔음에도 불구하고 몸이 나른했다. 꾸벅, 묵례를 하고 그가 제 방문 쪽으로 돌아서려던 찰나였다.

"엄마. 오빠랑 유미 언니, 싸웠대요."

여동생 이영이 거실에 소파에 앉아 TV에 시선을 고정한 채 남 일 말하듯 입만 움직였다.

'공유미. 그걸 또 그새 일렀어? 그 푼수. 진짜.'

이겸이 짧은 한숨을 내쉬었다.

"응? 유미랑 싸웠어? 왜에?"

미진이 의아한 듯 이겸의 뒤를 따라붙으며 물었다.

"별일 아니에요."

"유미처럼 착한 애가 어디 있다고 싸워? 아들, 네가 또 일방적으로 유미한테 뭐라고 했구나?"

"안 봐도 뻔하지, 뭘."

때리는 시어머니보다 말리는 시누이가 더 얄미운 법. 미진이야 원래도 유미를 딸처럼 아끼니까 그런 말을 할 수 있다. 그러나 이겸은 옆에서 한 마디씩 거드는 이영이 더 얄미워 죽을 지경이었다.

"제가 유미한테 뭘 어쨌다고 그러세요들."

이겸이 나름의 답답함을 토로해 본들, 돌아오는 반응은 항상 똑같다.

"유미한테 잘해줘. 나는 요새 애들 보면 어쩜 그렇게 이기적인지. 유미같이 예쁘고 싹싹하고 예의 바른 애가 며느리로 들어왔으면 딱 좋겠다니까!"

"그러게. 엄마. 나도 유미 언니 같은 새언니!"

"그럼 어머니는 공유미 딸로 삼으시고, 신이영 넌 언니 하나 새로 들이면 되겠네. 용돈도 걔한테 받고."

이겸의 차가운 반응에 미진과 이영이 금세 입을 다물었다. 돈 앞에 장사 없다고 '용돈' 언급에 급 초라해진 두 여자가 그의 눈치를 살폈다.

"아 참! 유미 선본 건 어떻게 되었다니?"

미진이 황급히 화제를 돌렸다.

"그걸 왜 저한테 물어보세요?"

대뜸 문을 쾅 닫고 들어가 버리는 이겸의 모습에 미진과 이영의 눈이 커다래졌다.

"아무래도 둘이…… 심하게 싸운 거 같지?"

"응, 엄마……. 오늘은 건드리면 안 되겠어. 잘못 건드리면 며칠 갈 거야. 저 쪼잔이."

미진과 이영은 굳게 닫힌 이겸의 방문을 멍하게 쳐다보았다.

방으로 들어온 이겸은 셔츠 단추를 하나씩 풀어냈다. 믿는 도끼에 발등 찍힌다는 말은 이럴 때를 두고 하는 말인 모양이다. 단추를 풀어내던 이겸의 손이 서서히 느려지더니 이내 멈췄다.

"며느릿감으로 점찍어두셨다 해놓고 선 자리를 주선하시다니."

이겸은 모순된 미진의 행동에 배신감이 들었다.

'어머니. 어머니가 주선해 주신 맞선 때문에 제가 무슨 짓까지 했는데요…….'

아직까지도 생생하게 느껴지는 입술 감촉에 이겸의 얼굴이 순식간에 빨갛게 달아올랐다. 괜히 빨개진 얼굴의 열감을 식히기 위해 그는 연신 마른세수를 해댔다.

"……내가 왜 화를 내고 있어."

유미가 다른 남자와 만나는 것을 떠올리는 것만으로 이겸은 심장이 고장 난 것처럼 쿵쾅거렸다.

"젠장."

목구멍을 가득 메우던 짜증이 짧게 흘러나왔다. 이런 감정 소모 따위 사치일 뿐이라는 걸 스스로가 누구보다 잘 알면서. 미진이 주선해 준 유미의 맞선 때문에 그의 마음에 갇혀 있던 감정은 봉인이 풀린 듯 날뛰기 시작했다.

화가 나는 이유에 대해선 따질 생각도 하지 않은 채 이겸은 꽉 닫힌 방문을 쏘아보았다.

"어떻게 복수를 해드릴까요, 어머니."

그는 옹졸한 마음일지언정, 소심한 복수를 해서라도 쓰린 마음을 털어내 보고자 머리를 굴렸다. 그날 밤, 이겸은 가족 모두가 잠자리 준비로 부산한 틈을 타 아무도 없는 거실로 나왔다. 주위를 찬찬히 둘러보던 중 거실 협탁 위에 놓인 미진의 휴대폰이 그의 시야에 들어왔다. 그는 아침잠이 많은 미진이 알람 서너 개를 연이어 맞춰두는 걸 잘 알고 있었다. 미진은 성격만큼이나 잠금 패턴도 단순했다. 동그라미. 가볍게 잠금 패턴을 푼 이겸이 고민 없이 손을 놀려 오전 이른 시각에 맞춰진 알람을 모두 꺼버렸다.

"너무 유치한가?"

유치해도 어쩔 수 없었다. 이렇게라도 하지 않으면 한동안 배신감에 미진을 마주하는 것조차 불편해질 것 같았다. 그것만으로 성에 차지 않아, 충전기 케이블을 뽑는 것을 마지막으로 어둠 속에서 모든 일을 끝마친 이겸의 얼굴이 금세 만족스럽게 변해갔다.

다음 날 아침. 한창 부엌에서 보글보글 찌개 끓는 소리가 나야 할 집 안이 조용했다. 개운하게 기지개를 켜는 이겸의 얼굴에 환한 미소가 번졌다. 소심한 복수의 완벽한 성공이었다. 하늘이 두 쪽 나도 아침은 꼭 먹어야 하는 아버지를 위해 이겸은 간단하게 빵을 구웠다. 분명 늦잠을 자고 일어난 미진은 허둥대며 부엌으로 쫓아 들어올 것이다.

"세상에! 맙소사!"

아니나 다를까, 이겸의 등 뒤로 혼비백산이 되어 부엌으로 뛰어 들어오는 미진의 목소리가 들렸다. 프라이팬 위에 달걀을 푸는 그의 손길은 더 없이 평온해 보였다.

"늦잠 주무셨어요?"

"아니 글쎄! 알람이 꺼져 있었나 봐! 어떡하니. 아버지 일어나실 시간 다 됐는데."

미진은 꺼진 휴대폰을 가지고 발을 동동 굴렀다.

"제가 대충 빵 구웠어요."

이겸이 몸을 돌리며 미진을 향해 부드럽게 웃었다.

"아이, 참. 이런 적이 한 번도 없었는데……. 고마워, 우리 아들."

미진은 이겸에게 미안한 표정을 지었다.

"전 이걸로 아침 됐어요. 출근할게요."

구운 식빵을 입에 문 이겸이 부엌에서 벗어났다.

"미안해. 저녁에 맛있는 거 해줄게. 일찍 들어와. 알았지?"

현관 쪽으로 걸어가는 그의 뒤를 미진이 따르며 다급하게 말했다.

"네. 어머니."

미진은 감히 상상이나 할까? 두 얼굴을 지닌 자신의 아들이 한 소심한 복수극에 놀아났단 사실을. 승리감에 젖은 미소가 이겸의 얼굴을 지배했다.

제2장.
숨기고 싶은 비밀

"아이고. 배야."

만성 변비 때문에 고통 받던 유미는 오늘 아침도 한참 화장실에 앉아 있었지만 결과물이 없다. 상큼해야 할 출근길임에도 배가 아파 허리도 제대로 펴지 못한 채 횡단보도 앞에서 신호가 바뀌길 기다렸다.

"으윽."

얼굴 가득 인상을 쓰고 있던 유미는 신호가 초록으로 바뀌자마자 제일 먼저 앞으로 튀어 나갔다. 그때, 유미의 앞으로 고급 SUV 차 한 대가 끼이익, 하고 멈춰 섰다. 그와 동시에 '빡!' 하는 커다란 굉음이 울려 퍼졌다.

"으악!"

미칠 듯한 배변감에 걸으면서도 조금씩 방구가 새어 나오던 중이었다. 그러나 유미는 초인적인 힘으로 괄약근에 힘을 주어 참고 있었다. 그런데 갑작스레 앞으로 달려든 차 때문에 놀라 괄약근에 힘이 풀어지면서 핵폭탄급 방귀가 뿜어져 나오고야 만 것이다.

"허, 헉."

유미는 가쁜 숨을 몰아쉬었다.

'옴마. 자칫 잘못하면 똥 나올 뻔했잖아? 변비라 다행인 건가!'

방귀는 본디 소리와 냄새가 반비례한다고 했다. 폭발적인 사운드를 동반한 방귀가 터져 나왔으나, 냄새는 그다지 심하지 않았다. 하나, 자칫 잘못했으면 차와 정면으로 부딪칠 뻔한 상황이었다. 정신을 차리고 보니 유미의 팔뚝은 누군가에게 붙잡혀 있었다.

"으, 응?"

유미의 눈동자가 붙잡힌 자신의 팔뚝으로 향했다. 그리고 팔뚝을 붙잡은 손을 따라 올라가자, 밀려 올라간 셔츠 사이로 명품 중에서도 가장 비싼 브랜드의 시계가 보였다. 마침내 손의 주인을 확인한 유미의 입술이 서서히 벌어졌다. 그다지 꾸민 것 같지도 않은데 빛에 그을린 적 없는 것 같은 뽀얀 피부 하며, 인생의 풍파는 다 비껴간 것만 같은 곱디고운 얼굴. 언뜻 보기에도 귀티가 줄줄 흐르는 어느 부잣집의 도련님 같은 느낌의 남자였다. 그가 유미를 끌어당겨 구해준 것이다. 그사이 신호는 다시 바뀌었다.

"괜찮아요?"

"아……. 네."

유미의 등줄기로 식은땀이 흘러내렸다.

'설마, 그 소리를 들었다거나 뭐 그런 건 아니겠지……?'

저도 모르게 눈치를 살피던 유미는 남자의 입꼬리가 미묘한 각도로 움직이는 걸 발견했다. 그것은 필시 웃음을 참고 있는 것이란 생각이 들자 미칠 듯한 수치심이 밀려들었다.

"왜, 왜 웃어요?"

유미는 차마 남자에게 화는 내지 못하고 낮은 목소리로 물었다.

"웃어요? 제가 언제요?"

분명, 입술을 꿈틀거렸는데?

"아니에요?"

"아닌데요?"

"크흠."

유미는 민망함에 양 볼을 붉히며 헛기침을 했다.

"신호 바뀌었다고 그렇게 바로 튀어 나가면 사고 날 수도 있어요."

언제 봤다고 잔소리람.

"네. 구해주셔서 정말 감사합니다."

유미가 허리까지 숙여 인사했다. 세상에 태어나 이렇게 부끄럽기는 처음이었다. 할 수만 있다면 점이 되어 사라져 버리고 싶을 정도로.

"앞으로는 조심……."

신호가 바뀌자마자 유미는 건너편으로 쏜살같이 도망치다시피 사라졌다. 뒤 한번 돌아보지 않고 꽁지가 빠져라 도망가는 유미의 모습에 남자는 허탈한 웃음을 터뜨렸다.

"아침부터 속이 안 좋나. 뭔 방귀를 저렇게 크게 뀌시나."

남자는 다시 생각해도 황당했는지 어깨를 잘게 떨며 웃었다.

아슬아슬하게 지각을 면한 유미는 의자 등받이에 몸을 기대고 긴 한숨을 내쉬었다. 다시 배가 살살 아파오는 모양새를 보아하니, 긴장감에 자취를 감추었던 배변감이 다시 존재감을 드러내려 했다.

'오늘 아주 끝장을 보자. 제발 내 장에서 꺼져! 이 더러운 똥들아!'

유미는 화장실을 향해 빠른 걸음으로 걸어갔다. 얼마나 시간이 흘렀을까. 화장실에서 걸어 나오는 유미의 표정이 밝았다.

"정말이지 굉장했어! 며칠 묵힌 거라 그런지 모든 게 남달랐다고."

방금 전까지만 해도 노랗게 떠 있던 유미의 얼굴에 다시 생기가 돌았다. 몸과 마음이 가벼웠다. 급히 제자리를 찾아가던 유미의 낯빛이 무언가를 발견하고 다시 어두워지기 시작했다. 그녀는 황급히 사무실 입구 쪽에 위치한 파티션 뒤로 몸을 숨겼다.

'저 사람은! 아까 횡단보도에서 나 비웃었던 남자잖아?'

분명 자신의 자리 쪽에서 사람들에게 인사를 하고 있는 것같이 보였다. 일단 마주치지 않는 게 최우선이라 여긴 유미는 휴게실로 도망쳤다.

"저 남자가 여기 왜 있는 거야?"

횡단보도에서 똥방귀를 뀌었던 걸 생각하니 너무나 창피했다.

"들었을 거야. 분명 날 비웃었었다고!"

무슨 일로 그가 여기에 있는지는 모르겠지만, 무조건 피해야 한다. 결코 다시는 마주치고 싶지 않은 사람이었다.

뽑아 마신 커피 종이컵이 수북이 쌓여 탑을 이룰 정도의 시간이 흐르고 난 뒤, 유미는 휴게실 바깥의 동태를 살피기 위해 고개를 반쯤 내밀었다.

"헉!"

휴게실 바로 밖 복도에 횡단보도 남자가 누군가와 이야기를 나누고 있었다.

"정말 괜찮겠어?"

화려하면서도 우아한 겉모습과도 어울리는 청아한 여성의 목소리가 들려왔다.

"그럼. 괜찮지."

"꼭 이렇게까지 해야 해? 쉬운 길도 많은데 왜 하필……."

유미는 틈 사이로 한쪽 눈만 내밀고 그들을 훔쳐보았다. 몸에 딱 달라붙는 강렬한 붉은색 원피스를 입은 그녀가 남자의 와이셔츠 깃을 매만졌다.

'세상에. 회사에서 애정 행각이라니! 대체 뭣들 하는 인간들이람?'

유미가 입까지 벌리고 그들의 행동 하나, 말투, 대화에 온 신경을 쏟아부었다.

"들어가 봐야겠다. 첫날부터 찍히면 안 되잖아. 얼른 가봐."

"집에는, 일찍 들어올 거야?"

어딘지 모르게 유혹적인 여자의 목소리에 남자는 아무렇지 않게 반응했다.

'헐. 뭐야. 결혼했나? 아니면 설마 동거? 대박!'

유미는 제멋대로 생각하고 판단하는 몹쓸 버릇이 있는데 눈앞에 보이는 단면적인 장면으로 모든 것을 판단하는 놀라운 재주였다. 지금도 그랬다.

"일찍 마치면 일찍 들어갈게."

"아이구. 우리 예쁜이."

글래머러스한 몸매에 반해 여자의 목소리에서는 꿀이 떨어졌다. 흐트러진 남자의 앞머리를 매만져 주는 손길이 매우 자연스러웠다.

"아이. 회사에서 왜 이래."

"잘 하고. 저녁에 집에서 봐. 알았지?"

얼마나 애틋하신지. 눈꼴이 다 시려올 지경이었다. 유미는 자신이 한 번도 해보지 못한 것들을 자연스레 주고받는 두 사람의 모습에 약간의 부러운 감정이 들기도 했다.

"알았어. 얼른 가."

우아한 그녀를 보낸 횡단보도 남자가 돌연 유미가 있는 쪽으로 홱 고개를 돌렸다.

'헉! 눈 마주칠 뻔했다!'

동물적 감각으로 몸을 숨긴 유미는 놀란 가슴을 쓸어내렸다.

남자가 어딘가로 완전히 사라지는 걸 확인한 다음에야 유미는 사무실로 걸음을 옮길 수 있었다. 안을 살피던 유미가 도둑고양이보다도 더 사뿐히 제자리로 돌아왔다.

'누군진 몰라도 다신 볼일 없었으면 좋겠어. 내 치부를 다 들켜 버린 것만 같아서 너무 수치스러워.'

다시는 그 새파란 남자와 마주치는 일이 없기를 그렇게 마음속으로 기도하던 찰나.

"공 주임. 어디 다녀와요?"

"엄마야!"

호환마마보다도 더 무서운 이겸이 유미의 앞에 모습을 드러냈다.

"뭘 그렇게 놀라? 저승사자라도 봤어요?"

"아뇨!"

유미는 최대한 놀란 감정을 숨기기 위해 목소리를 한껏 높였다.

"어디 다녀왔어요?"

"잠깐. 화장실에 좀…… 왜요? 뭐 시키실 일이라도 있으신지?"

"공 주임 후임 들어왔어요."

승진을 하고도 아직 팀에서 막내를 맡고 있는 유미에게 분명 희소식이었다. 그런데 왜 이리 기분이 싸한지 모를 노릇이었다.

"후임이요?"

"회사 안내도 해주고, 타 부서에 소개도 시켜주고 해야죠."

"아…… 소개요."

유미가 저도 모르게 고개를 끄덕이며 붉은 입술을 달싹였다.

"최시윤 씨?"

"네!"

"여기가 앞으로 시윤 씨 사수가 될 공유미 주임이에요. 서로 인사들 해요."

이겸이 살짝 몸을 틀자마자 그 사이로 익숙한 얼굴 하나가 불쑥 나타났다. 늘 슬픈 예감은 틀린 적이 없는 법이다.

"어…… 억!"

속으로 외친 욕이 입 밖으로 튀어나올 뻔했다. 유미는 당장 쥐구멍이라도 있다면 숨어버리고 싶었다.

"어? 아까 횡단보도에서……?"

먼저 아는 척을 한 건 시윤 쪽이었다. 유미는 절로 마른침이 꿀꺽 삼켜졌다.

"횡단보도? 둘이 구면이에요?"

이겸이 둘을 번갈아 쳐다보며 물었다.

"아, 그게 아까 아침에 회사 앞 횡단보도에서…….."

시윤이 아침에 유미와 마주친 일을 설명하려는 듯 입을 벌렸다.

'안 돼! 신이겸 앞에서 핵방귀 얘기를 한다면, 난 오늘 인생 마감해야 돼!'

유미는 다급하게 그의 말꼬리를 잘라 버리고 목소리를 높였다.

"최시윤 씨? 시윤 씨라고 했나요? 우리 회사는 처음이죠?"

"예?"

시윤은 갑작스레 이겸과 자신의 사이를 비집고 들어오는 유미의 행동에 놀라 당황한 표정을 지었다.

"점심시간 전에 유관 부서에 인사하고 다니려면 시간이 없겠어요! 얼른 따라와요! 얼른!"

말이 끝나기가 무섭게 유미가 시윤의 손을 잡아끌고 나가 버렸다. 유미가 신입과 나란히 '손'을 잡고 나가 버린 빈자리에 멍하게 서 있던 이겸의 입술이 제 의지와 상관없이 파르르 떨렸다.

유미는 사무실에서 최대한 멀리 떨어진 곳까지 나오고 나서야 시윤의 손을 놓아주었다. 영문도 모른 채 끌려 나온 시윤은 어리둥절한 표정을 지었다. 유미는 혹시라도 이겸이 따라오지는 않을까 싶어 불안한 표정으로 주위를 흘끔거렸다.

"최시윤 씨?"

"네. 주임님."

시윤은 아까 횡단보도에서와 똑같이 웃음을 참는 듯한 표정을 짓고 있었다.

"이끼, 흠. 그러니까 아까 우리가 횡단보도에서 만난 일 말이에요."

운을 떼는 유미의 양 볼이 달아올랐다.

"아까 사고 날 뻔한."

"그래요! 그거!"

유미의 목소리가 한 톤 높아졌다.

"그, 그거, 그…… 방금 신이겸 대리님한테는 비밀로…… 해주면 안 될까요?"

"비밀이요? 그게 뭐 대수라고 비밀까지……."

"이유는 묻지 말고. 비밀로 해줘요. 네? 부탁이에요."

애원하듯 간절하게 흘러나오는 유미의 목소리는 시윤의 호기심을 자극하기 충분했다.

"네, 뭐. 어려운 것도 아닌데. 부탁, 들어드릴게요."

"고마워요!"

유미는 세상에서 가장 고마운 사람을 만난 것처럼 감격스러운 표정을 지었다.

'아니, 그게 뭐라고 이렇게까지 고마운 표정을 지어?'

궁금증으로 가득 찬 시윤의 얼굴에 옅은 미소가 떠올랐다.

'흐음, 신이겸 대리님한테'만' 비밀로 해달라?'

방귀로 튼 첫 만남도 기가 막힐 노릇인데, 유미의 짝사랑 상대까지 알게 되었다. 의도치 않게 선임의 은밀한 면 곳곳을 본 느낌이랄까.

'이거, 이거, 따분할 줄 알았던 회사 생활이 조금은 재미있을 것 같은 느낌인데?'

유미는 시윤에게 회사의 전반적인 것은 물론이고, 이제 막 사회생활을 시작한 그에게 선배로서 조언을 한답시고 이 얘기 저 얘기를 늘어놓았다. 그게 얼마나 위험한 결과를 가져올 줄도 모르고 말이다.

흐느적거리는 커튼 사이로 부서져 들어오는 햇살에 유미의 눈꺼풀이 살포시 찡그려졌다. 출근하지 않는 토요일 아침 햇살은 유난히 따사롭고 반갑다. 간밤에 안주도 없이 몇 캔인지 셀 수도 없을 만큼 맥주를 들이켰음에도 잠이 오질 않았다. 평소에는 잘 틀지 않던 TV를 틀었다가, 문득 멜로 영화의 여자주인공에게 저를 대입해 본 탓이었다. 현실이 아닌 저곳에서도 둘은 잘만 사랑하는데, 아직도 이겸에 대한 마음을 완전히 접지 못한 자신에게 자괴감이 들어 견딜 수가 없었다. 그러다 깜빡 잠이 들었다. 이미 해가 방 안 깊숙이 쏟아들 만큼 시간이 흐른 상태였다. 유미의 방에는 밤새도록 켜져 있던 TV 소리가 잔잔하게 울려 퍼지고 있었다.

"그만 좀 일어나지?"

이겸은 방바닥에 아무렇게나 엉덩이를 대고 앉아 유미가 일어나기만 기다렸다. 그는 이미 아침 일찍부터 흰 면 티셔츠에 트레이닝 바지만 간단히 걸치고는 유미의 방까지 들어와 있었다.

"엄마, 깜짝이야."

돌아가신 어머니를 왜 여기서 찾는 건지. 이겸은 한심하단 얼굴로 유미를 흘겨보았다. 그가 방으로 들어오는 소리도 듣지 못한 걸 보니, 유미는 자신이 꽤 깊게 잠이 들었었음을 알 수 있었다.

"일어나. 운동하러 가게."

출근하지 않는 주말에 이겸이 혹시 다른 여자와 데이트라도 할까 싶어 토요일 아침엔 무조건, 무슨 일이 있어도 꼭, 비가 오나 눈이 오나 같이 운동을 해야 한다며 우겨댄 건 다름 아닌 유미였다. 벌써 10시를 넘어선 시각이었다. 이겸과 늘 만나자고 약속했던 9시에서 무려 한 시간이나 지나 있었다.

"어! 시간이 벌써 이렇게 됐네."

놀라 몸을 일으키던 유미는 뭔가 굉장히 가벼운 것 같은 옷의 감촉에 움찔하고 몸을 떨었다.

'아니 잠깐만, 그러고 보니 지금 나, 브래지어도 안 하고 있잖아! 이런 제길!'

한참만에야 부끄러운 자신의 모습을 인지한 유미가 얇디얇은 여름용 와플 이불을 목 끝까지 죽 끌어 올리며 볼을 붉혔다.

"안 갈 거야?"

그 와중에 이겸은 재촉하듯 침대 밑에 허리를 기대고 비스듬히 앉아 유미를 바라보았다.

"알았으니까. 나가!"

귓불까지 빨갛게 달아오른 유미가 이겸을 몰아내듯 그의 등을 무릎으로 죽 밀었다. 평소에는 제발 있으라고 해도 도망가기 바쁘더니만. 오늘따라 이겸은 눈치도 없이 꿈쩍도 않고 고상하게 자리를 지키고 앉아 있었다.

"입 냄새 나서 그래? 괜찮아. 뭐, 하루 이틀인가."

그게 아니라고! 이 자식아! 유미는 당장에라도 버럭 소리를 지르고 싶었으나 목구멍 끝에서 아슬아슬하게 터져 나오려는 목소리를 겨우 내리누른 채 입술을 꾹 다물었다. 그리고 최대한 원망스러운 표정을 지으며 이겸을 노려보았다.

"아, 옷 갈아입게? 알았어. 돌아앉아 있을게. 갈아입어. 거실에 선풍기 없어서 더워."

푹푹 찌는 더위에 집 안 내부 공기가 후끈한 상태이기는 했다. 유미의 집 거실에 고대 유물의 자태를 하고 우뚝 솟아 있는 스탠드형 에어컨은 이미 몇 년 전 생을 다해 사망한 상태였고. 그래서 이겸은 지금 유미의 방 안에서 열심히 돌아가고 있는 선풍기가 절실했다. 좋은 게 좋은 거라고. 같이 선풍기 바람 좀 쐬고 있자는 담백한 뜻이기도 했다.

"너, 대체 눈치라곤 눈곱만큼도 없니? 여자 방에 함부로 들어오지 말라고!"

유미는 동성 친구보다도 더 편하게 자신을 대하는 이겸에게 어쩐지 서운한 마음이 들었다. 한데, 그걸 서운해하고 앉아 있을 여력은 없었다. 얼른 이 좁은 공간에서 이겸을 몰아내야 했다. 그렇지 않으면, 이걸, 이 부끄러운 모습을 들키고 말 테니까.

"무슨 눈치. 갑자기 여기서 눈치 얘기가 왜 나와? 자기도 내 방에 함부로 들어오면서."

이겸이 버럭 하는 유미를 의아하게 바라보았다. 유미는 혹 이불이 내려가기라도 할까 싶어 꼭 말아 쥐고선, 나머지 한 손으로 베개를 움켜쥐었다. 그리고 정확히 이겸에게로 조준해 발사했다.

"나가! 나가라고!"

"선풍기 좀 나눠 쓰자니까. 거 되게 인색하게 구네."

어깨 언저리를 베개로 얻어맞은 이겸이 기분 나쁜 어투로 툴툴대며 밖으로 나가는 것을 두 눈으로 직접 확인하고 나서야, 유미는 한숨을 푹 내쉬었다. 얼굴을 시작으로 목이며, 귀까지 새빨갛게 달아오른 유미는 부끄러움에 몸서리쳤다.

"더워 죽겠는데."

닫힌 유미의 방문 바깥에 선 이겸의 얼굴도 금세 유미와 마찬가지로 붉게 달아오르기 시작했다.

"대체 속옷은 왜 안 하고 자는 거야!"

말은 그렇게 했지만, 이겸의 숨은 이미 달아오를 대로 달아오른 상태였다. 그것이 끓어오르는 폭염에 의한 것인지, 아니면 유미로 인해 달아오른 몸 때문인지 몰랐다. 이겸은 화끈 달아오른 얼굴을 감추기 위해 바쁘게 손부채질을 해야 했다. 한참이 지나서야 현관 밖으로 나온 유미가 이겸의 어깨를 쿡 찔렀다.

"덥다면서 뭐 하러 나와 있어?"

답지 않게 이겸이 놀라 몸을 움찔거렸다.

"깜짝이야!"

"뭘 그렇게 놀라. 귀신이라도 봤어?"

유미를 발견하고 더 하얗게 질린 그의 얼굴을 유미가 황당하게 바라보자, 이겸이 난데없이 헛기침을 하고 나섰다.

"놀라긴 누가 놀랐다고 그래. 인기척 좀 하고 다녀. 무슨 애가 걸음 소리도 안 나냐, 너는."

이겸은 달아오른 마음과 몸을 가라앉힐 필요가 있어 숨을 고르고 있던 중이었다. 이겸이 서둘러 걸음을 옮기자, 손과 발이 동시에 앞으

로 나서는 기이한 현상이 나타나기 시작했다. 끊임없이 명령하는 뇌에
반한 이겸의 신체는 계속해서 제멋대로 행동했다.

한여름, 뜨거워진 해가 더욱 뜨겁게 느껴지는 정오. 유미는 이겸과
약속을 한 게 있어서 차마 힘들다는 소리도 못 하고 꾸역꾸역 그의
뒤를 따라 뛰었다. 그러다 결국 도저히 못 참겠는지 눈에 보이는 가장
가까운 벤치에 앉아 손사래를 쳐 댔다.

"야, 나 이제 더 이상 못 가겠다. 주위를 봐. 이 더위에 이렇게 뛰고
있는 사람, 우리밖에 없어. 이렇게 계속 뛰다간 열사병 걸려 죽을지도
몰라!"

숨을 헐떡이며 두 손, 두 발을 다 들고 허우적거리는 유미를 보며,
이겸은 가볍게 주위를 둘러보았다. 유미의 말대로 뛰는 사람은커녕
이 더운 날씨에 산책을 하러 나온 사람조차 없었다.

"뛰는 사람이 왜 없어. 아까 오면서 내가 본 것만 해도……."

차마 거짓말은 하지 못하고 말끝을 흐리는 이겸을 보며, 유미가 눈
동자를 굴렸다.

"몰라. 더워. 더워서 더 못 가. 어디 시원한 데 들어가서 아이스 아
메리카노나 마실래."

목구멍을 비집고 새어 나오는 피 맛이 알싸하게 혀끝을 감돌았다.

이대로 더 달렸다간, 피를 토하는 참사를 경험하게 될 것 같아 제
대로 몸을 사리며 유미가 이겸에게 말했다.

"먼저 가. 나는 틀렸어."

손짓까지 적절하게 해가며 말이다.

"운동해서 겨우 조금 뺀 살 도로 찌겠네."

그러나 유미가 모르는 게 한 가지 사실이 있었으니. 이러한 그녀를

휘두를 수 있는 사람이 바로 신이겸이란 사실이었다.

"지금 나 살쪘다고 대놓고 말한 거야?"

"누가 너 살쪘대? 혼자서는 의지가 없어서 오래 하네 못 하네, 운동 같이하자고 귀찮게 사람 끌어들일 땐 언제고, 이제 와 못 한다고 하니까 하는 말이야."

그렇게 운동하라고 해도 귀찮다고 내빼더니, 어느 날 갑자기 꼭 같이하자고 먼저 말한 건 이겸이 아닌 유미였다.

"지지난 주에도 반쯤 가다 못 하겠다고 주저앉아서 아이스크림 먹고 들어갔지? 한 달 전이었나? 그땐 배가 고파서 더 못 뛰겠다고 해서 김밥 먹고 들어갔고."

"그럼 이제 토요일 운동은 그만할까?"

아무리 이겸이 좋다고 해도, 끓어오르는 폭염에 밖으로 나와 운동을 하는 건 자살 행위에 가까웠다. 턱 끝까지 숨이 차오르자, 유미는 죽음의 위협을 느끼고 몇 년 간 매주 토요일마다 해온 운동을 그만하자 말하고 있었다.

"운동도 끈기 있게 못 해, 회사 일도 실수투성이. 뭐 하나 끝까지 제대로 하는 게 없네."

이겸은 유미의 부족한 부분을 살살 긁었다.

"끈기 있거든? 너무 더워서 잠깐 그늘에 앉아서 쉰 것뿐이야. 끝까지 따라가려고 했다고!"

발끈하는 유미의 풀린 눈을 보는데 이겸은 절로 코웃음이 쳐졌다.

"그래, 그럼. 좀 쉬어."

이겸이 선심 쓰듯 '쉬고 있어'란 말도 안 되는 말을 건네고 어디론가 사라져 버렸다.

"독한 놈. 이 더위에 또 뛰러 갔다 오겠다 이건가."

츤데레의 정석

신이겸이 '독한 놈'인 건 이미 알려진 사실이었다. 보통은 신입 사원으로 입사를 하면 못 해도 짧아야 3~4년이 지나야 '대리' 직급을 달 수 있는데, 이겸은 3년 차가 되기도 전에 승격 대상자가 되어 동기들을 놀라게 했다. 빽도 없이 실력 하나로 올라갈 정도면, 괜히 독종이란 말이 나오는 건 아니었을 것이다. 그런데 그런 수식어가 신이겸에게 어울리니 그게 문제였다.

"그래. 가라, 가! 이 독한 놈아."

땡볕에서 달릴 땐 지옥 불구덩이에 뛰어든 것처럼 죽을 것 같더니만, 울창한 나무 그늘 아래 앉아 있으니 바람도 적당하게 불어오고, 지금 이곳이 딱 천국인 것 같았다. 어제 술을 마신 것도 모자라 늦게 잠든 탓에 아직도 풀리지 않은 피로감에 졸음이 밀려왔다. 주변을 둘러보니 더워서 밖으로 나온 사람도 없는 것 같고, 보는 사람도 없는 것 같다.

"신이겸 올 때까지만 잠깐 누워볼까?"

추를 단 듯 무거워진 눈꺼풀이 자꾸만 아래로 내려앉았다. 더워서 살아 있는 생물체라고는 단 하나도 보이지 않는 이곳에 잠깐 사색에 잠긴 척 누워 있는 모양새도 그리 나빠 보이진 않을 것이다.

얼마인지도 모를 시간이 흘렀다. 눌러쓴 모자로 얼굴을 가리고 사색에 잠겨 있던(정확히는 잠에 빠져 들었던) 유미는 볼에서부터 시작된 시원함에 몸을 떨었다.

'얼마나 더웠으면 이렇게 시원한 꿈을 꿀까. 아, 깨고 싶지 않다. 이겸이 조금만 더 뛰다 왔으면.'

갑자기 들려오는 이겸의 목소리에 유미의 눈이 번뜩 떠졌다.

"계집애가, 겁도 없다. 어떻게 된 게 머리만 닿으면 잠을 자."

시야를 덮은 모자를 걷어내자 유미의 시야에 들어온 건, 볼에 맞닿아 있는 꽁꽁 언 생수병이었다.

"이 더위에 밖에서 자면 더위 먹어. 좀 일어나지?"

이러니 문제다. 더워 죽겠다는 말 한마디 했다고 얼음물을 가져다주는 이런 것.

굳이 마음이 없다면 하지 않을 이런 것이 유미를 헷갈리게 만들었다. 마음이 붕 떠서 이제 짝사랑 따위 그만하겠다고 마음먹으면 이렇게 또 사람을 쥐고 흔드는 것이 바로 신이겸이 제일 잘하는 것이었다. 이건 명백히 밀고 당기기를 넘어선 조련이었다. 제 마음을 꿰뚫어 보기라도 하는 사람처럼 구는 이겸이 그녀는 좋으면서 싫었다.

이겸이 유미에게 딱 하나 주지 않는 것. 그렇게 사람 헷갈리게 만들면서도 절대 주지 않는 것. 그것은 바로 마음이었다. 유미가 이겸을 평생 짝사랑할 수 있었던 이유 또한 어쩌면 이겸이 한결같이 거절해 줬기 때문이었다. 만약, 이겸이 밥 먹듯 건네는 고백을 받아주었더라면, 그래서 그들이 사귀었더라면, 여느 커플들처럼 사소한 다툼으로 인해 헤어질 수도 있었을 것이다. 그랬다면 그들은 지금 이러한 관계를 유지할 수 없었을지도 모를 것이다.

순간순간 다가오는 고비들마다 유미가 마음을 버리지 못하고 버틸 수 있었던 것 또한, 그녀의 곁을 떠나지 않고 묵묵히 버티고 있는 이겸의 올곧은 태도 때문이었다.

"이거 나 주려고 사온 거야?"

유미는 당장 마음 같아선 이겸의 엉덩이라도 토닥여 주고 싶었지만, 그러질 못하는 게 못내 아쉬웠다.

'우쭈쭈, 그랬어요?'

그녀의 입술은 또다시 비정상적으로 꿈틀거렸다. 유미가 몸을 일으키고자 자연스럽게 이겸에게 팔을 뻗어보았다. 그러자 자연스럽게 그의 손이 흘러와 유미의 손을 붙잡았고, 그녀는 큰 무리 없이 이겸의 힘에 의해 일어나 앉을 수 있었다.

"목말라서 산 거야."

"나 주려고 산 거구나?"

오해하지 말라고, 친절하게 목이 말라서 산 거라고 부연 설명까지 붙여줬건만.

이겸은 출구 없는 유미의 화법에 고개를 설레설레 저었다.

반면, 유미의 광대는 하늘 높은 줄 모르고 솟아올랐다. 덥다고 한 자신의 말에 이겸이 동요해 이렇게 생수까지 사 온 것에 감동받은 상태였다. 말은 싫다, 어쩐다 해도 결국엔 이겸 또한 자신을 은연중에 제 짝으로 인정하고 있는 걸지도 모른다는 생각에 유미는 어쩐지 흐뭇해지기도 했다. 그런데, 그런 유미의 기쁨은 늘 그렇듯 그리 오래가지 못했다.

기분 좋게 아귀에 힘을 줘 생수병 뚜껑을 돌리던 유미의 표정이 심상찮았다.

'응? 이렇게 쉽게 열리면 곤란한데?'

이것은 분명 누군가 먼저 따놓은 것이었다.

"이거……."

웃음이 가득하던 유미의 얼굴에는 순식간에 그림자가 드리웠다.

"먹던 거야. 말했잖아. 목말라서 산 거라고. 입 안 댔어. 마셔."

그가 자신을 위해 이런 걸 사 올 리가 없는데. 괜히 혼자 기대하고 실망을 사서 해버리고 말았다. 핑크빛으로 샤랄라 하게 물들어 있던 유미의 세상에 쫙쫙 금이 갔다.

이겸의 모든 행동과 말에 의미를 부여하고, 착각과 상상을 하는 것 또한 유미가 제일 잘하는 것이었다. 연애에서는 더 많이 사랑하는 쪽이, 그리고 짝사랑에선 짝사랑을 하는 쪽이 손해라고 했던가. 짝사랑을 하는 쪽인 유미가 손해를 보는 건, 이겸이 사소하게 베푼 호의에 과하게 감정을 이입해서 결국 실망해 버리는 거였다.

솟아오르던 광대가, 웃음이 비집고 흘러나오는 통에 떨리던 입술이 모두 정상 궤도를 찾아 다시 돌아갔다. 상대방의 작은 호의도 크게 부풀려 상상의 나래를 펼치는 것이 바로 짝사랑의 기본 덕목이다. 유미는 짝사랑 경력 이십년 만에 겨우 그 사실을 깨달을 수 있었다.

착각을 하게 만드는 사람보다 더 나쁜 건, 착각을 진실로 여기는 사람이라는 것을.

올 때와 달리 굳은 표정으로 힘없이 어깨를 축 늘이고 터덜터덜 걷는 유미의 뒤를 이겸이 천천히 따라 걸었다. 유미가 밟은 곳에 발자국이 난 것도 아닌데, 그는 정확히 그녀가 밟았던 아스팔트 비탈 위를 따라서 걸었다. 한참 그렇게 걷다가 자신이 유미의 발자국을 따라 걷고 있단 사실을 자각한 이겸은 어깨를 흠칫 떨며 허리를 곧추 세우고 똑바로 걸어보려 노력했다. 일부러 의식해서 한 행동은 아니었다. 문득 이겸은 자신의 그러한 행동이 어쩌면, 무의식중에라도 그녀와 함께하고 싶은 마음을 대변한 건 아닐까 싶은 생각이 들었다.

주 5일 근무를 하는 직장인들에게 통하는 기적 같은 공식.

워어어얼호아아아수우우모옥금퇼. 헬요일을 견뎌내기 위해 휴게실로 간 유미는 자판기에서 콜라를 뽑아 의자에 털썩 몸을 묻었다. 텀블러를 들고 막 휴게실에 들어선 시윤이 유미를 보고 의아해했다.

"주임님. 오늘은 어쩐 일로 콜라를 드세요? 커피만 드시더니."

"아, 이거? 술 마신 다음 날은 콜라 마셔요."

"술 드셨어요?"

유미가 앉은 테이블에 시윤도 자리를 잡고 앉았다.

"말도 말아요. 어제 진탕 마시고 완전히 뻗어서 잤어요."

"에? 그렇게 많이 드셨어요? 모임 같은 거라도 있었어요?"

"아니. 혼자 마셨어요."

유미가 씁쓸하게 웃었다. 차마 그에게 좋아하는 사람이 자기를 봐 주지 않아 속상한 마음에 혼자서 취할 때까지 마셨다는 이야기까진 하지 못했다.

"저기…… 시윤 씨."

유미는 궁금했다.

"네. 주임님."

열 길 물속은 알아도, 이겸의 속은 아무리 들여다보아도 모르겠으니까. 남자의 마음은 남자가 제일 잘 알 테니까.

"만약에 말이야. 아주 만약에……."

무슨 말인데 이렇게 뜸을 들이나 싶어 시윤이 낮아진 유미의 목소리에 집중했다.

"아주 오랫동안 시윤 씨를 좋아하는 여자가 있다고 가정해요."

"네."

시윤이 진지하게 유미의 말에 귀를 기울였다.

"그 여자는 음, 굳이 따지자면 감정을 표현하는 데 아주 솔직해요."

"그런데요?"

"좋아하는 마음을 고백하는 것도 부끄럽다고 생각하지 않아요. 아, 물론! 본인은 부끄럽지만 그걸 겉으로 티를 내는 성격은 아니에요."

"아아. 네."

"그런 사람이 시윤 씨를 좋아한다고 하면, 어떨 거 같아요?"

유미는 자기가 이런 걸 알게 된 지 며칠 되지도 않은 누군가에게 털어놓게 될 줄 몰랐다.

시간은 계속해서 흘러가고, 이겸을 좋아하는 마음을 버리지도 못했다. 그래서인지 계속 조바심이 났다. 그 사실이 유미는 어쩐지 씁쓸하기도 했고, 가슴이 두근거리기도 했다. 시윤의 대답을 기다리는 그녀의 동공이 살며시 흔들렸다.

"한 가지만 물어볼게요."

시윤이 잠시 고민하다가 말을 꺼냈다.

"얼마든지!"

"그 여자…… 예뻐요?"

"으, 응?"

조금도 예상하지 못한 질문에, 유미의 눈이 커다래졌다.

"안 예뻐요? 그게 제일 중요한 건데?"

시윤이 확인하듯 재차 물었다. 유미는 당혹감에 눈을 빠르게 깜빡였다.

"어……, 그건 내가 판단할 수 있는 게 아닌 거 같은데?"

예쁘긴 하지. 귀엽기도 귀엽고. 근데 그렇다고 그걸 제 입으로 말할 정도로 유미는 얼굴에 철판을 깔지 않았다.

"그래서 예뻐요? 아니에요?"

"물으시니까 대답하는 거지만, 못 봐줄 정도는 아니에요. 예쁜 쪽? 아니, 아니다. 매력적이라고 해야 하나? 근데 그게 그렇게 중요한 거예요?"

"아무래도 그런 편이죠. 남자 입장에서 여잔 예쁘기만 하면 돼요."

맙소사. 예쁘기만 하면 된다니!

유미는 잠시 넋을 놓은 사람처럼 멍하게 입을 벌렸다.

"말도 안 돼에!"

이겸이 자기의 끊임없는 고백에도 꿈쩍도 안 한 이유가 바로 그거였 단 말인가!

'내가 못생겨서?'

유미는 예상치 못하게 커다란 깨달음을 얻은 듯한 얼굴을 했다.

"내숭 떨면서 좋아하는 마음 숨기기만 하는 다른 여자들보다야, 얼 굴도 예쁘고 마음도 정직한 여자가 훨씬 좋죠."

시윤의 말투는 여자 여럿 휘둘러 봤을 법한 뉘앙스였다. 어딘가 거 만해 보인다고나 해야 할까. 그런데 그게 얄미워 보이지 않고, 묘하게 신뢰가 갔다.

'아, 맞다! 이 남자, 그 예쁘고 글래머러스한 여자랑 같이 살지, 참!'

유미는 불현듯 그가 입사하던 날 복도에서 우아한 포스를 풍기던 여자와 야릇한 장면을 연출해 내던 것이 떠올랐다. 확실히 여자를 다 루는 덴 수준급인 모양이었다. 성격도 모나지 않았고, 외모도 준수하 고. 유미는 시윤 정도면 더 솔직하게 자신의 고민을 털어놓아도 괜찮 지 않을까 하는 생각마저 들었다.

"근데 이거, 누구 이야기예요? 주임님 본인 이야기?"

시윤이 능글맞게 물어오자 유미의 얼굴이 금세 빨갛게 달아올랐 다.

"내, 내 얘긴 무슨! 나랑 제일 친한 친구 이야기예요!"

고민 상담은 무슨! '그게 바로 내 이야기요!' 하고 밝히지도 못할 거 면서. 유미는 울상이 되어선 황급히 몸을 일으켜 휴게실을 도망치듯 빠져나갔다.

"볼수록 귀엽단 말이야?"

솔직해도 너무 솔직한 유미의 반응이 재미있는지, 시윤이 입꼬리를 말아 올려 웃었다.

자리로 돌아온 유미는 사내 메신저 대화창에 떠오른 이겸의 메시지를 죽일 기세로 노려보았다.

〈공 주임. 오늘 점심은 부대찌개로 합시다. 칼칼한 게 당겨.〉

유미는 속없는 자신의 모습에 자괴감이 들었다. 자신에게 조금의 감정도 없는 남자에게 휘둘리는 모습이라니. 그래도 포기가 안 되는 걸 어쩌란 말인가. '포기해야지!' 하고 다짐했다가도 돌아서면 또 가슴이 두근거리는걸. 이제 정말 다 끝났다고 생각하는 순간 또다시 새로운 출발선에 서 있는 기분이었다.

생각하고 곱씹어볼수록 신이겸은 정말이지 이상한 남자였다. 제 마음은 받아주지도 않으면서, 끊임없이 여지란 여지는 다 주고 있으니까 말이다. 채팅창에 이겸을 나무라는 말들을 줄줄 써 내려가던 유미가 결국 부들부들 떨리는 손가락 끝으로 백스페이스 버튼을 길게 눌러 장문의 메시지를 지워냈다. 어차피 그렇게 따져 봐야 신이겸은 조금도 신경 쓰지 않을 테니까.

〈콜.〉

결국 이럴 거면서.

유미는 자존심을 세워보고자 이겸을 밀어낸 사실이 무색할 정도로 여전히 그에 한해선 없어도 너무 없는 자존심이 절실해졌다.

점심시간. 나란히 마주 앉아 식사를 하는 두 사람의 모습에는 조금의 위화감도 없어 보였다.

"요즘 어째 이주하 얘길 안 하네? 걘 요즘 뭐해?"

이겸이 대뜸 유미의 하나밖에 없는 친구 주하의 근황에 대해 물었다. 유치원부터 시작해 대학교, 회사까지 징그럽게 따라온 유미 덕분에 이겸과 유미의 모든 추억은 같을 수밖에 없었다.

추억이 같으니, 함께할 추억과 친구 또한 같았다. 유미가 노린 것이 바로 그것이었다. 자연스럽게 모든 추억을 공유하며, 빼도 박도 못하게 이겸이 자신의 남자가 되어주길 바란 것.

"주하는 왜."

유미가 숟가락 가득 김이 모락모락 올라오는 꼬들꼬들한 쌀밥을 떠 입에 넣으며, 무감한 어투로 되물었다.

"그냥, 너한테서 걔 소식 들은 지 오래된 것 같아서."

이겸이 느끼기에 유미는 확실히 최근 조금 달라졌다. 시도 때도 없이 들러붙는 것도 덜했고, 궁금하지도 않은 남의 이야기까지 떠들어 대는 횟수도 현저히 줄었다.

"연락 안 한 지 좀 됐어."

"남의 일에 누구보다 관심 많은 애가, 뭔 바람이 불었나. 싸웠어?"

이겸이 떠보듯 물어봤지만, 여전히 유미는 무반응이었다.

"아니. 주하 남자친구 생겼거든."

"남자친구가 생긴 거랑 연락을 안 하는 거랑 무슨 상관이야?"

나열한 두 가지 상황의 연관 관계를 찾을 수 없었는지 이겸이 의아한 표정을 지었다.

"원래 여자들이 좀 그래. 남친 생기면 남친한테 빠져 사느라 친구의 존재를 까먹더라고."

"뭐 그래?"

이겸의 눈썹이 티 나게 꿈틀거렸다.

"아아. 나도 남친한테 폭 빠져서 친구한테서 관심 딱 끊고 살고 싶다."

유미가 밥을 먹다 말고 허공에 대고 소리쳤다.

"안 만나는 게 아니라, 못 만나는 거 아니었어?"

"뭐어? 내가 뭐? 어디가 어때서?"

"그냥 좀……."

이겸이 말끝을 흐리자, 유미가 목에 핏대까지 세우고 달려들었다.

"그냥 좀 뭐? 말을 시작했으면 끝까지 해, 이 자식아!"

"무슨 쌈닭도 아니고, 웃자고 한 말에 죽자고 달려드는 거 봐라."

이겸이 제 외모가 마음에 들지 않아 받아들이지 않았다는 것이 점점 기정사실이 되어갔다. 씩씩거리는데 이겸이 만족스러운 표정을 짓는 것이 보였다. 그 표정의 의미는 딱 두 가지일 것이다. 저를 놀리는 게 재미있다거나, 아니면 정말로 저를 여자로 보지 않는다거나.

"네가 몰라서 그러나 본데, 나 제대로 차려입고 돌아다니면 다들 대학생인 줄 알아. 젊은 남학생들이 다가와서 헌팅하고 그런다고!"

이겸의 반응이 억울했는지 유미가 난데없이 자기 PR을 하고 나섰다.

"아아. 그래서 아직까지 솔로세요?"

"뭐, 이 자식이?"

"됐고, 빨리 먹기나 해. 점심시간 십 분 남았어."

흰 셔츠에 빨간 부대찌개 국물이 튈까 싶어 고개를 숙여 국물을 떠먹으려던 유미의 긴 머리카락이 그릇에 잠길 기세로 떨어지자, 이겸이 빠르게 유미의 머리카락을 꽉 움켜쥐었다.

"칠칠치 못하게. 머리 좀 묶고 다니라니까."

"언젠 머리 푸르고 다니는 여자가 예쁘다며?"

"그 여자들에서 넌 제외였어. 그리고 넌…… 여자 아니잖아."

"내가 여자가 아니면 뭔데? 남자냐!"

"친구."

전 세계에 존재하는 모든 인간은 남성과 여성, 딱 두 부류로 나뉜다. 엄연히 염색체 체계부터가 다른 두 생물체가 존재하거늘, 이겸에게는 그런 것들을 깡그리 무시한 또 다른 생물체가 하나 더 존재하는 모양이다. 바로 '친구'. 또다시 쓰린 마음에 유미는 가득 담겨 있던 국물을 그릇째 그대로 들이켜고 자리에서 벌떡 일어섰다.

"먼저 간다. 천천히, 많이 드시고 오세요, 대리님."

계산서를 집으려던 유미의 손보다 빨리 이겸의 손이 계산서를 집어 올렸다.

"계산은 내가."

"내가 할 차례잖아."

"사과의 의미로."

일생을 함께해 온 두 사람이 서로에 대해 모르는 거라곤 발가벗은 몸 정도였다.

'쳇, 내가 삐친 건 귀신같이 알아차려서.'

그럼에도 서로의 약점을 박박 긁어대는 건, 타고난 천성이 장난스럽기 때문이든지 아니면 너무 편해서 서로의 소중함을 자각하지 못하기 때문일 것이다.

퇴근 시간이 훌쩍 지난 시간. 같은 층에서 근무하는 대부분의 사람들은 다 퇴근을 한 상태였다. 유미는 뻑뻑해진 눈을 비비며 굳은 목을 돌렸다. 목을 뒤로 돌리다가 자신을 바라보고 있던 시윤과 눈이 마주친 유미가 귀신이라도 본 듯 화들짝 놀랐다.

"엄마야!"

놀라는 유미를 보며 더 놀란 시윤도 덩달아 '악' 소리를 질렀다.

"아직 안 갔어요?"

눈을 동그랗게 뜨고 묻는 유미를 보며 시윤은 머쓱하게 웃었다.

"선임이 열일 중이신데, 후임이 되어서 어떻게 말도 없이 먼저 퇴근을 합니까?"

유미는 이겸이 시윤의 곱디고운 말투의 반만이라도 따라가면 좋겠다고 생각했다.

"내가 퇴근하라고 먼저 이야기했어야 했는데, 미안해요. 얼른 들어가요."

집에서 그를 기다리는 사람이 있을 거라는 생각이 들자, 유미는 괜히 시윤과 이름 모를 그의 여자에게 미안해졌다.

"아직 안 끝나셨어요?"

"마무리하고 있어요."

"그럼 기다릴게요. 끝나면 같이 퇴근해요."

시윤이 눈을 반짝였다.

"어? 나보다 먼저 갔다고 미워하고 그러지 않아요. 먼저 들어가도 돼요."

"어차피 일찍 가도 할 것도 없어요, 전."

부담스러운 그의 눈동자에 갈 곳을 잃은 유미의 시선이 다시 모니터로 돌아갔다. 대놓고 기다리겠다는 사람에게 먼저 가라고 으름장을 놓을 수도 없었다. 일을 끝낸 유미는 잽싸게 가방을 챙겨 들었다. 기다리고 있는 시윤이 부담스러워 그녀는 일을 평소보다 배는 빠른 속도로 끝낼 수 있었다.

"기다려 줘서 고마워요, 시윤 씨."

"아직 처음이라 도와드릴 수 없는 게 아쉽죠."

유미는 말을 예쁘게 하는 시윤이 처음과는 달리 자신의 후임으로 들어온 것이 몹시 마음에 들었다.

"어쨌든, 기다려 준 거니까. 고마워요."

유미가 헤죽거리며 웃었다.

"그럼 저 저녁 사주세요."

그렇게 해서라도 얻어먹겠다는 뻔한 시윤의 심보를 보아하니 유미는 그의 밥 얻어먹기 스킬이 최상임을 눈치챘다.

"저녁? 그러고 보니 밥시간 지났구나!"

"오다가다 보니까 건너편에 치킨집 새로 생겼던데. 치킨 어때요?"

유미의 눈동자가 '치킨'이라는 단어 하나에 흔들리기 시작했다.

"콜⋯⋯."

다른 것도 아니고 치킨이라면, 지갑을 여는 것이 아깝지 않은 유미였다. 그녀는 살짝 고개를 돌려 사무실 내부를 빙 둘러 보았다. 습관처럼 이겸의 자리로 돌아간 시선 끝에는 무언가에 열중하고 있는 이겸의 모습이 보였다.

"아직 안 끝나셨어요?"

"네."

이겸의 속눈썹이 쉴 새 없이 나풀댔다.

"저녁도 안 드시고 괜찮으세요?"

"괜찮아⋯⋯."

유미의 뒤로 모습을 드러낸 시윤이 고개를 빼꼼 내밀고 이겸에게 물었다.

"대리님, 저희 치킨 먹으러 갈 건데. 혹시 일 빨리 끝나시면 건너편에 새로 생긴 치킨집으로 오세요."

친근감이 넘쳐흐르는 '저희'라는 단어 하나에 이겸의 표정이 딱딱하게 굳어갔다.

"들어가 보세요."

"연락 주세요. 저희는 먼저 가보겠습니다."

시윤이 허리를 숙여 이겸에게 깍듯하게 인사를 건네고 돌아섰다.

그들이 사무실을 벗어나자 금세 사무실에 적막이 가라앉았다.

"'저희'라고?"

뭔가 잘못되어도 한참 잘못되었다.

"기껏 기다려 줬더니……."

이겸은 굳이 남아서 하지 않아도 될 업무까지 해가며 유미가 일을 끝내기만을 기다리고 있었다. 한데, 기다린 저를 버려두고 시윤과 쪼르르 치킨을 먹겠다고 나가 버리는 유미가 괘씸했다. 그는 애꿎은 키보드 자판을 신경질적으로 두드렸다.

회사 건물 바로 건너편에 생긴 치킨집은 인테리어는 고전틱 했지만, 맛은 훌륭하다는 리뷰를 보고 유미는 잔뜩 기대에 부풀었다.

"잘 먹겠습니다!"

시윤이 감격스러운 표정을 지으며, 덥석 치킨 하나를 손으로 집어 들어 입으로 가져갔다.

"많이 먹어요."

유미가 시윤을 흐뭇하게 바라보며 맥주잔을 기울였다.

"말씀 편하게 하셔도 돼요."

"응?"

"제가 주임님보다 나이 어리니까, 말씀 편하게 하셔도 돼요."

시윤은 계속 존댓말을 하는 유미가 불편했다.

"에이, 그래도 아직은 좀 그래요."

유미는 손사래를 치며 거부했다.

"저는 주임님이 저를 편하게 생각해 주셨으면 좋겠어요."

"충분히 편하게 생각하고 있어요."

"거짓말."

"거짓말 아닌데요?"

확실히 유미는 시윤과 알게 된 지 얼마 안 된 것에 비해 편해지긴 했다. 그렇지만 반말을 하기에는 아직 조금 더 친해질 필요가 있다고 여겼다.

"반말해 주세요."

"네."

반말이나 존댓말이나 말만 통하면 될 일인데. 정중하게 부탁하는 어투로 말하는 시윤에게 유미는 마지못해 그러겠노라 했다.

"또, 존댓말."

"알았어요. 알았어. 그런데 시윤 씨는 몇 살이에요? 아, 아니지. 몇 살이야?"

"스물여섯이요."

"와, 뭐야. 되게 젊어!"

"그런가?"

유미는 저보다 세 살이나 어린 시윤의 젊음이 부러워서 눈동자 가득 초롱초롱한 빛을 뿜어냈다.

"요즘 우리 때보다 더 취업하기 힘들다고 하던데, 시윤 씨 능력이 좋은가 봐, 군대 다녀와서 졸업하고 바로 취업에 성공한 걸 보면!"

"저 군대 안 갔어요. 졸업하고 배낭여행하고 다니다가 어쩔 수 없이 취직한 거예요."

"대박! 군대를 안 갔다 왔어?"

신의 은총을 받아 대한민국 남자라면 누구나 가야 하는 군대를 다녀오지 않은 시윤이 유미는 그저 놀라울 따름이었다.

"어릴 때 운동을 좀 격하게 해서, 십자인대가 파열됐었거든요. 그것 때문인지 가고 싶었는데, 못 오게 하더라고요. 국방부에서."

시윤의 말에 과하게 감정이입을 한 듯 유미가 눈꼬리를 아래로 늘어뜨렸다.

"어, 진짜? 지금은 안 아파?"

"너무 오래전이라. 아주 멀쩡해요. 굳이 오지 말라는데, 갈 필요가 있을까 싶어서 쿨하게 포기했어요."

"와, 시윤 씨 되게 좋겠다. 내가 아는 사람은 최전방 가서 되게 고생했는데."

"누구요? 그, 짝사랑 남?"

"응. 어, 어? 어?"

자기도 모르게 시윤의 말에 대답을 해버린 유미의 얼굴이 화륵 달아올랐다.

"어, 어떻게 알았…… 아니, 알고 있었어? 어떻게? 아니, 언제부터?"

유미는 혹시라도 시윤이 자신의 짝사랑 상대가 이겸이라는 사실을 알게 될까 봐 두려웠다.

"휴게실에서 '좋아하는 여자' 이야기하실 때부터?"

"아아."

유미의 입술 사이로 안타까운 탄식이 흘러나왔다.

"음, 아니다. 그, 우리의 첫 만남을 비밀로 해달라고 했을 때부터? '특정인'에게만."

"허어어얼!"

다 알면서도 모르는 척을 해준 시윤의 무감한 반응은 유미를 놀라

게 만들기 충분했다. 거의 울 것 같은 표정을 하고 이 상황을 어떻게 헤쳐 나가야 할지 고민하는 그녀를 보며 시윤이 헛웃음을 터뜨렸다.

"제가 소문내고 다닐까 봐 그러세요?"

눈치가 빨라도 너무 빠른 시윤이 처음 만난 그날부터 자신의 짝사랑 상대가 이겸이라는 걸 알아버렸던 사실을 깨닫고 나자, 유미는 덜컥 겁이 나기 시작했다.

"아니……. 뭐, 그게…… 사실은 회사에서 내가 신 대리님 좋아하는 거, 아무도 모르거든."

인정하지 않을 수가 없어서, 유미는 울며 겨자 먹기로 시윤의 말에 소심하게 대답을 했다.

"아니 근데, 설마 주임님, 군대도 기다려 줬어요? 원래부터 알던 사이?"

이렇게 된 마당에 그에게 저와 이겸의 사이를 숨기는 것도 이상했다. 순간, 유미는 안 그래도 답답했던 마음, 속 시원히 누군가에게 털어버리기라도 하고, 깔끔하게 포기하고 싶은 마음도 들었다.

"말이 나왔으니 하는 말이지만 신 대리님이랑 나, 아주 어릴 때부터 알고 지낸 사이야. 군대도 내가 다 기다려 줬지. 고무신 거꾸로 안 신어도 안 받아주더라고. 그 매정한 자식."

"우와."

시윤도 어느 정도 눈치를 채기는 했지만, 유미의 입으로 듣는 이야기가 놀라웠는지 입을 다물지 못했다.

"말도 마. 걔 군대 갔을 때, 전쟁 날까 봐 북한 관련 뉴스만 나와도 얼마나 심장이 벌렁거렸다고."

유미는 한 번 말을 꺼내기 시작하자, 봇물 터지듯 그동안 속에 쌓아두었던 이야기가 술술 터져 나왔다. 그녀가 포크로 치킨을 먹다가 안 되겠는지, 손으로 닭다리를 잡고 뜯어 먹으며 말을 이어갔다.

"얼마나 오래 좋아한 거예요?"

"음. 태어날 때부터였나?"

시윤은 마치 남일 이야기하듯 덤덤하게 말하는 유미가 신기했다. 그에 반해, 유미는 속이 탔는지, 튀김 기름이 잔뜩 묻은 손을 쭉 빨아 먹고는 맥주를 벌컥벌컥 마셨다.

"에이, 그런 거짓말이 어디 있어요. 어떻게 태어날 때부터 누굴 좋아해요! 그래도 부럽다."

"응? 뭐가 부러워?"

"누가 절 그렇게 오래 좋아해 줬다고 생각하면, 너무 좋을 거 같은데요?"

시윤이 틱을 괸 채 복스럽게 닭다리를 뜯는 유미를 보며 부드럽게 웃었다. 그러자 그녀는 저도 모르게 얼굴을 붉혔다.

"나도 그게 의문이야. 이 정도면 받아줄 때도 됐는데 말이지."

자기 입으로 자신의 외모를 칭찬하는 말을 하기도 쉽지 않은데. 유미는 그 어려운 걸 해내고 있었다.

"이렇게 예쁜데. 그렇죠?"

"응? 내가 예쁜 건 알겠는데. 그렇게 노골적으로 표현하면 나 되게 쑥스러워. 내가 이래 봬도 보기보다 부끄럼을 잘 타는 여자거든."

그뿐이랴. 시윤이 그녀의 말에 맞장구를 치면 마치 그런 이야기는 할 줄 모르는 사람인 것처럼 양 볼에 수줍게 홍조를 띠고 있으니, 그게 또 웃겼다.

"픕."

시윤은 결국 참지 못하고 푸스스 소리를 내며 웃었다.

"왜 웃어?"

츤데레의 정석

"그럼 본인이 예쁜 걸 알아요?"

"객관적으로 괜찮지 않아?"

유미가 턱에 꽃받침을 하고 시윤에게 물었다. 정신세계가 일반적이진 않은데, 그게 바로 유미의 매력이었다. 4차원 매력. 그것이 유미를 두고 표현할 수 있는 가장 정상적인 표현이 아닐까 싶었다.

"그거야 그런 편이죠."

시윤이 터져 나오는 웃음을 겨우 내리눌렀다.

"성격도 이 정도면 나쁘지 않고 말이야."

"그렇죠."

그가 동조하듯 고개를 끄덕인다.

"그런데, 왜? 내 어디가 마음에 안 드는 거야!"

유미는 짐승이 포효하듯 크게 소리를 내어 속에 담아둔 답답함을 토로했다.

"제가 볼 땐, 딱 두 가지 원인밖에 없어 보여요."

"뭔데, 뭔데?"

유미의 눈에서 레이저가 나올 기세로 번뜩였다.

"하나, 자기 자신에 대한 자존감이 현저히 떨어지거나."

"아니, 그건 아닐 거야. 자기가 잘난 걸 알면 알았지 모르진 않을 녀석이라."

"그럼 그냥 싫거나."

'전자'였으면 했지만, 여태까지의 신이겸을 떠올리자면 분명 '후자' 쪽으로 추가 기울었다.

"허!"

유미가 좌절하듯 어깨를 축 늘어뜨렸다. 실망한 듯 흐리멍덩하게 변한 유미의 눈동자에 쓸쓸함이 가득 담겼다.

"무슨 재미있는 얘기들 하고 계시나?"

언제 들어온 건지 이겸이 유미의 옆자리에 자리를 잡고 앉았다. 마치 처음부터 이 자리에 있었던 사람처럼.

"어, 어. 대, 대리님."

유미는 혹시 자기가 시윤에게 이겸의 이야기를 한 걸 들었을까 싶어 화들짝 놀랐다. 그러나 그의 차가운 눈동자는 어쩐 일인지 정확히 시윤에게로 향해 있었다.

"어, 언제 오셨어요?"

유미가 놀라 말을 더듬기까지 하며 이겸을 향해 물었다.

"지금 왔어. 왜? 내가 못 올 데라도 왔어?"

"아니, 아깐 안 올 것처럼 하더니. 왜 갑자기 나타난 건가 해서."

"안 올 것처럼 군 적 없는데? 마치면 오라며. 빈말이었어?"

이겸은 지금 일부러 유미에게 반말을 했다. 유미와 자신이 이렇게 가까운 사이라고, 시윤에게 과시하듯 말이다. 하나 남은 닭다리를 집어 든 이겸이 거침없이 입속으로 욱여넣었다.

"어라, 대리님도 닭다리 좋아하세요?"

"'우리' 유미도 닭다리 좋아하지? 나도 닭다리 좋아해서 자주 싸웠어요. 서로 먹겠다고. 그렇지?"

이겸은 굳이 '우리'라는 단어에 악센트를 주었다.

"어, 으응? 뭐. 그, 그렇지."

유미는 갑자기 친한 척을 하는 이겸을 불편한 눈빛으로 바라보았다. 언제는 회사에서 무슨 일이 있어도 아는 척하지 말라고 하더니, 그새 마음이 변하기라도 한 것처럼 편하게 구는 것이 이상했다. 유미는 자신이 이겸의 회사 합격 통보를 받고 기쁜 마음에 그에게 달려갔던 때가 생각났다.

"회사에서 마주쳐도 절대 아는 척하지 마."

이겸의 그 단호하고도 무시무시한 경고에 유미는 몇 년을 이겸과 같은 회사에 다니면서도 회사 안과 밖에서 다른 모습으로 살아왔었다. 그런데 왜 이제 와서 이겸이 제게 친한 척을 하는지 유미는 의아했다.

"그럼 대리님도 주임님을……."

유미는 불현듯 시윤이 자신의 비밀을 지켜줄 거라 생각하고 솔직하게 이야기한 건데, 그걸 이겸의 앞에서 말하진 않을까 하는 이상한 느낌이 들었다.

'절대 안 돼! 신이겸이 내가 말한 걸 알면 나 그날로 끝이라고, 끝!'

시윤이 입을 떼기가 무섭게 유미가 시윤의 구두를 꾹 지르밟았다.

"아악!"

시윤은 갑작스레 발등의 통증에 놀라 고통을 호소했다. 그리고는 제 발을 밟은 사람이 유미라는 걸 알고, 잠시 동안 그녀를 원망스러운 눈빛으로 쳐다보았다.

'말하지 마. 절대 말하지 마. 말하면 죽여 버릴 거야.'

유미의 눈빛이 시윤에게 경고하듯 섬뜩한 기세로 번뜩였다.

"갑자기 왜 그래요?"

이겸은 갑자기 소리를 지르는 시윤을 이상하게 쳐다보며 그에게 질문했다.

"아, 아니에요."

시윤이 애써 발등의 고통을 숨기며 멋쩍게 웃었다. 유미는 황급히 화제를 돌리기 위해 머리를 굴렸다.

"시윤 씨는 술버릇 같은 거, 없지?"

이왕이면 없길 바라며 질문한 거였다.

"저요. 술버릇은 아니고, 주사는 있어요."

"뭔데?"

"세상의 온갖 비밀은 다 터놓아요."

"뭐, 뭐라?"

"허심탄회하게."

유미는 차마 아무런 대답도 하지 못하고 멍하게 입술만 벌렸다.

"전부, 다."

마지막으로 터져 나온 시윤의 말에 유미는 좌절해야 했다. 기껏 마음의 문을 열고 속마음을 터놓았는데, 하필 술을 마시면 입이 깃털보다도 가벼워지는 사람이었다니.

'말도 안 돼.'

유미는 머리를 잘게 털어냈다. 곧이어 그녀의 시야에 들어온 것은 술잔에 손을 뻗는 시윤의 모습이었다.

"아, 안 돼!"

"네?"

갑작스럽게 목소리를 높이는 유미를 보며 시윤이 또다시 당황한 듯 모든 행동을 멈추었다.

"하하하! 우리 시윤 씨가 맥주도 얼마 안 마셨는데, 좀 취했나 봐? 어디 보자, 내가 우리 시윤 씨 맥주 좀 마셔줄까?"

유미가 겨우 입만 댄 시윤의 생맥주 잔을 들고는 벌컥벌컥 마셨다.

"아니, 그 많은 걸!"

500cc를 단숨에 들이켜고 난 유미가 입가에 묻은 맥주를 손등으로 훔쳐 냈다.

"시윤 씨가 취하면 안 되지!"

유미는 자신이 취하는 한이 있더라도 절대 시윤이 취하는 걸 두고 볼 수 없었다. 다른 누구도 아닌 신이겸 앞에서는 절대로.

그녀는 그 후로도 시윤이 맥주를 마시기 위해 시키면 말리기도 전에 그걸 제 입속으로 들이붓다시피 했다.

"무섭게 왜 그러세요, 주임님. 그만 드세요."

"시윤 씨는 술 마시지 마. 절대 안 돼."

유미가 눈을 무섭게 치켜뜨고 시윤을 노려보았다.

"무서워……. 아, 안 마실게요. 그만 마셔요. 이러다 취하겠어요."

"안 취해. 내가 술이 얼마나…… 센…… 데."

쿵. 끈적거리는 테이블과 유미의 이마가 정확히 들어맞았다. 겨우 닭다리 하나 먹고 빈속에 맥주를 연거푸 들이부었으니, 취하지 않으면 그게 이상한 것이었다.

"주임님!"

"공유미!"

두 남자의 외침이 치킨집을 짧게 울렸다. 시윤의 잔을 연거푸 비워 낸 유미는 완전한 '꽐라'가 되어버렸다.

"주임님, 취한 거예요? 뻗은 거예요, 지금?"

"그런 것 같은데."

이겸은 익숙한 일인 양 먹던 치킨을 마저 발라 먹었다. 그에 반해 시윤은 걱정 가득한 표정으로 유미의 얼굴을 살폈다.

"되게 세게 박은 거 같은데, 이마는 괜찮은가?"

"내버려 둬. 돌머리라 괜찮아요."

시윤이 테이블에 고꾸라진 유미의 이마 밑에 자신의 손수건을 받쳐 주었다. 그 모습을 빤히 지켜보던 이겸의 눈썹이 일순 꿈틀했다.

"두 사람, 많이 친해 보이네요?"

"아, 네. 제가 주임님 고민 상담을 좀 해드렸거든요."

"고민 상담?"

"네. 뭐. 그런 게 있어요."

벌써 유미와 시윤이 고민까지 공유한 친밀한 사이란 사실에 이겸의 입가가 얕게 꿈틀거렸다.

"대리님은요? 주임님이랑 얼마나, 아니, 어떻게 친한 거예요? 전혀 예상도 못 했는데, 두 분이 그렇게 가까운 사이일 줄 몰랐어요."

시윤은 이미 유미에게 들어서 알고 있었지만, 이겸의 입에선 어떤 대답이 나올지 궁금해졌다.

"얼마나, 어떻게? 글쎄, 깊이를 알 수 없을 만큼 굉장히 친하다고 해야 하나."

이겸은 난데없이 저와 유미를 묶어 그 깊이를 강조하고 나섰다.

"친한 사이라고 하니까 드리는 말씀이지만, 저는 대리님이 주임님 되게 싫어하는 줄 알았거든요."

"싫어해요? 내가 왜? 어떤 부분에서?"

"그…… 이런 말씀, 드려도 되나?"

시윤이 말을 하려다 말고 잠시 고민했다.

"부담 없이 말해봐요."

이겸은 사실 조금 궁금하기도 했다. 다른 사람의 눈에 비치는 저와 유미의 모습은 어떨까. 이겸이 냅킨에 기름기가 묻어 미끄러운 손을 닦아내고 팔짱을 낀 채 의자에 몸을 깊숙이 묻었다.

"제가 들어온 지는 얼마 안 됐지만, 대리님과 주임님은 마치 차가운 얼음과 뜨거운 불이라고 해야 할까요? 확실한 건, 주임님 입장에서 놓고 보자면, 대리님이 친절한 상사는 아니라는 거죠."

들어온 지 며칠 안 된 신입 시윤이 입사 대선배인 이겸에게 할 소리는 아니었다.

"상사가 꼭 친절해야 된단 법 있나?"

이겸은 표정 변화 하나 없이 시윤의 말에 대꾸했다.

"없죠. 친절한 상사가 얼마나 되겠어요. 그런데 대리님은 굳이 따지자면 좀 악덕 상사죠. 악덕 상사."

"악덕 상사?"

이겸은 황당한 듯 목소리를 높였다. 자신이 완벽을 추구하는 타입이긴 해도, 누군가에게 악덕 상사 소리를 들을 정도는 아니라고 생각했다.

"아무것도 모르는 제 눈에도 보인다니까요? 못 잡아먹어 안달 난 것처럼 말이죠."

"내가요?"

"사실 지금 말씀드린 것도, 굉장한 필터링을 거친 건데요."

"나처럼 유순한 사람이 어디 있다고!"

"그러니까요. 다른 사람한텐 다 친절한데, 공유미 주임님 한 사람한테만 불친절한 대리님 모습, 되게 이상해 보여요."

남자는 같은 남자가 봐야 안다고 했다. 시윤이 생각하는 이겸은 굉장히 이중적인 사람이었다. 해외영업2팀에 배정받아 들어온 다음, 유미에게 흥미를 느낀 시윤은 유미와 함께 유미가 관심을 보이는 이겸, 두 사람을 관찰하기 시작했다. 확실히 이겸은 유미에게만 유독 날을 세웠다. 그런데 그걸 또 가만히 지켜보니, 이겸이 유미에게만 유독 틱틱대면서도 그만큼 신경 쓰고 있는 것이 눈에 보였다. 잔잔하고 지루한 일상에 이겸과 유미의 자그락거리는 모습을 보는 것은 흥미로운 동시에 신경에 거슬렸다.

"그건, 내가 공 주임한테 거는 기대가 커서 그런 거예요."

시윤이 사실이랍시고 이야기한 것이 이겸은 불편하기만 했다. 그는 지금 아주 많이 억울했다. 쓴소리 한 걸 가지고 악덕이라고 칭하기엔 너무 억지스러웠다. 제 딴엔 다 유미의 회사 생활에 피가 되고 살이 되는 것이라 생각해 한 충고였다.

"그래서 그러려니 하고 있기는 한데."

"한데?"

매일 미소 짓는 모습만 보이던 시윤의 표정이 갑자기 진지하게 변해 갔다.

"좀 신경이 쓰여요."

"뭐가요?"

"주임님 말이에요. 관심이 간다고 해야 하나? 좀, 귀엽기도 하고."

수줍게 웃는 시윤의 모습을 보자, 이겸은 알 수 없는 감정에 휩싸였다. 시윤이 유미의 옆에 착 달라붙어 있을 때부터 이미 조금은 예상했지만, 직접 그의 입으로 이런 이야기를 들으니 기분이 이상했다.

"그게 나랑…… 무슨 상관이지?"

"얼핏 듣기론 주임님, 오래 좋아하던 사람이 있다던데. 알고 계셨어요?"

슬그머니 이겸의 마음을 떠보기 위한 작업을 시작하는 시윤의 목소리에는 조금의 떨림도 없었다.

"뭐…… 그 정도야 나도 알고 있어요."

"요즘 들어 마음이 예전 같지 않은 모양이던데. 그것도 아세요?"

시윤은 유미가 자신에게 그런 말을 한 적은 없었지만, 느낌 적으로 알 수 있었다. 유미는 이겸을 향한 오랜 짝사랑에 지쳐 있다. 공유미라는 여자를 잡을 타이밍이 존재한다면, 그건 바로 지금이었다.

"글쎄요. 그건 나도 처음 듣는…… 이야긴데."

분명 이겸도 시윤의 말처럼 유미의 마음이 예전 같지 않다는 걸 알고 있었다.

"마침 어떻게 다가가야 할까 고민했는데, 두 분이 친구시라니까 더없이 좋은 기회가 온 것 같아요."

"……."

"저 좀 도와주세요. 대리님. 저 주임님이랑 잘해보고 싶거든요."

이겸의 목울대가 자신의 의지와 상관없이 출렁였다. 시원스럽게 직진하는 시윤의 모습에 이겸의 손바닥에 땀이 들어찼다.

"내가, 왜?"

이겸은 당황했다는 기색을 내비치지 않기 위해, 흔들리는 동공을 바로 잡고 최대한 차분한 어투로 말했다.

"상사인 대리님께는 이런 부탁 못 드리지만, 주임님 오랜 친구라면서요. 저랑 주임님, 잘되게 도와주세요. 네?"

이겸은 한동안 입을 굳게 다문 채 아무런 대답도 꺼내지 못했다. 따지고 보면 시윤은 유미에게 나쁘지 않은 연애 상대다. 적당히 애교 있고, 그렇다고 너무 가볍게 보이지도 않았으며, 외형적으로나 내형적으로나 부족한 구석을 찾아볼 수 없을 만큼 완벽했다. 이겸은 자신을 향한 유미의 마음이 떠난 것도 알고 있고, 그 마음이 갈 곳을 잃고 헤매고 있다는 것 또한 잘 알고 있었다. 보내야 한다는 걸 머리론 알고 있다. 받아주지도 않을 거면서, 잡고 있어봐야 미련이라고밖에 말할 수 없다는 걸 아주 잘 알고 있다. 그런데, 그럼에도 불구하고, 보내기 싫다. 보내기가 싫어졌다. 아니, 싫다.

"도와주실 거죠?"

이겸은 다시 밝은 표정으로 묻는 시윤을 물끄러미 바라보았다.

"싫은데?"

이겸의 눈빛이 일순 서늘하게 가라앉았다.

"어! 예상과 다른 답변인데. 이유는요?"

"내가 왜 도와줘야 하죠? 나야말로 이유가 궁금해. 나한테 득 될 거 하나 없는데, 내가 왜 번거롭게 그래야 해요?"

"친구가 잘되면, 대리님도 좋은 거 아닌가요?"

"시윤 씨, 보기보다 자신감이 과한 면이 있네요. 나한테 도움을 청하기 전에 스스로의 위치를 돌아봐요. 유미는 결혼을 하고 싶어 해요. 그런데 시윤 씨는 이제 막 입사한 새내기잖아? 공유미 책임질 수 있어요?"

이겸은 결혼하겠다고 선까지 보러 나갔던 유미를 떠올렸다. 그녀는 그만큼 안정적인 생활에 대한 갈망이 있었다. 최시윤이 아무리 잘나도, 그는 이제 갓 대학교를 졸업하고 입사한 풋내기였다. 나이 어린 그가 유미와 가볍게 연애를 했으면 했지, 결혼을 할 가능성은 희박했다. 보내줄 때 보내주더라도, 유미의 남자로는 적어도 시윤은 맞지 않다고 생각했다.

"네."

한데, 유미의 남자로 제외시킨 시윤은 뜻밖에 유미를 책임질 수 있냐는 물음에 잠시의 고민 없이 대번에 긍정했다.

"책임을 진다는 게 어떤 의미인 줄이나 알아요? 그걸 어떻게 그렇게 단정 지을 수 있는 거지?"

"그럴 만한 능력이 있어서요. 실은 공 주임님 정도면 남은 제 인생을 맡겨도 좋을 것 같아요."

"공유미가 뭔데 대뜸 자기 인생을 맡긴대?"

이제 입사한 지 며칠밖에 안 된 사람이 유미에 대해서 뭘 안다고 이러는 걸까. 이겸은 이렇게 적극적인 시윤이 도무지 이해되지 않았다.

"제가 사람 보는 눈 하난 정확해요. 알고 지낸 시간이 짧으나 기나 나쁜 사람은 처음부터 나쁜 게 보이고, 착한 사람은 처음부터 착한 게 보여요."

"관심법 같은 걸 쓸 줄 아나? 아니면 신기가 있어요? 겪어보지도 않고 그걸 어떻게 압니까?"

어쩌면 그는 유미의 예쁘장한 외모만 가지고 그녀에게 관심이 있다고 하는 것일지도 몰랐다. 그래서 이겸은 더욱 신경이 쓰였다. 유미가 나쁜 남자에게 휘둘릴까 봐……. 그는 그녀가 나쁜 남자에게 마음을 빼앗기고, 사랑하고, 차이는 그런 건 차마 상상하고 싶지도 않았다. 분명 저를 붙잡고 하소연하고 통곡할 게 뻔히 눈에 보일 정도였다.

"한 사람만 보는 순애보에, 용기 있게 먼저 고백하고, 당당하고. 아무리 제가 좌절할 순간이 와도 믿고 의지하며 살 수 있을 것 같잖아요? 거기다 예쁘기까지 한걸요."

예쁘다는 조건이 하나 붙긴 했으나 시윤이 유미를 일컬어 나열한 것은 하나같이 전부 맞는 말이라 이겸은 이렇다 할 대꾸를 못 한 채 잠시 멍했다. 그냥 좀 똑똑한 놈인 줄 알았더니, 사리 분별력이 뛰어난 시윤의 모습에 이겸은 할 말을 잃고 말았다.

"시윤 씨 근데 말이야. 공 주임이 그렇고 그런 걸, 어떻게 다 알고 있어요?"

겨우 흐트러진 정신을 가다듬고 나자, 이겸은 그가 유미의 짝사랑에 대해서 알고 있는 것인지에 대한 의문이 생겨났다.

"어? 아까 말씀드리지 않았던가요? 주임님 고민 상담해 드렸다고."

그 고민이 그 고민이었다니.

'그렇게 입조심하라고 했는데, 최시윤에게 제 속마음까지 홀랑 다 까발렸어?'

이겸의 잇새로 허탈함을 담은 헛웃음이 비집고 나왔다.

"그렇다고 그걸 내 앞에서 다 얘기하면, 기껏 고민 상담한 공 주임은 뭐가 되죠?"

"예?"

"참, 입이 가벼운 사람이군. 최시윤 씨는."

"어? 네?"

이겸의 갑작스러운 정색에 시윤이 어리둥절한 표정을 지었다.

"공유미 남자로 탈락이에요. 입 가벼운 사람은 질색해, 우리 유미는."

"그거야, 대리님이 주임님이랑 친하시니까."

변명을 해볼 요량으로 시윤이 입술을 움직였지만, 그의 말은 제대로 흘러나오지 못한 채 이겸의 말에 잡아먹히고 말았다.

"됐어요. 시윤 씨는 내 기준에 미달이야. 내가 도와줄 거란 꿈도 꾸지 마요."

시윤은 자신이 가야 할 길이 그리 순탄치만은 않음을 직감했다. 시누이같이 구는 이겸을 뛰어넘을 방법, 그 방법이 절실해지는 순간이었다.

이겸은 자신의 등에 업힌 유미를 나무라듯 허공에 대고 중얼거렸다.

"고주망태가 특기인가?"

술 취한 유미가 대답을 할 리 없었다.

"아니면, 전생에 술 한 잔 못 먹고 죽어서, 이생에 이렇게 술에 한 맺힌 듯 마셔대는 건가?"

유미는 술만 마셨다 하면 뻗는 게 주특기였다. 그러니, 이겸은 유미가 술잔에 손만 대어도 긴장 상태에 들어서야 했다. 단 한 순간도 안심할 수가 없었다.

"길바닥에 버리고 가야 정신을 차릴 텐데."

버려두고 가지도 못할 거면서 나오는 말은 곱지 않다.

"아주, 술독에 빠져 살지?"

이겸은 그렇게 술을 잘 마시는 것도 아니며 과시하듯 시윤의 잔까지 뺏어 마신 유미가 괘씸했다. 투덜거리던 이겸은 치킨집에서 자신감이 넘쳐흐르던 시윤의 모습이 떠오르자 가뜩이나 별로인 기분이 더 나빠졌다.

"능력은 무슨. 신입 주제에 능력이 되면 얼마나 된다고. 뭐 금수저라도 물고 태어났나?"

저도 금수저까진 아니어도, 은수저까진 되는데 말이다.

유미의 집 앞에 도착한 이겸은 자신의 등에 얌전히 업힌 유미가 아래로 떨어질까 싶어 몸을 살짝 아래로 숙였다. 그리고 담장 화분 바닥에 넣어둔 대문 열쇠를 찾아 문을 열었다. 출장과 야근이 잦은 유미의 아버지, 찬은 오늘도 집에 들어오지 않은 모양이었다. 찬이 집에 없는 날이면 유미는 항상 이 집에 혼자 있었다.

늦은 밤 텅 빈 집 안으로 들어서자, 그 속은 이겸이 생각했던 것보다 훨씬 적막했다. 이런 곳에 늘 혼자 있는 게 싫어서 자신의 집에 찾아온 걸 텐데, 매일 가라고만 했으니. 이겸은 어쩐지 좀 유미에게 미안해졌다.

아무리 유미가 가볍다고 해도 성인 여자를 업고 한참을 걸어와서인지 이겸은 체력적 한계가 느껴졌다. 하필이면 2층에 위치한 유미의 방으로 오르는 계단에서 유미를 놓칠 뻔하길 여러 번. 겨우 유미의 방으로 들어온 이겸은 그녀를 침대에 고이 눕히고서야 바닥에 널브러져 낮은 한숨을 터뜨렸다.

"무거워 죽겠네. 술 좀 작작 마셔. 너 때문에 내가 술을 못 마셔."

어차피 취해서 잠든 유미가 듣지 못할 거라는 생각에 이겸은 나오는 대로 말을 뱉어냈다. 이겸이 술을 마시지 않는 이유는 따로 있지 않았다. 자기도 취해 버리면 유미를 챙길 사람이 없으니까.

유미를 방에 혼자 남겨두고 돌아서는 이겸의 발걸음이 무거웠다. 그는 돌아서려던 걸음을 다시 물려 곤히 잠든 유미를 내려다보았다. 그리고 한쪽 무릎을 바닥에 대고 앉았다. 뺨 아래로 흘러내린 유미의 머리카락을 살며시 뒤로 넘겨주었다. 유미는 간지러운지 살짝 감은 눈을 찡그렸다.

"유미야. 네가 변하지 않았으면 하는 건, 내 욕심인 거지?"

이겸은 굳이 이렇게 유미에게 묻지 않아도 그것이 욕심인 것을 잘 알고 있었다. 받아주지도 못할 거면서, 쭉 그 자리에 서서 자신을 바라보고 있을 거란 생각을 하는 것 자체가 이기적이었다. 아는데, 알면서도 확인하고 싶었다. 된다, 안 된다. 대답이라도 해주지. 눈을 꼭 감고 잠들어 있는 유미의 모습에 이겸은 야속함을 느꼈다.

✳✳

토요일 아침. 늘 그랬듯 유미와 운동을 가기 위해 어김없이 제시간에 맞춰 유미의 방에 들어선 이겸은 침대가 아닌 거울 앞에 있는 유미를 보고 놀란 척을 했다.

"오늘 해가 서쪽에서 떴나. 어쩐 일로 일찍 일어났네?"

"오후에 약속 있거든."

"약속?"

이겸의 눈가에 작은 경련이 일었다.

"무슨 약속?"

"아아. 시윤 씨가 공짜 티켓 생겼다고 같이 영화 보러 가자고 했어."

공짜 티켓이란 말에 그의 의지와 눈가에 이어 안면 근육이 상관없이 떨렸다.

"그걸 왜 너랑 가?"

"같이 갈 사람이 없대. 이상하지? 시윤 씨는 친구도 없나?"

유미는 이해할 수 없다는 듯 눈을 깜빡였다. 그러고는 이겸이 있는 쪽으로 얼굴을 홱 돌리며 물었다.

"뭐, 뭐야. 너."

"응? 왜?"

"화장했어?"

파우더를 들고 뒤로 돌아보는 유미의 모습에 이겸은 잠시였지만, 심장이 멎을 듯했다.

'나 만나러 나올 때는 잘 하지도 않던 화장을 다 하다니. 이거, 위험하잖아?'

이겸의 눈동자는 지진이 일어난 듯 제자리를 찾지 못하고 떨렸다.

"에이. 동네 마실 나가는 것도 아닌데 화장해야지."

그렇게 말하고는 유미가 다시 몸을 돌려 거울을 보며 파우더를 얼굴에 퐁퐁 찍어 발랐다.

'다른 남자를 만나러 나가면서 화장을 해?'

이겸은 또다시 주체할 수 없는 감정이 울컥 솟아오르는 기분이 들었다.

"운동 안 가?"

"가야지."

대충 화장을 끝낸 유미가 급하게 밖으로 걸음을 옮기는 이겸을 따라나섰다. 집을 나오자마자 달리기 시작한 이겸의 뒤를 한참이나 헉헉거리며 쫓아가던 유미는 도저히 그를 따라가지 못하겠는지 걸음을 멈췄다.

"야, 천천히 좀 가. 왜 이렇게 빨리 뛰어."

그녀가 허리를 숙이고 모자란 숨을 들이마셨다.

"더워 죽어. 천천히 좀 가."

"빨리빨리 안 따라와?"

저만치 걸어가던 이겸이 멈춰 선 유미를 재촉했다.

"힘들어서 못 가겠어. 숨 좀 고르자. 숨 좀."

"안 돼. 뛰어! 빨리!"

이겸이 친절하게 힘들어 죽겠다고 고개를 젓는 유미의 팔을 잡아당겼다.

"땀이 나야 운동을 한 느낌이 드는 거라고."

그래야 화장도 지워지지. 완전히 못 쓰게 만들어 버리겠어.

이겸의 두 눈에서 피어오르는 열기는 한여름 태양보다도 더욱 뜨거웠다.

"지구력 봐라."

얼마 가지도 못한 채 잔디밭에 철퍼덕 엉덩이를 깔고 앉은 유미가 더 이상 무리라며 고개를 저었다.

"아직 멀었어. 더 뛰어야 해."

유미가 아예 뒤로 벌러덩 드러누워 버렸다.

"배고파. 배고파서 더 못 뛰어."

그녀는 고개까지 양옆으로 저어댔다.

"한 번을 끝까지 간 적이 없어."

이겸은 그런 유미를 흘겨보며 투덜거렸다.

"시원한 물!"

"끝까지 가면 사줄게."

"아이스 아메리카노!"

"끝까지 가면 사준다고."

"빵 먹을래, 빵!"

유미가 숨을 헐떡이며 소리쳤다.

"빵순이 진짜."

부끄러운 줄도 모르고 벌러덩 드러누워 있는 유미의 옆에 이겸이 자리를 잡고 앉았다.

"느어무 힘들어."

"젊은 애가 이거 뛰는 것도 힘들어하면 어떻게 해?"

"역시 여름엔 영화관만 한 피서지가 없어. 이 땡볕에 뛰고 운동하는 건 역시 무리인 것 같아."

영화관이란 단어에 풀어졌던 이겸의 표정이 다시 굳어졌다.

"둘이 무슨 영화 볼 건데?"

"《연하 남자》."

"제목 한번, 기가 막히네."

이겸은 황당한 듯 코웃음을 쳤다.

"남자주인공이 무려 박봉검이야!"

"좋으시겠어. 연하 남자랑 《연하 남자》를 다 보러 가고."

"어. 진짜 그러네? 대박!"

유미는 미처 생각지 못한 사실을 깨달은 듯 눈을 반짝였다.

"영화만 보고 올 거지?"

"공짜로 영화도 보여주는데 저녁은 사야 하지 않을까? 하다못해 커피라도 한 잔 사야지."

이겸은 정말 유미가 몰라서 이러는 건가 싶었다. 공짜 티켓 생겼는데 같이 보러 갈 사람이 없다는 뻔한 속셈. 거기에 넘어갔다는 건 유미가 그만큼 순진하기 때문이리라는 생각이 들었다. 딱히 유미의 생활에 터치를 하고 싶은 생각은 없었다. 한데 영화 보고, 밥도 먹고, 차도 마시고. 이게 얼마나 위험한 건 줄 모르고 있는 것이 문제다.

"너, 같은 회사 사람이랑 주말에 만나는 게 어떤 의미인 줄 알고나 그래?"

"왜? 만나면 안 돼? 너랑도 이렇게 주말에 만나고 있잖아."

"이게 그거랑 같아?"

"달라?"

유미가 정말 모르겠다는 듯 되물었다.

"다르지, 그럼!"

"어떻게 다른데?"

"그건, 데이트라고. 데이트!"

"데이트?"

유미는 '데이트'라는 단어가 어지간히도 놀라웠던지 눈을 커다랗게 뜨고 되물었다.

"그래. 남자와 여자가 만나서 하는 데이트."

"그럼 말이야, 내가 너와 평생 했던 그 수많은 식사와 함께 영화를 보러 갔던 그 모든 게, 데이트였단 말이야?"

유미가 정말로 충격 받은 얼굴을 하고 입을 헤벌렸다.

"너, 진짜……."

순진한 건지, 멍청한 건지. 이겸은 눈을 뒤집어 까고 푹 한숨을 내 쉬었다.

"그럼 영화는 보기로 한 거니까. 쿨하게 영화만 보고 오는 걸로 하 겠어."

"잘 생각했어. 괜히 같은 부서원이랑 얽혀서 좋을 것 하나 없지."

유미의 될 대로 되란 식의 화법에 이겸은 괜한 안도감이 들었다. 확 실한 건 시윤과 함께 영화를 보는 것에 그녀는 그다지 큰 의의를 두지 않는 것 같다는 것이었다.

"영화는 어디서 보는데?"

"강남."

"귀찮아서 멀리 나가지도 않는 게, 공짜라면 천 리 길도 마다하지 않을 기세네."

그래도 신경이 쓰이는 건 어쩔 수 없었던 모양인지 이겸은 관심 없 는 척하면서 이것저것 유미에게 캐묻기 시작했다.

"무려 박봉검인데! 그 정도야, 뭐."

유미는 어깨를 으쓱 들어 올리며 답했다.

"그까짓 박봉검 영화 내가 보여줄 수도 있어!"

"오?"

어쩐 일로 이겸이 이런 호의를 베푸나 싶었던지 유미는 입술을 동 그랗게 만들고 놀란 척을 했다.

"보여주면."

이겸은 무표정하지만 정확한 발음으로 또박또박 말했다.

"진짜 보여줄 거야?"

유미가 시선을 이겸에게 똑바로 맞추고 비식거리고 웃으며 물었다.

"보여주면 안 갈 거야?"

그 말을 꺼내는 이겸의 미간에 잔뜩 힘이 들어갔다.

"내가 보여주면 안 갈 거냐고."

곧바로 유미에게서 대답이 돌아오지 않음에 이겸은 다시 한 번 용기내어 재차 물었다.

"우리 이겸이……."

표정을 한껏 풀어내고 배시시 웃는 모양새가 분명 그 말을 하려는 모양이었다.

"하지 마."

"질투해요? 우쭈쭈?"

"질투는 무슨, 얼어 죽을……."

이겸은 잔뜩 기분 나쁜 표정을 하며 고개를 옆으로 틀었다. 유미에게서 완전히 돌아간 그의 양 볼은 붉은 기운이 감돌았다.

"내가 시윤 씨랑 단둘이 영화 보는 게 싫었어? 응?"

이겸의 마음을 아는지, 모르는지. 유미는 그를 놀리기 바쁘다.

"싫긴, 누가! 난 그냥, 네가 괜히 영화 한번 공짜로 보고 와서 나중에 이상한 소문에 휘말릴까 봐 걱정돼서 그런 거야, 걱정돼서!"

"걱정됐어요? 우쭈쭈?"

"아이, 진짜!"

말이 통해야 말이지. 이겸이 벌떡 몸을 일으켰다.

"가든가, 말든가. 알아서 해."

저벅저벅 걸어가는 그의 발걸음이 몹시 불쾌해 보였다.

"짜식, 귀엽긴."

씩씩거리며 걸어가는 이겸의 뒷모습을 보며 유미는 푸스스 웃었다.

누군가가 그랬다. 남자는 한결같은 여자를 싫어한다고. 사람 사이의 관계는 시간이 지나면 무뎌지기 마련이다. 그래서 가끔은 적당히

츤데레의 정석

변화를 줄 필요도 있단 말이 격하게 공감되기 시작했다. 변함없이 그 대로인 일상에서 늘 똑같은 모습으로 이겸을 대했던 자신이 조금은 후회스러웠다. 이러한 사소한 변화로 이겸의 굳게 닫힌 마음을 열 수 있을지 없을지는 모르겠으나, 분명한 것은 조금은 긍정적이면서도 산 뜻한 바람이 불어오는 듯한 느낌이 든다는 것이다.

유미는 집 앞까지 데리러 온다는 시윤을 극구 말려 결국 영화관 매 표소 앞에서 그를 만났다.

시윤은 회사에서 볼 때보다 가벼운 옷차림이었다. 캐주얼은 캐주얼 대로 그에게 잘 어울렸다.

"조금 늦었지?"

유미는 이겸과 운동을 하다가 땀을 너무 많이 흘리는 바람에 다시 씻고 나오느라 약속 시간에 늦을까 봐 지하철역에서 영화관까지 부리 나케 달려왔다. 그녀는 살짝 가빠오는 숨을 빠르게 삼키며 시윤의 앞 에 섰다.

"영화 시간은 안 늦었어요."

시윤은 친절하게도 이미 팝콘에 콜라까지 사 들고 있었다.

"들어가요."

시윤이 약간 상기된 표정을 하고 유미와 함께 영화관 입구로 들어 갔다. 그때, 그들의 뒤에 숨어 있던 그림자가 슥 나타났다.

"최시윤. 눈에서 아주 꿀이 떨어지는구만."

이겸은 유미의 뒤를 미행한 것치고는 너무나도 당당한 표정이었다. 끼고 있던 선글라스를 코 아래로 내리고는 제 영화표를 확인했다.

—3관, 연하 남자

"젠장. 박봉검이고 뭐고, 내가 왜 이러고 있는 거야."

이겸이 짜증스럽게 입술을 깨물고는 다시 선글라스를 콧잔등 위로 끌어 올렸다.

'이건 공유미가 최시윤과 만나서 그런 게 아니야. 최시윤 그놈이 못 미더워서 그런 거지.'

어색해 보이지 않기 위해 싱글 팝콘과 콜라까지 사 들고 영화관 안으로 들어서는 이겸의 발걸음은 지나치리만큼 어색했다. 그가 영화관 안으로 들어서자 조명은 꺼져서 깜깜한 상태였다.

자리를 찾기 위해 발아래 전등을 확인했다. 컴컴한 주변을 두리번 거리던 이겸은 자신이 선글라스를 끼고 있단 사실도 인지하지 못하고 있는 것에 황당함을 느꼈다.

'멍청하긴.'

스스로를 비난하며 선글라스를 벗으려 아래로 내리자, 자신의 바로 옆옆 자리에 앉아 있는 유미와 시윤의 모습이 보였다.

하필이면 바로 자신의 좌석에서 두 칸쯤 옆이 유미와 시윤의 자리였다. 그는 결국 선글라스를 벗지도 못하고 제대로 쓰지도 못한 채 몸을 좌석 깊숙이 묻어 내렸다.

영화가 시작되고, 그들은 간간이 귓속말을 주고받고 있는 것이 이겸의 눈에 들어왔다. 그들의 친밀한 모습을 보자 속에서 무언가 알 수 없는 감정의 소용돌이가 휩쓰는 것을 느꼈다. 그런 와중에 영화가 눈에 들어올 리도 없었다. 어차피 영화가 목적이 아니었던 걸음이기도 했고, 온 신경이 유미에게로 가 있어서 더욱 그랬다. 문득 이겸은 자신이 왜 이렇게까지 유미의 뒤를 밟고 있는지에 대한 의문이 생겨났다. 더 이상 자길 좋아하지 않는다는데, 홀가분하게 훌훌 털어버리고 자유를 만끽하면 그만인 건데 그러지 못하고 있는 자신에 대한 의문이었다.

그제야 이겸은 좌석에 푹 묻고 있던 몸을 일으켜 앉았다.

애초에 숨을 이유가 없었다. 저는 그저 이 영화가 보고 싶어서 온 것이었다. 박봉검이 보고 싶어서 온 것이었다. 이겸은 마치 스스로에게 최면을 걸기라도 하듯 속으로 여러 번 같은 말을 반복해 읊조렸다. 어두컴컴한 암흑을 주는 선글라스도 벗어버리고, 날것 그대로의 모습을 드러내며 꼿꼿한 자세를 한 채 그대로 영화에 집중했다.

마침내 그 길고 지루한 영화가 끝났다. 이겸이 고개를 돌리자, 유미와 시윤이 자리에서 일어서는 모습이 보였다. 이겸은 그들과 반대 방향으로 나간 다음 그 길로 귀가할 예정이었다. 더 있다간 저만 우스운 꼴을 당할 것 같았다. 일부러 느리게 걸어 그들과 마주치지 않으려 했는데.

"신 대리님?"

출구 쪽 화장실 앞에 서 있던 시윤과 마주치고야 말았다.

'이런, 젠장 맞을!'

이겸이 마음속으로 아주 크게 욕을 뱉어냈다.

"어, 이게 누구야? 시윤 씨가 여긴 어쩐 일이에요?"

이겸은 우연히 시윤을 만나기라도 한 사람처럼 화들짝 놀라는 척을 했다.

"저요? 저야, 영화 보러…… 그러는 대리님이야말로, 여긴 어쩐 일이세요?"

"나?"

저를 향한 질문인 줄 알면서도, 이겸은 잠시 버퍼링에 걸린 컴퓨터처럼 정지된 상태로 머물렀다.

"영화관에 영화 보러 왔지. 뭐 하러 와요."

대답을 기다리는 시윤에게 이겸은 턱을 살짝 추켜세우고 거만한 표정을 지었다.

"《연하 남자》를요?"

"네."

"혼자서요?"

시윤은 이겸의 옆에 따라붙은 일행이 없는 걸 발견하고 그를 이상히 여겼다.

"왜요, 혼자서 영화 보는 게 뭐 이상합니까?"

긴장감과 함께 솟아오른 열감으로 이겸의 목소리가 살짝 커졌다.

"아뇨. 이거, 여자들이 좋아하는 영화인데. 이걸 혼자 보러 오셨다기에 좀 의아해서요."

"좋아해요."

"네?"

뜬금없이 좋아한단 말에 놀란 시윤이 눈을 동그랗게 떴다.

"박봉검."

"아……."

"좋아한다고요. 박봉검을. 그래서 보러 왔어요. 됐어요?"

"네, 뭐. 그럼 조심히 들어가세요."

반가움도 잠시, 유미가 나올 때가 다 됐다고 생각했는지 시윤이 급하게 허리까지 숙여가며 이겸에게 인사를 건넸다. 눈치가 빠른 이겸이 시윤의 그런 의도를 파악하지 못할 리가 없었다.

"그러는 시윤 씬, 혼자 왔어요?"

이겸은 시윤이 이곳에 있는 이유와 동행한 사람이 누군지도 다 안다. 알지만 궁금했다. 시윤이 어떻게 대답하는지 보려는 것이었다.

"아뇨. 공 주임님이랑 같이 왔어요."

"공 주임?"

"네. 제가 데이트 신청했거든요."

"뭐? 데이트?"

데이트란 말에 이겸의 동공은 빠르게 확장됐고, 입은 크게 벌어졌다.

'설마 공유미가 데이트란 단어를 듣고도 수락했을까?'

이겸이 시윤에게 대꾸하려던 찰나, 화장실 쪽에서 유미가 걸어왔다.

"응? 신이겸?"

시윤이 이겸과 함께 있는 모습을 보고 유미가 이겸을 가운데 두고 빙그르르 한 바퀴 돌며 그를 훑었다.

"신이겸?"

유미는 눈앞에 있는 이겸을 보고도 믿기지 않았는지, 재차 이겸의 이름을 불러보았다.

"그래. 나야."

"여긴 어쩐 일로?"

"영화관에 영화 보러 왔지. 뭐 하러 왔겠어?"

영화관에 영화를 보러 오는 거야 당연한 것이다. 한데, 동네에도 영화관이 있는데, 왜 굳이 여기까지 와서 영화를 보는 건지, 유미는 그게 궁금했다.

"너 혹시…… 설마 나 따라온 거야?"

이겸과 유미가 나누는 대화를 가만히 듣고 있던 시윤은 이겸이 대답을 하기 전에 얼른 유미의 팔목을 잡아끌었다.

"주임님. 아직 저녁은 이르고, 차라도 한잔하러 가요."

그걸 지켜보던 이겸이 동시에 유미의 반대쪽 팔목을 잡아챘다.

"어딜 가. 영화만 보기로 했잖아."

"영화만 보기로? 뭐야, 그럼 대리님 오늘 공 주임님이 저랑 영화 보기로 한 거 다 알고 계셨던 거예요?"

시윤의 한쪽 눈썹이 불쑥 솟아올랐다.

"그래요. 알았어요."

"근데 왜 방금은 모른 척하셨습니까?"

"꼭 아는 척을 해야 합니까?"

유미는 난데없는 둘의 기 싸움에 입을 꾹 다물고 눈동자만 굴렸다. 갑작스러운 이겸과 시윤의 행동이 이해되지 않아 유미는 상황 파악을 해야만 했다.

"둘 다 이거 놔!"

급기야 중간에 낀 유미가 둘에게 붙잡힌 팔목을 홱 뿌리쳤다.

"내가 무슨 장난감이야? 둘 다 왜 못 뺏어서 안달이야?"

"주임님, 제 말 좀 들어보세요. 글쎄 대리님이요!"

"공유미. 시윤 씨 말 듣지 마. 내가 다 설명할게."

실로 웃긴 상황이 아닐 수 없다. 남자 둘이 서로 자길 믿어달라며 유미에게 호소했다.

"둘 다 따라와."

건물을 벗어나 주말임에도 한산한 카페를 찾아 들어간 유미는 제 카드로 커피 세 잔을 시켰다. 그리고 커피를 받아 들고는 둘을 테이블에 나란히 앉혔다.

"그러니까, 왜 싸웠는데? 날 두고 싸웠다 이건가?"

유미가 거만한 표정을 하고 물었다.

"아니, 주임님을 놓고 싸운 게 아니라…… 분명히 주임님이랑 같이 있었던 건 저잖아요, 근데 갑자기 대리님이 나타나서는 소유권을 주장하시고."

"소유권이라니. 최시윤 씨 말은 바로 해요. 얘가 무슨 물건입니까? 애초에 공유미는 오늘 영화만 보고 집에 가겠다고 했고……."

"그만. 그만."

소유권이 어쩌고, 물건이 어쩌고. 대체 뭐라는 건지 유미는 알 수 없었다. 시윤이야 그렇다 쳐도, 항상 냉정함을 유지하던 신이겸까지 합세해 목에 핏대까지 세워가며 말싸움을 하는 이유는 대체 뭐란 말인가.

"시윤 씨, 미안하지만 오늘은 그만 돌아가는 게 좋겠어."

유미는 고민 끝에 결론을 내린 듯, 시윤에게 비장한 어투로 말했다.

"주임님."

시윤이 장화 신은 고양이처럼 커다랗고 빛나는 눈망울로 유미를 쳐다보았다.

"진짜 가실 거예요?"

"예, 가실 거예요. 더 있다가 둘이 싸움 나겠네. 오늘 영화 보여준 건, 조만간 다른 걸로 갚을게."

"흠. 어쩔 수 없죠."

유미가 그렇게까지 이야기하는데 더 붙잡기도 뭐 했는지 시윤이 고개를 끄덕였다.

"조심히 들어가."

"가볼게요."

결국 그 자리에서 낙오된 것은 최시윤이었다. 시윤이 카페에서 완전히 모습을 감추자 유미는 그제야 괜스레 그에게 미안해졌다.

"시윤 씨한테 미안하네. 이렇게 보내 버려서."

"미안하긴 뭐가 미안해. 어차피 영화만 보고 헤어질 거였는데."

이겸이 제 앞에 놓인 아이스커피를 쭉 들이마셨다.

"사람이 그러면 못써. 시윤 씨가 얼마나 자상한데."

"뭐? 자상? 지금 내 앞에서 그 자식 편들어?"

이겸이 눈꼬리를 가늘게 밀어냈다.

'자상은 무슨. 진짜로 자상한 사람을 못 만나봐서 그러지.'

절로 속에선 구시렁구시렁 혼잣말을 해대면서.

"너 진짜 오늘 좀 이상하다? 아침부터 왜 시윤 씨 이야기만 나오면
그렇게 화를 내?"

"내가 언제 화를 냈다고 그래?"

"시윤 씨랑 영화 보러 간다고 했을 때부터 계속 버럭 했잖아?"

"안 그랬어."

"설마 너, 진짜 질투라도 하는 거야?"

"질투는 무슨. 괜히 나중에 말 나올까 봐 걱정돼서 그런다. 걱정돼
서."

말이 나오는 건 나중의 문제였다. 이겸은 당장 눈앞에서 시윤과 함
께 있는 유미의 모습을 보자니 그냥 화가 났다. 냉정하고 차분하기만
하던 이겸이 유미로 인해 점점 포악해지고 있었다.

"신이겸."

"뭐……"

지금 이겸의 표정으로 말할 것 같으면, 몰래 사탕 훔쳐 먹다 걸린
아이처럼 안쓰러워 보였다.

"여기까진 대체 왜 온 거야?"

"말했잖아. 영화 보러 왔다고."

이겸은 팔짱을 안으로 끼고 심드렁하게 답했다.

"우리 동네에도 영화관 있잖아?"

"있지."

"근데 이렇게 멀리까지 영화를 보러 왔다고?"

"……뭐, 잘못됐나?"

"내가 오늘 여기 올 걸 알면서?"

순간 유미에게 정곡을 찔려 뜨끔한 이겸이 입술을 지그시 깨물었다.

"강남에 영화관이 한두 갠가? 네가 여기로 올 줄은 몰랐지."

"확실해?"

유미가 의심스러운 눈초리로 이겸을 훑어보았으나, 그는 유미의 수에 말리지 않았다.

"오버 좀 그만해. 불쾌해. 순수하게 영화 보러 나온 내 마음을 이상한 잣대로 매도하지 말아줘."

유미는 항상 이겸을 보면 긴가민가한 마음이 들었다. 좋아하는 것 같다 싶다가도, 정말 아니구나 싶기도 했다. 이십 몇 년을 이렇게 지내다 보니, 정말로 자신이 크게 착각을 하고 있구나, 라는 생각이 우선적으로 들었다.

'역시, 넌 그대로구나. 어떻게 그렇게 한결같이 상처만 줘?'

유미는 어쩐지 마음이 울적해지는 기분이 들었다. 마음을 애써 부정하는 거라면, 그것조차도 이유가 있을 터였다. '친구'라는 이름을 이용해 그를 붙잡아두려 했었던 자신이 초라해졌다.

유미는 그날 이후 업무적인 사소한 것 이외에 이겸과 최대한 말을 섞지 않으려고 노력했다. 퇴근을 하고 나면 제집처럼 드나들던 이겸의 집에도 발걸음을 뚝 끊었고, 점심도 더 이상 같이 먹자고 이겸에게 매달리지 않았다. 아무리 토라져도 길어야 하루면 풀렸는데, 며칠째 이겸을 대하는 유미의 태도는 그대로였다. 그로 인해, 이겸은 점점 유미가 신경 쓰이기 시작했다. 일을 하다가도 문득 이겸은 눈으로 사무실 여기저기를 오가는 유미를 좇았다. 분명 성가신 공유미가 떨어져 나갔는데. 기분이 날아갈 것같이 가벼워야 하는데. 이상하게 자꾸 마음이 바닥 아래로 추락하는 느낌이 들었다.

'왜 이러지.'

이겸은 도무지 일이 손에 잡히지 않았다. 그에 반해 유미는 너무나도 멀쩡해 보였다. 평소처럼 잘 웃고, 밝아 보였다. 차라리 유미가 저로 인해 우울해 보였다면 이토록 마음이 쓰이진 않았을 텐데. 유미는 정말로 자길 다 잊은 사람처럼 행동했다.

"공 주임. 잠깐 나 좀 봐요."

이겸이 결국 참지 못하고 유미를 불렀다. 말없이 그의 뒤를 따라나서는 유미는 아무런 표정도 짓고 있지 않았다.

'항상 웃는 모습만 보다가 저런 모습 보니까 어쩐지 무서워.'

회사 건물 지하에 있는 카페로 들어선 이겸이 아메리카노 두 잔을 시켰다.

"전 안 마셔요. 대리님 것만 시켜요."

목소리를 한껏 내리 깐 유미를 보며, 이겸은 잠시 당황한 듯 눈을 깜빡였다. 결국 유미를 사이에 두고 앉았고, 그들 사이에 놓인 테이블 위에는 덩그러니 이겸이 시킨 아메리카노 한 잔만 놓여 있었다. 이겸은 쉽게 말을 꺼내지 못하고 손가락만 꼼지락 거렸다.

"할 말이 뭔데요?"

둘만 있을 땐 누구보다 편하게 대해주던 유미가 변했다. 초조한 이겸과 달리 유미는 이상하리만치 평온해 보였다.

"혹시, 주말 일 때문에 화났어……?"

답지 않게 말꼬리를 늘이는 이겸을 보며 유미가 바로 대답했다.

"화 안 났는데?"

"그럼 왜……."

이겸은 유미가 왜 이렇게 평소와 다르게 구는지 그 이유가 듣고 싶었다.

"거리 두고 있는 건데?"

유미가 카랑카랑한 목소리로 말했다.

"거리?"

"남녀 사이에 친구는 애초에 말이 안 되는 거였어."

"그게 왜 말이 안 돼?"

이겸은 '친구'라는 관계를 앞세워 유미와 여태껏 함께할 수 있었다. 앞으로 그 당연한 관계도 사라져 버린다면, 그는 어떻게 다가올 미래를 살아야 할지 몰라 순간 머리가 멍해졌다.

"분명 둘 중 하나는 마음이 있어서 그 관계를 어떻게든 유지하기 위해 '친구'라는 허울 좋은 껍데기로 포장하는 거라고 생각해."

그동안 단단히 벼르고 있었던지, 유미가 비장한 표정을 지으며 이야기를 이어갔다.

"그게 무슨 뜻이야?"

이겸의 미간에 약간의 주름이 생겨났다.

"나 이제 너 안 좋아할 거거든."

이미 유미를 알고 지낸 세월 동안 이겸이 수천, 수만 번도 더 들은 이야기였다. 그런데 아무리 많이, 무뎌질 만큼 그 소릴 들어도 들을 때마다 마음에 찌릿하고 통증이 느껴지는 건 여전했다.

이겸은 꿀 먹은 벙어리라도 된 것처럼 멍해서 아무런 말도 할 수 없었다.

"이성 간에 감정 하나 없이 가까운 친구로 지내는 거, 피차 편하진 않잖아."

유미가 아무렇지 않은 얼굴로 말을 이어갔다.

"특히나, 내가 널 좋아한 세월이 있는데, 마음 접었어도 계속 이대로 지내면 괜한 미련 생길지도 모르고…… 적당히 거리를 두고 있단 뜻이야. 너야 평생 그렇게 지내왔으니 상관없을지 몰라도, 난 아니거든. 나, 사람 가려 사귀려고."

"지금 그 말, 이제 날 친구로도 대하지 않겠다는 뜻이야?"

"친구는 맞지만, 친한 친구는 아닌 거지. 앞으로는 적절한 거리를 두는 게 좋겠어요. 대리님과 제 사이."

유미가 변했다. 완전히 다른 사람이 되어버렸다.

제3장.
뒤바뀐 관계

　유미의 고백 아닌 고백을 듣고 난 이겸은 하루 종일 공황 상태였다. 친구는 친군데 친한 친구는 아니란다. 여자친구에게 차이면 이런 기분일까 싶을 정도로 가슴 속에 구멍이 난 느낌이었다. 이겸은 불현듯 자신이 과하게 자만하고 있었는지도 모른다는 생각이 들었다. 유미는 언제나 그 자리에 있을 거라 믿었고, 유미라면 무슨 말을 해도 다 받아줄 거라 생각했다. 그런데 그 모든 것은 자신의 편협한 사고에서 온 것이었음을 이겸은 이제야 깨달았다.

　'이제 날 친구로 봐주지 않겠다고?'

　이야기를 나누기 전보다 더욱 일이 손에 잡히지 않았다. 결국 이겸은 유미와 다시 마주할 만한 건수를 잡기 위해 일거리를 찾아야 했다.

　"공 주임. 방금 메일 하나 보냈어요. 확인하고 오늘까지 처리 좀 부탁해요."

　"네. 대리님."

쾌활한 유미의 대답에 이겸이 한쪽 입꼬리를 밀어 올렸다.

한편, 이겸이 보낸 메일을 확인한 유미의 눈은 충격으로 인해 그 깜빡임이 현저히 줄어들었다.

'이걸 오늘 안에 다 하라고? 진짜 제정신이야?'

내일 있을 기획팀과의 주간 회의 때 발표할 자료를 만들어달라는 거였다. 자료를 만드는 것이야 프로그램을 돌리면 되는 것이니까 어렵지 않다. 그런데 문제는, 브랜드별 세부 매출을 뽑아내는 것이었다. J그룹에서 관리하는 자사 브랜드 개수만 해도 100여 개가 넘는다. 하루 근무 시간을 온전히 쏟아부어도 브랜드별 매출을 뽑는 것 하나도 버거울 정도인데, 세부 매출까지 뽑으라는 건 고의적이라고 볼 수밖에 없었다. 유미의 눈동자가 자연스럽게 모니터 하단에 위치한 시계로 흘러갔다. 시각은 벌써 오후 2시를 넘어가고 있었다. 열 일 제쳐 두고 이것에만 매달려도 퇴근 시간까지 데이터를 뽑고, 분석하고, PPT까지 만드는 게 가능할까?

'그렇게 중요하고 급한 거면 자기가 하든가!'

유미는 갑작스레 밀려든 두통에 관자놀이 부근을 지압하듯 꾹꾹 눌렀다. 이겸이 평소에도 이런 식으로 급하게 업무를 넘기는 사람이었다면, 그러려니 하고 지나갔을 것이다. 그는 철저하게 계산해서 스케줄을 정하고, 거기에 따라 일을 하는 사람이었다. 그런 그가 매주 같은 날 있는 회의 자료를 만들지 않았을 리가 없다. 설사 필요했다면 미리 해달라고 했을 것이다.

'설마 내가 거리 좀 두자고 했다고 이러는 거야? 대체 왜 저래?'

유미는 이런 식으로 자신의 불편한 심기를 드러내는 이겸이 못마땅했다.

'지금 나랑 한번 해보자 이거지?'

유미는 밤을 새는 한이 있더라도 이겸이 준 업무를 모두 끝내놓고 가야겠단 다짐이 섰다. 상사라는 지위를 이용해 자기를 휘둘러 볼 심산이라면, 그가 명백히 틀렸다는 걸 알려주고 싶어서였다. 유미는 쉽게 흥분하는 성격을 죽이고, 침착하고 냉정하게 행동했다. 그에게 도움을 청하는 일은 결코 없을 것이다. 그렇지 않으면 이겸의 수에 말리고 말 테니까!

유미는 퇴근 시간이 가까워지니 더 마음이 초조해졌다. 이걸 제시간에 끝낼 수 있을까? 오늘 안에 집에는 갈 수 있을까? 라는 생각이 앞섰다.

"주임님, 이거 드시고 하세요."

시윤은 눈도 제대로 깜빡이지 않고 일에 열중하는 유미가 안타까웠다. 멀리 나가는 건 눈치가 보여서, 가까운 휴게실 자판기에서 캔커피 하나를 뽑아 유미의 자리 위에 올려두었다.

"아…… 고마워, 시윤 씨."

유미는 당장에라도 울 것 같은 얼굴을 하고 시윤을 바라보았다.

"제가 뭐 도와드릴 건 없어요?"

"아니야…… 내가 해야지."

누구라도 붙잡고 도와달라고 하소연하고 싶었지만, 그랬다가는 이겸이 서슬 퍼런 눈을 하고 저를 쏘아볼 게 분명했다.

"어, 시윤 씨. 머리에 뭐 묻었다."

"어? 어디요?"

시윤은 자신의 머리를 되는 대로 더듬어보았다.

"아니, 아니. 거기 말고……."

유미가 몸을 일으켜 시윤의 머리에 붙은 먼지를 떼어내 주었다.

"여기."

"뭐예요?"

시윤은 유미의 손가락에 붙은 걸 신기하게 바라보았다.

"어디서 이런 게 붙었지?"

'후' 하고 입으로 바람을 불면서 유미가 생긋 웃었다. 그들의 모습을 가만히 지켜보고 있던 이겸의 눈길이 아래로 향했다. 이상하게 속이 자꾸 쓰렸다.

'나한테는 거리를 두자고 해놓고, 최시윤이랑은 가까워지다니.'

묘하게 기분 나쁜 상황이 아닌가. 굴러 들어온 돌이 박힌 돌을 빼내는, 뭐 그런 거.

"최시윤 씨."

바짝 가깝게 붙어 있는 두 사람을 쳐다보지 않겠다고 다짐해 놓고, 또다시 시선이 하염없이 그쪽으로 흘러가 버렸다.

"아까 부탁한 자료 정리는 다 끝냈어요?"

"네. 아까 메일 보내 드렸는데요."

"잘됐네. 이거 10부씩 복사 좀 해줘요."

이겸은 자기가 이런 말을 한다는 것 자체가 부끄러웠다.

'쪼잔하게 뭐 하는 짓이냐. 진짜.'

그런데 자신의 의지와 상관없이 흘러나오는 말이 낯설었다. 시윤은 아무렇지 않게 이겸에게 복사해야 할 자료를 받아갔지만, 이겸의 손은 한동안 허공에서 갈 곳을 잃은 채 그 자리에 멍하게 멈춰 있었다.

퇴근 시간을 훌쩍 넘은 시각. 같은 층의 사람들은 거의 다 퇴근을 한 상태였다. 유미는 아직 일을 다 끝내지 못해서 사무실에 남아 있다. 심술을 부리는 이겸에게 복수하고자 다짐한 지 만 하루도 채 되지 않았건만, 유미는 당장 집으로 돌아가 침대에 몸을 파묻고 싶었다. 체력적으로 힘들어서가 아니었다. 이유는 단 하나. 퇴근 시간쯤부터 제 뒤통수를 뚫어져라 노려보고 있는 상사 신이겸 때문이었다.

'아무래도 이직을 해야겠어. 신이겸 밑에 더 있다간 피가 말라 죽을 지도 몰라⋯⋯.'

유미는 집에 돌아가면 채용 사이트에 이력서를 올리고 말겠다고 마음먹었다. 한참 딴생각에 잠긴 유미를 아니꼬운 표정으로 쳐다보고 있던 이겸이 유미의 책상을 똑똑 두드렸다.

"공 주임."

"네?"

분명 방금 전까지만 해도 저만치 멀리 떨어진 자기 자리에 앉아 있던 이겸의 목소리가 바로 코앞에서 들려왔다. 유미는 고개를 이리저리 돌리다 바로 코앞에 와 닿은 배에 소스라치게 놀라서 위를 올려다보았다. 거기에는 이겸이 무시무시한 표정을 하고 서 있었다.

"일 안 합니까?"

갑작스레 다가선 이겸 때문에 유미의 얼굴이 순식간에 붉게 달아올랐다.

"하고 있었어⋯⋯ 요!"

유미는 억울했는지 목소리를 한 톤 높여 대답했다.

"내가 시간을 좀 재봤는데."

"무슨 시간을⋯⋯."

"정확히 5분 32초."

"무슨⋯⋯."

유미의 눈이 동그래졌다.

"공 주임이 딴생각 하는 데 허비한 시간."

"제, 제가 그랬던가요?"

이겸이 무표정한 얼굴로 유미를 내려다보며, 느리게 고개를 끄덕였다. 그러자 유미는 저도 모르게 덩달아 고개를 끄덕였다.

"지금이 고개나 끄덕이고 있을 땝니까?"

이겸은 같이 고개나 끄덕이자고 그 말을 한 게 아니었다. 그런데 제 말에 동조하듯 같은 행동을 취하는 유미를 보자 괜히 더 건드리고 싶어졌다.

"아니죠. 아닙니다."

유미는 몸을 바로 해 다시 컴퓨터 모니터로 시선을 옮겼다.

"벌써 8시 30분이에요. 공 주임 일 다 끝날 때까지 옆에서 지켜볼 겁니다."

"네? 옆에서요?"

뒤에서 지켜보던 것도 부담스러워 죽을 지경이었는데, 바로 옆에서 이겸이 바라보고 있을 걸 생각하니 유미는 당장 도망이라도 가고 싶었다. 그러나 그는 유미의 동의 따윈 필요 없다는 듯, 아예 노트북까지 들고 와 그녀의 바로 옆에 자리를 잡고 앉았다.

'아니, 대체 왜 저렇게까지 날 못 갈궈서 안달인 거야!'

학창 시절 문제를 풀 때 선생님이 지켜보고 있으면 평소에 잘 풀리던 문제도 잘 안 풀렸었다. 한데, 선생님도 아니고 신이겸이 옆에서 서슬 퍼런 눈을 하고 지켜보고 있다. 그러니 평소엔 금방 잘 해내던 것들도 제대로 될 리가 없었다.

"자리로 돌아가 계시면 안 돼요?"

유미의 목소리가 기어들어 갈 듯 낮게 깔렸다.

"왜요."

그에 반해 이겸의 목소리는 산뜻하기만 했다. 이게 뭐 어떠냐는 듯.

"부담스러워서요."

유미는 단호하고도 명확한 이유를 내놓았다. 이겸의 얼굴 근육이 살짝 꿈틀거렸다.

"이렇게 안 하면 우리 둘 다 오늘 안에 퇴근 못 하지 싶어서 그럽니다."

"먼저 퇴근하시면 되잖아요?"

"내가 일 시켜놓고 먼저 퇴근하면 되겠어요?"

"하셔도 되는데요? 아니, 하세요!"

옆에서 온갖 살벌한 기운을 뿜어대는 이겸의 감시를 받을 바에야 차라리 혼자 남아 늦게까지 일을 끝마치고 가는 게 훨씬 마음이 편할 것이다.

"공 주임 때문에 이 시간까지 남아 있었던 건 아니에요. 나도…… 할 일이 있어서."

"아, 네에. 그러세요?"

유미는 한쪽 입술 끝이 부르르 떨렸다.

"뭐예요, 그 반응? 공 주임 기다린 거 아니라니까?"

비꼬는 듯한 유미의 말투가 이겸의 신경을 건드렸다.

"그거 꼭, 절 기다렸단 말로 들리네요."

"일, 안 할 겁니까? 막차 끊길 때까지 이거 붙잡고 있을 거예요?"

불리하면 말을 돌리는 건, 이겸의 습관이었다. 참으로 이상한 일이었다. 자신이 그렇게 죽자 살자 목을 맬 땐 꿈쩍도 않더니. 더 이상 사랑하지 않겠다고 선언하고 나니, 그가 조금씩 달라졌다. 정말 알다가도 모를 노릇이었다.

"하고 있잖아요!"

유미가 답답한 듯 목소리를 높였다.

"그러게 업무 시간에 집중해서 했으면 빨리빨리 끝났을걸."

이겸이 투덜거리듯 혼잣말을 내뱉었다.

"네?"

"아니에요. 일해요, 일."

유미가 찜찜하게 고개를 돌려 다시 타이핑을 하는데, 또다시 이겸의 투덜거리는 소리가 들려왔다.

"틈만 나면 수다를 떨어대니, 일이 제시간에 끝날 턱이 있나."

"네? 뭐라고요?"

유미가 언짢은 듯 미간에 주름을 잡고 되물었지만, 또다시 이겸은 아무것도 아니라고 대답했다.

'뭐야, 진짜.'

업무 시간에 업무에 집중하지 않는 게 마음에 들지 않는다고 말하면 될 것을. 왜 그걸 말하지 못해서 이렇게 옹졸한 방법을 택한 걸까 싶었다. 이겸은 몇 분째 같은 부분에 막혀 있는 유미를 보며 혀를 찼다.

"여태 이것밖에 못 했어요?"

이겸이 아예 사무용 의자를 쭉 끌어와 유미의 바로 옆에 자리를 잡았다.

"어디가 문젠데? 모르면 물어봐야지. 혼자 앓는다고 답이 나와요?"

그나마 조금 떨어져 있을 땐 은은하기만 하던 이겸의 향수 냄새가 코끝에 훅 끼쳐 들어왔다. 이겸이 심각한 표정으로 모니터를 바라보며 매끈한 턱을 문질렀다. 그 모습을 바라보고 있자니 유미의 심장이 또다시 날뛰기 시작했다.

"거의…… 다 해가요."

"여기 이 부분, 틀렸잖아요."

이겸이 긴 손가락으로 모니터의 어느 한 부분을 짚었다.

"수정할게요."

유미는 이겸과 팔이 맞닿는 것조차 불편했다. 사실은 불편하다기보다 너무 좋아서 문제였다. 지금은 이겸에게 자신의 떨리는 감정을 숨기고 싶었다.

"아니, 그렇게 말고. 함숫값을 다르게 입력하면 돼. 그럼 쉬워요."

"향수값이요?"

머리로는 정신을 차려야 한다는 걸 알고 있었지만, 마음은 그 의지와 확연히 달랐다. 어느새 유미는 코를 벌름거리며 풍겨오는 이겸의 향기에 취했다.

"향수값? 집중 안 할래?"

이겸은 그런 유미의 모습을 보며 코웃음을 쳤다.

"제가 그랬어요?"

유미는 모르는 일인 양 시치미를 뚝 뗐다. 이겸이 다시 모니터를 톡 톡 찍었다.

"여긴 COUNTIF 함수를 넣으면 된다고……."

이겸은 줄곧 모니터에 시선을 맞추고 이야기하고 있었지만, 유미에겐 아무것도 들리지 않았다. 입술을 달싹이는 그의 모습이 좋아서 한참을 그렇게 멍하게 바라보았다. 유미는 이겸과의 은근하면서도 과감한 사내 로맨스를 바랐다. 원래 뭐든 새로운 환경에서, 몰래 해야 짜릿한 법이었다. 아찔한 밀당. 그리고 남몰래 하는 수줍은 키스 같은 것 말이다. 그걸 바라고 이겸의 뒤를 따라 이 회사에 들어온 것이지, 이런 바보 취급을 당하자고 온 게 아니었다. 앞뒤가 어찌 됐든 기다리고 기다리다 보니 이런 날도 다 있었다. 이겸과 팔을 마주 대고 이렇게 업무적인 대화를 나누는 순간이.

"듣고 있어?"

완전히 넋을 놓고 있는 유미를 보며 이겸이 한숨을 쉬었다.

"어디요?"

"여기."

유미는 급하게 이겸이 짚어준 곳을 수정했다. 집중을 하면 습관처럼 벌어지는 유미의 입술 사이로 고른 치열이 드러났다. 속눈썹이 일정한 시간에 한 번씩 깜빡이며 나풀댔다. 이렇게 가까이서 유미의 얼굴을 마주하는 건, 이겸으로서 익숙하지 않았다. 갑자기 귓바퀴가 달아오르는 느낌에 이겸은 의식적으로 유미에게서 몸을 뒤로 물렸다. 유미와 더 이상 가까워지는 건 몹시 위험한 일일 것만 같은 생각이 머릿속을 빼곡하게 채워나갔던 까닭이었다.

다음 날 아침.

이겸은 출근하자마자 긴 출장을 마치고 돌아온 허 팀장에게 그가 자리를 비운 사이 있었던 업무 진행 상태에 대해 이야기했다.

"뭐, 우리 신 대리가 어련히 알아서 잘했을까."

허 팀장은 걱정 없다는 듯 팔짱을 끼고 의자에 몸을 깊이 묻었다. 이겸은 사람들로 하여금 무조건적인 신뢰를 받는 인물이었다. 일 처리도 군더더기 없이 깔끔했고, 무엇보다 예의가 발랐다.

"팀장님, 피곤해 보이시는데, 건강은 챙기고 계신 거죠?"

"말도 마. 며칠 뒤에 결혼기념일인데 출장 가면 죽여 버리겠다고 와이프가 난리다, 아주."

허 팀장은 일 년에 반 이상 출장 때문에 집을 비웠다.

"결혼하고 첫 결혼기념일 아니세요?"

"맞아. 근데, 이번 출장은 J코스메틱 아리마 백화점 입점 계약 건으로 가는 거라……. 갔다 와서 나 출근 안 하면 맞아 죽은 거야.”

눈 밑에 거뭇거뭇한 그림자가 드리운 허 팀장이 고개를 잔뜩 아래로 숙이고 좌절했다.

“이번에 공 주임 승진도 했는데, 계약 건 맡겨보시는 건 어때요?”

이런 걸 두고, 굿 타이밍이라고 한다. 이겸의 얼굴에는 어딘지 모르게 교만한 미소가 피어났다.

“공 주임한테?”

“좀 덜렁대긴 해도, 옆에서 잡아주기만 하면 잘할 듯한데…….”

“그래도 큰 계약 건인데 괜찮을까?”

허 팀장의 얼굴이 걱정 어린 표정으로 변해갔다.

“걱정되시는 거면, 제가 같이 갈게요.”

이겸은 떡밥을 던졌을 뿐이고, 허 팀장은 그걸 물었을 뿐이다.

“신 대리가?”

그 뒤의 이야기는 일사천리였다. 모든 것은 이겸이 원하는 대로 흘러갔다.

“네. 그래도 결혼하고 첫 결혼기념일이신데요. 사모님이 서운해하시는 것보다야. 제가 같이 가서 공 주임 잘 케어해 볼게요.”

“신 대리, 자네. 정말…… 복 받을 거야.”

허 팀장에게 지금 이겸은 구원자나 다름없었다.

“회의 시간에 J코스메틱 계약 건 이야기하면서 자연스럽게 말 꺼내는 게 좋겠죠?”

이겸은 유미가 꺼낸 ‘거리’라는 단어에 이상하게도 괴리감이 느껴졌다.

‘애초에 우리 사이에 거리를 두는 게 더 이상한 거 아닌가?’

그는 유미와 멀어지는 건 생각해 본 적도 없고, 생각하고 싶지도 않았다. 평생을 함께 지내온 친구인데, 대체 거리는 왜 둬야 하는지도 이해가 잘 되지 않았다. 그래서 이겸은 유미의 선전포고와도 같은 그것을 도무지 용납할 수 없었다.

"그럴까, 그럼?"

이겸의 마음을 알 리 없는 허 팀장은 싹싹한 이겸을 보며 세상 흐뭇한 표정을 지었다. 그는 몹시도 시크하게 굴었지만, 마음속은 딱 한 가지 생각뿐이었다. 유미를 원래대로 되돌릴 방법. 그것만 생각했다.

허 팀장의 귀국으로, 팀원이 모두 참석한 해외영업2팀 주간 회의 시간.

"다음 주에 J코스메틱 계약 건으로 일본에 출장을 좀 다녀와야 할 것 같은데……. 혹시 지원자 있어요?"

서로 눈치만 볼 뿐 팀장의 말에 대꾸하는 이가 없다. 허 팀장과 눈을 마주치지 않으려 모두 고개를 테이블에 처박았다. 그나마 시윤만 고개를 든 채 상황을 살필 뿐이었다. 허 팀장은 그럴 줄 알았다는 듯, 비식거리며 가볍게 혀를 찼다.

"쯧. 이번에 승진한 공 주임이 얼굴도장도 찍을 겸 다녀올까?"

유미가 화들짝 놀라 고개를 들었다.

"제, 제가요? 저는 일본어 못하는데요."

"영어 하잖아. 영어."

"일본은 영어도 잘 안 쓰고……."

유미가 말끝을 얼버무리자, 허 팀장이 무릎을 탁 쳤다.

"아! 신 대리, 일본어 좀 하지?"

"네."

이겸은 그의 메소드 돋는 연기에 터지는 웃음을 참고는 살며시 고개를 끄덕였다.

"그럼 신 대리하고 공 주임하고 둘이 가면 되겠네."

"네, 네?"

유미가 입을 쩌억 벌렸다.

흡사 애써 솟아오르는 환희의 감정을 감추려 노력하는 것처럼 보였다.

"이번 계약 건, 공 주임 담당자로 지정해 줄 테니까 한번 잘 해봐. 신 대리가 보조 잘 해주고. 응?"

"네. 알겠습니다."

유미는 갑작스럽게 정해진 상황에 당황했다.

"그럼 주간 회의는 여기서 마무리하고……."

"팀장님!"

허 팀장은 수첩을 덮으며 만족스럽게 회의를 마무리 지으려는데, 난데없이 시윤이 손을 번쩍 들고 외쳤다.

"응? 왜 그래요?"

"그 출장, 저도 가면 안 될까요?"

그 순간, 이겸의 눈매가 순식간에 사나워졌다.

"뭐라고?"

방금 전까지 아무 말 없더니, 자발적 지원이라니. 이러면 계획이 틀어지는데.

허 팀장이 난감한 듯 입술을 안으로 말아 넣었다.

"저도 일본어 좀 합니다."

대뜸 자기 외국어 능력을 어필하는 시윤으로 인해 허 팀장의 낯빛이 급격하게 어두워졌다.

"응? 일본은 굳이 셋이나 가지 않아도 될 것 같은데."

"견문을 넓히고 싶습니다."

고작 1박 2일 출장에, 무슨 견문까지 넓히시겠다고 그러는지.

가고 싶어 하는 의지를 확고하게 내비치는 시윤을 보고 있자니, 이겸은 괜스레 짜증이 솟구쳐 올랐다. 밥상은 이쪽에서 차려놨는데, 저쪽에서 떠먹을 기세였다. 아무래도 시윤이 유미와 저, 단둘만 가는 것이 못마땅하다는 것으로 확대해석 되었다. 아니, 그게 팩트일 것이다.

'저, 여우 같은 놈.'

그래도, 허 팀장이 알아서 잘 커버해 주겠거니. 팀에 인원이 고작 다섯인데, 설마 셋이나 출장을 보내려고. 이겸은 이내 안심하고 잔뜩 찡그렸던 표정을 풀었다.

"아니, 견문이야 뭐 한국에서 넓혀도……."

"일본 현지 상황도 직접 체험해 보고 싶고요."

"아니, 정 그렇다면…… 별 수 없지. 그렇게 해요."

허 팀장은 시윤의 의견을 묵살시키지 않고 그대로 받아들였다.

'뭐야, 이거?'

허 팀장의 허락이 떨어지기 무섭게 이겸의 눈동자가 당혹감으로 쉼 없이 흔들렸다.

'팀장님이 어떻게 나한테 이럴 수가! 저 자식이 뭔데, 이렇게까지!'

이겸이 당황해 이를 어찌해야 할지 고민하는 순간, 이미 셋이 가는 것으로 결정되었다.

출장 당일, 이른 아침.

세 사람은 예정대로 일본행 비행기에 올랐다. 제 좌석 번호를 확인한 유미가 슬쩍 이겸의 비행기 티켓을 흘깃거렸다.

"어, 대리님이 창가 자리네요."

"뭐 문제 있어요?"

이겸이 제 쪽으로 바짝 고개를 들이미는 유미를 불편한 시선으로 내려다보았다.

"저랑 자리 바꿔주시면 안 돼요?"

"네. 안 돼요."

단호하기 그지없는 이겸의 딱딱한 말투에 유미가 입술을 삐죽였다. 결국 이겸과 시윤의 사이에 끼어 앉게 된 유미가 불편하게 팔을 안쪽으로 오므렸다. 간간이 시윤이 말을 걸어오긴 했지만, 그에게 무어라 대꾸를 하면서도 유미의 시선은 좌석에 앉을 때부터 눈을 감고 있는 이겸에게로 향해 있었다. 확실히 눈을 뗄 수가 없는 비주얼이다. 비행기가 이륙하고 나니 하품이 절로 나왔다. 시윤도 이른 새벽부터 움직여 피곤했는지 어느새 눈을 감고 있었다. 유미는 그 후로도 한참 이겸의 잠든 옆모습을 바라보다가 까무룩 잠이 들었다. 그녀의 고개가 아래로 뚝 떨어져 내렸다. 익은 벼처럼 숙여진 유미의 머리가 한참 기체의 옅은 진동과 함께 흔들렸다.

이쪽저쪽으로 움직이는 유미의 고개는 마치 느리게 움직이는 메트로놈 같았다. 신경 쓰고 싶지 않은데, 이겸의 시선이 자꾸만 유미의 머리가 움직이는 방향을 따라갔다. 유미의 고개가 시윤에게로 10도만 틀어져도 그의 고개가 동시에 따라 움직였다. 언제 깼는지는 모르겠지만, 그런 이겸을 가만히 바라보고 있던 시윤이 갑자기 유미의 고개를 제 어깨로 끌어와 안착시켰다.

"새벽부터 피곤하실 텐데, 대리님도 좀 주무세요."

시윤은 마치 자신이 승자라도 된 양 빙긋이 웃었다. 이겸은 그런 그의 모습이 썩 기분이 나빴다.

"아니, 그러는 시윤 씨야말로 쉬어요. 내 친구는 내가 챙길 테니까."

말이 끝나기가 무섭게 이겸이 빠르게 유미의 머리를 살며시 받쳐 제 어깨로 끌어왔다. 시윤은 더 나설까 하다가 아예 더 이상 말도 섞지 않겠다는 의사를 표현하듯 두 눈을 꼭 감아버린 이겸을 보고는 허탈한 웃음을 지었다.

'분명 좋아하는 게 맞는 것 같은데……'

미심쩍은 마음이 앞섰으나, 심증만 가지고 이겸을 자극할 순 없으니까. 강력한 한 방을 위한 일 보 후퇴였다.

한참이 지난 뒤, 실눈을 한 이겸은 시윤이 잠든 걸 확인하고 나서야 겨우 제대로 눈을 뜰 수 있었다. 살짝 고개를 옆으로 틀자, 제자리를 찾은 듯 제 어깨에 기대어 잠든 유미의 모습이 보였다. 제 손으로 옮겨놓고도, 긴장하는 꼴이라니. 시선을 창밖으로 옮겨보아도, 유미에게서 은은하게 풍겨오는 샴푸 향은 이겸을 긴장하게 만들었다. 긴장감에 손 하나 까딱하지 못하던 그를 구한 것은 기내식이었다. 귀신같이 냄새를 맡고 고개를 빳빳하게 쳐든 유미가 미어캣에 빙의한 듯 고개를 좌우로 움직였다.

"밥 왔어?"

그 모습이 하도 어이가 없어서 이겸이 피식 웃었다.

"아직."

"어우, 잠깐 졸았네."

"잠깐이 아니라 많이 주무셨거든요?"

"내가 그랬나?"

유미가 멋쩍게 웃으며 입가에 고인 침을 손등으로 훔쳐 냈다.

"아무 데서나 침 질질 흘리고 잘 거면, 턱받이라도 하고 다녀."

"뭐?"

"이거 안 보여?"

이겸이 축축하게 젖은 제 어깨를 가리켰다.

"헉! 설마! 이거!"

"드러워 죽겠네."

"어, 어, 어떻게……."

유미는 믿을 수 없다는 듯 양손을 들어 입을 가렸다.

'어떻게 신이겸의 어깨에 기대고 잔 것도 모자라, 거기에 침까지 흘릴 수가 있지!'

눈을 느리게 깜빡이는 유미의 얼굴에는 당황한 기색이 역력했다.

"완전 축축하네."

어쩔 줄 몰라 하며 유미는 그의 셔츠에 묻은 자신의 침을 손바닥으로 꾹꾹 눌렀다.

"야! 야! 누르지 마!"

이겸은 축축한 그것이 셔츠를 흠씬 적시고 제 살에 닿는 생경한 느낌에 진저리 쳤다.

"젖어서 어떡하지?"

"뭘 어떻게 해? 벗어야지."

일부러 유미를 자극을 하려고 했던 말은 아니었다. 그저 장난같이 흘린 말이었다.

"버, 벗어?"

한데 뭔가 야한 상상을 하기라도 한 건지, 유미의 얼굴이 발그레 달아올랐다.

"너, 대체. 무슨 상상을 하는 거야? 불순하기는."

"내가 뭘 했다고 그래? 불순한 건 너 아니니?"

"기어오른다, 또."

이겸이 입술을 요상하게 만들고는 낮은 목소리로 말했다.

"네가 무슨 사다리야? 기어오르게? 흥!"

거기에 기가 죽으면 공유미가 아니다.

"벗어봐. 내가 어떻게든 해볼게."

이겸은 제 셔츠 단추를 벗기려는 유미의 손길에 놀라 그녀의 손을 제지시켰다.

"뭐 하는 짓이야! 갈아입을 옷도 없는데 어떻게 벗어."

"아이참, 일단 잠깐 벗어봐."

유미는 자연스럽게 이겸의 손을 탁탁 쳐 내렸다.

"뭐? 그럼 나보고 웃통을 벗고 있으란 거야?"

"승무원 언니한테 담요 좀 달라고 할게. 잠깐 그거 덮고 있으면 되지."

"왜!"

"냄새 날 거 아니야. 그 부분만 좀 빨아서 가져다줄게."

유미는 지금 자신이 하는 말이 듣기에 얼마나 이상한 발언인지 자각하지 못하는 듯했다.

"싫어!"

필사적으로 단추를 사수하려는 이겸과 그의 옷을 벗기려는 유미가 사투를 벌이고 있었다.

"밥 오잖아! 빨리 벗어!"

유미가 초조했던 이유는, 그들 자리 쪽으로 다가오는 기내식이 들어 있는 카트 때문이었다. 옥신각신 다투는 두 사람의 시끄러운 목소리에 잠이 깬 시윤은 예사롭지 않은 대화 내용에 얼굴을 붉혔다.

"두 분…… 뭐 하세요?"

"응?"

유미는 차마 시윤에게 자기가 더럽게 침을 질질 흘려서 부분 빨래를 해야 한단 말은 하지 못했다.

"아, 아. 이거. 아니, 뭐……."

유미가 황급히 이겸의 셔츠를 꽉 붙잡고 있던 손을 떼어냈다.

"오해하지 마. 잠깐 확인해 볼 게 있어서."

유미는 지금 자신의 입으로 무슨 말을 하고 있는 건지 몰라 입술을 입안으로 말아 넣어버렸다.

"뭘 확인해요?"

"어? 아니, 그게……."

"두 분, 저 잘 때 무슨 일 있었어요?"

"어! 밥 왔다!"

유미는 감격의 눈물을 머금고 구세주와도 같은 기내식을 건네는 승무원에게 연신 고개를 꾸벅였다.

"잘 먹겠습니다! 감사합니다!"

그 모습을 이겸이 세상 어이없는 표정을 하고 지켜보았다.

"시윤 씨도 먹어! 많이 먹어요!"

유미가 시윤이 먹기 좋게 기내식 커버까지 벗겨내 주었다.

"네에……."

말을 돌리려고 한 행동임은 알지만, 시윤은 어쩐지 모르게 가슴이 두근거렸다. 그에 반해, 이겸은 그들의 모습을 황당하게 바라볼 뿐이었다.

활주로에 무사히 착륙한 비행기 창문 밖으로는 보슬보슬 비가 내리고 있었다. 공항에서 숙소까지는 택시로 이동했다.

"비가 많이 오네."

비를 머금은 먹구름 낀 하늘을 올려다보는 유미의 표정에는 채 숨겨지지 않는 천진난만함이 담겨 있었다. 이겸의 눈엔 교복을 입고 예쁜 웃음을 짓던 그때도, 지금도 변함없이 '공유미'였다.

"대리님."

앞좌석에 앉아가던 시윤이 고개를 살짝 뒤로 틀어 이겸에게 말을 걸었다.

"오후에 아리마 본사 들어가서 미팅하고 저녁엔 그쪽 담당자들이랑 석식 같이하는 일정, 맞죠?"

오늘 일정을 확인하듯 묻는 시윤에게 이겸이 낮게 고개를 끄덕이며 대답했다.

"네."

시윤이 급하게 휴대폰을 꺼내어 시간을 확인했다.

"미팅까지 세 시간 반 정도 여유 있는데, 잠깐 나갔다 와도 될까요?"

시윤은 뭔가를 기대하듯 한껏 부풀어 오른 목소리를 냈다.

"출발 시간 전까지만 돌아오면 돼요."

"오! 자유 시간!"

그 정도 시간이면 시내에 가서 점심을 먹고 호텔로 돌아와도 넉넉할 시간이었다.

"그럼, 주임님! 저랑 같이 시내에 점심 먹으러 다녀오실래요?"

"어, 응?"

유미는 정확히 저를 향한 시윤의 시선과 함께 날아든 질문에 당황했다.

'쟤 지금, 신이겸 앞에 두고 나한테만 밥 먹자고 한 거야? 오 마이 갓!'

유미가 살며시 고개를 돌려 이겸의 눈치를 살폈다.

"저랑 데이트해요, 주임님."

대놓고 직진하는 연하남 시윤의 멘트에 유미는 등줄기로 식은땀을 흘려야 했다. 바로 옆에 앉은 이겸의 눈빛이 서늘하게 가라앉는 것이 느껴졌다.

"시윤 씨, 사람이 좀 그러네."

그리고 얼음보다도 더 차가운 이겸의 목소리가 주위를 내부 공기를 얼어붙게 만들었다.

"네⋯⋯?"

"회사 밖이라고 너무 사람 차별하는 거 아닌가?"

"대리님은 그런 거 별로 안 좋아하시는 줄 알고⋯⋯."

"나도 시내 구경하는 거 좋아해요."

거짓말. 사람 많은 곳은 질색하면서. 유미는 이겸의 거짓말에 가자미눈을 하고 그를 노려보았다.

"그럼, 같이⋯⋯ 가실래요?"

"왜들 그래요. 여기까지 와서. 그러지 말고 같이 근사한데 가서 점심이나 먹어요."

유미는 저번 주말부터 서로 못 잡아먹어 안달이 난 두 사람 사이에 껴 있는 게 적잖이 당황스러웠다. 언제부터 사이가 이렇게 이상하게 꼬인 건진 모르겠지만, 일단은 상황을 정리할 필요가 있어 보였다. 호텔 앞에 도착해 짐을 내리는데, 이겸이 트렁크에서 제 캐리어와 유미의 캐리어만 꺼내어 로비 쪽으로 걸어갔다.

"어, 어! 그거 내 건데!"

유미는 갑작스러운 이겸의 호의가 불편했다.

"내가 들어줄게요."

이겸이 자신의 소중한 장난감을 지키듯 유미에게 캐리어를 뺏길까 봐 손잡이를 쥔 손에 힘을 주었다.

'최시윤 저놈, 아무래도 안 되겠어. 초장에 기를 눌러놔야지.'

이겸이 매서운 눈빛을 하고 시윤을 노려보았다.

"대리님, 왜 눈을 그렇게 무섭게 뜨고 쳐다보시는 거예요?"

시윤이 저를 노려보는 이겸에게 대뜸 물었다.

"내가 뭘요?"

"제가 여기에 같이 온 게 그렇게 마음에 안 드세요?"

"그럴 리가! 나는 일본어 잘하는 시윤 씨가 와서 든든한데!"

말은 그렇게 하면서도, 이겸은 평소와 달리 목소리를 높였다.

이겸은 호텔로 들어서면서부터 자기가 체크인을 하겠다며 나서는 시윤의 검은 속내를 파악하지 못했었다. 아니나 다를까 자신은 유미의 방에서 가장 먼 복도 끝 방이었고, 시윤은 유미의 바로 옆방이었다. 유치하게도 이겸은 시윤을 찾아가 담배 냄새가 심해서 그러는데 방을 좀 바꿔달라고 했다. 물론, 순순히 바꾸어줄 시윤이 아니었다. 얼마간 설전이 오갔고, 이겸은 시윤에게 상하관계가 어쩌고 하는 말도 안 되는 이유를 들어 그의 방을 차지했다. 그는 아무리 생각해도 자신이 왜 그렇게까지 했나 싶었다.

'요즘, 왜 이러지.'

머리가 어떻게 되어버린 것만 같았다. 그 감정이 뭔지 너무나도 잘 알고 있지만, 이겸은 절대 인정하고 싶지 않았다. 아니, 인정해선 안 되었다. 절대로.

룸 안으로 들어선 유미는 캐리어를 아무렇게나 세워두고 침대에 철퍼덕 몸을 묻었다. 내내 긴장했던 터라 혼자가 되니 서서히 긴장이 풀어지기 시작했다.

"신이겸, 대체 왜 그러는 거야. 갑자기."

확실히 며칠 전부터 이겸이 조금씩 달라지고 있었다. 아주 미묘한 차이었지만, 유미는 이겸의 변화를 느낄 수 있었다. 분명 까칠한 건 마찬가지였다. 그런데, 어딘가 좀 이상했다. 평소 교류가 없던 이겸과 시윤의 사이도 가까운 것 같으면서도 어딘가 좀 석연치 않은 부분이 있었고 말이다.

"갑자기 둘이 왜 그러는 거지?"

유미는 이겸의 마음 하나 빼고 그에 대해 모든 걸 알고 있다고 자부했는데, 요즘 들어 이겸이 낯설었다. 팽팽하게 당겨진 줄이 느슨해지기 시작한 건 아마도 그날의 키스, 그 이후였던 것 같다. 저는 저 나름대로 이겸에게 말 못 할 감정이 쌓였고, 이겸도 분명 그 나름대로 차마 다 말하지 못한 감정이 차곡차곡 쌓여왔던 모양이다. 유미는 괴로움에 두 손으로 얼굴을 감싸 쥐고 발을 동동 굴렀다. 말로는 포기했다 말했지만, 정작 마음은 갈피를 못 잡고 흔들렸다. 그리고 그 사이엔 시윤이 있었다.

"시윤 씨는 왜 갑자기 출장에 따라오겠다고 한 거지? 내가 신이겸 좋아하는 걸 뻔히 알면서, 정말 그 말도 안 되는 이유 때문에? 아니면 다른 이유가 있나?"

유미는 영화관에서도 그렇고, 택시에서도 그렇고 묘하게 이겸을 경계하는 듯한 시윤의 말투가 신경 쓰였다.

"아무래도 직접 물어보는 게 낫겠어!"

유미는 문을 열고 고개를 내밀어 복도를 살폈다. 복도에 아무도 없는 걸 확인하고 난 뒤, 종종걸음을 하고 시윤의 룸으로 향했다. 비장하고 씩씩하게 걸어온 것과 달리 호텔에서 외간 남자의 방문을 두드리는 것은 매우 두근거리는 일이었다.

똑똑.

소심한 유미의 노크 소리에도 안에서 바로 반응이 나왔다.

"누구세요?"

룸 안에서는 남자의 음성이 자그마하게 새어나왔다.

"시윤 씨, 나야."

아주 작은 목소리로 문에 대고 속삭이는 유미의 목소리가 공기를 가로질렀다.

죄를 짓는 것도 아닌데, 이상하게 심장이 쫄깃해졌다. 철컥, 하는 소리와 함께 문이 열리고, 모습을 드러낸 건 다름 아닌 신이겸이었다.

"응?"

시윤의 방이 아니었던가, 하는 생각을 할 새도 없이 마치 빨려들 듯 안으로 흘러들어 갔다. 유미가 눈을 제대로 깜빡이지도 못하고, 동그랗게 눈을 뜬 상태로 멍하게 입을 벌리고 서 있었다. 그녀의 바로 앞에는 몸을 숙여 눈을 맞추는 이겸이 있었다.

"시, 신이겸."

놀란 유미의 목소리가 가늘게 떨렸다.

"너."

"으, 응?"

유미의 목소리가 진동하듯 떨렸다.

"남자 혼자 있는 방에 여자 혼자 찾아가는 게 얼마나 위험한 일인 줄 알아?"

그녀의 등 바로 뒤로 맞닿은 문이 뒤늦게 '쿵' 소리를 내며 닫혔다.

"네가 왜 여기 있어? 여기, 시윤 씨 방…… 아니야?"

"묻는 말에 대답 안 하지."

"뭐……."

"계집애가, 남자 무서운 줄도 모르고."

이겸이 검지로 유미의 이마 정 가운데를 쭉 밀었다. 그와 동시에 유미의 미간에 주름이 생겨났다.

"으으. 뭐야……."

유미가 이겸의 손끝이 스치고 지나간 이마를 손바닥으로 비볐다.

"경각심 좀 가져."

"그런 거 필요 없는 사람이야. 시윤 씬."

"남자야, 최시윤도."

"알아! 시윤 씨가 그럼 남자지, 여자야?"

유미가 불만 가득한 얼굴을 하고 입술을 삐죽였다.

"너 혹시 최시윤 좋아해?"

"허. 뭐?"

유미는 황당한 듯 눈을 추켜올려 이겸을 바라봤다.

"둘이 계속 붙어 다니더니 그새 그렇게나 가까워지셨나?"

심각하게 묻는 이겸과 달리 유미는 콧방귀를 꼈다.

"그럼! 신입인데. 챙겨줘야지."

사수로서 시윤을 챙겨준 것도 맞고, 고민 상담을 하고 부쩍 친해진 것도 맞다. 하지만 그건 남자와 여자의 관계가 아니었다. 그런데 왜 이겸은 하필이면 그런 쪽으로 오해를 하는 건지 모를 일이었다.

'잠깐만, 이거 혹시?'

유미의 눈빛이 순식간에 반짝 빛났다.

"너 혹시……."

"왜, 최시윤이 너보고 사귀재?"

이겸은 지금 시윤이 제 마음을 유미에게 고백을 했는지, 하지 않았는지가 미치도록 궁금했다. 그래서 스스로의 표정이나 말투 같은 것을 돌아볼 여유가 없었다.

"잠깐만, 잠깐만!"

유미가 말을 이어가려던 이겸을 말려보았지만, 이미 궁금증을 넘어선 화가 솟구친 이겸은 말을 끊을 생각이 조금도 없어 보였다.

"고백하던? 너한테?"

"신이겸 지금 너, 되게 이상해."

좋아하는 여자를 질투하는 남자. 딱 그걸 떠올리게 하는 이겸의 모습에 유미는 절로 심장이 두근거리기 시작했다.

"내가 뭘?"

어쩌면 이겸은 본인의 감정을 자각하지 못하는 것일지도 모른다. 유미가 음흉하게 킬킬거리며 웃었다.

"지금 너, 시윤 씨랑 내 사이, 질투하는 거지, 응?"

"질투라니! 질투라니! 내가? 내가 왜?"

이겸이 과도하게 커다란 몸짓을 지어 보였다.

"질투 아니야?"

유미의 눈꼬리가 가늘어졌다.

"내가 미치지 않고서야!"

"아니구나. 그렇구나."

"그래서, 고백했어, 걔가?"

유미는 뭐 마려운 강아지처럼 구는 이겸이 그렇게나 고소해 보일 수가 없었다.

'드디어 완전 나에게 넘어오셨군!'

어쩐지 자꾸 웃음이 흘러나오는 걸 꾹꾹 눌러 담고 유미가 새초롬한 표정을 지었다.

"했나? 고백?"

시치미를 뚝 떼는 유미를 보며 이겸이 답답한 듯 다시 물었다.

"했어?"

시윤이 신경 쓰인다 어쩐다 한 지 며칠 되지도 않은 것 같은데, 이겸은 시윤이 벌써 유미에게 고백이라도 해버린 건가 싶어서 유미의 입술에서 나올 답변을 기다리며 저도 모르게 마른침을 꿀꺽 삼켰다.

"했으면?"

방싯거리며 웃는 유미의 모습에는 장난기가 어려 있었다. 말을 꼬아가며 대답을 교묘히 피해가는 유미를 보며 이겸은 그제야 그녀가 대답할 마음이 없다는 걸 눈치챘다.

"고백을 했건 안 했건. 걘 안 돼."

"다짜고짜 안 돼?"

유미의 고개가 45도 각도로 틀어졌다.

"걔 아직 스물여섯밖에 안 됐더라."

"에이, 고작 세 살 차인데."

이겸이 날카로운 눈매를 하고 유미를 노려보았다.

"받아줄 마음이 있어?"

이겸의 목소리가 그 끝을 모르고 아래로 가라앉았다. 줄곧 긍정적인 대답만 흘러나오는 유미의 말을 듣고 있자니, 이겸은 심장이 굳어가는 기분이 들었다.

"생각 중이야. 어떻게 할까."

선택을 강요할 수 없는 위치에 있는 한 남자의 마음이 꽉 조였다. 오매불망 저 하나만 바라보던 여자가 그렇게 저에게로 향하는 마음을 접었다. 게다가 이젠 새로운 사람을 찾아 바쁘게 떠나가고 있다. 그 모습을 보는 남자의 속은 이상하게도 까맣게 타들어가고 있었다.

"어떻게 할까? 이겸아? 이참에 나도 연하 남친 한번 만들어볼까?"

"그, 그걸 왜 나한테 물어?"

"친구로서 조언 좀 해주라."

친구. 왜 그 단어에 가슴 한구석이 뻐근해져 오는지, 이겸은 알 수 없었다.

"나도 몰라. 제대로 된 연애를 해봤어야 조언을 하지."

"치."

실망 어린 유미의 눈빛이 순식간에 가라앉았다. 유미는 입술을 삐죽이며 짧은 한숨을 내쉬었다.

"하여간, 너. 남자 방에 함부로 찾아가고 그런 짓, 절대 하지 마. 알았어?"

이겸은 경계라고는 하나도 없어 보이는 유미가 조금 더 경각심을 가졌으면 좋겠다고 생각했다.

"시윤 씨 남자 아니라니까!"

유미에게 시윤은 이성이 아닐지 몰라도, 시윤에게 유미는 이성이다. 그가 유미를 바라보는 눈빛만 봐도 그랬다. 그래서 더욱 유미가 시윤을 경계해 주었으면 싶었다.

"남자는 나 말고 늑대라고. 전부 다."

이겸이 황급히 유미의 몸을 돌려 방 밖으로 밀어내 버렸다. 그리고 그녀가 나가고 휑한 문 앞에 멍하니 서서 비정상적으로 두근거리는 가슴을 부여잡았다.

어느새 쏟아지던 비가 멎었고, 날이 개기 시작했다. 조금 우중충하긴 했지만 햇빛이 쨍쨍 나서 더운 것보다 훨씬 좋은 날씨였다. 아리마 본사 고층 빌딩을 올려다보는 세 사람의 표정이 비장했다.

"준비는 됐습니까?"

"예!"

"우리가 을이기는 하지만, 비율은 최대한 우리에게 유리한 쪽으로 협상해야 해요."

J그룹에서 야심차게 출범한 J코스메틱. 한국 시장에서 입지를 다지고 있는 와중에 일본 유명 연예인이 사용하는 것으로 화제가 되어 일본 시장에서도 큰 인기를 얻게 되었다. 이번 출장의 목적은 J코스메틱의 일본 진출에 발돋움이 되어줄 아리마 그룹과의 협약에 있었다. 아리마는 일본 전역에 가장 많은 백화점 지점을 가지고 있고, 또한 아리마 백화점에는 자국 브랜드 위주로 입점이 되고 있었다.

그런 상황에서 일본 기업이 아닌 J코스메틱이 아리마 백화점에 입점하는 것은 하늘의 별을 따는 일보다 힘든 일이었다. 그러나 한국에서 가장 영향력 있는 기업 J그룹이 아니던가? 그들에게 별을 따는 일은 생각보다 쉬웠다. 하나, 그 외의 부수적인 것들은 이들이 해결할 숙제였다. 예를 들면, 수수료 비율 협상 문제라든가, 백화점 입점 위치라든가 등의 일들이 남아 있었던 것이다.

J코스메틱의 한국 내 규모가 컸다면 모르겠지만, 아직 J코스메틱의 규모가 그리 크지 않아서 이러한 기업 간에 오가는 계약이나 협약 같은 것은 J그룹 본사에서 처리해야 했다. 그랬기에 이번 미팅은 꽤 중요했다. J그룹의 이름을 걸고 하는 것이었기에. 그 중요한 계약의 담당자는 유미였다. 이런 굵직한 계약을 담당하게 된 건 처음이었다. 이겸이 옆에 있어 유미는 떨리기도 했고, 안심이 되기도 했다.

"긴장돼?"

미팅 룸으로 들어서기 전, 이겸이 유미의 귓가에 낮게 속삭였다. 말없이 고개만 끄덕이는 유미를 보며 이겸은 저도 모르게 그녀의 머리를 살짝 쓰다듬었다. 유미가 눈동자를 위로 올려 이겸을 올려다보았다.

가끔, 이겸이 이렇게 제 머리를 쓰다듬을 때가 있었다. 그럴 때마다 유미는 이상하게 마음이 편안해졌다.

"잘할 거면서."

백번 잡아먹을 기세로 굴다가도 이렇게 그의 손길이 닿으면 거짓말처럼 휘몰아치던 마음이 가라앉았다. 무겁던 유미의 발걸음이 거짓말처럼 가벼워졌다.

계약 진행은 생각보다 순조롭게 진행되었다. 일본에서 J코스메틱의 높은 인지도와 웰메이드 화장품이라는 인식이 한몫한 듯했다. 담당자는 유미의 걱정과 달리 한국어에 능숙했다. 일본어를 '좀' 하는 시윤까지 따라 나서 셋이나 이곳에 온 게 민망해질 정도였다.

'이제 저 계약서에 도장만 찍히면 돼.'

미팅 룸 안이 숨 막힐 듯한 긴장감이 흘렀다.

"갑자기 이런 말씀 꺼내는 게 실례인 줄은 압니다만, 혹시 특약을 좀 넣어도 될까 싶습니다."

담당자가 계약서에 도장을 찍으려다 말고 잠시 머뭇거리며 말을 꺼냈다.

"특약이요?"

예정에 없던 '특약'이란 말에 유미의 얼굴이 순식간에 하얗게 질려 갔다.

"입점 시에 메인 광고 모델을 '김지원' 씨로 해주셨으면 하는데. 가능하겠습니까?"

말을 이어가는 담당자의 입술에 절로 시선이 고정됐다.

"아무래도 김지원 씨가 일본에서 두터운 여성 팬층을 가지고 있으니, J코스메틱이 생소한 내국인의 이목도 끌 수 있지 않을까 해서 말입니다."

김지원. 유미에게 잊을 수 없는 이름이었다. 고등학교 때 학교 간판 미녀였던 그 김지원.

그녀는 그 미모에 걸맞게 고등학교 졸업도 전에 연예계에 데뷔했다. 지금은 명실상부한 톱스타가 되어 연예계에서 활동 중이었다. 이미 완전히 다른 세계에 있었지만, 유미는 아직도 정확히 기억했다. 이겸의 첫사랑이었던 그녀를. 의식적으로 유미의 시선 끝이 이겸에게로 갔다.

"김지원 씨 소속사 측에 문의를 해봐야 하는 사안이라, 이 자리에서 확답을 드리긴 어렵습니다."

이겸의 애매모호한 대답에 담당자가 알 수 없는 표정을 지었다.

"그럼 이렇게 하시죠."

잠시 고민하던 이겸은 다소 진지한 표정과 말투를 하고 있었다.

"무슨 좋은 방안이라도?"

"김지원 씨를 메인 모델로 세우면 아리마 백화점 본점 1층 메인 자리, 저희에게 주십시오."

"예?"

"만약, 김지원 씨를 모델로 세우지 못하면 아리마에서 지정해 주는 자리로 들어가겠습니다."

그것은 모험과도 같은 발언이었다. 이겸의 패기 넘치는 말투에 그 자리에 있는 모든 사람이 얼어붙었다.

"최악의 자리여도 말입니까?"

"네."

고민을 할 시간 같은 건 없었다. 계약을 진행하러 온 출장에서 성과를 내지 못하면 안 되는 거였다. 모험이든 뭐든, 계약서에 도장을 찍고 봐야 했다. 수습은 그 뒤의 문제였다.

"그렇게 하시는 게 좋겠죠?"

사실 아리마 입장에서도 이겸의 제안은 크게 손해 볼 것 없는 것이었다. 어차피 계약은 진행하기로 예정되어 있었으니까. 이겸은 결국 계약서에 도장을 받아냈다. 유미는 일적으로 너무나도 완벽한 호흡을 이끌어내는 그가 새삼 대단해 보였다. 분명 저와 같은 출발선에서 시작해 같이 뛰고 있었는데, 그 혼자 저만치 앞서 나갔다. 미팅 룸을 나서며, 이겸은 계약서가 들어 있는 서류 봉투를 유미에게 건넸다.

"잘 보관해요. 어디 흘리고 다니지 말고."

"넵."

과연 김지원을 J코스메틱의 메인 광고 모델로 세울 수 있을까? 유미는 심히 걱정이 되었다. 그것 하나만 빼면 완벽한 계약이었는데 말이다.

미팅을 끝마치고 나올 때 아리마 담당자가 이겸을 불러 세웠다.

"석식 예약하려고 하는데, 혹시 좋아하는 메뉴가 있으십니까?"

"좋아하는 것……."

이겸은 저만치에 시윤과 걸어가며 헤벌쭉 웃고 있는 유미를 바라보았다. 왜 때문인지 초밥을 외치며 눈을 반짝이던 유미의 모습이 떠올랐다.

"정통 일식, 뭐 그런 게 좋을 것 같습니다."

유미가 한국을 떠나오기 전부터 일본에 가면 꼭 초밥을 먹고 오겠다며 비장한 각오를 드러냈던 모습이 눈앞에 선연했다.

'딱히 공유미가 신경 쓰여서는 아니야. 나도…… 먹고 싶어서 그런 거야.'

이겸은 괜스레 말라가는 입술을 축였다.

일본 전통 가옥을 개조한 세련된 느낌의 레스토랑. 그 안으로 들어서는 유미의 눈이 휘둥그레졌다.

　"우와."

　유미의 벌어진 입술 틈 사이로 감탄이 절로 흘러나왔다. 살며시 벌어진 그녀의 입술은 가지런히 세팅되어 있는 테이블 위 음식을 보고 더욱 크게 벌어졌다.

　그들은 미팅 때와는 다르게 일상적인 이야기나 시장 돌아가는 이야기 등을 주고받았다.

　"입맛에는 좀 맞으십니까?"

　담당자가 유미에게 먼저 물었다.

　"네. 정말 맛있어요."

　"그런데 신 대리님은 별로 못 드시는 듯한데…… 혹시 입맛에 맞지 않는다거나…….'"

　이겸은 아까부터 줄곧 젓가락을 들고만 있었지 뭘 집어 먹지는 않았다.

　"아뇨. 아닙니다."

　이겸은 잠시 머뭇거리다가 초밥 하나를 집어 먹었다. 메뉴를 정하기로 한 건 자신이었기 때문에 먹지 않는 것도 예의가 아니었으니까.

　'하나쯤이야…….'

　이겸은 부드러운 질감을 자랑하는 초밥을 씹는데도 이상하게 돌을 씹는 기분이었다. 입안을 감도는 낯선 감각이 불편했지만, 이겸은 아랑곳하지 않았다. 사근사근 담당자와 이 이야기, 저 이야기 주고받는 유미를 보니 불편하게 느껴지던 감각들도 아무렇지 않은 것처럼 느껴졌다.

　'걱정했던 것과 달리 잘하네.'

겨우 몇 잔 받아 마신 술이 문제인 건지, 아니면 무리해서 먹은 초밥이 문제인 건지. 이겸은 자꾸 몸이 무겁게 내려앉는 기분이었다.

분명 아리마 담당자와의 식사 자리를 파하고 나와 택시에 오른 것까지는 기억이 났는데, 그 이후의 기억이 없었다.

"아이참, 목에도 올라오네. 이걸 어째."

죽어 있던 감각이 깨어나자마자 들려온 건 유미의 목소리였다. 그녀의 말투에 걱정이 잔뜩 묻어 있었다.

'어떻게 된 거지.'

이겸이 느리게 눈꺼풀을 밀어 올리자, 곧바로 유미의 모습이 보였다.

"괜찮아? 괜찮아?"

파랗게 질린 얼굴을 하고 자신을 내려다보는 유미를 보고서야 이겸은 자신이 누워 있다는 걸 알았다. 유미가 이겸의 하얀 피부에 올라온 두드러기를 매만지려 손을 뻗었다.

"뭐야. 만지지 마."

아무렇지 않게 자신의 부어오른 목에 손을 갖다 대는 유미의 손길에 이겸이 흠칫 몸을 떨었다.

"그러게 술은 왜 그렇게 많이 마셨어."

먹을 수 있는 게 별로 없어서, 이상하게 보이지 않기 위해 술잔을 더 빨리 비운 것뿐이었다.

"이거, 이거. 두드러기, 이거. 뭐야? 아까 먹은 것 중에 뭐 안 맞는 거 있었던 것 아니야?"

이겸은 차마 자신에게 생선회 알레르기가 있다는 것을 말하지 못한 채 입을 꾹 다물었다.

"몰라, 나도."

이겸은 반쯤 감긴 눈을 하고 느릿하게 대답했다.

"속상하게."

유미는 자기가 아플 때보다 더 심각한 표정을 하고 이겸을 안타깝게 바라보았다.

"정말 병원 안 가봐도 되겠어?"

울먹거리기까지 하는 유미의 모습에 이겸은 짧은 한숨을 내쉬었다.

"좀 쉬면 낫겠지. 호들갑은."

"너는, 호들갑 안 떨게 생겼어? 얼굴이 이 모양인데!"

유미는 택시에서 잠든 이겸을 보고는, 술을 많이 마셨거나 피곤해서 곯아떨어진 것이라고 여겼다. 한데 택시가 호텔에 도착했음에도 불구하고 일어나지 못하는 이겸 때문에 유미는 심장이 내려앉는 기분을 느껴야 했다.

'대체 뭐가 문제였던 거야. 못 먹는 게 있는데도 몰랐다고? 아까 이겸이 먹은 거라곤 초밥이 전부인데, 혹시 그게 안 맞았던 걸까?'

아프면서, 티 내지 않으려 애쓰는 이겸의 모습에 유미는 눈물이 날 것만 같았다.

"막 흔들어 깨워도 안 일어나서 내가 얼마나 놀랐다고!"

"멀쩡하잖아?"

"잘못됐으면 어쩔 뻔했어! 이 자식아!"

유미가 누워 있는 이겸의 가슴팍을 퍽 소리 나게 내리쳤다.

"아아. 아파!"

"시윤 씨 아직인가? 약 사러 나간 지 한참 된 거 같은데……."

문 쪽으로 시선을 돌리는 유미를 바라보는 이겸의 눈빛이 날카롭게 변했다.

"안 되겠다. 한번 나가봐야겠어."

유미가 몸을 벌떡 일으키자, 거의 동시에 이겸의 커다란 손이 유미의 손끝에 마주 닿았다.

"여자애가. 이 시간에 위험하게 어딜 혼자 나간다고 그래?"

유미는 이겸과 닿은 손끝에서부터 시작된 저릿함이 온몸에 퍼져가는 걸 느꼈다. 화들짝 놀라 이겸에게 붙잡힌 손을 다급히 빼냈다.

"어, 아. 괜찮아. 나 얼굴이 무기잖아……."

"그냥 있어."

허공에 내쳐진 이겸의 손이 다시 유미의 손을 붙잡아 힘을 가했다. 그러자 유미의 몸이 순식간에 침대로 털썩 내려왔다.

"지금 나 걱정해 주는 거야?"

"생각해 봐. 너 말도 한마디 안 통하는데 나가서 사고 치면, 뒷감당은 누가 해?"

"그거야……."

"이번 출장에서의 최고 선임자가 나야. 그러면 책임자는 누구겠어?"

"너."

"그래. 잘 아네. 괜히 사고 쳐서 곤란하게 만들지 말고. 잠자코 있어."

유미가 이불을 이겸의 목 바로 아래까지 쭉 끌어 올려 덮어주었다.

"네. 네. 알겠습니다. 최고 선임자님은 좀 쉬시지요."

"까분다, 또."

이겸의 목소리가 사정없이 갈라졌다.

"좀 쉬어. 시윤 씨가 약 사가지고 오면 깨워줄게."

"나 재워놓고 너, 뭐. 이상한 짓 하려는 거 아니지?"

"내가 변태냐!"

"전적이 화려해서."

"안 해! 안 한다구!"

이겸이 의심의 눈초리를 하다가 이내 눈을 살며시 감았다. 그런다고 잠이 올 리 없겠지만. 말 많은 공유미가 어쩐 일로 조용한가 싶었더니, 앉아서 꾸벅꾸벅 졸고 있었다.

"얘 진짜 골 때리네."

자신이 남자라는 자각이 없는 건지. 그것도 아니면, 기면증 같은 게 있는 건지. 이불을 걷어내고 몸을 일으킨 이겸은 졸고 있는 유미를 침대에 눕혔다.

"제정신이 아니야."

이겸은 황당한 듯 고개를 설레설레 저었다. 입 주위에 부풀어 오른 두드러기가 따끔거렸다. 온몸이 간질거려 죽을 지경이다.

유미는 어릴 때부터 고기보다 생선을 더 좋아했다. 취직하고 첫 월급을 타서는 제게 월급 턱으로 초밥을 사준다는 말을 했었다. 그 때, 유미에게 너나 먹으라고 심드렁하게 굴었다. 사실 그 자신도 유미와 함께 식사를 하고 싶은 마음이야 굴뚝같았지만, 그럴 수 없었다. 유미가 가장 좋아하는 음식이 제겐 절대 먹어선 안 되는 것이었으니까. 일부러 숨기려고 한 건 아니었지만, 관련된 음식을 먹어야 할 기회가 생기면 이 핑계, 저 핑계를 대며 피했고, 그게 지금까지 오게 됐다. 이렇게 시간이 흘러 버리고 나니, 유미에게 알레르기가 있다는 사실을 알리고 싶지 않았다. 자신이 아는 유미라면, 그녀가 좋아해 마지않는 음식이 좋아하는 남자에게 맞지 않는다는 걸 알게 됐을 때, 고민 없이 다시는 그걸 먹지 않겠다고 선언할 위인이었으니까. 물론, 이젠 유미가 저를 좋아하지 않아서 그럴 일은 없을지도 모르겠지만 말이다.

얼마 지나지 않아, 똑똑 하고 노크 소리가 룸 안에 울려 퍼졌다. 이 겸은 아직도 물에 젖은 솜뭉치처럼 무거운 몸을 일으켜 문 쪽으로 걸 어갔다. 그러고는 안에 잠들어 있는 유미가 보일세라 문을 반만 열고 고개만 빼꼼 내밀었다.

"대리님 좀 괜찮으세요?"

"그럭저럭."

문 사이로 이겸의 손이 불쑥 나왔다.

"여기요. 이 시간에 문 연 약국이 없어서 한참 헤맸어요."

"고마워요. 무슨 약인진 모르겠지만. 어쨌든."

이겸의 말투엔 이상하리만큼 잔뜩 날이 서 있었다.

"주임님은요?"

"공 주임을 왜 여기서 찾습니까?"

시윤이 문 안쪽에 시선을 맞추자, 이겸이 몸으로 그의 시야를 가렸 다.

"약 고마워요. 늦었는데 들어가서 쉬어요."

"네. 쉬세요, 대리님."

시윤이 말을 끝내기가 무섭게 이겸이 문을 쾅 닫아버렸다. 이겸은 침대에 곤히 잠든 유미를 물끄러미 바라보았다. 나쁜 짓을 한 것도 아 닌데 자신이 왜 시윤에게 거짓말을 한 건지 의아했다. 괜한 의심을 사 는 게 싫었다. 단지 그 이유였을 것이다. 아마도.

끼이이익. 지면과 타이어가 마찰하며 생기는 굉음이 고막을 뚫어버 릴 기세였다. 연이어 쿵 하는 소리가 들렸다. 유미는 신음 소리를 내 는 것조차 버거워 숨을 삼키지도 뱉어내지도 못했다. 억눌린 숨이 간 헐적으로 흘러나왔다.

"훗."

가늘게 뜬 눈 사이로 들어온 광경은 그야말로 참혹했다. 피비린내와 무언가 연소되는 냄새가 동시에 훅 끼쳐 들었다. 또렷하지 않던 시야는 금세 뿌옇게 번졌다. 누군가의 손길이 머리를 가만히 쓸어내렸다. 공포와 고통으로 물들어 온몸에 소름이 돋아날 만큼 한기가 느껴지는 것에 반해 제 머리에 닿은 손길은 지나치게 따스했다.

"흑."

참아왔던 울음이 울컥 터져 나왔다.

"괜찮아."

아주 멀리서 들려오는 '괜찮다'라는 부드러운 음성에 유미는 거짓말처럼 안정을 되찾았고, 다시금 깊은 잠에 빠져들었다.

푸른 새벽빛이 침대를 파랗게 물들였다. 느릿하게 눈을 깜빡이며 천장을 바라보고 있던 유미가 벌떡 몸을 일으켰다. 유미는 잠깐 정신을 차리기 위해 멍하게 있었다. 그런데 어째 어제 방으로 돌아간 기억이 없어 난감했다.

"설마 나, 여기서 잔 거야? 완전 미쳤구나, 공유미."

이불을 끌어 올려 주변을 둘러보았지만, 이겸의 모습은 보이지 않았다.

"어디 나갔나? 흐응."

부끄러움에 얼굴이 달아올랐다. 어쩌다 여기서 잠을 자게 된 건지 모를 노릇이었다. 요 며칠 계속 악몽을 꿔서 잠을 못 잔 탓이 컸으리라. 그때, 탁, 하는 짧은 소음과 함께 욕실 문이 열렸다.

"헉!"

유미는 숨이 멎을 것 같았다. 이겸이 욕실에서 수증기를 몰고 나오

는 모습이 보였다. 뭉게뭉게 피어오른 연기 사이로 물기로 촉촉이 젖
은 머리카락을 늘어뜨린 이겸의 형체가 또렷해졌다.

"너, 아직도 안 갔어?"

그의 검은 눈꼬리가 느릿하게 늘어졌다.

"내가 왜, 여기 있어?"

"그건 내가 묻고 싶다. 너 왜 여기 있어? 안 갈 거야? 아주 같이 살
자고 하지 그래?"

"서, 설마!"

유미는 무의식적으로 이불 속 제 몸을 더듬어보았다.

"저거, 진짜. 어떡하지?"

저를 뭐로 보고, 저런 말도 안 되는 행동을 서슴지 않는 걸까 싶어
이겸이 세상 황당한 표정을 지었다.

"우리, 어젯밤에, 응? 아니지?"

"침이나 닦지 그래?"

이겸은 무감각한 표정을 하고 머리를 털어냈다.

"아무 일도 없었어?"

"뭔 일?"

"없었구나."

유미가 잔뜩 달아오른 얼굴로 침대에서 몸을 일으켰다.

"최시윤한테 괜한 의심받기 싫으면 빨리 방으로 튀어 가세요. 너랑
같이 아침 먹겠다고 아까 아침부터 너 어디 갔는지 아냐고 묻더라."

"뭐, 뭐어? 그걸 이제 말하면 어떻게 해! 그렇다면 날 깨웠어야지!"

자신이 이겸의 방에서 밤을 지새운 걸 알면 시윤이 이상한 의심을
할 게 뻔했다.

"신경 쓰여? 최시윤이 오해할까 봐?"

"당연하지이!"

유미는 아무리 자신이 이겸을 좋아하는 걸 시윤이 안다고 해도, 아침에 자신이 이겸의 방에서 나가는 모습을 시윤이 본다면 이상한 오해를 할 거란 판단이 섰다.

"너, 나중에 보자. 진짜, 가만 안 둬."

유미가 씩씩거리며 문 쪽으로 걸어가서 굳게 닫힌 문을 벌컥 열어젖혔다.

"어, 아. 헉!"

유미의 입에서는 놀라움으로 인한 감탄사가 짧게 터져 나왔다. 문을 열자마자 시윤이 떡하니 자리를 잡고 서 있었기 때문이다.

"시, 시윤 씨!"

시윤의 시선에 들어온 건, 유미와 그녀의 어깨 너머로 이제 막 샤워를 마치고 나온 듯한 이겸이 멀뚱멀뚱 서 있는 모습이었다.

"어. 오, 오해하지 마! 시윤 씨. 내가 다 설명할게!"

"주임님……."

시윤은 멍한 표정을 하고 이겸과 유미의 얼굴을 번갈아 보았다.

"아니야! 아니야! 절대 오해하지 마! 시윤 씨도 알잖아? 대리님이랑 나랑 오랜 친구 사이인 거! 잠깐, 아주 잠깐! 볼일이 있어 들른 거야. 그래! 어제 아팠잖아. 막 얼굴에 두드러기 올라오고, 응?"

유미가 이겸이 있는 쪽으로 고갤 돌려 도와달라는 듯 구원의 눈빛을 보냈다. 이겸이 어깨를 으쓱하고 들어 올렸다. 제 도움을 바라는 유미를 골탕 먹여줄까 말까, 고민하는 눈치였다. 결국 유미의 간절한 눈빛에 무너진 이겸이 건조한 목소리를 냈다.

"괜한 오해하지 말아요, 시윤 씨. 보시다시피, 별일 없었어요."

유미가 얼굴 가득 주름을 잡고 이겸을 최대한 무섭게 노려보았다.

"옷도 제대로 못 입고 있는데, 남녀 둘이서 나만 뚫어져라 쳐다보고 있는 거 굉장히 불쾌하네요. 둘 다 내 방에서 좀 나가주지 그래요?"

이겸이 성큼성큼 그들 앞으로 걸어가서 유미를 아예 문밖으로 쫓아내듯 밀어내고는 문을 쾅 닫아버렸다. 문밖에 덩그러니 남겨진 두 사람의 눈은 비정상적으로 빨리 깜빡였다.

이겸은 타이 매듭이 평행이 되도록 맞추고 앞으로 내려온 앞머리를 쓸어 넘겼다. 간밤에 유미가 흐느끼는 소리에 소파에서 눈을 붙이다 일어난 이겸은 밤새도록 그녀의 곁을 지켰다. 아마도 그녀는 사고 당시의 꿈을 꾼 듯했다.

"아직도 힘든가."

그날을 떠올리면 이겸은 저도 모르게 가슴 한구석이 뻐근해졌다.

"하긴…… 쉽게 잊혀지진 않겠지."

되도록 다시는 기억하고 싶지 않은 날이었다. 유미가 아직도 그날의 악몽에 시달리고 있단 사실에 이겸의 눈동자가 깊어졌다.

이겸과 유미, 시윤은 아리마 백화점 본점에 도착했다. 오후 비행시간에 맞춰 공항에 가려면 시간이 빠듯하긴 했지만 이곳에 들르는 건 시장 조사 차원에서 꼭 필요한 스케줄이기도 했다. 백화점 입구로 들어서며, 이겸이 건조한 목소리를 냈다.

"김지원 씨 섭외도 그렇고 해결해야 할 문제가 많네요."

마치 지원을 모르는 사람처럼 이야기하는 이겸을 보며 유미의 눈빛이 살며시 흔들렸다.

'저 속이 속일까?'

유미는 이겸이 제 첫사랑 얘기를 아무렇지 않게 하는 것이 못내 신경 쓰였다.

"그분, 금방 섭외가 될까요? 입점은 당장 두 달 뒤로 잡혔는데."

시윤도 걱정이 되었는지, 한마디 거들었고, 유미도 그에 동의했다. 예전에야 친구였지만, 지금 지원은 감히 우러러볼 수도 없는 위치에 있는 한류 스타였다.

"어떻게든, 무슨 수를 써서라도 해봐야죠."

유미는 지원과 엮이는 건 죽어도 싫었지만, 자신이 처음 맡은 일이니만큼 꼭 마무리까지 잘해보고 싶었다. 자신이 직접 이겸의 첫사랑을 찾게 될 줄은 몰랐지만. 공과 사는 확실히 구분해야 했다.

"좋습니다. 그럼 김지원 씨가 모델로 섭외됐다는 가정 하에, J코스가 입점할 가장 최고의 위치를 찾기만 하면 되겠네요."

그들은 1층 메인 스팟부터 시작해 한 층, 한 층 둘러보았다.

"일단 층별 동선부터 파악하고, 1층에 메인 스팟에 입점할지, 아니면 이례적으로 아예 명품관 쪽에 팝업스토어를 만들어볼지도 같이 고민해 보는 게 좋겠고요."

"명품관 팝업스토어도 좋을 것 같아요. 어차피 J코스메틱은 단가도 높으니까, 주 타깃층을 아예 구매력이 큰 고객으로 잡는 거죠."

"좋습니다."

그때, 플로어 가이드 팸플릿을 가지고 걷던 유미가 쇼윈도 안에 전시되어 있는 구두에 시선을 빼앗겼다.

"우와. 예쁘다."

유미는 유리창 바로 앞까지 얼굴을 들이밀고는 검은색 에나멜 구두를 바라보았다.

"정말 예쁘네요."

완전히 시선을 빼앗긴 유미의 옆에 시윤이 딱 달라붙었다.

"쇼핑하러 왔습니까?"

"거참, 팍팍하게 구시네. 갑니다, 가요."

유미가 아쉬운 듯 구두에서 시선을 떼지 못한 채 걸음을 뒤로 물렸다. 마지막 층까지 다 둘러본 다음 이겸이 낮은 목소리를 냈다.

"J코스메틱과도 미팅을 해야 하겠지만, 전체적인 분위기로 볼 때, 아까 말했던 팝업스토어 쪽이 가장 홍보 효과가 좋아 보이네요. 팝업스토어 기간이 끝나면 정식 입점하는 것이 가장 좋아 보이는데."

"제 생각도 그래요."

"저도요."

"시윤 씨, 매장 전경 사진은 다 찍어뒀죠?"

줄곧 사무적인 이야기만 하던 이겸이 시윤에게 물었다.

"네. 여기요."

시윤이 카메라를 이겸에게 건네자, 그가 심각한 표정으로 찍은 사진들을 훑어보았다.

"아무래도 아래층 사이드 사진도 필요할 것 같은데……."

"그래요? 다 찍었다고 생각했는데. 제가 다시 가서 찍어 오겠습니다."

"아닙니다. 내가 다녀올 테니까. 저쪽 카페에 가서 커피라도 마시고 있어요. 공 주임도 여기 있어요."

이겸은 혹여 유미가 따라나선다고 할까 봐 미리 선수를 쳤다.

"네? 커피요?"

유미는 갑자기 호의를 베푸는 이겸을 몹시 당황한 눈길로 쳐다보았다.

"자, 이걸로 사 먹어요."

이겸이 대뜸 제 개인 카드를 내밀었다.

"진짜요?"

"싫어요? 싫으면 말고."

이겸이 도로 제 카드를 안으로 집어넣으려 하자, 유미가 잽싸게 그걸 낚아챘다.

"에이. 또 왜 이러실까. 알았어요. 커피 한잔하고 있을게요. 다녀오십쇼, 대리님!"

유미와 시윤이 코너에 보이는 카페로 들어가는 것을 보고 나서야 이겸은 발걸음을 돌렸다.

잠시 후. 이겸은 아까 유미가 뚫어져라 쳐다보던 유리창 너머로 보이는 검은색 에나멜 구두에 시선을 고정시켰다.

'공유미 생일은 지났는데……'

이겸은 무슨 핑계를 대고 이걸 선물해야 할까 고민했다.

'이런 비싼 선물을 할 만한 마땅한 이유가 떠오르질 않아.'

난감했다. 지금이 지나면 살 수 없을지도 모르는 것인데. 잠시 고민하던 이겸이 매장으로 걸어 들어갔다.

「어서 오세요.」

이겸이 머뭇거리자, 점원이 밝게 웃으며 그에게 찾으시는 것이 있냐고 물어왔다.

「그게…….」

한참을 아무런 말을 꺼내지 못하던 이겸이 얼굴을 붉히며 앞쪽에 전시되어 있는 구두를 가리켰다.

「230으로 주시겠어요?」

수줍게 말을 꺼내는 이겸을 보며 점원도 덩달아 옅은 미소를 지었다.

「네! 잠시만 기다려 주세요.」

창고에서 박스 하나를 꺼내온 점원이 박스를 펼쳐 보이며 구두를 확인시켜 주었다. 그걸 물끄러미 바라보던 이겸은 유미가 그 구두를 신을 모습을 상상했다. 키가 작은 유미가 이렇게 높은 굽의 구두를 신으면 이마가 아마 제 턱쯤은 올라오겠다 싶었다.

「이걸로 괜찮습니다.」

브랜드 이름이 크게 박힌 쇼핑백에 구두 상자를 집어넣던 점원의 손길이 이겸의 외침으로 인해 멈췄다.

「자, 잠시만요.」

「네?」

「다른 봉투는 없습니까?」

「아! 아리마 백화점 봉투가 있긴 합니다만.」

「그럼 아리마 봉투에 넣어주세요.」

「네!」

이겸이 낮게 한숨을 내쉬었다. 자칫 브랜드 봉투에 넣어갔다가 눈치 빠른 공유미에게 들키면 부끄러울 뻔했다.

「감사합니다.」

백화점 봉투를 산뜻하게 들고 나온 이겸은 매장을 나오며 살포시 미소를 지었다. 이걸 받고 방방 뛰며 좋아할 유미 모습이 상상이 되어서 웃음을 참아보려 해도 참아지지 않았다. 사진을 찍으러 간다는 건, 평계였다. 목적은 이걸 사기 위함이었다. 가벼운 마음으로 유미와 시윤이 기다리는 카페로 향하는 이겸의 발걸음이 무척이나 가벼웠다.

"대리님!"

유미가 웃으며 손을 크게 흔들었다. 다가서는 이겸의 심장이 조금씩 빠르게 뛰었다. 유미가 안쪽으로 자리를 옮기며 제 옆자리에 앉으라고 의자를 내주었다.

"손에 들고 계신 건 뭐예요?"

그녀의 시선이 이겸의 손에 들린 종이백으로 향했다. 꽤 커다란 봉투였기에 오히려 숨기는 게 더 이상했다. 이겸은 당당하게 의자 바로 옆 바닥에 그걸 내려놓고는 헛기침을 했다.

"오는 길에 마음에 드는 게 있어서 하나 샀어요."

"헐. 아깐 저더러 쇼핑하러 왔냐고 뭐라고 하시더니."

"공 주임도 원하는 거 있으면 사요."

유미가 입술을 삐죽였다.

"그럼 대리님 저, 뭐 하나만 사가지고 와도 될까요? 아까 지나가다 사고 싶은 게 하나 있었거든요."

이겸은 유미에게 말을 한 거였는데, 대답은 시윤에게서 돌아왔다. 방긋 웃는 그의 미소가 왜 때문인지 몹시 기분 나쁘게 느껴졌다.

시윤은 아까 유미가 넋을 놓고 바라보았던 구두 매장으로 들어섰다. 직원의 반가운 인사에 그도 웃음으로 화답했다.

「보통 여자들 발 사이즈가 어떻게 돼요?」

난데없는 시윤의 질문에 직원이 당황한 듯 눈을 빠르게 깜빡였다. 시윤은 그제야 앞뒤 다 잘라먹고 질문만 툭 내던진 걸 알아챘다.

「아아, 죄송해요. 마음이 급해서……. 선물을 좀 할 건데. 사이즈를 모르거든요.」

자초지종을 설명하는 시윤의 말을 듣고 있던 직원이 고개를 가만히 끄덕였다.

「여성분 체격이 어떻게 되나요?」

「키는 좀 작은 편이고, 아담해요. 품에 쏙 들어올 정도?」

시윤은 유미를 떠올리는 것만으로 심장박동 수가 증가했다.

「아담한 체구이시군요. 그렇다면 22에서 24 사이가 적당할 것 같은데. 추후 교환이 가능하니까 사이즈는 편하게 고르셔도 됩니다.」

직원이 생글생글 웃으며 말했다.

「교환은 못 할 것 같은데. 흠, 그럼 하는 수 없겠네요.」

어차피 한국에 가서 교환을 진행하는 건, 몹시 번거로운 일이었다. 시윤은 그런 수고로움까지 감수할 만큼 시간적 여유가 있지도 않다. 잠시 고민하듯 눈동자를 굴리던 시윤이 쇼윈도 안쪽 메인에 진열된 에나멜 구두를 가리켰다.

「저기, 앞에 있는 저 구두요. 말씀하신 사이즈 다 주세요.」

자신감에 찬 시윤의 목소리가 조용한 매장을 울려 퍼졌다.

「네?」

직원은 제 귀로 듣고도 자신이 제대로 들은 게 맞는지 몰라 시윤에게 다시 물었다.

「22에서 24, 사이즈별로 전부 다 주세요.」

그는 그런 직원에 반응에도 크게 신경 쓰지 않고, 조금 더 강한 억양으로 친절하게 다시 말해주었다.

「아, 네! 알겠습니다!」

직원은 자신이 잘못 들은 게 아니란 사실을 인지하고서야 바쁘게 몸을 움직였다. 기어코 양손 가득 구두를 사 들고 나온 시윤은 매우 흡족한 표정을 했다. 시윤에게 유미의 발 사이즈를 모르는 건 전혀 문제 될 게 없었다. 그저 유미에게 '구두'를 선물하는 것 자체에 의미가 있었던 것이다.

백화점에서 예상보다 더 시간을 보낸 바람에 하마터면 비행기에 오르지 못할 뻔했다. 세 사람은 올 때와 마찬가지로 비좁은 자리에 나란히 앉았다. 시윤은 기내용 캐리어를 머리 위 선반 위에 올렸다. 그러고는 자리에 앉아 어딘가 불안한 표정을 짓고 있는 이겸을 의아하게 바라보았다. 이겸은 백화점에서부터 자신의 쇼핑백을 신줏단지 모시듯 꼭 껴안고 있었다.

"대리님, 짐 주세요. 위에 올려둘게요."

대개는 쇼핑백 같은 것들도 올려두기 마련인데.

"신경 써줘서 고마운데, 괜찮아요."

이겸은 마치 그것을 누군가에게 빼앗기라도 할까 봐 아귀에 힘을 주었다. 그런 이겸의 이상 행동이 묘하게 시윤을 자극했다.

'설마, 아니겠지……'

시윤은 문득 아침에 유미가 이겸의 방에서 나왔을 때, 이겸이 저에게 지었던 승리감에 깃든 표정이 떠올랐다. 숙맥 둘이 무슨 짓을 저질렀을 리는 절대 없다는 걸 시윤은 이미 간파하고 있었다. 문제는, 이겸이 왜 그런 표정을 지었냐는 것에 있었다.

'혹시, 자신의 감정을 자각하고 고백해 볼 심산인가?'

그렇다면 지금 이겸이 보물처럼 품에 보듬고 있는 '저것'이 더욱 궁금해졌다.

"신 대리님, 아까 백화점에서 뭐 사신 거예요? 구경해도 돼요?"

시윤은 궁금한 게 있으면 잘 참지 못하는 성격이었다.

"안 돼요."

"쇼핑백 사이즈를 보니까, 신발, 같은 거예요?"

시윤은 일부러 '신발'이란 단어에 악센트를 더 줘보았다.

"신발 맞아요."

이겸에게서 의외로 순순히 대답이 흘러나오니, 시윤은 이상하게 맥이 탁 풀리는 기분이었다.

"대리님 거요?"

"아니, 내 거 아니에요."

"그럼요?"

"그 질문에 대한 대답, 제가 꼭 해야 할 의무가 있을까요?"

눈치 빠른 이겸은 이미 시윤의 의중을 파악했다. 그래서 한껏 비꼬아 대답한 것이었다.

'최시윤. 누구를 호구로 아나. 내가 순순히 공유미 줄 선물 샀다고 불 것 같아?'

이겸은 절로 이가 으득 갈렸다.

"그럼 누구 건데요?"

중간에서 가만히 듣고만 있던 유미가 나서서 궁금증 가득한 표정을 지으며 물었다.

"이 쇼핑백 안에 뭐가 들었는지, 그게 두 사람에게 그렇게 중요한 거예요?"

판도라의 상자 같았다. 열면 안 되는 줄 아는데, 열고 싶은 그런 것. 별로 궁금해하지 않던 유미까지 시윤에게서 전염된 듯 눈에 불을 켜고 달라붙었다.

'위험해. 이러다 들켜 버리겠어……'

겨우 사수하고 있었는데. 조금 더 쿨하게 막 다루었어야 했나 싶었다. 그랬다면 이렇게 너도나도 궁금해하진 않았을 것 같았다. 이겸은 자신의 생각이 짧았음을 이제 와 후회해 봐야 무슨 소용일까 싶었다.

"궁금하면 봐요."

이윽고 이겸이 제 품에 품고 있던 쇼핑백을 그들에게 마치 먹이를 던져 주듯 툭 건넸다. 먹이를 보고 달려드는 하이에나 둘은 빠르게 쇼핑백 안에 있는 걸 꺼내보았다. 이겸은 자포자기한 듯, 어느새 하늘을 날고 있는 기체 바깥의 풍경을 눈에 담았다.

"어? 이거?"

유미의 눈이 커다랗게 뜨였다.

"이거!"

차마 뒷말을 잇지는 못하고, 계속 같은 말만 반복할 뿐이다.

"이거, 뭐요?"

"이거, 내가 아까 마음에 든다고 했던……!"

그래, 맞아.

이겸은 목구멍을 비집고 나오려는 대답을 겨우 눌러 삼켰다.

"뭐, 문제 있어요?"

"이걸 대리님이 왜……."

유미의 얼굴에는 환희와 놀라움, 행복 같은 긍정적인 감정들이 듬뿍 담겨 있었다. 유미는 또, 뭔가를 말하려다가 옆에 시윤이 있어 겨우 참는 눈치였다. 유미의 눈썹은 어느새 팔(八)자 모양이 되었다.

'젠장. 대체 뭐라고 둘러대야 하는 거지.'

이겸은 뇌의 모든 사고 회로가 멈춰 버린 느낌이었다. 마치 숨이 가슴께에 걸려 내려가지도 오르지도 못하고 있는 듯했다.

"사이즈도 딱, 내 사이즈네."

유미는 자신이 선물을 받기라도 한 사람처럼 구두를 아기 다루듯 살며시 집어 들었다.

"아이, 예뻐라."

구두를 쓰다듬는 유미의 손길은 그 어느 때보다 부드럽고 온화했다.

"당장 도로 집어 넣어두는 게 좋을 텐데?"

이런 식으로, 시윤의 앞에서 희롱 당하듯 제 선물이 들통난 게 이겸은 몹시 언짢고 싫었다.

"이거, 나 주려고 산 거 맞지?"

유미가 이겸에게 살짝 몸을 기울여 그에게만 들릴 만큼 낮은 목소리로 속삭였다. 그녀의 목소리는 원대하게 부푼 기대로 한껏 업 되었다.

"아닌데."

이겸은 조금의 망설임도 없이 대답한 후, 유미의 손에 들려 있던 구두를 홱 뺏어 들었다. 그러고는 제자리에 다시 구두를 맞춰 넣은 다음 약간은 신경질적인 손길로 뚜껑을 닫아버렸다.

"아니야?"

유미의 얼굴이 바로 방금 전과는 완전히 다르게 변해갔다.

"응. 아니야."

"왜 아니야? 맞는데?"

이겸은 일부러 시윤에게 들리게끔 목소리를 높였다.

"여자한테 구두 선물할 일이 있어서. 근데 딱히 아는 메이커도, 디자인도 없는데. 마침 네가 마음에 들어 했던 구두가 생각난 것뿐이야."

"뭐? 여자?"

이겸의 입에서 흘러나오는 한마디, 한마디가 유미를 자극시키기엔 충분했다.

'여자라니! 나 말고 다른 여자? 누구? 여자가 있었어? 말도 안 돼!'

유미는 당혹감에 턱을 바르르 떨었다.

"사이즈는 잘 모르지만, 얼추 이 정도 될 것 같아서 산 거야. 그러니까 괜한 오해하지 말라고!"

시윤이 목소리를 높이는 이겸에게 시선을 던지자, 이겸은 그제야 굳은 표정을 슬그머니 풀어냈다. 이겸은 시윤의 예상이 맞지 않다는 걸 보여주기 위해 애를 쓴 거였다. 다행히 그게 먹힌 모양이었다.

"아, 그러셨구나. '다른 여성분'께 드리려고 산 거구나."

동요하는 시윤에게 고개를 크게 끄덕인 게 전부였다. 그런데, 예상치 못한 복병은 늘 그렇듯 존재한다. 이상하게 시윤의 목소리가 꼬여 있다 했다. 알고 보니 그건 울상이 된 유미의 감정을 극대화시키기 위해 그가 조장한 것이나 다름없는 것이었다. 이겸의 입가로부터 난데없이 낮은 한숨이 흘러나왔다.

"다른 여자, 누구? 누군데요?"

"알아서 뭐 하게."

"혹시, 설마 해서 묻는 건데. 내가 아는 사람이야?"

아는 사람은 맞다.

"응."

그래서 이겸은 유미에게 그렇다고 대답한 것뿐이었다. 한데, 유미의 표정이 근래 들어 가장 어둡게 변했다. 이겸은 무어라 변명이라도 하고 싶었지만, 말을 아꼈다. 괜히 오해를 풀어보겠다고 다른 말을 했다가는 더 오해하거나, 원하지 않는 방향으로 이야기가 흘러갈 수도 있으니까.

유미는 비행기가 한국 땅에 착륙할 때까지 쪽잠도 자지 못했다. 이겸이 말했던 그 '여자'가 누군지 알 것만 같았다. 바로, 김지원. 지원에게 주려고 산 것일 것이다. 그녀에게 선물할 구두를 보고는, 자기가 더 흥분한 꼴이 우스웠다. 이겸은 지원이 메인 모델로 거론되기가 무섭게 그녀의 선물을 샀다. 벌써부터 만날 생각을 하고 있는 거였다. 지원과의 계약이 문제라면 마케팅팀과 소속사끼리 진행할 수도 있는 문제였다. 굳이 이겸이 나서지 않아도 되는 거였다.

'그런데 왜? 왜, 그 애 구두까지 사서 자기가 더 설레는 건데?'

첫사랑이란 이런 것인가. 유미는 자신이 아무리 발버둥 쳐 본다고 한들, 지원의 발톱 때만큼도 따라가지 못했다는 사실에 말도 안 되는 수치심이 들었다. 남자들에게 있어 첫사랑이란, 가슴속에 평생 간직되는 아련함과도 같은 것이라던데, 그 아련함이 스멀스멀 올라와 견딜 수가 없는 걸까. 유미는 비행기에서 내려 공항 밖으로 나와서도 이겸의 손에 꼭 매달려 있는 그 쇼핑백이 눈에 거슬렸다.

도무지 마음이 쓰여 견딜 수가 없었다. 그를 좋아하지 않기로 했는데 어째서 마음이 동요하는지 모르겠다. 하기야 마음이 마음대로 되면 그게 어디 마음일까 싶기도 했다.

'쳇. 왜 하필 내가 예쁘다고 했던 구두야? 기분 나쁘게!'

유미는 자신의 변화에 기인해 그가 조금은 달라졌다고 생각했는데. 그것조차 착각이었단 생각이 들었다.

곧바로 회사로 가지 않고 집으로 가는 것은 기뻐할 일이었다. 하지만 퇴근 시간 러시아워까지 맞물려 예상보다 훨씬 늦게 집에 도착했다. 집으로 막 들어서는 이겸을 가족들이 반갑게 맞았다.

"이겸이 왔니?"

이겸의 연락을 받고 뒤늦은 저녁을 차리던 미진이 부엌에서 달려 나왔다.

"네. 어머니."

피곤한 듯 이겸의 목소리는 잔뜩 가라앉았다.

"오빠, 내 선물 사 왔어?"

취업 준비만 일 년 가까이 하고 있는 이영은 오늘도 TV 앞에 앉아 이겸에게 인사를 건넸다.

"너, 취직을 하고 싶은 마음은 있는 거야? 무슨 취업 준비한다는 애가 허구한 날 TV 앞에만 앉아 있냐."

이겸은 이영을 향해 혀를 끌끌 차며 캐리어를 거실 한편에 놓아두었다.

"아까까지 공부하다가 방금 앉았거든! 그렇지, 엄마?"

미진에게 동의를 얻으려 해보았지만, 그녀의 시선은 피곤해 보이는 이겸에게로 완전히 쏠려 있었다.

"아들, 힘들었어? 얼굴이 아주 반쪽이 됐네. 이리 와 앉아서 밥 먹어. 영이 너도 와서 먹고."

"아버지는요?"

"요즘 사건 터져서 계속 늦게 들어오셔."

"힘드시겠네요."

이겸은 미진이 수저를 들기를 기다렸다가, 그녀가 국을 한 숟갈 퍼올리자 그제야 손을 움직였다.

"오빠, 근데 저 쇼핑백은 뭐야?"

이영은 거실에 놓인 이겸의 여행용 캐리어 위에 놓인 쇼핑백을 가리키며 물었다.

"혹시, 내 선물?"

이겸의 손이 순식간에 움직임을 멈추었다.

'저 쇼핑백이 뭐라도 돼?'

이겸은 남녀 구분 없이 저것만 보면 달려들어 뭐냐고 묻는 사람들이 좀처럼 이해가 가지 않았다.

"맞아? 맞아?"

이겸은 이렇다 저렇다, 속 시원히 대답도 하지 않은 채, 다시 손을 움직였다. 마음 같아선 솔직하게 다 털어놓고 싶었으나, 상대는 이영이었다. 섣불리 행동했다가는 눈치 빠른 녀석이 제 약점을 붙잡고 늘어질지도 모를 일이었다. 이영은 답답하게 대답도 않고 그릇과 수저 부딪치는 소리만 내는 이겸을 보며 이죽거렸다. 그러고는 기어이 참지 못하고 그 '판도라의 상자' 앞에 서기에 이르렀다.

"열어봐도 돼?"

잠시 고민하던 이겸의 눈동자가 미동도 없이 제자리를 지키고 있었다.

"마음대로 해."

어차피 네 거 아니니까.

신이 나서 그걸 열어본 이영은 밋밋하기만 한 검은색 민자 에나멜 구두를 보고는 실망했다.

"뭐야, 내 스타일 아닌데."

화려한 걸 좋아하는 이영은 구두를 꺼내어 이리저리 돌려보았다.

"심지어 발 사이즈도 작은 건데. 이거 누구 거야?"

물어본다고 대답을 해줄 거였으면, 처음부터 실토했겠지. 이겸은 이영의 질문에도 동요하는 기색 하나 없이 밥그릇에 있던 마지막 한 숟가락을 깔끔하게 퍼 올렸다.

"이런 거 좋아할 만한 사람이 딱 한 사람 있긴 한데……."

이영의 한쪽 입꼬리가 불쑥 솟아올랐다. 뭐 대단한 걸 추리해 맞추기라도 한 사람처럼 구는 이영을 한심하게 바라보며 이겸이 자리에서 몸을 일으켰다.

"그게 누군데?"

이영의 반응에 미진이 눈을 동그랗게 뜨고 물었다.

"있잖아, 왜. 오빠랑 친한."

줄곧 동요하지 않던 이겸의 눈가가 살며시 떨려오기 시작했다.

"친한?"

전혀 예측이 안 되는지, 미진은 이영의 말을 그대로 따라하며 되물

츤데레와 정석

었다.

"되게 예쁘고."

씨익, 환하게 웃는 이영의 얼굴이 귀여운 악마 같아 보였다.

"예쁘고?"

"아담하고."

"누구지?"

그만큼 힌트를 줬는데도 모르는 미진이나.

"귀여운데 또 어떨 때 보면 되게 섹시하다?"

그걸 이용해 이겸을 자극하는 이영이나.

"뭐어? 귀여운데 섹시해? 잠깐만, 잠깐만. 아들, 너 혹시 여자친구 생겼어? 응? 응?"

완전히 속아 넘어간 미진이 눈을 동그랗게 뜨고 이겸에게 물었지만 그는 침묵으로 일관했다. 침묵이 독이 될 줄도 모르고…….

"오빠, 이거 유……."

이영이 뭔가를 이야기하려고 하자 이겸은 당황해 그녀의 입을 재빨리 틀어막았다.

"어머니, 잘 먹었습니다. 이영이 것도 치워주세요."

"영이 아직 반도 안 먹었는데?"

아직 밥을 다 먹지 못한 이영의 밥과 국이 애처롭게 놓여 있었다.

"애 제가 죽빵 줄 거거든요. 그거 먹으면 배부를 거예요."

이겸은 발을 동동 구르며 제 손바닥을 탁탁 때리는 이영을 질질 끌고 제 방으로 들어갔다. 아무래도 불안해, 방문까지 꼭 걸어 잠그고 나서야 이겸은 이영을 놓아주었다.

"에잇. 뭐야."

"너 뭐야?"

"내가 뭘."

이영은 말꼬리를 엿가락처럼 늘어뜨리며 빙긋이 웃었다.

"유미 언니랑 같이 출장 간 거 아니었어?"

"……맞아."

이겸은 갑자기 이유도 없이 달아오른 얼굴을 숨기려 고개를 옆으로 틀어버렸다.

"거기서 그냥 주고 오지 그랬어?"

"……오해하지 마! 공유미 거 아니니까."

이겸은 목에 핏대까지 세워가며 발뺌했다. 그런다 한들 눈치 백단 신이영이 모를 리 없겠지만 그래도 뭐든 하지 않으면 안 될 것 같았다.

"그럼 누구 건데?"

이영은 예상하지 못한 이겸의 반응에 정말 자신이 오해를 한 걸까 싶었다.

"알 거 없어."

이겸은 무감정하게 대답했다.

"이거, 진짜 유미 언니 거 아니야?"

"어. 아니야."

단호하게 자신의 질문을 쳐 내는 이겸을 보며 이영은 입술을 삐죽였다.

"오빠 그러는 거 아니야."

"내가 뭘."

"조강지처 버리면 천벌 받아."

조강지처라니. 어떻게 그 단어가 어떻게 이런 형태로 쓰일 수 있는 걸까. 이겸의 양 볼이 또다시 붉게 타올랐다.

"조강지처? 너, 아주 못 하는 말이 없어!"

"그러니까 솔직히 말해봐. 이거 유미 언니 거 맞지?"

이영의 눈빛이 그 어느 때보다 반짝였다.

"아니라니까, 글쎄."

"그래, 거기에 대한 대답이 힘들면 질문을 바꿀게."

이겸이 의심 가득한 눈초리로 이영을 노려보았다.

"오빠 유미 언니 좋아하지?"

쿵쿵. 심장은 제 페이스를 잃고 박동 수를 빨리했다. 순간, 이겸의 방 안에 갑자기 모든 소리가 사라졌다. 흔한 숨 쉬는 소리조차 흘러나오지 않았다. 잠깐의 정적 끝에 이영의 머리 위로 꿀밤이 푹 날아들었다.

"혼날래? 말이 되는 소리를 해."

이겸은 차마 긍정도, 부정도 하지 못했다.

"아야!"

이영은 이겸이 아프지 않게 콕 찍어 내린 제 머리를 비볐다.

"내가 볼 땐, 유미 언니만 한 여자 없어. 엄마도 그거 기대하시고. 그러니까 이 정도 튕겼으면 그냥 못 이기는 척 끌려가라고."

"괜히 그쪽으로 몰고 가지 마. 아니거든?"

단호한 듯 보였지만, 이겸의 목소리는 가늘게 떨렸다.

"내 말 새겨들어. 여자 마음만큼 어려운 게 없어. 지금은 유미 언니가 오빠한테 매달리지만, 오빠가 매달리게 되는 날이 올 수도 있다고."

이겸이 지금 확실하게 느낄 수 있었던 건, 이영이 하는 말에는 틀린 게 하나 없다는 사실이었다.

"그럴 일 없다고. 쓸데없는 소리 할 시간 있으면……."

이겸은 뭔가 그럴듯한 반박을 하고는 싶은데, 계속 똑같은 말만 반복하는 자신의 모습이 우스웠다.

"세상에서 제일 꼬시기 쉬운 여자가 어떤 스타일인 줄 알아?"

이겸은 안으로 팔짱을 끼고 거만하게 서서 저를 향해 말하는 이영을 보고만 있었다. 그의 눈매가 한껏 아래로 처졌다.

"군대 간 남친 기다리는 여자, 아니면 짝사랑하는 여자."

"그게 뭐……."

"오빠, 지금 이렇게 유미 언니한테 철벽 치지? 잘 봐라. 유미 언니한테 조금만 잘해주는 남자 나타나면 금방 마음 흔들려서 떠날걸?"

조금만 잘해주는 남자. 이겸의 머릿속에 거짓말처럼 한 사람이 떠올랐다.

"이유가 뭔 줄 알아?"

이겸은 어느새 이영이 하는 말에 완전히 빠져들었다.

"뭔데……."

"짝사랑만큼 힘든 게 없거든."

"그게 뭐……."

누구나 아는 사실을 대단한 비밀을 알려주듯 말하는 이영을 보며 이겸이 픽, 하고 콧방귀를 뀌었다.

"그리고 짝사랑만큼 외로운 것도 없거든."

다 아는 사실인데 왜 이영의 뻔한 말 속에 가시가 있는 것 같은지 모르겠다. 이겸은 괜스레 가슴이 바늘로 찔리는 듯 아팠다.

"근데 내가 좋아하는 사람이 아닌 누군가가 날 위로해 줘. 아무 조건 없이 나한테 다정하게 굴어. 여자면 누구나 흔들릴 수밖에 없을 걸? 그게 아무리 오빠만 평생 바라봐 온 유미 언니일지라도."

유미가 아니어도 그건 누구나 그럴 것이다. 그런데 왜 유미는 그러지 않을 거라고 생각했을까? 받아주지도 않을 거면서. 고백에 대한 대답도 속 시원히 하지 못할 거면서. 대체 어디서 나온 자신감이었나 싶었다. 단지 그 상대가 유미여서가 아닐까. 은연중에 그렇게 생각했었던 모양이다.

"버스 떠나고 나서 후회하지 말고, 기회가 있을 때 잡으란 말이야. 엉?"

"쓸데없는 소리……."

그걸 모르지 않기에 더욱 어려운 것이었다.

"여자들 인생에 최대의 난제가 바로, 내가 좋아하는 사람과 나를 좋아하는 사람 중에 누구를 선택할까, 바로 이거거든."

"그래서, 뭐?"

"마음은 내가 좋아하는 사람을 선택하고 싶지, 당연히. 그런데 선택은 순간이거든. 조금만 마음 뒤틀려도 나를 좋아하는 사람에게 돌아서는 게 여자 마음이야."

"……"

"잘 생각해 봐. 중2병 걸린 것도 아니고, 구질구질하게 몰래 이런 구두나 사고 있지 말고, 좋아하면 남자답게 고백을 하든가, 그게 아니면 확실하게 보내줘. 괜히 이도 저도 아니게 유미 언니 붙잡아두지 말고."

이영이 나가고 혼자가 된 방 안은 쓸쓸함이 느껴질 만큼 냉기가 흘렀다. 책상 위에 가지런히 놓인 유미의 구두가 시야에 들어왔다. 미루고 미루어왔던 결정을 해야 한다면, 그게 지금인 것 같았다.

그 시각 유미는 집에 돌아오자마자 샤워를 마치고 나와 냉장고 문을 열었다.

"어째 먹을 게 하나도 없나 몰라."

유미는 저녁거리가 없다는 사실보다 자신이 집을 비운 동안 밥도 제대로 챙겨 먹지 못하고 다녔을 아버지의 걱정을 먼저 했다.

"아빠는 아직 퇴근 전인가?"

찬은 늘 바빴지만, 그 존재만으로도 유미에게 큰 힘이 되어주었다. 전화를 걸어보려다 말고, 집에 잘 돌아왔으니 걱정 말라는 메시지를 보내고 휴대폰을 내려놓았다. 찬장에는 쟁여둔 라면도 똑 떨어지고 없었다.

"배고파서 안 되겠다. 뭐라도 사가지고 와야지."

주린 배를 움켜쥐고 유미가 대충 옷을 챙겨 입었다. 장을 보러 가자니 시간이 너무 늦은 듯해, 근처 편의점에서 대충 배를 채울 만한 것들을 사기 위해 집을 나섰다. 아스팔트 바닥과 슬리퍼가 부딪쳐 나는 소리가 조용한 골목길에 울려 퍼졌다.

편의점에서 컵라면과 핫바를 사가지고 돌아오던 유미가 집으로 향하던 걸음을 멈추었다.

"신이겸, 밥은 먹었나?"

유미는 갈림길에 멈춰 서서 혼잣말을 중얼거렸다. 쭉 직진해서 걸으면 자신의 집이고, 지금 서 있는 곳에서 코너를 돌면 바로 이겸의 집이었다. 거의 비어 있는 자신의 집보다 그의 집에서 보내온 시간이 더 많았다. 훈훈한 온기가 느껴지는 그의 집이 좋았다. 유미의 발은 이미 이겸의 집 쪽으로 돌아서 있지만, 쉽게 발걸음이 떨어지지는 않았다. 이겸에게 더 이상 좋아하지 않겠다며 선언했다. 그리고 그 이후 그의 집에 발길을 끊은 상태였다.

아무 일 없었던 듯 제집처럼 이겸의 집에 들어서도 누구 하나 꺼려하지 않을 것이라는 걸 유미는 잘 알고 있었다. 그러나 이미 돌아서겠다고 독하게 마음을 먹지 않았던가. 설사 마음은 여전히 그 자리에 머물러 있을지라도, 겉으로는 아닌 척하고 싶었다. 기왕 마지막 남은 조금의 자존심을 지키기로 했으니까. 유미는 결심한 듯 자신의 집을 향해 걸었다.

유미의 집 안 가득 강력한 MSG 향이 향긋하게 퍼졌다.

"으음. 향긋해."

콧구멍을 벌렁거리며 유미가 MSG 향에 잔뜩 취해 있는데, 휴대폰이 시끄럽게 울렸다.

"이 시간에 누구지?"

휴대폰 액정엔 시윤의 이름이 떠 있었다.

"응, 시윤 씨."

유미는 휴대폰을 어깨와 귀 사이에 끼워 넣고는 컵라면 위에 올려둔 책을 치웠다.

[주임님. 뭐 하세요?]

"나? 지금 저녁 먹어."

유미가 젓가락 가득 집어 든 면발을 먹으려다가, 그래도 대화를 나누며 쩝쩝거리는 건 예의가 아닌 것 같아 도로 내려놓았다.

[아까 도착하신 거 아니에요? 왜 이렇게 늦게 드세요?]

"아, 어쩌다 보니? 근데 이 시간에 무슨 일이야?"

빨리 할 말만 하고 끊었으면. 라면은 꼬들꼬들할 때 먹어야 제 맛인데.

유미는 제 눈앞에 먹음직스러운 자태를 뽐내는 라면에 시선을 고정한 채 영혼 없이 대답했다.

[주임님 혹시 내일 시간 있으세요?]

"내일?"

내일이라면, 토요일이었다. 이겸과 아침 운동을 하는 걸 제외하고 시간이 있긴 했다.

"갑자기 시간은 왜?"

[음. 데이트 신청?]

유미는 저와 시윤 사이에 쓰기엔 다소 어울리지 않는 '데이트'란 단어에 황당함을 느꼈다.

"으응? 데이트? 뭔 소리야?"

분명 유미는 시윤이 회사 복도에서 여자친구와 이야기를 나누고 있는 걸 본 적이 있었다.

'설마 이 자식, 바람둥이, 뭐 그런 건가? 하여간. 잘생긴 놈들은 얼굴값 한다는 소리가 괜히 나오는 게 아닌가 봐?'

한데 데이트라니, 무슨 가당치도 않은 소리일까. 유미의 밝던 얼굴이 순식간에 굳어갔다.

[아, 실은 다음 주가 어머니 생신이라서요. 선물을 사야 하는데 제가 선물 고르는 센스가 없어서.]

"그런데?"

[선물 좀 같이 골라주시면 안 될까요?]

시윤은 도통 유미가 이해할 수 없는 소리만 늘어놓았다.

"그걸 왜 나한테 부탁해?"

[네? 아니 그야…….]

"시윤 씨 여자친구 있잖아. 자기 여자친구한테 같이 골라달라고 하면 되지. 그걸 왜 나더러 같이 골라달래?"

유미는 시윤에 대해 좋았던 이미지가 퇴색되어 버릴 것만 같았다. 임자 있는 사람이 다른 여자에게 이런 식으로 수작을 부리는 건, 용납할 수 없었다.

[여자친구요? 저한테 여자친구가 있었어요?]

수화기 너머로 시윤의 다급한 목소리가 흘러나왔다.

"응. 있잖아."

같이 살기도 하는 여자 말이다.

[제가 모르는 여자친구가 어디에 있는 거죠?]

"모르다니? 내가 분명히 봤는데. 왜 아닌 척이야. 여친이랑 사귀는
거 비밀이야?"

[뭐 있어야 비밀로 하든 말든 할 텐데요.]

"응? 진짜 없어? 그럼 그때 내가 본 건 뭐야?"

정말 모르는 일인 듯 구는 시윤의 태도에 유미는 혼란이 왔다.

[언제요?]

"시윤 씨 첫 출근하던 날. 내가 분명히 여친이랑 같이 있는 거 봤는
데?"

[출근하던 날?]

잠시 정적이 흘렀다.

[아아.]

그제야 뭔가 생각난 듯 시윤의 의미심장한 웃음이 들려왔다.

"여친, 아니야?"

[궁금하세요?]

"응? 뭐가?"

[그, 회사에서 봤던 여자가 제 여친인지, 아닌지.]

분명 여자친구가 맞았다. 그런데 궁금하냐고 묻는 건 대체 무슨 심
보일까? 유미의 표정이 일그러졌다.

"아니야?"

[엄청 궁금하신가 보다.]

"응? 뭐?"

[내일 우리 어머니 선물 골라주시면 알려 드릴게요.]

"아니, 뭐. 그렇게까지 궁금하진 않고."

[저번에 제가 박봉검 영화 보여 드렸으니까, 내일은 대리님한테 커피 얻어 마셔도 되죠?]

"에이. 커피라면, 회사에서도 사줄 수 있는걸."

그러고 보니 유미는 시윤에게 공짜로 영화까지 얻어서 함께 보곤, 그 이후로 이렇다 할 답례를 제대로 하지 못한 것이 떠올랐다. 지난번 영화야 만료일이 임박한 공짜 티켓을 버리긴 아깝고, 같이 갈 사람도 없다고 하니까(정확히는 박봉검이 나오는 영화여서) 아무 생각 없이 따라나선 거였다. 하지만 시윤이 말하는 제 어머니 생신 선물을 골라달라고 하는 건 좀 달랐다. 보통 그런 건, 좋아하는 여자에게나 써먹는 수법이 아니던가. 아무리 연애 한 번 못 해본 모태솔로라 할지라도, 유미도 알 건 다 알았다.

[주임님, 이렇게 나오시면 섭섭하죠. 제가 주임님 고민도 들어드렸는데.]

"고민이랑 이건 별개의 문제지. 내가 시윤 씨 여자친구 된 입장이면, 내 남자친구가 다른 여자와 어머니 선물 고르러 가는 거, 싫을 것 같아."

그건 모든 여자가 같을 테니까.

[주임님, 저한테 소울 메이트가 어쩌고 하시더니. 그거 다 저 이용하려고 하신 말씀이에요?]

"응? 뭐? 왜 말이 그렇게 돼. 아니야. 나는 정말 시윤 씨가 고민 들어줘서 너무 고마웠고……."

[그렇게 부담스러우세요?]

"응. 난 괜한 오해 사는 거 싫어. 회사에서야 친하게 지내도 상관없지만, 이렇게 따로 만나는 건 별개의 문제니까."

[너무 서운해요.]

"왜 그래."

[저는 주임님과 정말 친해졌다고 생각했는데. 제가 너무 공과 사를 구분하지 못했나 봐요.]

시윤의 목소리가 상처받은 듯 축 늘어졌다.

"아니, 시윤 씨. 그건 말이야."

시윤의 가라앉아 가는 목소리에 놀라 유미가 변명하듯 다급하게 목소리를 높였다.

[잘 알겠어요. 그럼 월요일에 회사에서 뵙겠습니다.]

낮게 깔린 시윤의 목소리가 사라져 버렸다.

"시윤 씨, 시윤 씨!"

전화가 끊겨 버린 것이다.

"에잇. 정말. 사람 신경 쓰이게 이렇게 전화를 끊으면 어떻게 해."

결국 유미는 시윤에게 다시 전화를 걸었다. 여자친구에게는 확실히 아무 관계도 아닌 직장 상사가 호의를 베풀어준 거라고 말하라는 말도 덧붙였다. 이렇게 발목 잡힐 줄 알았다면, 이야기하지 않는 거였는데. 이미 엎질러진 물을 주워 담을 수도 없어 난감하기만 했다.

"흐응."

유미가 이미 탱탱 불어버린 면발을 후루룩 흡입했다.

"가만 보면, 시윤 씨…… 은근히 여우란 말이야. 내가 소심한 걸 이용했어! 나빴어!"

뭘 잘못한 것도 아닌데, 괜히 끌려가는 기분이 들었다. 유미는 내일 시윤이 원하는 걸 들어준 뒤, 마음의 짐을 다 털어내 버리려고 했다.

한편, 뜬눈으로 밤을 지새운 이겸은 날이 밝아오자 초조한 마음이 더욱 심해졌다. 유미와 약속한 운동에 갈 시간이 다가오고 있었다. 이겸은 답답한 듯 애꿎은 머리카락만 쥐어뜯었다.

"일단 좀 씻고……."

걸음을 옮기는 이겸은 발에 닿는 바닥의 느낌이 생소했다.

'차라리 저 구두를 사지 말 걸 그랬어.'

그랬다면 어떻게 줘야 할지 고민하는 일도 없었을 텐데. 밤새 고민해 보아도 오해 하나 없이 구두를 선물할 가장 완벽한 이유가 떠오르지 않았다. 레버를 일부러 차가운 물 쪽에 맞추고 틀자마자 샤워기에서 정신이 번쩍 들 만큼 찬물이 쏟아져 나왔다. 그 미칠 듯한 차가움도 이겸의 뜨겁게 달아오른 마음의 온도는 식혀주지 못했다.

"하아. 갖다 버릴까?"

버리긴 뭘 버려.

"다른 사람 줘버려?"

줄 사람이나 있나?

"아니면 중고세상에 팔까?"

제값도 못 받고 팔아넘기기엔 아깝잖아!

이러지도, 저러지도 못하고 이겸은 쏟아져 내리는 차가움에 달아오른 몸을 한참 식혀야 했다. 결국, 이겸은 평소보다 조금 더 길게 샤워를 마치고 생각을 제대로 정리하지 못한 채 방으로 들어섰다.

"굿모닝."

이겸은 자신의 침대에 엉덩이를 살짝 걸치고 앉아 생글거리는 유미를 보고는 화들짝 놀라고 말았다.

"아이, 깜짝이야!"

당연히 아직도 자고 있겠거니 했던 유미가 제 방에 와 있는 것에 놀란 것도 있고, 바로 조금 전까지 그녀의 생각에 허덕였던 걸 생각하니 이겸은 제 눈앞에 있는 게 환영인지, 진짜인지도 잘 구별이 가지 않았다.

"어, 어쩐 일이야. 이렇게 이른 시간에."

"오늘 운동 하루 쉬려고. 전화 안 받기에 왔어. 그냥 문자 보내놓을까 하다가, 너 문자 확인 잘 안 하잖아. 괜히 헛걸음할까 봐."

"왜?"

이겸의 머리카락 끝에 맺혀 있던 물이 톡, 하고 그의 어깨로 떨어졌다.

"시윤 씨랑 보기로 했거든."

또 최시윤이다.

"왜?"

"그냥, 뭐. 어쩌다 보니."

유미가 어깨를 살짝 들어 올렸다.

"데이트?"

"그런 거 아니야."

이겸은 밤새 잠도 못 자고 고민한 자신이 너무나도 한심해졌다. 어쩌면 버스는 이미 떠나 버렸을지도 몰랐다.

"또 공짜 티켓 생겼대?"

"아니……."

"그럼?"

"내가 시윤 씨한테 빚진 게 좀 있거든."

"무슨 빚?"

유미는 그게 자기 때문인 줄도 모르고, 속 좋은 소리를 하는 이겸이 얄미웠다.

"마음의…… 빚?"

한참 만에 대답이라고 꺼내놓은 게, 마음의 빚이라니.

"내가, 지난번에 말했지."

이겸의 표정이 순식간에 싸늘해졌다.

"응?"

"너, 이러는 거. 최시윤한테 여지를 준다는 거."

여지. 유미는 천천히 이겸이 말한 그 단어를 곱씹어보았다.

"네가 진짜 좋아하는 거 아니면, 괜한 오해 살 행동하지 마."

누가 누구보고 괜한 오해 살 행동은 하지 말라는 건지. 유미는 울컥하고 가슴속에서 무언가 뜨거운 감정이 솟아올랐다.

"그러는 넌?"

그러는 자기는, 오지도 가지도 못하게 사람 발 묶어두고. 상처를 줬다가, 약을 줬다가 해놓고는. 대체 뭘 어쩌자는 걸까 싶었다.

"뭐?"

"너는 여태 왜 그랬어?"

이겸은 순간적으로 정신이 멍해졌다.

"너도 나한테 계속 여지 줬잖아. 오해 살 행동했잖아!"

차마 반박을 할 수가 없어서, 이겸은 저도 모르게 입술을 지그시 깨물었다.

"……내가, 언제."

이겸은 인정하고 싶지 않았다.

"난 왜 그러면 안 되는데?"

아니, 인정할 수 없었다.

"그건, 내가 이미 말했다시피 네가 걱정이 돼서 그런 거야."

유미는 이겸이 솔직하고 속 시원하게 제 속을 털어놓을 거라는 기대를 하지는 않았다.

츤데레의 정석

"너는 되고, 나는 안 되니?"

여태까지의 과오는 모두 용서해 줄 수 있으니, 앞뒤 상황 하나 맞지 않아도 좋으니까. 제발 한 번만이라도 좋으니, 좋아한다고, 그래서 걱정이 된 거였다고 말해줬더라면. 그랬다면, 이렇게 마음이 누군가 바늘로 찌르는 것처럼 콕콕 쑤셔오진 않았을 것이다.

"너 말이야……. 괜히 사람 이상하게 몰아가지 마. 기분 나쁘거든?"

이겸의 시선이 책상 위에 올려져 있는 구두 상자로 향했다.

"너야말로 사람 이상한 쪽으로 몰아가지 마. 나 시윤 씨랑 어떻게 해볼 생각 없으니까."

"그렇다면 다행이고."

잔잔한 일상에 파장처럼 흘러든 '최시윤'이라는 직진남 때문에 자신이 잠깐 미쳤던 것이다. 이겸은 마치 머리를 세게 얻어맞은 것처럼 정신이 번쩍 들었다. 그칠 줄 모르고 허물어져 가던 마음의 내벽이 다시금 쌓아 올려졌다. 하지만 벽을 쌓는 건 어려웠으나, 허물어지는 건 찰나였다.

"할 말 다 끝난 것 같은데, 이만 가볼게."

어쩐지 이렇게 모든 게 끝나 버리는 것만 같아서 너무나도 허무했다. 유미는 미련 없이 몸을 일으켜 이겸을 스쳐 지나갔다. 이겸은 유미에게 뭐라 말을 하고 싶었다. 그게 아니라면, 하다못해 가는 유미의 배웅이라도 하고 싶었다. 그런데 이상하게도 발이 떨어지지 않았다. 유미가 나가고 난 뒤에도, 덩그러니 혼자만 남겨진 방 안에는 그녀가 즐겨 쓰는 샴푸 향이 아직도 공기 중을 부유하고 있었다. 이겸은 아예 두 눈을 질끈 감아버렸다.

'자업자득이지. 아쉬워하긴 뭘 아쉬워하고 앉아 있어, 이 머저리 같은 놈!'

어쩌면, 떠나 버린 버스를 포기하지 못하고 자신이 그 뒤를 쫓고 있는 건 아닐까 하는 생각이 들었다.

시윤과 약속했던 시각이 훨씬 넘었다. 그런데도 아직 그는 약속 장소에 나타나지 않았다. 전화도 받지 않았다. 유미는 가뜩이나 이겸과의 운동까지 빼먹고 왔는데, 약속 시간을 지키지 않은 시윤에게 화가 났다.

"흐응."

유미가 흘리듯 콧소리를 냈다.

"주임니임!"

시윤은 멀리서부터 제 존재감을 드러내기라도 하듯 큰 소리로 유미를 부르며 달려왔다. 그의 옆에는 숨을 헐떡거리는 혹도 하나 딸려 있었다.

'저 여잔, 그때 그 복도에서 봤던 시윤 씨 여자친구 아니야?'

유미는 제 눈으로 보고도 믿기지 않는 모양인지 눈을 크게 떴다.

"늦어서 정말 미안해요! 제가 분명히 늦었다고 이야기했는데도, 옷 고르는 데만 몇 분을 쓴 건지!"

"응?"

도대체 무슨 소린지 몰라 유미는 두 눈만 빠르게 깜빡이고 서 있었다.

"아아. 소개가 먼전데, 그쵸? 인사해, 누나. 여긴 우리 팀 공유미 주임님."

"누나?"

시윤이 제 여자친구를 앞세우고는 대뜸 소개하는 게 아닌가.

"말씀 많이 들었어요. 우리 시윤이 '사수'이시라고!"

예쁘게 눈매를 휘고는, 먼저 유미에게 악수를 청하며 여자는 '우리 시윤이'라는 호칭을 아주 자연스럽게 쓰고 있었다.

'이게 어떻게 돌아가는 상황이지?'

여자친구라기엔, 어쩐지 풍기는 분위기가 이상했다.

"이놈이 아침 댓바람부터 준비해서 나가야 한다고. 오해를 풀어야 한다고 글쎄!"

여자는 뭔가 마음에 들지 않는 모양인지 콧잔등에 주름까지 잔뜩 만들어냈다.

"오해요?"

"뭐, 저를 자기 여자친구로 오해하고 있다고 하셨다고. 그래서 그 오해를 꼭 풀어드려야 하니까, 같이 좀 나와서 해명해 달라고 하더라니까요?"

"그래서, 그쪽이 누구…… 신데요?"

오해니, 해명이니 이게 다 뭔지 제대로 된 설명이 필요할 것 같았다.

"아! 정식으로 인사드릴게요. 저는 최지우예요."

"네……."

이름이 궁금한 게 아니었는데. 유미는 어리둥절한 표정을 하고 고개를 가만히 끄덕였다.

"시윤이 친누나구요."

"아…… 친누나…… 네에?"

고개를 끄덕이던 유미의 머리가 일순 멈춰 버렸다.

"친한 누나 아니고, 친누나예요."

그제야 시윤과 지우가 그날 복도에서 했던 대화를 떠올려 보니 오해할 만한 건 전혀 없었던 것 같기도 했다. 동생을 예뻐하고 아끼는 누나가 충분히 할 법한 대화 수준이었다.

"아!"

유미의 입술 사이로 짧은 탄식이 흘러나왔다.

"오해하셨다면서요. 시윤이랑 제 사이."

"어머나! 세상에…… 제가 오해를 했어요. 죄송합니다."

"사과를 받자고 나온 게 아니고, 우리 시윤이 잘 좀 부탁드려요."

의심을 할 새도 없이 지우가 사람 좋은 미소를 지으며 사근사근 말했다. 서글서글한 시윤의 성격은 유전이었던 모양이었다.

"네?"

"시윤이, 집에 와서 바깥에서 있었던 일 이야기 안 하는데 요즘 아주 들떠서는……."

"누나, 이제 가봐."

"이 자식이!"

"집에서 봐. 고마워."

시윤은 지우의 어깨를 붙잡아 돌려세웠다.

"어차피 여기까지 와서 이야기만 해주고 가기로 한 거잖아."

"하여간. 너, 집에서 보자."

이렇게 남매 같은걸. 대체 왜 그렇게 오해를 해버린 걸까.

시윤은 지우가 완전히 사라지는 걸 확인하고서야 짧은 한숨을 내쉬었다.

"이제 오해 풀렸죠?"

오해는 풀렸으나, 찝찝함은 남았다. 그거 하나 해명하겠다고, 누나를 시내 한복판에 위치한 백화점까지 끌고 오는 사람이 어디에 있단 말인가.

"아니, 시윤 씨는……. 무슨, 그렇다고 누나까지 불러서 해명을 하고 그래. 놀랐잖아."

"확실히 해야 할 것 같아서요."

유미는 갑자기 진지한 표정을 짓는 시윤이 적응되지 않았다.

"아니, 뭐. 굳이 이렇게까지 하지 않아도 됐는데."

"저 마음 편하자고 한 건데, 혹시 많이 놀라셨어요? 부담 드리려고 한 건 아닌데……."

게다가 시윤이 답지 않게 자신감 없는 목소리까지 내는 게 아닌가.

"실은, 나. 오늘…… 여기 나온 것도, 시윤 씨한테 확실히 말하고 싶은 게 있어서 온 거거든."

유미는 기왕 이렇게 된 마당에 숨길 것도 없다고 생각했다.

"잠깐만요. 잠깐만요."

유미가 무언가를 말하려고 하자, 시윤이 다급하게 그녀의 말을 막았다.

"일단요. 밥부터 먹어요. 이왕 여기까지 나왔는데, 밥 먹고 차 한 잔하고. 그러고 나서 이야기해도 되잖아요."

"나 오늘 시윤 씨 어머니 생신 선물 골라주러 나왔어. 지난번에 영화 보여주고, 고민 들어준 거 갚으려고."

거기까지가 유미가 시윤에게 허락한 선이었다.

"……주임님."

"들어가자. 어머니 뭐 좋아하셔?"

유미는 아예 몸을 틀어 백화점 쪽으로 향했다.

"주임님……."

시윤은 돌아서는 유미의 팔목을 가볍게 낚아챘다. 유미는 붙잡힌 자신의 팔목과 시윤을 번갈아가며 쳐다보았다.

"응? 왜?"

"사실은요. 저희 어머니 생신 지났어요."

유미의 미간에 얇게 주름이 잡혔다.

"뭐어? 지났다고? 근데 왜 나한테 거짓말을……."

잠깐. 이거, 지금 좀 이상하잖아. 아니, 많이 이상하잖아? 유미의 얼굴이 순식간에 새하얗게 질렸다.

"마땅한 핑곗거리가 생각 안 나서요."

이래서야, 이겸이 말했듯 시윤이 지금 하는 건 유미에게 '수작'을 부리는 게 되는 것이었다.

"시윤 씨, 설마…… 아니지? 내가 생각하는 거."

"맞는 거 같아요."

자포자기한 듯 시윤의 입에서 흘러나오는 말도 안 되는 문장. 이걸 어떻게 받아들여야 할지 몰라 유미는 입술을 채 다물지도 못했다.

"아니…… 이 사람아. 나 좋아하는 사람 있는 거 뻔히 알면서, 이게 뭐야."

유미는 황당하기도 했고, 신기하기도 했다. 저를 좋아해 고백하던 남자들이 없지는 않았지만, 그건 자신이 짝사랑하고 있다는 사실을 모르고 한 것이다. 만약에 그걸 알았다면 고백하지 않았겠지. 그러나 시윤은 자신이 짝사랑을 하고 있는 중이라는 것도 알았고, 그 상대가 이겸이라는 것도 알고 있었다.

'진짜로 날 좋아하기라도 한단 거야?'

유미는 혼란스러웠다.

"신 대리님 좋아하시는 건 알지만, 주임님도 짝사랑 해봐서 잘 아실 거 아니에요. 마음먹는다고 마음대로 흘러가던가요?"

"아니, 그래도 이건 아닌 것 같아."

아직 시윤이 제대로 고백을 하지도 않았건만, 유미는 어떻게 거절해야 하나부터 생각했다.

"단호하게 말씀하실 줄은 알았지만, 이 정도일 줄은 몰랐는데⋯⋯."

시윤은 잔뜩 상처받은 표정이었다. 그게 장난 같아 보이지는 않았다. 그래서 유미는 더욱 마음이 쓰였다. 자기가 다 겪어본 것이니까. 그게 얼마나 아픈지 뻔히 다 아니까.

"후."

유미의 입을 통해 긴 한숨이 공기 중으로 흩어져 나왔다.

"아니, 어쩌자고⋯⋯."

"기회가 있다고 생각했어요. 어차피 신 대리님은 주임님 봐주지도 않잖아요."

유미는 마치 팩트 폭격이라도 당하고 있는 느낌이었다.

"⋯⋯알아."

"주임님 지금 마음이 어떤지 헤아려 주지도 않잖아요."

그것도 아주 잘 알고 있었다. 아침에 이겸을 만났을 때만 해도 그렇게 느꼈으니까.

"제가 해드릴게요, 그거."

유미는 너무 놀라 가만히 있다가는 이상한 소리가 입술을 비집고 흘러나올 것 같았다. 그래서 양손으로 입을 가린 채 대답했다.

"시윤 씨⋯⋯ 나는⋯⋯."

유미는 제 마음을 어떻게든 시윤에게 전달하고 싶었다. 당장은 상처를 받을지 몰라도, 확실히 노선을 정하고 제 의견을 전달해야 길게 아프지 않을 테니까.

"조금만⋯⋯ 아주 조금이라도 좋으니까, 생각하는 척이라도 해주세요."

"응?"

"그게 하루여도 좋고, 한 달이어도 좋으니까. 제 고백에 대해 조금이라도 고민해 달라구요."

"아······."

유미는 마음이 이상했다. 그 마음이 어떨지 뻔히 다 알지만 받아주지 못하는 미안함과 안타까움이 공존했다.

'이겸이도 내가 고백했을 때 이랬을까······.'

빌어먹게도 이런 상황에서까지 말도 안 되게 그가 떠오르는 건, 지극히 정상이 아니라고 봐도 무방할 것 같다.

"오늘 맛있는 것도 먹고, 차도 마시고······. 그 후에 이야기하고 싶었는데."

아쉬움으로 물든 시윤의 얼굴에는 쓸쓸함이 감돌았다.

"미안해, 시윤 씨."

유미는 마치 자신이 큰 죄를 지은 죄인이 된 것만 같았다.

'이게 이런 느낌이었구나.'

이런 상황에서 시윤과 나란히 마주 앉아 밥을 먹고, 차를 마시는 일상의 소소한 행위조차 불편하게 느껴질 게 뻔했다.

"그럼 댁까지 모셔다 드릴게요."

"혼자 갈 수 있어."

"그거라도 하게 해주세요. 안 그러면, 제 마음이 너무 불편할 것 같아서 그래요."

시윤은 유미에게 늘 장난기 어린 모습만 보였다. 그래서 유미는 시윤이 이렇게까지 진지한 말을 할 수 있는 사람일 거라고는 감히 상상해 보지도 않았다. 유미가 시윤을 받아들이지 못하는 이유는 그가 모자라서가 아니었다. 시윤이 내적으로나 외적으로나 완벽하다는 건, 굳이 자기가 아니어도 누구나 알 수 있었다. 그만큼 그는 호감 가는 남자였다. 하지만 어쩌겠는가. 그의 마음을 받아주기엔, 제 마음에 빈자리가 조금도 없는걸. 단지 그 이유 하나뿐이었다.

유미의 집으로 향하는 내내 시윤의 차 안에는 미칠 듯한 정적만 흘렀다. 유미도 입을 굳게 다물고 운전에만 열중하고 있는 그에게 무어라 말을 걸어볼 생각은 하지 않았다. 차가 유미의 집 앞에 멈춰 서고 나서야 시윤이 핸들에 살짝 고개를 묻었다.

"부끄러워 죽겠어요……."

"응?"

유미는 저에게 눈도 맞추지 못하는 그의 모습이 낯설었다.

"부끄러워……."

옹알이를 하듯 옹얼거리는 시윤의 목소리에 유미는 결국 참지 못하고 웃음을 터뜨렸다.

"이런 상황에서 이런 말 맞지 않는 거 알지만, 이 누나는 그걸 이십 년도 넘게 했어."

마음의 빗장이 열리는 건, 정말 한순간이었다. 긴장의 끈이 끊어질 듯 팽팽하게 이어져 있다가, 시윤의 행동으로 인해 그 끈이 툭 끊어진 느낌이었다.

"지금 느끼는 감정, 십분, 아니 백분 이해해."

"신 대리님, 나빴어요."

"그치?"

유미의 콧등에 잔주름이 피어났다.

"완전 나빴어."

그렇게 매몰차게 굴기만 하는 이겸도 이겸이지만, 이렇게 민망하게 차여놓고도 이겸을 놓지 못하는 유미가 새삼 대단해 보였다.

"데려다줘서 고마워, 시윤 씨."

유미는 안전벨트를 풀고 지어지지 않는 웃음을 일부러 지어 보였
다.

"월요일에 회사에서 보자."

아무렇지 않을 순 없겠지만, 그렇다고 달라질 건 없었다. 유미가 차
에서 내렸고, 이내 시윤이 따라 내렸다.

"잠깐만요, 주임님."

"응, 왜?"

"혹시 발 사이즈가 어떻게 돼요?"

"발 사이즈? 그건 왜?"

"커 보이진 않는데, 230?"

시윤이 유미의 발을 빤히 내려다보며 물었다.

"응. 맞아."

유미의 말이 떨어지기 무섭게 시윤은 트렁크에서 주섬주섬 무언가
를 꺼내더니 뭔가를 불쑥 유미 앞으로 내밀었다.

"이게 뭐야?"

"집에 들어가서 열어보세요."

"응?"

이게 뭔 줄 알고 덥석 받나 싶어서 유미는 경계부터 하고 봤다.

"별거 아니니까, 부담 가지지 말고 받으세요."

그런 유미의 마음을 읽기라도 한 건지, 시윤이 유미의 손에 기어이
쇼핑백을 쥐여주었다.

"어……."

유미가 쇼핑백을 다시 시윤에게 건네주려고 손을 뻗어보았지만,

"조심히 들어가세요."

혹여 유미가 다시 그걸 돌려줄까 싶어 시윤은 뒤도 돌아보지 않고

차에 올라타고는 쌩 사라져 버렸다.

수평으로 세워진 유미의 손끝에는 시윤이 건넨 쇼핑백이 매달려 있었다.

방으로 돌아온 유미는 숄더백을 바닥에 아무렇게나 내려놓고 침대에 철퍼덕 엎드렸다.

"아으."

몸살이라도 걸린 것처럼 몸이 찌뿌드드했다. 베개에 고개를 묻고 두 눈을 깜빡이던 유미는 제 책상 위에 가지런히 올려진 박스를 발견했다.

"어디서 많이 보던 건데……."

이겸이 저 주려고 산 구두인 줄 알았는데, 다른 여자 거라고 해서 상처받던 것인데 어떻게 잊을 수 있을까. 유미는 그 박스만 봐도 그게 뭔지 정확히 알 수 있었다.

"이게 왜 여기 있지?"

박스를 열어보니 유미의 예상은 정확히 들어맞았다. 이건 분명 이겸이 가져다 놓은 것이었다.

"다른 여자 거라며?"

유미는 흥분해서 코 평수가 잔뜩 넓어진 상태였다. 이겸에게 전화를 걸어볼 요량으로 바닥에 내려진 백을 더듬거리는데, 그 옆에 나란히 놓여 있던 시윤의 쇼핑백이 자연스레 유미의 시선 안에 들어왔다.

순간적으로 싸한 느낌이 들었다. 대체 이 기분 나쁜 느낌은 뭐란 말인가. 무의식적으로 쇼핑백을 집어 든 유미가 안에 있는 박스를 꺼내보았다.

"아니겠지. 설마, 아닐 거야. 그렇지?"

박스를 여는 그녀의 손길은 느리기만 했다. 유미는 보고도 제 눈앞에 놓인 게 차마 믿기지 않았다. 그저 스쳐 지나가며 '예쁘다' 한마디 했다고, 남자 둘에게서 같은 구두를 선물 받았다는 게 황당하기도 하고, 놀랍기도 했다. 유미의 검은 눈동자가 덩그러니 놓인 두 컬레의 똑같은 구두를 가만히 응시했다. 이걸 어떻게 받아들여야 할지 몰라 유미는 난감했다.

"분명…… 다른 여자 주려고 산 거라고 했는데……."

지원에게 주려고 산 줄 알았는데. 이겸은 왜 이걸 여기에 두고 간 걸까? 궁금증은 꼬리에 꼬리를 물고 이어졌다. 항상 결정적으로 멀어져야겠다고 고민하던 순간에 이겸은 이렇듯 사람을 혼란스럽게 만들었다.

"나한테는 최시윤한테 어장관리 하지 말라고 버럭 하더니만. 흥!"

분명 이겸은 자신을 멀어지지 않게 하려고 하는 것이 분명했다. 말로는 가버리라고 하면서, 절대로 자기를 포기하지 못하게끔 만들었다. 유미는 메시지 한 통, 부재중 전화 한 통 들어와 있지 않은 휴대폰을 내려다보았다.

'이런 걸 두고 갔으면, 무슨 말이라도 해줘야 하는 거 아냐?'

사람 헷갈리게 이런 걸 던져 주고만 가면, 착각하고 오해하는 건 결국 본인이 되는 건데. 유미는 명치끝에 무언가가 걸려서 내려가지 못하고 꽉 막혀 있는 느낌이었다. 헝클어진 머리만큼이나 그녀의 마음은 복잡하기만 했다.

그때, 똑똑, 하고 경쾌한 노크 소리가 울려 퍼졌다.

"유미 방에 있니?"

"아빠?"

아빠와는 거의 한 달 만에 만나는 것이었다. 반가움에 유미는 황급히 방문을 열고 나가 그대로 찬을 와락 껴안았다.

"어이구. 우리 딸."

이름 있는 건설회사의 현장 총 관리 감독을 하고 있는 찬은, 착공이 시작되면 완공될 때까지는 거의 현장에서 숙식을 해결했다. 그 때문에 자주 만나지 못하다 보니, 부녀지간은 언제나 애틋했다.

"오는 길에 우리 딸내미가 좋아하는 떡볶이 사 왔는데."

벌써 이십대 후반이 되어버린 딸이 아직도 어린아이인 줄 아는 건지. 그는 퇴근길에 항상 이렇듯 양손 가득 유미에게 줄 무언가를 사 오곤 했다.

"에이. 이런 거 먹으면 살찌는데………."

말은 그렇게 해도, 유미는 찬의 손에 들려 있던 검은 봉지를 냉큼 빼앗아 들고는 헤죽거리며 웃었다.

"이 녀석아. 이렇게 날씬한데, 살찔 걱정을 하고 그래. 뭐라도 잘 먹어야지."

찬은 전보다 더 살이 빠진 것같이 느껴지는 유미가 안쓰러웠다.

"이겸이는 키 크고 마른 여자 좋아해."

"아직도 그놈 타령이냐."

저번에 찬이 집에 왔을 때, '신이겸 그딴 놈은 좋아하지 않겠다'며 울고불고하더니만. 딸 가진 아비 입장으로서, 딸이 특정 인물을 좋아하는 것은 썩 탐탁지 않은 일이었지만, 그 상대가 이겸이라서 괜찮았다. 뭐 하나 빠지는 구석 없는 이겸이라면, 제 딸의 남자친구로 받아들일 수 있겠다고 생각했다. 딱 하나만 빼면 말이다.

'괘씸한 놈, 우리 유미가 그렇게 좋다는데, 어떻게 여태 우리 딸 속만 태우고 있어, 그래?'

흘러간 세월이 몇 년이던가. 이 정도 세월이면, 제 딸이 어디가 어때서 그렇게 매몰차게 구는 거냐고 멱살잡이라도 하고 싶은 심정이었다.

"아빠 있지……. 아빠는 내 짝으로 어떤 남자가 좋을 것 같아?"

유미는 일부러 시선을 아래로 떨군 채 떡볶이를 거실 테이블 위에 펼치며 찬에게 물었다.

"짝?"

"응! 사윗감, 뭐 그런 거 있잖아. 어떤 남자가 괜찮은 거 같아?"

찬은 수줍게 얼굴을 붉히는 유미의 모습이 낯설기만 했다.

"사윗감이라……."

유미의 옆에 자리를 잡고 앉은 찬이 잠시 대답을 고민하듯 말을 끊었다.

"솔직하게 말해도 화 안 낼 거야?"

찬의 고민은 그리 길게 이어지지 않았다.

"응! 말해봐! 뭐든!"

"너 이 녀석, 어릴 땐 커서 아버지랑 결혼할 거라고 하더니만. 머리 좀 컸다고 다른 남자 이야길 하고 그래……. 지금 이 아버지가 느끼는 상실감은 이루 말할 수가 없구나."

"뭐야, 그게."

"그리고 말이지. 아버지 입장에서는 딸내미 마음 훔쳐 가는 녀석은 다 도둑놈이야. 내가, 응? 널 어떻게 키웠는데!"

"나 혼자 이만큼 컸지, 뭘. 이거 왜 이러셔!"

유미는 뾰로통하게 입술을 삐쭉 내밀었다.

"어허. 부모를 공경할 줄 알아야……."

"진짜! 아빠한테 물어본 내가 바보야!"

입안 가득 떡볶이를 오물거리며 유미가 볼멘소리를 했다.

"크흠……. 그렇게 궁금해하니까, 알려주지."

이대로 넘어갔다간 유미가 단단히 삐치겠구나 싶어서 찬이 마지못해 입을 열었다.

"안 믿어."

눈을 게슴츠레하게 뜨고는 의심 가득한 표정을 짓는 유미를 보며 찬은 소리 없이 미소를 지어 보였다.

"이 아빠보다 널 더 많이 사랑하는 놈이 나타나면, 기꺼이 넘겨주마."

"그런 사람이 세상에 어디 있겠어. 아빠는 나를 너어어어어무 사랑하잖아."

"그러니까, 이 아빠보다 넘치는 애정을 가지고 있다면 군소리 않고 넘겨주겠다고."

"평생 결혼하지 말란 소리로 들리는데?"

"어딘가에는 그런 사람이 있을 거야."

피는 물보다 진하다고 했다. 유미는 피 한 방울 안 섞인 남이 어떻게 가족보다 자신을 더 사랑할 수 있다고 하는 건지 도통 이해할 수 없었다.

"과연?"

여전히 그녀의 눈은 의심을 가득 담고 있었다.

"아마 지금쯤 지구 어딘가에 태어나서 밥도 먹고, 숨도 쉬고 있을 거야. 걱정 말아."

"나빴어!"

유미는 제 속도 모르고, 장난스럽게 말하는 찬을 보며 어깨를 축 늘어뜨렸다. 아마 지금 자신의 속은 그 누구에게 말해도 풀리지 않을 것이다.

이겸은 계속 집 안에만 있다가는 불편한 생각만 할 것 같았다. 아무 생각 없이 몸을 혹사시키다 보면 복잡하게 얽힌 마음도 조금씩 제자리를 찾아가고는 했다. 이겸은 기분 전환 삼아 한강변을 달리고 집으로 돌아왔다.

"어, 어디 갔지?"

분명 나갈 때까지만 해도, 책상에 올려둔 게 없었다. 혹시 자신이 무의식중에 자리를 옮겨놓은 건가 싶어서 책상 주변을 샅샅이 뒤져 보았다.

"없어……."

이겸의 눈동자가 당혹감으로 사정없이 흔들리기 시작했다. 유미는 지금 최시윤과 같이 있을 것이다. 그러겠다고 하고 나갔으니, 다시 돌아와 제 물건에 손을 댈 일이 없었다.

그렇다면 범인은 한 사람밖에 없었다.

"신이영!"

이겸의 발이 바빠졌다. 이영을 찾기 위해 집 안 곳곳을 수색하는 그의 눈빛이 매서웠다. 혹시 몰라 이영의 방을 전부 뒤져 보았지만, 자신이 찾는 물건은 역시나 보이지 않았다. 미진은 흥분해 씩씩거리는 이겸의 모습이 낯설었다. 한참 그 모습을 바라보며 거실에서 빨래를 개다가, 그녀는 하얗게 질린 이겸을 불러 세웠다.

"아들, 왜 그래?"

"어머니. 혹시 신이영 어디 갔어요?"

이겸은 그제야 미진이 눈에 들어왔는지, 다급하게 그녀에게 질문을 건넸다.

"아까 친구 만난다고 나갔어."

"친구 누구요?"

"음. 모르겠는데? 왜?"

"혹시……."

"응?"

"걔 나갈 때 뭐 들고 나가던가요?"

이겸의 질문에 잠시 눈동자를 굴리던 미진은 살며시 고개를 끄덕였다.

"그러고 보니, 뭘 들고 나가긴 한 거 같은데……."

제발 아니길 바랐는데 늘 슬픈 예감은 틀린 적이 없다.

"……아."

"왜? 왜 그래? 영이가 네 거 뭐 들고 나갔어?"

정신은 흐릿해졌고, 맥박이 빨라지기 시작했다. 뒤에 미진이 무언가 말을 덧붙였는데, 이겸에게는 아무것도 들리지 않았다.

"잠깐…… 나갔다 올게요."

이겸은 집을 나와 곧장 이영에게 전화를 걸었다. 역시나 작정한 듯 대놓고 제 전화를 피하고 있는 것이 느껴졌다.

'눈치 백단 신이영한테 완전히 말려서는……. 절대 아니라고, 오해하지 말라고 딱 잡아뗐어야 했는데.'

그는 설마 자신이 예상한 행동은 하지 않았을 거라 믿었다. 팔은 안으로 굽는 거니까. 피는 물보다 진하니까. 이영이 유미를 아무리 좋아한다고 해도, 자신을 저버리고 그런 짓은 하지 않았을 거라고 믿고 싶었다. 이영이 전화를 받지 않으니 이걸 직접 확인해 보려면 유미에게 찾아가 보는 수밖에 없었다. 흔적도 없이 사라진 구두의 행방을 알아내야만 했다.

"가서…… 뭐라고 할 건데?"

이겸이 난데없이 자문했다.

"구두 내놓으라고 할 거야?"

아니지. 아직 모르는 일이었다. 그게 유미에게로 갔을지, 아니면 이영의 손에 들려 있을지. 아침에 그렇게 헤어져 놓고, 아무렇지 않은 척 나타나면, 그것도 웃긴 거 아닐까?

이겸은 답답함에 깊은 한숨을 쏟아냈다. 대체 그 '구두' 하나 때문에 이게 무슨 짓인지. 가만히 있었으면 됐는데……. 똥은 자기가 쌌으니, 그 수습도 제 몫임은 분명했다.

하지만 이겸은 평소처럼 유미 집 대문을 아무렇지 않게 열고 들어가지 못한 채 대문 앞을 서성였다.

"여기서 뭐 해?"

유미는 골목 바깥쪽에 음식물 쓰레기를 버리고 들어오던 길이었다. 제 집 앞에서 뭐라고 혼잣말을 중얼거리는 이겸을 이상하게 바라보았다.

"악! 깜짝이야!"

난데없이 바로 옆에서 들려오는 유미의 목소리에 이겸은 놀라서 흠칫 몸을 떨었다.

"왜 왔어?"

"바, 발소리 좀 내고 다녀! 놀랐잖아!"

제집 앞에서 안절부절못하고 서 있는 이겸의 모습을 바라보며 유미는 느리게 눈을 깜빡였다.

"왜, 뭐, 할 말 있어?"

유미는 이겸의 표정 하나만 보고도 그가 무슨 목적으로 자신을 찾아온 건지 알 수 있었다.

"그…… 뭐……. 별건 아니고."

이겸은 당황한 듯 뒷머리를 긁적였다. 그답지 않게 말을 길게 늘어뜨리는 그를 보자니, 안 그래도 답답한 유미의 마음이 더욱 갑갑해졌다.

"뭔데."

"그……."

"최, 최시윤이랑 어디 나간다고 그러지 않았나? 일찍 왔네?"

"아…… 뭐, 어쩌다 보니. 뭔데 그렇게 뜸을 들이고 그래."

이겸은 혀끝으로 바짝 마른 입술을 살며시 축였다. 유미의 방에 자연스럽게 들어갈 구실이 필요했다.

"사…… 사실은."

솔직하게 말하자니, 그러면 이영과 나누었던 이야기까지 다 해야 할 노릇이었다. 그야말로 사면초가였다.

"우리 집 TV가 갑자기 안 나와."

"뭐?"

난데없이 흘러나오는 변명 같은 이겸의 말투가 이상해 보였다.

"오늘 뮤직중심에 '걸크러쉬' 나오는데……."

"그래서?"

"TV 좀 보고 가도 돼……?"

이게 뭐 하는 짓인지. 차라리 교양 프로그램 이야기를 했어야지. 거기서 걸그룹 이야기가 왜 나온 건지. 이겸은 스스로도 이해할 수 없는 말들을 쉼 없이 쏟아냈다.

이겸의 눈 밑이 파르르 떨렸다.

"그 정도는 DMB로 보면 안 되겠어?"

"TV로 봐야 해. 본방사수는 DMB로 하는 거 아니야……."

이겸은 제 입으로 말을 하고는 있지만, 대체 무슨 말을 하는지 알 수 없었다.

"하……."

"보게 해줘."

유미는 평소답지 않은 이겸이 하는 말들이 너무나도 어이가 없어서, 결국 허탈하게 웃고 말았다. 여자라면 누구든 싫다던 녀석이 걸그룹 덕후였을 줄이야.

'너도 남자는 남자구나. 어리고 예쁜 애들이라면……. 하여간, 남자들이란.'

이겸은 유미가 짓는 한심한 표정에 시무룩해졌다. 평소에는 문턱이 닳도록 드나들던 유미의 집에 들어가는 게 이렇게 어려운 일일 줄이야. 유미의 뒤를 따라 그녀의 집으로 들어서는 이겸이 발소리까지 죽였다.

"집에 혼자 있었어?"

"아니. 아빠 계신데……. 응? 어디 나가셨나?"

유미는 지나치리만큼 조용한 집 안을 살폈다.

"낚시하러 가셨나 본데."

복도 끝에는 찬이 아무렇게나 벌려두고 간 낚싯대가 덩그러니 놓여 있었다.

"또 내가 못 가게 할 까봐 나 없을 때 몰래 도망치셨구만."

유미는 마룻바닥에 쿵쿵 발을 굴러 거실 선반 위에 놓인 리모컨을 이겸에게 건넸다.

"걸크러쉬인지, 뭔지. 많이 봐. 덕후 씨."

"고…… 고맙다."

느린 손길로 유미에게서 리모컨을 건네받은 이겸의 손끝이 살며시 진동했다. 그저 구두의 행방을 찾고 싶었던 것일 뿐인데. 어쩌다 일이 이렇게 되어버린 건지.

'신이영…… 넌 이제 내 손에 잡히면 살아남긴 힘들 거다.'

거실 소파에 불편한 자세로 앉은 이겸은 별로 흥미롭지도 않은 뮤
직중심 채널을 틀어두고 거기에 시선을 고정했다.

[다음은…… 요즘 아주 핫한 걸그룹이죠? 걸크러쉬가 부릅니다! 너
는 내 운명!]

상큼한 MC의 목소리가 스피커를 통해 흘러나왔다. 저만치에서 부
스럭거리며 분리수거를 하고 있던 유미의 시선이 MC의 멘트가 끝나
기 무섭게 TV로 향했다.

'좋아하는 척을 해야 하나…….'

이겸은 빠르게 두뇌를 회전시켜 보았다.

반주가 흘러나오는 동안 옷을 입은 건지, 벗은 건지 모를 걸크러쉬
멤버들이 춤을 추자, 팬들이 열광하는 소리가 그대로 터져 나왔다.

'군대에서 걸그룹 봤을 때, 내가 뭘 어쨌더라…….'

이겸은 멀쩡하던 남자들도 걸그룹만 보면 미쳐서 열광하게 만드는
군대에서의 추억을 급하게 떠올려 보았다. 꿀꺽, 마른침이 넘어갔다.
드디어 첫 소절이 시작되고, 메인 보컬로 보이는 여자 하나가 무대 정
중앙으로 나와 노래를 불렀다. 설상가상, 유미의 시선까지 집중된 상
황. 어색해 보이지 않으려면, 최대한 덕후스럽게 보여야 했다. 이미 첫
소절이 시작되기도 전에 남성 팬들의 열렬한 응원법 외침이 귀에 익혔
다.

"사, 사랑해요! 걸크러쉬!"

미쳤다.

"One Dream!"

미친 것이 틀림없었다. 보통 응원법이 그랬다. 마지막 음절을 복창

하는 것. 이겸은 그걸 기억해 낸 자신이 대견하면서도, 또 한편으로는 미칠 듯한 수치심이 밀려들 만큼 부끄러웠다.

"너는!"

"내 운명!"

군 복무 시절의 추억을 떠올리며 이겸은 자신을 놓은 채 목 놓아 열창했다. 유미는 멀리서 이겸의 모습을 바라보며 입을 쩍 벌렸다. 짧고 굵게 열창을 마친 걸크러쉬와 이겸의 모습은 대조적이었다. 노래가 끝나자마자, 1위를 수상한 걸크러쉬는 환희로 물든 표정이었고, 이겸은 세상 부끄러움은 모두 그에게 온 듯 얼굴을 시뻘겋게 붉혔다. 이겸은 그저 유미에게 주려고 했던 구두의 행방이 궁금했던 것, 그뿐이었다.

"굉장하다. 감히 상상도 못 했어. 신이겸이 덕후였다니……."

유미는 충격을 받은 표정을 하고 고개를 설레설레 흔들었다. 그런 그녀의 반응을 이겸도 어느 정도 예상하긴 했지만, 직접 그걸 듣고 있자니 또다시 얼굴이 달아올랐다.

"이제…… 가볼…… 게."

이겸은 더 여기에 있다간 얼굴이 터져 버릴 것만 같았다. 심장은 계속해서 불규칙적으로 뛰었다. 부끄러워서 견딜 수가 없었다.

'이게 다…… 신이영 때문이야…….'

집 앞에서 유미를 우연히 만났을 때, 대충 얼버무리고 돌아섰으면 될 것을. 이겸은 굳이 구두를 찾아보겠다고 유미의 집에 들어올 마땅한 이유를 찾은 게 문제였음을 전혀 자각하지 못했다.

"갈 거야?"

"다…… 봤으니까. 가야지…….."

여전히 붉어진 얼굴을 숨기고자 이겸은 계속해서 몸을 이리지리 틀어댔다.

"잠깐만 있어봐."

유미는 집으로 가려는 이겸을 붙잡아두고 제 방으로 달려갔다. 그러고는 나올 때 눈에 익은 쇼핑백 하나를 들고 나왔다.

'저건……'

역시나 신이영의 짓이 분명했다. 이겸은 유미가 이것에 대해서 묻는다면 어떻게 변명해야 할까 고민했다. 그런데 그 순간.

"이거…… 가져가."

유미는 이겸의 고민이 무색하게도 아무것도 묻지도 따지지도 않고, 대뜸 그에게 쇼핑백을 자연스럽게 건넸다.

"응?"

붉게 달아올랐던 이겸의 얼굴이 순식간에 제 색을 찾아 돌아갔다.

"가져가라고, 구두."

얼떨결에 유미에게서 쇼핑백을 받아 든 이겸의 표정이 난감함으로 차오르기 시작했다.

"이, 이걸 왜……."

"네가 갖다 놓은 거 맞지?"

"그게 말이지……."

지금 상황에서 제대로 된 변명을 하는 것도 웃길 것 같았는지 이겸은 말을 하려다 말았다.

"내 거 아니라며. 다른 사람 주려고 산 거라면서."

"……아, 응."

유미는 완벽히 오해하고 있었다. 그런데 그 오해를 풀기엔 너무 많이 와버린 것 같았다. 이겸의 눈동자가 초점 없이 허공을 응시했다.

"근데 그걸 왜 나한테 줘? 내가 불쌍해 보이기라도 했니?"

유미는 딱히 화가 나 보이지도 않았고, 이걸 저에게 준 명확한 이유가 궁금해 보이지도 않았다. 화를 내야 정상인데, 너무나도 냉정해 보이는 유미의 모습이 이겸은 이상하리만치 낯설어 보였다.

"넌, 무슨 말을 해도 꼭 그렇게…… 해."

이겸의 말투에는 힘이 완전히 빠져 있었다.

"갖고 싶었던 건 맞아. 그래도 남의 것 빼앗는 건 싫어. 내가 자존심도 없이 너한테 들이댔다고 이런 데에도 자존심 없는 여잔 줄 알아?"

어쩌면 유미는 이미 마음에서 자신을 완전히 밀어내 버린 건 아닐까. 생각이 거기에까지 미치자, 이겸은 덜컥 겁이 나기 시작했다. 이유 있는 오해인 걸 잘 알고 있었다. 모든 건 본인이 만들어놓은 것이었다는 걸. 그랬기에 그는 괜히 앞서 나오려는 마음과 말을 다시 꾹 원래 있던 자리로 눌러 담아보았다.

"오해…… 하지 마."

속에서 신물이 넘어오는 것만 같았다. 이겸은 이상하게도 고작 오해하지 말라는 말 한마디 하는 게 그렇게 어려울 수가 없었다.

"그래, 오해……. 신이겸, 너 이제 내가 오해할 만한 행동 같은 거 하지 마. 이런 것도 말없이 갖다 두지 말고."

무표정하게 경직된 이겸의 얼굴을 살피는 유미의 행동에는 예전과 변한 게 하나도 없는데.

"왜 대답이 없어?"

너무나도 멀쩡한 얼굴로 이겸에게 왜 대답을 하지 않는 거냐고 묻는 유미의 모습을 보는 건, 이겸으로서 그리 반가운 일이 아니었다. 또다시 침묵이 흘렀다. 이겸은 무슨 대답을 할지 고민하기보다는, 하고 싶은 말을 해야 할지 말아야 할지 몰라 머뭇거렸다.

츤데레와 정석

"가지고 싶어…… 했던 거잖아."

그리 긴 시간도 아니었는데, 잠깐 사이 잠긴 듯 허스키해진 이겸의 목소리가 흘러나왔다.

"가지고 싶어 했던 건 맞지만……."

"그냥 너 신어."

이겸이 원래 주려고 했던 사람에게 간 게 맞았다. 선물이 제자리를 잘 찾아간 것도 맞다. 단지, 자리를 찾아간 루트가 좀 엉망이었을 뿐.

"이미 같은 걸로 받았어."

"같은 걸로…… 받았다고?"

이겸은 손에 쥐어진 쇼핑백 손잡이를 더욱 세게 말아 쥐었다. 예상은 했으나 기분이 이상했던 까닭이다.

"시윤 씨한테도 같은 걸로 받았어."

"아……."

"부담 가지지 말고 받으라고 해서, 받을 거야."

"……그래."

이겸의 입가에는 상황에 맞지 않은 쓴웃음이 새어 나왔다.

"시윤 씨가 나 좋대."

이겸의 동공이 순식간에 풀어졌다.

"그럴 거라고 생각했어."

"당황해서 거절했는데, 다시 한 번 생각해 봐달라고 하더라."

이겸은 이영이 했던 말이 떠올랐다. 여자들은 자신이 사랑하는 사람과 자신을 사랑하는 사람 사이에서 고민한다는 그 말이. 같은 걸 받았는데, 시윤에게 받은 건 가지고, 저에게 받은 건 다시 돌려준다는 건 무슨 의미일까.

"어쩌고 싶은데?"

이겸이 유미에게 속마음을 물어본 건 처음 있는 일이었다. 늘, 유미는 이겸이 묻지 않아도 제 속마음을 당연하다는 듯 이겸에게 전했다. 그래서 물어볼 일도, 궁금해할 새도 없었다. 그런데 이제는 자신이 물어야 할 처지에 놓였다.

"정말 깊게 한 번 생각해 보려고 해."

차라리 물어도 대답해 주지 말지. 깊게. 진지하게 고민해 보겠다는데. 이겸은 축하해 주지도 못하고 이상하게 마음이 꼬여만 갔다.

"그러니까 너도 괜히 나한테 미안해서 이런 거 주고, 그러지 마. 그게 오히려 나 헷갈리게 만드는 거니까."

유미가 이렇게 똑 부러지는 여자였다는 걸 이겸은 여태껏 모르고 있단 사실이 가슴 아프게 와 닿았다.

"부탁할게."

유미의 음성에는 단 한 치의 흐트러짐도 없어 보였다.

결국 이겸은 주인에게서 버려진 구두를 손에 들고 자신의 집으로 돌아갔다. 어쩐지 버려진 구두와 제 처지가 비슷하게 느껴졌다. 이영이 흘려 한 말이 저주가 되어 제게로 돌아오는 것 같았다.

이대로 유미가 시윤에게 완전히 마음을 돌려 버리면 어쩌나. 그 어리고 귀여운 녀석에게 마음을 뺏겨 버리면 어쩌나. 이미 유미의 오랜 짝사랑이 증명해 주듯, 그녀는 누군가에게 빠지면 쉽게 헤어 나오지 못할 텐데. 이겸은 유미가 시윤에게 빠져 사는 걸 지켜볼 수 없을 것 같았다. 웃으며 축하해 줄 수 있지 못할 것이다.

그는 가만히 상상해 보았다. 유미가 시윤에게 제게 했던 것처럼 사랑을 고백하는 모습. 그와 나란히 손을 마주 잡는 모습. 밝게 미소 지으며 그와 발을 맞춰 걷는 모습. 그에게 안기는 유미의 모습. 그와 수줍게 사랑을 속삭이는 모습. 그리고 별빛이 흐르는 푸른 밤 그에게 안

기는 유미의 모습.

"안 돼! 안 돼! 절대 안 돼!"

이겸이 절규하듯 크게 소리를 질렀다. 지나가던 행인이 그런 이겸을 이상한 눈초리로 쳐다봤다. 그에게 유미를 뺏기는 일은 절대 있을 수도, 있어서도 안 되는 일이다. 이렇게 손 놓고 있다가 유미를 빼앗기는 참사는 막아야 했다.

'아직…… 유미 마음이 완전히 돌아서지 않았을 때, 뭐라도 하자.'

만약 시윤에게 완전히 넘어가 버리면 돌이킬 수 없을지도 모른다. 그러니 돌이킬 수 있는 지금이 기회일지도 몰랐다. 어쩌면 늦었다고 생각했을 때가 가장 빠른 걸 테니까.

다시 돌아온 월요일 아침. 제대로 잠을 청하지 못하고 나온 이겸의 얼굴은 푸석푸석하기만 했다. 그에 비해 유미는 평소와 다름없이 밝은 얼굴이었다.

'저 녀석은, 아무렇지도 않은 건가.'

아무렇지 않은 게 아닌데, 아무렇지 않은 척을 하는 건지. 이겸은 저 혼자만 앓고 있는 것 같아 속이 다 상할 지경이었다. 신경이 쓰이지 않는다면 거짓말이었다.

"주임님, 여기요."

아침부터 유미의 앞에서 꼬리를 살랑살랑 흔드는 시윤을 보는 것도.

"오, 아침부터 센스 만점! 고마워. 시윤 씨. 잘 마실게."

분명 고백을 했다던 시윤에게 아무렇지 않게 방실거리며 웃어 보이는 유미를 보는 것도. 모두 다 이겸은 불편하기만 했다.

"주임님. 오늘 오후에 비 온다고 하던데. 우산 들고 오셨어요?"

난데없이 날씨 타령은. 시윤을 바라보는 이겸의 눈은 불만으로 가득 차 있었다.

"진짜? 아니, 전혀 몰랐는데……?"

"제 우산 빌려 드릴까요?"

"아니, 무슨! 괜찮아. 그럼 시윤 씨는 우산도 없이 어떻게 집에 가?"

"저는 좀 맞아도 괜찮아요."

둘이 대체 뭘 하는 건지. 회사에 출근을 한 건지, 연애를 하러 온 건지. 화기애애한 분위기를 자랑하는 유미와 시윤을 노려보는 이겸의 눈빛이 섬뜩하게 번득였다.

이 정도면, 이영이 했던 현실적인 충고(를 가장한 저주)가 기정사실화 되어 가고 있는 것 같았다. 생각을 조금만 해보면, 쉬울지도 모를 일이었다.

'좋은 머리 뒀다 뭐해. 생각을 좀 해보자. 유미가 다시 돌아올 수 있는 방법을…….'

이미 떠나서 어디론가 흘러가고 있는 마음을 무슨 수로 잡을 수 있을까.

'하다못해 최시윤을 좋아하게 되는 것만이라도 막아보든가.'

저 말도 안 되게 자신감 넘치는, 박력분은 천 개쯤 먹은 연하남을 무슨 수로 이길 수 있을까.

"최시윤 씨. 오늘 일기 예보 봤구나. 그럼 낙뢰 조심하라고 하던 것도 봤겠네요?"

이겸은 유미와 시윤의 사이를 비집고 들어가 말을 꺼냈다.

"헉! 낙뢰요?"

시윤은 당황한 듯 눈을 빠르게 깜빡였다.

츤데레와 정석

"이런 날은 비 좀 맞고 가도 돼요. 공 주임. 괜히 우산 잘못 쓰고 가다간 황천길 간다고."

"허…… 대박."

이겸은 유미에게 친절을 베푸는 시윤을 이상한 사람으로 몰아갔다.

'……방법은 하나밖에 없다.'

"공 주임, 잠깐 미팅 좀 합시다."

유미를 시윤에게서 떨어뜨려놓는 것.

"예? 무슨 미팅요?"

시윤에게 건네받은 아이스 아메리카노를 쭈욱 들이켜던 유미가 저를 부르는 소리에 눈을 동그랗게 뜨고 되물었다.

"얼굴 보자고 미팅하자고 하겠습니까? 출장 다녀온 건으로 잠시 미팅하자는 겁니다."

출근한 지 오분도 안 지났다. 아직 8시 55분밖에 되지 않은 시간이었는데. 유미는 애써 억울한 마음을 집어삼키고 커다란 수첩과 펜을 챙겨 이겸을 따라나섰다. 그런데 이겸을 뒤따라가던 유미가 그의 손에 아무것도 들려 있지 않은 걸 발견했다.

"대리님."

"왜요?"

"미팅하러 어디까지 가시게요?"

유미의 질문에 이겸은 그제야 자신이 소회의실을 지나온 사실을 자각했다.

"아……. 음, 오래간만에 아래 카페에서 커피나 마시며 심도 깊은 업무 이야기를 나눠볼까 했습니다만."

이겸은 황급히 웅얼거리며 변명을 했다. 하지만 유미는 어딘가 조금 달라진 그의 모습에 눈을 가늘게 떴다.

"저 방금 커피 마셨는데, 모르셨어요?"

"이런. 그것참, 미처 몰랐던 사실이군요?"

이겸은 턱을 치켜들고는 고개를 갸우뚱거렸다. 마치 아무 것도 모르는 사람처럼.

"대리님도 자판기 커피 뽑아 마시던 것, 봤거든요?"

"피곤해서 한 잔 더 마시려고 했던 것뿐인데요."

"어제 잠을 설쳤나 봐요?"

이겸은 정곡을 찌르는 유미의 질문에 잠시 멈칫했다. 그러고는 다시 눈에 힘을 빡 주고는 목을 빳빳하게 세웠다.

"그럴 리가. 너무 개운하게 자서 몸이 깃털처럼 가벼운데요?"

"눈 밑에 드리운 다크서클은 어떻게 설명하시려고?"

"아, 이거. 요즘따라 간이 안 좋은지, 부쩍 몸이 잘 붓고⋯⋯ 피곤하고."

이겸은 지워지지도 않을 다크서클을 손을 올려 슥슥 비벼보았다.

"이런, 이런. 이거 어떻게 하나? 보약이라도 좀 해 드셔야 하는 거 아닙니까아?"

만약 지나가는 사람이 이겸과 유미가 나누는 이야기를 들었다면 비웃었을지도 모를 유치한 수준이다.

"보약은 무슨⋯⋯."

"전 커피 마셔서 굳이 카페까지 안 가도 될 것 같은데, 대충 아무 데나 들어가서 후딱 끝내고 들어가시죠?"

유미는 이겸과 괜히 아침부터 입씨름을 하고 싶지 않았다. 가뜩이나 심란한 마음, 더 이상 복잡하고 싶지도 않았다.

"왜요. 후딱 끝내주면 또 최시윤 씨랑 수다 떨게요?"

그런데 이상한 건, 왜 자꾸 이겸의 입에서 '시윤'의 이름이 등장하는 걸까.

"뭐라구요?"

"아니에요?"

아닌 척은 다 해놓고, 정말 사람 헷갈리게 만들려고 하는 건지. 아니면 그게 진심인 건지는 조금 더 확인해 보아야 알 터였다.

"아닌데요? 무슨, 제가 수다나 떨려고 회사에 나오는 줄 아시나 봐요."

"그렇게 보여서요."

"그것만 보여서 그런 건 아니구요?"

"아닙니다."

유미는 전부터 의심 가던 것들이 이제야 하나둘 납득이 가기 시작했다.

"유치해."

유미가 볼 때, 지금 이겸은 '최시윤'이 신경 쓰이는 게 아니라, '공유미 주위를 맴도는 최시윤'이 신경 쓰이는 것이었다.

"뭐, 뭐 유치?"

이겸은 최근 자신이 들었던 말 중에 가장 거슬리는 단어를 꼽아야 한다면, 방금 유미에게 들은 '유치'를 들 수 있을 것 같았다. 스물아홉 건장한 남성에게, 그 단어가 가당키나 한 건가 싶어서 그가 콧방귀를 픽 꼈다.

"그렇잖아요. 지금, 신경 쓰여서 그러는 거잖아."

"뭐가 신경 쓰인다고 자꾸 그래요?"

이겸은 목소리를 최대한 낮게 깔고 유미에게 되물었다.

"나랑 시윤 씨, 은근히 신경 쓰고 있는 거 아니냐구요."

"날 대체 뭐로 보고 그런 말을 해요? 상사를 얼마나 우습게 알면, 이런 말을 고민 한 번 안 하고 할 수가 있지?"

이겸은 마치 들켜서는 안 되는 사실인 양 시치미를 뚝 뗐지만, 그걸 유미가 눈치채지 못할 리가 없으니 그게 문제였다.

"신경 쓰인다고 이렇게 사람 불러내고 하는 거, 권력 남용이에요."

이겸이 뭐라고 하건 유미는 전혀 관심 없다는 듯, 제 할 말만 이어 갔다.

"뭐가 어째요? 권력 남용?"

"아닌가요?"

유미는 큰 눈을 더 동그랗게 뜨고 이겸에게 물었다. 그렇게 쳐다보면 아닌 것도 맞다고 해야 할 것만 같아서 이겸은 급하게 유미에게 맞춘 시선을 돌려 버렸다.

"공 주임…… 혹시 뭐, 아직도 내가 본인을 좋아하고 있다고 착각 같은 거 하고 있나? 그래요?"

"이제 아니라고 말씀드렸잖아요?"

유미가 그 사실을 상기시켜 준 덕분에 이겸은 심장의 아릿한 통증을 또 경험해야 했다. 그 덕분에 밤잠 설쳐 가며 고민했고, 차마 용기를 낼 수 없으니 이러고 있는 것이 아닌가.

'못난 놈…… 그냥 마음이 예전 같지 않다고 솔직하게 말하면 될 걸. 그걸 못 해서. 쯧.'

이겸은 스스로가 한심하기만 했다.

"근데 나한테 왜 이래요?"

마음과 말이 완전히 다르게 나올 수 있다는 걸, 이겸은 새삼 또 깨닫고 말았다.

"나랑 시윤 씨보다 높은 직급을 이용해서, 이렇게 자기 사적인 감정을 개입시키는 것, 별로 보기 안 좋아요."

오늘 따라 유미가 하는 말이 구구절절 다 맞는 말이라, 이겸은 이따금씩 말문이 턱 막혀왔다.

"사적인 감정이라니⋯⋯. 대체 무슨 근거로."

"하나!"

유미가 검지를 바짝 세워 이겸의 맨손을 콕콕 찍었다.

"뭐 하는 짓이야?"

갑작스러운 유미의 손길에 화들짝 놀란 이겸이 몸을 잘게 떨었다.

"신이겸 대리님은, 회의를 나갈 때는 물론, 업무 차 미팅을 나갈 때는 꼭 수첩을 들고 가는 습관이 있어요."

유미가 눈을 게슴츠레하게 만들고 말을 이어갔다.

"그런데 지금 봐요. 손에 아무것도 안 들고 있어."

"다, 기억하고 있으면 된 거지. 수첩 하나 없다고, 억지는."

이겸은 시선을 허공 어딘가로 던져 둔 채 유미와 눈을 맞추지 못했다.

"둘!"

이번에는 유미가 이겸의 오른쪽 다리를 가리켰다.

"신이겸 대리님은, 거짓말을 할 때 오른쪽 다리를 살짝 빼고 떠는 습관이 있어요."

이겸의 눈이 자연스레 제 오른쪽 다리로 내려갔다. 유미의 말대로 살짝 빼고 있는 것이 보였다.

'젠장.'

이쯤 되니 이겸의 입술이 절로 다물어졌다.

"마지막으로, 셋!"

유미는 이겸의 거뭇거뭇한 눈 밑을 슬쩍 매만졌다.

"신이겸은 잠을 못 자면 얼굴에 다 티가 난단 말이야? 어제 무슨 일이 있었나? 내가 무슨 말을 했는데 말이지…… 혹시 그게 무진장 신경 쓰여 잠이 안 오셨나?"

이겸은 제 얼굴을 스치는 유미의 손을 매몰차게 뿌리치지 못했다. 유미의 팔목을 살며시 그러쥔 다음, 아래로 떨구어내는 것이 그가 할 수 있는 최선이었다.

"하여간. 옛날부터 억지 부리는 거 하난 알아줘야 한다니까. 억지도 이런 억지가 없네……."

이겸이 한창 횡설수설 뭔가를 이야기하고 있는데, 유미의 검은 눈동자가 그윽하게 그에게로 향했다.

"뭐, 뭐야…… 갑자기 그렇게 쳐다보면 뭐 어쩔 건데."

"잠깐만 가만히 있어봐."

난데없이 유미가 이겸에게로 손을 뻗으며 다가오기 시작했다.

"뭐 하는 거야……."

당장에라도 닿을 것 같이 좁혀진 거리에 이겸은 눈도 깜빡이지 못하고 당황할 수밖에 없었다.

"뭐…… 하는……."

"잠깐만, 있어보라니까?"

곧 입술이 닿을 기세였다. 이겸은 제게로 다가서는 유미를 어쩌지 못하고 두 눈을 질끈 감았다. 곧이어 '짝' 하는 소리와 함께 박수 소리 같은 것이 흘러나왔다.

"잡았다!"

이겸이 가늘게 눈꺼풀을 밀어 올려보았다. 그는 왜 자신의 입안에 그렇게 침이 고이는지, 그 이유를 바로 몇 초 뒤 알 수 있었다.

"너 눈 감고 뭐 해?"

"으, 응?"

이겸은 입안에 잔뜩 고여 있던 침을 한참 만에 꿀꺽 삼켰다. 그와 동시에 그의 목울대가 출렁거렸다.

"뭐, 뭐 한 거야?"

"모기 잡았어. 이 자식, 피 엄청 빨아 먹었나 봐. 이거 봐."

유미는 제 손바닥 정중앙에 피를 흩뿌리고 고이 잠든 모기의 처참한 잔해를 보여주었다. 이겸은 잔해만 남았을 뿐 형체를 알아볼 수 없게 되어버린 모기를 바라보았다. 그리고 문득 생각했다. 유미에게 신이겸이란? 모기보다 못한 존재감을 자랑하는 남자사람친구. 그 이상, 그 이하도 아닌 듯 했다. 씁쓸하고 공허했다.

"아이. 저리 치워."

이겸은 유미의 어깨를 쭉 밀어냈다.

"손 씻고 와야겠다."

"그러든가."

이겸은 어색하게 보이지 않기 위해 자신의 목덜미 언저리를 주무르는 시늉을 했다. 그런 그를 보는 유미의 눈매가 초승달 모양으로 휘었다.

"근데 너 말이야."

몸을 틀려다가 말고 유미가 입술을 한쪽 방향으로 밀어내며 운을 뗐다.

"뭘 기대하고 눈까지 감아?"

이겸은 제 마음이 변하고 있다고 해서 그녀에게 희롱당하고 싶은 마음은 추호도 없었다.

"너도 똑같이 당해봐. 원래 사람은 반사적으로 눈앞에 갑자기 물체가 다가오면 눈을 감게 되어 있다고. 지극히 정상적인 행동이었어, 방금은."

이겸이 목소리를 한껏 가다듬고 말했지만, 유미에게는 그게 꼭 변명같이 들렸다.

"아아. 그러셨어요?"

"네. 그러셨어요."

"그래서, 미팅은 대체 언제 시작하실 예정이신가요?"

"해야지, 미팅……."

이겸의 일상은 요즘 들어 계속 이런 식으로 아무렇게나 흘러갔다. 유미에게 온전히 정신이 집중되어 다른 것에 신경을 쓰는 것 자체가 어려워졌다. 지금만 놓고 보아도 그랬다. 목적은 미팅이었는데. 마치 원래는 유미를 노리고 나온 것처럼 느껴졌다.

'빨리 무슨 수를 쓰든가 해야지. 안 되겠어.'

다짐이야 수백 번 해본들, 용기 내지 못할 거라는 걸 잘 알지만 이겸은 그래도 마음이나마 일단 먹어본다.

회사 건물 1층에 위치한 카페테리아에 마주 앉은 이겸과 유미는 더 없이 진지한 표정으로 대화를 이어 나갔다.

"일단 내가 오전에 출근해서 마케팅팀에 협조 요청을 해두긴 했는데……."

이겸이 짧은 한숨과 함께 건조한 목소리를 냈다.

"아리마 계약 건?"

"J코스메틱 계약 건 제대로 마무리 지으려면 김지원 씨 캐스팅하는 것에 총력을 기울이는 게 좋을 것 같아요."

방금 전 옥신각신했던 사람들이라고는 믿을 수 없는 광경이었다.

"개인적인 친분, 이용해도 되는 거죠?"

유미가 조심스럽게 말을 꺼냈다. 상대는 이겸의 첫사랑이다. 제게도 아픈 첫사랑이 이겸이듯, 그에게도 아픈 첫사랑은 그녀일 것이다. 그렇기에 유미도 그 이름을 꺼내는 것이 당연히 조심스러울 수밖에 없었다.

"얼마든지."

근데 예상 외로 이겸의 반응은 제법 쿨했다.

"대리님 혹시 김지원 씨랑 아직 연락해요?"

궁금해서라기 보단 그저 이겸이 아직 지원과 연락을 하고 지낸다면, 연락처 정도는 쉽게 알아낼 수 있을 테니까. 그래서 유미는 이겸에게 가볍게 질문했다.

"아니. 졸업하고 한 번도 연락한 적 없는데요."

그저 가볍게 한 질문임에도 불구하고 유미는 저도 모르게 안도했다.

"그럼 혹시 동창 중에 김지원 씨 연락처 알 만한 사람은?"

"있었어도 지금은 없지 않을까요? 워낙 유명해졌으니까."

이제는 감히 우러러도 볼 수 없는 위치에 있는 김지원이 고등학교 동창생들 따위가 눈에 들어올 리가 없었다.

"친했던 사람이 있었나……."

그렇다고 이들에게 아예 희망의 빛줄기가 없다고는 할 수 없었다.

"그때 연극부 부장이랑 친했던 걸로 아는데, 한번 연락해 볼까요?"

어쩌면 별 무리 없이 지원과 연락이 닿을지도 모른다.

"어떻게든 연락처만 따내면 어떻게 해볼 수도 있을 것 같은데."

지원과 연락이 닿기만 하면 걱정과 달리 흔쾌히 나서줄지도 모르는 것이다.

"무슨 수로? 상대는 한류 스타인데. 가능하겠어요? 예전에 같은 학교 다니던 김지원 생각하면 안 될 텐데……."

"될 거라고 생각하고 일을 해야 안 될 것도 되는 거라구요."

그 어렵다는 아리마와의 계약도 성사시켰으니까. 첫 단추를 잘 꿰어서 순조롭게 시작된 일이었기에, 유미는 미리부터 쫄 필요는 없다고 생각했다. 도전해 보기도 전에 포기하고 좌절하는 건, 그녀의 성미에 맞지 않았다.

그로부터 며칠 뒤. 이겸은 마케팅팀으로부터 회신을 받았다. 김지원의 소속사에 연락을 취해보았으나, 이미 일본 쪽에 광고 모델로 계약된 화장품 브랜드가 있어서 이중 계약은 안 될 것 같다는 것이었다. 분명 이 사실을 유미가 알면 낙담할 게 분명했다.

'이를 어쩐다…….'

이겸은 바로 몇 시간 전, 연락하고 지내오던 당시 연극부 부장에게서 건네받은 지원의 연락처를 물끄러미 바라보았다. 먼저 연락을 하고 싶지 않은 사람임에 틀림없었고, 이 모든 일을 유미에게 맡겨 버릴 수도 있었지만, 그러고 싶지 않았다.

이겸은 퇴근 후 집으로 돌아와 옷도 갈아입지 않고 책상에 앉아 턱을 괸 채로 불안한 듯 다리를 떨었다. 지원에게 문자를 보낸 지, 겨우 십 분 지났을 뿐인데. 막상 보내고 나서 연락이 없자 초조해지기 시작했다. '띠링' 하는 경쾌한 문자 알림음이 울리자 이겸은 기다렸다는 듯 휴대폰을 집어 들었다.

〈신이겸? 내가 아는 제일고 신이겸?〉

이겸은 타들어갈 듯 바짝 마른 입술을 재빨리 축이고는 문자를 써 내려갔다.

〈맞아. 제일고 신이겸. 오래간만이다. 잘 지냈지?〉

칠 년에 가까운 세월이 흘렀고, 어쩌면 지원은 자신의 얼굴을 기억하지 못할지도 몰랐다. 목적을 가지고 지원에게 접근하는 건 조금 미안한 일이었지만, 이렇게라도 인연이 닿았으니 뭐라도 해볼 수 있는 것에 감사했다. 그 후로도 몇 통의 일상적인 대화를 주고받은 다음, 지원에게서 전화가 걸려왔다. 이겸은 잠시 크게 심호흡을 하고 전화를 받았다.

"여보세요?"

[와. 진짜 신이겸 맞네. 나는 누가 널 사칭하고 나한테 문자 보내고 있는 줄 알았어.]

"그럴 리가."

[이게 얼마만이야?]

"좀 오래되긴 했네."

이겸은 문자로는 지원에게 이 이야기, 저 이야기 늘어놓았으면서, 막상 전화로는 경직된 말투를 하고 묻는 말에만 대답했다.

[설마 너, 다단계 뭐 그런 거 하는 건 아니지?]

"뭐어?"

수화기 너머로 난데없이 흘러나온 지원의 질문에 이겸의 얼굴이 사정없이 구겨졌다.

[아니, 혹시 그런 건가 해서. 워낙 그런 걸로 연락하는 애들이 많았거든. 미안.]

다단계는 아니었으나, 무언가 목적이 있는 건 맞아서 이겸은 딱히 크게 기분 나쁜 티는 내지 못했다.

"잘 지냈지? 아, 그건 아까 물어봤었나?"

어색함으로 물든 이겸의 목소리가 살짝 떨려왔다.

[그러는 넌, 잘 지냈어?]

"나야 뭐, 항상 똑같지."

[무슨 일 해? 아, 이런 거 물어보는 거 실례인가?]

질문을 해놓고 실례인가 묻는 건 실례인 줄 알면서 그런 걸까, 아니면 정말로 몰라서 그런 걸까. 이겸은 잠시 고민하다가 지원의 물음에 대한 대답을 해주었다.

"그냥 회사 다녀. 내가 너같이 특별하게 잘하는 게 있는 것도 아니고."

[나도 뭐, 특별하게 잘하는 건 없어. 그냥 얼굴 좀 반반해서 이 일 하는 거지. 연기력도 엉망이라서 CF만 찍잖아. 연기만 하면 발연기 소리나 듣고.]

"너, 뭐 그런 얘길 그렇게 아무렇지도 않게 하고……"

이겸은 쿨해도 너무 쿨한 지원의 이야기에 당혹감을 감추지 못했다.

[처음엔 좀 신경 쓰였는데, 지금은 아무렇지도 않아. 이 바닥에서 오래 구르려면 이 정도 잔뼈는 굵어줘야지.]

정말 아무렇지도 않은 말투인 지원의 목소리에, 이겸은 확실히 그녀가 전과는 많이 달라졌다는 걸 알 수 있었다.

[자, 이제 말해봐.]

"뭘?"

[나한테 연락한 진짜 이유가 뭐야? 다단계도 아니면, 돈 필요해?]

이겸은 완전히 다른 사람이 된 듯한 지원의 반응에 어쩐지 마음이 아팠다. 연예계란 그런 곳이구나. 멀쩡하던 사람도 이렇게 만들어 버리는, 그런 곳이구나 싶었다.

"사람들이 너한테 그런 걸로 연락 많이 했나 봐?"

[나한테 연락 오는 사람의 거의 대부분은 그런 편이지.]

"많이 힘들었겠네."

[……그렇게 말해주니, 뭔가 좀 기분이 이상하네.]

"사실대로 말하자면, 맞아. 나도 지원이 너한테 목적이 있어서 연락한 거, 맞아."

역시 그럴 줄 알았다는 듯 지원의 비소가 수화기 너머로 들려왔다.

"그래도 너한테서 이익만 취하고자 연락했던 건 아니었어."

[넌 다를 줄 알았는데.]

"다르지 않아서 실망했다면 정말 미안하다. 일방적으로 네 동의도 구하지 않고 연락을 한 건 내 쪽이니까 사과부터 할게."

친구임에도 사과를 건네는 이겸의 목소리는 지나치게 예의가 발랐다.

"한 가지 정확하게 말할 수 있는 건, 너에게 악의를 품고 뭔가를 뜯어내 보려고 연락을 한 건 아니었어."

그동안 얼마나 시달렸으면, 오래간만에 연락 온 친구에게 대뜸 연락한 진짜 이유가 뭐냐고 물었을까.

"지금 근무하는 회사에서 내가 하는 일에, 네가 꼭 필요했었어."

[……회사에서 내가 필요할 일이 뭐가 있어?]

"궁금해하지 마. 나도 말할 기분 안 나서 못 하겠으니까."

어차피 이겸은 자신이 지원에게 연락을 한다고 뾰족한 수가 없을 거라는 걸 잘 알고 있었다. 그저 지푸라기라도 잡아보는 심경으로 연락을 해본 것이었다. 정말 그게 전부였다.

[부탁하려고 전화한 애 맞아? 반응이 왜 이래?]

"안 한다고. 그 부탁."

[뭔지 들어나 보고…….]

[지원아, 메이크업 마무리해야 해. 얼른 나와.]

지원이 말을 채 끝내기도 전에 누군가 지원을 부르는 소리가 수화

기 너머로 들려왔다. 그녀는 이겸에게 나중에 전화한다는 말을 하고
전화를 끊어버렸다.

"사람 인생 모른다더니. 그렇게 잘나가던 김지원이 사람들에게 시
달릴 줄이야."

뭔가를 잘 해내보려던 과한 욕심이 상대방에게는 상처가 될지도 모
른다는 걸 차마 예상하지 못했던 까닭이었다.

"괜히 나만 이상한 사람 될 뻔했잖아! 다단계라니……. 어떻게 날
두고 그런 말을 입에 올리지? 내가 어디 그런 거 할 사람을 보이나?"

막상 지원과 전화를 끊고 나니 이겸은 다시 걱정이 되기 시작했다.

'이 계약, 이대로 괜찮을 걸까?'

유미가 맡은 첫 계약이 완벽히 성공하길 바라는 이겸의 마음은 끊
겨 버린 전화처럼 답답하기만 했다.

이겸은 유미에게 지원을 섭외하는 데 실패했다는 사실을 알리지 못
했다. 일부러 숨기려고 한 것은 아니었다. 하지만 얼마 동안 유미와 업
무적으로 부딪칠 일이 없기도 했고, 요즘 들어 저에게 먼저 말을 걸어
오지 않았기 때문에 대화를 나눌 기회가 없었던 이유였다.

"공 주임."

"네?"

이겸은 아무 말 없이 유미의 업무용 수첩 위에 휘갈겨 쓴 포스트잇
하나를 붙였다. 그러고는 빠른 걸음으로 다시 제자리로 돌아갔다. 이
겸은 아예 작정을 하고 이야기하는 게 낫겠다 싶었다. 유미는 먹는 것
에 행복을 느끼는 여자니까, 맛있는 걸 먹이고 이야기를 꺼내는 게 조
금 더 수월하지 않을까, 라는 생각이 들었다.

한편, 이겸에게 생전 처음 쪽지를 받아본 유미는 어리둥절한 표정

을 지었다.

 ― 마치고 약속 없으면 같이 저녁 먹자. 할 얘기도 있고.

그렇게 같이 저녁 좀 먹자고, 먹자고 애원할 땐 귀찮다고 쏜살같이 집에 들어가더니만.

'어디 한번 너도 애 좀 타봐라.'

이겸이 쪽지를 건넨 지 한참 지났지만, 유미는 그에게 아무런 답변도 주지 않았다. 벌써 조금 있으면 퇴근 시간이었다.

'쪽지를 못 봤나?'

몰래 준 것도 아니고, 대놓고 건넨 쪽지를 못 봤을 리 없었다.

'그럼 혹시 같이 저녁을 먹기 싫은 건가?'

가능성은 없지 않았다. 그래도 저녁을 같이 먹기 힘들 만큼은, 아닐 거다. 아니라고 믿고 싶었다.

'아니면 혹시…… 최시윤과 데이트를?'

이겸은 본인이 생각한 것 중 가장 가능성이 높은 것이 바로 이것이라 생각했다. 지원의 캐스팅 일로 며칠간 신경을 쓰지 못한 사이에 둘의 관계가 벌써 그 정도로 진전이 되기라도 한 걸까. 순간적으로 어디에서 기인한지 모를 불안감이 엄습해 왔다. 이겸은 괴로움에 머리를 감싸 쥐었다.

'이거야 원, 마음먹고 이야기 좀 해보려고 해도 쉽지 않네.'

전엔 당연하다고 느꼈던 것들이 이제는 마음을 먹어야 할 수 있는 게 되어버린 것이 안타까웠다. 그렇다고 유미를 탓할 수도 없는 노릇이었다. 그 당연한 것들을 걷어차 버린 건 본인이니까. 속에서만 메아리치는 욕설은 공허하게 가슴 안쪽을 맴돌 뿐이었다.

퇴근 시간이 되기가 무섭게 시윤이 퇴근 준비를 마치고 이겸의 앞으로 쭈뼛거리며 다가섰다. 팀장님은 외근을 나간 상태였고, 현재 팀에 남아 있는 최고참은 이겸이었기 때문이었다.

"대리님, 오늘 약속이 있어서 먼저 퇴근해 봐도 될까요?"

'약속? 공유미랑 데이트? 시간 맞춰 나가는 걸 보니, 둘이 영화라도 보시나?'

이겸은 똥 씹은 얼굴을 하고 낮게 한숨을 몰아쉬었다.

"가봐요."

"네! 감사합니다! 내일 뵙겠습니다!"

제 시간에 퇴근하는 게 뭐 그렇게 감사한 일이라고, 허리를 90도로 꺾어 인사하는 시윤을 보자 이겸은 당황스러웠다.

"그래요. 가봐요, 어서."

아직 자리에서 움직일 생각을 않는 유미를 보고 있자니, 이겸은 괜히 빈정 상했다.

'저 치밀한 뒷모습 좀 보게. 비밀 연애라도 하는 건가? 시간차 퇴근, 뭐 그런 건가?'

이겸은 초조하게 입술을 잘근잘근 씹으며 일 분, 일 분, 흘러가는 시계만 바라보았다. 그런데 시간이 지날수록 조금 이상했다. 오 분이 지나도, 십 분이 지나도, 그리고 얼추 삼십분이 지날 때까지 유미는 자리에서 꼼짝도 하지 않고 앉아 있었다.

'뭐지……'

결국 팀원들이 모두 퇴근하고, 주변 다른 팀 직원들도 거의 퇴근을 할 무렵까지 유미는 그 자리에 그대로 앉아 있었다.

"공…… 주임, 퇴근 안 해요?"

시윤과 시간차 퇴근을 한다고 하기에는, 너무나 많은 시간이 지난 건 아닌가 싶었다. 줄곧 꼿꼿한 자세를 유지하던 유미는 이겸의 목소리에 반응했다.

"그러는 대리님은, 퇴근 안 하세요?"

"아, 나는……."

이겸은 자신이 뭔가 착각을 했나 싶어서 말을 끝맺지 못하고 얼버무렸다.

"내가 대답 안 한다고 계속 이렇게 기다리고 있는 거예요?"

유미는 그제야 이겸이 있는 방향으로 고개를 돌려 그를 빤히 쳐다보며 간단명료한 질문을 건넸다.

"으, 응?"

"대답할 때까지, 그렇게 앉아서 기다리고 있으려고 했냐구요."

"아……."

왜 대답 안 해주냐고 먼저 물어보면 될 걸 왜 바보같이 아깝게 시간을 보내고 있었던 걸까.

이겸은 뒤늦은 후회가 밀려옴에 얼굴이 살짝 붉어져 올랐다.

"배고파 죽겠네, 정말."

유미는 기다렸다는 듯 컴퓨터 전원을 끄고 자리에서 일어났다.

"뭐야, 그럼 설마…… 지금까지 나 기다린 거야?"

이겸이 부자연스럽게 몸을 일으켰다.

"약속이 있었던 것, 아니었어?"

재차 확인을 위해 묻는 이겸의 목소리가 떨리기 시작했다.

"아닌데."

"아…… 그렇구나."

어색함에 쭈뼛거리던 이겸은 제 귓불을 만지작거렸다.

"뭐, 뭐 먹으러 갈래?"

이겸의 머릿속은 온통 하얗게 변해 버려서 아무런 것도 생각나지 않았다.

"뭐 사줄 건데?"

"먹고 싶은 거 없어?"

"닭발?"

"닭발……. 사줄 순 있는데, 내일 아프다고 병가 쓰는 거 아니지?"

한동안 볼 수 없었던 평소의 공유미의 모습에 이겸은 괜히 울컥하는 감정이 솟구쳐 오름을 느꼈다. 이 일상적인 대화가 이토록 소중한 순간이 올 줄 몰랐던 까닭이리라.

"하긴. 매운 것만 먹으면 다음 날 불이 나긴 하지! 그래도 먹을래. 닭발!"

매운 것만 먹으면 다음 날 화장실에서 거의 살다시피 하는 유미를 걱정해 이겸이 건넨 말에도 그녀는 어깨를 으쓱하며 답했다.

"진짜 괜찮겠어?"

"매운 거 먹고 스트레스 좀 확 풀렸으면 좋겠다!"

이겸은 유미가 말한 스트레스의 원인이 자신일 거라고는 상상조차 하지 못하는 듯했다.

회사 건물 바깥으로 나오자, 비가 오고 있었다.

"비 온다. 우산도 없는데……."

더위가 싹 가실 만큼 시원하게 비가 내렸다.

"우산 여기 있어."

이겸은 자연스럽게 가방 안에서 우산을 꺼내어 들었다.

"황천길 가면 어쩌려고 우산을 쓰고 가시나?"

유미는 애써 터져 나오려는 웃음을 꾹 눌렀다.

츤데레의 정석

"응?"

"며칠 전 시윤 씨에게, 낙뢰 조심하라는 일기 예보 알려줬다면서."

"아……. 그야……."

이겸은 시윤이 유미에게 우산을 빌려주겠다는 이유로 들러붙어 있는 게 싫어서 꾀를 부린 것인데, 그것에 말리는 건 바로 이겸 자신이었다.

"피뢰침 되기 딱 좋네, 이 우산."

유미는 이겸의 손에 들린 우산을 이리저리 살펴보았다. 그것은 다분히 고의적인 행동이었다.

"벼락 맞는 게 뭐 쉬운 일인 줄 알아?"

"아깐 쉬운 것처럼 얘기하더니."

이겸은 자신이 마치 유미의 손바닥 위에서 놀아나는 것만 같은 기분이 들었다. 어쩌다 자신의 처지가 이렇게 되어버린 걸까.

"안 쓸 거면 말아."

이겸이 유미의 손길이 닿은 우산을 펼쳐 빗속을 향해 걸어갔다.

"야아. 같이 가!"

유미는 폴짝거리는 걸음으로 이겸의 옆에 몸을 바짝 밀착시켰다. 갑작스럽게 제게로 몸을 기대오는 유미로 인해 이겸은 화들짝 놀라 순간적으로 몸을 움츠렸다.

"부, 붙지 마. 떨어져."

"코딱지만 한 우산 씌워주면서, 떨어져서 걸으라니!"

유미는 이겸의 말에도 몸을 물릴 생각이 전혀 없어 보였다. 시원하게 쏟아져 내리는 비로 인해 미칠 듯한 더위도 사라졌는데, 이겸은 괜스레 몸이 달아오른 느낌이 들었다.

버스 정류장으로 향하던 두 사람의 앞을 지나가던 고급 세단이 웅덩이에 고인 물을 크게 튀기고 사라졌다.

"아니! 운전을 어떻게 하는 거야!"

하마터면 옷이 젖을 뻔한 유미가 투덜거렸다. 그러자 이겸은 유미를 옆으로 밀어내고 자신이 차도 쪽으로 가서 섰다.

"차가 오면 알아서 피해야지. 하여간, 피곤하게 만든다니까."

그때, 앞으로 달려 나가던 차가 서서히 후진을 해서 그들 쪽으로 다가왔다. 밤이 늦기도 했고, 버스 정류장이 있는 이곳은 차가 잘 다니지 않는 곳이라 가능한 일이었다. 후진하던 차는 정확히 이겸과 유미가 있는 쪽에서 멈췄다. 이겸은 자신들의 옆으로 다가선 차를 의아하게 바라보았다.

지이이잉, 하는 소리와 함께 짙게 선팅이 된 창문이 내려갔다.

"지나가면서 보고 설마설마 했는데, 진짜 신이겸 맞네?"

운전자의 청아한 목소리가 빗속을 뚫고 두 사람의 고막을 파고들었다.

"어? 김지원?"

유미는 제 눈으로 보고도 믿을 수 없는 듯이 눈을 동그랗게 뜨고 소리쳤다.

"응? 넌…… 공유미?"

이겸에게만 고정되어 있던 지원의 눈동자가 그 옆에 멀뚱멀뚱 놀란 표정을 하고 서 있는 유미에게로 향했다. 유미는 크게 고개를 끄덕였다. 지원을 우연히 만난 것은 딱히 달갑지 않았지만, 유명한 사람이 제 이름을 기억하고 있다는 것이 몹시도 신기했던 이유였다.

"비도 많이 오는데 다 젖겠다. 어디까지 가? 태워줄까?"

이렇게 길을 가다가 마주친 것도 대단한 우연인데, 바쁜 대배우님이 베푸는 친절은 이겸과 유미에게 부담으로 다가왔다.

엉겁결에 지원의 차를 얻어 탄 두 사람은 뒷좌석에서 뻘쭘하게 눈만 깜빡였다. 룸미러로 두 사람을 흘깃거리던 지원은 의미심장한 웃음을 지었다.

"근데 두 사람…… 아직까지 붙어 다니네?"

유미는 아무런 대꾸도 없이 눈동자만 굴렸고, 이겸은 괜스레 바짝 말라가는 입술에 침을 발랐다.

"같은 회사 다녀……."

이겸이 마지못해 지원의 질문에 대한 대답을 꺼내놓았다.

"같은 회사씩이나? 우와. 그것 참, 대단한 인연이네."

이겸의 말이 끝나기가 무섭게 지원은 한껏 놀란 표정을 지었다.

"집에 가던 길?"

지원이 점점 거세지는 빗줄기를 확인하고, 속도를 낮춰 서행했다.

"저녁 먹으러 가려고."

학교에 다닐 때도 유미는 딱히 지원과 친분이 있었던 건 아니었다. 그래서 지금 지원이 질문을 하는 대상도 자신이 아닌 이겸이라는 것이라는 걸 알기에, 별말 없이 차창 밖의 쏟아지는 빗줄기만 멍하니 바라보았다.

"응? 벌써 9시가 다 되어가는데. 저녁?"

시계를 확인한 지원이 또 한 번 의아해했다.

"어쩌다 보니까 늦어졌어."

"뭐 먹을 건데? 나도 저녁 아직인데."

이겸은 오랫동안 만나지 못했다고는 느껴지지 않을 정도로 친근하게 구는 지원의 말투나 행동이 놀랍기까지 했다. 지금의 모습으로는 전화 통화 때 느껴졌던 유명 연예인의 느낌이 전혀 없기에 그 모습과

동일인이라고는 믿기 힘들었다.

"우리 닭발 먹을 거야."

메뉴를 말하면, 따라나서진 않을 거라 생각했다.

"닭발? 나도 닭발 완전 좋아하는데!"

"아……."

한데, 오히려 좋아하는 지원을 보고 있자니, 이겸은 절로 유미의 눈치가 보였다.

"나도 같이 먹어도 돼?"

이번엔 지원이 유미에게 물었다. 이겸은 당연히 허락할 거라고 생각했던 모양이었다.

"어?"

유미는 화들짝 놀라 어깨를 들썩였다.

"나도 따라가도 되냐고."

이렇게까지 대놓고 물어보는데 대답을 해주지 않을 수도 없었다.

"아, 응. 뭐……. 난 상관없어."

유미는 이겸과 지원의 사이가 신경 쓰이기보다는, 지원이 걱정되었다.

'우리가 가는 데가 대단한 곳인 줄은 아는군? 아마 너무 행복해서 브레이크 댄스를 추게 될지도 모를 텐데?'

매운! 아주 매운! 닭발로 유명한 가게로 가는 것인데 말이다. 저야 일반인이니까, 매운 걸 먹고 다음 날 똥꼬에 불이 나든, 똥꼬로 용가리 불꽃 핵방구를 끼든 상관없지만, 지원은 다르지 않은가.

'뭐. 알아서 조절하겠지. 그보다 따로 연락처를 알아볼 필요가 없어졌잖아? 직접 물어보면 될 절호의 기회인걸! 놓치지 말아야 해!'

지원이 이겸의 첫사랑 상대만 아니었어도, 그녀와 이렇게 우연히 만나게 된 걸 대놓고 기뻐했을 텐데. 그래도 기회는 기회였다. 계약을 성공적으로 마무리 지을 수 있는 절호의 찬스.

용가리 불꽃 닭발집 안. 마주 앉은 세 사람은 전혀 위화감이 없어 보였다. 이따금씩 주변 테이블에서 지원을 보고 쑥덕거리는 소리가 들려왔다.

"저기…… 김지원 아냐?"

"헉! 진짜네!"

남자와 단둘이 데이트를 하는 광경을 목격했다면, 사진이라도 찍어 SNS에 올렸을 테지만, 여자인 유미도 함께 있으니까 전혀 문제 될 것 없었다. 유미는 이겸과 저녁을 먹기로 한 건 본인인데, 어쩐지 주인공이 자신이 아닌 지원이 된 것만 같아 괜히 씁쓸한 기분이 들었다. 게다가 유미는 지원의 성격이 까칠하고 도도할 거라 생각했지만, 전혀 아니었다. 그녀는 털털하면서도 직설적으로 할 말 다하는, 대놓고 완벽한 여자였다.

"그래서, 둘이 사귀어?"

닭발 하나를 비닐장갑을 낀 손으로 집어 들며 지원이 아무렇지 않게 질문했다.

"사귀긴 무슨! 아니야!"

불쑥 큰 소리를 내는 이겸이 그렇게 어색해 보일 수 없었다.

"그럼 여태껏 그냥 이렇게 붙어 다니기만 거야?"

지원은 전혀 이해가 되지 않는 듯한 표정을 지었다.

"뭐…… 어쩌다 보니……."

그도 그럴 것이, 지원은 학교에 다닐 때도 이겸과 유미 사이의 미묘한 감정 같은 것을 느꼈었는데, 지금도 그들 사이에 그 느낌이 분명히 존재했다.

"신기하네. 근데 그거, 서로에게 너무 마이너스 아닌가?"

여전히 서로 간만 보고 있는 두 사람의 모습을 보고 있자니 지원은 자신이 마치 열여덟 순수한 애들을 앉혀놓고 놀리는 기분이 들었다.

"마이너스……?"

지원의 덫에 걸려든 건, 다름 아닌 유미였다.

"그렇잖아. 서로 인생 책임져 줄 것도 아니면서, 계속 주위만 맴도는 거 말이야. 그거 되게 상대방에게 민폐거든."

유미는 '민폐'라는 말에 마른침까지 꿀꺽 삼키고 지원의 입술에 온 신경을 집중시켰다.

"신기하다. 그 오랜 시간 동안 사귀지도 않고, 헤어지지도 않고 이렇게 지내는 거. 진짜 친한 친구도 이렇게 오래 붙어 다니긴 힘들지. 심지어 동성도 아니고, 이성인데."

어느새 고개를 절로 끄덕이는 유미의 모습이 어딘지 모르게 귀엽기도 하고, 어리어리해 보이기도 했다.

"보아하니…… 아직도 비밀이 많아 보이네."

줄곧 방관하듯 지원의 말을 가만히 듣고만 있던 이겸의 눈썹이 꿈틀거렸다.

'쟤가 무슨 말을 하려고 저러는 거지…….'

"신기하네. 연예인이랑 닭발을 다 먹고."

이겸은 지원이 혹시 유미에게 무슨 이상한 말을 할까 싶어서 다급하게 되는 대로 말을 뱉어냈다.

"연예인들은 이슬만 먹고 사나, 뭐. 사람 사는 게 다 똑같지."

지원은 은근히 자신과의 사이에 선을 긋는 이겸에게 보란 듯이 닭발을 자연스럽게 입속으로 집어넣었다. 입안에서 화하게 퍼지는 캡사이신 향이 코를 타고 넘어가 온몸으로 빠르게 퍼져 나갔다.

"매워……."

"그러게 지원이 넌 이런 거 별로 안 좋아할 거라고 생각했는데. 다른 데로 갈 걸 그랬나?"

이겸은 여전히 굳은 표정을 하고 지원에게 물었다.

"으느야아. 매운 닭발 으으음청 됴아해."

혀가 얼얼해질 정도로 강력한 매운맛에 지원은 제대로 말이 나오질 않았다. 그럼에도 '괜찮다'고 연발하는 지원의 모습에 이겸과 유미는 터져 나오려는 웃음을 참아야만 했다. 매운 기운을 식혀보겠다고 뜨거운 계란찜을 입속으로 집어넣은 지원은 눈물을 글썽거렸다.

"으흑! 더 매워……."

"우유 마셔. 우유."

보기에 안됐는지 유미가 차가운 우유 하나를 시켜주었다. 매운 덴 우유가 특효약이니까. 우유를 마신 지원은 겨우 진정이 되었는지 눈가에 고인 눈물을 재빨리 닦아냈다.

"좀 괜찮아?"

"후. 먹을 만하네."

방금까지 매워 죽겠다고 울부짖던 지원이 아무렇지 않은 얼굴을 연기했다.

'김지원. 쉽지 않은 상대야. 창자가 뒤틀릴 정도로 매울 텐데!'

지원은 이 정도로 끄떡없다는 듯 어깨를 으쓱 들어 보였다. 그러면서도 그녀는 입으로 연신 매운 김을 뿜어가며 계속 닭발에 손을 댔다. 닭발 하나에 우유 1.5리터를 다 흡입할 기세로 말이다. 확실한건, 끄떡없지는 않아 보였다는 거.

"참. 이겸아. 너 내가 연락했는데 왜 안 받았어?"

그러고 보니, 지원과 전화를 하다 끊기고 나서 다시 전화가 걸려왔
지만, 이겸은 다시 전화를 걸어야지 생각하고는 깜빡 잊고 있었다.

"아…… 조금 바빴어."

이겸은 무언가 변명이라고 댈 만한 게 생각이 나질 않았다. 딱히 해
명을 해야 할 이유도 없었다.

"뭐야. 뭐 얼마나 바쁜 일 한다고……. 안 그래도 너한테 전화 받고
곰곰이 생각해 봤는데. 내가 도움 줄 수 있는 거면 주고 싶어서 다시
연락한 거거든."

지원은 목적을 가지고 저에게 연락을 했어도 과연 일반적이지 않은
이겸의 반응이 좋았다. 이겸에게 연락이 왔을 땐, 심장이 두근거리기
도 했다. 사막에 사는 것처럼 퍼석퍼석한 연예계 생활을 지속하다가,
오아시스를 만난 기분이었다고나 할까. 다시 연락을 했을 때 전화를
받지 않아서, 분명 다시 연락이 돌아올 거라고 생각했지만, 이겸은 저
에게 다시 연락을 하지 않았다. 그렇다고 톱스타 체면에 그에게 또다
시 연락을 할 수도 없는 노릇이었다.

그의 연락을 기다리고 있던 참에 우연히 이겸을 만난 건, 참으로
기쁜 일이었다. 예전이나, 지금이나 이겸의 옆에 딱 달라붙어 떨어질
생각을 하지 않는 유미만 빼면 완벽할 뻔했는데, 아쉽긴 했지만 둘의
관계가 아직도 그대로인 것이 희망적이었다.

지원의 입가에 옅은 미소가 감돌았다. 오히려 이겸이 자신에게 목
적을 가지고 연락을 해준 게 고마울 지경이었다. 그에게 도움이 되면,
그걸 빌미로 이겸을 한 번 더 만날 수 있을 테니까.

"도움 못 줘."

잔뜩 기대감에 부풀어 있는 지원의 얼굴이 순식간에 확 굳어졌다.

"왜?"

"신경 쓰지 않아도 돼."

신경을 쓰고 말고의 문제가 아니었다. 기껏 만들어놓은 기회를 이렇게 날릴 수는 없었다.

"내가 다단계 이야기해서 신경 쓰였어?"

워낙 사람들에게 많이 데여서인지, 오래간만에 연락을 해오는 사람에게 말이 좋게 나가지 않았던 건 사실이었다. 그래도 이겸에게는 그렇게 날을 세우지 말았어야 했는데. 지원은 때아닌 후회가 밀려들었다.

"그런 거 아니야. 그냥 네가 도움을 주고 싶다고 해서 될 일 아니라서 그런 거야."

이겸과 지원의 이야기를 가만히 듣고 있던 유미는 분명 같은 공간에 있는데, 저만 따로 떨어져 앉아 있는 기분이 들었다.

"둘이…… 연락했었나 봐."

이미 둘의 대화 내용으로 미루어보아 눈치는 빤한데, 그걸 대체 왜 물어본 건지. 대체 확인하고 싶은 게 뭔지. 유미는 당장 어디라도 좋으니 그냥 숨어버리고 싶었다.

"응. 먼저 연락이 왔더라고. 따로 목적이 있어 보이긴 했지만…… 그래도 반갑긴 했어."

마치 이미 깊은 관계로 진전이라도 된 듯, 깊은 눈으로 이겸을 응시하는 지원을 보고 있자니, 유미는 기분이 너무나도 이상했다.

"……캐스팅 때문에?"

"응? 캐스팅? 그건 무슨 얘기야?"

유미는 자신이 무슨 말실수를 한 건가 싶어 입을 꾹 다물고 이겸을 쳐다보았다.

"뭔데?"

불행인지, 다행인 건지. 이겸은 별다른 표정의 변화 없이 무감하게 앉아 있었다.

"사실은 이번에 일본 아리마 백화점에 우리 그룹 자회사 J코스메틱이 입점하게 됐어. 근데 그 쪽에서 J코스메틱 메인 모델이 꼭 너였으면 좋겠다고 하더라고……."

이겸이 지원에게 이 문제에 대해서 굳이 숨길 이유는 없었다. 안 되는 건 안 되는 거고, 지원이 안다고 해서 달라질 것도 없을 것이다. 이런 일이 있었다고 해서 문제 될 것도 없었으니까.

"K뷰티 광고 촬영 다 끝내서 이중 계약은 힘든데."

그제야 이해가 갔는지, 지원이 고개를 끄덕이며 굳은 표정으로 답했다.

"도움 주고 싶다고 될 일 아니라고 단정 지은 건, 내가 K뷰티랑 계약한 사실까지 다 알고 있었던 거야?"

지원은 정확히 이겸을 향해 물었다.

"알고 있었어."

"그것 때문에 일부러 나한테 연락까지 했는데, 도움이 못 됐네. 내가 회사에 한번 이야기 해볼까?"

지원은 어떻게든 이겸에게 도움이 되고 싶어 하는 것 같아 보였다.

"무리할 필요 없어. 다른 쪽으로 계약 사항 변경하고 싶다고 말하면 되고……."

이겸은 이런 반응을 예상했기 때문에 말하고 싶지 않았던 것이었다. 유미를 생각해서 지원에게 연락을 한 거긴 하지만, 사실 그녀에게 연락을 하는 것조차 탐탁지 않았으니까.

"그래도 신이겸이 나한테 연락했을 정도인데……."

이겸은 지금 지원과 유미가 동시에 한자리에 있는 것도 영 내키지 않았다. 지원이 무슨 말을 잘못 꺼내서 유미를 자극할까 싶어서 그것 하나만 신경 쓰였다.

"난 또. 내가 뭐라고 그래. 됐어. 그냥 잊어."

잊으라는데.

"다른 사람이면 몰라도, 신이겸이잖아."

집요하게 자신에게 매달리는 지원이 이겸은 마음에 들지 않았다.

"됐어. 그냥 잊어."

"에이, 신이겸. 너 자꾸 모르는 척할 거야?"

지원은 유미의 앞에서 대체 무슨 말을 하려고 이러는 걸까. 이겸은 불안해서 미칠 것만 같았다.

'시한폭탄 같은 녀석······. 아무래도 자리를 떠야겠다.'

이겸이 다급하게 몸을 일으켰다.

"어? 갑자기 왜 일어나?"

자연스레 유미와 지원의 시선이 자리에서 일어난 이겸을 따라 올라갔다.

"그만, 가봐야겠어. 내일 출근도 해야 하고."

이겸은 분명 자신이 일어나면 따라 일어날 줄 알았던 유미가 자리에서 일어날 생각도 하지 않고 있는 것을 확인하고 몹시 당황했다.

"너도 일어나. 가자."

이겸은 자신 없는 목소리로 유미에게 말했다.

"나 아직 다 안 먹었는데?"

"나도. 아직인데."

이겸은 유미에게 물은 건데, 유미의 대답 다음으로 지원의 대답까지 따라 흘러나왔다.

"먼저 가."

유미는 이겸에게 너무나도 쿨하게 말했다.

"뭐?"

평소에는 자기가 무슨 말만 하면 즉각 반응하던 유미였는데.

'참…… 공유미 이제 나 안 좋아하지.'

예고도 없이 다시 한 번 자각의 시간이 돌아왔다. 이겸은 지원이 괜히 유미에게 이상한 말이라도 할까 봐 온 신경이 그쪽으로 곤두섰다.

"이만큼이나 남았는데, 아깝게. 먹고 갈게. 먼저 가."

유미는 아직 반도 채 먹지 않은 닭발을 보며 눈동자를 빛냈다.

"나도."

대체, 뭐 하는 여자들이야. 이겸은 깊은 한숨을 쏟아내고는 다시 자리에 털썩 앉아버렸다.

"뭐야, 왜 다시 앉아? 간다며?"

이겸은 차마 지원에게 공유미라는 다루기 좋은 먹잇감을 남겨두고 갈 수는 없었다.

"여기 소주 한 병 주세요."

타는 속은 어떠한 것으로도 달랠 길이 없다. 그렇게 성인 셋이서 부어라 마셔라 한 소주는 몇 병인지 셀 수도 없을 정도였다. 이겸은 유미가 또 취할까 봐 눈치를 보며 느리게 술잔만 쥐었다 내려놓았다 했다. 지원이 무슨 말만 할라치면 이겸이 나서서 막는 그런 패턴이 계속해서 반복되었다. 다행히 유미가 이런 쪽으로는 아예 눈치가 없어서 망정이지 그게 아니었다면 곤란해질 뻔했다.

"뭐야? 그냥 이렇게 놓고 가자고?"

발음이 조금 꼬이긴 했지만, 완전히 취해서 뻗은 지원에 비해 유미는 멀쩡해 보였다.

"그럼 뭐, 내가 데려다주기라도 해야 해?"

생판 모르는 남도 아닌데, 이렇게까지 매정하게 구는 이겸이 유미는 이해되지 않았다. 명색이 그의 첫사랑인데 말이다. 이겸의 무관심이 썩 기분 나쁘지는 않았지만, 여배우를 이런 곳에 혼자 두고 가는 것도 아니지 싶었다.

"큰일이네. 얘네 집도 모르는데……."

이 늦은 시간에 누군가 지원에게 전화를 걸어올 리도 없었다. 패턴으로 잠겨 있는 지원의 휴대폰을 바라보며 유미는 길게 한숨을 쉬었다.

"우리 집으로 데리고 가는 수밖에 없겠네."

"뭐? 어디를 데리고 간다고?"

"우리 집. 이대로 여기 두고 갈 순 없잖아."

"아니, 아무리 그래도 그렇지. 집까지는 좀……."

이겸의 만류에도 유미는 뜻을 굽히지 않았다. 천성이 못되지 못한 녀석이라 그런 것이리라.

비가 온 뒤라 더위가 한풀 꺾이긴 했지만, 아직 여름은 여름이었다. 술에 쩔어서 몸에 힘이란 힘은 다 풀고 있는 민폐녀 지원을 옮기고 나니 두 사람은 땀으로 흠뻑 젖었다. 그나마 지원이 연예인이라 체중 관리를 한 덕분에 무게가 많이 나가지 않아 천만다행이었다. 이겸은 지원을 유미의 침대에 짐짝 내려놓듯 던져 두고는 미련 없이 유미의 집을 나섰다.

'아까 둘이 무슨 대화를 나누건 신경 쓰지 말고 집으로 갔어야 했어!'

이겸은 매우 피곤했다. 그들이 무슨 이야기를 나누건 따지고 보면 자신과는 그다지 상관이 있는 것도 아니었다. 그는 자신이 대체 뭣 때문에 이렇게 뭐 마려운 강아지처럼 안절부절못하고 있는 건지 알 수 없었다. 괜히 시간 낭비, 정력 낭비를 한 것 같은 기분을 지울 수가 없었다. 생각이 거기에까지 미치자 원래도 무표정하던 이겸의 표정에 더욱 짙은 색의 어둠이 드리웠다.

유미는 밖으로 향하는 이겸의 뒤를 종종걸음으로 따라나섰다.

"지원이 연락처 나한테 알려줬으면 내가 연락해 봤을 텐데."

공과 사의 구분이 철저한 이겸이라고 해도, 이어지지 못한 첫사랑에 대한 아픈 상처는 깨끗하게 지워지지 않았을 것이다. 유미는 이겸이 나서기 전에 더 적극적으로 나서지 못했던 것이 후회되었다.

"어쨌든 고마워. 나 대신 연락해 준 거니까."

아리마 담당자도 본인이었고, 이번 계약의 책임자도 본인이었기 때문에 유미는 이겸이 이렇게 나서준 것에 대한 감사를 표했다.

"계약 관련 사항은 내가 알아서 컨트롤할 테니까, 넌 다른 거에나 신경 써."

이겸은 깊어진 눈동자로 유미를 응시했다. 그리고 그녀의 집 대문을 나서며 느릿하게 말했다.

"어떻게 그래. 그래도 내가 처음 맡은 임무고, 또……."

이 계약 건으로 계속 지원의 이름이 언급되는 것만으로도 분명 이겸의 마음이 편하지만은 않을 거라는 걸 유미는 잘 알고 있었다. 그래서 뒷말을 아꼈다. 해봐야 피차 상처만 들쑤시는 꼴일 테니까.

"마음은 알겠는데, 일단은 특약 관련 사항은 내가 컨트롤한다는 것만 알고 있어."

유미는 말 잘 듣는 강아지처럼 온순한 눈망울을 하고 고개를 끄덕였다.

"빨리 자. 내일 또 지각하지 말고."

"알았어."

이겸은 입만 열면 잔소리였다. 그럼에도 유미는 그게 영 기분이 나쁘게 느껴지지 않았다.

"조심해서 가."

유미가 입을 크게 벌려 헤벌쭉 웃으며 손을 흔들었다.

'조심해서는 무슨. 걸어서 삼 분도 안 걸리는 거린데.'

이겸은 픽, 하고 콧방귀를 끼며 돌아섰다.

"어! 잠깐만!"

"응?"

"여기, 옷 다 젖었다."

아까 회사에서 나오면서 작은 우산 하나를 나눠 쓴 탓에 이겸의 재킷 한쪽이 빗물로 완전히 젖었다.

"이걸 어째."

딱히 자기가 잘못을 한 것도 아니면서, 유미는 눈썹을 있는 대로 찡그리고는 블라우스 소매로 물기를 닦아내 보았다. 바짝 다가선 유미의 모습에 이겸의 심장이 또 난데없이 쿵쾅거리기 시작했다. 안타까운 표정을 하고 입술에 틈을 만들어 일정한 간격으로 숨을 쉬는 유미의 모습에 왜 마른침을 삼키고 있는 건지.

'뭐, 뭐야……'

제 의지와는 전혀 관계없는 기관인 양 이겸의 심장이 펄떡댔다. 유미의 손길이 닿은 곳에 불길이 인 듯 화끈거렸다. 맨살이 맞닿지도 않았는데 말이다.

"들어가서 빨리 자라고……."

이겸은 재빠르게 유미에게서 한 발짝 뒤로 물러섰다.

"세탁소에 맡겨야겠다. 얼룩지면 안 되잖아."

"들어가라고 글쎄."

"알았다고 글쎄."

유미가 집으로 들어가는 걸 보고 나서야 걸음을 돌린 이겸의 마음은 불편하기만 했다. 지금이야 술에 취해 뻗어 있다지만, 지원과 유미두 사람이 맨정신으로 마주하고 있는 건 죽어도 싫었다. 이겸은 지원과의 우연한 만남은 여기서 끝일 거라고 생각했다. 적어도 다음 날 아침이 밝아오기 전까지는.

유미는 지원에게 자신의 침대를 내어주고 바닥에서 잠을 청했다. 덕분에 아침에 눈을 뜨니 온몸 구석구석 아프지 않은 곳이 없었다.

'내가 대체 왜 저 애를 여기까지 데리고 왔을까?'

술을 마셔서 판단 능력이 완전히 흐려진 게 분명했다. 출근을 하기위해선 힘들어도 씻어야 했다. 무거운 몸을 이끌고 욕실로 향하는데, 유미는 무언가 바람처럼 스쳐 지나가는 것을 느꼈고, 곧 이어 쾅, 하고 문이 닫히는 소리가 들렸다.

"응? 방금 뭐였지?"

뭔가 슥, 지나간 것 같은 선득한 느낌이 들었다. 욕실 문이 잠겨 있는 걸 확인하고서야 유미는 방금 저를 지나간 바람이 지원이라는 것을 알았다. 그렇게 유미는 욕실 문 앞에서 지원을 기다렸다. 한데, 시간이 꽤 흘렀음에도 욕실 문은 열릴 생각을 하지 않았다.

"야, 김지원. 나 출근해야 돼. 빨리 나와."

문 하나를 사이에 두고 지원의 고통 섞인 신음이 흘러나왔다.

"으읍. 하…… 후."

"빨리 나오라고."

"나도 나가고 싶…… 으윽!"

그 후로도 계속, 아주 오래. 지원은 변기통과 한 몸이 되어 있었다.

"늦었어! 완전 늦었어!"

지원의 말을 빌리자면, 몸 안에 있는 내장이란 내장은 다 튀어나올 기세였다고 했다. 아무래도 똥꼬에서 피가 나는 것 같으니 병원에 가 봐야겠다는 소리도 했던 것 같다.

"연예인은 똥도 안 싸고 사는 줄 알았더니만, 김지원도 사람은 사람이야."

뭔가 굉장한 사실을 알아내기라도 한 사람처럼 유미는 매우 자랑스러운 표정을 지었다.

✳✳

그날 오후, 퇴근 시간이 가까워 오던 시각이었다. 갑자기 사무실 안을 울리는 웅성거리는 소리에 호기심 많은 유미가 고개를 바짝 들고 주위를 살폈다.

"허, 헉! 김지원?"

아침에 보았던 불꽃 설사 김지원이 아닌, 럭셔리하고 고아한 자태를 뽐내는 연예인 김지원을 본 유미는 당장에라도 튀어나올 것 같은 눈을 했다.

'여긴 대체 무슨 일로 온 거지?'

실내에서 어둡지도 않은지, 선글라스를 끼고 허리를 꼿꼿하게 세운 채 자신감 넘치는 걸음으로 걸어 들어온 지원은 정확히 해외영업2팀 칸막이 안에 들어섰다. 지원의 뒤에 시녀처럼 따라붙은 마케팅팀 여

직원이 허 팀장과 이겸을 지원에게 소개했다. 도무지 이 상황 자체가 제대로 파악이 불가능한 유미는 눈동자만 굴릴 뿐이었다.

"저희 제안에 계약까지 파기하시다니⋯⋯. 손해가 막심하셨을 텐데요. 정말 감사드립니다."

지원의 등장에 전혀 놀란 기색 없이 그녀를 대하는 걸 보아하니 허팀장과 이겸은 이 사실을 이미 알고 있었던 모양이었다.

"K뷰티 쪽이랑 계약 사항 중에 마음에 안 들던 부분도 있었고, 촬영 때 잡음이 좀 있기도 했었거든요. 그때 마침 소속사에서 J코스메틱 광고 모델 이야기가 나왔고, 고민 없이 계약 파기했어요. 오히려 제가 고마워요."

지원은 생각이 없는 걸까. 아니면 지나치게 용감한 걸까. 이미 광고 촬영까지 끝마친 K뷰티와의 계약을 파기하고 올 줄이야. 유미는 특약으로 내걸었던 김지원 캐스팅은 사실상 포기하고 있는 상태였다. 지원과 비슷한 이미지의 한류 스타를 앞세워 볼 요량으로 아리마가 원하는 이미지에 부합하는 여배우를 물색 중인 상태이기도 했다. 계약 파기가 쉬운 일도 아니고, 분명 지원 측에서도 금전적인 리스크를 감안하고 했을 텐데. 대체 왜? 왜 하루아침에 마음을 바꾼 걸까? 일본에서의 이미지보다 더 구미가 당기는 것이 이쪽에 있었던 걸까?

'설마⋯⋯ 그 구미가, 신이겸이라던가. 뭐 그런 건 아니겠지.'

유미의 얼굴이 순식간에 새파랗게 질렸다.

"이렇게 직접, 누추한 곳까지 방문을 해주시고."

허 팀장은 지원을 앞에 두고 함박웃음을 지으며 마치 VVIP 고객을 모시듯 그녀를 대했다.

"잠시 앉으시겠어요?"

"아뇨. 바로 다음 스케줄 있어서 또 가봐야 해요."

278　츤데레와 정석

그래, 얼른 가. 괜히 조용한 우리 사무실 분위기 흐리지 말고.

유미는 마음 같아선 '얘가 아침에 우리 집에서 파이리 불꽃 응가 하고 간 애예요'라고 말하고 싶은 걸 꾹 참았다.

"이겸아, 내가 네 얼굴 봐서 고민 없이 J코스메틱 광고 모델 하기로 한 거야. 알지?"

지원이 사람들 앞에서 이겸에게 눈웃음을 살살 치며 친분을 과시하고 있는 게 아닌가!

"응? 뭐예요? 두 사람, 아는 사이?"

지원의 비음 섞인 목소리에 허 팀장이 눈을 크게 뜨고 물었다.

"아…… 그게."

거기에 이겸은 이렇다 할 대답도 못 한 채 곤란한 듯 입술을 지그시 깨물었다.

"네. 고등학교 동창이에요."

지원은 질문을 해주길 기다린 듯 바로 대답했다.

"세상에! 이게 무슨 일이래!"

"좋은 게 좋은 거라고, 서로 도와가며 일하면 좋죠. 안 그래, 이겸아?"

유미의 얼굴은 이제 질리다 못해 창백해진 상태였다.

'저 불여우 같은 계집애! 신이겸이 저기에 깜빡 속아 넘어간 거였군!'

그녀의 입가에선 짧은 한숨이 절로 터져 나왔다.

"아…… 뭐, 그렇긴 한데."

이겸은 지원의 말에 딱히 반박을 하지는 못했다. 사실은 사실이었으니까.

"얘는! 이겸이 너 지금 쑥스러워하는 거야? 왜 내가 한류 스타 대배우 김지원을 영입했다! 말을 못 해?"

입을 벌린 채 뻥찐 사람들 틈에 선 이겸의 표정 또한 좋지 못했다. 지원은 자기가 얼마나 엄청난 말을 한 줄도 모르고, 속 좋게 호호 웃었다.

"김지원 씨, 잠깐…… 나가서 이야기 좀 합시다."

이겸은 굳이 직접 찾아올 필요도 없는 이곳까지 와서 자신을 곤란하게 하는 지원을 이해할 수 없었다. 사람들의 눈을 피해 옥상으로 향하는 이겸의 발걸음은 조금도 가볍지 못했다. 그에 반해 그 뒤를 따르는 지원의 발걸음은 날아갈 듯 가볍기만 했다.

"어디까지 가. 무슨 이야긴데 그래?"

옥상 한구석에 다다라서야 이겸은 묵혀둔 한숨을 깊게 몰아쉰 뒤, 차가운 눈동자로 지원을 응시했다.

"김지원."

낮고 굵직한 이겸의 음성에 지원의 동공이 살짝 떨렸다.

"왜?"

"왜? 왜냐니? 지금 왜라고 물을 수 있는 상황이야?"

질문을 잘못했겠지. 미안하다는 말이 먼저 아닌가. 물론, 좋은 의미로 아는 척을 했겠지. 악감정을 가지고 하진 않았겠지. 그렇지만 조금이라도 자신을 배려했다면, 사람들 앞에서 자신과의 있지도 않은 '친분'을 과시하면 안 되는 거였다. 거기에 눈웃음하며 서슴없는 스킨십까지. 누가 보아도 오해하기 딱 좋은 상황이었다. 더구나 그 자리에 유미까지 있어서 이겸의 신경은 잔뜩 곤두선 상태였다. 가뜩이나 지원과 제 사이를 오해하고 있는 유미의 앞에서 그런 폭탄을 터뜨려 버렸으니 더욱 미칠 노릇이었다.

"그러니까, 왜?"

언제나 냉정을 유지하던 이겸이 약간 흥분한 어투로 이야기하자, 지원은 정말로 이해가 되지 않는 듯한 표정을 지으며 또다시 물었다.

"사람들 앞에서 그렇게 말하면, 내가 곤란해질 거라는 생각 안 해 봤어?"

사실은 지원에게 온 신경을 쏟고 있을 유미가 걱정되어서, 라고는 차마 말하지 못했다. 차라리 셋만 있었다면, 그 주둥이를 틀어막고 펄쩍 뛰며 아니라고 해명이라도 했을 텐데. 보는 눈이 많은 그곳에서 체면을 버리고 마음 가는대로 행동 할 수도 없는 노릇이니 더욱 미칠 것 같은 것이다.

"곤란해질 게 뭐 있어? 나는 너 잘됐으면 해서 그렇게 말한 건데."

잘 되길 바랐다면 더욱 그러면 안 되는 거였다.

"잘되긴, 무슨."

이겸은 돌아선 유미 마음을 겨우 다시 붙잡아보려던 시기에 나타난 지원 때문에 모든 노력이 수포로 돌아가진 않을까 하는 걱정이 앞섰다. 사실 노력이라고 한 것도 없지만, 그래도 최소한 물밑 작업 정도는 시작하고 있었는데 말이다.

"그렇잖아. 내가 너에겐 어떻게 보일지 모르겠지만, 대중들에게는 국민 여신인데, 나랑 친구라는 사실 하나로도 사람들이 부러워하지 않겠어?"

"난 누가 나 부러워하는 거 싫어해."

지원은 저에게 이렇게까지 쌀쌀맞게 구는 이겸에게 여전히 흥미를 가지고 있었다.

"엎어질 뻔한 계약이 너와 내 사이가 좋아서 되살아났다. 이거 좀 버라이어티하지 않니?"

"전혀 안 그래. 사람들은 듣고 싶은 대로 듣는 습성이 있어. 사이가 좋은 남녀 사이라 함은 대개 이성 교제 중인 관계에서나 쓰는 거야."

이겸은 시선을 잔뜩 아래로 내리깔고 단호하고도 냉정한 목소리를 냈다. 반면, 지원은 저와 이겸의 사이에 그런 단어가 쓰이는 것이 썩 나쁘지 않다고 생각했다.

"그럼 너랑 유미는?"

끈질기게 이겸의 옆에 붙어 있는 유미만 없다면, 가능하지 못할 것도 없을 것 같은 느낌에 지원이 이겸을 자극하기에 충분할 그 이름, '유미'를 입에 올렸다.

"나랑 유미는……!"

"다를 게 뭐야? 니들도 그렇게 지내는데, 난 안 돼?"

그것은 명백한 도발이었다. 지원은 이겸의 마음을 누구보다 잘 알고 있었다. 이겸을 쥐고 흔들 수 있는 패, 즉 취약점이 바로 공유미인 것을 너무나도 잘 알았다.

"너, 뭔가 대단히 착각하고 있나 본데. 너랑 유미는 달라."

지원은 이겸의 반응을 예상한 듯 의미심장한 웃음을 지어 보였다.

"맞아. 걔랑 나랑 비교 대상 자체가 될 수 없지. 급이 달라, 급이."

여러 가지 의미로 급이 다른 건 맞다. 하지만 지원은 이겸이 일반인인 유미와 저를 놓고 비교하는 건 탐탁지 않았다.

"내가 너랑 무슨 얘길 하겠냐. 됐다, 말을 말자."

"고작 사람들이 오해할까 봐, 신경 쓰여서 싫다는 거야? 솔직히 말해서 우리 사이를 오해하면 너한테는 더 좋은 거 아니야? 얼마나 남자로서 매력이 넘치면, 나 같은 톱스타랑 사귀냐고 생각하지 않겠어?"

지원은 어쩐지 그의 반응이 아쉬워 몇 마디 더 거들어보았다.

"신경 쓰이는 거 딱 질색이고, 누가 날 오해하는 것도 싫어."

지원이 이겸에 대해 확실하게 알고 있는 것이 있었다. 그는 맺고 끊음이 확실한 사람이었다. 그 옛날 자신과 알고 지내던 때도 그랬고, 지금도 마찬가지였다. 싫은 건 곧 죽어도 싫었고, 좋은 건 누가 뭐래도 좋은 거였다.

"이겸이 넌 어째, 어릴 때나 지금이나 변한 게 하나도 없어? 아주 또—옥— 같네."

허무함에 지원의 입가로 웃음이 터져 나왔다.

"원래 내가 변화를 즐기는 타입은 아니야."

마음은 한껏 비꼬고 있지만, 지원은 그런 마음을 이겸에게 티를 내진 않았다. 당장 지금이 아니어도 기회는 얼마든지 있을 테니까.

"그런데 말이야. 너, 유미랑 같은 회사인 것도 모자라서, 같은 팀이더라?"

"어쩌다 보니까…… 그렇게 됐어."

"유미는 아직도 여전히 널 좋아하는 눈치고. 내가 잘못 본 거 아니지?"

지원은 이미 어제 상황 파악을 끝낸 상태였지만, 다시 한 번 확인해 보려 했다.

"왜, 또 무슨 헛소릴 하려고?"

"재미있잖아. 아니, 흘러간 세월이 몇 년인데 아직까지 둘이 그러고 있지?"

꼭 지원이 아니어도, 유미와 저를 아는 사람들은 모두 이구동성으로 물어보는 질문이었다.

"유미랑 사귀던 것 아니었어?"

"둘이 아직도 친구야?"

그러한 질문들.

이겸은 어쩐지 지원에게는 '우리 그런 사이 아니야' 하는 뻔한 변명을 늘어놓고 싶은 생각이 없었다.

"너, 안 바빠?"

이겸은 지원이 건넨 질문에 대한 대답은 하지 않고, 몸을 아예 옆으로 틀어버렸다.

"묘하단 말이야. 좋아하는 건지, 아닌 건지. 알 수가 없어."

혼잣말인지, 이겸에게 한 말인지 모를 말이 지원의 입에서 흘러나왔다.

"난 바빠서 이만 들어간다. 그리고 앞으론 사람들 앞에서 나랑 친한 척하지 마."

"아니, 왜?"

"그거 나한테 되게 마이너스야."

어디서 많이 들어본 단어다 싶었는데, 지원은 자신이 어제 이겸과 유미를 앞에 두고 한 말임을 뒤늦게야 깨달았다.

"허."

"너한텐 아닐지 몰라도, 나한텐 마이너스라고."

지원은 본인이 뱉었던 말이라, 이겸에게 이렇다 할 반박도 하지 못한 채 황당함에 콧김만 뿜어댔다. 잔뜩 당황한 표정을 짓고 있던 지원에게 이겸의 마지막 한마디가 날아들었다.

"조심히 가라. 바빠서 배웅은 못 해줘."

지원은 뻥찐 표정으로 이겸을 바라볼 뿐, 아무런 행동도 취하지 못했다. 너무 어이가 없어서 웃음이 흘러나올 지경이었다.

"두고 봐. 날 좋아하게 만들고 말겠어!"

누구나 손에 넣지 못한 걸 넣고 싶어 하는 습성이 있는 법이다. 지금 지원이 딱 그러했다.

지원의 캐스팅이 진행되고 있다는 사실을 알리자, 아리마에서는 J코스메틱이 원하는 입점 조건이라면 뭐든 들어주겠다며 격한 반응을 보였다. 인정하고 싶지는 않았지만, 확실한 건 지원의 영향력이 이 정도라는 사실과, 그녀 덕분에 이번 일이 더욱 수월해질 전망이란 것이었다. 분명 기뻐야 하는데. 처음 맡은 계약도 완벽하게 마무리되었는데, 유미는 어쩐지 고구마 천 개는 먹은 듯 가슴이 꽉 막힌 기분이었다. 이미 지원이 직접 회사에 찾아온 것이 알려져서, 이겸과 지원이 사귀는 게 아니냐는 소문이 돌았다. 유미가 잠을 청하려고 누운 건 무려 한 시간 전이었지만, 쉽사리 잠이 오질 않았다.

"진짜로 둘이 뭐가 있나?"

시기가 좋지 못했다. 하필 자신이 이겸에게 짝사랑이고 나발이고 다 때려치워 버리겠다고 선언 아닌 선언을 한 때에 지원과 엮이게 될 줄이야. 게다가 이겸을 대하는 지원의 행동이 어쩐지 심상치 않았다.

"그 눈빛, 분명 뭔가 신이겸에게 바라는 게 있는 것 같았단 말이야?"

다른 여자도 아니고, 김지원과 함께 있는 이겸의 모습을 상상하는 것만으로 싫어서 이불킥이 절로 나왔다. 유미는 이걸로 계약이 끝났으니, 더는 볼 일 없기를. 아니, 볼 일이 더 이상 없을 것이라 그렇게 믿고 싶었다.

한참 이불킥을 하며 이를 갈던 유미는 깜빡 잠이 들었다. 끼이이이익, 하는 요란하고도 끔찍한 타이어 소리가 실제인 듯 제법 크게 귓가를 윙윙 맴돌았다. 더 이상 꾸고 싶지 않은 꿈이었다. 그러나 바람과는 달리 겨우 잊을 만하면 어김없이 그 꿈을 꾸곤 했다.

마치 기억이 기억을 지우길 거부하는 것처럼, 그렇게 계속…….

"헉헉."

유미는 땀으로 축축하게 젖은 몸을 일으켰다.

"하아……."

당장에라도 눈물이 터져 나올 것 같았다. 유미는 답답하게 조여드는 가슴을 부여잡고 억지로 눈물을 삼켜보았다. 벌써 십년이 넘는 시간이 흘렀는데 왜 아직도 그날은 잊히지 않는 것일까.

"엄마……."

그저 부르는 것만으로 가슴이 아려오는 이름이었다. 보고 싶어도 볼 수 없고, 만지고 싶어도 만질 수 없었다. 가슴이 아파 죽겠는데, 상처는 곪아서 문드러질 정도였다. 하지만 사랑하는 사람을 잃은 건, 저 하나뿐이 아니라서 유미는 아파도 아프지 않은 척을 해야 했다. 여기서 무너져 버리면 모든 게 끝날 것 같은 공포가 밀려들었기 때문이었다.

"흐흑."

결국 참아왔던 울음이 입 밖으로 터져 나오고 말았다. 이 악물고 버티다 보면 어느샌가 이 감정에 무뎌질 줄 알았다. 그럴 줄 알았는데…… 아무리 시간이 흘러도 변하지 않았다. 아직도 유미의 몸 곳곳에 교통사고로 생긴 흉터가 희미하게나마 남아 있었다. 유미는 차라리 보기 흉한 큰 흉터가 남아도 좋으니, 마음의 상처가 조금이나마 걷혀졌으면 좋겠다고 생각했다.

이렇게 아플 때면 늘 그렇듯, 이겸의 얼굴이 떠올랐다. 그의 얼굴을 떠올리면 폭풍같이 휘몰아치던 감정도 거짓말처럼 잠잠해졌다. 마음 같아선 당장에라도 달려가 그의 품에 안기고 싶었다. 하지만 그렇게 할 수 없다는 걸 잘 알기에, 그래서 더욱 가슴이 미어질 듯 아파오는 것이겠지만 말이다.

다시 같은 꾸게 될까 두려워 유미는 뜬눈으로 밤을 지새우고 출근했다. 매일 밝기만 하던 유미의 얼굴에 어두운 그림자가 드리웠고, 눈 밑에는 다크서클이 짙게 내려앉았다.

"주임님. 얼굴이 안 좋아 보여요…… 무슨 일 있었어요?"

그 모습을 걱정스레 바라보고 있던 시윤이 유미에게 물었다.

"무슨 일은…… 그런 거 없어."

유미는 애써 웃음을 지어 보였다. 무심하게 컴퓨터 모니터를 응시하던 이겸의 검은 눈동자가 슬그머니 유미 쪽으로 돌아갔다.

이겸은 살짝 부어오른 유미의 눈이 거슬렸다.

'울었나……'

그는 유미가 자신의 감정에 너무나도 솔직해서 웃기도 잘 웃고, 울기도 잘 운다는 건 잘 알고 있었다. 그리고 그녀는 세상에서 가장 단순한 사람인 척하지만, 실은 속 깊고 마음이 여렸다.

'혹시 무슨 일이 있었나.'

이겸은 누군가를 의식하고 신경 쓰는 것이 성가시고 귀찮았다. 그 누군가가, 설령 유미라고 할지라도 예외는 없었다. 그런데 요즘 들어 그 어떤 일에도 집중할 수가 없었다. 무언가에 모든 의식과 관심이 쏠려 버려서 아무것도 제대로 해낼 수가 없었다.

"이유 없이 처지고 기분이 우울할 땐 단 걸 먹어야 해요! 제가 맛있는 케이크 사드릴까요?"

"시윤 씨 아직 첫 월급 받기도 전이잖아! 기분이다. 내가 사줄게. 케이크!"

그저 일상적인 대화를 나누는 유미와 시윤을 바라보는 이겸의 눈동자가 미약하게 흔들리기 시작했다.

'왜…… 왜 자꾸 신경이 쓰이는 거지.'

줄곧 아무렇지도 않았으면서. 그동안 단 한 번도 누군가로 인해 흔들린 적 없었음에도. 왜 저 둘을 보는 게 이렇게 신경이 쓰이는 건지, 또 왜 더욱 가까워지는 저 둘의 모습이 싫어 죽겠는 건지. 생각해 보니 그랬다. 유미는 저 아닌 다른 누군가에게 밝고 예쁘게 웃어주지 않았다. 곰살맞게 굴지도 않았다. 또한, 마음을 주지도 않았다.

이겸은 이제야 알 것 같았다. 유미는 이제 한 사람만 짝사랑하는 여자가 아니었다. 한 남자에게로만 향하던 마음이 돌아서고 나니, 모든 남자에게 마음을 열어두는 것이었다. 이를 테면, 사랑스럽고 귀여운 만인의 연인, 같은 느낌이랄까. 이겸은 유미가 시윤을 포함한 모든 남자에게 예쁜 보조개를 보여주며 웃는 모습을 상상했다. 지금이야 시윤만 유미에게 매달리는 상황이지만, 다른 남자, 또 다른 남자가 유미에게 끊임없이 구애를 하는 모습을 상상해 보았다.

'이런, 젠장할!'

게다가 거기에 흔들리고 고민할 유미를 생각하니 이겸은 당장에라도 속이 뒤집어질 것만 같았다. 애초에 그런 상상을 해본 적이 없으니까 더욱 속이 타는 것이었다. 당장 지금만 해도, 시윤의 앞에서 꼬리를 살랑거리고 있는 유미의 모습에 이겸은 마치 망치로 머리를 세게 얻어맞은 것만 같았다.

"여기 주변에 케이크 맛집이 있나?"

유미와 시윤은 얼굴을 맞대고 코딱지만 한 휴대폰 액정 하나에 시선을 모았다.

"여기요, 여기. 괜찮아 보이죠? 방송에도 나왔다고 하고, 후기 리뷰도 좋고."

"오, 때깔 보소."

유미는 윤기가 좌르르 흐르는 케이크 사진 하나에 군침을 꿀꺽 삼켰다.

"그럼 당장 오늘 점심시간에 다녀올까요?"

"응? 점심시간에 잠깐 다녀오기엔, 거리가 좀 있는데?"

"그럼 퇴근하고 갈까요?"

이겸은 귀를 쫑긋 세우고 둘의 대화에 완전히 집중한 상태였다. 이겸이 점심시간에 유미와 식사를 함께하는 건, 회사 생활을 함께하면서 늘 이어져 왔던 약속 같은 것이었다. 물론 퇴근길도 예외는 없었다. 출근은 따로 했지만, 퇴근은 함께했다. 그런 것들을 예로 들자면, 숨을 쉬는 것과 같은 지극히 당연한 일과 같은 것. 그런데 유미는 지금 철저히 자신을 배제한 채, 시윤과 대화를 나누고 약속을 잡고 있었다.

"음. 퇴근하고? 퇴근하고 한번 가볼까?"

유미가 입술 위에 검지 올려놓고 눈동자를 굴리며 고민했다.

'고민하지 마! 고민하는 척도 하지 마! 안 돼!'

이겸의 속에서 끊임없이 메아리치는 문장은 결국 소리가 되어 밖으로 나오지 못했다. 그는 이렇게 아무 생각 없이 넋을 놓고 있다간 둘이 나란히 디저트를 먹으러 가버릴 것만 같았다. 고민하던 이겸의 눈에 들어온 메일 한 통은 빛을 잃은 그의 눈동자를 빛나게 만들었다.

- 긴급! 구청 봉사활동 추가 인원 모집.

내용인 즉, 매달 이맘때쯤 그룹에서 팀별로 한두 명씩 지원자를 모집해 사회 봉사활동을 가는데, 타 부서에서 참가하기로 했던 인원 몇

이 부득이한 사정으로 오늘 불참하게 되어 긴급하게 추가 인원을 모집한다는 것이었다. 이겸은 지원자 명단에 유미와 자신의 이름을 끼워 넣고 난 뒤, 메일의 전송 버튼을 눌렀다.

'하마터면 눈 뜨고 코 베일 뻔했어. 마음 단단히 먹어야지. 저……굉장한 직진남 같으니라고.'

이겸은 혼자서 묘한 승리감에 깃들어 턱을 바짝 추켜들었다.

"공 주임."

유미의 뒤를 소리 없이 지나가던 이겸이 그녀에게만 들릴 정도로 작은 목소리를 냈다.

"봉사 좀 해야겠는데?"

"네? 봉사요?"

유미의 눈꺼풀이 비정상적으로 빨리 깜빡였다.

"나랑 좀 갑시다."

"어딜 가요?"

"구청 봉사요."

"그거 원래 지원해서 가는 거 아닌가요? 저 이번 달에 지원 안 했는데요……."

"인원이 좀 모자란 모양이더라고. 어차피 언제든 가야 하는데 날 좋을 때 다녀오면 좋잖아요?"

날 좋을 때, 나랑 좀 갑시다. 몇몇 단어들을 빼면 보이는 문장이 예사롭지 않았다. 그러지 말고, '오늘 날씨 참 좋다. 나랑 데이트하지 않을래?'라고 하는 게 더 나을 뻔했다.

'그럴 리가 없지. 상대가 누구야, 신이겸인데.'

착각 따위는 하지 말자고 다짐한 지 얼마나 지났다고 또 괜한 오해를 할 뻔했다. 유미는 자기가 생각해도 황당했는지, 입꼬리를 올려 웃었다.

"주임님, 그럼 우리 오늘 케이크 가게 못 가는 거예요?"

시윤은 유미의 기분을 풀어줘 보겠다고 케이크 맛집까지 찾았는데, 갑자기 봉사활동에 끌려가게 된 그녀를 안타깝게 바라보았다.

"다음에 가야겠네…… 별수 있나. 가라면 가야지."

유미가 입술을 앞으로 내밀고 세상에서 가장 불쌍한 표정을 지어 보이며 눈물을 머금었다.

항상 일손 부족에 시달리는 구청에서는 매달 혹은 분기별로 찾아오는 대기업의 봉사활동 인력 지원이 반갑다. 여름이면 유독 구청에서 관리하는 산림공원에 쓰레기가 늘어나는 통에 인건비를 더 지원받아 청소 인력을 늘려도 깨끗하지 못하다는 민원이 자주 들어오곤 했다.

"나눠 드린 지도에 표시된 구역으로 가셔서 작업해 주시면 됩니다. 구역별로 명칭을 정하기가 애매해서 알파벳으로 표시했는데요. D구역은 멧돼지가 자주 출몰하는 곳이니 조심해 주시고……."

간단명료하게 할 말만 전달하고 끝냈으면 좋겠는데, 공원 관리자는 한참을 주절주절, 지루한 이야기를 늘어놓았다. 한참 뒤에야 등판에 그룹 로고가 크게 박힌 파란색 조끼를 착용하고 정해진 구역으로 이동했다. 유미는 예정에도 없던 봉사활동을 하러 나오느라, 타 부서원에게 빌린 운동화를 신었다. 이겸은 벗겨질 것 같은 남의 운동화를 신고 터덜터덜 걷는 유미의 발소리가 무척이나 귀에 거슬렸다.

'벗고 걸으라고 할 수도 없고. 미안하게…….'

자신의 이기적인 질투심 때문에 곤란한 사람은 유미가 되었던 것이다. 위험에 노출된 유미를 보는 이겸의 표정이 좋지 못했다.

'이게 다 최시윤 때문인걸.'

이겸은 기어이 타인에게 책임 전가까지 하는 스스로의 모양새가 꼴 사납기까지 했다.

지도상으로 볼 때는 그리 멀어 보이지 않았는데, 한참이나 걸어가야 했다. D구역 근처까지 도착한 사람들이 뿔뿔이 흩어져 구석구석 버려진 쓰레기들을 주워 담았다. 이겸은 아무래도 큰 신발을 신고 있는 유미가 신경 쓰여서 계속 눈으로 유미의 뒤를 좇았다. 이따금씩 넘어질 뻔하는 유미에게 향하는 이겸의 손길은 갈 곳을 잃고 허공을 헤맸다.

'조심 좀 하지, 진짜. 칠칠치 못하게……'

이겸이 차오른 쓰레기봉투의 매듭을 짓고 난 다음, 새로운 봉투를 꺼내 들고 허리를 폈다.

"공 주임?"

아주 잠깐 사이에 자신의 시야에서 완전히 벗어나 버린 유미를 찾는 이겸의 눈동자가 쉴 새 없이 흔들렸다. 고삐 풀린 망아지도 아니고. 얌전히 옆에 붙어 있으라니까, 말을 안 듣고 감쪽같이 사라져 버렸다.

"어딜 간 거야."

이겸은 혼비백산이 되어서 주변을 두리번거리며 유미를 찾았다.

"아…… 설마. 여기가 D구역은 아니겠지."

이겸은 바지 뒷주머니에 구겨 넣은 지도를 꺼내어보았다. 지도상에 동그랗게 표시된 구역에는 'D'라고 크게 적혀 있다.

"젠장."

멧돼지가 자주 출몰한다던 그 D구역.

"공유미!"

분명 이곳까지 같이 이동했던 사람들도 보이지 않았다. 사방이 뚫려 있는 이곳에서 유미가 어디로 사라져 버린 건지 감히 예상도 할 수 없었다. 답답함에 머리를 쓸어 넘긴 이겸은 자꾸만 꼬이는 발걸음을 옮겨가며 유미를 찾기 위해 길을 나섰다.

한편, 한창 사람들과 이동해 꽉 찬 쓰레기봉투를 들고 있던 유미는 갑자기 사라진 이겸을 찾았다.

"응? 혹시 같이 온 대리님 못 보셨어요?"

유미가 같은 로고가 박힌 조끼를 입은 봉사자에게 물었다.

"키 큰 분요?"

전혀 무관한 부서의 처음 보는 사람이었다. 통성명도 안 하고 각자 할 일만 하던 터라 서로 대화를 나누는 게 어색했다.

"네. 키 크고 잘생긴 남자분이요."

사심 가득한 유미의 멘트에 당황한 타 부서 남자 직원은 잠시 고민하는 듯했다.

"어라? 아까부터 안 보이셨던 것 같은데요?"

"아까부터요?"

유미가 당황한 듯 한쪽 눈가를 살며시 찌푸렸다.

'뭐지? 어디로 간 거지?'

유미는 앞만 보고 걷던 터라, 뒤에 당연히 따라오고 있다고 생각하던 이겸이 갑자기 사라지는 바람에 어리둥절한 표정을 지었다.

"힘들어서 먼저 내려갔나?"

원래도 뭔가 하는 걸 귀찮아했기에, 충분히 먼저 내려갔을 가능성이 있다고 판단한 유미는 별 의심 없이 사람들과 함께 아래로 내려갔다. 어차피 오후 시간에 잠깐 짬을 내서 나온 것이었고, 봉사활동이 끝나면 바로 퇴근하는 일정이라 모두들 이왕이면 빨리 끝내고 돌아갈 심산인 듯했다.

처음 집합했던 장소에 하나둘 사람들이 모여들었다.

"신이겸 대리님 안 계세요?"

활동을 인솔하던 인사팀 구해준 주임이 마지막 인원 체크를 하는데, 이겸만 아직 돌아오지 않았다.

"신이겸 대리님이랑 함께 가신 분들, 신 대리님 못 보셨어요?"

유미의 동공이 비정상적으로 빨리 확장되기 시작했다.

"아까부터 안 보였는데요⋯⋯."

시간 개념에 철저하고, 집합 시간과 장소를 모를 리도 없는 이겸이 제시간에 지정된 장소에 나타나지 않은 게 이상했다. 이렇게 늦을 리가 없는데. 유미는 뭔가 상황이 이상하게 돌아가고 있음을 직감했다.

"길을 잃으셨나? 잠시만요, 제가 전화 한번 해볼게요."

통화 연결음은 계속 들려오는데, 이겸의 목소리가 들리지 않았는지 구 주임의 표정이 점점 굳어져 갔다.

"아까 혹시, D구역이었던가요?"

"네. D구역 맞아요."

사고 회로가 정지된 듯 멍하게 있는 유미를 두고 다른 사람이 대답했다.

"아, 거기 멧돼지 상습 출몰 구역이라고 했었는데. 일단 공원 관계자한테 알리고 같이 한번 찾아보는 게 좋겠어요. 어⋯⋯ 일단 방금 호명된 분들은 돌아가셔도 좋을 것 같습니다!"

그의 말이 끝나기가 무섭게 사람들은 미련 없이 자리를 떠나기 시작했다.

사람이 사라졌는데 저렇게 다들 바쁘게 모여 있던 장소에서 뿔뿔이 흩어졌다. 매정한 사람들 같으니라고. 유미는 입술을 삐죽이며 다급하게 구 주임에게 달려갔다.

"저, 잠시만요! 그, 멧돼지. 아니, 신 대리님은 어디, 아니지. 어떻게 찾아요?"

유미는 당황해서 나오는 대로 아무렇게나 말을 쏟아냈다.

"공원 관리자분과 함께 가서 찾아봐야 할 것 같아요. 아무래도 지리적으로 우리보다 잘 아실 테니까."

"저도! 저도 같이 가면 안 될까요?"

"네?"

"아까까지 같이 계셨거든요. 근데, 정말 갑자기 사라진 거라…….제가 같이 갔었으니까요."

"그래주시겠어요?"

연락을 받고 달려온 공원 관리자와 구해준 주임, 그리고 유미가 함께 길을 나섰다.

"그쪽이 길 잃기 딱 좋은 곳이라. 걱정이군요. 낮에는 그나마 좀 덜한데, 어두워지면 그 녀석들이 더 날뛰거든. 어두워지기 전에 찾아야지."

공원 관리자는 비장한 표정으로 엽총의 방아쇠 부분을 문지르며 성큼성큼 걸어갔다. 관리자의 키는 작았지만, 몸이 다부져서인지 유미는 이상하게 그에게 믿음이 갔다.

'이겸아…….'

유미의 두 눈 가득 눈물이 맺혔다. 그녀는 혹시라도 이겸이 야생 멧돼지들의 공격을 받은 건 아닐까 덜컥 겁이 나기 시작했다. 이겸이 군대에 있을 때, 야생 멧돼지에 물려 큰 변을 당할 뻔한 병사 이야기를 해준 적이 있었다.

"멧돼지 우습게 보면 안 돼. 사람보다 덩치가 큰 것도 있고, 작은 녀석이라도 잘못 걸렸다 하면 그 자리에서 즉사야, 즉사!"

아닐 거라고. 신이겸이라면 야생 멧돼지 따위 맨손으로 때려잡을 거라고, 속으로 생각했지만, 유미는 혹시 이겸에게 무슨 일이 생기기라도 했을까 봐 무서워서 손이 다 떨릴 정도였다. 여름이라 해가 길다고는 하지만, 시간이 흐를수록 유미는 불안과 초조함으로 정신을 잃을 것만 같았다. 세 사람은 한참 동안이나 D구역 주변을 헤맸다. 하지만 어쩐 일인지 이겸의 발자국조차 찾지 못했다.

"어, 어떻게 해요? 구조대에 연락해 봐야 하는 거 아닐까요?"

"어라…… 여기, 전파가 안 터지는 곳인가 봐요."

구 주임은 휴대폰을 위쪽으로 바짝 올려보았다.

"여긴 당연히 안 터지지. 아무래도 안 되겠어요. 한 분이 내려가서 구조대에 연락하시고, 한 분은 나와 함께 그 신 대리인가 하는 사람을 찾는 게 좋겠어요."

해가 넘어가기 시작했다. 어둠이 대지를 덮쳐 올수록 유미의 불안감은 극에 달했다. 구 주임은 자신이 구조대에 연락을 하겠다고 급하게 왔던 길을 돌아갔다.

"나 이것 참, 봉사활동 하러 왔다가 유명을 달리 했나. 어디로 간 거여."

유미는 입술을 잘근거렸다. 가도 가도 끝이 없는 울창한 숲 속. 푸르던 하늘빛은 어느새 완전히 깜깜해진 상태였다. 바람이 불 때마다 밤의 어둠에 본연의 색을 잃은 검은빛 나뭇잎이 너울대고 있었다. 분명 길을 잃었다고 하더라도 근처에 있어야 맞을 터였다.

'땅으로 꺼졌나, 아니면 하늘로 솟았어? 신이겸, 대체 어디에 있는

거니?'

유미는 글썽이는 눈물을 흘리지 않기 위해 고개를 추켜올렸다. 도심에서 이렇듯 당장에라도 쏟아질 기세로 별이 많이 떠 있는 하늘을 본 적이 있었던가. 마치 그림처럼 펼쳐진 광경이 지금 느끼는 긴장감과는 대조적이었다. 하늘을 수놓은 반짝이는 별을 보고 있자니, 더욱이 슬픔이 밀려들어 견딜 수가 없었다. 유미는 소리 없이 눈물을 뚝뚝 흘리며, 관리자의 옷자락을 붙잡았다.

"아저씨⋯⋯, 찾을 수 있는 거죠?"

"아이. 뭐 별일이야 있겠어요?"

그때였다. 유미와 관리자가 있는 곳에서 꽤 가까운 거리로부터 바스락거리는 소리가 들려왔다.

"뭐, 뭐지? 멧돼진가?"

관리자가 엽총을 소리가 나는 쪽을 향해 겨누며 입에 고인 침을 꿀꺽 삼켰다. 베테랑인 그에게도 멧돼지를 눈앞에서 마주하는 일은 몹시 긴장되는 일이었다. 잠시 뒤, 사락거리는 소리가 들렸다. 방금 전보다 더욱 가까운 곳에서 소리가 들려왔다. 눈물로 얼룩진 유미의 얼굴 가득 긴장감이 어리었다. 유미가 관리자의 옷자락을 얼마나 꽉 움켜쥐었던지, 옷이 쭉 늘어나 있었다.

바스락, 바스락. 낙엽을 밟아 바스락대는 소리가 적막만이 가득한 공간을 크게 울렸다. 소리와 소리가 서로를 향한 듯 곧 마주칠 기세로 가까워졌다. 어둠이 깊은 상태라, 소리에만 온 감각이 집중되었다. 유미는 등 뒤에서 느껴지는 한기에 온몸이 부들부들 떨려왔다.

"공유미⋯⋯? 유미야?"

"악!"

관리자 아저씨 뒤에 몸을 숨기다시피 하고 있던 유미는 갑자기 날

아든 익숙한 목소리에 소리를 질렀다.

"찾은 모양이구먼."

관리자 아저씨는 그제야 엽총을 꽉 쥐고 있던 손의 힘을 풀어냈다.

"신이겸!"

바로 앞에 그를 두고도 어둠 탓에 그의 얼굴이 제대로 보이지 않았다. 먹구름에 가려져 있던 반달이 모습을 드러내자, 어스름한 푸른 달빛이 대지에 내려앉았다. 어둠에 주춤하던 유미의 눈동자에 이겸의 모습이 들어왔다. 발아래 어떤 위험이 도사리고 있을지도 모르는데, 단 일초의 망설임도 없이 유미가 이겸을 향해 달려가 그를 확 끌어안았다.

"야…… 대체 어디 갔었어! 내가 얼마나 걱정했는 줄 알아?"

유미가 제 품에 안기는 순간, 이겸의 단단한 상체가 그녀의 무게로 인해 살짝 휘청했다. 품 안 가득 들어온 유미를 끌어안지도, 밀어내지도 못한 채 이겸은 당황했다.

"너야말로…… 어디에 갔던 거야."

유미 하나 찾아보겠다고 생각 없이 무리를 벗어난 게 화근이었다. 이겸은 유미를 찾아 헤매다가 길을 잃어 당황했다. 방향에 대한 정확한 인지도 없이 무턱대고 움직였다가는 원래 있던 곳에서 더 멀어질 것 같아 어두워지길 기다리고 있었던 것이다. 밤이 되면 별이 떠오를 테고, 그걸 보면 방향을 가늠할 수 있을 것이라 여겨서 오히려 어두워지길 기다린 거였다. 그런데 주변에서 소리가 들려오는 바람에 유미일 거라는 생각을 가지고 움직였으나, 혹시나 짐승이 깊은 산속에서 내려온 걸지도 모른다는 의구심에 숨소리조차 죽이고 있었다.

"네가 없어져서, 너 찾으려고…… 계속…….'

길지 않은 시간이었으나, 유미는 마치 그 시간이 며칠이 흐른 것처

럼 느껴졌다. 유미의 눈에 당장 흘러내릴 것같이 차올라 있던 눈물이
아래로 후두둑, 떨어져 내리기 시작했다.

"얼마나 찾았는데!"

"찾았으면…… 됐지."

"나는 너한테 무슨 일 생긴 줄 알고, 막…… 어? 멧돼지한테 어떻
게 된 줄 알고……. 흐윽."

흘러넘치는 감정을 주체하지 못해 유미의 목소리가 가늘게 떨렸다.

"커흡. 거참."

꼭 끌어안고 떨어질 줄 모르는 두 사람을 지켜보고만 있던 공원 관
리자가 참다못해 소리를 냈다.

"거, 너무 애틋해서 내가 다 눈물이 나겠구만. 마음은 알겠는데, 이
만 내려가는 게 좋을 것 같군, 그래."

이겸은 황급히 유미를 제 품에서 떨어뜨려 놓았다. 눈물을 훔치고
겨우 감정을 추스른 듯 보이는 유미는 이겸을 혹여 또 잃기라도 할까
싶어 그의 손을 꼭 붙잡았다.

"이, 이것 좀 놔봐……."

이겸은 땀으로 흠뻑 젖은 제 손을 빼내려고 했다.

"안 돼! 또 너 길 잃으면 어떻게 해!"

"야, 그게 아니라……."

이겸은 길을 잃은 건 너인 줄 알았다는 속엣말은 차마 꺼내 보이지
못했다.

"다친 덴 없지?"

"어……."

"다행이다! 정말 다행이야!"

이겸은 유미와 마주 잡은 손이 전기가 통한 것처럼 찌릿찌릿했다.

이상하게 몸이 붕 뜬 것처럼 기분이 묘했다. 이겸은 고개를 아래로 떨구고 시선을 아래로 잔뜩 내리깔았다. 캄캄한 어둠 속에서 바스락거리는 소릴 내며 움직이는 유미의 발.

"야!"

이겸의 갑작스러운 외침에 화들짝 놀라 유미가 눈을 동그랗게 뜨고 '왜! 무슨 일이야!' 하고 소리쳤다.

"너……! 신발!"

"응? 뭐?"

소리치는 이겸의 말이 뭘 뜻하는지 모르고 유미가 어리둥절한 표정으로 물었다.

"신발, 어디 갔어! 신발!"

유미는 여전히 알 수 없는 표정을 하고는, 답답함에 버럭 소리를 치는 그에게 대답하는 것과 동시에 시선을 아래로 떨구었다.

"신발? 신발이 가긴 어딜 가! 여기에…… 있어야 하는데."

유미의 말은 채 끝맺어지지 못했다. 어쩐지 뭔가 허전하다 싶더라니, 덩그러니 발목 양말만 신고 있는 제 발이 적나라하게 보였다.

'이런, 망할! 신발이 어디로 갔지. 부끄러워.'

유미의 볼이 놀람과 당혹감으로 새빨갛게 달아올랐다.

"어디 있는데?"

이겸의 눈매가 매섭게 변했다.

"없…… 네?"

스스로도 황당한 듯한 표정을 지어내는 유미를 이겸은 더 황당하게 바라보았다.

"장난해?"

"신발이…… 어디로 갔지?"

유미는 무서운 표정을 하고선 저를 내려다보는 이겸에게 겁을 먹고
는, 어둠 속을 느리게 걸어갔다.

"어디로 갔을까아…… 신발아."

중얼거리며 잃어버린 운동화를 찾기 위해 바닥을 훑쓰는 유미의 시
선이 순식간에 허공으로 날아올랐다.

"너는 대체…… 생각이 있어? 없어?"

이겸이 다급하게 유미를 번쩍 안아 올린 탓에 유미는 이겸의 품에
폭 안긴 꼴이 되었다.

"어?"

"어, 는 무슨 어, 야. 신발도 없이 산길을 걸어 다녔다는 게 말이
돼?"

질문을 하는 건지, 잔소리를 하는 건지. 언성을 높이는 이겸을 보
며 유미는 억울한 듯 입술을 삐죽였다.

"정말 몰랐어!"

"양말이라도 신고 있었으니 망정이지!"

유미는 제 발에 시선을 고정하고 있는 이겸을 보자 가슴속에서 이
상한 감정들이 솟아오르는 것을 느꼈다.

"우리 이겸이……."

눈썹을 팔(八) 자 모양으로 만들었다. 익숙한 유미의 표정과 행동에
이겸이 잔뜩 구겨진 표정을 하고, 버럭 소리를 질렀다.

"야, 하지 마!"

"내가 걱정됐어요?"

이겸은 뭔가에 홀린 듯 끌어안아 올린 유미를 다시 흙바닥에 내려
놓았다.

"너, 그거 하지 말라고 내가 했어, 안 했어?"

"그랬구나. 내가 걱정이 됐구나."

유미는 그런 이겸에게 '그래, 그래, 우쭈쭈' 하고 다 안다는 양 고개를 끄덕였다. 당장 없어진 신발에게 고맙다고 인사라도 해줘야 할 판이었다.

"업혀."

짜증이라도 내며 뒤도 돌아보지 않고 가버릴 줄 알았던 이겸이 갑작스레 유미의 앞으로 제 등을 가져다 댔다.

"……뭐야?"

갑작스러운 그의 행동에 당황했는지 유미의 고개가 비스듬하게 틀어졌다.

"업히라고."

"그러니까, 왜?"

너른 이겸의 등을 바라보는 유미의 눈가가 살며시 떨렸다.

"거참, 말 참 많네."

이겸은 멀뚱하게 서 있는 유미를 끌어당겨 제 등에 둘러메듯 업었다.

궁금한 것도 많고, 알아야 할 것도 많고. 고집도 세고. 어디 하나 마음에 드는 구석이라고는 찾아볼 수 없는 여잔데.

'자꾸 신경이 쓰인다고…….'

신경이 쓰여 죽겠다고.

"야아. 누가 보면 어떻게 해?"

주변에 신경 쓸 만한 사람이 있는 것도 아니었다. 그럼에도 불구하고 유미는 혹시 누가 보기라도 할까 봐 몸을 사렸다.

"언제부터 남의 시선 신경 쓰고 사셨다고."

유미의 가느다란 팔이 자연스럽게 이겸의 목에 감겼다. 그리고 이겸의 시선은 바로 아래 흙투성이인 유미의 짧은 발목 양말에 가 있었다.

'대체 얼마나 이러고 걸어 다닌 거야.'

분명 이런 상태를 본인도 모르지 않았을 텐데, 미련스럽게 그걸 다 참아내고 있었단 사실에 이겸은 덜컥 화가 났다. 아니, 이런 유미의 모습을 보고도 마음 놓고 걱정해 주지 못하는 자신에게 더 화가 났다.

"혹시, 화났어?"

"아니."

무감하게 흘러나오는 이겸의 목소리는 고저 없이 평온했다.

"힘들면 내려줘도 돼."

"싫어."

"걸어갈 수 있어."

"안 돼."

"무거울 텐데……."

아무리 예의상 해본 말이라고는 하지만, 칼 같이 돌아오는 이겸의 대답에 유미는 괜히 머쓱해졌다.

이겸은 술에 취해 늘어진 유미를 업고 다닌 적이 셀 수 없을 만큼 많았다. 술에 취했든 아니든 어쨌든 같은 상황임에 틀림없는데, 심장이 이다지도 다르게 반응할 수 있다는 것이 신기했다. 얼굴은 빨갛게 달아올랐고, 심장은 제 페이스를 잃고 두근댔다. 이겸은 제 등 뒤로 느껴지는 유미의 온기에 숨이 제대로 쉬어지지 않을 지경이었다. 자신의 걸음에 맞춰 앞뒤로 흔들리는 유미의 발을 내려다보고 있자니 이상하게 얼굴 근육이 제멋대로 움찔거렸다. 앞에서 길잡이 역할을 해주던 관리자는 둘의 사이를 방해하고 싶지 않은 듯 걸음을 조금 빨리

했다.

공원 입구에 다다르자, 구해준 주임이 그들을 기다리고 있었다. 다행히 그가 몰고 온 차 트렁크에 여분의 신발이 있어 유미는 그걸 얻어 신었다. 유미는 신발에 발을 끼워 넣자마자 아릿한 통증이 느껴져 얼굴을 살짝 찡그렸다.

"정말 큰일 나는 줄 알았어요."

유미는 운전대를 잡고선 연신 걱정의 말을 쏟아내는 해준이 진실되게 느껴지지 않았다.

'멧돼지 나올까 봐 꽁무니 빠지게 먼저 도망가 놓고선!'

D구역 근처에서 이겸을 찾다가 어둠이 깊어지자, 구조대를 핑계로 쏜살같이 내려간 사람이 그였다.

"별일 없었으면 됐죠, 뭐."

이겸은 별 대수롭지 않은 일인 듯 희미한 미소를 보이며 그에게 대꾸했다.

"오전에 봉사활동 인원이 모자라서 긴급 메일 뿌렸더니만, 갑자기 지원자가 늘어나서 오히려 난감했다니까요?"

"아, 네……."

묻지도 않은 얘기를 술술 잘도 하는 해준을 보는 이겸의 표정이 굳어져 갔다.

"봉사활동 차수별로 인원이 정해져 있어서, 피치 못하게 지원자 중에 인원 선정을 해야 했는데, 대리님이 꼭 이번에 가셔야 한다고 사정을 하셔서 다른 지원자들 다음 차수로 미루고 대리님이랑 공 주임님 배정한 거거든요."

이겸은 당황한 기색을 숨긴 채, 멋쩍게 '허허' 웃었다.

"제가 뭘…… 또 사정까지 했다고 그래요."

"예정에도 없던 일정이었는데 아까 무슨 일이라도 생기셨으면, 억울할 뻔했잖아요."

눈치는 밥 말아 먹기라도 한 건지, 해준은 낄 때 안 낄 때 구분 못하고 이 말 저 말 두서없이 쏟아냈다. 지금 해준이 뱉는 모든 말은 이겸을 곤란하게 하는 것뿐이었다. 자신이 조수석에 앉았으니 망정이지, 유미의 옆에 앉았다면 그 따가운 시선을 어떻게 감당해야 했을지 모를 일이었다.

이겸은 티 나지 않게 살짝 시선을 옆으로 돌려 곁눈질로 뒷좌석을 훑어보았다. 이 모든 사실을 다 알고 나면 꼼짝없이 시윤을 질투해 일을 벌인 거라는 걸 유미에게 들킬 줄 알았는데 룸미러에는 적나라하게 뒤로 한껏 고개를 젖히고선 잠들어 있는 유미가 보였다.

"공 주임님은, 많이 피곤하셨나 봐요. 완전 곯아떨어지셨네."

유미는 팔을 축 늘어뜨리고, 시트에 몸을 완전히 묻고 있었다. 그 모습을 친절하게 해준이 설명하고 나섰다. 잠들어 있어서 듣지 못한 걸 다행이라고 해야 할까.

"그러게요."

세상모르고 잠들어 있는 유미의 모습을 흘겨보던 이겸은 자신도 모르게 픽, 웃어버렸다. 입을 한없이 크게 벌리고 잠든 유미의 모습은 영락없는 어린아이 같아 보였다. 뭐든 이동 수단에 타기만 하면 병든 닭처럼 잠들어 버리는 유미가 놀랍기도 하고 신기하기도 했다. 시선을 다른 곳에 두려고 해도, 자꾸 눈길은 유미에게로 향했다.

"오늘 일찍 온다더니, 왜 이렇게 늦었어?"

집으로 막 들어서는 이겸을 보며 미진이 물었다.

"외부 활동이 좀 있었는데, 어쩌다 보니 좀 늦어졌어요."

오늘따라 어딘지 모르게 화사해 보이는 미진의 모습에 이겸이 고개를 살짝 까딱였다.

"어디 나갔다 오셨어요?"

"아니? 왜?"

이겸의 어깨에 채 떼어내지 못한 나뭇잎 조각이 붙어 있었다. 미진이 그걸 떼어내며 대답했다.

"화장하신 거 같아서요."

"아, 유미 부르려고 했지. 불러서 같이 먹으려고 수육 삶았는데, 어째 둘 다 연락이 안 되어서 바쁜가 보다 하고 아쉬워하던 참이었어."

그러고 보니, 온 집 안에 수육 향이 폴폴 풍겼다.

"어머니도 참, 유미 부를 때마다 왜 그렇게 외모에 신경을 쓰세요?"

"얘는, 아무리 가까워도 민낯은 보여주기 싫은 법이야. 그나저나 유미 요즘 밥은 제대로 먹고 다니니? 통 집에 들르질 않네."

미진이 팔짱을 끼고 입술을 삐쭉였다.

"지금이라도 부를까요?"

수육 킬러가 한 명 있긴 했다. 이겸은 다시 유미에게 다가갈 방법이 없다고 생각했다. 그런데 그 방법은 의외로 가까운 곳에 있었다. 뭔가를 같이하자고 댈 핑계가 있었는데도, 그걸 여태 모르고 바보 같은 짓만 했음을 알 수 있었다.

"응? 지금?"

미진이 벌써 10시를 향해가는 시계를 보며 고개를 갸우뚱거렸다.

"너무 늦지 않았어?"

"방금까지 숙면을 취해서요. 아마 지금쯤 배고파하고 있을걸요?"

이겸은 해준의 차에서 무려 한 시간이 넘게 숙면을 취한 유미가 피곤할 리 없다고 생각했다. 게다가 산을 오르락내리락하고 아무것도 먹질 못했으니 분명 배가 고플 게 분명했다. 아나나 다를까. 유미는 이겸이 연락을 하기 무섭게 쏜살같이 그의 집으로 달려왔다. 그러고 는 마치 원래 이 집에 있었던 사람처럼 편안하게 자리를 잡고 앉았다. 유미는 양반다리를 하고 앉아 거실 테이블 위 접시에 수북하게 쌓인 고기를 바라보며 감탄을 내질렀다.

"아니, 이게, 이게. 대체 얼마 만에 먹는 수육이야!"

잔뜩 흥분한 듯 보이는 유미를 보며, 이겸은 피식 웃었다.

"잘 먹겠습니다아!"

윤기가 좌르르 흐르는 수육을 바라보는 유미의 눈동자는 행복함으 로 젖어 있는 듯했다. 젓가락을 쉴 새 없이 놀리는 유미를 보며, 미진 이 흐뭇한 표정을 짓고는 물었다.

"요즘 통 안 와서, 얼마나 서운했는 줄 알아?"

"아……. 죄송합니다."

유미는 멋쩍은 듯 어색하게 웃었다. 제집처럼 드나들던 이겸의 집이 건만, 벌써 몇 주 동안 발길을 뚝 끊은 상태였기 때문이다.

"아니, 죄송하긴. 바빠서 그랬겠지. 아버지는? 요즘도 바쁘셔?"

"네. 저희 아빠야 뭐, 늘 그렇죠."

쫄깃한 수육을 오물거리며 유미가 미진의 질문에 꼬박꼬박 대답했 다.

"반찬 챙겨뒀으니까 갈 때 가지고 가. 아버지께 끼니는 거르지 말고 꼭 드시라고 전해 드리고. 응?"

"네에!"

엄마 같은 미진의 따뜻한 손길과 미소에 유미는 마음이 풀어졌다. 어느새 옆에 자리를 잡고 앉은 이영도 젓가락을 집어 들었다.

"언니 근데, 남자친구 생겼어?"

이영이 수육 한 점을 집어 들고 유미를 향해 또박또박 질문했다.

"응? 무슨 남자친구?"

"저번 주말인가? 언니가 웬 남자 차를 타는 걸 본 거 같아서……."

"아, 시윤 씨랑 같이 있는 거 봤나 보다."

시윤 씨.

유미의 입에서 흘러나온 모르는 '남자'의 이름에 식탁에 둘러 모인 모두의 표정이 경직되듯 굳었다.

"우리 회사에 새로 들어온 신입 사원인데, 일도 잘하고 싹싹해. 착하기도 하고."

이영의 눈꼬리가 가늘게 늘어졌다.

'세상에. 유미 언니 입에서 다른 남자 이름이 나온 것도 모자라, 칭찬까지. 이거, 보통 일이 아닌 것 같은데?'

이영이 집어든 수육은 갈 곳을 잃은 채 허공에 멈춰선 채다.

"언니가 신입 사원이랑 같이 차 타고 다닐 일이 뭐가 있어?"

"주말에 잠깐 만났어."

"주말에 잠깐? 혹시 언니…… 사귀어? 그 남자랑?"

이영은 그것이 의심으로 끝나지 않았는지, 목소리를 한껏 높이고는 되물었다. 취조하듯 묻는 이영의 물음에 기분이 나쁠 법도 했지만, 전혀 그런 기색 하나 없이 유미는 손사래를 쳤다.

"사귀긴! 아니야, 절대!"

"뭐야, 진짜? 뭐 있는 거 같은데?"

이영이 이렇게까지 집착하는 이유는 단 하나였다. 바로 이겸 때문이었다. 분명 제 눈엔 보이는데, 마음을 숨기기에만 급급한 그가 안타까웠다.

"있긴 뭐가! 아무것도 없어! 전혀!"

유미는 의심스럽게 캐묻는 이영의 질문에 대한 답을 교묘하게 피해 갔다.

"참, 유미야. 저번엔 선본 남자는 어떻게 됐어? 물어본다는 게 깜빡 했네!"

미진과 이영의 관심이 모두 저에게 쏠리자 유미는 부담스러운 듯 어색하게 웃어 보였다.

"잘 안 됐어요."

"그래애? 그럼, 새로운 사람 알아봐 줄까?"

"아뇨! 아니에요! 그때 소개해 주신 분 만나보니까, 아직은 막 급한 건 아니라서, 주변부터 좀 살펴보는 게 좋을 것 같아요."

회사 앞까지 찾아왔던 윤호를 떠올리자 유미는 절로 손사래가 쳐졌다.

"등잔 밑이 어둡지! 그럼, 그럼. 가까이에서 찾아봐. 아주 가까이에서."

미진은 이겸을 두고 한 말이었다.

"안 그래도 저 좋다고 하는 사람이 있어서. 어째야 할까. 고민 중이었어요."

그런데 미진의 의도와 달리, 유미의 생각 속에 다른 사람이 존재하는 모양이었다. 유미가 흘려보낸 말 속에 존재하는 사람. 이겸이 아닌 다른 '남자'.

"설마 아까 그, 신입 사원인가 하는 그 남자?"

이영이 놀란 듯 캐묻자, 유미가 마지못해 고개를 끄덕였다.

'그럼 둘이 완전히 좋난 거야? 대체 어떻게 돌아가고 있는 거지? 뭘 알아야 도와주든가 말든가 하지.'

이영은 앞뒤 꽉 막힌 두 사람을 어떻게 해야 할지 몰라 답답했다.

그녀는 젓가락을 입에 물고 이겸의 눈치를 살폈다. 속이 좋은 건지, 아니면 정말 아무렇지 않은 건지. 이겸은 유미의 폭탄 발언에도 아랑곳 않고 식사를 이어갔다.

'저 오빠, 무슨 생각을 하는 걸까? 분명히 유미 언니를 좋아하는 것 같은데 말이야. 티를 전혀 안 낸단 말이야? 내가 구두까지 몰래 가져다 뒀는데, 둘이 아무런 진전이 없는 건가?'

며칠 전까지만 해도, 이겸의 한마디에 울고 웃던 유미였는데. 뭔가 둘 사이에 변화가 생긴 게 분명했다.

배를 두둑하게 채운 유미는 12시가 다 되어서야 자리에서 일어났다. 이겸은 현관을 빠져나가는 유미의 뒤를 따랐다.

"안 따라 나와도 돼."

"너 따라가는 거 아닌데?"

거만하게 바지 주머니에 손을 찔러 넣고는 유미를 내려다보는 이겸의 눈빛은 무감하기만 했다. 말은 그렇게 하면서도 이겸은 집으로 향하는 유미의 뒤를 따라 걸었다. 이겸은 유미와 나란히 걷지 않고 그녀에게서 조금 떨어져 걸었다. 생각을 정리할 시간이 필요했기 때문이었다. 마음은 급한데, 급하다고 되는 대로 말을 꺼낼 수도 없었으니까. 그런데 하필이면, 유미의 집이 너무나도 가깝다. 분명 느리게 걷는다고 최대한 천천히 걸었는데 벌써 유미의 집 앞이었다.

복잡한 심경으로 곤란한 이겸과 달리, 유미의 신경은 양말 안쪽 발에 집중되었다. 아까 집에서 소독하고 약을 바르긴 했지만, 상처들이 여전히 따끔거렸다. 저에게 전화를 잘 하지 않는 이겸에게서 걸려온 전화에 약을 바르다 말고 쿵쾅거리는 심장을 부여잡아야 했다. 이럴 줄 알았으면, 아까 조금 더 꼼꼼하게 약을 바르고, 운동화가 아닌 슬리퍼를 신고 오는 건데. 때아닌 후회가 밀려들었지만, 바로 뒤에 바짝 붙어 걷는 이겸에게 그 아픔을 들키지 않으려 일부러 똑바로 걸으려고 노력했다. 그럼에도 어딘가 주춤거리는 유미의 걸음걸이를 수상히 여긴 이겸은 걸음을 멈춘 채 그 자리에서 그녀의 뒷모습을 날카로운 눈동자로 바라보았다.

"공유미."

"으응?"

"너 잠깐 거기 서봐."

둥, 낮게 깔린 이겸의 목소리가 유미에게로 날아들었다. 그러고는 유미에게로 가까이 다가서는 이겸의 발소리가 고요한 골목길을 뚜벅 뚜벅 울렸다. 이겸의 말에 유미는 삐걱거리는 몸을 하고 그 자리에 바짝 얼어붙어 있었다.

"왜……?"

"너, 다쳤어?"

목소리를 낮게 내리깔고 묻는 이겸의 물음에 유미가 고개를 세차게 저었다.

"아니!"

괜히 그에게 아픈 걸 빌미로 꾀병을 부리고 싶은 생각은 없었다. 이겸은 그대로 유미를 그녀의 집 대문 앞의 볼록 튀어나온 벽돌 위에 올려 앉혔다.

"옴마야."

유미는 갑작스러운 그의 행동에 놀라 눈을 깜빡거렸다.

"신발, 벗어봐."

"안 다쳤대도 그러네."

유미는 당장이라도 제 신발을 벗길 기세로 구는 이겸 때문에 살짝 몸을 웅크렸다.

"내가 벗겨?"

"정말 괜찮아. 신경 안 써도 돼."

고집을 부린다고 다 되는 게 아닌 걸 알면서, 유미는 이겸에게 맨발을 보이는 것도 싫었고, 상처를 보이는 것도 싫었다. 이겸은 그대로 한쪽 무릎을 바닥에 대고는, 유미가 신고 있는 하얀색 스니커즈를 벗겼다. 유미는 끝까지 싫다고 했지만, 결국 이겸은 끝까지 저 하고 싶은 대로 신발을 벗기는 것은 물론, 그녀의 양말까지 완전히 벗겨냈다. 그러자 뽀얀 발 여기저기 긁힌 상처가 드러났다. 산에서 얇은 발목 양말만 신고 걸어 다녔으니, 상처가 없다면 그게 더 이상한 것이었다.

"너…… 이걸 보고도 안 다쳤단 말이 나와?"

상처를 보고 놀란 이겸이 목소리를 높였다. 다친 건 어쩔 수 없다쳐도, 그걸 숨긴 것에 참을 수 없는 화가 밀려들었다.

"진짜, 괜찮아서 그랬어!"

유미는 이겸의 손에 들린 제 양말을 빼앗으려 황급히 손을 뻗었다. 그러나 그걸 순순히 넘겨줄 이겸이 아니었다.

"밴드 몇 개 붙였다고 괜찮아? 넌, 대체. 애가…… 아프면 말을 했어야지!"

이겸이 답답함에 소리쳤다.

"안 아파. 정말로. 이 정도 상처가지고 뭘 아프다고 엄살을 부려, 내가."

참는다고 능사가 아닌데, 이 미련스러운 여자를 어쩌면 좋지. 이겸은 괜히 가슴 한구석이 시큰해져 왔다.

"더 심하게 다쳤을 때도 괜찮았어, 난."

이미 십년 넘게 흘렀지만, 교통사고의 기억이 아직도 선명하게 나는 모양이었다. 그때 다쳤던 걸 생각하면 이까짓 상처는 아무것도 아니

라는 건가. 칼에 베이나, 종이에 베이나 고통의 세기만 다를 뿐, 아픈
건 똑같은데. 왜 이 정도쯤은 아프지도 않다는 건지, 이겸은 이해할
수 없었다.

"괜찮은 게 아니라, 괜찮은 척하는 거겠지."

"정말 괜찮아."

이렇게 상처투성이 발을 하고도 괜찮다는 말이 나오나.

"아프면 아프다고 말할 줄도 알아야지. 힘들면 좀 힘들다고 누군가
에게 기댈 줄도 알아야 하고. 언제까지 혼자 그 상처 가지고 살아갈
거야. 그런다고 누가 알아줘?"

아주 가끔씩 유미가 멍하니 허공에 시선을 두고 있을 때가 있다.
이겸은 그럴 때마다 그녀가 옛 생각에 잠겨 있다는 걸 잘 알고 있었
다. 그 마음속에 존재하는 아픔도, 기쁨도, 모두 숨긴 채 겉으로 아무
렇지 않은 척을 했다. 그런 유미의 성격을 너무나도 잘 알지만, 이겸
은 티 내지 않았다.

"아무도…… 몰랐으면 좋겠어. 내가 아픈 거, 힘든 거. 전부 다."

항상 밝기만 하던 유미에게서 흘러나온 말이라고는 믿기 힘든 말이
었다. 이겸에게조차 티 내지 않던 모습이기도 했다.

"내가, 알아."

"그래서 내가 널 좋아했지."

"했지……?"

과거형이다.

"정말 괜찮아. 걸을 때 좀 아프긴 해도, 걷는 데 지장 없고 자기 전
에 연고 바르면 괜찮을 거야."

유미는 힘이 풀린 이겸의 손에 있던 제 양말과 신발을 가볍게 낚아
챘다.

"제대로 소독이라도 해. 안 그러면 덧나니까."

"내가 알아서 할게."

"보이기는 하냐. 집에 소독약 있어?"

유미가 괜찮다고 한사코 말리는데도 이겸은 굳이 그녀의 집 안까지 함께 들어와 구급상자를 찾아냈다. 그러고는 심각한 표정을 하고 유미의 발 군데군데 난 상처에 소독을 하고, 약을 발라주었다. 상처에 면봉이 닿을 때마다 유미가 발을 움찔거리자, 덩달아 이겸도 몸을 움찔거렸다.

"아, 아파?"

"아니."

아프다고 하면 죽는 것도 아닌데, 끝까지 아프지 않다고 말하는 유미를 보며 이겸을 혀를 찼다. 상처에 약을 다 바르고 난 이겸이 어색하게 몸을 일으켜 세웠다.

"갈게. 자라."

"너도 잘 가라."

쿨하게 인사하고 나온 이겸은 골목길에 버려진 쓰레기를 뻥 차는 것으로 속을 달랬다.

"에잇!"

그렇게라도 하지 않으면, 분출되지 못한 감정이 폭발해 버릴 것만 같았기 때문이다.

제4장.
전하지 못한 말

  금요일 오전, 해외영업1팀과 함께 떠나는 워크숍이 있는 날이었다. 목적은 1팀과 2팀의 신입 사원 환영 기념 친목 도모와 하반기 전략 회의였지만, 그래봐야 양 팀이 기 싸움이나 하고 올 게 뻔했다. 그래서인지, 버스에 오르는 각 팀원들의 표정이 눈에 띄게 굳어 있었다.

  유미는 버스 뒷좌석에 자리를 잡고 앉았다. 재빨리 그녀의 뒤를 따르던 시윤이 그 옆자리를 차지했다.

  "옆에 앉아도 되죠?"

  "응."

  뒤늦게 버스에 오른 이겸은, 나란히 자리를 잡고 앉아 이야기를 나누는 유미와 시윤을 발견하고 입구에서 걸음을 멈추었다.

  '앞좌석에 앉아야 멀미를 덜 하는데……'

  이겸은 버스에 탈 때면 항상 멀미로 곤욕을 치르던 터라, 꼭 운전석 근처에 앉아야 그나마 멀미를 좀 덜 했다. 애초에 유미의 옆에 앉겠다는 기대는 하지 않았지만, 그렇다고 시윤과 붙어 가는 꼴을 제 눈으로 보고 싶지는 않았다.

'젠장.'

이겸은 떨어지지 않는 걸음을 옮겨, 유미와 시윤이 앉은 좌석 바로 옆 두 좌석을 혼자 차지하고 앉았다.

"대리님 오셨네요."

시윤은 이겸이 자신들의 옆으로 올 줄 알았다는 듯, 생글거렸다. 이 겸은 까딱하고 고개를 끄덕이는 것으로 대답을 대신했다. 유미가 흘 깃, 이겸을 바라보았다. 차멀미 때문에 뒷좌석에 앉지 않는 이겸이 뒤 로 온 것에 유미는 의아해졌다.

"뒤에 앉아도 괜찮아요?"

"뭐가요?"

"멀미하잖아요."

정곡을 찌르는 유미의 말에 잠시 머뭇거리며 이겸이 입술을 꿈틀거 렸다.

"아직…… 안 하는데요."

당최 무슨 말인지. 이겸은 자기가 말해놓고도, 이해되지 않는 말을 했단 사실에 살짝 표정을 구겼다. 유미가 당장 앞으로 가서 앉으라고 할까 봐 잔뜩 긴장했지만, 다행히 평소처럼 오지랖을 떨지 않았다.

'다친 발은 좀 괜찮나 모르겠네.'

이겸의 깊은 눈동자가 유미에게로 향했다. 그런 시선을 알 리 없는 유미는 창밖으로 흘러가는 풍경에 시선을 고정하고 있을 뿐이었다.

"주임님, 샌드위치 드실래요?"

시윤이 유미에게 고급스럽게 포장된 샌드위치 하나를 내밀었다.

"오, 샌드위치! 어디서 사 온 거야?"

시윤에게 샌드위치를 건네받은 유미의 얼굴에 화색이 돌았다.

"아뇨. 저희 어머니가 싸주셨어요."

"어머니가 시윤 씨 되게 아끼시나 봐."

포장을 벗기기도 아까울 만큼 정성이 느껴졌다.

"이런 걸 워낙 좋아하세요. 제가 좀 늦둥이라, 저에 대한 사랑이 좀 과하시기도 하고⋯⋯."

시윤이 어색하게 말끝을 흐렸다.

"그렇구나. 그래도 이렇게 싸주시는 어머니가 흔하진 않지. 고마워, 잘 먹을게."

"대리님도 드세요."

시윤이 유미에게 건넨 것과 똑같은 샌드위치를 이겸에게 건넸다.

"아니⋯⋯ 난, 괜찮아요."

이겸은 시윤이 건넨 샌드위치를 손바닥으로 쓱 밀어냈다. 슬슬 멀미가 올라오고 있어선지, 포장지를 채 벗기지 않은 샌드위치만 봐도 구역질이 날 것만 같았다. 이겸은 자신이 입덧하는 임산부라도 된 것만 같았다. 샌드위치 냄새에 계속해서 속이 울렁거렸던 까닭이었다. 그는 앞좌석에 붙은 손잡이를 세게 부여잡고, 나머지 한 손으로 입을 틀어막았다. 그런다고 울렁거리는 속이 좋아질 리가 있겠냐마는⋯⋯. 한참 샌드위치를 오물거리던 유미가 심상찮은 이겸의 표정을 보고 물었다.

"대리님, 괜찮아요?"

이겸은 말없이 고개만 끄덕였다.

"얼굴이 새파랗게 질렸는데? 멀미해요?"

절대 아니라는 걸 강조하고 싶었는지, 이겸은 세차게 도리질을 했다.

'이상하다. 신이겹 버스 멀미 되게 심하게 하는데⋯⋯. 왜 뒤에 앉아서 저렇게 사서 고생을 한담?'

스쳐 지나가는 표지판을 보자, 도착지인 강촌까지는 아직 한참 멀어 보였다. 몇 분이 지났을까, 어느새 이겹의 몸이 축 늘어졌다. 그의 몸이 시트에 폭 파묻혔다.

"시윤 씨, 나 자리 좀 바꿔줘."

창가에 앉아 있던 유미가 복도 쪽으로 자리를 옮겼다. 그러고는 팀원들의 양해를 얻어 근처 휴게소에서 쉬어가기로 했다.

"대리님, 조금만 가면 휴게소니까 멀미약도 사 드시고, 바람 좀 쐐요. 그럼 괜찮아지겠지."

축 늘어진 이겹의 고개가 위아래로 얕게 움직였다.

"미련스럽게 그냥 앞에 앉으면 될걸, 왜 뒤에 앉아서는⋯⋯."

유미는 혹시 저 때문에 이겹이 이 고생을 사서 하나 싶기도 했다. 그러다 이내 본인이 생각하고도 말이 안 된다며 고개를 저었다. 하지만 의심이 솟구쳐 오르기 시작하니 또다시 기분이 이상해졌다.

'시윤 씨랑 내 사이를 질투하기라도 하는 건가?'

아니라고 말할 순 없었다. 그동안 시윤과 자신의 사이에 항상 껴 있었던 게 다름 아닌 이겹이었으니까.

'그럴 리가 없지.'

그동안 그 수많은 자신의 고백에도 무반응으로 일관했던 이겹이 왜, 이제 와서? 그럴 만한 까닭이 없었다. 또 괜한 착각은 말아야 했다. 그저, 우연일 것이리라. 유미는 그렇게 생각하기로 했다.

휴게소에 도착하고, 버스의 문이 열리자마자 이겹은 기다렸다는 듯 밖으로 뛰어나갔다. 그 모습은 흡사 무언가에 쫓겨 도망치는 사람 같아 보였다. 그런 이겹의 모습을 보며, 유미는 혀를 끌끌 찼다.

'그러게 진작 약이라도 챙겨 먹고 오지. 버스 타고 이동하는 거 뻔히 알면서. 그걸 참고 있어, 바보같이.'

버스가 다시 출발할 때쯤 다시 모습을 드러낸 이겸은, 또다시 뒷좌석으로 걸어왔다. 잠깐 사이에 눈 밑에 거뭇거뭇한 다크서클이 드리운 것처럼 보였다. 학교 다닐 때도 그는 어지간한 거리는 버스를 타지 않고 걸어 다닐 만큼 멀미가 심했고, 피치 못하게 타야 할 상황에는 미리 멀미약을 먹고, 꼭 앞자리에 탔었다. 그랬던 이겸을 기억하고 있는 유미로선, 지금 이겸의 행동은 납득하기 어려웠다. 말없이 이겸을 바라보고 있던 유미는 한쪽 눈썹을 찡그렸다.

"좀 괜찮아요?"

어기적거리며 걸어오는 이겸을 향한 유미의 질문. 잔뜩 힘이 빠진 모양새로 털썩, 자리에 앉은 이겸이 낮은 한숨을 몰아쉬었다.

"안 괜찮아 보이는데……."

"약 먹었어요."

시선을 아래로 까는가 싶더니, 이겸이 아예 두 눈을 감아버렸다. 먹고 나온 아침을 변기통에 시원하게 쏟아냈는데도 불구하고 아직 속이 개운치 않았다.

"그냥 앞에 가서 앉지 그래요?"

"왜 자꾸 날 보내려고 그러지?"

유미의 물음에 감고 있던 이겸의 한쪽 눈이 살며시 뜨였다.

'내가 없는 동안 둘이 뭘 하려고? 왜 텅 빈 자리도 많은데 굳이 둘이 같이 앉아 있으려고 하는 건데.'

이겸은 차마 티는 내지 못하고 코로 크게 한숨을 내쉬어보는 것으로 표현을 대신했다.

"멀미 때문에 힘들어 하면서 왜 자꾸 고집을 부려요? 뒷좌석에 뭐

꿀이라도 숨겨두셨나?"

유미는 비어 있는 버스 맨 뒷좌석을 훑어보는 시늉을 했다.

"……불편해서 그래요. 1팀 팀원들이 앞에 몰려 있잖아요."

이겸이 핑계라고 댈 만한 게 그런 것밖에 없었다.

"아…… 그런 거였어요?"

유미가 느리게 고개를 끄덕였다. 괜히 복잡하게 생각해 봐야 또 마음만 복잡해질 테니까. 이겸이 그렇다면 정말 그런 것이겠거니.

"거의 다 와가니까, 조용히 갑시다. 머리 울려요."

"넵."

유미는 이겸이 있던 방향으로 틀어 있던 자세를 바로 했다.

한편, 이겸과 유미의 대화에 귀를 쫑긋 세우고 있던 시윤은 멀미 때문에 고통 받으면서도 굳이 이겸이 자리를 뜨지 않는 걸 보고 확신했다.

'내가 거슬려서 그런 게 맞는 것 같은데…… 왜 말을 안 할까? 저정도면 고백을 할 법도 한데 말이야?'

묘했다. 유미를 좋아하면서도 마음을 고백하지 않고 아닌 척을 해 대는 이겸이나, 그런 그를 아직도 좋아하는 유미나. 대체 무슨 사연이 있어서 이렇게 서로를 돌고 도는 건지. 태양을 중심으로 돌고 도는 지구 같다고나 할까. 제 눈엔 뻔히 보이는데, 그들에게는 보이지 않는 것. 시윤은 유미에게 더 가까이 다가가고 싶었다. 그런데, 자신이 걸음을 떼려고만 하면 이겸이 와서 방해를 하고 나섰다. 지금처럼. 유미와 조금만 가까워지려는 김새라도 보이면 이겸이 옆에 떡하니 자리를 잡았다. 그러니, 유미의 시선은 자연히 이겸에게로 갔고, 저에게 올 기회도 연기처럼 사라져 버리는 것이다.

'아무래도 확실히 해두는 게 좋겠어.'

시윤은 방법을 바꿔보기로 했다. 지금 당장 흔들리고 있는 유미를 붙잡는 건 옳지 않았다. 어쩌면 그녀의 마음을 완전히 닫아버리게 만드는 지름길일 수도 있을 터였다. 그렇다면 방법은 단 하나, 유미가 아닌, 이겸을 공략해 보는 것이었다.

'신 대리님, 죄송하지만 저에게 이용당해 주셔야겠습니다.'

유미의 마음을 얻기 위한, 시윤의 다부진 각오가 표정에서 드러났다.

버스는 곧 목적지인 J그룹에서 운영하는 강촌 J리조트에 도착했다. 총무를 맡은 1팀의 대리가 배정된 대로 방 키를 팀원들에게 나눠주었다. 키를 받아 들고 이동하던 이겸은, 계속 제 옆을 쫓아오는 시윤을 바라보며 황당한 표정으로 물었다.

"왜 자꾸 따라와요?"

이겸의 질문에 시윤이 살짝 기분이 상했는지 아랫입술을 내밀었다.

"네? 그건, 제가 묻고 싶은 말인데요? 왜 따라오세요?"

"나 시윤 씨 따라간 적 없어요. 나는, 방에 가려고……."

느리게 걸음을 옮기던 이겸이 자리에 우뚝 멈춰 섰다.

"설마…… 시윤 씨, 202호?"

"어……? 대리님도 202호예요?"

어쩌면 같은 팀에, 남자 직원이 허 팀장님을 포함해 셋밖에 없으니 당연하게 이겸과 시윤이 같은 방이 되는 것이었다. 그런데 왜…….

"같은 방…… 이야?"

이겸은 찜찜한 마음을 지울 수 없었다. 가뜩이나 유미에게 직진하는 시윤에게 미운 시선이 가고 있는데, 심지어 같은 방이라니.

'아, 이런……..'

이겸은 바로 앞에 위치한 202호까지 걸음을 옮기지 못하고 그 자리에 멈춰 서 있었다. 그에 반해, 시윤은 가볍게 202호 앞으로 걸어가서는 문을 열었다.

"안 들어가세요?"

얄밉다 얄밉다 했더니, 이젠 시윤이 하는 말, 행동이 전부 마음에 안 들었다. 이겸은 얄미운 시윤과 하루를 꼬박 함께 지낼 생각을 하니 눈앞이 캄캄해졌다. 한참 멀뚱멀뚱 서 있던 이겸은 어쩔 수 없다는 듯이 시윤을 따라 방 안으로 들어갔다.

리조트라 그런지, 2인실임에도 거실도 딸려 있고, 간단히 요리를 해 먹을 수 있는 주방 공간도 마련되어 있었다.

'그래, 좋게 생각하자고. 최시윤이 유미를 좋아하는 것만 빼면, 딱히 마음에 안 드는 구석도 없잖아?'

이겸은 이왕 이렇게 된 거, 마음을 편히 먹기로 하고 거실 안쪽에 위치한 방으로 걸음을 옮겼다. 그런데, 웬걸.

"이럴 순 없어!"

시윤은 방에 들어서자마자 절규하는 이겸의 소리에 그를 따라 방 안으로 들어섰다.

"왜 그러세요?"

침대가 하나였다. 하나뿐인 침대를 보고 당황한 건 비단 이겸만이 아니었다.

"아니, 왜 침대가 하나예요?"

시윤도 적잖이 당황한 듯 얼굴을 붉혔다.

"그러게나 말입니다."

이겸의 얼굴에 썩은 미소가 내걸렸다.

"대리님이랑 저, 여기서 같이…… 자야 해요?"

"난 잠귀가 밝아서 혼자 자야 하는 스타일이라서……."

"저도요. 전 남자랑 같은 침대에서 못 자요. 절대!"

누가 먼저랄 것도 없이 서로가 서로를 거부했다.

"피차 그런 것 같으니, 침대를 차지할 사람은 저녁에 다시 정하기로 합시다."

이겸은 깔끔하게 떨어지는 목소리로 정리했다.

"네. 그래요."

"그럼 대충 정리하고 나가죠."

이겸이 짐 가방을 바닥에 내려놓았다. 그와 거의 동시에 시윤의 목소리가 좁은 방 안을 울렸다.

"대리님. 공 주임님 좋아하죠?"

이겸의 모든 행동이 일순 멈추었다.

"좋아하시잖아요."

이겸은 가방을 내려놓기 위해 숙인 허리를 천천히 폈다.

"갑자기 무슨 소린지 모르겠네……."

"다른 사람 눈은 속여도, 제 눈은 못 속여요. 주임님 좋아하시잖아요. 맞죠, 대리님?"

시윤은 다분히 확신에 찬 어투였다. 이겸은 오롯이 저를 응시하는 시윤의 눈빛을 보니 이 자리에서 짚고 넘어가려는 의지가 느껴졌다. 이내 이겸은 차갑게 눈을 내리깔았다.

"무례하네. 남의 마음을 그렇게 막 단정 짓고……."

지나치게 눈치가 빠른 시윤에게 자신의 본심을 들키지 않는 것은 생각보다 어려운 일일지도 몰랐다.

"그럼, 제가 본격적으로 공 주임님께 대시를 해도 되겠습니까?"

"……그거야, 본인이 결정할 일이지, 그걸 왜 나한테 물어요?"

이겸이 일부러 차가운 표정과 냉정한 목소리를 내보았지만, 그마저도 시윤에게는 먹히지 않는 모양이었다.

"계속 방해하고 계시니까요."

"내가 방해를 했다고?"

"네. 하셨어요. 처음부터 지금까지 쭉."

이겸은 시윤이 처음 팀에 배정받은 날, 유미가 그의 손을 붙잡고 나가 버린 그 순간부터 지금까지 단 한 순간도 마음이 놓인 적이 없었다.

"……글쎄, 난 모르는 일인데."

그래도 이겸은 시윤에게 자신의 숨겨진 속사정을 고백할 순 없었다.

"무슨 이유로 주임님을 향한 마음을 숨기고 계신지 모르겠지만, 받아주실 거 아니면 더 이상 그분을 혼란스럽게 하지 말아주셨으면 좋겠어요."

그것은 분명 시윤이 남자로서 이겸에게 건넨 충고이자, 경고였다.

더 이상 자신이 좋아하는 여자를 쥐고 흔들지 말아달라는데, 왜 자꾸 반발심이 솟구쳐 오르는 걸까.

"입장 바꿔 생각해 보세요. 대리님이 짝사랑하는 입장이면, 마음이 좀 아프긴 해도 단호하게 거절해 주는 게 훨씬 마음 접기 편하지 않겠어요?"

누군들 그렇게 해보지 않았을까. 단호하게, 독하게, 매몰차게, 못되게. 회유는 물론이고, 협박도 해봤다. 할 수 있는 모든 걸 다 해봤음에도 통하지 않은 여자가 바로 공유미였다.

"이왕 말 꺼냈으니까 말씀드리는 거지만. 저, 주임님이랑 정말 잘해보고 싶어요. 제 이상형에 제일 가까운 사람이고 또, 보호해 주고 싶고 아껴주고 싶어요."

이겸은 감정에 솔직하고, 마음을 표현하는 데 있어 거침이 없는 시윤이 새삼 놀라웠다. 시윤에게 자신은 직장 상사이자, 어려운 상대일 터. 그런 자신의 앞에서도 거칠 것 없이 제 마음을 고백하는 그가, 이겸은 솔직하게 부러웠다.

"확실하게 노선 정해서 행동해 주시면 좋겠어요. 지금처럼 이도 저도 아닌 대리님 태도, 남자답지 못해요."

이렇게나 솔직한 시윤을 보고 있자니, 어쩐지 감정을 숨기기에만 급급한 자신이 초라하게 느껴졌다.

"……해요."

"네?"

기어들어 갈 듯 작은 이겸의 목소리를 제대로 듣지 못한 시윤이 되물었다.

"나도…… 좋아…… 한다고. 공유미."

이겸은 끝내 시윤에게 말해 버렸다. 누구에게도 말한 적 없고, 누구에게도 보이지 않았던 속마음을.

"좋아…… 한다고요?"

시윤은 유미를 향한 이겸의 마음을 눈치채고 있었다. 적당한 확신도 있는 상태였다. 그러니 이겸에게 이렇게 대놓고 말한 것이기도 했다. 그러나 생각만 가지고 있었던 것과 이렇게 이겸의 입을 통해 적나라하게 진실을 전해 듣는 것은 확실히 와 닿는 느낌 자체가 달랐다.

"아니, 근데 왜 여태 가만히 있었어요? 계속 아닌 척했잖아요? 막, 철벽 치고 그랬잖아요?"

이해할 수 없었다. 여태 이겸이 유미를 대한 말투나 행동만 놓고 봤을 땐, 좋아하는 쪽보다는 싫어하는 쪽에 가까웠으니까.

"그랬죠."

이겸은 시윤과 시선을 맞추지 않은 채 허공 어딘가에 시선을 두었다.

"왜 그러셨어요? 하루 이틀도 아니고, 그 긴 시간 동안 남자도 아니고 여자가 자존심 다 버리고 쫓아다녔는데, 왜 아닌 척했어요?"

유미나 저나 같이 짝사랑을 하는 위치에 있는 사람이 아니던가. 마치 유미가 자신이고, 자신이 유미가 된 듯한 느낌마저 들었다. 그러자 과하게 유미에게 감정이입이 되기 시작했다. 그리고 그녀의 감정을 대변한 억울함이 기어코 범람해 버리고 말았다.

"내가 그런 것까지…… 최시윤 씨한테 다 설명해야 해요?"

얼굴이 달아오를 만큼 감정을 주체하지 못하는 시윤에 비해 이겸은 지나치리만큼 차분해 보였다.

"아니…… 설명할 이유는, 없지만. 그래도 제가 납득할 만한 적당한 이유 정돈 말해주셔야죠. 그래야 저도, 받아들일 수 있는지 아닌지 생각을 할 테니까요."

시윤은 완벽한 이유까진 아니더라도, 유미가 그렇게 좋다는 남자에게서 어느 정도 설득력 있는 이유를 듣는다면 마음이 좀 아프긴 해도 그녀를 놓아줄 수 있을 것 같았다. 사랑하는 사람의 행복을 바라는 것 또한, 사랑의 한 방법이라고 배웠다.

"그 이유, 별로 말하고 싶지 않은데. 말할 이유도 없고. 지극히 사적인 거잖아요. 피차, 그런 거 말할 필요도 없는 사이고, 안 그래요?"

유미의 짝사랑 상대인 이겸이 삐딱하게 나오니까, 시윤의 붉게 달아오른 피부색도 차츰 차분히 가라앉았다.

"혹시…… 뭐, 복수. 이런 감정은 아니죠?"

"말이 좀 심하네. 나한테 무슨 안 좋은 감정 있어요?"

"그렇지 않고서야. 어떻게 좋아한다면서 받아주지 않은 건지, 궁금하잖아요."

싫은 것도 아니고, 심지어 좋아하는 마음이 있는데도 받아주지 않는다? 흥미로움을 떠나서, 이 말도 안 되는 일을 대체 어떻게 받아들이란 건지.

"그럴 만한…… 나름의 사정이 있었어요. 그러니까, 더는 이 얘긴 하지 말았으면 좋겠어요."

"그러면 앞으로는요? 두 분 관계, 발전할 가능성 있는 겁니까?"

이겸의 심장박동 수가 점점 빨라지기 시작했다.

발전 가능성? 그런 게 있을 리가 없다. 마음을 꺼내놓는 것조차 하지 못하는 쫄보가 바로 자신이었다. 그런데 왜, 유미와의 '발전'을 떠올리자 이렇게도 심장이 제 페이스를 찾지 못하고 날뛰어대는 걸까?

"있어요? 없어요?"

이겸은 진보를 하든, 후퇴를 하든 유미와 자신의 사이에 '변화'란 게 좀 있었으면 좋겠다고 생각했다.

"몰라요, 나도."

변화 없이 지낸 세월에 무뎌져 유미가 제게서 돌아선 것만 같았다.

"그런 게 어디 있어요. 대리님 정말, 주임님 마음은 생각 안 해요? 주임님뿐만이 아니에요. 그 사람을 좋아하는 저도 생각해 주세요. 대리님 결정에 따라 미래가 달라질 텐데."

이겸은 시윤의 말대로 자신의 결정에 따라 미래가 달라질 그에게 조금 미안하긴 했지만, 그의 요구를 그대로 들어줄 생각은 추호도 없어 보였다.

"하……."

이겸의 입술 사이로 낮고 긴 한숨이 쏟아져 나왔다.

"무슨 이유인지는 몰라도, 좋아하면 고백하시죠? 당당하게 경쟁하자구요."

생각이야 늘 한다.

"싫어요."

유미에게 근사하게 고백을 하는 자신의 모습을.

"아. 답답해."

유미가 좋아하는 커다란 꽃다발도 건네고, 좋아할 만한 선물도 함께 주는 것.

"나는 지금처럼, 마음 가는 대로 행동할 거예요."

그러나 그렇게 하려고 마음을 먹으면, 이상하게도 덜컥 겁이 났다. 목덜미 뒤로부터 소름이 돋아날 정도로 무서웠다. 거절을 당할 거란 생각에서 그런 것은 아니었고, 혹여 어느 '순간'과 오버랩될까 봐. 그래서 또다시 상처를 받게 될까 봐. 그것은 어쩌면 지극히 자기 방어적인 행동일지도 몰랐다.

"그 말은, 앞으로도 계속 절 방해하시겠다는 말씀으로 들리는데, 맞아요?"

끝까지 대답을 회피하는 이겸에게, 시윤이 다른 형태로 질문을 돌려 했다.

"아니라고는 못 하겠는데."

그러니까 이겸은 이렇게까지 대놓고 말했는데도 유미를 포기하고 싶은 생각도 없고, 그렇다고 그녀에게 속 시원히 제 속마음을 까놓는 것도 싫다고 말하고 있는 것이었다.

"대리님, 그렇게 안 봤는데. 굉장히 이기적인 분이셨네요."

시윤의 얼굴에는 실망한 기색이 가득했다.

"좀 그런 편이죠."

아무렇지 않은 얼굴로 계속해서 말을 이어 나가는 이겸이 시윤은 너무나도 얄미웠다. 분명 이겸의 말대로라면 그와 자신은 같은 처지인데.

'왜 이렇게 벌써부터 진 것만 같은 기분이 드는 거지.'

살면서 시윤은 한 번도 누군가에게 제 것을 뺏겨본 적이 없었다. 또한, 손에 넣고 싶은 건 어떻게든 가졌다. 무언가를 탐내거나 억지로 가지려 하지 않아도 자연스럽게 제 손에 흘러들어 왔다. 한데 지금은 상황이 달랐다. 굳이 따지자면 조금 안 좋은 쪽으로 흘러갔다. 이겸이 유미를 좋아한다. 이 사실을 유미가 안다면 어떤 반응을 보일까? 유미라면 아마도 좋아서 당장 쓰러져 죽는 시늉이라도 할 것 같았다.

"허."

그래도 아예 수확이 없진 않았다. 이겸의 현재 마음 상태를 들었으니, 그걸 어떻게 처리하고 자신이 유미를 차지하면 될까, 그것만 생각해야 했다.

한편, 시윤을 덩그러니 방에 두고 밖으로 나온 이겸은 답답한 듯 룸을 벗어나자마자 길고 짙은 한숨을 몰아쉬었다.

'끈질긴 녀석.'

후회는 항상 너무 늦다. 이미 엎질러진 물인데, 주워 담을 수 있는 방법이 없을까 이겸은 머리를 굴렸다. 그런다고 엎질러진 물이 다시 온전히 컵 속으로 들어가지 않을 거라는 걸 알면서.

따분한 하반기 전략 회의가 이어졌다. 1팀의 인원이 열 명이 넘는 것에 비해, 2팀의 인원은 고작 다섯 명에 불과했다. 그 규모만 보아도 알 수 있듯, 회사에서 1팀에 거는 기대도 컸고, 그들이 내는 매출도 컸다.

"우리가 맡고 있는 미주나 유럽 쪽 계열사에서는 꾸준히 수익이 나고 있는데, 2팀이 맡고 있는 아시아 포함 기타 지역에서는 아직까지 매출이 터진 곳이 없죠?"

1팀 윤 팀장이 비꼬는 말투로 허 팀장에게 말했다.

"하반기에 터질 일만 남았습니다."

거기에 반박하듯 허 팀장이 표정 하나 변하지 않고 되받아쳤다.

"2팀에서도 꽤 공격적인 마케팅이 들어가야 한다고 생각해요. 우리가 팀은 나눠져 있지만 결국 연말 총 결산은 같이하게 되는데, 2팀, 지금 매출로는 우리 1팀이 그 구멍 메워주는 꼴밖에 안 되는 거거든요."

"구멍 메우기 안 되도록 하반기 매출 일으키도록 하지요."

자존심은 상했지만, 팩트가 그러했다. 1팀이 담당하는 미주, 유럽 쪽에서의 J그룹 계열사는 이미 입지를 굳히고 매출을 거둬들이는 시기였다. 그에 반해 상대적으로 매출이 잘 나오지 않는 아시아를 비롯한 기타 지역은 모두 2팀 담당이었다. 하는 업무는 많고, 그것에 비해 매출이 나오지 않는 것이 사실이었다. 그러니 1팀 윤 팀장이 거들먹거리는 데엔 이유가 있었던 것이다.

"참. J코스메틱 아리마 백화점 본점에 입점하기로 했다고요?"

"네. 두 달 안에 입점할 예정입니다."

"아리마에 한국 화장품 브랜드가 입점하다니. 그래요, 그렇게 퍼포먼스를 해야지. 그래야 티오도 좀 받고 할 거 아닙니까? 담당하는 지역이 몇 갠데 인원이 고작 다섯이라니, 이건 뭐……. 감히 어떨지 저는 상상도 안 갑니다."

전략 회의를 하자는 건지, 싸우자는 건지 모를 노릇이다. 허 팀장의 낯빛이 점점 어두워지기 시작했다. 평소 유순하기로 유명한 그였지만, 1팀 윤 팀장과 붙으면 늘 이렇게 감정을 억누르지 못하고는 했다.

"양보단 질이죠."

"무슨 뜻입니까?"

"다섯이어도 충분합니다. 일하는 데 전혀 지장 없어요. 게다가 저희 팀엔 최시윤 씨가 있잖아요?"

'시윤'이란 이름이 나오자, 방금 전까지 오만 방자하게 굴던 윤 팀장의 표정이 묘하게 변했다.

'뭐지? 최시윤이 뭔데 이런 반응이지?'

두 팀장의 대화에 귀를 쫑긋 세우고 있던 이겸은 순간적으로 아무런 대꾸도 하지 못하는 윤 팀장을 바라보았다.

"크흠, 그럼 하반기 전략 회의는 이쯤에서 마무리하는 걸로 하죠."

어색한 목소리를 내며 급하게 회의를 마무리하는 윤 팀장의 태도에 이겸은 상당한 의아함을 느꼈다. 그뿐만이 아니었다. 회의를 급하게 마무리하고 팀원들이 하나둘 자리에서 일어나기 시작하자, 매의 눈으로 그걸 훑던 윤 팀장은 시윤이 나가는 길목을 터주는 것도 모자라, 회의실 문까지 열어주는 것이다.

"이쪽이요. 이쪽."

우렁찬 소리를 내며 시윤을 에스코트하는 윤 팀장의 모습에 이겸은 의아함을 감추지 못했다.

'최시윤이 뭐라도 되나? 천하의 윤 팀장이 저렇게까지 하는 거지? 말도 안 돼……'

이겸의 시선이 시윤에게로 돌아갔다.

'그러고 보니 지난번 일본 출장 때도 묘했단 말이야. 만약 다른 팀원이 출장에 따라가고 싶다고 했으면 경비 운운하며 막았을 텐데?'

왜 그 생각을 못 했을까?

그땐 유미에게 정신이 팔려 있어서 보이지 못한 것들이 하나둘 떠오르기 시작했다. 출장도 출장이지만, 이제 막 입사한 신입 사원이 비싼 명품을 걸치고 다니는 것 하며, 따지고 보면 석연치 않은 구석이 많았다. 회의가 끝나자마자 유미의 옆에 착 달라붙어서 하하호호, 깔깔거리는 시윤을 보는 이겸의 눈빛이 서늘하기만 했다.

불현듯 떠오르는 또 다른 사실 하나. 시윤이 입사하고 얼마 되지 않았을 무렵, 치킨집에서 분명히 그랬다.

"시윤 씨, 보기보다 자신감이 과한 면이 있네요. 나한테 도움을 청하기 전에 스스로의 위치를 돌아봐요. 유미는 결혼을 하고 싶어 해요. 그런데 시윤 씨는 이제 막 입사한 새내기잖아? 공유미 책임질 수 있어요?"

"네."

분명 책임질 수 있다고 했다. 덧붙여 그럴 만한 능력이 있다고도 했다.

'그래, 그랬었지. 참.'

스물여섯짜리가 누군가를 책임질 수 있는 위치에 있다. 이게 대체 뭘 의미하는 걸까? 능력이 있다는 건, 그만한 재력이 있다는 뜻일까? 이겸의 마음속엔 온통 물음표 투성이였다. 부하 직원이 아닌, 연적으로 변모해 버린 시윤을 바라보는 이겸의 검은 눈동자가 갈피를 잡지 못하고 흔들렸다.

만약, 그렇다면? 저와는 달리 능력 있고, 나이도 어리고, 제 마음에 솔직한 시윤이 계속해서 유미에게 대시를 한다면? 자신의 추측이 사실이라면, 이것은 간과할 만한 수준의 문제가 아니었다. 유미가 아무리 세상을 보는 눈이 어둡다고 해도, 다 가진 남자를 쉽게 외면하지 못할 것 같았다.

'이런 젠장! 뭐지? 최시윤…… 너 대체, 정체가 뭐야?'

이겸은 마음속에 충만한 의심을 품은 상태로 하루 일정에 임했다. 한 번 의심이 되기 시작하니, 시윤의 행동 하나, 말투 하나에도 예민하게 반응했다.

"주임님, 휴대폰 말인데요. 왜 그렇게 오래된 걸 써요?"

유미의 휴대폰을 물끄러미 바라보던 시윤이 물었다. 턱을 괴고 아예 유미 쪽으로 몸을 틀고 있는 그의 모습은 누가 보아도 유미에게 사심이 가득한 것처럼 보였다.

"이거? 오래된 거 아닌데? 아직 약정도 안 끝난 거야."

"되게 오래된 거 아닌가? 그 정도면 유물 수준인데."

"유물? 그 정도야? 흠, 하나 바꿔야 하나."

진지하게 시윤의 말에 고민하는 유미를 보며, 이겸이 혀를 끌끌 찼다.

'저…… 팔랑귀.'

이겸은 전에 쓰던 휴대폰의 터치가 먹히지 않아서 AS센터에 갔다. 거기서 수리비로 무려 20만 원을 요구해 오는 바람에, 새 걸로 바꾸는 게 낫다고 판단해 당시 새로 나온 제품으로 교체했다. 이겸이 휴대폰을 바꾸고 난 바로 다음 날, 유미가 그와 똑같은 기종의 다른 색깔의 휴대폰을 사 가지고 와서 경악한 적이 있다. 갑자기 휴대폰은 왜 바꿨냐는 말에, 자신과 같은 걸로 쓰고 싶어서 바꿨다고 했었다.

'나랑 같은 걸 쓰고 싶어서 바꿨다더니만, 최시윤 한마디에 금방 바뀔 마음이었다? 그 마음 참, 쉽네?'

실내는 적정 온도를 유지 중이었지만, 이상하게도 이겸의 손바닥에는 땀이 들어차고 있었다. 이겸은 대놓고 시윤에게 정체가 뭐냐고 물어보자니 아무것도 아니면 우스운 꼴이 될 테고. 그냥 무시하자 싶어서 고개를 틀어버렸다.

그 순간.

"제가 새 휴대폰 하나 사드릴까요?"

이겸의 얼굴 근육에 살짝 경련이 일어났다. 그리고 다시 그의 고개가 원위치로 돌아갔다.

"새 걸 사준다고? 왜?"

유미가 당황하는 모습이 이겸의 시야에 들어왔다.

"사드리고 싶어서요."

"시윤 씨, 자기 월급을 생각해. 나 수습 땐 월급이 너무 적어서 돈 아끼려고 손가락 빨고 살았어."

아무리 남자들이 돈 씀씀이에 무디다고는 하지만, 이건 좀 과했다. 사귀는 사이도 아니고, 단지 좋아하는 것일 뿐인 여자에게 척척 뭘 사준다? 능력이 좋아서 연봉을 많이 받는다고 해도, 그런 발언을 하기는 쉽지 않았다.

"저 그 정도 능력은 돼요."

이겸의 한쪽 눈썹이 하늘을 향해 바짝 추켜 올라갔다.

"시윤 씨, 혹시나 해서 묻는 건데 말이야……."

잠시 말없이 고민 하던 유미의 입을 통해 듣기 좋은 목소리가 흘러나왔다.

"네, 말씀하세요."

시윤은 그런 유미를 향해 부드럽게 미소 지어 보였다.

"내가 뭐 사심이 있어서 묻는 건 아니고…… 자기, 혹시 금수저야?"

유미의 목소리가 기어들어 갈 듯 작아졌다. 그 탓인지 조금 떨어진 곳에서 둘의 대화를 엿듣고 있던 이겸의 귀에는 웅얼거리는 소리만 드릴 뿐 또렷한 대화 내용이 들려오지 않았다.

"금수저요?"

"응, 시윤 씨, 금수저 물고 태어났어?"

심각한 표정을 하고 자신에게 질문하는 유미를 보고는 시윤이 결국 웃음을 참지 못하고 터뜨려 버렸다. 푸스스, 하고 웃음이 터진 시윤을 멍하니 바라보는 이겸의 표정이 좋지 못했다.

'대체 무슨 대화를 하기에 저렇게 분위기가 좋은 거야?'

답답함에 가슴이 무언가로 꽉 짓눌려 있는 기분이었다.

"뭐…… 틀린 말은 아닌 거 같은데요?"

한참 깔깔거리며 웃던 시윤은 찔끔 흐른 눈물을 닦았다.

"어머나, 세상에! 정말?"

유미는 난생처음 보는 동물을 발견한 듯한 신기한 표정으로 시윤을 응시했다. 아직도 다 터져 나오지 못한 웃음을 겨우 참으며 시윤이 억눌린 신음을 흘려보냈다.

"으흑, 네. 그리고 주임님, 그런 건요. 사심을 가지고 물어봐 주셨으면 좋겠어요."

"으, 응?"

"능력 있는 남자 싫어하는 여자도 있어요? 그다지 제 배경 같은 걸 이용해서 사랑받고 싶은 생각은 없었는데. 주임님이 그런 거 좋아하시면, 좀 이용하고 싶기도 해요."

도통 이해할 수 없는 이야기를 쏟아내는 시윤을 멍하게 바라보던 유미가 눈썹을 풀썩이며 빠르게 깜빡였다.

'배경을 이용해서 사랑을 받고 싶다라. 그 정도로 대단한 집안의 자제분이셨나.'

유미는 손이 공손하게 모아졌다.

"뭐야…… 그 정도로 대단한 집이야?"

"나쁘지 않은 정도예요. 주임님 평생 일 안 해도 먹고살 수 있을 만큼은 돼요."

이것은, 말로만 듣던 낚싯대만 던졌을 뿐인데, 대어가 낚였다는 그 신비하고도 놀라운 이야기?

"대박!"

유미는 놀라움을 감추지 못하고 소리쳤다. 동시에 둘의 대화를 듣기 위해 살짝 몸을 틀어 올리던 이겸이 화들짝 놀라 몸을 떨었다. 다행인 것은, 둘은 서로에게만 집중할 뿐, 주변을 의식하지 않는 눈치였다.

"어때요?"

시윤은 이제야 자신이 좀 다르게 보이냐는 듯, 이럴 줄 알았으면 진작 배경에 대한 언질을 해줄 걸 그랬나, 하는 복잡 미묘한 표정을 지었다.

"방금 나, 뭔가 대단한 소릴 들은 것 같아!"

"그렇죠?"

시윤은 윤기가 좔좔 흐르는 얼굴을 빛내며 웃었다. 연하에, 잘생겼어, 키 커, 능력도 있어, 심지어 배경도 좋다니. 유미는 좀처럼 놀람을 감추지 못했다.

"그럼 우리 그린라이트예요?"

이 정도면 앞뒤 재고 따질 것도 없이, 두 팔 벌려 환영해야 맞는데. 유미의 마음은 여전히 횡했다. 뻥 뚫린 공허함만 있을 뿐, 꽉 채워지는 무언가가 없었다. 그게 제아무리 금수저 시윤일지라도 변하는 건 없었다.

"에이. 그린라이트는 무슨."

"뭐예요. 방금까지 사람 잔뜩 흥분시켜 놓고……."

시윤은 실망을 표하며 얼굴을 잔뜩 구기고는 슬픈 음색으로 말했다.

"생각해 봐. 시윤 씨가 내 치부를 다 알고 있는데, 어떻게 덥석 시윤 씨 손을 잡니?"

예를 들면, 핵방구라든가, 아니면 짝사랑만 이십년 하고 있는 거라든가.

"정말 그게 다예요?"

유미는 아직 마음에 다른 누군가를 담을 여유가 없었다.

"솔직하게 말하면 말이야! 시윤 씨 이렇게 앞뒤 생각 안 하고 직진하는 모습, 아주 훌륭해. 좋은 자세라고 생각해."

마치 이겸에게 직진하던 자신의 모습을 보는 것만 같았다. 그래서 더욱 자꾸 시선을 끌었다.

"근데, 나 아직 마음 정리 다 못 했어. 시윤 씨가 알고 있으니까 하는 말이지만, 그렇게 하루아침에 정리될 마음이었으면, 진작 정리했지. 차근차근, 천천히 하고 있어."

유미는 시윤이 궁금해하는 마음에 대한 답을 줄 수 없었다.

"그럼, 제가 기다리면 희망이 있을까요?"

줄곧 웃음기를 머금은 얼굴이던 시윤의 표정이 진지해졌다.

"나…… 희망고문 하고 싶은 생각 없어. 내가 그거 당해봐서 잘 알거든. 그러니까 시윤 씨도 나이에 맞는 사람, 시윤 씨랑 수준 맞는 사람 만나서 예쁘게 연애해. 내가 좀 꼰대 같은 기질이 있어서 아마, 만나게 되더라도 금방 질릴걸?"

"만나보지도 않고."

"만나보지 않아도 어느 정도는 보이지. 이 사람과 내가 맞나, 안 맞나."

그래서 이겸이 저를 그렇게 매몰차고 끈질기게 차버렸겠지. 맞지 않다고 생각했으니까.

"제가 맞출게요."

그러니 이토록 마음을 '잘' 표현하는 시윤에게 한 번 더 눈길이 가는 것이다. 맞지 않아도 맞춰보겠다니. 이 얼마나 놀라운 표현인가.

"어머, 세상에! 내가 전생에 나라를 구했나? 시윤 씨, 참 예쁜 말만 골라서 해. 정말!"

유미는 만약 지금 자신이 마음에 담은 사람이 없다면, 한 번쯤은 시윤을 만나고 싶을 정도로, 그는 꽤 괜찮은 남자였다.

"예뻐는 하시지만, 받아주긴 싫다는 거잖아요."

"눈치도 빠르지."

"희망고문 하고 싶지 않으니까, 마음 접으라는 거잖아요."

"머리도 좋고."

유미는 무릎을 탁, 치며 시윤의 말에 추임새를 넣었다.

"아직 마음 정리 못 했으니까, 계속 들이대지도 말라고요?"

"어쩜, 이렇게 완벽하지? 볼수록 놀랍다니까?"

유미는 방울 같은 눈망울을 반짝이며 생긋, 웃었다.

"확실히 마음을 정리하고 있는 건, 맞아요?"

이겸에 대한 걸 묻는 거였다.

"응."

정확히 말하자면 확실하게 정리를 하진 못해도, 조금씩 마음을 접어가는 건 맞다. 이미 셀 수도 없이 많이 받은 상처를 치유하기 위해

서는 잠깐의 휴식이 됐든, 영원한 안녕이 됐든 아픔을 보듬을 시간이
필요했다.

"확실해요, 정말?"

"그래. 확실해."

크게 고개를 끄덕이는 유미를 보며, 시윤이 심각한 표정을 지었다.

"나중에 딴소리 하면 안 돼요."

"딴소리? 무슨?"

"갑자기 다시 좋아졌다고, 그러면 저. 정말 크게 상처받아요?"

유미는 잇새로 피식, 김빠지는 소리가 흘러나왔다.

"그럴 일 없어. 지금 대리님 상태를 봐. 저게 날 좋아하는 눈빛이
니? 나도 이제 나 싫다는 남자, 필요 없어. 나 좋다는 사람만 만날 거
라고!"

전엔 무조건 자신을 좋아하는 사람보다, 자기가 좋아하는 사람을
선택하는 게 맞다고 생각했다. 그러나 유미도 이제 그 고착된 사고방
식을 바꾸기로 다짐했다. 미치도록 시리게 짝사랑하는 사람보다야, 저
를 사랑해 주고 예뻐 죽는 표정으로 바라봐 주는 사람. 그런 사람을
선택하겠다고.

"그런 자세, 좋아요."

시윤은 그제야 안심하고는 낮은 목소리로 말했다.

"그래, 그래. 그러니까 시윤 씨도 얼른 마음 정리하고 우리 앞으로
도 친하게 지내자. 알았지?"

모든 인간관계가 그렇듯, 일방적인 것은 없다. 상호 간에 오가는 것
이 있어야지만 그 관계는 온전히 유지될 수 있다. 유미는 이겸에게 너
무 주기만 했고, 시윤은 지금 유미에게 주기만 했다. 둘 중 하나의 관
계라도 완전한 형태로 유지되기 위해서는 관계의 재정립이 필요했다.

그 열쇠를 쥐고 있는 사람은, 다름 아닌 유미였다. 본인만 모르고, 나머지는 다 알고 있는 그런 놀랍고도 신기한 상황이기는 했다.

들리지 않는 두 사람의 대화에 귀를 세우고 있던 이겸은 결국은 포기하고 머리카락을 쥐어뜯었다. 이겸은 유미와 시윤이 점점 가까워지는 게 두렵다. 더 손을 쓸 수 없는 상황이 오게 될까 봐 마치 체한 것처럼 속이 꽉 막혔다.

느리게 흐르던 시간은, 밤을 향해 갈수록 빠르게 흘러갔다. '워크숍' 목적으로 온 곳이지만, 술이 빠지면 서운했다. 술이라면 자다가도 깨는 건, 윤 팀장이나 허 팀장이나 같았다. 그런 면에서만 잘 맞는 게 흠이라면 흠이었지만.

"이번엔 허 팀장님이 한번 말아보시죠."

폭탄주 제조에 나선 허 팀장은, 회사에서는 한 번도 본 적 없는 것 같은 빛나는 눈동자로 테이블 위에 올려진 맥주잔을 노려보았다. 맥주잔 위에는 11자로 벌려놓은 젓가락을 걸쳤고 또 그 위로 양주잔이 올려져 있었다.

"자, 갑니다!"

흥이 돋을 대로 돋아 어깨를 들썩이던 허 팀장이, 테이블을 살살 내려치자, 테이블 정중앙에 있던 맥주잔이 진동했다. 덩달아 위에 나란히 올려놓은 양주잔도 흔들리기 시작했다.

바로 몇 초 뒤, 위태로운 자태로 젓가락 위에 올려져 있던 양주잔들이 제자리를 찾아 들어가듯, 맥주잔에 쏙 들어갔다.

"역시, 허 팀장 폭탄주 마는 기술은 명불허전입니다?"

"에이, 왜 그러십니까? 스킬하면 윤 팀장이시면서?"

아깐 그렇게 서로 못 물어뜯어 안달이더니, 스킬이 어쩌고 하면서

서로를 치켜세워 주는 모양새가 우습기만 하다. 한 사람당 하나씩 돌아간 폭탄주를 마주한 이겸은, 곁눈질로 제 옆자리에 자리를 잡고 앉은 유미에게 시선을 맞추었다.

'또 술 마시고 뻗는 거 아닌가 몰라.'

이겸은 유미가 걱정되긴 했지만, 그렇다고 그걸 대놓고 여기서 티를 낼 수도 없었다. 목이 타는 듯한 갈증이 이어졌다. 이겸은 제 앞에 놓인 술잔을 들어 입가로 가지고 갔다.

"어, 어. 시윤 씨는 마시지 마."

술을 입에 털어 넣기 일보 직전, 들려오는 유미의 목소리에 이겸이 반응했다.

"마시지 마. 마시지 말고 이리 줘."

"왜요?"

"술버릇도 안 좋다며."

"제가요?"

유미는 시윤이 술만 마시면, 세상 모든 비밀을 털어놓는다는 그의 말을 철석같이 믿었다.

"그리고, 이런 건 선임이 마시는 거야. 이리 내."

시윤이 모두의 앞에서 자신의 흑역사를 까발리는 것은 꿈에서도 꾸고 싶지 않고, 상상하고 싶지도 않았다. 그가 유미에게 빼앗긴 잔을 허망하게 바라보며 어리둥절한 표정을 지었다.

"내가 마실게."

여자가 남자의 흑장미를 자처하는 일이 흔하진 않은 일이라, 팀원들의 시선이 쏠렸다.

"오, 공 주임. 오늘 술 좀 받나 봐? 하나 더 말아줘?"

가득 채워진 시윤의 잔을 깨끗하게 비워낸 유미는 눈을 부릅뜨며 대답했다.

"저는 여기 있는 최시윤 씨 술잔만 비웁니다."

유미의 선언과도 같은 다짐은 차마 뚫린 귀로 듣고 있을 수 없을 정도로 가관이었다. 이겸은 잠시 멈췄던 손을 다시 놀렸다. 폭탄주의 알코올 향이 진하게 목울대를 타고 몸속으로 흘러들었다. 유미의 단호한 말투에 허 팀장이 살짝 풀린 동공을 하고, 그녀를 뚫어지게 쳐다보았다.

"공 주임 전혀 몰랐는데. 상당히 정치적인 구석이 있군?"

"예?"

후배의 술잔을 대신 비워준 것이 왜 정치적인 모습으로 비춰진 걸까. 고민하던 유미는 결국 해답을 찾지 못했다.

"벌써 라인을 타시겠다?"

"무슨 라인 말씀이십니까?"

"모르는 척은. 앙큼한 구석까지 있어. 내가 아무래도 호랑이 새끼를 키운 것 같아."

가뜩이나 이런 쪽으론 눈치도 없는 유미가 허 팀장의 의미심장하면서도 뼈가 있는 말을 알아듣기에는 무리가 있었다.

"한잔 들지."

마치 영혼의 동반자를 만난 양, 허 팀장이 유미의 빈 술잔을 가득 채워주었다.

"자, 시윤 씨도 한잔 들어요."

유미에게는 한 손으로 가볍게 술을 따라놓고는, 시윤의 술잔에 술을 따르는 허 팀장의 손이 급작스럽게 공손해졌다.

"아이, 왜 이러세요. 팀장님. 편하게 대해주세요. 제발."

"어떻게 편하게 합니까! 제가 감히 어떻게!"

술에 취해 살짝 혀가 꼬인 허 팀장은, 두 손으로 맥주병을 받들다 시피 해서 잔 끝까지 맥주를 따라냈다. 유미 또한 연거푸 몇 잔째 마신 술로 인해 살짝 동공이 풀린 상태였다.

"팀장님, 죄송한 말씀이지만 시윤 씨 잔은 제가 비우겠습니다."

"아니, 이 사람이!"

허 팀장의 눈동자가 제자리를 찾지 못하고 흔들리기 시작했다.

"이리 주세요. 제가 마시겠습니다."

시윤의 술잔 하나를 두고, 장장 세 사람이 달라붙어 싸우고 있는 상황이었다.

"도련님은 이런 거 마시는 거 아닙니다! 제 간은, 이미 망가질 대로 망가졌어요! 이리 주세요!"

'도련님'이란 생소한 단어가 유미의 뇌리에 확 와 박혔다.

"도련님? 그게 무슨 말씀이신지?"

방금 전까지 한껏 늘어져 있던 유미의 표정이 순간적으로 되살아났 다.

"어라? 공 주임, 몰랐어? 난 다 알고 이러는 줄 알았는데?"

술로 인해 살짝 상기된 유미의 양 볼이 붉게 물들었다.

"공 주임……. 그걸 몰랐단 말이야?"

유미는 뜸이란 뜸은 다 들이는 허 팀장의 입에서 시원한 대답이 나 오길 기다렸다. 말을 할 듯 말 듯 하는 그의 입 모양에 맞춰 유미의 턱이 따라 올라갔다. 그런데 허 팀장은 마치 시윤의 '허락'이 떨어지기 를 기다리듯 오물거리던 입을 다물고, 그에게 시선을 고정했다. 시윤 은 자신을 빤히 쳐다보는 허 팀장을 향해 빙긋 웃어 보였다. 그것은 마치 '허락'을 가장한 미소 같아 보였다.

"공 주임. 실내 공기가 좀 답답하지 않아? 나와 함께 밖으로 나가서 시원한 바람이라도 쐬고 오지 않겠어?"

허 팀장이 아무리 눈치가 없기로서니 시윤의 바로 앞에서 그의 정체를 공개하는 우는 범하지 않으려는 듯 자연스럽게 유미를 바깥으로 이끌었다. 유미의 앞으로 빠르게 걸어가는 허 팀장은 전혀 걸음을 멈출 생각이 없어 보였다.

"팀장님! 어디까지 가세요."

건물에서 벗어나 인적이 드문 정원 어딘가에 다다르고서야, 앞만 보고 걸어가던 그가 겨우 걸음을 멈췄다.

"공 주임……."

허 팀장은 진지함과는 꽤 거리가 먼 사람이었다. 그런데 어쩐 일인지 목소리를 묵직하게 내리깔았다.

"네. 팀장님."

"공 주임…… 이 회사에서 성공하고 싶나?"

시윤의 정체를 밝히기는커녕, 갑자기 무게를 잡는 것은 물론이고, 이해할 수 없는 '성공'이란 단어를 입에 올리는 허 팀장의 모습에 유미는 미간을 찡그렸다.

"성공이야 당연히 하고 싶습니다."

물어보니까 대답은 하지만, 유미는 여전히 의아한 표정을 지었다.

"혹시 '라인'이라고 들어봤어?"

계속해서 이상한 질문만 해대는 허 팀장의 모습은 굉장히 진지해 보였다.

"'라인'이요?"

"라인을 탄다, 쉽게 말하면 줄을 탄다고들 하지."

그가 하고자 하는 말이 뭔지 몰라서 유미는 답답하기만 했다.

"그게 갑자기 무슨 말씀이신지……?"

"최시윤 씨를 잘 보필해."

잠시 숨을 고른 허 팀장이 뒷말을 이어갔다.

"차기 후계자가 되실 분이야."

'팀장님, 허언증이 있으신가. 아니면 꿈꾸시나? 후계자? 보필? 이게 다 무슨 소리람?'

유미는 눈을 가늘게 뜨고 연신 상황과 맞지 않는 말을 해대는 그를 미심쩍게 바라보았다.

"어허. 공 주임, 이렇게 눈치가 없어서야! 사회생활의 필수 덕목이 바로 '눈치'라는 걸 모르는 거야?"

팀장님께는 없는 그 덕목을 말하는 건가. 유미는 입술을 동그랗게 모으고 그를 바라봤다.

"팀장님 그럼 혹시, 방금 말씀하신 그 '후계자'라는 게…… J그룹 후계자?"

"잘 알아들었군 그래."

J그룹 후계자와 시윤의 상관관계가 무얼까. 잠시 고민하던 유미의 동공이 빠르게 확장되기 시작했다.

"그 말씀은!"

"이제야 이해한 모양이야?"

허 팀장은 입매를 부드럽게 밀어 올려 흡족한 미소를 지었다.

"시윤 씨가! 아니, 아니지. 그, 그분이!"

숨을 훅 들이켠 유미의 모든 말과 행동이 그녀가 당황했다는 걸 알려주었다.

"영 눈치가 없진 않네. 역시 내가 사람을 잘못 보지 않았어."

"후, 후계……!"

유미는 멈춰진 숨이 고르게 쉬어지지 않을 만큼 놀란 상태였다. 분명 제 귀로 들었음에도 불구하고 믿을 수 없는 소리임이 분명했다.

"시윤 씨는 이 사실이 알려지는 걸 꺼린다고."

"아, 아니. 어떻게 이런 엄청난 사실이!"

"쉬이! 거기까지. 낮말은 새가 듣고 밤말은 쥐가 듣는 법이니까."

순간, 그들이 서 있던 뒤쪽에 낮게 솟아 있는 나무 근처에서 부스럭거리는 소리가 들렸다. 큰 비밀이라도 된 양 속삭이던 허 팀장은 빠르게 주변을 둘러보았다.

"뭐지…… 쥐라도 있나?"

바람 한 점 없는 고요함 속에 나는 소리는 듣는 이를 더욱 긴장하게 만들었다. 잠깐이었지만 유미도 숨을 잠시 멈추고, 두 눈을 빠르게 깜빡였다.

"얼른 들어가요, 팀장님."

"그래. 성공을 향해 달려보는 거야, 공 주임!"

유미는 어깨를 축 늘어뜨리고 '흐응' 하는 콧소리로 김빠진 소리를 냈다. 앞으로 후계자 시윤을 어떻게 대해야 하나, 그 걱정이 밀려들었다.

허 팀장과 유미가 자리를 뜨고 난 다음, 뒤로 나 있던 낮은 나무에 검은 그림자가 드리웠다. 흙이 묻어 더러워진 셔츠를 짜증스러운 손길로 털어낸 사람은, 다름 아닌 이겸이었다.

"젠장. 들키는 줄 알았네."

대체 그의 정체가 얼마나 대단하기에 다들 이리도 호들갑을 떠나 싶었다. 한데, 유미만 끌고 나가는 허 팀장의 모습을 보는 순간 이겸은 그가 뭔가 유미에게 말을 해줄 거라 직감하고 그들을 따라나섰다. 아니나 다를까, 시윤이 J그룹의 후계자였다니. 셔츠만 더러워진 줄 알았더니, 바지에까지 묻어 있는 흙을 털어내는 이겸의 손길은 분주하

츤데레의 정석

기만 했다.

"괜찮아. 재벌 3세, 그까짓 게 뭐."

아무렇지 않은 척 자기 자신에게 최면을 걸 듯, 혼잣말을 내뱉는 이겸의 목소리가 한 톤 높아졌다.

"우리 유미는 사람 인성을 봐. 돈이 중요한 게 아니지."

아니지! 아닌데! 왜 이렇게…… 머리를 세게 얻어맞기라도 한 사람처럼 멍한 걸까. 이겸은 이마를 손바닥으로 짚으며 낮은 한숨을 토해냈다. 유미가 인성을 본다면, 더더욱 자신이 시윤에게 밀릴 게 분명했다. 자신이 유미를 외면한 세월이 대체 몇 년인지 가늠이 되질 않았다. 이겸은 제 손가락을 하나씩 접어 그 햇수를 세어보았다.

"젠장! 손가락도…… 모자라네."

아주 짧은 찰나의 순간, 이겸의 온몸에 무기력감이 밀려든다. 다리에 힘이 풀려 자리에 서 있는 것조차 버겁게 느껴졌다. 지금 그가 믿을 것은, 저를 향한 유미의 마음이 완전히 돌아서지 않았기를 바라는 것 말고는 없어 보였다.

새벽 2시가 넘은 시각까지 달아오른 분위기에 양껏 취해서는 폭탄주에, 맥주에, 주종을 가리지 않고 마셔대더니만.

"괜찮아요?"

결국 완벽한 팔자걸음으로 뒤뚱뒤뚱 걷는 유미를 이겸이 걱정스레 바라보며 물었다.

"제대로 좀 걸어요."

혹시나 보는 눈이 있을까 봐 대놓고 유미를 부축하지는 못하고 존댓말을 한 채, 속절없이 사방으로 흐트러지는 유미의 몸을 바로잡기 위해 이겸은 그녀의 팔뚝을 강하게 붙잡았다.

“아, 괜찮습니다!”

유미는 한 손을 바짝 들어 올려서는 이겸이 있는 쪽이 아닌 허공에
다 대고 배시시 웃었다.

“뭐가 괜찮다는 건지, 나 참. 제대로라도 걷고서 그런 소리를 하든
가.”

허 팀장과 윤 팀장이 시윤을 기쁘게 해주겠노라며 어딘가로 끌고
갔으니 망정이지, 아니었으면 또다시 그와 술 취한 유미를 놓고 쟁탈
전을 벌여야 했을지도 몰랐다. 힘없이 아래로 주저앉을 듯 위태롭게
움직이는 유미를 몇 번이나 부축하다가, 안 되겠는지 이겸은 유미의
허리를 제 쪽으로 잡아당겨 끌어안았다.

“공 주임. 왜 매번 이기지도 못할 술을 그렇게 마시는 겁니까? 정신
똑바로 차리고 다녀요. 요즘 세상이 어느 땐데 여자가 이렇게 몸도 못
가눌 정도로 술을 마셔요?”

이겸은 답답한 마음에 술에 취해 인사불성인 유미에게 잔소리 세
례를 퍼부었다.

“술을 많이 마셔야…… 잊을 수 있거든.”

자신의 말에 유미가 대답을 꺼낼 줄 몰랐던지, 놀란 이겸의 발걸음
이 그 자리에 멈춰 서기에 이르렀다.

“술을 아주아주 많이 마셔야…… 그래야 기억이 조금 흐릿해지거
든, 나는.”

술에 취해 잔뜩 꼬인 발음이었지만, 이겸에게는 이상하게도 그 말
이 아주 정확하고 또렷하게 들렸다. 풀려서 반응 없는 동공 하며, 힘
없이 늘어진 몸을 하고서 유미가 하는 말은 이상하게도 이겸의 마음
을 아프게 만들었다. 기억이 흐릿해지고 싶다는 건, 잊고 싶은 것이
있다는 뜻일까. 이겸은 잠시 망각하고 있던, 지난 기억이 떠올랐다. 정

작 정말로 모든 걸 잊고 싶은 건 자신이었는데. 그러한 자신보다 더 힘들어하는 유미의 앞에서 이겸은 힘든 내색조차 하지 못했다.

"나…… 취했나 봐."

유미가 뜨거운 숨을 쏟아내며 느리게 말했다.

"알겠으니까. 이것 좀 놓고……."

유미는 이겸의 허리에 제 팔을 둘렀다. 그리고 이겸은 습관적으로 유미의 팔을 떼어내려 했다.

"부축해 줘……."

취한 유미를 부축하는 일은 이겸이 늘 해왔던 일이었다. 그런데 이 상하게도 그녀와 몸을 딱 붙이고 있는 것이 못내 부끄러웠다. 술에 취해 몸이 늘어져서인지, 제게 기대어오는 유미의 무게가 평소와는 확연히 달랐다.

"방이 어디야?"

이겸은 고목나무에 매미처럼 저에게 딱 들러붙어 있는 유미를 내려다보며 낮은 한숨을 몰아쉬었다.

"방이 어디냐고."

유미는 그 잠깐 사이 잠이 들어버리기라도 한 건지 대답이 없었다. 허공에 맴돌던 목소리는 다시 메아리쳐 제 귀로 돌아올 뿐이었다.

'널…… 누가 말려.'

J리조트는 A동과 B동으로 나뉘어져 있었다. A동은 리조트 건물이었고, B동은 리조트 이용객을 위한 부대시설이 있었다. 자신에게 매달리다시피 한 유미를 부축해 가던 이겸은, B동에서 A동으로 이어진 통로를 건너가다가 잘 꾸며진 정원 쪽으로 걸음을 옮겼다. 뜨겁게 달궈진 여름밤의 열기가 살갗을 스치고 지나갔다. 정원을 조금 걸어 들어가자, 리조트 중심부에 위치한 호숫가가 있었다. 근처에 있는 벤치

에 유미를 내려놓고는, 이겸도 그 옆에 털썩 앉았다. 유미를 데려다주고 나면, 저도 방에 돌아가야 할 텐데. 시윤과 같은 방에 있는 것이 갑갑할 것 같았다. 그래서 이리로 온 것이었다.

어느새 유미는 이겸의 어깨에 고개를 묻고 새근새근 잠들어 있었다. 이겸은 유미에게로 내려선 시선을 거둬들이고, 깜깜한 어둠에 잘 보이지도 않는 호숫가로 눈을 돌렸다. 심장이 미친 듯이 뛰어댔다. 술을 마셔서 그럴 거라고 믿고 싶었으나, 그게 아니라는 것쯤 그 자신도 잘 알고 있었다. 벤치에 어색하게 걸쳐 있던 손이 허공을 허우적거리다, 어색하게 유미의 어깨 위에 살짝 올려졌다. 유미가 더욱 깊이 이겸의 품으로 파고들었다. 이미 제 페이스를 잃은 심장박동은, 걷잡을 수 없을 만큼 빨리 뛰어댔다. 이겸은 제 가슴팍에 얼굴을 묻고 있는 유미가 혹여 빠르게 뛰는 자신의 심장 소리를 듣고 놀라진 않을까 두려웠다.

'내가 미쳤지……'

유미의 어깨 위에 올린 어색한 손길을 빠르게 치워내고는, 그 손으로 두 눈을 가로막아 버렸다.

차라리 마주하지 않으면 괜찮아지지 않을까. 차라리 외면해 버리면 조금 나을까 싶어서. 시야를 가리고도, 코끝에 풍기는 유미의 체향에 이겸은 정신이 어떻게 되어버릴 것만 같았다.

"공유미. 나 어쩌면 좋지……"

이겸은 더 이상 유미에게로 향한 감정을 참는 게, 그리고 숨기고 외면하는 게 무의미해졌다는 걸 깨달았다. 그렇게 오랫동안 외면했는데, 이제 와서 마음이 변했으니까 받아달라고 할 수도 없었다. 그동안 얼마나 모질게 굴었는데, 얼마나 상처를 줬는데. 여태까지 버티고 있었던 유미가 대단한 거였다. 참아왔던 감정이 분출되듯, 눈물이 터져 나올 것만 같았다. 힘들고 고통스러웠던 그 시간을 떠올릴 때마다, 더욱 유미에게 매몰차게 굴었던 자신이 떠올랐다.

'이럴 거면서, 이렇게 외면하지 못하고 곁에 두고 싶어 할 거였으면서. 왜 그렇게…… 미친놈처럼 굴었을까.'

이제 와서 후회해 본들, 물릴 수도 없다. 이겸은 애써 복잡한 머릿속을 비워내 보려 했지만, 그게 쉽게 될 리 없다는 걸 안다. 두 눈을 가려 버린 손바닥을 살짝 떼어내 아래로 시선을 내리자, 유미의 모습이 눈동자 가득 들어왔다.

'그치만, 날 밀어내고 잊어버린 건 너잖아…….'

이겸은 단 한 순간도 그때 받은 충격을 잊은 적이 없었다. 정말 미치도록 유미가 밉다가도, 또 저에게 다가서는 유미를 보면 가슴이 두근거렸다. 그러지 말아야지 하면서도, 마음이 흘러가는 건 차마 붙잡아지지 않았던 까닭이었다. 이겸이 발그레하게 달아오른 유미의 오른쪽 볼을 살며시 쓸어내려 보았다. 보드라운 감촉도, 그 따스한 온도도 예전과 변한 것 하나 없이 그대로였다.

"공유미."

이겸은 제 손끝에 닿는 유미의 살갗, 그 감각이 너무나도 좋았다. 그땐 너무 어렸고, 제 상처가 더 커 보였다. 유미의 마음을 헤아릴 여유 같은 것이 없었다. 그래서 무작정 들이대고 보는 유미를 밀어내고 또 밀어냈다. 나중엔 저도 헷갈렸다. 또다시 상처받지 않기 위한 방어기제 같은 이유로 유미를 밀어내는 건지, 아니면 제게 상처를 준 유미에게 복수를 하고자 그렇게 모질게 구는 건지.

"내가 생각을 잘못한 거 같아……."

그날로부터 십년이 흐를 동안 유미는 단 하루도, 단 한 번도 제게서 멀어진 적이 없었다. 항상 멀어지려 했던 건, 본인이었다. 그렇게 한결같던 유미가 멀어지려 할 때, 그게 무서워서 벌벌 떨었던 것 또한 본인이었다. 변한 건 유미라고 생각했는데, 돌이켜 보니 정작 변한 것도, 나빴던 것도 자신이었다는 걸 깨닫는 데 십년이 걸린 것이다.

"미안해……."

얼마 전부턴가 이겸은 유미에게 이 말을 꼭 해주고 싶었다. 외면한 세월이 이제 와서 아쉬웠다. 스스로가 미워서 미칠 것만 같았다. 눈앞에 있는 호숫가에 당장 뛰어들어도 유미에게로 향한 그 미안함은 채 씻을 수 없을 것 같았다. 유미가 맨정신일 때는 차마 말하지 못하고, 술에 취해 정신을 잃은 그녀를 앞에 두고 이렇게 고민하고 있는 것조차 초라했다.

"목…… 말라……."

미간에 잔뜩 인상을 쓰고선 사정없이 갈라지는 목소리를 한 유미가 이겸의 가슴팍에 왼쪽 볼을 비볐다.

"물 없는데."

"으응……?"

유미는 술에 취해서 초점이 제대로 잡히지 않았다. 살짝 고개를 들어 올린 자신의 시야에 들어온 것이 누구인지 정확하게 파악하지 못했다. 그러나 풍겨오는 체향이, 누구인지 짐작할 수 있게 만들었다.

"이겸아아……."

"들어가자. 방 몇 호야?"

"신이겨엄……."

말끝을 길게 늘어뜨리며 여전히 떨어질 생각이 없어 보이는 유미를 내려다보고 있자니, 이겸은 절로 웃음이 흘러나왔다.

"조금만 더……."

유미는 이겸의 품에 안겨 있는 지금 이 순간이 꿈인지 생시인지 헷갈렸다. 한데, 꿈이라고 하기에는 너무나도 생생했고, 현실이라고 하기에는 너무 현실성이 떨어진다.

'꿈에서라도 이렇게 안아볼 수 있어서 좋아.'

유미의 입꼬리가 호선을 그리며 올라갔다.

'언제 또 이런 꿈을 꿀 수 있을지 모르는 거잖아.'

혹시라도 그가 연기처럼 뿌옇게 사라져 버릴까 봐, 유미는 이겸을 더욱 꼭 끌어안았다. 술에 취한 탓인지 유미의 온몸은 열기로 뜨거워진 상태였다. 꿈인지 현실인지 구분하기 어려울 만큼 애매모호한 경계. 희뿌연 시야 안에 갇힌 이겸을 바라보는 유미의 눈빛은 알 수 없는 감정으로 소용돌이치고 있었다. 고르게 뱉어지는 유미의 뜨거운 숨결이 이겸의 목덜미를 쉴 새 없이 자극했다.

꿈에서 향기도 나는구나. 꿈에서도 이렇게 따뜻함이 느껴지는구나. 매일 차갑고 시린 꿈만 꾸던 유미에게 있어 뜨거운 여름밤 꾸고 있는 이 달콤한 꿈은, 아주 행복하면서도 영원히 깨고 싶지 않을 만큼 좋았다. 그에 반해, 이겸은 목석이 된 것처럼 꼿꼿하게 허리를 세웠다. 심장은 망치질을 하듯 마구 쿵쾅댔다.

"유미야……."

뒤죽박죽으로 뒤엉킨 생각들은 정리가 되지 못한 채 이겸의 머릿속을 하염없이 유영했다. 제 허리를 바짝 끌어안고 야트막하게 뜨거운 숨을 내뱉는 이 여자. 감정에 누구보다 솔직하고 또 변함없이 한결같은 사람. 유미가 내뱉는 뜨거운 입김이 이겸의 목덜미를 간질였다. 바른 자세를 하고 미동도 없던 이겸의 손끝이 유미의 작고 여린 어깨를 폭 끌어안았다. 언젠가 이렇게 바스러질 듯 세게 유미를 안은 적이 있었던 것 같은데, 그게 언젠지는 잘 기억나지 않았다. 이겸에게 안긴 유미의 입술은 이내 이겸의 피부에 맞닿았다. 감정을 숨기는 게 세상

에서 제일 쉬운 남자, 신이겸도 지금만큼은 유미를 향한 마음을 어쩌
질 못한 채 갈등의 기로에 놓였다.

"이것, 좀……."

놔보라고 해야 하는데. 이겸은 도무지 입이 떨어지지 않았다. 그는
발그레 달아오른 유미의 볼을 살며시 어루만졌다. 그러자 유미의 잔
뜩 풀린 두 눈이 거짓말처럼 움직였다. 맞닿은 시선 안에 갇힌 서로를
바라보는 것이 너무나도 애틋했다. 뭔가를 주저하듯 꾹 다문 이겸의
입술이 살짝 경련했다. 유미는 여전히 더운 숨을 내쉬며 제 볼 끝에
닿은 이겸의 검지를 감싸 쥐었다. 아주 오래전부터 조금씩 그 씨를 키
워가던 조그만 불길이 이제야 비로소 활활 타오르기 시작하는 것만
같았다.

유미는 지금 구름 위에 둥둥 떠 있는 것만 같은 기분이었다. 표현
을 한다고 해도, 늘 가슴속에 억눌려 있던 감정이 분출하고야 말았
다. 어쩌면, 지금 이 꿈속이 아니면 낼 수 없을 용기. 머리로는 끝없이
외면하고 또 무시해 보았지만, 정작 가슴은 쉼 없이 그를 좇고, 사랑
하고 있었으니까. 코끝이 맞닿을 만큼 가까운 거리. 이게 현실이었다
면, 이후에 올 모든 상황에 결국 포기하고 말았을 테지만…….

'깨면 사라질 꿈인걸.'

언제나 용기를 내어서 한 발자국 앞으로 나아가는 사람은 남자 이
겸이 아닌 유미였다. 주저 없이 다가가 닿은 입술은 당장에라도 타들
어갈 듯 뜨거웠다. 분명 전에도 이렇게 키스를 나눈 적이 있었건만,
입술로부터 시작된 열이 온몸으로 퍼져 나가는 듯했다. 한편, 뜨거움
을 느끼는 유미와 달리 이겸은 근육이 완전히 뻣뻣하게 굳어버린 것
같았다. 제 속도를 잃고 날뛰어대던 심장은 유미가 다가섬과 동시에
그 움직임을 멈춘 듯했다.

"대리님. 여기 계셨어요?"

더 이상 놀랄 일은 없다고 생각했다. 그런데 왜, 늘…… 불길한 예감은 틀린 적이 없는 걸까.

"대리님?"

이겸은 뒤에서 자신을 부르는 시윤의 목소리에 등골이 서늘해졌다. 거의 자신과 한 몸이 되어 매미처럼 붙어 있는 유미가 시윤에게는 보이지 않는 모양이었다.

유미와 이러고 있는 걸 시윤이 본다면, 어떻게 되는 걸까. 이겸의 머리가 빠르게 돌아가기 시작했다. 이 상황을 본 시윤의 모든 반응을 예상해 보았다. 어떤 반응도 정상적인 것은 없었다.

'이런, 젠장.'

이겸은 최대한 몸을 움직이지 않고, 유미를 떨어뜨려 보려고 했다.

'뭐야……!'

찰거머리같이 척 들러붙은 유미의 몸도, 입술도 제게서 떨어질 생각이 없어 보였다. 취한 유미의 몸은 또 어찌나 무거운지.

'돌덩이야, 뭐야!'

대답이 없는 이겸에게로 다가오는 시윤의 발소리가 들려왔다.

'망했다. 망했어.'

이겸은 두 눈을 감고 마음속으로 외쳤다.

'미안하다. 공유미.'

그와 동시에 유미의 입에서 새된 비명이 터져 나왔다.

"끄악!"

아플 테지. 많이 아플 거다. 그래도 별수 없다. J그룹 후계자 최시윤이 좋아하는 여자가 공유미 아니던가. 좋아하는 여자가 다른 남자와 키스하고 있는 모습을 본다면…… 아무리 정상적인 사고방식을 가진 시윤이라도, 절대 이성적일 수 없을 거라 판단했다. 본인이야 그렇다 쳐도, 유미가 혹시라도 불이익을 받을까 염려되었다. 그래서 어쩔 수 없이 유미의 입술을 아프게 깨물어 버렸다.

"으흥. 아파……."

꿈치고는 소름 돋을 만큼 선명한 감각이었다.

"……미안하다, 공유미."

이겸은 마지막 말은 삼킨 채 유미의 손을 꼭 잡았다.

"대리님 혼자 아니셨어요?"

"공 주임도 같이 있었어요……."

"기다려도 안 오시기에 전화 드렸더니 연결도 안 되고, 혹시 무슨 일 있으신가 하고 계속 돌아다녔어요."

이겸은 그와 한방이었다는 사실을 까맣게 잊고 있었다. 시윤이 시선이 이겸의 무릎 쪽에 푹 꺼진 유미의 머리로 향했다.

"공 주임이 좀 취한 것 같기에 데려다주려고 했는데, 방이 몇 호인지 몰라서……. 술 좀 깨면 말할까 싶어서 기다리고 있던 중이었어요."

변명을 하는 사람치고는 당황한 기색 하나 없는 냉정한 말투였다.

"아아. 그러셨어요? 그런데 주임님은…… 상태가 별로 안 좋아 보이시는데……?"

입술을 깨물었는데도 정신을 못 차리고 쓰러진 걸 보니, 확실히 유미가 많이 취하긴 했던 모양이었다. 이걸, 다행이라고 해야 할지. 불행이라고 해야 할지. 이겸의 가슴이 무언가에 쪼이듯 아파왔다.

시윤의 도움으로 유미를 방에 데려다주고 나니, 이겸은 문득 시윤과 함께 내일 아침까지 밤을 보낼 것이 걱정되기 시작했다.

"대리님이 침대에서 주무세요."

"아니, 난 별로 잠 안 오니까 시윤 씨가 침대에서 자요."

"벌써 새벽 3신데. 잠이 안 오신다구요?"

"네. 안 와요."

시윤과 살을 부비고 같은 침대에서 잘 일은 없을 것이다. 한 사람은 침대에서, 남은 한 사람은 소파에서 자면 그만이었다. 그렇게 되면 대단하신 '후계자' 시윤은 상사랍시고 저를 침대에서 자라고 우길 텐데. 그렇게 침대를 차지하고 누워서 두 발 뻗고 잠이 올 턱이 없었다. 그러니 차라리 잠을 자지 않는 게 훨씬 나았다.

"들어가서 자요. 난 맥주나 좀 더 할게요."

이겸은 흐트러진 마음도 비울 겸, 혼자만의 시간을 갖고 싶었다. 그가 미니바에 있는 맥주 한 캔을 집어 들었다. 뚜껑을 따기 무섭게 한 캔을 다 비워낸 이겸은 청량감에 몸을 잘게 떨었다.

"그럼 저도 오늘은 대리님과 함께 밤샐까 봐요. 어차피 아침 일찍 일어나야 할 테니까요."

"조금이라도 자두지 그래요?"

부담스럽게 이겸의 옆으로 다가선 시윤은 딱 하나 남은 맥주 한 캔을 집어 들었다.

"저도 하나 마실게요."

그리고선 이겸이 했던 그대로 한 캔을 모조리 비워냈다. 마치 먼저 선전포고를 하기라도 하는 사람처럼 말이다.

"시윤 씨, 술 못 마시는 거 아니었나?"

"저요? 저 술 되게 잘 마시는데요?"

시윤이 발끈하듯 이겸의 말에 반박했다.

"아. 난 또, 다들 시윤 씨 술 못 마시게 하려고 거들기에 술을 못하나 했어요."

유미가 시윤의 흑장미를 자처해 마신 술이 얼마였더라? 그걸 떠올리니 이겸은 묘하게 시윤에게 복수하고 싶은 생각이 들어찼다.

"그건, 저도 왜 그러시는지 모르겠지만 어쨌든 저, 술 잘 마십니다!"

"그래요. 그럼 많이 마셔요."

시윤은 어딘가 꼬인 이겸의 말투가 기분 나쁘게 들렸다. 그가 비워낸 맥주 캔을 우두둑 소리가 나게 찌그러뜨렸다. 미니바 위쪽 찬장에 나란히 놓인 고급 양주가 시윤의 시야에 들어왔다.

"아니, 호텔도 아니고 리조트 미니바에 이런 게 다 있네?"

마치 혼잣말을 하듯, '날 위해 이런 게 준비되어 있었군?' 하는 말투였다. 시윤의 혼잣말에 반응한 이겸이 한쪽 눈썹을 바짝 추켜세웠다.

'또 뭘 하려고 저러는 거야. 도통 알 수가 없단 말이야.'

시윤은 일말의 망설임도 없이 양주를 열었다.

"그걸, 마시겠다고?"

불과 몇 시간 전까지 그렇게 부어라 마셔라 했는데 저걸 또 마시겠다고……. 미친 건가? 이겸은 여기서 더 술을 마셨다가는 고꾸라질 것만 같았다. 그런데도, 남자의 자존심이 뭔지.

"왜요? 저 술 잘 마신다니까?"

"어디, 나도 줘봐요. 술은 나도 잘 마셔!"

그렇게 미니바에 있는 술이란 술은 모조리 비워내고 난 두 사람은 시체처럼 바닥에 고개를 묻은 채 축 늘어지기에 이르렀다.

"끄어어어어."

이겸은 목소리도 제대로 나오지 않을 만큼 취한 상태였다. 그는 세상에 태어나 이렇게 술을 많이 마셔본 건, 처음이었다. 시윤이라고 예외는 아니었다. 그놈의 자존심이 뭔지.

"더 마실 수…… 있는데…… 내가…… 양보한…… 겁니다아……."

끊어질 듯 아슬아슬한 정신을 붙잡고, 시윤이 띄엄띄엄 말했다.

'젠장…… 내가 저 말을 먼저 했어야 했는데…….'

세포까지 취한 듯 완전한 어둠에 잠식된 이겸은 그대로 정신을 잃었다.

위가 뒤틀리는 것만 같은 복통을 호소하며 잠에서 깬 이겸은 몸을 짓누르는 무언가에 가로막혀 일어날 수가 없었다. 눈도 제대로 떠지지 않을 만큼 힘든 와중에 겨우 눈꺼풀을 밀어낸 이겸은 제 시야를 가득 채우는 살색에 놀라 짧은 비명을 내질렀다.

"억!"

이겸의 움직임과 짧지만 굵은 음성에도 반응하지 않는 물체는 시윤이었다.

"뭐야! 왜 벗고 있어!"

이겸은 웃통을 벗고 있는 시윤의 모습에 경악할 수밖에 없었다. 잠시 잊고 있던 울렁임이 다시 찾아왔다. 그는 시윤을 던지듯 침대 한편으로 밀어 넣고 화장실로 달려가 속에 있는 모든 걸 토해냈다.

"으어……."

죽을 것 같다는 표현은 딱 지금 쓰기 좋은 문장이었다. 변기통과 물아일체가 된 듯 내장까지 다 쏟아져 나올 기세로 토를 하고 나니 한결 속이 가벼워졌다.

"내가 또…… 그렇게 술을 마시면 개다."

다짐하듯 흘러나오는 이겸의 목소리가 다부졌다.

"저 자식은, 대체 왜 저러고 벗고 있는 거야. 기분 나쁘게."

남자와 같은 침대를 쓰지 못한다며 기분 나쁜 어투로 이야기할 땐 언제고, 자신을 짓누르고 정신도 못 차리는 시윤의 꼴이 우스웠다.

이겸의 생체 리듬은 역시나 정확했다. 아무리 늦은 시간에 잔뜩 취해서 잠들었다고 하더라도, 일어나는 시간은 항상 같았다. 조식을 먹기 위해 리조트 1층에 있는 뷔페로 모인 팀원들이 보였다. 이겸은 도저히 일어나지 못하겠다는 시윤을 흔들어 깨워서 함께 내려왔다. 그는 유미를 찾기 위해 내부를 다 둘러보았다. 먹는 거라면 환장을 하고 달려드는 유미가 보이지 않는 걸 보니, 아직 일어나지 못한 모양이었다.

'그러게, 작작 좀 마시라니까. 하여간 말 징그럽게 안 들어.'

속이 좋지 않아서 죽으로 대충 끼니를 때우고 난 이겸은 자연스럽게 팀원들이 모인 자리에서 유미 이야기를 꺼냈다.

"공 주임은 어제부터 몸이 별로 안 좋다더니. 많이 아픈가 봐요?"

유미와 같은 방을 쓰는 송아리 주임을 향해 묻는 거였다.

"아, 어? 아프대요? 잘 자던데?"

사람이 아프다면 걱정이라도 좀 하지. 전혀 몰랐다는 표정을 하고, 계속 음식을 떠먹는 송 주임의 모습이 좋게 보이지 않았다.

"어제 많이 아프다고 했었거든요."

"정말요?"

송 주임은 영혼 없이 안타까운 표정을 지어 보였다.

"많이 아파서 아직 못 일어났나 본데, 출발 시각까지 못 일어나면 제가 공 주임 데리고 내려갈게요."

"대리님이 왜요?"

유미를 챙기는 이겸을 의아하게 생각한 건, 송 주임뿐만이 아니었다. 자리에 있던 팀원들의 시선이 모두 이겸의 입술로 향했다.

"그럼 송주임이 기다렸다가 같이 가주시든가요."

이겸은 조금의 고민도 없이 무감한 어투로 말했다.

"아…… 아니, 전 오늘 오후에 약속이 있어서 선발대로 내려갈 거예요."

이런 반응을 예상하고 말이다.

"아니면 다른 분이 고생해 주시겠어요? 저도 어제 잠을 별로 못 자서 피곤하던 차였는데."

모두의 시선이 이겸의 눈동자를 비켜 피해갔다. 이런 반응 또한 예상했던 것이었다.

'이기적인 사람들 같으니.'

이겸은 예상대로 흘러나오는 반응에 만족한 듯 미련 없이 자리에서 일어섰다.

"그럼 저도 같이……."

시윤이 끼어들 걸 예상하지 못했던 것은 아니다. 그러나 이겸에게는 비장의 카드가 있었다.

"아이, 시윤 씨는 버스 타고 가지 말고 내 차 타고 가요. 내가 또 우리 시윤 씨 집까지 모셔다 드려야지."

허 팀장은 카드로 치면 조커 급인 사람이다. 이겸의 입꼬리가 유려하게 밀려 올라갔다.

"예? 아니, 전 괜찮은데요. 대리님이랑 같이……."

"스읍. 그러지 말고, 태워 드린다고 할 때 사양 말고 타시지요."

눈치도 없이 생글거리는 허 팀장을 보며 시윤은 황당한 표정을 지었다. 그에 반해 이겸은 승리감에 깃든 미소를 지었다.

고막을 뚫을 기세로 울려대는 알람 소리에 떠지지 않는 눈을 뜬 유미는 따사로운 햇살에 눈을 찡그렸다.

"윽. 토할 것 같아."

유미는 간밤에 자신이 부어라 마셔라 한 술이 대체 몇 리터인지 알 수가 없었다. 울렁거리는 속과 지끈거리는 머리가 동시에 그녀를 고통스럽게 만들었다.

"헉! 근데, 나 어제 방에 어떻게 들어왔지?"

같이 방을 쓰는 송 주임은 어디로 간 건지 흔적도 남기지 않고 사라진 상태였다.

"아니…… 일어났으면 날 깨우고 가든가. 하여간 송 주임 걔는…… 못됐어, 진짜."

유미는 침대에서 몸을 일으켜 땅에 발을 딛기까지 꽤 오랜 시간이 걸렸다. 기억이 가물가물했지만, 얼핏 8시 반까지 식당에 가면 아침 식사를 할 수 있다고 했으니까 알람이 울린 시간을 감안하면 머리를 감을 시간 정도는 있었다. 재빨리 머리를 감고 나와, 대충 파운데이션을 얼굴에 찍어 바르고 식당으로 갔는데, 어쩐지 느낌이 좀 이상했다.

"다들 아직 안 일어나셨나? 왜 아무도 없지?"

심지어 뷔페에 마련된 음식도 없었다.

"뭐야, 시간이 아직 안 됐나?"

그러기엔 바깥이 너무나도 밝았다.

보통 조식은 이른 시각부터 시작하기 마련이니까.

"공 주임."

로비에 다리를 꼬고 앉아 잡지를 훑어보던 이겸이 두리번거리던 유미를 불렀다.

"으응? 대리님, 다들 어디 가셨어요?"

"어디 가긴 어딜 가. 서울로 돌아갔지."

소파 팔걸이를 지지해 몸을 느리게 일으킨 이겸이 천천히 유미에게로 다가섰다.

"왜요?"

전혀 모르겠다는 천진난만한 표정으로 외려 질문을 하는 유미를 보며, 이겸은 너무 황당해서 코웃음을 쳤다.

"지각을 했으면, 좀 미안한 기색이라도 보이든가. 지금이 몇 신 줄 알아?"

"여, 8시 반? 아니, 조금 늦었나?"

유미는 입매를 어색하게 올려 웃었다. 머리도 대충 말리고 나왔건만 얼마나 많이 늦었기에 다들 돌아갔단 말일까.

"조금 같은 소리 하네. 지금 12시 반이거든?"

"헐!"

유미의 눈이 더 커질 수 없을 만큼 크게 떠졌다.

"내일까지 쭉 자지 그랬어?"

"모, 몰랐어. 아니 분명히 어제 알람을 맞춰두고 잤거든. 8시쯤으로."

"정말 맞춰뒀어?"

"어……?"

"꿈에서 맞춰둔 거 아니고? 상상 속에서 막, 터치를 하셨나?"

믿을 수 없었다. 그런 실수를 하다니.

"그, 그럼 나…… 이제 어떻게 되는 거야? 완전히 찍힌 건가?"

유미는 울상이 되어 눈물을 머금고 입술을 삐죽였다.

"찍혔지. 완전히."

대충 아프다고 잘 둘러댔으니까 걱정하지 말란 소린 차마 하지 않았다. 어차피 유미는 돌아올 주말이 지나면 다 까먹을 단순한 녀석이니까.

"어떻게 해? 아니, 같이 방 쓰던 송 주임은 왜 날 깨우지도 않고 간 거지?"

유미는 짜증스럽게 발을 굴렀다. 이겸은 천천히 유미의 앞으로 다가섰다. 그리고 이겸의 의식적으로 눈동자가 유미의 입술로 향했다. 어제의 '키스'가 떠올랐고, 동시에 살짝 부풀어 오른 유미의 윗입술에 온 신경이 쏠렸다.

"보나 마나 또 업어가도 모를 기세로 자고 있었겠지."

"업어가도 모르긴! 내 잠귀가 얼마나 밝은데!"

잠귀가 밝은 사람이 업어도 모르고 그렇게 곤히 잠들었나. 이겸의 입가에 허탈한 웃음이 비어져 나왔다.

"왜 남 탓을 해? 일어나지 못한 건, 네 잘못이잖아?"

술을 많이 마신 것도 한몫했겠지만, 잠이 많은 유미에게 있어 턱없이 모자란 수면 시간이었을 것이다. 그러니 늦잠을 잔 건, 어쩌면 당연한 일이었다. 새벽에 일어난 일이야 그렇다 쳐도, 유미는 자신의 입술이 그런 상태인 줄도 모르는 듯했다. 이겸은 만약 자신이 갑자기 나타난 시윤에게 놀라서 그녀를 떨어뜨리려고 입술을 깨물어 버린 것을 안다면, 유미는 물린 것에 대한 복수를 한답시고 똑같이 제 입술을 물어버릴 여자였다.

'기억은…… 할까?'

자신을 대하는 유미의 태도로 유추해 보자면, 그녀는 호숫가에서의 짧지만 매우 강력했던 그 순간을 기억하지 못하는 듯했다. 흔적도 없이 사라진 기억. 순간 이겸의 눈동자가 싸늘하게 식었다. 기억을 하지 못하는 쪽은 괜찮고, 기억을 하는 쪽은 고통 받기 마련이다. 그게 좋은 기억이든 나쁜 기억이든.

"또, 또. 날 세운다! 흐응. 배고파."

유미는 이겸이 자신을 오랫동안 기다리는 바람에 짜증을 내는 거라 생각하고 급하게 화제를 돌렸다.

"뭐라도 사 먹든가."

　이겸은 주머니에 손을 찔러 넣은 채 목소리를 잔뜩 내리깔았다.

"속이 별로 안 좋아. 근데 우린 어떻게 집에 가?"

"버스 타고 가야지, 뭘."

"시윤 씨는?"

　이겸은 이 와중에도 시윤을 찾는 유미로 인해 약간의 위기감을 느껴야 했다.

"일 있다고 먼저 갔어."

"그렇구나……. 근데 나 요즘 왜 이러지."

　유미는 이유도 없이 계속 깜빡깜빡하고, 정신을 빼놓고 사는 사람처럼 행동하는 스스로에게 자괴감이 들었다.

"정신 교육 제대로 받아야 정신 바짝 차리지."

　이겸이 혀를 끌끌 찼다.

"근데…… 넌? 왜 안 갔어?"

"……응?"

　갑작스러운 유미의 물음에 이겸은 저도 모르게 숨을 멈추었다.

"이겸이 넌 왜 먼저 안 가고 남아 있었어?"

"아…… 그게……."

　이겸은 순간적으로 당황해 말이 이어 나오지 못했다.

"나 기다렸어?"

　맞아.

"아니? 뭐. 딱히 그런 건 아니고……."

"기다렸네?"

기다렸어.

"뭐, 그것도 딱히 틀린 말은 아닌데……."

또 눈썹을 팔(八)자 모양으로 만들고 거들먹거릴까 싶던 유미는, 다행히 그러지 않았다.

"뭐야, 그게. 기다려 줬다는 거야, 아니라는 거야."

이겸은 그냥 유미에게 '기다렸다'는 한마디 하는 게 뭐 그렇게 어렵다고, 이리도 입을 떼기가 어려운지 모르겠다.

"기다…… 렸어."

이겸은 유미와 나눴던 짧은 '키스'를 떠올렸다. 키스라고 말하기도 뭣한, 입술과 입술이 맞닿은 것이었으나 분명 뜨거웠고, 좋았다. 이겸이 아는 공유미라면, 자신의 '기다렸다'는 한마디에 큰 의미를 부여할 거라는 걸 잘 알아서 그 사소한 문장도 쉽사리 내뱉을 수 없었던 것이다.

"고마워. 먼저 안 가고 기다려 줘서. 나 혼자 남았으면 진짜 황당할 뻔했는데. 어떡하지? 팀장님한테 엄청 깨지는 건 아니겠지?"

그런데 그 문장에 큰 의미를 부여하고 말한 이겸의 다짐이 무색하게 유미는 조금도 동요하지 않았다. 이겸은 머릿속이 점점 새하얗게 변하는 것을 느꼈다.

평소와는 조금, 아니 아주 다른 유미의 반응에 이겸의 눈동자가 살짝 흔들렸다.

"어제 술 좀 자제해서 마실걸. 너무 달렸어."

이겸은 혼란스러운 감정에 휩싸여 조금도 움직이지 못했다.

이겸과 유미는 버스를 타고 가는 동안에도 아무런 말도 주고받지 않았다. 예전 같았으면, 이겸과 장거리 버스 여행을 하게 되었다며 팔짝팔짝 날뛰며 좋아했을 유미였겠지만, 지금은 전혀 그런 모습을 찾아볼 수가 없었다.

'많이 변했네. 공유미. 전엔 둘만 있을 땐, 좋아 죽는시늉까지 하던 녀석이······.'

어떻게 생각해 보면 그랬다. 함께한 세월이 몇 년인데. 서로 사랑하는 사이였어도 이 정도면 질리고도 남았을 시간이었다. 한데, 일방적이지 않았던가. 이겸은 유미가 자신에게 완전히 질려 버린 거라 단정지을 수밖에 없었다.

같은 열의 창가 자리를 각각 차지하고 앉은 두 사람은 말없이 창밖에 스쳐 지나가는 풍경에만 시선을 두었다. 서울로 가는 버스표를 끊을 때, 유미는 운전석 바로 뒷자리를 받아왔다. 이곳에 올 때 멀미로 고생했던 이겸을 위한 유미의 배려였다.

"서울 가면, 뭐 할 거 있어?"

먼저 말을 꺼낸 건, 이겸이었다.

"아니. 없는데?"

"나랑 영화 보러 갈래?"

유미는 항상 자신이 먼저 보고 싶은 영화를 보러 가자고 조르면 마지못해 나서던 이겸의 모습을 떠올렸다. 한데, 지금 그의 입에서 '먼저' 영화를 보러 가잔 말이 나왔다. 정말 세상 오래 살고 볼 일이었다.

"영화는, 왜?"

유미는 허탈한 웃음을 지으며 외려 이겸에게 되물었다.

"보고 싶은······ 영화가 있어서."

이겸은 속이 타는지 까칠해진 입술에 침을 발랐다.

"뭔데?"

"《연하 남자》."

TV를 봐야 요즘 상영작이 어떤 건지 알 텐데, 지금 이겸의 머릿속에 떠오른 영화 제목이라고는, 그거 하나뿐이라 그는 무의식중에 그 제목을 말했다.

"그거 지난번에 봤어. 아니다. 너도 봤잖아? 같이 본 건 아니지만, 같은 영화관에서!"

유미는 의아했다. 이미 본 영화를 그가 왜 다시 보고 싶어 하는지. 또 무슨 바람이 불어서 사람 많은 곳은 질색하는 그가, 생전 어딜 먼저 가자고 저한테 말을 꺼낸 적이 없던 그가, 왜 갑자기 이러는 건지.

"또…… 보고 싶어져서. 그때 참, 재미있게 봤어. 여운이 오래 남더라."

이겸은 자기가 말해놓고도 민망했는지, 살짝 고개를 옆으로 틀어버렸다.

"그 정도는…… 아니었는데."

유미는 들어도 이해할 수 없는 이겸의 말에 반박했다.

"너 박봉검 좋아하잖아."

"그거야 그렇지."

"또 보러 가……. 내가 보여줄게."

"갑자기 왜 그러는데?"

"뭘?"

"요즘 너, 조금 이상해. 아니, 많이 이상한 것 같아."

"내가 뭘……."

이겸의 목소리가 땅속을 파고 들어갈 듯 기어들어 갔다.

"오늘만 해도 그래. 다들 가버렸는데 너만 혼자 남아 있는 것도 그렇고, 뜬금없이 할 일 없으면 영화를 보러 가자고 하질 않나."

"그게…… 뭐, 잘못된 건가?"

잘못된 건 아니지만, 수상함을 느끼긴 충분했다. 불과 며칠 전, 오해하기 딱 좋은 발언과 행동은 삼가달라고 그렇게 말했건만 이겸의 행동은 조금도 변한 게 없어 보였다.

"잘못된 건데?"

"뭐가?"

"너랑 나랑 무슨 사이라도 돼?"

"……그게 무슨."

이겸의 입술 주변 근육이 파르르 떨려오기 시작했다.

"내가 시윤 씨랑 영화 보러 가겠다고 했을 땐 그렇게 길길이 날뛰더니만?"

"그거야……."

무어라 변명이라도 해야 하는데, 이겸은 자신의 의지와는 상관없이 말문이 막혀 버리고 말았다.

"너 그때, 나한테 했던 말은 기억나니?"

"무슨 말?"

같은 회사 사람과 주말에 만나는 건, '데이트'를 하는 거라고 했던 사람이 바로 이겸이었다. 유미는 이미 이겸에게 친구로서도, 직장 동료로서도 적정 거리를 유지하자고 한 상태였다. 또한 그들의 관계는 아주 적당한 거리를 지키면서 잘 유지되고 있었다.

'그랬던 녀석이 같이 영화를 보러 가자고? 이거…… 내가 어떻게 받아들여야 하는 거야?'

변해가는 이겸이 적응되지 않기도 했지만, 유미는 더 이상 이겸에게 끌려가고 싶은 생각이 없었다.

"나는 같은 회사 사람이랑 주말에 '따로' 만나는 건 별로 안 내키는데."

그것은 이겸을 향한 유미의 완벽한 거절이자, 거부였다.

"같은 회사 사람? 우리가 그렇게 먼 사이는 아니지 않나?"

이겸은 너무나도 단호하게 딱 잘라 말하는 유미에게 이질감이 느껴졌다.

"그렇다고 가까운 사이도 아니지. 이제는."

"공유미. 너…… 되게 사람 서운하게 만드는 경향이 있다?"

"이제 내 마음이 좀 이해가 돼?"

유미의 거절은 이겸에게 날리는 강력한 복수였다. 유미는 이십 년 묵은 체증이 사이다를 마신 듯 시원하게 뻥 뚫린 것 같은 느낌을 받았다.

"뭐?"

"너한테 까이기만 했던, 나의 '흑역사' 말이야."

매달리고, 질질 짜고, 애원했던, 그 말도 안 되게 찌질했던 유미 본인의 이야기였다.

"좋은 취지로 영화 한 편 보여주겠다고 했다가, 별소릴 다 듣겠네. 그래, 가지 마. 나 혼자 갈 거니까!"

이겸은 유미 쪽을 향해 틀었던 몸을 바로 하고 눈을 질끈 감아버렸다.

'까였어. 공유미한테 까였다고! 부끄러워 죽을 지경이야. 손발이 다 없어져 버릴 것만 같아! 대체 영화 보러 가잔 말은 왜 한 걸까? 잠시 미쳤었나 봐. 제정신이 아니었던 거야……'

이겸은 차마 유미와 눈을 마주하지 못할 것 같았다. 그는 목적지에 도착할 때까지, 눈을 감고 명상에 잠겼다. 아니, 잠긴 척했다.

고속 터미널에 도착한 뒤 지하철을 타기 위해 이동하는데, 유미는 자신과 걸음을 맞추지 않고 저만치 앞서 걸어가는 이겸을 보고는 헛웃음을 터뜨렸다.

"네가 변하고 있다고 생각한 내가 바보지."

그는 한 번도 제 걸음에 맞춰 걸어준 적이 없었다. 항상 이겸의 빠른 걸음에 맞춰 걸어야 했던 건, 다름 아닌 유미였다.

"야아. 신이겸. 같이 좀 가."

유미는 이미 한참 벌어진 이겸과의 거리를 좁히기 위해 달려야 했다. 토요일 늦은 오후였음에도, 지하철에는 앉을 자리가 없었다. 이겸은 얼굴로 잡을 수 있는 주름이란 주름은 다 잡아 인상을 썼다.

"신이겸. 너…… 혹시, 설마, 삐친 거야?"

손잡이를 잡고 서 있던 유미는 일부러 자신과 눈을 맞추지 않고 깜깜한 지하철 창밖에 시선을 맞추고 있는 그를 빤히 쳐다보며 물었다.

"무슨 그런 말도 안 되는 소리를 다 하지? 삐치다니, 누가? 내가?"

'삐쳤다'란 단어에 반응한 이겸이 발끈하고 나섰다.

"응. 너."

유미가 작게 고개를 끄덕였다.

"아니, 전혀 아닌데?"

무슨 그런 말을 다 하냐는 듯. 이겸이 '픽' 콧방귀를 꼈다.

"근데 왜 그렇게 인상을 쓰고 그래? 내가 영화 같이 보러 안 가준다고 해서 삐친 거 아니야?"

"아까도 말했다시피, 난 정말 좋은 취지로 물어본 거였어. 그 어떤 사심도 개입되지 않은, 순수한 마음일 뿐이었다고."

"아아, 그러셨어요?"

묘하게 말꼬리를 비틀어 올리는 유미를 보자, 이겸은 지금 그녀가 무슨 생각으로 자신에게 그걸 물어보는 건지, 그 이유를 대번에 알 수 있었다.

"괜한 오해로 사람 민망하게 하지 말라고. 그거, 네 취미이자 특기인 건 알겠지만, 당하는 사람 입장에서 되게 기분 나쁘거든."

유미가 순간적으로 눈썹의 꼬리 부분을 살짝 처지게 만들었다.

"그래, 그거! 그거, 하지 말라고. 눈썹 내리지 마."

이겸은 유미가 눈썹을 팔자 모양으로 만드는 게 무슨 뜻인지 너무나도 잘 알았다.

"내가 영화 같이 봐줄까?"

유미의 그 거만한 말투는, 듣는 이로 하여금 몹시 기분을 언짢게 만들었다.

"봐줄까? 어감이 왜 그 모양이야?"

"나랑 같이 영화 보고 싶다며."

순식간에 유미의 볼에 보조개가 움푹 파였다. 그 모습은 흡사 애를 써가며 웃음을 참는 것 같기도 했다.

"나는, 누차 말하지만 좋은 취지로……."

이겸은 그런 유미에게 변명을 해보고자 살짝 목소리를 높였다. 그러나 그의 말은 끝을 맺지 못했다.

"그만 인정하는 게 어때?"

유미가 살짝 이겸에게로 몸을 기대어 나지막하게 물었다. 이제 더이상 재고, 따지고, 밀고 당기고, 이런 걸 하지 말라는 뜻인 것만 같아 이겸은 난감해졌다.

"너…… 이상한 소리 좀 그만해. 한동안 잠잠하다 했다."

그는 겨우 냉정을 찾은 다음, 낮은 목소리로 역시 유미에게로 몸을 낮춰 말했다.

"가슴에 이렇게 손을 얹고 생각해 봐. 요즘 네 스스로의 행동에 대해서.”

유미가 갑자기 이겸의 손을 홱 낚아채서는 그 손을 그의 가슴팍에 가져다 댔다.

“내 행동이 뭐가 어때서? 나는, 너무 좋은데? 행복한데?”

그제야 이겸의 마음을 완전하고도 확실히 알게 된 유미는 잡고 있던 그의 손을 허공에 뿌리쳤다.

“너 너무 유치해.”

“유치한 건, 너잖아?”

피장파장, 오가는 대화는 유치원생들이나 나눌 법한 수준이었지만, 그 사실은 이겸과 유미 단둘만 모르는 사실이다.

“유치하게 질투나 하고.”

“질투가 아니라, 걱정이라고.”

이겸은 유미의 말에 꼬박꼬박 착한 아이처럼, 변명 아닌 변명을 했다. 본인은 답변이라고 생각했겠지만, 그것은 누가 보아도 변명이라고밖에 표현할 수 없었다.

“유치하게 같이 영화 같이 보러 가자는 말을 못 해서 빙빙 돌려 말하기나 하고.”

아주 잠깐이었지만, 이겸은 망치로 머리를 한 대 세게 얻어맞은 것만 같았다. ‘빙빙 돌려 말했다’라는 이 말도 안 되는 문장 때문이었다. 눈치라고는 1도 없는 공유미가 알 정도라면, 이건 실로 심각한 수준이었다. 이겸은 경련하듯 떨리는 근육을 진정시키기 위해 마음을 다시 한 번 가다듬었다.

“그건, 말했다시피 내가 좋은 취지로 한 말이었고, 그 영화의 여운이 길게…… 그것도 아주 길게 남아서 그런 거라고.”

여기서 잠깐.

'내가 지금 왜 변명을 하고 있는 거지? 이거 설마, 나, 공유미한테 말린 거야?'

말린 정도가 아니었다. 유미의 수에 완전히 놀아난 것 같았다. 그 순간, 유미의 입가에 사악하면서도 만족스러운 미소가 걸렸다.

'맙소사……'

지금 이겸은 완전히 자포자기를 한 상태였다. 손잡이를 붙잡고 있던 그의 손에 가해진 힘이 풀려 털썩 아래로 떨어졌다.

"요즘 너, 내가 아는 신이겸이 아닌 것 같단 생각이 들 때가 있어. 근데 그거 아니? 그거 있잖아…… 되게 매력 없어 보여."

승리감에 깃든 그녀의 표정에 이겸은 허탈함을 느껴야 했다.

"내가 아는 신이겸은 말이야, 응? 되게 과묵하면서도 멋지고. 아무에게나 막 웃어주지 않고 말이지. 한마디로 표현하자면, '츤데레'의 아이콘이랄까?"

유미는 마치 이 자리에서 끝을 볼 모양새로 말을 쏟아냈다.

"그런데 요즘 널 보면, 마치 그 뚜렷한 너의 이미지가 퇴색되고 있는 것만 같은 느낌이 들어."

이겸은 할 수만 있다면 도망을 가든, 뭘 하든 하고 싶었다.

"내 말…… 틀렸니?"

이겸의 입술 사이로 깊은 한숨이 흘러나왔다. 틀리지 않았다. 틀리지 않아서 문제다.

그때, 지하철 바퀴가 레일에 긁히는 소리가 나며 급하게 멈춰 섰다.

"끄아아아악."

기괴한 소리를 내며 유미가 휘청거리다가 무게중심이 앞으로 쏠리면서 바닥에 대자로 뻗었다. 사람들의 시선이 모두 유미에게 쏠렸다. 어디선가 킥킥거리는 소리가 들려온 것도 같았다. 잠시 뒤, 지하철 내부에는 앞 전동차와의 안전한 거리 유지를 위해 속도를 줄이고 있다는 방송이 흘러나왔다. 그런 건 미리 좀 알려주면 좋았을걸.

"하……."

이미 바닥을 침대 삼아 엎드려 있는 유미를 애처롭게 바라보며 이겸이 그녀의 팔뚝을 붙잡았다.

"괜찮아?"

"넌…… 지금 내가 괜찮아 보여서 그렇게 묻는 거야?"

유미는 무릎이 바닥과 세게 부딪치며 생긴 고통보다도, 이 밀폐된 공간 안에서 다음 역까지 얼굴을 들고 가야 하는 것이 더욱 견디기 힘들었다.

'그러게. 사람을 그렇게 놀리고 그럼 쓰나. 심보를 못되게 먹어서 벌받은 거잖아…….'

유미는 이겸의 도움으로 가까스로 몸을 일으켰다. 한데, 어쩐 일인지 이겸의 얼굴이 심상찮게 변해갔다.

"아, 공유미……."

"왜에."

가뜩이나 부끄러워서 죽을 지경인데, 최대한 고개를 아래로 푹 숙이고 가고 싶은데. 말을 걸어오는 이겸을 원망스레 바라보며 유미가 눈썹을 찡그렸다.

"너, 그…… 어쩌냐. 잠시만."

이겸이 급하게 제 백팩 안을 주섬주섬 뒤지나 싶더니, 손수건 하나를 꺼내어 유미의 앞에 수줍게 내밀었다.

"왜 그러는데……."

"너, 코피 난다."

"코…… 코피?"

코피라니, 코피라니!

'어디 쥐구멍 없나? 하나님, 부처님, 저 좀 살려주세요. 먼지가 되어 사라져도 좋으니, 저 좀 변신시켜 주세요……'

유미의 얼굴이 순식간에 울상으로 변해갔다.

"쌍코피……"

멍하게 입을 벌리고 서 있는 유미가 안쓰러웠는지, 이겸이 급하게 유미의 인중 사이로 흐르는 코피를 꾹꾹 눌러 닦아주었다.

"많이도 흘렸네. 아프진 않아?"

유미는 아무래도 자신이 전생에 나라를 팔아먹은 건 아닐까 하고 생각했다. 그렇지 않고서야, 다른 누구도 아닌 이겸의 앞에서 이런 일을 당할 수는 없었다.

'아프다. 민첩하지 못해서 얼굴로 넘어지는 바람에 코가 찡하게 아픈 것도 그렇고, 네 앞에서 이런 부끄러운 일을 당한 것도 그렇다.'

그런데, 정말 이런 말도 안 되는 상황에서 더욱 미칠 것 같은 건, 제 앞에 바짝 얼굴을 들이밀고 있는 이겸을 바라보는 것이 힘들다는 사실이었다. 지하철이 기다리고 기다리던 다음 역에 진입했건만, 유미는 흐르는 코피를 닦아주는 이겸 때문에 내려야겠다고 생각했던 걸 까맣게 잊어버렸다.

"내가 살다가 너같이 조심성 없는 애는 처음 봤다. 보통은 반사적으로 팔이 먼저 나와서 얼굴로 넘어지진 않잖아?"

"어, 응."

이번 역은 공교롭게도 환승역이었다. 갑작스럽게 밀려든 사람들로 인해 유미의 몸이 앞으로 쏠렸다. 키가 큰 이겸의 가슴팍에 거의 안긴 듯한 유미는 커다래진 눈을 연신 깜빡이며 마른침을 꿀꺽 삼켰다. 더 놀라운 사실은, 이겸은 사람들로부터 유미를 보호하려는 듯 그녀의 허리를 감아 그가 있는 쪽으로 바짝 끌어당겼다.

쿵쾅쿵쾅, 심장이 미쳐서 날뛰었다. 그녀는 이 복잡하고 소음으로 가득한 열차 안에, 자신의 심장 소리만 존재하는 듯한 기분이 들었다.

'너무…… 가까워.'

일정한 속도로 뛰는 이겸의 심장 소리가 들렸다. 그에 비해 자신의 심장은 미치도록 빨리 뛰었다. 허공을 날아 넘겨졌다는 부끄러움에 당장에라도 이곳을 벗어나자고 다짐했던 순간의 결심은 완벽히 망각한 채, 유미는 이겸의 품에 안겨 있었다. 민망하고 어색해서 몸을 돌려보려 했지만, 주변을 촘촘하게 들어찬 사람들 때문에 한 발자국도 움직일 수 없는 상황이었다. 결국 유미는 시선을 아래로 깔고 고개를 푹 숙여, 이겸의 가슴팍에만 시선을 고정했다. 자칫 잘못하면 묘하고 이상한 분위기가 연출될 것만 같았다.

"안 내리고 뭐 해?"

내릴 역도 지나칠 기세로 멍하게 있던 유미를 일깨운 건, 이겸의 날카로운 목소리였다. 다급하게 이겸의 뒤를 따라 내린 유미는 답지 않게 쭈뼛거렸다. 아직도 얼굴이 달아올라 고개를 들 수 없었던 까닭이었다.

유미는 지난 주말을 아주 상쾌하게 보내었다. 워크숍에서 집으로 돌아온 다음부터 유미는 시시때때로 피식피식 흘러나오는 웃음을 참을 수가 없었다. 밥을 먹다가도, 양치를 하다가도, 또 잠을 자려고 누웠다가도. 그 무표정한 이겸의 얼굴이 빨갛게 익은 모습이 떠오르면 웃음이 났다. 생각 없이 한 말에 세상 놀란 표정을 짓는 그의 모습이 떠오르면 웃음이 났다. 유미는 거의 한평생을 좋아한 이겸을 자신이 한순간에 잊을 수 없다는 걸 잘 알았다.

얼마 전, 이겸에 대한 마음이 갈피를 잡지 못해 답답한 마음에 주하에게 전화를 걸었다. 그리고 그때 그녀가 자신에게 해줬던 말이 문득 떠올랐다.

"넌 너무 맹해. 남자를 좀 휘두를 줄도 알아야지! 어장 관리도 좀 하고, 매력도 좀 질질 흘리고 다니란 말이야. 이 연애 고자야!"

사실 유미는 주하가 '매력을 흘리고 다녀'라고 한 말을 이해하지 못했다. 매력이라면 가만히 있어도 차고 넘치는 거 아니던가?

"사랑은 사랑으로 잊는 거야! 너 좋다는 남자 있으면 진지하게 생각해 봐. 짝사랑, 그 정도 했으면 오래 했다. 너 죽으면 몸에서 사리 나올걸?"

확실히 틀린 말은 아니었다. 주하는 현실주의자이기 때문에, 이상을 좇는 유미에게 현실적 조언을 잘 해주었다.

"아니 어쩌면, 너의 그 순애보에 하늘도 감복해서 다음 생에는 네가 좋아하는 박봉검 같은 남자와 결혼하게 해줄지도?"

그 당시에는 대체 '밀당' 그런 것들이 이겸과 자신의 사이에 왜 필요한지 알 수 없었다. 그런데 본의 아니게 계속 이겸과 엇갈리게 되고 보니, 그가 전전긍긍하는 모습이 눈에 보이는 것이 아닌가? 의도치 않게 시윤과 얽히게 되면서 그 결과는 실로 놀라울 정도가 아니었던가?

"주하가 말한 게 그런 걸 의미하는 거였나……."

유미는 자판기에서 커피 한 잔을 뽑아 멍하게 생각에 잠긴 채 걸었다. 혼잣말로 중얼거리던 유미의 뒤로 검은 그림자 하나가 따라붙었다.

"주말에 이주하랑 만났나?"

"악! 깜짝이야!"

난데없이 허공에서 들려오는 목소리에 멍하게 걷던 유미가 화들짝 놀라 몸을 부르르 떨었다. 뜨거운 커피가 종이컵 안에서 넘칠 기세로 찰랑였다.

"칠칠치 못하게."

이겸이 황급히 유미의 손에 들린 종이컵을 빼앗아 들었다.

"뜨거운 거 들고 가면서 그렇게 정신 빼고 다닐 겁니까?"

"아이, 놀라라."

유미가 놀란 가슴을 쓸어내리며 손바닥을 가슴 위에 얹고 낮은 한숨을 몰아쉬었다.

"발소리 좀 내고 다녀요. 놀랐잖아요."

"나한테 뭐 잘못했어요? 왜 놀라?"

"아뇨! 없는데요!"

과하게 커다란 목소리로 부정하는 유미를 보며, 이겸의 입가에 억눌린 미소가 지어졌다. 몸을 돌려서 가려던 유미의 앞을 이겸이 막아섰다.

"잠깐!"

"왜! 요."

"코, 멍들었네?"

유미의 콧등이 희미한 푸른색을 띠었다. 유미는 떠올리고 싶지 않은 쌍코피의 기억을 머릿속에서 지워보려고 노력했다.

"화장해서 티 안 날 줄 알았는데……."

컨실러까지 듬뿍 발라서 완벽히 가렸다고 생각했건만, 그걸 또 대 번에 알아차린 이겸을 보고 있자니 유미는 부끄러움에 몸서리가 쳐졌 다.

"뼈 부러진 거 아닌가?"

이겸이 허리까지 숙여서 '일부러' 유미의 앞에 바짝 얼굴을 들이댔 다. 당장에라도 코가 맞닿을 듯 거리가 좁혀졌다.

"병원 가봐야 하는 거 아닌가, 이 정도면?"

유미는 갑작스레 불쑥 들이대는 이겸이 부담스러웠다. 순식간에 그 녀의 이마를 시작으로 귀까지 완전히 빨갛게 무르익었다. 이겸의 입술 끝이 살며시 밀려 올라갔다.

"딸꾹!"

놀라서 숨을 들이마시는 것도 잊고 있던 유미의 입에서 딸꾹질이 흘러나왔다.

"갑자기 웬 딸꾹질?"

"이거…… 딸꾹!"

말이 이어지지 않을 정도로 딸꾹질이 쏟아져 나왔다.

'이런, 젠장! 밀당은 무슨, 밀당 두 번만 더 했다간 숨 못 쉬어서 죽 을 지경이야!'

유미는 제 앞에 바짝 붙은 이겸으로 인해 이러지도 저러지도 못한 채, 괴로운 듯 인상만 찌푸렸다.

"내가 좀, 도와줄까?"

"아…… 딸꾹. 아니……."

유미는 여전히 괴로운 표정을 하고 고개를 가로저었다.

"딸꾹질을 멈추게 하는 가장 쉬운 방법을 하나 알고 있기는 한데."

당장 유미의 머릿속에 떠오르는 딸꾹질을 멈추는 방법만 해도 여러 가지였다. 잠시 숨을 쉬지 않고 참아보는 것, 혹은 물을 입에 머금고 여러 번 나누어 마시는 것 등등.

"딸꾹."

딸꾹질을 할 때마다 유미의 가슴이 비정상적으로 크게 움직였다.

"키스하면 돼. 그럼 멎어."

"미, 미쳤…… 딸꾹. 어!"

여전히 유미의 빨개진 얼굴은 이겸의 노골적인 멘트로 인해 돌아올 생각이 없어 보였다. 유미는 이겸과 이렇게 가까이 마주하고 있는 모습을 누가 보기라도 할까 봐 주변을 두리번거렸다.

'키스라니! 미친 거 아니야?'

순간적으로 얼마 전, 자신이 선을 보고 돌아오던 비 오는 날 밤, 집 앞에서 그와 나누었던 뜨거운 키스가 떠올랐다.

"미치다니? 언제는 한 번만 해보자고 들이대더니. 이젠 아닌가 봐?"

유미는 미치고 팔짝 뛸 노릇이었다. 자신이 뱉은 말이 있으니, 그걸 또 뭐라고 할 수 없어 당황스러웠다.

"옛날에 나한테 했던 말 기억나지?"

"딸꾹…… 무슨, 딸꾹, 말……."

유미는 오늘 이겸이 아예 작정을 하고 덤비는구나 싶었다. 그렇지 않고서야 이렇게 정곡만 찌르는 말을 할 수는 없었다. 마치 이런 상황을 기다렸다는 듯, 허를 찌르는 그의 공격에 유미는 속수무책으로 당하고만 있어야 했다.

"원래 다 이렇게 시작하는 거야. 꼭 손잡고 뽀뽀하란 법 있나? 뽀뽀하고 손잡으나, 손잡고 뽀뽀하나 그게 그거지. 안 그래?"

유미는 불현듯 머릿속을 스쳐 지나가는 자신의 말을 떠올렸다.

"기억 안 나? 뽀뽀하고 손잡으나, 손잡고 뽀뽀하나 그게 그거라고 했던 거?"

유미는 난감함에 입술을 파르르 떨었다.

"어떻게, 키스부터 시작해 볼까?"

이겸은 이런 식으로 어물쩍 제 진심을 고백해 볼까 싶기도 했다. 정말로 유미에게 키스를 할 생각은 없었지만, 당황해 얼굴을 붉히는 유미를 보니 조금은 놀리고 싶기도 했고, 이렇게 장난스럽게나마 제 진심을 보이면 어떨까 싶은 마음이 들었기 때문이다.

"마, 말이면…… 딸꾹, 단 줄…… 딸꾹, 알…… 아! 딸꾹."

유미는 당장에라도 소리를 꽥 지르고 싶었지만, 최대한 억눌린 목소리를 하고 이겸에게 똑똑히 말했다. 그녀는 다행히 아직까지 이성의 끈을 놓지 않은 상태였다. 여기는 회사였다. 자칫 조금 언성을 높여도 누군가 지나가던 사람이 이렇게 '딱' 들러붙어 있는 이겸과 저를 의아하게 생각해 관심을 가질지도 모른다.

'말을 못 하면, 행동을 보여줘야지. 이 나쁜 놈!'

'퍽' 하는 마찰음이 조용한 복도에 메아리쳤다.

"아! 야……!"

"더 맞기 싫으면 그 입 다무시는 게 좋겠습니다? 신이겸 대리님."

흥분해 숨을 몰아쉰 이유에선지 거짓말처럼 딸꾹질이 멎어들었다.

'내 비장의 무기 맛이 어떠냐! 흥!'

유미는 만족스러운 듯 콧김을 뿜었다. 이겸은 유미에게 얻어맞은 정강이를 부여잡은 채 더는 소리도 내지 못하고, 한쪽 발로 뜀뛰기를 했다.

"어머, 어떻게 해. 아파요? 실수로 발이 미끄러졌나? 하늘같은 우리 신 대리님 정강이를, 제가 실수로. 오훙. 덕분에 딸꾹질은 멈췄네요. 감사합니다앙."

유미는 애교 섞인 목소리를 하고 거만하게 이겸의 어깨를 툭툭 내려치고 재빨리 그 자리를 벗어났다.

"저, 저!"

이겸은 괜히 츤데레인지 뭔지 하는 이미지에서 벗어나 보려고 들이댔다가 대차게 까여 버렸다.

'망할.'

얻어맞은 정강이보다 마음이 더 아팠다. 두 번 장난스럽게 접근했다간 유미한테 얻어맞아 몸에 성한 구석이 없을 것 같았다.

'몸 사려야지……. 무서워. 공유미.'

지금은 유미를 건드려서 좋을 게 없었다. 이미 상황은 뒤바뀐 지 오래고, 매달려야 할 쪽은 유미가 아닌 이겸이었으니까.

뒤늦게 자리로 돌아온 이겸은 허 팀장의 호출을 받았다.

"신 대리, 오늘 혹시 바쁜가?"

"일이야, 항상 바쁘죠……."

또 무슨 소리를 하려고 이러는 건가 싶어 이겸은 살짝 긴장했다.

"이것 참, 난감하군그래."

"무슨 일로…… 그러십니까?"

이겸은 다른 사람들보다 촉이 좋은 편이었다. 그의 촉이 어쩐지 안 좋은 쪽으로 흘러갔다. 이겸은 이렇게 불길한 마음이 들 때면 항상 무슨 일이 일어나는 걸 잘 알았다.

"김지원 씨 말이야. 광고 촬영 일정 잡힌 건 알고 있지?"

허 팀장이 지원의 이름을 입에 올리자, 이겸의 표정이 살짝 굳어졌다.

"네. 마케팅팀에서 메일 받아서 확인했습니다."

"J코스메틱 하반기 신제품 론칭한 제품이, 푸르른 바다의 이미지라지, 아마?"

원래도 뜸 들이는 게 주특기인 허 팀장이지만, 오늘따라 더욱 그러한 느낌이었다. 이겸이 그의 말에 영혼 없이 고개를 끄덕였다.

"그래서 말이야. 그, 푸르고 맑은 바다의 이미지를 따기 위해서 이번 촬영…… 속초까지 가서 한다더군?"

"아, 네에……."

"근데 말이야. 그 이번 광고 촬영 일정에……."

허 팀장은 자신이 말을 꺼내면서도 조금 민망했는지, 검지로 머리를 긁적였다.

"무슨 문제라도 생겼어요?"

혹시라도 계약에 문제가 생겨서 이러는 건가 싶어 이겸이 금세 굳힌 표정을 풀고 물었다.

"아니, 그…… 이것 참. 나도 황당해서."

"무슨 말씀을, 그렇게 뜸을 들이시고……."

"신 대리가 동행해 줬으면 하더군."

"네…… 아니, 뭐, 뭐라고요? 동행?"

놀란 이겸의 몸이 살짝 들썩였다.

"신 대리가 같이 안 가면, 이 촬영 무효라고 그랬다나, 뭐라나."

"그게 대체…… 무슨 말씀이신지."

듣고도 믿을 수 없는 허 팀장의 말에 이겸은 순간적으로 정신이 흐리멍덩해졌다.

"나야 모르지. 타사랑 계약도 해지하고 올 만큼 호의적으로 굴던 사람이 갑자기 왜 그러는지. 신 대리 동창이라며. 난 처음에 그 말 듣고 두 사람이 이미 입을 맞추고선 하는 말인가 싶었거든."

허 팀장이 당황한 듯 저를 바라보는 이겸의 눈치를 살폈다.

"팀장님! 제가 저번에 말씀드렸다시피, 저 그 친구랑 졸업하고 최근에 우연히 다시 만났고, 정말 아무 사이도 아니라고요!"

이겸이 흥분해 목소리를 높이기 시작했다. 웬만해서는 잘 흥분하지 않고 늘 중저음의 목소리를 유지하는 이겸을 생각하자면, 지금 그는 몹시 화가 나 있는 것같이 보였다.

"그래, 그래. 그래서 말이야. 내가, 응? 신 대리 무서워서 말도 못 꺼내고 있었던 것 아니야. 그러지 말고 신 대리가…… 그 친구한테 말 좀 잘 해봐."

허 팀장이 안절부절못하며 이겸에게 매달렸다.

"무슨 말을 어떻게 하라고 그러세요."

지원이 만약 이겸의 동의를 구할 거였으면, 먼저 저에게 연락을 했을 것이다. 그런데 그런 것 하나 없이 대뜸 회사를 통해 통보를 한 것이다. 이겸은 이런 상황에서 자신이 무슨 말을 한다고 먹히지 않을 거라는 생각이 들었다.

"안 그래도 바빠 죽겠는데 신 대리 빠지면 일은 누가 해…… 흐응."

이 와중에 일할 사람을 찾으며 안타까워하는 허 팀장을 보고 있자니, 이겸은 절로 한숨이 쏟아져 나왔다.

"하…… 이게 대체, 무슨……."

밑도 끝도 없는 지원의 억지에 이겸은 어떻게 대응해야 할지 몰라 난감했다.

"안 된다고 하면 어떻게 되는데요?"

"신 대리, 설마 안 된다고 하려고? 우리가 이 계약 따내려고 얼마나 고생했는지…… 잊은 건 아니지? 거기서 원하는 건 김지원 씨라는 걸 잊지 마."

다시 한 번 확인시키듯 다 아는 사실을 읊어대는 허 팀장을 보며 이겸은 잃어버린 냉정을 찾기 위해 노력했다.

"그래도 이건 좀 아니지 않습니까."

"1박 2일이잖아. 머리도 식힐 겸 다녀오는 거야. 속초 가봤어? 거기 정말 좋아. 응? 어때? 신 대리?"

허 팀장은 바로 방금 전까지만 해도 자신이 아니면 팀에 일할 사람이 없다고 투덜거렸다. 그런데 지금은 또 지원과 동행해야 하지 않겠냐며 자신의 등을 떠밀었다. 지원이 무슨 의도로 그런 식의 요구를 한 건지는 모르겠지만, 거기에 따라나섰다가는 머리를 식히기는커녕 열만 더 오를 것 같았다.

"아무래도 안 되겠……."

"제발."

이겸은 애원하듯 두 손을 모은 자세로 이겸에게 부탁하는 허 팀장을 외면할 수 없었다.

'이게 대체 뭐라고! 이렇게까지 하시는 건지…….'

이겸은 속에서 울컥하는 감정이 올라오는 것을 애써 눌러 참았다. 허 팀장 또한 지원의 억지에 가까운 요구를 들어주는 것이 탐탁지 않은 것은 사실이었다. 그러나 이 계약 건이 성사됨으로써 해외영업2팀의 위상도 올라갔다. 해서, 괜히 지원의 심기를 건드렸다가 계약이 엎어지면 곤란했다.

"부탁해, 신 대리! 난 간부 회의가 있어서 이만!"

허 팀장은 이겸과 더 신경전을 벌였다간 질 것 같았는지, 황급히 회의 자료를 챙겨 몸을 일으켰다.

"팀장님! 팀장님!"

이겸이 그를 애타게 불러보았지만 허 팀장은 평소보다 더욱 빠른 걸음으로 재빠르게 사라져 버렸다.

'이런, 젠장!'

이겸은 어쩔 수 없는 상황이란 걸 알고 있지만, 어쩐지 찝찝한 마음을 지울 수가 없었다.

유미는 화장실 거울에 얼굴을 바짝 들이대고 시퍼렇게 멍든 제 코를 살폈다.

"컨실러를 아무리 발라도 티가 나는 건 어쩔 수 없네."

아침에 나름대로 꼼꼼하게 화장을 했음에도 불구하고 이겸의 눈은 속이지 못한 모양이었다.

"아니, 그 자식은 대체 나한테 왜 그러는 거야?"

한참 신경질적으로 파우더 퍼프를 콧등에 톡톡 두드리던 유미가 대뜸 볼에 바람을 넣고 중얼거렸다. 사람 헷갈리게 만드는 행동이야 아주 오래전부터 그랬다 치지만, 요즘 들어 자신을 대하는 이겸의 태도는 기함을 토할 수준이었다. 속 시원히 그 마음을 꿰뚫어 볼 수 있으면 좋으련만.

'내가 정말 전생에 나라라도 팔아먹었나?'

유미는 왜, 그를 향한 마음을 툴툴 털어냈음에도 불구하고 이렇게 신경이 쓰이는 건지 생각해 보았다. 불현듯 그녀의 머릿속에 지난밤 꿈에서 보았던 이겸의 그 아련하고도 애절한 눈빛이 떠올랐다. 뇌리

어느 구석에 자리 잡고 있던 그와의 짜릿한 키스. 그것에 기인한 그 빌어먹을 '꿈' 때문에 이겸을 향한 마음을 내려놓고도 이렇게 온 신경이 그에게 가 있는 것이 분명했다.

'그 꿈 말이야. 참 생생했단 말이야…….'

그저 꿈일 뿐일 그 것을 떠 올리는 것만으로 가슴이 간질간질했다.

이렇게 된 이상, 이판사판이었다. 유미는 조금 더 확실하게 이겸을 무시해 버리리라 다짐하게 된다. 하지만, 유미의 다짐은 늘 그렇듯 그리 오래가지 못했다.

구내식당에서 팀원들과 마주 앉아 점심을 먹게 되었다. 허 팀장과 이겸은 외근 중이었고, 남은 팀원들끼리 내려와 식사를 하려는데 식당에서 우연히 만난 1팀과 합석을 하게 되었다. 전혀 반갑지 않은 게 함정이라면 함정이었다.

"참! 그 소식 들으셨어요?"

각종 이슈에 관심이 많은 1팀 송 주임이 입을 뗐다.

"어떤 소식이요?"

귀를 쫑긋 세운 1팀 다른 직원이 말을 되받아쳤다. 원래 유미는 남의 일에 관심이 많은 편이었지만, 요즘 들어선 자신의 일로도 머리가 복잡해서 그런 것들에 관심이 잘 가지 않았다. 그래서 일까 유미는 그들의 대화가 그다지 유쾌하게 들리지 않았다. 빨리 이 자리를 뜨고 싶다는 생각에 밥을 해치우는 손에 속도가 붙었다.

"이번에 J코스메틱 메인 모델 계약한 김지원이요. 촬영차 속초 가는데, 거기를 글쎄 신 대리님이랑 같이 가자고 했대요."

그런 그녀에게 날아든 청천벽력 같은 한마디. 빠르게 움직이던 유미의 손이 일순 멈췄다.

"신 대리님……? 그거 설마, 신이겸 대리님 말하는 건…… 아니죠?"

유미는 촉촉하게 습기가 찬 눈망울을 깜빡거리며 송 주임에게 물었다. 확장된 유미의 눈 크기만큼이나, 그녀의 목소리가 크고 높게 흘러나왔다.

"우리 팀에 '신 대리'님이 신이겸 대리님 말고 또 누가 있어요?"

송 주임은 유미에게 뭐 그런 당연한 걸 묻느냐는 어투로 황당해했다.

"아……."

이겸과 지원이 같이 어딘가로 함께 떠난다는 말에 유미는 심장이 철렁 내려앉는 듯했다. 유미는 애써 놀란 마음을 추스르기 위해 다시 멈췄던 손을 움직였다. 시윤은 젓가락을 잘근잘근 씹으며 유미의 모습을 빤히 지켜보았다.

자리로 돌아온 유미는 도무지 일에 집중이 되지 않아 미칠 지경이었다. 이런 저런 생각들로 가득 찬 머리를 비워내기 위해 휴게실에 가서 커피라도 뽑아 마실 요량으로 의자를 뒤로 밀어 몸을 일으켰다. 그와 동시에 허 팀장의 카랑카랑한 목소리가 들려왔다.

"신 대리, 내일 당장 출장 가려면 출장 경비 결재 올려야지. 호텔 예약은 했어? 성수기라 방이나 있을까 모르겠네."

느린 걸음으로 걸음을 옮기던 유미의 발이 더욱 느려졌다.

"지금 찾아보고 있어요."

"3시쯤 외근 나가야 하니까 그전에 올려줘."

"네. 알겠습니다."

자판기 버튼을 누르는 유미의 손길은 느리기만 했다. 생각에 잠긴 듯 멍하게 서 있던 유미는 한참 뒤에야 몸을 숙여 캔을 꺼내어 들었다.

"어…… 커피가 아니네."

유미는 제 손엔 들린 콜라를 확인했다. 그러고는 허탈한 웃음을 지었다.

"이 씨. 이게 뭐야."

더 이상 이겸과 관련된 모든 일에 신경 끄기로 마음먹었으면서, 더는 좋아하지 않겠다고 맹세해 놓고. 유미는 지원과 함께 속초에 가게 되었다는 그 소식 하나만으로 이렇게 흔들렸다. 촬영차 함께 가든, 둘이 밀월여행을 가든, 그게 저랑 무슨 상관이라고…….

'구질구질하다, 공유미.'

콜라 캔을 쥔 유미의 손에 힘이 들어갔다.

"주임님? 어제 술 드셨어요?"

등 뒤에서 시윤의 목소리가 들려왔다.

"응?"

유미는 갑작스럽게 들려오는 소리에 화들짝 놀라 고개를 바짝 쳐들고 소리가 나는 쪽으로 고개를 돌렸다.

"술 마신 다음 날, 콜라 드시잖아요."

"아……."

유미는 또다시 제 손에 들린 콜라를 내려다보았다.

"그게 그렇게 신경 쓰이세요?"

시윤이 몹시 진지한 목소리로 말했다.

"신경 쓰이다니…… 뭐가?"

"아까 점심 식사하고부터 계속 그 얼굴이잖아요, 주임님."

"으, 응? 난 시윤 씨가 무슨…… 말을 하는지 모르겠는데?"

유미는 굳은 표정을 풀고 일부러 환하게 웃으며 캔 뚜껑을 열었다.

'치이이익' 하는 소리와 함께 콜라가 역류해 솟구쳐 올랐다.

"으악!"

그에 깜짝 놀란 유미가 몸을 뒤로 물려보았지만, 때는 이미 늦었다. 튀어 오른 콜라는 온 사방에 튄 것도 모자라, 유미의 옷과 시윤의 바지 자락에 그 흔적을 남겼다.

"괜찮아요?"

시윤은 아직도 유미의 손을 타고 넘쳐흐르는 콜라를 건네받아 테이블 위에 아무렇게나 올려놓았다.

"으으······."

가뜩이나 마음이 심란해 죽을 지경인데, 되는 일이 하나도 없었다.

"아······ 어떻게 해요? 다 젖었네."

시윤은 완전히 젖어버린 유미의 옷을 바라보며 걱정 어린 표정을 지었다.

"시윤 씨도······ 젖었어."

"전 괜찮아요. 일단 화장실 가서 대충 물 좀 묻혀야 할 것 같아요. 그대로 뒀다간 끈적끈적해질 테니까."

"응."

유미는 엉거주춤한 걸음걸이로 화장실에 도착했다. 콜라 방울에 얼룩덜룩해진 흰색 스커트가 꼭 여기저기 상처 입은 제 마음 같아 보였다. 순간적으로 울컥 감정이 북받쳐 올랐다.

"이게 다 뭐야······ 진짜."

누구의 탓도 할 수 없었다. 재수가 없었던 것도 자신이었고, 털어버린 마음에 미련을 둔 것도 자신이었기 때문이다. 잠깐 사이 두 눈 가득 들어찬 눈물은 금세 볼을 타고 아래로 툭 떨어져 내렸다.

미워하고 싶었다. 싫어하고 싶었다. 다시는 보고 싶지 않았다. 누구랑 뭘 하든 관심을 두고 싶지 않았다.

"대체 왜…… 내가 이러고 있어……."

유미는 스스로가 너무나도 미련하고 멍청하다고 생각할 수밖에 없었다. 마음 한 조각, 눈길 한 번 주지 않는 녀석에게 미련을 버리지 못하는 자신이 그렇게 초라해 보였다. 이걸 오기라고 할 수 없었다. 집착이라고도 할 수 없었다. 단지 미련 하나 때문에 이러고 있는 자신이 너무나도 바보같이 보였다.

겨우 감정을 추스르고 화장실을 걸어 나오던 유미는 아직도 자리로 돌아가지 않고 화장실 앞에서 기다리고 있던 시윤을 발견했다. 팔짱을 끼고 벽에 등을 기대고 있던 시윤이 몸을 일으켜 유미의 앞에 바로 섰다.

"주임님."

그가 나지막이 말했다.

"나, 기다렸어?"

"네. 기다렸어요."

어딘지 모르게 무게가 있어 보이는 시윤의 목소리가 주는 묵직함에 유미는 두 눈을 빠르게 깜빡였다.

"지난번에 저한테 분명히 마음 정리하는 중이라고 하셨잖아요."

시윤은 유미에게 두 번째로 마음을 고백했을 때, 그녀가 자신만만하게 한 대답을 토씨 하나 빼놓지 않고 기억하고 있었다.

"……응. 그랬지."

"근데 왜 울어요?"

"어?"

"왜 자꾸 신경 써요?"

왜 자기에게 한 말을 지키지 않는 거냐고 하면 어쩌나 유미는 괜스레 마음이 조마조마했다.

"시윤 씨…… 그건 있지……."

"변명하지 말아요. 눈에 다 보여. 아직도 좋아하고 있는 거……."

유미는 아무런 대꾸도 하지 못한 채 입을 꾹 다물 수밖에 없었다.

"주임님, 오늘 오후 내내 지금처럼 딱 이런 표정 지으면서 멍하게 있었던 거 알아요?"

어디로 향해 있는지 알 수 없는 초점 없는 시선 하며, 뭔가에 홀린 듯 멍해 보이는 유미의 표정을 가리키는 것이었다.

"……아니."

"아까 휴게실에서도 생각 없이 콜라 뽑은 거, 다 봤어요."

"……응."

유미는 이렇다 할 부정을 하지도 못한 채 시윤의 말에 가만히 고개를 끄덕였다.

"그게 그렇게 신경 쓰이면요……."

흥분을 잠시 가라앉히려는 듯, 잠시 호흡을 고른 시윤이 말을 이어갔다.

"같이 가요."

"같이…… 가다니, 뭘?"

"가서 감시해요."

시윤의 입에서 흘러나온 이해할 수 없는 말들은 유미를 당황하게 만들기에 충분했다.

"뭘 감시하란 소리야?"

"그렇게 신경 쓰이는 대리님이랑 김지원 씨요. 같이 가서 감시하자구요."

"그게 무슨 말도 안 되는 소리야. 뭘 어떻게 감시를 하란 거야?"

대충 무슨 뜻인지는 알겠지만, 그들은 공적으로 함께 떠나는 것이다. 거길 어떻게 따라가서 감시하라는 건지, 유미는 그런 말을 내뱉는 시윤이 이해가 되지 않았다.

"날 이용해요."

"시윤 씨를 이용하다니 그건 또 무슨 소리야……."

분명 함께 대화를 나누고는 있지만, 유미는 시윤의 말이 전부 이해가 되지 않았다.

"참, 답답하네. 휴가 쓰고 같이 가자구요, 속초."

귀신 씻나락 까먹는 소리도 아니고, 함께 가자는 시윤의 말에 유미는 황당한 표정을 지었다.

"뭐어? 미쳤어?"

유미의 눈이 동그랗게 커졌다.

"왜요, 싫어요?"

"아니…… 그게 대체 뭐야. 말이 되는 소리를……."

유미는 아무리 빠르게 머리를 굴려보아도 제대로 된 대답이 떠오르지 않아 난감했다.

"그러면 이대로 넋 놓고 있다가 대리님 그 여자랑 이어지는 거 볼 자신 있어요?"

잔뜩 흥분해서 언성을 높이는 유미와는 달리 시윤은 굉장히 차분해 보였다. 아래로 내리깔린 시선이 차가우면서도 단호해 보였다. 그의 날카로운 눈빛에는 사람의 감정을 아우르는 위압감이 실려 있었다.

"하아……?"

유미의 입술 사이로 짧은 탄식이 터져 나왔다.

"있어요?"

재차 묻는 그의 단호한 말투는 유미의 마음을 흔들리게 만들었다.

"……잘 모르겠어."

유미는 이겸을 향한 자신의 마음이 지금 어떤 상태인지 알 수 없었다. 머리로는 분명 그를 향한 마음을 완전히 접었는데, 마음은 여전히 그대로인 것처럼 느껴졌다. 이겸이 지원과 함께 간다는 말을 들었을 때, 온 세상이 흔들릴 만큼 크게 동요했던 걸 생각하면 아직 마음이 남아 있는 것 같았으니까 말이다. 유미는 가만히 눈을 감고 머릿속에 무언가를 그려보았다. 이겸과 지원이 사랑하는 모습을.

'나는 진심으로 신이겸의 행복을 빌어줄 수 있을까?'

유미는 자신이 없었다.

"저 정말 마지막으로 물어보는 거예요. 속초 가요, 말아요?"

쐐기를 박듯, 다시 한 번 또박또박 흘러나온 시윤의 목소리에 유미는 감은 두 눈을 살며시 밀어 올렸다.

"내가 거길 왜 가? 안 갈 거야!"

이겸이 누구와 어떻게 되든 이제 상관하지 않을 것이다. 아니, 더이상 저와는 상관없는 일이라고 여겼다.

"본 의도는 '감시'가 맞겠지만, 표면적인 건 좀 다르게 가볼까 싶은데……."

시윤은 뭔가 대단한 고민에 빠진 사람처럼 눈동자를 굴렸다.

"뭘 말이야?"

"상대방의 눈을 뒤집히게 할 방법이라고나 할까."

그는 어딘지 모르게 거만한 표정을 지었다. 하늘에서 날벼락이 떨어져도 눈 하나 깜짝하지 않을 냉정한 이겸이다. 그런 그의 눈을 뒤집히게 할 방법이 있을 리 만무했다.

"눈을 뒤집히게 할 방법이라니? 시윤 씨 지금 무슨 생각을 하고 있는 거야?"

"정말 모르겠어요? 지금 주임님 도와주려고 하는 거잖아요."

유미의 입에 가득 고인 침이 한참 만에야 꿀꺽 삼켜졌다.

"날…… 왜?"

따지고 보면, 시윤은 유미와 이겸을 도와줄 이유가 전혀 없는 사람이었다. 그의 입장에서 놓고 보자면, 이겸과 유미가 완전히 멀어져야 그에게 한 번이라도 더 기회가 갈 테니까.

"좋아하니까 도와주려는 거예요. 그러니까 주임님은 굿이나 보고 떡이나 먹어요. 알겠어요?"

그런데 의아하게도 그는 '좋아하니까'라는 명분을 앞세워 유미를 도와주겠다 말했다.

여전히 유미는 의아한 표정을 하고 시윤을 올려다보았다.

"제가 시키는 대로만 해요. 그러면 분명, 주임님이 여태 마음 졸인 것에 대가는 충분할 테니까요."

유미는 그로부터 며칠 뒤 시윤이 자신에게 한 말이 무얼 뜻하는지 아주 정확히 알 수 있었다.

이겸은 정해진 일정에 맞춰 떠났다. 유미는 이미 알고 있는 일인데도, 정말로 이겸이 떠나고 나니 헛헛한 마음을 이루 표현할 길이 없었다. 유미가 정신을 차렸을 땐 이미 시윤과 함께 속초로 향하는 차에 올라 있었다. 설상가상, 시윤이 작업복이라며 건네준 옷은 딱 보기에도 고급스러워 보이는 블라우스였는데, 그걸로 입고 나오라고 해서 그렇게 했더니만. 그도 자신이 입은 것과 같은 줄무늬 패턴의 셔츠를 입고 있었다.

"시윤 씨……? 이건 좀 아니지 않니?"

유미는 느긋하고 여유롭게 운전을 하는 시윤을 향해 떨떠름한 기분을 대놓고 표현했다. 그리고 그의 옷과 자신의 것을 번갈아가며 쳐 다보았다. 시윤은 당황함에 점점 굳어가는 유미의 표정에도 아랑곳 않고, 아무렇지 않은 듯 어깨를 으쓱해 보였다.

"작업복이라니까 그러네요."

"작업복이야, 커플룩이야?"

유미가 의심 가득한 눈초리로 시윤을 쏘아보자, 그가 빙긋이 웃었 다.

"의심은 잠깐 넣어둬요. 나만 믿으면 없던 복도 굴러들어 올 테니 까."

"대체 시윤 씨는 뭘 믿고 이러는 거야? 이런다고 뭔가 색다른 변화 가 올 거라고 생각해? 내가 걜 좋아한 세월이 몇 년인데, 걜 모를까. 걔는 있지, 망부석보다도 더 심한 녀석이라고! 절대 안 변해. 아니 죽 어도 안 변할걸!"

그 오랜 시간동안 꿈쩍도 하지 않던 신이겸인데. 유미는 이런 수작 을 부린다고 그가 조금이라도 달라질 거라고는 기대도 하지 않았다. 변화가 일어날 거였다면, 이미 예전에 생겼을 것이다. 그러면서도 유 미는 대체 마음속으로 뭘 바라고 자신이 여기까지 따라온 건지 몰랐 다. 시윤은 자신의 신분을 이용해 허 팀장에게 저와 유미의 휴가를 받아냈다. 둘이 여행이라도 가냐고 묻는 허 팀장에게 시윤이 날카로 운 눈빛을 보내자, 그는 아무런 말없이 결재 사인을 해주었다.

'이렇게까지 해야 했을까? 대체 난 지금 왜 여기에 있는 걸까?'

유미는 좀처럼 깊게 생각하지 않는 성격임에도, 순식간에 후회가 밀려들었다.

"그렇게 확신해요?"

그런 유미에게 눈을 똑바로 맞추고 시윤이 물었다.

"그래! 확신해!"

자신이 아는 신이겸은 절대 변할 사람이 아니었다. 그러니 이렇게 유미가 단호하게 잘라 말할 수 있는 건 어찌 보면 당연한 것이었다.

"그럼 저랑 내기하실래요?"

"뭔 내기."

"주임님이 며칠 안에 그분의 고백을 받게 되면 말이에요."

"어머나, 세상에! 말이 되는 소리를 해!"

"그러면 말이죠……."

미묘한 표정을 지으며 시윤이 뒷말을 덧붙였다.

"제 소원 하나만 들어주세요."

그렇게만 된다면, 뭔들 못 하리. 소원이 아니라 영혼이라도 팔겠어!

'아니, 아니지! 내가 지금 무슨 생각을 하는 거야! 정신 바짝 차려야지! 여기까지 따라온 것만 해도 과했어! 이왕 이렇게 온 것, 차라리 휴가라고 생각하고 즐기다가 가는 거야!'

유미는 여태껏 여름휴가도 가지 못하고 소처럼 일했으니, 오늘 이곳에 온 것을 스스로에게 주는 휴가쯤으로 여길 작정이었다. 결국 유미는 시윤이 이끄는 대로 따라갔다. 그의 뭘 믿고 이렇게 따라올 수 있겠냐 싶겠지만, 그건 유미 자신도 궁금한 것이었다.

"다 왔어요. 얼른 내려요."

시윤이 차 시동을 끄며 유미에게 말했다. 생각보다 빨리 목적지에 도착했다. 차창 밖으로 펼쳐진 푸른 바다를 마주하고 있자니 막힌 속이 뻥 뚫리는 기분이었다.

잠시 바다를 물끄러미 바라보던 유미는 불현듯 그런 생각이 들었다. 시윤이 저 때문에 굳이 오지 않아도 될 곳까지 왔는데, 다른 것이야 제쳐 둔다 치더라도 금전적인 것만큼은 기댈 수 없었다.

"시윤 씨, 그…… 아까부터 말하려고 했었는데, 기름 값이라든가 기타 비용, 내가 낼게. 생각 없이 덜컥 따라오긴 했지만 내가 이래봬도 염치는 있어."

시윤이 피식 웃으며 유미를 쳐다보았다.

"계속 생각 없이 계셔도 돼요."

"으잉?"

"잊었어요? 나, 그룹 후계자예요. 이 정도 돈 쓰는 거, 정말 별거 아닌데?"

"……아, 헐."

유미는 시윤의 우습고도 유치한 발언에 말문이 턱하고 막혀 버렸다.

"별거 아닌 게 어느 정도 수준이냐면요. 주임님 일하다가 휴게실 가서 캔 커피 뽑아 드시잖아요?"

"응."

유미는 가만히 고개를 끄덕였다.

"그런 거랑 비슷해요. 이거, 정말 별거 안 되는 거예요."

뭘 비유를 해도 이런 말도 안 되는 걸로 하시나. 대체 이걸 뭐라고 해야 하지? 재수가 없다고 해야 하나? 고맙다고 해야 하나?

이겸과는 전혀 다른 독특한 '재수 없음'이다.

"아…… 그러셔?"

"네. 그러니까 일단 그 돈 얘긴 좀 넣어두고, 우리 '목적'에 충실한 여행을 만들어보아요."

"……아, 네, 네."

유미는 어련하시겠냐는 표정을 지으며 고개를 꾸벅 아래로 숙였다.

"어? 반응이 왜 이러지? 안 기뻐요? 내가 발 벗고 나서서 본격적으로 도와주겠다는데?"

"기뻐서 돌아가시겠어요."

유미는 입술을 앞으로 쭉 내밀고 요상한 표정을 지으며 상큼한 한마디를 던진 다음 차에서 내렸다.

"뭘 해요? 돌아가셔? 기쁘면 기쁜 거지 무슨 말이 그래요? 예? 주임님! 거기 서봐요!"

어느 방향으로 가야 하는지도 모르면서, 평소엔 느리기만 하던 걸음이 갑자기 빨라지기라도 한 모양인지 저만치 멀어진 유미를 쫓아가며 시윤이 소리쳤다. 유미의 뒤를 따르며 시윤은 피식피식 새어 나오는 웃음을 삼키기 위해 애를 쓰느라 굳은 얼굴 근육을 풀기 위해 입을 벌렸다 오므렸다를 반복했다.

분명 처음 힘들어하는 유미를 도와주기로 마음먹었을 땐 마음이 쓰리고 아팠다. 자신이 이겸의 진심을 알고 있는데, 모른 척하기엔 유미의 마음이 너무나도 애잔했기 때문이다. 그런데 막상 이렇게 함께 있으니 너무나도 즐겁고 행복했다. 유미는 한없이 쓰리고 아픈 자신의 마음도 순식간에 밝게 만드는 매력이 있는 여자였다. 그는 유미가 자신의 말이라면 철석같이 믿을 걸 알고 꼬드긴 것이었다. 실은 자신의 사심을 채우기 위해 내건 제안임을 유미가 알 리 없었다. 오히려 지금 저에게 고마워하고, 미안해하고 있을 여자가 유미였다.

너무 빤히 보이는 유미의 속마음이 좋으면서도 한편으로는 불안했다. 이겸은 분명 저와 유미가 함께 있는 걸 보면, 분명 눈이 뒤집히고 말 것이다. 여태까지만 보아도 그랬다. 제가 조금만 유미에게 접근해도 눈에 불을 켜고 따라붙은 이겸이었으니까. 시윤은 저와 유미가 단둘이 이렇게 여행까지 온 걸 이겸이 안다면 아마 미쳐서 날뛸지도 모를 거라고 생각했다. 그는 그걸 이용해 볼 작정이었다.

유미가 완전히 이겸에게 질려서 떨어져 나올 수 있게. 그리고 그 틈을 자신이 비집고 들어가면 어떨까, 하는 희망을 가지고서. 매번 이겸을 이용하려 했다가도 실패했던 걸 생각하면, 이번 계획 역시 수포로 돌아갈지도 몰랐다. 하나 시윤에게 있어 이번 여행은 못 해도 본전이었다. 유미와 둘이 여행을 온 것만으로도 이미 '이득'이었다. 거기에 플러스알파가 될지 말지는 두고 봐야 아는 것이었다.

유미는 시윤과 커플스러운 옷을 입고 있는 게 어색했다. 분명 디자인은 달랐으나, 패턴이 같아서 누가 보아도 커플룩이었다. 최대한 그 '커플'스러운 패턴을 가려보기 위해 유미가 7부 길이로 내려온 소매를 팔뚝까지 걷어내기 시작했다.

"왜 그래요?"

"아이. 조금 그렇잖아. 누가 보면 신혼여행 온 줄 알아."

유미가 어색하게 변명했다.

"그러라고 입은 건데요?"

오히려 그런 유미를 이해하지 못하겠다는 듯, 시윤이 물었다.

"못하는 소리가 없네?"

"저만 따라오라니까요."

"근데 우리 이제 뭐 해?"

"뭘 하긴요. 작전 개시죠."

시윤이 자신이 쓰고 있던 것과 똑같은 챙이 넓은 모자를 유미에게 씌워주었다.

"절대 명심해요. 무조건 날 따라올 것. 그래야 성공할 수 있어요."

이쯤 되니, 유미는 시윤이 '이겸'을 가지고 저를 협박하는 것 같은 기분을 느꼈다.

"꼭, 이렇게까지……."

"스읍! 지금부터는 말은 아끼는 겁니다. 아셨죠?"

"흐응."

유미의 콧잔등에 잔뜩 주름이 생겨났다.

'시윤 씨는 대체 뭘 어쩌겠다는 거야. 그 작전인지 뭔지에 대한 내용이라도 알려주면 좋으련만……. 저만 알고 나는 모르는 작전이라니!'

어쩐지 괘씸하긴 했지만, 유미는 그를 믿고 따라온 만큼 끝까지 그를 믿고 가는 수밖에 없다고 여겼다. 유미에겐 지금 주어진 선택권 같은 건 없었으니까.

에메랄드색으로 반짝이는 바다의 푸른 빛깔이 마음을 정화시키는 것만 같았다. 지원은 바다색과 극명한 대비를 이루는 새하얀 드레스를 입고 있었다. 메이크업과 헤어 세팅을 마친 지원은 마치 하늘에서 내려온 여신같이 아름다웠다.

"지원 씨, 나랑 작업은 처음이죠?"

오늘 촬영을 맡은 서 감독이 지원에게로 다가섰다.

"네, 감독님."

쓰고 있던 화관이 불편했던지 잠시 그 자리를 다시 맞추기 위해 이리저리 위치를 바꿔보는 지원을 보는 서 감독의 노골적인 시선이 그녀를 훑었다.

"이야. 역시 듣던 대로 지원 씨 몸매 예술이다. 보정도 필요 없겠는데?"

"아…… 감사합니다."

대놓고 불편한 심기를 드러내 보이며, 눈썹을 살짝 찡그린 지원을 보고도 서 감독은 아랑곳하지 않고 말을 이어 나갔다.

"촬영 끝나고 뭐 해요? 마치고 다 같이 맥주 한잔하러 가기로 했는데, 지원 씨도 따로 일정 없으면 같이 가죠?"

아직 촬영 시작도 하지 않았건만, 뒤풀이 이야기부터 꺼내는 서 감독의 말투는 능글맞기 그지없었다.

"저 이번에 드라마 촬영 새로 들어가서 다이어트 중이에요. 정말 아쉽지만 다음에 기회 되면 같이해요."

그런 쪽으로 두뇌 회전이 빠른 지원이기에, 노련하게 빠져나가 볼 요량으로 변명을 하자 서 감독이 무슨 말을 꺼내려 입을 벌렸다.

"감독님 세팅 끝났습니다."

그가 말을 꺼내기도 전에, 촬영 준비가 완료되었다는 사인을 보내오는 촬영 스태프가 서 감독에게 소리쳤다.

"촬영 마치고 또 얘기하자고."

아쉬운 듯 백사장에 커다란 발자국을 내며 돌아서 가는 서 감독을 바라보는 지원의 눈빛은 차가웠다. 그러고는 지원이 두리번거리며 누군가를 찾았다.

"아! 저기 있다!"

쏟아지는 태양에 잔뜩 인상을 쓰고는 손을 이마께에 올려 햇빛을 가리고 있는 그의 모습에 지원의 입가에 저절로 웃음이 피어올랐다. 지원은 조금의 주저도 없이 이겸에게 다가갔다. 촬영용으로 신고 있던 하이힐로 백사장을 걷는 게 힘이 들자, 곧바로 그걸 벗어 들고 다시 걸었다.

"이겸아."

찡그린 얼굴을 하고 있던 이겸은 지원을 보고도 여전히 그 표정 그대로였다.

"왜."

이겸은 이렇게 촬영 보조가 많은데, 대체 자신이 왜 여기 있는지 이해할 수가 없었다. 그늘 하나 없는 바닷가에서 촬영을 하는 것도 그랬지만, 딱히 자신이 할 일이 있어 보이지도 않아서 더욱 짜증이 솟구쳤다.

"와줘서 고마워."

싱그러운 미소를 짓는 지원의 모습은 그 어느 때보다 밝아 보였다.

"회사에다가 그런 식으로 통보를 했는데, 내가 안 오고 배겨?"

여전히 이겸의 말투에는 참을 수 없는 분노가 고스란히 녹아들어 있었다.

"너랑 이야기는 나누고 싶고, 연락은 잘 안 되고, 촬영은 계속 밀려 있고, 마침 담당자도 너라고 하니까 잘됐다 싶어서 요청한 건데, 그게 통보가 되는 거야?"

이겸은 지원이 무슨 말을 해도 여기까지 끌려온 건, 정말 싫었다.

"어. 명백한 통보였어. 요청 아니고."

일관되게 차가운 이겸을 보고도 지원은 어쩐지 웃음이 났다. 이겸과 이런 곳에 나란히 서 있을 줄은 상상도 못 했던 까닭이기도 했고, 잊고 있던 풋풋한 옛 시절의 감성이 돌아났기 때문이기도 했다. 그러다 대뜸 지원이 이겸의 주변을 훑어보는 시늉을 했다.

"설마 여기까지 '혹' 붙이고 온 건 아니지?"

"'혹'이 뭔데?"

"유미 말이야."

"걔가 왜 '혹'이야?"

이겸은 상당히 기분 나쁜 어투를 하고 물었다.

"바늘 가는 데 실 간다고. 너희 둘, 죽자고 붙어 다녔잖아. 내가 비집고 들어갈 공간도 없게."

이겸은 지원에게 비집고 들어올 공간 따위 준 적 없었다. 아주 오래 전 일이기는 했지만, 지원은 이겸을 좋아했다. 품성이 바르고 매사에 열정적이며 호감형 외모를 가진 그에게 관심이 있었다. 그러나 이겸에게 향하는 길목에는 늘 장애물이 있었으니. 그것은 바로 '공유미', 그녀였다. 기회는 다시 오지 않을 줄 알았다. 그런데 이렇게 버젓이 이겸이 제 앞에 있는 것이 지원은 매우 기뻤다. 또한 장애물도 없으니 엄청난 행운이라고 할 수 있었다. 이게 어떻게 찾아온 단둘만 있는 기회던가. 지원은 입꼬리를 올려 아주 밝게 웃어 보였다.

"이겸아. 있지, 나 너랑 친하게 지내고 싶어."

"난 별로."

지원은 나름대로 고민 끝에 한 이야기였으나, 이겸의 대답은 즉각적이고 너무나도 무감했다. 이겸이 심드렁한 표정을 하고 햇빛에 반사된 눈을 비비며 몸을 사선으로 틀어버렸다.

"뭐야. 기껏 여기까지 와서! 친한 척 좀 해주지?"

이겸이 픽 하고 콧방귀를 꼈다. 유미에게도 해준 적 없던 친한 척을 이겸이 지원에게 해줄 리가 없었다.

"공적으로 날 여기까지 끌어들였으니, 나도 공적으로 대해주는 게 인지상정 아니겠어?"

그는 지원이 자신을 '꼭' 찍어 여기까지 데리고 오는 것까지 성공했을지 모르지만, 그 시커먼 속내를 뻔히 알고도 당할 생각은 추호도 없었다. 이겸은 조금의 미련도 없이 지원에게서 돌아서 그늘이 있는 쪽으로 빠르게 사라져 버렸다.

"신이겸! 진짜! 계속 이렇게 나온다 이거지?"

그의 뒷모습을 바라보는 지원의 표정은 잔뜩 일그러졌다.

부서져 내리는 햇살이 뜨겁게 느껴지기는 했으나, 근래 어지럽게 흐트러진 이겸의 마음을 조금은 녹여주는 느낌이었다. 이겸은 해변에서 멀리 떨어지지 않은 카페에서 테이크아웃 커피를 사 들고 벤치에 앉았다. 실로 오랜만에 느껴보는 여유였다. 목을 타고 흘러드는 커피 향에 취할 것만 같았다.

이겸은 정말 아무런 생각도 하지 않고 물끄러미 바다를 향해 시선을 던졌다. 한창 촬영으로 분주한 지원의 모습이 저 멀리 보였다. 관광객들에게 잘 알려지지 않은 해변이긴 했으나, 입소문을 타고 온 모양인지 얼마 안 되는 사람들이 삼삼오오 모여 저마다의 휴가를 즐기고 있었다. 한데, 그 모든 풍경을 두 눈에 담아내는 이겸의 눈에 순간적으로 헛것이 보이기 시작했다. 시야 안에 익숙한 얼굴'들'이 보이자 그는 잠시 눈을 빠르게 깜빡여 보았다.

"요즘 잠이…… 부족했나?"

눈앞에 보이는 환영에 놀란 이겸이 다급하게 두 눈을 비볐다. 그런데 어찌 된 영문인지, 그 말도 안 되는 환영이 그가 있는 쪽으로 다가오고 있었다.

'뭐지?'

환영이라고 하기에는 놀라우리만큼 생생했다. 무슨 대화를 그렇게도 즐겁게 나누는지, 나란히 웃음이 가득한 얼굴을 하고 해변을 거니는 유미와 시윤의 모습은 환영이 아닌, 눈앞에 펼쳐진 진짜 모습이었다.

"컥!"

이겸은 제 눈으로 직접 보고도 믿을 수 없는 광경에 절로 숨이 멎었다. 마시던 커피가 기도로 넘어가는 바람에 자칫하면 코로 쏟아져 나올 뻔했다.

'대체 둘이 왜, 이곳에, 어떻게 함께 있는 거지? 그것도 저렇게 꼭 붙어서!'

잠깐의 여유로 겨우 조금 비워냈다고 생각한 이겸의 머리가 다시 복잡함으로 터져 버릴 것만 같았다. 거기에서 끝이 아니었다. 그들은 꽤 빠른 속도로 이겸이 앉아 있는 벤치 쪽으로 걸어오고 있었다. 이러다가 정면으로 마주칠 수도 있는 상황이었다. 이겸은 자기도 모르게 선글라스를 콧잔등 위로 쭉 끌어 올렸다. 그리고 몸을 옆으로 틀어 손바닥으로 최대한 얼굴을 가려보았다.

'가만, 그런데 내가 왜 숨는 거지……?'

숨을 이유가 전혀 없음에도 불구하고 얼굴을 아래로 떨군 채 가려낸 이겸은 검지와 중지 사이를 벌려 곁눈질로 그들의 모습을 훔쳐보았다.

'무슨 이야기를 나누는 걸까? 여기엔 어떻게 와 있는 걸까? 아니, 왜 둘이 함께 있는 거지?'

이겸은 궁금한 것이 너무나도 많았다. 하지만 그 궁금증은 증폭되기만 할 뿐 도통 해소될 기미조차 보이지 않았다. 차라리 처음부터 숨지 말 것을.

'설마 지금 저거…… 커플룩이야……?'

어딘가 다른 분위기를 자아낸다 싶었던 두 사람은 누가 보아도 연인 같은 모습이었다. 이겸은 타는 속을 달래기 위해 아까까지만 해도 여유롭게 음미하던 커피를, 뚜껑까지 열고 벌컥벌컥 들이켜기에 이르렀다. 그때, 이겸의 옆으로 길게 드리운 그림자 하나.

"아니, 어떻게 이런 우연이! 신 대리님 아니십니까?"

시윤은 마치 뜻밖의 장소에서 의외의 사람을 만난 듯 몹시 놀란 척 연기했다.

"아…… 아니, 이게 누구야? 시윤 씨가 여기엔 어쩐 일…… 이에 요?"

이겸은 시윤보다 더 리얼하게 깜빡 속아 넘어간 척했다. 커피를 마시느라 완전히 가려내지 못한 얼굴이 훤히 노출된 까닭이었을까. 이런 곳에서 다 만나는 우연도 있냐는 듯, 반가운 기색을 내비치는 시윤을 향해 이겸은 몹시 어색하게 입꼬리를 말아 올려 웃었다.

"저요? 저야…… 놀러 왔죠."

시윤은 제 등 뒤에 유미를 숨기고, 그녀를 이겸에게 내보일 기회를 엿보았다.

"휴가 낸단 말 없었잖아요."

결재는 당연히 허 팀장이 하는 거였지만, 그래도 보통은 팀원이 휴가를 쓰기 전에 팀원들에게 알리기 마련인데 전혀 언급조차 없었건만.

"어쩌다 보니 급하게 쓰게 됐어요. 미리 말씀 못 드려 죄송해요."

뭐가 그렇게 급해서 갑자기 휴가를 쓰고, 여기까지 온 걸까? 그것도 단둘이. 한 번 꼬여 보이기 시작하니, 모든 게 아니꼬워 보였다.

"아니 뭐, 나한테 죄송할 건 없고……."

이겸은 시윤의 뒤에 숨어 있는 유미의 존재를 이미 알고 있었다.

'최시윤과 같이 여행을 왔어? 공유미, 대체 무슨 생각으로 여기까지 따라온 거야. 남자 무서운 줄 모르고……! 하여간 경각심 좀 가지라고 해도, 말 절대 안 들어.'

제 가슴속을 마구 휘젓고 다니는 감정의 회오리를 이겸은 애써 외면하려 노력했다. 그리고 최대한 냉정한 표정을 지어보고자 했지만, 너무 놀라 긴장한 탓인지 이겸의 안면 근육이 달달 떨려왔다.

"참, 주임님도 같이 왔는데."

시윤은 드디어 유미를 내보일 마땅한 타이밍을 찾은 듯 밝게 웃으며 제 등 뒤에 숨어 있던 그녀의 팔을 끌어당겼다. 놀라 동그래진 눈을 하고 이겸의 앞에 마주 선 유미는 시윤과 똑같은 줄무늬 패턴의 블라우스를 입고 있었다.

'진짜 커플룩이네? 내가 잘못 본 게 아니었어!'

눈앞에 놓인 상황들이 이겸은 단 하나도 이해되지 않았다. 몹시 놀라서 커질 대로 커진 두 눈과 입은 벌어진 채 다물어지지 못했다.

"공…… 주임도 왔어요?"

아무리 눈을 뜨고도 코를 베어가는 세상이라지만.

'공유미, 대체 언제부터 최시윤이랑 이런 사이가 된 거야?'

이겸은 제게 말 한마디 없이, 언제, 어떻게 이런 돌이킬 수 없는 상태가 된 건지 궁금했다. 답답함에 조여든 그의 가슴은 더 조였다간 확 터져 버릴 것만 같았다.

"……김지원 씨 광고 촬영은 잘되어가는 거예요?"

시윤이 자연스럽게 이겸이 앉아 있던 벤치에 앉았다. 그러고는 유미의 '손'을 잡고 제 옆자리에 앉혔다. 그 모습을 멍하게 바라보는 이겸의 표정은 어딘가 넋이 나간 사람처럼 보였다.

"대리님?"

멍하게 있던 이겸은 시윤의 부름에 겨우 정신을 차렸다.

"어?"

"김지원 씨 촬영은 잘되어가고 있는 중이냐구요."

다시 한 번 같은 질문을 하는 시윤에게 이겸은 여전히 다물어지지 않는 입술을 달싹이며 대답했다.

"잘되고 있겠지, 뭐."

이겸이 이곳에 온 이유가 지원의 촬영 보조였다. 한데, 촬영 보조

는커녕 혼이 나간 사람처럼 구는 이겸을 보며 시윤은 꽤나 만족스러운 미소를 지었다.

"누나, 아이스크림 사올까요?"

"뭐! 뭐어? 뭐라고? 그, 그게······."

유미가 어버버 하고 있는 사이, 시윤은 자연스럽게 검지를 올려 유미의 입술을 꾹 눌렀다.

"이렇게 좋아할 줄 몰랐네. 알았어요. 저기 가서 사올게요. 누나."

유미는 시윤의 손끝에 가로막힌 입술을 제대로 뻥긋거리지도 못하고 말을 삼켜야 했다. 그리고 그가 마치 신호를 보내듯 한쪽 눈을 찡긋하고 윙크를 해 보였다.

"오래 안 걸리니까 조금만 기다려요. 대리님도 아이스크림 드시겠어요?"

"어······? 난."

분명 이겸이 대답을 하기도 전이었다.

"안 드세요? 그럼 우리 누나. 거랑 제 거만 사 올게요!"

모든 게 자연스러웠다. 그런데 그 자연스러움이 아주 많이 거슬렸다. 이겸은 이렇다 할 대꾸도 못 한 채 해맑게 웃는 시윤에게 가만히 고개를 끄덕였다. 시윤이 떠나고 벤치에 덩그러니 남겨진 두 사람의 귓가에는 드물게 관광객들이 떠드는 소리나 찰싹이며 밀려드는 파도 소리만 들려왔다.

"둘이······ 언제부터······."

이겸은 자신이 말을 꺼내면서도 이상했다. 그의 잇새로 헛웃음이 터져 나왔다.

"둘이 언제부터, 이렇게 가까워진 거야······?"

완벽하게 문장의 형태가 되어 이겸의 입에서 질문이 나오기까지 조금의 시간이 더 걸렸다. 그렇게 묻는 이겸을 보며 유미는 생각했다.

"제가 시키는 대로만 해요. 그러면 분명, 주임님이 여태 마음 졸인
대가는 충분할 테니까요."

정말 시윤이 시키는 대로만 하면, 마음 졸인 대가를 받아낼 수 있
을까? 이겸이 조금이라도 변할까?
"글쎄다. 딱히 언제부터라고는……."
유미는 마치 시윤과 자신이 뭐라도 되는 양 이야기해 버렸다.
"전혀…… 몰랐어. 둘이 그런 관계까지 진전된 줄은……."
이겸의 목소리가 야트막하게 떨리는 것이 느껴졌다. 하지만 유미는
조금도 거칠 것이 없었다.
"누나, 동생 하면서 지내기로 했어."
'누나'라는 호칭을 시윤에게 허락한 적은 없었지만, 그 정도쯤은 유
미도 관대하게 봐줄 수 있을 것 같았다.
"……좀, 놀랍다."
"그러게."
유미는 미사여구를 덧붙였다가는 눈치 빠른 이겸에게 '작전'을 들키
고 말 것 같아서 말을 아꼈다. 담백하게 할 말만 딱딱 끊어 했다. 그
런데 그런 유미의 모습마저 이겸에게는 생소하고 낯설기만 했다.
유미가 어떤 여자던가? 자신이 한 마디 하면, 열 마디를 종알거리
던 여자였다. 그런데 시윤과의 관계가 진전된 것과 동시에 다른 사람
이 되어버리기라도 한 것처럼 느껴졌다. 딱딱하기 그지없는 유미의 태
도에 이겸은 가슴이 욱신거리는 통증을 느껴야 했다. 이러한 상황을
전혀 상상하지 못했던 것은 아니었으나, 생각했던 것보다 훨씬 더 큰

타격이 밀려들어 호흡이 곤란할 정도였다.

상대는 이겸과는 비교도 되지 않을 만큼 대단한 J그룹 후계자였다. 그 속내는 어떨지 모르겠으나 표면적으로 보이는 시윤의 태도는 남자인 이겸이 보아도 나쁘지 않았다. 그래서 더욱 이렇게 가슴이 미어질 듯 아파오는 것일 것이다. 유미를 보내줘야만 할 것 같아서.

"하하…… 추, 축하해 줘야…… 겠지."

이겸은 자꾸만 어색한 웃음이 터져 나와 주체가 되지 않았다. 유미가 다른 남자와 나란히 커플룩을 입고 제 눈앞에 나타나는 날이 다 있을 줄이야. 바로 얼마 전까지 저 좋다고 목을 매던 유미가 이제는 완전히 다른 남자의 여자가 되어 있단 사실을 이겸은 도무지 믿어지지가 않았다.

"그래주면 고맙고. 아니어도 괜찮아."

한 번 입을 떼기가 어렵지, 거짓말을 시작한 유미의 입은 요망하게도 또 다른 거짓말을 쏟아냈다. 유미는 이겸에게 조금 미안하기도 했고, 여태 그에게 농락당한 것을 생각하면 속이 시원하기도 했다. 이제야 시윤이 말했던 '작전'의 의미가 무엇인지 알 것도 같았다. 유미 그 자신의 변화가 곧 이겸의 변화라는 것을 알려주고 싶었던 게 분명했다.

한편, 이겸은 '축하한다'는 그 흔한 한 마디를 못 해서 입술만 잘근 거리고 깨물었다. 아니, 못 하는 게 아니라 안 하는 거였다. 그는 도저히 웃으며 축하해 줄 수가 없었다. 유미가 시윤의 손을 잡는 것도 싫었다. 시윤을 향해서 보조개를 쏙 집어넣고 예쁘게 웃어주는 것도 싫었다. 그 웃음을 누군가와 공유하는 것이 싫었다.

"공유미. 내가 계속 너한테 말하고 싶었던 게 있었는데, 계속 못 한 말이 있거든?"

언제부터라고 단정 짓기 어려울 정도로 아주 먼 시간부터였다. 그 높이를 감히 가늠하기도 어려울 만큼 스스로가 높이 쌓아놓은 벽에 가로막혀서 말하고 싶어도 차마 하지 못한 것이기도 했다. 유미가 미친 듯이 고백을 하고, 들이대도 올곧은 신념으로 외면하면 괜찮을 줄 알았다. 유미도, 그리고 저도 포기가 될 거라 생각했다. 그런데 사람은, 그리고 마음은 쉽게 변하지 않는다는 걸 유미를 통해 뼈저리게 느낄 수 있었다.

이걸 깨닫고 인정하는 데까지 참 많은 시간이 걸렸다. 누군가 말하기를, 남의 상처가 아무리 크다 할지라도 제 상처가 더 커 보이는 건 어쩔 수 없는 거라고 했다. 그 커다란 상처를 뛰어넘을 만큼.

'나는 너를 사랑해…….'

설사 아파도, 괴로움에 몸서리칠지언정.

'나는 괜찮아…… 유미야.'

기억하고 싶지도, 떠올리고 싶지도 않은 기억이 불현듯 이겸의 뇌리를 스쳐 지나갔다. 그는 또 같은 상황이 반복될까 봐, 두려웠다. 또다시 감정의 굴레에 갇혀 아프기만 하는 것이 싫었다.

"……못 한 말이 뭔데?"

한참이 지나도 그의 입술을 움직이지 못했다. 이겸은 허공에 시선을 던져 놓은 채로 멍했다. 그런 그를 바라보는 유미의 눈빛이 흔들렸다.

"내가 못 한 말은……."

진작 말했어야 했다는 걸 잘 알고 있다. 이겸은 저로 인해 유미가 많이 아팠다는 것 또한 아주 잘 알았다. 왜 이제 와서 이러는 거냐고 유미가 저를 때리고 욕해도 할 말이 없다는 것도 안다. 때리면 기꺼이 맞을 테고, 욕을 하면 그 또한 겸허히 받아들일 것이다. 그렇게 해서라도 되돌릴 수만 있다면 말이다.

"내가 못 한 말은 있지……."

꿈에서만 상상하던 상황이었다. 현실에서 이 말을 자신이 유미에게 하리라고는 꿈도 꾸지 않았다. 오래 숨겨둔 말인 만큼, 쉽사리 입이 떨어지지 않았다. 또 이겸은 문득 이것마저 이기적인 건 아닐까 하는 생각이 들어서 더욱 그랬던 것 같았다. 유미는 그에게 빨리 말하라며 으름장을 놓지 않았다. 그저 그를 빤히 바라보며 말없이 기다려 주었다.

"지금 너…… 행복해?"

이겸은 유미가 행복하다면, 제 고백이 그녀에게 짐이 될 수 있을 터였다. 행복을 빌어주지는 못하더라도, 그녀에게 짐이 되진 말아야지. 자신의 마음 편하자고 유미의 마음을 더 이상 아프게는 하지 말자고 다짐했다.

"으, 응?"

"행복해, 지금?"

유미가 행복하다면 굳이 그 행복을 깰 필요는 없다. 마음을 숨기는 건, 이겸에게 있어서 너무나도 쉬운 일이니까. 어쩌면…… 아주 어쩌면, 유미에게 있어 자신은 여전히 잊고 싶은 '기억'일지도 모르니까.

"행복……. 그전에 너부터 해. 말하려던 거, 네가 못 한 말…… 그거부터 해. 계속 기다리고 있었잖아."

유미는 너무나도 궁금했다. 아무리 꿰뚫어보려 해도 보이지 않던 신이겸의 진심이.

"계속 기다리고 있잖아."

이겸의 맥박은 평소보다 더 빨리 뛰었고, 입술을 바짝 말라 건조해졌다. 그리고 이내 결심한 듯.

"실은 내가 너를……"

"이겸아, 여기 있었어? 한참 찾았잖아."

지원은 아까와는 다른 디자인의 촬영 의상을 입었다. 분홍색의 하늘하늘한 시폰원피스였는데, 지원의 청순함을 더욱 극대화시켜 주는 아이템이었다. 지원이 이겸과 유미가 앉아 있는 벤치 쪽으로 걸어왔다.

'타이밍 한번 죽이네.'

이겸은 자신이 마음만 먹으면 유미에게 다가가는 건 쉬운 일일 거라 여겼다. 그게 얼마나 오만한 착각이었는지는 최근에 알게 된 사실이지만 말이다. 결국 또 이렇게 진심이 묻히고 마는구나 싶었다. 이겸은 답답함에 마른세수를 하며 고백을 방해한 지원을 노려보았다. 그런다고 눈치껏 피해줄 지원이 아닐 테지만.

"뭐야. 아까는 '혹' 안 달고 왔다더니, 같이 있었네?"

지원은 이겸과 멀찌감치 떨어져 벤치에 앉아 있는 유미를 보며 황당한 표정을 지었다.

"내가 '혹'이야?"

저를 '혹'이라고 칭하는 지원을 보며 유미는 한껏 기분 나쁜 표정을 지었다.

이겸은 여전히 초조했다. 이대로 멈출 수 없었다. 이대로 끝낼 수는 없었다. 이대로 그녀의 가슴 아픈 첫사랑으로 묻히고 싶지 않았다. 대뜸 몸을 일으킨 이겸이 유미를 향해 외쳤다.

"공유미. 다른 데로 가서 못 한 이야기를 마저 하는 게 좋겠어……"

이왕 마음먹은 이상 끝을 맺어야 될 것 같았다. 그렇지 않으면, 밀려드는 후회로 고통받을 것 같아서였다. 이겸이 자리에서 일어나 유미에게 말을 한 것이 무색하게, 아이스크림을 손에 들고 온 시윤까지 합세했다.

'둘만 있기 이렇게 힘들어서야.'

기분 탓이겠지만, 마치 하늘이 자신의 고백을 방해하기라도 하는 것만 같았다. 시간이 지나면 더 어려워질지도 모르는데. 이겸의 입에선 크고 긴 한숨이 흘러나왔다.

"오늘 내 촬영 보조해 주러 왔으면서, 계속 여기 있을 거야? 응? 이겸아."

콧소리를 잔뜩 섞어 온갖 애교는 다 부리는 지원을 이겸은 매우 서늘한 표정으로 바라보았다.

'코에 힘이나 좀 빼고 말하지.'

차마 겉으로 티는 내지 못하고, 이겸은 속으로 혀를 끌끌 찼다.

"못 한 이야기는 조금만 있다가 다시……."

이겸이 유미를 향해 무어라 이야기를 하려 했지만, 지원은 보란 듯이 이겸의 팔에 제 팔을 끼워 넣어 팔짱을 꼈다.

"이것 좀 놔봐."

이겸은 가뜩이나 더워 죽겠는데, 엉겨 붙는 지원이 성가셨다. 정확하게는, 극적인 순간을 방해한 지원이 싫었다. 그렇다고 지원에게 함부로 할 수 없었던 건, 자신이 숨기고 싶어 하던 비밀을 함구해 주고 있기 때문일 것이다.

"얼른 가자."

마지못해 지원을 따라나서면서도 이겸의 검푸른 눈동자는 유미에게로 향했다. 유미의 시선도 이겸을 좇았지만, 그는 결국 제 눈앞에서 완전히 사라져 버렸다.

해가 지기 직전. 석양으로 물든 대지가 온통 붉은빛을 띠었다. 해변에서의 촬영을 끝내고 난 뒤, 속초 P호텔 프라이빗 수영장으로 이동해 마지막 촬영을 진행했다. 섹시한 호피 무늬 비키니를 입은 지원의 몸은 보는 이로 하여금 감탄을 자아내게 만들었다. 청순한 얼굴에 반전 몸매라고 해도 과언이 아니었다. 수영장 옆 카페테리아에 자리를 잡고 앉은 유미는 망고 스무디를 홀짝이며 촬영에 임하는 지원을 뚫어져라 쳐다보았다.

"시윤 씨가 보기에도 김지원, 예쁘지?"

지원에게 시선을 꽂고, 입만 벙긋거리는 유미의 모습을 턱을 괸 채 흐뭇하게 바라보고 있던 시윤은 그녀의 시선이 향한 곳으로 눈을 돌렸다.

"객관적으로는 예쁜 축에 속하죠. 제 타입은 아니지만."

유미는 아랫입술을 살짝 내밀고 시큰둥하게 대답했다.

"김지원 싫어하는 남자도 있어? 저 몸매 좀 봐봐. 죽이지 않니?"

시윤은 난데없이 지원의 몸매를 보고 감탄하는 유미의 엉뚱함이 신기했다.

"죽이면 뭐 해요. 내 여자도 아닌데."

시윤이 금세 다시 유미를 바라보며 배시시 웃었다.

"내가 저런 매력적인 얼굴과 완벽한 몸매를 가지는 방법은 단 하나밖에 없어."

"성형 수술? 아니면 전신 성형?"

성형 수술이야 그렇다 쳐도 전신 성형까지 해야 지원을 따라갈 수 있단 사실이 현실로 다가오자 유미는 때아닌 좌절감에 몸서리쳐야 했다.

"아니, 다시 태어나는 것."

진지한 얼굴로 하는 유미의 말이 웃겼는지, 시윤이 푸스스 소리를 내며 웃었다.

"이것만 마시고 가자, 시윤 씨."

"벌써요? 아직 안 끝난 것 같은데 조금만 더 보고 가지 그래요?"

시윤은 아까 바닷가에서 자신이 아이스크림을 사러 다녀오겠다며 자리를 비웠을 때 이겸이 유미에게 무슨 이야기든 했을 거라 생각했다.

'아무 얘기 안 한 것 같네. 저렇게 소극적으로 나오는 걸 보면……'

멍석을 깔아줘도 못 하는 바보들. 그러니 이렇게 오랜 시간이 지나도록 서로의 마음 하나 들여다보질 못하고 제자리걸음이지 싶었다. 오랜 시간 함께 지내오며 너무도 익숙해진 탓일까? 시윤은 분명 그들 관계의 진전이 없는 데에는 이유가 있을 것 같은 생각이 들었다. 지원에게만 향해 있던 유미의 시선이, 촬영 위치와 조금 떨어진 파라솔 아래 의자 깊숙이 허리를 기대고 앉아 있는 이겸에게 돌아갔다.

'이겸이가 아까 하려고 했던 말이 뭘까?'

갑작스러운 지원의 등장만 아니었다면, 확실히 들을 수 있었을 텐데. 이겸에게 과하게 엉겨 붙는 지원의 모습으로 생각해 보자면, 둘의 관계가 진전이 되었을 수도 있다.

'둘이 그렇게 친했었나. 하긴 전부터 친하긴 했지만, 그래도 그렇게 자연스럽게 스킨십을 한 적은 없었던 것 같은데……'

속 시원히 이겸의 말을 듣지 못한 까닭에 유미의 머릿속은 온갖 추측이 난무했다.

'혹시 김지원과 뭔가 잘되어가고 있다거나, 그런 말을 하려고 한 걸까?'

생각이 거기에 미치자, 유미는 덜컥 겁이 나기 시작했다.

"이 정도면 됐어."

그게 무슨 말이 됐든, 유미는 이겸의 진심을 들을 자신이 없었다.

"되긴 뭘 돼요. '작전'은 아직 제대로 개시도 못 했는데."

이대로 가버린다면 시간을 내어 여기까지 이겸을 따라온 보람이 없었다.

"애초에 올 필요도 없었는데, 내 생각이 짧았어. 그래도 덕분에 힐링 됐어. 예쁜 바다도 보고, 바람도 쐬고."

유미는 여기에 더 있어봐야 속 쓰린 일만 생길 것 같았다. 햇살보다 더 눈부신 지원을 바라보는 유미의 눈빛은 부러움과 질투로 뒤섞여 깊어졌다.

붉게 물든 노을은 어느새 수평선 너머로 자취를 감추었다. 아직 하늘이 어두워지기 직전이었지만, 프라이빗 수영장을 중심으로 밝은 조명이 들어왔다.

"이제 정말 가자. 다 끝났잖아……."

연신 가자고 보채는 유미를 억지로 붙잡아둔 건, 다름 아닌 시윤이었다.

"어허. 끝날 때까지 끝난 게 아니다. 몰라요?"

남은 촬영을 모두 끝낸 지원에게 코디로 보이는 여자가 황급히 달려가 지원의 몸만 한 커다란 타월을 그녀의 어깨에 둘러주었다. 타월을 두른 지원은 뭐가 그렇게 즐거운지 코디와 하하 호호 웃으며 대화를 나눴다. 오늘 촬영이 몹시 흡족했는지, 서 감독은 아주 흐뭇한 미소를 지으며 지원에게 다가갔다.

"지원 씨! 오늘 촬영 아주 좋았어요. 날씨도 딱 좋고, 모델도 좋고."

"감사합니다, 감독님."

지원은 싱그러운 미소를 지으며 눈웃음을 쳤다.

"아까 말한 뒤풀이, 올 거죠? 와라, 지원 씨."

분명 확실한 거절의 의사를 밝혔음에도 불구하고, 또 묻는 건 예의에 어긋나는 것임을 서 감독은 알까?

"안 돼요. 매니저가 알면 혼낼걸요."

지원은 뭔가 댈 만한 괜찮은 핑곗거리를 찾다가, 오늘 동행하지 않은 자신의 매니저 핑계를 댔다.

"오늘 뒤풀이에 지원 씨 온다고 스태프들한테 다 얘기해 놨단 말이에요. 이렇게 딱 잘라 거절해 버리면 내 체면이 뭐가 돼."

남의 체면이야 어찌 됐건, 지원은 이런 귀찮고 곤란한 부탁을 하는 것은 딱 질색이었다.

"죄송하지만, 힘들 것 같아요."

"한 번만요. 응?"

지원은 애원하듯 나이에 맞지 않은 콧소리를 흘리는 서 감독의 모습이 어딘지 모르게 추해 보여 입안으로 티 나지 않게 혀를 찼다.

"정말 죄송합니다."

지원은 고개를 까딱 숙여 제 딴엔 성의 있는 사과를 건넸다.

"잠깐 왔다 가는 게 그렇게 힘들어? 지원 씨 소문 안 좋은 거 알고는 있었지만, 이렇게 사람이 팍팍하게 굴 줄 몰랐는데?"

촬영 감독들이 연예인들 우습게 아는 거야 더러 있는 일이었지만, 지원에게 대놓고 이렇게 불편한 심기를 드러내는 사람은 극히 드물었다. 허리께에 양손을 올리고 협박조로 말하는 서 감독을 보는 지원의 눈빛이 순식간에 싸늘하게 식었다.

"제가 뭘요?"

그 목소리마저 얼음장같이 차가웠다.

"사람이 그럼 못써. 오늘 지원 씨 하나 보고 고생한 스태프들 사기 충전도 해주고 해야 할 것 아니야."

말이 좋아 사기 충전이지, 자기 체면 세워주기 용으로 거기에 얼굴 비춰달라는 소리 아닌가?

"서로 돈 받고 하는 일인데, 왜 저한테 그런 걸 시키시는 건데요? 웃겨 정말."

"뭐? 지금 말 다 했어? 지원 씨, 요즘 이 바닥 인성이 얼마나 중요한지 모르고 이래?"

지원의 인생 모토가 '마이 웨이'였다. 고작해야 잠깐 살다 갈 인생에 남의 눈치 봐가면서 살아갈 이유가 뭐 있나? 당장 내일 불의의 사고를 당해 죽을 수도 있는데 말이다. 대화를 나눌 때도 상대방이 무슨 반응을 보일까 고민하며 하고 싶은 말을 하지 못하는 게 싫다. 저 하나만 생각해도 머리가 터질 것만 같이 복잡한 인생이건만, 꼭 타인의 눈치까지 봐가며 살아야 하는 건가? 더불어 살아가는 사회? 그래봐야 남 험담이나 하는 관계에 의의를 두지 않는 것이 지원이 삶을 심플하게 살아가는 방식이었다.

"그걸 제가 왜 알아야 하는데요? 저 그런 거 없어도 이 바닥에서 잘 살아남았거든요?"

서 감독과 지원의 대화는 어느새 말싸움으로 변질되었다. 둘의 언성이 높아지자 장비를 정리하고 있던 스태프들이 하나둘씩, 나서서 말리기 시작했다.

"그런 인성 가지고 참 오래 버티겠다."

"지금 저한테 뭐라고 하셨어요? 서 감독님이야말로 그 인성으로 참 오래도 버티시겠어요?"

"뭐? 지금 말 다했어?"

서 감독은 흥분에 끓어오르는 감정을 주체하지 못하고 지원의 맨

어깨를 검지로 툭 밀었다.

"허! 쳤어?"

악에 받친 지원은 턱을 바짝 추켜세우고 서 감독에게 대들었다.

"그래! 쳤다! 왜?"

"나도 쳐요?"

지원은 그를 향해 한껏 무서운 표정을 지어 보였다.

"쳐! 치라고!"

옥신각신. 뜯어말리는 스태프들을 밀쳐 낸 서 감독이 힘 조절을 하지 못하고 지원의 어깨를 세게 밀어버렸다.

"아!"

서 감독의 완력에 지원의 가느다란 몸이 휘청였다. 중심을 잡지 못하고 기울기 시작한 지원은 그대로 물속으로 빨려들 듯 사라졌다.

풍덩. 수영장 물이 사방으로 튀었다. 지원이 빠진 곳을 중심으로 잔잔하던 수면에 커다란 파장이 일었다. 그녀가 덮고 있던 타월이 물 위로 둥둥 떠올랐다. 그곳에 있던 사람들 모두 잠시 시간이 정지된 듯, 정적이 흘렀다.

"어떡해! 빠졌어!"

어딘가에서 터져 나온 짧은 비명 소리가 멈춘 시간을 다시 가게 만들었다. 촬영 때문에 수영장을 통째로 대여한 상황이라, 수영장을 지키는 안전 요원도 자리를 비운 상태였다.

"어머, 어떡해, 어떡해!"

여기저기서 어떻게 하냐는 높은 목소리만 새어 나올 뿐 누구 하나 나서서 지원을 구하러 뛰어드는 이는 없었다. 발만 동동 구른다고 일이 해결되는 것도 아닌데 말이다.

"젠장."

잠시 한눈을 팔고 있다가, 지원이 물에 빠지는 모습을 발견한 이겸은 짧은 욕설과 함께 그대로 수영장 안으로 뛰어들었다. 상황을 지켜보고 있던 유미와 시윤 또한 카페테리아에서 한달음에 달려 나온 상태였다.

호텔 수영장답지 않게 그 깊이가 꽤 깊었다. 이겸은 아래로 가라앉고 있는 지원의 목을 끌어안았다. 수면 위로 모습을 드러낸 이겸과 지원의 모습에 주변인들은 그제야 짧은 탄식을 쏟아냈다. 차가운 수영장 타일 위에 누운 지원은 의식이 없는 듯 축 늘어졌다.

"거기, 노란 옷 입은 분, 119에 전화 좀 부탁드립니다. 호텔에도 알려주시구요."

이겸은 주변을 빠르게 둘러본 다음, 가장 믿음직해 보이는 여자 한 명에게 말한 뒤, 지원의 뺨을 세차게 내려쳤다.

"야! 김지원! 정신 좀 차려봐."

지원은 조금의 미동도 없이 이겸이 내치는 대로 속절없이 흔들렸다.

'뭐야. 왜 이러는데.'

이겸은 당황한 듯 젖은 제 머리카락을 쓸어 넘기고, 지원의 심장에 귀를 가져다 댔다. 다행히 심장은 제 기능을 유지하고 있었다.

"이, 인공호흡 해야 하는 거 아니에요?"

옆에서 다급하게 외치는 목소리에 이겸의 눈매가 매섭게 번뜩였다.

"할 줄 알면 와서 좀 해봐요."

이겸은 여태 가만히 방관만 하고 있던 사람들이 이제 와 자신에게 이래라저래라 하는 것이 마음에 들지 않았다.

"저는 인공호흡 못하는데요."

주위를 둘러봐도 누구 하나 나서는 이가 없다. 사람들이 이렇게 무섭다. 잘못될 일에 선뜻 나서지 못한다. 지원이 제 가족이나, 친한 친구였으면 어떻게든 나서려고 했을 테지만 남의 일에 방관하듯 구는 건 인간의 습성 같은 것일까?

낮게 한숨을 몰아쉰 이겸은 어쩔 수 없다는 듯, 지원의 고개를 뒤로 젖혔다. 지원에게 인공호흡을 하고자 고개를 아래로 내리는 이겸에게 누군가 소리쳤다.

"잠깐! 잠깐! 나 할 줄 알아요! 나! 나!"

다급하게 앞으로 튀어나오며 소리친 사람은 다름 아닌 유미였다.

"내가 할게. 저리 비켜!"

유미는 이겸을 짐짝 밀어내듯 옆으로 몰아냈다.

"뭐야, 너…… 괜찮겠어?"

당황한 이겸이 유미를 향해 떨리는 목소릴 냈다.

"옆으로 떨어져!"

유미는 이겸이 방금 했던 그대로 지원의 코를 막았다. 한시가 급한 상황임을 알지만, 망설여지는 것은 어쩔 수 없는 것이었다.

'딱 한 번인데, 뭐 어때.'

유미는 두 눈을 질끈 감고, 지원의 입술에 제 입술을 가져갔다. 그리고 있는 힘껏 지원에게 제 호흡을 불어 넣었다. 유미가 숨을 불어 넣자 지원의 가슴이 아주 살짝 오르내렸다.

'눈 떠, 김지원……'

한 번으로는 부족했는지, 지원은 여전히 미동도 없었다. 유미가 또다시 숨을 불어 넣자, 늘어진 그녀의 몸이 살짝 경련하듯 떨렸다. 그리고 유미가 세 번째 숨을 불어 넣고 나니, 마침내 지원이 물을 뱉어 내며 컥컥거렸다. 잘못되면 어쩌나 노심초사했던 것과 달리, 그녀는 금세 의식을 되찾았다. 촉촉이 젖은 지원의 두 눈이 파르르 떨리다가 이내 열렸다. 허옇게 흐리기만 한 지원의 시야에 들어온 것은 꽤 익숙한 실루엣이었다.

"흐으."

코가 매웠는지 괴로운 신음 소리를 흘리던 지원은 몸을 일으켜 보려 했다. 지원의 팔뚝을 부축한 건 예상 외로 고운 손이었다. 흐렸던 시야가 원상 복구되기 시작한 모양인지 지원의 눈동자에 초점이 맞춰졌다.

"엄마야!"

제 바로 옆에 걱정스러운 얼굴을 하고 있는 유미를 발견한 지원의 몸이 들썩였다.

"악!"

저를 보고 소리치는 지원의 반응에 놀라 유미도 덩달아 소리쳤다.

"뭐야…… 너?"

기껏 살려났더니, 한다는 소리가 이런 것이다. 유미는 눈을 덮을 만큼 긴 앞머리를 옆으로 넘기며 황당한 표정을 지었다.

"너님 살려주신 분이요."

지원의 눈동자가 사정없이 흔들리기 시작했다.

'이거, 뭐야? 물에 빠진 것까지는 기억이 나는데……. 대체 상황이 어떻게 돌아가고 있었던 거야?'

그때, 지원의 시야에 유미의 뒤로 흠뻑 젖은 채 멀뚱멀뚱 서 있는 이겸이 들어왔다. 눈치 빠른 지원은 자신을 구해준 것이 이겸이라는 것을 금방 알아차렸다.

'근데, 얜…… 뭐야?'

이겸이 저를 구해줬다면, 제 옆에 있는 사람도 이겸이어야 하는데.

'잠깐잠깐, 날 살려준 사람이 자기란 말뜻은, 설마……!'

혼돈의 늪에 빠진 듯 지원은 반쯤 얼이 나갔다.

"너, 설마……."

지원은 촉촉하게 습기를 머금은 채 빛나고 있는 제 입술을 손등으로 슥, 비벼 닦으며 말을 덧붙였다.

"……아니지?"

유미는 한쪽 입꼬리를 비틀어 올려 웃었다.

"왜 아닐 거라 생각해?"

순식간에 살갗에 오소소 소름이 돋아났다. 몸을 세워 앉은 지원은 뭐 이런 일이 다 있냐는 황당한 표정을 지었다.

"이거 실화야?"

혹시 하고 의심하던 상황이 진실로 다가온 순간이었다. 지원이 새파랗게 질린 얼굴을 하고 물었다.

"보다시피."

한껏 여유로운 미소를 지어 보이며 어깨를 으쓱 들어 올리는 유미의 표정에는 승리감이 깃들어 있었다.

"무슨 이런 일이 다 있어. 왜 너야! 왜 하필 너야!"

지원은 완전히 풀린 눈을 하고 무어라 혼잣말을 중얼거리며, 완전히 젖어 축 늘어진 제 머리를 쥐어뜯었다.

조금 떨어져 서 있던 시윤이 겨우 정신을 차리고, 흥미로운 표정으로 지원을 바라보고 있는 유미의 앞으로 한 발자국 다가섰다.

"주임님……."

"어?"

유미는 목소리가 나는 쪽으로 고개를 돌렸다.

"방금 그거……."

말을 제대로 잇지 못하고 아직도 믿기 힘든 듯 벙쪄 있는 시윤을 보며 유미가 어색하게 입꼬리를 밀어 올려 웃어 보였다.

"시윤 씨, 학교 다닐 때 그…… 위급 상황 대비 훈련 같은 거 해봤지? 나 그때 인공호흡 되게 잘한다고 선생님께 칭찬을 받은 적이 있어!"

유미는 시윤이 혹시라도 이상한 오해를 할까 싶어 황급히 변명해야 했다. 무슨 논리인지는 모르겠으나, 일단 변명부터 하고 봐야 했다. 분주하게 장비 정리를 시작한 사람들의 소음 사이로 유미의 목소리가 새어 나왔다.

"그런데요?"

시윤은 이상한 말을 쏟아내는 유미를 의아한 표정으로 보았다.

"오지랖도 태평양급이야, 내가."

이쯤 되니 변명하는 수준도 태평양급인가 싶었다.

"그래서요?"

"신 대리님은 학교 다닐 때 그런 소리 못 들어봤을걸? 우리 학교에서 인공호흡은 내가 최고였어."

시윤은 같잖은 이유를 들어 변명하는 유미를 보며 느릿하게 고개를 끄덕이는 것으로 대신 답했다.

"사람 살리는 게 우선이잖아. 응? 아무래도 방금 전은 지극히 위급한 상황이었으니까, 조금 더 잘하는 사람이 나서는 게 옳았어!"

연신 고개를 끄덕이며 알아들었다고 하는 시윤을 보고서도, 유미는 어쩐지 마음 한구석이 찝찝해 견딜 수가 없었다.

"이상한 오해는 말아줘……."

결국 하고 싶은 말은 오해하지 말라는 거였는데, 왜 그리도 쓸데없는 말들을 덧붙여 스스로를 더 이상한 사람으로 몰았을까.

'창피하다.'

유미는 이겸과 지원이 인공호흡이라는 위급 상황을 가장해 입을 맞추는 걸 보고 싶지 않아서 자신이 나섰다는 소리는 하고 싶지 않았다. 그래서 그걸 빙빙 돌려 이런 식의 변명을 했던 것이다. 유미는 다른 쪽의 오해를 하지 말라고 한 거였지만, 시윤은 유미가 이겸을 의식해 한 행동임을 이미 잘 알았다. 과한 부정은 강한 긍정인데, 그런 유미를 가만히 보고 있자니 어쩐지 기분이 별로였다.

"그럼…… 저도 물에 좀 빠져 봐야겠어요."

"응? 왜?"

"둘째가라면 서러울 우리 오지라퍼 공 주임님 인공호흡 좀 받아보게요."

시윤의 얼굴에 음흉한 미소가 흘러나왔다.

"뭐어? 시윤 씨! 농담이라도 그런 말 하지 마!"

딴에는 잔뜩 긴장해 주절주절 변명만 늘어놓는 유미의 관심을 돌리기 위해 장난스럽게 던진 말이었다는 걸, 그녀는 알까? 시윤은 유미를 향해 어색한 웃음을 지어 보였다.

대충 정리를 끝내고 철수하는 촬영팀 속에서 지원은 여전히 괴로운 표정을 하고 썬베드에 몸을 기대고 있었다.

"병원에 안 가봐도 괜찮아? 아직도 안 좋아?"

지원은 서 감독에게 사과를 받을 요량으로 여태껏 자리를 지키고 앉아 있었음에도 불구하고 코빼기도 비치지 않는 그에게 화가 나서 이를 갈았다. 그런 지원을 걱정해 질문을 던진 건 유미였다.

"괜찮아."

"매니저는 어디가고 혼자 있어?"

"내가 이겸이 부른 이유가 뭔데. 매니저 오빠 휴가라서 보조 좀 해

달라고 부른 거잖아."

"코디는?"

"옷 좀 가져 오라고 시켰어."

촬영팀이 사라지기가 무섭게 지원이 몸을 일으키며 낮은 한숨을 쉬었다.

"그래? 여배우 체면에 수족도 없이 곤란하게 됐네. 그러지 말고 잠깐 의무실이라도 가보자."

"거긴 가서 뭐하게. 괜히 이상한 소문만 퍼져. 싫어."

걱정이 되어서 말하는 유미의 말을 지원은 제법 까칠한 말투로 되받아쳤다.

"혹시 모르잖아. 근데 또 이렇게 보니까 괜찮아 보이긴 하네. 죽다 살아 난 것치고 입은 여전한 걸 보니."

겉으론 괜찮은 척하지만, 지원의 입술은 본래의 붉은 기를 잃고 파랗게 변해 있었다.

"뭐어?"

"괜히 고집 부리지 말고 따라와. 얘는 잘못될 뻔했다는 거 거짓말인 줄 아나 봐."

유미가 지원의 팔을 끌어 일으켜 세웠다. 그러고는 테이블 위에 놓인 커다란 타월을 그녀의 어깨에 둘러주었다.

"아이, 이것 좀 놓고 말해."

말은 그렇게 해도 못 이기는 척 자기가 하자는 대로 잠자코 있는 걸 보니, 지원도 이겸과 같은 츤데레 과가 아닌가 싶어 유미는 픽 웃음을 흘렸다.

"내가 업긴 좀 그렇고, 시윤 씨가 얘 좀 업을래?"

"제가요? 신 대리님도 계시잖아요."

"앤 안 돼. 보기엔 이래도 하체가 부실해. 그리고 이렇게 흠뻑 젖었잖아. 안 돼, 안 돼."

베드 옆 테이블 의자에 비스듬히 기대어 앉아 수건으로 머리를 털고 있던 이겸은 난데없이 날아든 유미의 말에 '허' 하고 코웃음을 쳤다.

"내 하체에 대해서 뭘 안다고 그래? 김지원 정도는 나도 업을 수 있어!"

"그래, 잘됐다. 그럼 이겸이 네가……."

지원이 기회를 잡은 듯 나서보았지만 약삭빠른 유미에게 당해낼 재간이 없었다.

"일단, 시윤 씨가 좀 업어보자. 빨리! 애 잘못되면 어떻게 해."

유미를 제외한 세 명의 표정이 모두 똑같이 황당함으로 물들었다.

"공유미야. 너 왜 이렇게 호들갑을 떨고 그래? 나 그냥 걸어갈게. 여배우 체면이 있지."

방금 전까진 이겸이 업어줄 듯한 뉘앙스가 풍기니까 잘됐다고 했으면서. 유미는 여우 같이 구는 지원을 게슴츠레한 눈을 하고 노려보았다.

"일단 업혀요."

시윤은 유미의 닦달에 못 이겨 마지못해 지원을 제 등에 업었다. 대충 근처 바닥에 널브러진 수건 하나를 집어 든 이겸이 이번엔 제 옷에 묻은 물기를 털어냈다.

"여벌 옷은 있어?"

급하게 시윤의 뒤를 따라가려던 유미가 멈춰 서서 이겸에게 물었다.

"있어."

유미는 그제야 이겸이 출장을 온 사실을 자각했다.

"아아, 그럼 옷 갈아입고 와. 의무실에 가 있을게."

"알았어."

이겸은 종종걸음으로 시윤의 뒤를 따라나서는 유미를 깊은 눈으로 응시했다.

호텔 의무실 근처에 다다랐을 무렵, 유미의 배에서 갑자기 꼬르륵하는 신호가 들려왔다.

'이런, 제길! 이런 상황에서 신호가 오면 어쩌잔 거야!'

무려 나흘간 장에 가득 차 있던 녀석들이 유미의 장 속에서 트위스트라도 추고 있는 모양이었다.

"하······ 시윤 씨. 나 갑자기 화장실이 급해. 일단 지원이 좀 데리고 의무실에 가 있어! 금방 따라갈게."

"저 혼자요?"

유미는 당황한 듯 목소리를 높이는 시윤의 팔뚝을 아프지 않게 살짝 내려쳤다.

"그 나이에 낯가리긴. 지원이 착해."

"공유미야. 나 여기 있다? 사람 앞에 두고 그런 소리 하면 안 민망하니?"

시윤의 뒤에 업혀 있던 지원은 윗입술을 뒤집어 까며 황당한 어투로 말했다.

"이상한 소린 안 했잖아."

보조개를 쏙 집어넣고 해사한 미소를 짓는 유미는 누구도 미워할 수 없었다.

"금방 오시는 거죠?"

시윤이 마지못해 유미에게 물었다.

"금방 와야 돼, 너."

거기에 지원까지 합세해 유미에게 확답을 받아내려 했다.

'거참, 잠깐 화장실 좀 다녀오겠다니까. 왜들 그러시나.'

시윤은 떨떠름한 표정을 하고 제 등에 업힌 지원을 한 번 위로 올려 자세를 고쳤다.

"금방 가. 급한 불만 끄고 갈게!"

다급하게 화장실로 뛰어 들어가 변기에 앉은 유미는 얼마 지나지 않아 금세 시원한 표정을 지었다.

'어휴. 새로운 곳에 가면 잘 안 나오는데. 오늘따라 대단하네.'

유미는 아마 살이 1킬로 이상은 빠졌을 거라 생각하며 한결 개운한 표정을 지었다.

"똥만 안 차도 다이어트는 필요 없을 텐데!"

유미가 완전히 비워진 제 배를 탁탁 두드리자, 통통거리는 소리가 났다. 터덜터덜 의무실 앞으로 걸어가던 유미는 복도에 서 있는 이겸을 발견하고는 반가운 얼굴을 했다.

"옷 갈아입었네? 안에는 들어가 봤어?"

이겸은 옷만 갈아입고 머리는 말리지 않았는지 아직도 머리카락 여기저기 드문드문 물기가 남아 있었다.

"응. 약 먹고 잠깐 쉬라고 했대."

이겸은 무감한 어투로 유미의 질문에 답했다.

"시윤 씬? 안에 있어?"

"아니. 김지원 코디 찾으러 갔어. 갈아입을 옷이 필요해서."

유미는 몹시 놀란 표정을 지었다.

"으잉? 시윤 씨가? 둘이 친하지도 않은데, 네가 가지 그랬어……."

"내가 시켰어. 나 대신 좀 가라고."

"왜?"

"너한테 아까 못 한 말 하려고."

"……어?"

아까 못 한 말이라면 해변에서 계속 말하고 싶었는데 말하지 못한 게 있다고 했던 걸 말하는 모양이었다.

"아…… 해! 아까 못 한 말이 뭔데?"

머뭇거리는 이겸에게 유미가 목소리를 한껏 높였다.

"어디 조용한 데 가서 이야기했으면 하는데……."

"그냥 여기서 해도……."

무슨 이야기인데 이렇게까지 뜸을 들이는 걸까. 문득 꽤 중요한 이야기일 거란 생각이 들자 유미는 자기도 모르게 가슴이 세차게 뛰는 것을 느꼈다.

"방해받기 싫어."

유미의 말이 끝나기도 전에, 이겸은 매우 단호한 목소리로 말했다.

이겸의 말대로 조용한 곳을 찾아 다시 간 곳은 아까 시윤과 들렀던 카페테리아였다. 주문을 하고 커피가 나오기까지 둘 사이에 어색한 침묵이 흘렀다. 차가운 커피가 든 머그잔에 물기가 송골송골 맺혀 있었다. 유미가 머그잔을 만지자 그녀의 손끝에 물기가 옮겨 묻어 금세 축축해졌다.

"시윤 씨랑은, 사귀기로 한 거야?"

아주 긴 침묵 끝에 이겸이 먼저 입을 뗐다.

"아……."

유미는 전혀 예상하지 못한 질문에 당황한 듯, 눈을 끔뻑거렸다.

"맞아?"

이겸이 확인하듯 재차 물었다.

"아니. 그냥 어쩌다 보니 비슷한 옷을 입고 있었던 것뿐이야. 사귀는 사인, 아니야."

유미는 굳은 표정을 풀고 가볍게 웃음을 터뜨리며 시윤과의 관계를 부인했다.

"아…… 다행이다."

다행. 이겸의 입에서 나온 믿을 수 없는 단어에 유미는 흠칫 어깨를 떨었다.

"그게 무슨…… 뜻이야?"

"계속 말하려고 했어. 했는데 상황도 그렇고, 여러 가지가 안 맞아서……."

유미는 평소의 이겸답지 않게 말꼬리를 길게 늘이는 모습이 낯설게 느껴졌다.

"말해. 뭔데?"

"너를……."

이겸은 짙고도 깊은 시선을 한 채, 한동안 제 커피 잔에 시선을 고정시켰다.

"너를 많이……."

아, 숨넘어가겠다.

"아주 많이……."

빨리 좀 해.

"좋……."

유미는 마치 슬로 모션처럼 느리게 목소리를 흘려보내는 이겸의 입술만 바라보았다.

"아……."

"좋아한다고?"

유미는 결국 참지 못하고 먼저 터뜨렸다. 여전히 유미와 눈을 맞추지도 못하고, 이겸의 시선은 완전히 아래로 가라앉아 있었다. 그러고는 짧게 고개를 끄덕였다.

"허…… 대박."

혼잣말인지, 이겸에게 하는 말인지 모를 말이 제 의지와 상관없이 쏟아져 나왔다. 유미는 요즘 따라 꿈인 것 같은 상황이 참으로 많다고 생각했다.

"……왜?"

문득 드는 궁금증 하나. 왜 이제 와서? 그토록 오랜 시간을 외면해놓고선, 왜 이제 와서?

"대답해 봐. 왜?"

유미는 그 이유를 듣고 싶었다. 그의 입으로 직접.

"좋아하는 데, 이유가…… 어디 있어."

유미는 아주 오래전, 이겸에게 처음 고백을 하던 자신의 모습이 떠올랐다. 참 풋풋하고도 자신감 넘치던 순간이었는데. 그때부터 지금까지 단 한 번도, 살갑게 굴어주지 않던 이겸이었는데.

"……하아?"

"정말…… 이야."

이겸의 목울대가 얕게 출렁였다. 유미는 듣고도 믿을 수 없는 이 놀라운 상황을 어떻게 받아들여야 할지 몰라 난감했다. 받아줄 거면 진작 받아주든지. 사람 상처 줄 거 다 주고, 마음 돌아서게 만들어놓고 왜 이제 와서 고백을 해서 사람 심난하게 만드는데.

"저기, 내가…… 뭐라고 대답해야 해?"

유미는 미치도록 시리게 집착했던 지난 세월을 보상받는 고백을 들었다. 언젠가 이렇게 이겸이 고백하는 순간을 꿈꿔본 적이 있었다. 그 땐, 뛸 듯이 기뻐하고 이겸을 껴안고, 또 그의 입술에 당당하게 입을 맞추리라 다짐했었다. 한데 지금은 왜 그러지 못하는 걸까.

아마 그런 것 아닐까? 제발 1등이 되었으면 하고 로또를 샀다. 그리고, 로또 당첨 번호를 확인하는데 그 여섯 개의 숫자가 딱 들어맞았을 때. 심지어 보너스 번호까지 맞았을 때의 그 감정 말이다. 그 어떤 말로도 표현할 수 없는 그것. 숨이 멈춘 것처럼 제대로 된 호흡을 할 수 없었고, 마침내 뛰기 시작한 심장은 현저히 느리게 뛸 뿐 그 어떤 변화도 없었다. 마치 아주 느리게 흘러가는 시간 속에 갇혀 있는 느낌이 들었다.

"뭐라고 답해주길 바라고 한 말이 아니야."

순식간에 유미의 시야를 뿌옇게 만든 건, 아마도 눈물일 것이다.

흘러간 시간에 대한 아쉬움? 오랜 시간을 보상받게 되었다는 기쁨? 그것도 아니면, 이제 와서 제 마음에 대한 대답을 꺼내놓는 신이겸에 대한 원망? 복합적으로 들어찬 감정이 어우러져 눈물을 만들어 내고야 말았다.

"그럼, 뭣 때문에 이런 말을 해? 대답을 바란 것도 아닌데."

줄곧 아래로 떨어져 있던 이겸의 시선이 유미에게로 향했다.

"놓치고 싶지 않아서."

더 있다간 정말로 되돌릴 수 없게 되어버릴지도 모르니까. 이겸은 겉돌던 마음이 겨우 제자리를 찾아 돌아간 듯, 마음이 순식간에 편안해졌다.

그에 반해, 유미는 아득히 멀게 느껴지던 이겸과의 거리가 좁혀지자, 이상하게 그에게서 도망치고 싶다는 생각이 들었다. 불현듯 근원을 알 수 없는 기시감이 들었다. 그와 동시에 온 세포를 자극할 만큼 아찔한 순간이 떠올랐다.

'방금 그거, 뭐였지······.'

희뿌연 안개에 가려져 보이지 않던 기억의 조각. 잠시였지만, 짧게 토막 난 기억의 조각이 흐릿한 잔영처럼 스쳐 지나갔다. 찰나의 짧은 시간이었지만, 유미는 그 속에서 이겸을 보았다. 뭣 때문인지 순식간에 심장이 조여오듯이 아팠다. 이겸에게 물어보고 싶은 것들이 너무나도 많았다.

언제부터 자신을 좋아하는 감정이 들기 시작한 건지. 혹시 시윤을 향한 질투를 사랑으로 오해하고 있는 건 아닌지. 그것도 아니면, 흘러가듯 사라져 가는 자신의 마음이 아쉬워 그러는 건지. 자신이 그 마음을 받아들이면 앞으로 우리의 관계는 어떻게 되는 것인지. 궁금한 것들 투성인데 쉽게 입술이 떨어지지 않았다.

유미가 여러 가지를 고민하는 동안 심장을 죄던 통증은 금세 머리로 전이된 듯, 강력한 통증을 몰고 왔다. 어릴 때 겪은 사고 후 이따금씩 두통이 밀려들 때가 있었지만, 거의 잠깐씩 빈혈 증상처럼 어지럽다가 마는 경우가 대부분이었다.

"으으······."

그런데 이번엔 잠깐은커녕 그 통증이 점점 더 심해졌다. 갑작스레 잔뜩 인상을 쓰고 옅은 신음을 흘리는 유미를 보며, 이겸은 당황해 놀란 표정을 지었다.

"갑자기 왜 그래? 어디 아파?"

"자, 잠깐······."

잠깐 호흡을 가다듬으면 괜찮을 거라고. 그렇게 말하고 싶은데, 입술을 아무리 뻥긋거려 보아도 도통 목소리가 나오질 않았다. 그저 강한 아픔이 머리를 회오리처럼 휩쓸고 다니는 느낌이었다.

'이겸아. 나 왜 이러지?'

하고 싶은 말이…… 너무나도 많은데. 직접 듣고 싶은 말도 많은데. 왜 이렇게 몸에 힘이 들어가질 않는 걸까?

끝이 보이지 않는 깊은 바닷속으로 빠져드는 것만 같았다. 물속에서 숨을 제대로 쉴 수 없는 것처럼 누군가 폐부를 압박하고 있는 듯 호흡이 가빠졌다. 억지로 몸을 일으키려던 유미는 그대로 그 자리에 힘없이 픽 쓰러져 버렸다.

"공유미!"

이겸이 빠르게 손을 뻗어 쓰러지는 유미를 받아냈다. 제 손안에 완전히 정신을 놓아버린 유미를 본 순간, 이겸은 심장이 땅 끝으로 추락해 버리는 것만 같았다.

"정신 좀…… 차려봐, 유미야."

숨어봤자, 숨겨봤자 소용없다고 생각해서 겨우 용기 내서 한 고백이었다. 경직된 표정을 한 이겸이 입술을 세게 깨물었다. 피가 새어 나오는 줄도 모르고, 입술을 짓이기듯 깨물어보아도 제 심장을 파고드는 아픔의 상처는 도통 괜찮아질 기미가 보이지 않았다.

제5장.
말하지 못한 진심

유미는 코끝에 훅 끼쳐 드는 냄새에 눈살을 잔뜩 찌푸렸다. 한동안 지겹게 맡았던 소독약 냄새였다. 그리고 아직도 어디라고 꼭 찍어 말할 수 없는 머리 어느 부분에 미미하게 통증이 남아 있었다. 숨이 모자란 것도 아닌데, 숨을 크고 깊게 들이쉬고 내뱉어보았다. 그리고 눈을 떴을 때, 제일 먼저 보인 건 검은 머리카락이었다.

'이겸이구나⋯⋯.'

링거가 꽂혀 있지 않은 제 오른손을 꼭 붙잡고 잠들어 있는 이겸의 모습이 보였다. 유미는 자신이 어떻게 여기에 오게 되었는지, 또 얼마나 오래 이곳에 누워 있었는지 궁금했다. 이겸에게 고백을 받고 이상한 기억이 잠깐 스쳐 지나갔으며, 그 이후로 까무룩 정신을 잃은 것 같다. 명치 부근에 가시가 걸려 내려가지 않고 있는 불편한 느낌이 들었다.

'그 기억은 뭘까?'

교복을 입은 이겸이 벗꽃나무 아래서 저를 사랑스러운 눈빛으로 바라보며 무어라 이야기하고 있었다. 지금처럼 이렇게 자신의 손을 꼭 마주 잡고 너무나도 해맑게 웃는 표정으로. 정확히 무슨 대화를 나눈 건진 알 수 없었지만, 확실한 건 그의 눈빛이 무척이나 다정했다는 것이었다.

'우리 사이에 무슨 일이 있기라도 했던 건가? 그럼 난 왜 아무 기억도 나지 않는 거지?'

분명 유미가 아는 이겸은 말수도 적고, 별로 잘 웃지도 않는 아이인데 말이다.

'우리가 그렇게 다정하게 있었던 적이 있었나?'

짧고 단편적인 기억이 전부였으나, 유미의 가슴은 먹먹하고 이상한 감정들로 가득 차올랐다. 유미는 촉촉하게 젖은 눈망울로 이겸의 얼굴을 가만히 응시했다. 감은 두 눈에 길고 곧게 뻗은 속눈썹이 여느 여자들보다 길었다. 응급실의 밝은 조명이 비친 이겸의 얼굴에는 긴 타원형 그림자가 생겼다. 시원하게 뻗은 콧날 아래 입꼬리가 살짝 올라가 웃는 형태를 띠고 있는 그의 붉은 입술이 도드라졌다.

아직도 이렇게 이겸을 보면 가슴이 미치게 뛰어대는데, 왜 그의 고백을 받고도 그렇게 주춤거렸을까. 겉으로 티를 내진 못하더라도, 속으론 좋아 죽어 마땅했는데. 유미의 시선이 이겸의 얼굴 곳곳을 훑어보았다. 어디 한 군데 싫은 구석이 없었다. 그렇게 저를 외면했어도 단한 번도 싫은 적이 없었다.

좀 이상하기도 했다. 어떻게 사람을 이렇게까지 밑도 끝도 없이 사랑할 수 있는 것일까? 좋았다가 나빴다가 하루에도 수십 번씩 변하는 감정을 마주 하면서도 유미는 이겸을 미워는 했어도 싫어했던 적은 단 한 번도 없었다.

말로는 싫다는 말을 일삼고, 자존심 상해서 더는 못한다는 말을 입에 올렸어도 그와 완전히 멀어질 거라는 생각은 해본 적이 없었던 모양이다. 이쯤 되면 이겸에게 무슨 치명적인 매력이 숨어 있는 건 아닐까 싶기도 했다. 유미는 이겸이 제게 무슨 짓을 저질렀기에 이렇게까지 포기가 안 되는 걸까 싶었다. 이겸을 좋아하는 제 마음은 어떻게 해도 표현이 되지 않을 정도였다.

　"환자분, 일어나셨어요?"

　커튼 너머로 간호사의 목소리가 들려왔다.

　"네!"

　갑작스럽게 들려오는 소리에 놀라 움찔거리며 이겸이 몸을 일으켰다. 유미의 체온과 맥박을 재고 난 간호사는 차트에 결과를 기록했다.

　"체온이 조금 높네요. 얼음팩 좀 가져다 드릴 테니까 잠시만 계세요."

　"네에."

　유미가 제 이마를 짚어보았다.

　"열은 없는 거 같은데."

　눈동자를 위로 하고 고개를 갸우뚱거리던 유미는 이겸의 손을 다시 가져와서 제 이마에 얹었다.

　"어때? 나 열나는 거 같아?"

　방금 전까지 손을 잡고 있었단 사실도 잊은 채, 이겸은 타오를 듯 붉게 물든 볼을 하고, 유미에게 붙잡힌 손을 황급히 떼어냈다.

　"모, 몰라…… 난다면 나는 거겠지."

　얼굴부터 시작해 목과 귀까지 빨개진 이겸이 연신 헛기침을 해대는 걸 보고 있자니 유미는 피식 웃음이 났다.

　"근데 나 왜 이런 거래?"

남 일 말하듯 질문을 건네는 유미에게 이겸은 잠시 무슨 말을 해야 할지 몰라 머뭇거렸다.

"내가 의사냐. 그걸 어떻게 알아? 궁금하면 직접 물어봐."

"어? 넌 아는 줄 알았지이……."

유미는 민망한 듯 입술을 오므리고 달싹거렸다.

"지금은…… 좀 괜찮아?"

서늘하기 그지없는 말투였지만, 이겸의 눈동자에는 걱정이 한가득 담겨 있었다.

"아직도 머리가 띵해."

유미는 조금 더 아픈 척을 하며 고개를 가로저었다.

"아까는 갑자기…… 왜 그런 건데. 혹시 뭔가 생각이 났……."

순간 자신이 무슨 말을 하는 건가 싶어 놀란 이겸이 제 입술을 깨물었다.

"생각? 무슨 생각?"

그걸 놓칠 유미가 아니란 것쯤 잘 안다.

"아니, 너 좀 쓸데없는 생각을 잘 하니까. 혹시 또 이상한 상상하다가 열 받아서 졸도했나 했지."

이겸은 당혹감을 감춘 채, 유미에게 말도 안 되는 농담을 건네보았다.

"야! 이상한 상상이라니! 너 대체 사람을 뭐로 보고!"

"지금도 봐. 열 받아서 열나는 거 아니야?"

아까는 놀라서 움찔거리더니, 이겸은 꽤나 자연스럽게 유미의 이마에 제 손을 올려놓고, 나머지 한 손으로 제 이마를 짚어보았다.

"하지 마!"

유미가 기분이 상한 듯, 그의 손을 탁탁 때려서 쳐 냈다.

"괜히 이상한 생각, 기억에 연연하지 말고 내 말만 들어."

의미심장한 이겸의 말에 유미가 새초롬한 눈빛으로 그를 쏘아보았다.

"네 말, 뭐!"

"너 좋아한단 말. 내 고백. 그것만 기억하라고."

유미는 지금 마치 다른 사람이 제 앞에 와서 앉아 있는 기분이었다. 그가 고백을 한 것도 놀라웠지만, 이런 말을 서슴없이 하는 것도 신기했다.

멍한 유미의 눈길이 이겸을 향했다.

"대답 안 해?"

"언제는…… 싫다더니."

대답을 종용하는 이겸을 보며 유미가 입술을 삐쭉였다.

"싫단 말은 안 했어."

"말만 안 했지, 행동은 싫어 수준이 아니었어. 극도로 혐오하는 눈치이던걸?"

유미의 말이 끝나기도 전에 이겸의 눈이 커다래졌다.

"너…… 그걸 아는 애가 그렇게 날 따라다녔어? 아주 놀랍다?"

"뭐야…… 내가 너한테 진짜 그 정도였어?"

이겸의 질문에 유미가 다소 실망한 듯한 표정을 지었다.

"누가 그렇다던?"

"방금 막 나한테 그걸 아는 애가 그랬냐 하면서, 어……?"

유미는 손을 최대한 크게 벌려 휘저으며 이겸의 말에 반박하고 나섰다. 그런데 줄곧 무표정하던 이겸이 갑자기 몸을 일으켜 유미에게로 손을 뻗었다. 유미는 저도 모르게 팔로 가드를 세우고 몸을 웅크렸다.

"지금은 아니라니까. 글쎄."

예상외로 이겸은 팔 동작을 크게 해대는 유미 때문에 꼬여 버린 링거 줄을 풀어주려 팔을 뻗은 것이었다. 별다른 감정 없이 낮게 흘러나오는 그의 음색은 몹시 감미로웠다. 유미는 바로 자신의 코앞까지 다가온 이겸의 가슴팍에 놀라 몸을 살짝 뒤로 물렸다. 후각을 마구 자극하는 이겸의 체향에 정신이 아득히 멀어지는 것만 같았다.

유미는 어릴 때, 그에게 자주 입는 옷 하나를 빌려달라고 한 다음 제 이불 안에 꽁꽁 숨겨두었다. 그리고 그가 보고 싶을 때마다 그의 옷에서 나는 체향을 맡으며 심신을 달랜 적이 있었다. 누군가는 미쳤다고 할지 몰라도, 후각에 예민한 유미에게 그 방법은 꽤 빠르고 효과적이었다. 이겸이 보고 싶다고 시도 때도 없이 그를 보러 갈 수도 없었고, 그렇다고 틈날 때마다 그를 보러 가도 이겸이 저를 딱히 반겨주지도 않았기 때문이었다.

꼬인 링거 줄이 제자리로 돌아갔고, 이겸이 기울인 상체를 다시 바로 하려 했다. 그런데 무언가에 걸린 듯, 몸이 움직이지 않아서 아래를 내려다보니 유미가 그의 셔츠 자락을 잡아당기고 있었다. 응급실 침대에 비스듬하게 기대어 앉아서 저를 올려다보는 유미의 눈빛은 촉촉하게 습기를 머금고 있었다.

"왜……."

"나 너 한 번만 안아봐도 돼?"

다른 이유는 없었다. 유미는 인생에 단 한 번이어도 좋으니까, 자신을 늘 밀어내기만 했던 이겸의 품에 안겨보고 싶었다.

"대답도 아직 안 해줬으면……."

이겸이 말을 채 끝내기도 전이었다. 유미는 이겸의 허락이 떨어지지 않았음에도 불구하고 그의 허리를 꽉 끌어안았다.

"……서."

유미는 스쳐 지나간 또 다른 기억을 다시금 떠올렸다. 기억 속의 이겸은 사랑스러운 눈을 하고 자신을 내려다보았고, 저는 그를 올려다보고 있었다. 자신의 얼굴을 부드럽게 쓰다듬는 그 손의 감촉이, 저를 내려다보는 뜨거운 눈빛이 너무 진짜 같아서 유미는 잠깐이었지만 현실과 혼돈할 수밖에 없었다.

'마음 깊이 원하던 욕망이 분출되어 나온 기억일까?'

뭐가 됐든 확실한 건, 그것은 스쳐 지나가는 환영이었으며 지금 이겸을 안고 있는 자신의 모습이 현실이라는 것이었다. 유미는 제 볼을 이겸의 배에 바짝 붙여 그를 꼭 끌어안았다. 이겸은 커튼 바깥으로 오가는 그림자를 발견할 때마다 소스라치게 놀랐다.

"야, 누가 오기라도 하면 어떻게 해……. 넌 어떻게 된 애가 중간이 없어."

그가 유미의 어깨를 슬쩍 밀어 떨어뜨려 놓으려 했다. 힘은 또 장사라서, 그렇다고 쉽게 떨어질 유미가 아니다.

"환자분, 열을 내리려면 아이스팩은 겨드랑이에…… 어머나!"

아무 생각 없이 커튼을 젖히고 들어온 간호사는, 껴안고 있는 이겸과 유미를 보고 화들짝 놀라 몸을 돌렸다.

"여…… 여기에…… 두고 갈게요."

침대 가장자리에 준비해 온 아이스팩을 살며시 내려놓고 간호사는 뒤도 돌아보지 않은 채 사라져 버렸다. 겨우 몸을 떨어뜨린 이겸은 뒷머리를 고루 만지며 눈을 어디다 둬야 할지 몰라서 천장만 바라보았다.

결국 유미는 갑자기 쓰러진 것에 대한 명확한 원인을 찾지 못한 채,

빈혈에 의한 일시적인 현상이라는 결과를 받았다. 문제는 열이었다. 아까까지만 해도 그렇게 높아 보이지 않던 열은 어느새 40도 가까이 올라 유미의 온몸은 불덩이처럼 뜨거웠다. 응급실에서 밤을 새울 수 없어서 할 수 있는 선택은 입원밖에 없었다.

입원하자마자 해열제를 맞았으니까, 시간은 분명 한참 지났는데 아직도 유미의 몸을 달아오르게 만드는 열은 내려갈 기미가 보이지 않았다. 힘없이 늘어진 채 잠들어 있는 유미를 내려다보는 이겸의 표정은 더없이 심각했다. 원래 유미가 아파도 티를 잘 안 내는 성격이라 더욱 그랬다. 응급실에 누워서 수액을 맞으면서도 자긴 건강 하나는 자신 있다며, 대뜸 있지도 않은 알통을 보여주기도 했다.

'미련하게. 아프면 좀 아프다고 했어야지.'

속이 상하는 건 어쩔 수 없었다. 땀으로 인해 살짝 젖은 유미의 앞머리를 넘겨주는 이겸의 손길은 한없이 부드럽기만 했다.

"유미야."

이제는 좀 편하게 불러봐도 될까?

"유미야……."

조용한 병실에 이겸의 목소리가 낮게 울려 퍼졌다. 이겸은 혹시라도 잠든 유미가 깰까 봐 병실의 모든 불을 꺼둔 상태였다. 내부에는 아무런 빛도 소음도 없었다. 빛이라고는 창밖에서 은은하게 쏟아져 내리는 달빛이 유일했다. 달빛을 머금은 유미의 얼굴은 어둠 속에서도 화사하게 빛났다. 이겸은 여기에서 얼마나 많은 시간을 보냈고, 지금이 몇 시인지, 또 여기에 있는 저와 유미를 찾는 사람은 없는지 같은 것들을 생각할 여유조차 없었다. 그는 자신이 출장을 왔다는 사실도 까맣게 잊어버렸다. 이겸은 제 눈앞에 힘겹게 숨을 내쉬는 유미만 보였다. 이렇게 시간이 멈춰 버렸으면 좋겠다고 생각했다.

아침이 온 것을 알리는 새 지저귀는 소리와 함께 따사로운 햇살이 병실 안 깊숙이 밀려들었다. 이겸은 밤새 유미의 열이 떨어지길 기다리며 간호를 하다 깜빡 잠이 들었다. 이따금씩 사람 말소리가 들려오기도 했지만, 그마저 멀리서 들려오는 것이라 이겸은 가볍게 무시한 채 여전히 떠지지 않는 눈을 꼭 감고 있었다.

'아…… 여기 병실이지?'

새벽녘, 동이 터오고 나서야 잠들었던 사실을 인지한 이겸은 천천히 눈꺼풀을 밀어올려 보았다.

"헙."

그는 순간 눈앞에 유미의 정수리가 보이자 저도 모르게 손을 들어 입에서 멋대로 비집고 나오는 소리를 막아본다. 이겸은 지금 보호자용 간이침대가 아닌, 환자용 침대에 올라와 있었다.

"헙!"

그의 입에서 제 의지와 상관없는 감탄사가 연이어 터져 나왔다.

'뭐야. 내가 왜 여기에 누워 있는 거지? 내 기억엔 없는 이 어이없는 상황, 뭔데?'

의지와 상관없이 움직이는 신체 기관은, 비단 그의 입만이 아니었다. 이겸은 바로 제 옆에 안기듯 꼭 붙어 잠들어 있는 유미의 모습을 발견하는 순간, 심장이 고장이라도 난 듯 펄떡대는 것을 고스란히 느껴야만 했다.

"억!"

들려오는 기척에 눈덩이를 움찔거리다 눈을 뜬 유미는 바로 눈앞에 보이는 이겸의 얼굴에 놀라 소리를 냈다. 이겸은 소리를 지르려던 유미의 입을 재빨리 틀어막았다.

그때, 드르륵, 하고 병실 미닫이문이 열리는 소리가 들렸다.

"공유미 님?"

커튼 바로 앞까지 당도한 담당 간호사의 카랑카랑한 목소리가 병실을 울렸다.

"으헉!"

성별이 다른 환자와 보호자가 나란히 침대에 누워 있는 걸 간호사가 보면 대체 어떤 상상을 할까. 무엇을 상상하든 그 이상이었다. 이겸의 손에 가로막힌 유미의 입술 사이로 자그마한 소리가 새어 나왔다. 유미는 이겸을 원망스레 쳐다보며 숨을 죽였다.

"옷 갈아입고 있으니까 나중에 오라고 말해."

이겸은 유미에게만 들릴 정도로 낮은 목소리를 냈다. 유미가 고개를 끄덕이자 이겸은 그제야 그녀의 입을 막은 손을 풀어냈다.

"아, 저…… 오, 옷 갈아입고 있어요……. 조금만 나중에……."

"네! 조금 있다가 다시 올게요."

의심 없이 돌아서 나가는 간호사의 발소리에 유미는 겨우 안심했다.

"너…… 뭐야!"

유미는 병실 문이 닫히는 소리가 들려오자마자, 이겸을 향해 버럭 소리쳤다.

"그러는 넌!"

유미의 외침에 놀라서 움찔하고는, 이겸도 그녀와 똑같이 소리를 질러댔다. 놀란 건 이겸도 마찬가지였다.

"뭐야, 내가 먼저 물었잖아!"

유미는 이불을 가슴께까지 말아 올리고 이겸을 최대한 무섭게 쏘아보았다.

"어차피 환자복 입고 있는데, 무슨 옷을 갈아입어! 거짓말이 입에 뱄네!"

"그거 아니면 둘러댈 변명 거리가 없잖아. 너랑 나랑 이러고 있는 거 간호사가 보면 대체 뭐라고 생각하겠어?"

유미는 답답한 듯 입술을 잔뜩 오므렸다.

"그러니까, 우리가 왜 이러고 있는데?"

"그건…… 내가 묻고 싶은 말이거든?"

이겸은 외려 자신에게 그걸 묻는 그녀에게 답답한 듯 소리쳤다.

"이 변태!"

"뭐? 변태?"

"그래! 변태! 자고 있는데, 나 막, 어? 덮치려고 했지? 맞지?"

유미가 흥분해서 목소리를 높이자, 이겸도 덩달아 목에 핏대까지 세워가며 반박했다.

"너…… 사람 이상하게 몰고 가지 마! 변태라니! 내가 어딜 봐서."

"좋아한다고 한 지 얼마나 지났다고, 벌써 흑심을 품고 말이야. 응? 이렇게 막 덮치려고 하면 어떻게 해? 내가 그렇게 쉬워?"

이겸은 억울해도 너무 억울했다. 그는 자신의 결백을 증명할 수 있는 방법이 없을지 머리를 굴려보았지만 생각나는 것도 없고, 변명이라고 할 만한 것도 없었다. 흑심이라도 품어보고선 이런 오해라도 받으면 말도 하지 않을 것이다. 밤새 간호하느라 동이 터올 때쯤에야 겨우 잠든 사람을 이런 식으로 몰아세우니 더욱 속이 쓰려왔다.

"공유미. 너 지금 뭔가 단단히 오해하고 있나 본데……."

이겸은 눈썹을 잔뜩 일그러뜨리고 표정을 굳힌 채 말을 이어가려 했다.

"알아. 내가 치명적인 매력의 소유자라는 것."

"뭐?"

가뜩이나 굳어 있던 이겸의 표정에 황당함까지 더해졌다.

"그렇지만 그래도 이건 아니지 않니? 나 아직 네 고백에 대한 대답도 안 했고, 우린 명백한 '남'이라고! 그런데 이게 무슨 몹쓸 짓이야?"

이겸은 지금 마치 덫에 걸린 기분이 들었다.

"너…… 지금 나한테 복수…… 하는 거야?"

그는 답답함에 당장에라도 속이 터져 버릴 것만 같았다.

"복수라니? 난 있는 그대로의 사실만 말할 뿐이야."

유미는 혀를 내밀어 '메롱'을 했다.

"허……"

고백에 대한 유미의 대답을 바라지 않았다고는 하지만, 이겸은 자신의 고백이 이런 식으로 이용당할 줄 몰랐다. 이겸은 아주 잠깐이지만 진심을 다해 고백한 것을 후회했다.

해열제를 맞고 열이 내리자 유미는 퇴원을 했다. 새벽까지 앓는 소리를 내던 유미는 아침이 되자 언제 아팠냐는 듯 멀쩡한 사람이 되어 있었다. 이겸은 유미가 카페테리아에서 쓰러질 때 심장이 내려앉을 듯 놀란 걸 생각하면 뭐든 그녀가 원하는 대로 최대한 맞춰주고 싶었다.

"시윤 씨는? 지원인 어떻게 됐어?"

"너, 아팠던 사람 맞아? 시끄러워 죽겠어. 조용히 좀 해."

퇴원을 하고 호텔로 돌아가는 내내 종알종알 쉬지도 않고 떠들어대는 유미 때문에 이겸은 아무런 사고도 할 수 없는 지경에 이르렀다.

"나 아파서 병원에 입원했다고 먼저 연락해 뒀어? 시윤 씨가 내 걱정 많이 하지? 응?"

한 가지 더 이겸의 신경에 거슬리는 건, 유미의 입에서 계속 '시윤'

의 이름이 나오고 있단 사실이었다.

"아니. 연락 안 했는데."

노심초사한 마음과 달리 흘러나오는 이겸의 말투는 지극히 냉랭했다.

"진짜? 시윤 씨가 나 엄청 찾았겠다. 화장실 간다고 하고 갑자기 사라져 버렸으니까."

"걔가 그렇게 신경 쓰여?"

이겸은 밤새 간호해 준 저한테는 고맙다는 말 한마디 없이, 온통 시윤의 이야기만 해대는 유미가 못마땅했다.

"아니! 넌 김지원이랑 같이 왔지만, 나는 시윤 씨랑 같이 왔잖아. 같이 온 일행이 사라졌는데 놀라지 않았겠어? 더군다나 시윤 씨는 날 좋……."

물 흐르듯 자연스럽게 흘러나오던 유미의 목소리가 일순 끊겨 버렸다. 유미는 갑작스럽게 터져 나오려던 말을 삼키고 입을 꾹 다물었다.

"왜 말을 하다 말아? 시윤 씨가 널, 뭐?"

유미가 하려던 이야기가 뭔지 정확히 간파하고 있던 이겸이 알면서 질문을 던졌다.

"그러니까…… 시윤 씨는 날…… 각별히…… 생각하기도 하니까."

"둘이 아무 사이도 아니라면서, 너무 챙기는 거 아냐?"

"아무 사이는 아니지만, 시윤 씨는 내 영혼의 동반자야."

이겸의 일로 힘들어 할 때 위로해 준 사람이 바로 시윤이다. 고민 상담도 군말 없이 잘 들어줬고 또, 결정적인 순간에 많은 도움을 준 사람이기도 했다. 유미에게 있어서 시윤은 제 사랑을 이어준 큐피드이자, 영혼의 동반자였다.

"그건 또 무슨……."

이겸은 유미가 저와 자신을 하나로 묶어 말도 안 되는 이름을 붙여가며 커플이라 칭하던 때를 떠올렸다. 이제 그 상대가 자신이 아닌 시윤이 되었다는 사실을 그는 좀처럼 받아들일 수 없었다.

"누구와는 다르게 자상하고 따뜻한 사람이라고 할 수 있지."

다분히 고의적인 말투라는 걸 아는지 모르는지, 이겸은 흠칫 몸을 떨었다. 자신은 자상이나 따뜻함과는 거리가 먼 사람이기에, 절로 저와 시윤을 비교할 수밖에 없었다.

"아무튼 넌, 애가 너무…… 쉬워."

"그러는 넌, 애가 너무 어려워."

이겸은 한마디도 안 지고 계속 제 말을 되받아치는 유미를 떨떠름한 표정으로 돌아보았다. 늘 저에게로만 향해 있던 유미의 시선이 창밖을 향해 있었다. 전엔 제가 무슨 말을 하든 배시시 웃고 '좋다'는 소리만 연발하던 유미였는데. 이젠 무슨 말을 해도 좋다고 하기는커녕, 또박또박 반론했다. 심지어 욕만 안 하면 다행인…… 그런 상황이었다.

호텔에 도착한 유미는 이겸의 차에서 내리자마자 쏜살같이 사라져버렸다.

"뭐야 쟤……."

이겸은 느리게 차 문을 닫으며 황당한 표정으로 유미를 바라보았다. 유미가 저를 바라보고, 자신은 그녀를 외면하는 것에만 익숙해서일까. 뒤바뀐 상황에 적응하려면 상당한 시간이 필요할 것 같다는 생각이 들었다.

한편, 유미는 곧장 로비 화장실로 들어갔다. 아까 조수석 사이드미러에 비친 자신의 모습에 경악하고 말았기 때문이었다. 얼굴은 물론이고, 목까지 빨갛게 열꽃이 피어 있었다.

"세상에, 신이겸 앞에서 이 꼴로……."

예쁜 모습만 보여줘도 모자란 때에 이런 흉측한 얼굴을 보이고 말 았다는 것에 망연자실했다. 화장으로 가려도 코에 멍이 든 걸 대번에 알아차리는 이겸인데 열꽃으로 얼룩진 얼굴 또한 예리한 그의 눈을 피해가진 않았을 터였다.

"빨리 집으로 돌아가야겠어. 이런 몰골을 하고 있다간 있던 정도 사라지겠어."

이겸이야 지원의 촬영 일정이 끝날 때까지 여기에 있어야 했지만, 유미는 아니었다. 유미는 얼떨결에 시윤을 따라나서 여기까지 등 떠밀려 오긴 했지만, 오전에 왔다가 저녁이 되면 집으로 돌아갈 계획이었었다. 한데 전혀 예상하지 못한 이겸의 고백도 받았고, 그와 함께 밤을 보냈다. 얼마 전까지만 해도 감히 상상도 못 할 수준의 상황들이 유미는 그저 놀랍기만 했다. 특히나 아까 병원에서, 같은 침대에서 잠을 자다가 눈을 뜬 일은 다시 생각해도 입이 쩍 벌어지는 일이었다.

"말도 안 돼……."

자존심도 없는 가슴은 그 상황을 떠올리는 것만으로도 두근거렸다.

유미가 가지고 있는 소지품은 휴대폰밖에 없었다. 그마저도 배터리가 다 되어 꺼져 버린 상태였다.

"시윤 씨랑 어떻게 연락을 해야 하나."

함께 온 사람이 갑자기 사라져 버렸으니, 얼마나 걱정을 했을까. 좋아하는 사람이고, 아니고를 떠나서 분명 그는 많이 놀랐을 것이다. 로비를 기웃거리던 유미는 어딘가에서 웅성거리는 소리가 들려 그쪽으로 걸음을 옮겼다.

"아니! 연락을 해주셨어야죠, 연락을. 사람이 없어진 줄 알고 여기 있던 사람들 전부 밤새 한숨도 못 자고 찾았다니까요?"

"글쎄……. 연락을 하고 싶어도 못하는 상황이었다니까요. 공 주임이 많이 아팠다고."

"어제 마지막으로 봤을 때까지만 해도 멀쩡하던 사람이 갑자기 아팠다고요? 대리님 왜 자꾸 거짓말하세요? 그냥 솔직히 말해요. 같이 있고 싶어서 데리고 간 거라고!"

언성을 높이고 있는 사람은 다름 아닌 이겸과 시윤이었다.

'헉! 둘이 싸우는 거야?'

유미의 입장에서야 싸우는 것이지. 시윤이 일방적으로 이겸을 나무라고 있는 상황이었다. 유미는 황급히 그들 사이로 뛰어 들어갔다.

"시윤 씨!"

"주임님! 괜찮아요? 어디 다친 덴 없어요?"

유미를 발견한 시윤은 유미의 어깨를 붙잡고 그녀의 몸 곳곳을 샅샅이 훑어보았다.

"다친 데 없는데?"

"대리님이 막 억지로 끌고 갔어요?"

"어…… 억지로?"

정신을 잃은 상태에서 함께 간 것이긴 했지, 병원.

"정말 괜찮은 거예요?"

"으, 응. 나 정말 괜찮아. 그리고 대리님은……."

아파서 끙끙 앓았던 자신을 밤새 간호해 줬으니 오해하지 말라는 말을 하려는데,

"다행이에요. 얼마나 걱정했는지 몰라요. 정말."

유미의 말이 끝나기도 전에 시윤은 안도의 한숨을 내쉬며 그녀를 와락 끌어안았다.

"어…… 시윤 씨. 이것 좀 놓고."

유미는 걱정을 시킨 건 제 쪽이니까 이런저런 말도 못 하고 시윤의 옷깃을 붙잡아 슬쩍 밀어냈다.

"제가 밤새 무슨 생각까지 했는지 알아요? 혹시 처지를 비관해서 바다에 몸을 던졌나 그 생각까지 했어요. 너무 감쪽같이 사라져 버려서."

"무슨 그런 말을 해."

"그러니까요! 그만큼 걱정했었다 이 말이에요."

어젯밤 화장실에 간다던 유미가 감쪽같이 사라져 버렸다. 뒤늦게 여기저기가 아프다고 엄살을 부리는 지원을 팽개쳐 두고 호텔을 이 잡 듯이 뒤졌지만 시윤은 유미의 그림자조차 찾을 수 없었다. 가장 큰 문제는 이겸도 함께 사라졌다는 것이었다. 그 사실 하나만으로도 걱정을 넘어선 분노가 그를 덮쳤다.

깊은 밤이 되고, 시간이 흘러 새벽이 되어서도, 아침 동이 터올 때까지 연락 한 통 없이 코빼기도 비치지 않는 두 사람을 찾기 위해 시윤은 근처에 그들이 갈 만한 곳은 다 가보았다. 숙소에서 꽤 거리가 먼 곳까지 다 찾아다녔지만 그들을 발견할 수 없자 시윤은 자포자기한 심정으로 호텔로 돌아왔다. 그런데 로비에 들어서자마자 당당하게 어딘가로 걸어가는 이겸을 보고 참을 수 없는 감정이 폭발한 것이다.

급기야 시윤은 이겸에게 감정을 분출해 버리고 말았다. 그는 의심한 그대로, 이겸을 몰아세웠다. 그게 얼마나 유치한 일인지 잘 알면서, 유미를 데리고 사라져 버린 이겸이 미치도록 미웠기 때문이다.

"시윤 씨, 이것 좀 풀어줘. 보는 사람도 많고…… 불편해."

"아…… 네."

시윤은 행여 놓칠세라 아프게 안고 있던 유미를 놓아주었다.

"걱정시켜서 정말 미안해. 믿기 힘들겠지만, 대리님 말이 맞아. 어제 내가 갑자기 쓰러져 버리는 바람에 대리님이 밤새 병원에 같이 있어줬어."

유미가 아픈 건 전혀 문제가 되지 않았다. 이겸이 자신에게 연락한 통 없이 유미를 붙잡고 있었던 게 문제였다. 시윤은 여전히 개운하지 않은 표정이었다.

"이거…… 이거, 보이지?"

좀 전까지 이겸에게 보이고 싶지 않아 도망치고 싶었건만, 이런 흉한 모습을 시윤에게 증거랍시고 내밀 수밖에 없었다. 그렇지 않으면 곤란한 상황이 닥칠 게 불 보듯 뻔했기 때문이다.

"열이 엄청 올랐었거든. 열꽃까지 다 피고…… 응?"

유미의 말을 듣고 보니 울긋불긋하게 올라온 자국이 희미하게 보였다.

"지금은요, 괜찮아요?"

시종일관 제 걱정을 하는 시윤을 보자 유미는 어쩐지 모르게 울컥했다.

"응……. 괜찮아."

유미는 자신을 이토록 걱정해 주는 시윤에게 고맙기도 하고 미안하기도 했다.

"그럼 됐어요. 괜찮으면 됐어."

유미의 다독임에 그제야 흥분한 감정을 수습한 시윤이 빙긋 웃어 보였다.

"걱정시켜서 미안해."

"이제 그만 서울로 돌아가요."

시윤이 유미의 어깨에 꽤 자연스럽게 손을 올렸다. 그들의 대화를 가만히 듣고만 있던 이겸은 절로 한숨이 터져 나왔다.

"가긴 어딜 가요?"

계절에 맞지 않게 겨울바람처럼 시리면서 차가운 이겸의 목소리가 유미와 시윤, 두 사람의 사이를 가로질러 흩어졌다. 시윤의 시선이 천천히 이겸에게로 향해 돌아섰다.

"저한테 하신 말씀이십니까?"

"네."

시윤은 황당함을 감추고자 어색한 웃음을 지었다.

"돌아가야죠. 볼일 다 봤는데."

"볼일?"

이겸의 눈썹이 비정상적인 형태로 불쑥 튀어 올랐다.

"잊으셨나 본데, 주임님이랑 저, 여기에 '함께' 놀러온 거니까요. 다 놀았으니까 '함께' 돌아가는 건 당연한 거 아닙니까?"

맞는 말이었다. 그래도 이대로 유미를 시윤과 함께 보냈다가는 마음이 놓일 것 같지 않았다.

"뭐…… 어제까지는 그랬는지 모르겠지만 오늘은 안 돼요."

"네?"

부정을 말하는 이겸을 바라보는 시윤의 눈빛이 섬찟했다.

"밤새 공 주임 아파서 간호한 것도 나고, 지금 공 주임 상태 가장 잘 알고 있는 것도 나니까. 내가 옆에 있어야 해요."

"방금 주임님이 직접 괜찮다고 하셨어요."

"저 하얗게 질린 얼굴을 봐요. 저게 괜찮은 사람 얼굴입니까? 답답하시긴."

이겸은 당장 새하얗게 질려 있는 유미를 고갯짓으로 가리켰다. 아파서 하얗게 질린 건 아니었지만 어쨌든 그 또한 맞는 말이기는 했다.

"허. 대리님. 자꾸 이렇게 나오실 거예요?"

시윤은 말도 안 되는 논리를 세워 유미를 빼앗아가려는 이겸을 향해 말했다.

"내가 뭘요?"

"페어플레이 안 하십니까?"

"그러는 최시윤 씨야말로 페어플레이 안 합니까? 어깨에 올린 그 손, 못 떼요?"

서로를 못 잡아먹어 안달이 난 듯, 유미는 뒷전에 두고 으르렁대며 2차전에 돌입한 모양이었다.

"안 떼요! 아니, 못 뗍니다!"

"그럼 하는 수 없겠네!"

이겸은 반쯤 넋이 나가 있는 유미에게 낮게 으르렁댔다.

"공 주임. 선택해요. 나야, 시윤 씨야?!"

저를 앞에 두고 싸우는 두 사람의 모습이야 자주 보았던 것이지만, 이렇게 '대놓고' 저를 앞에 두고 싸우는 건 처음 있는 일이었다. 두 사람의 마음이 저에게로 향해 있다는 사실 또한 익히 알고 있는 것이었으나, 연애 경력이 전무한 유미에게 있어서 이것은 실로 놀라운 일이 아닐 수 없었다.

놀라운 건 그뿐만이 아니었다. 무려 신이겸이, 시윤과 연적이 되어 싸우고 있는 모습이라니. 유미는 턱이 내려앉을 기세로 입을 벌린 채 이겸과 시윤을 번갈아 바라보았다. 주위의 공기는 무겁게 내려앉았다.

"어……."

"대리님, 왜 우리 주임님 몰아세워요? 이 놀란 얼굴 좀 봐."

시윤은 붙잡고 있던 유미의 어깨를 제 쪽으로 쭉 끌어당겼다.

"괜찮아요. 대답 안 해도 돼요."

마치 어린아이 달래듯, '우쭈쭈' 하는 표정을 하고 시윤은 유미의 보호자가 된 양 말했다.

"그 손…… 좀."

잊고 있었는데, 시윤과 유미의 커플룩이 다시금 눈에 띄자 이겸은 도무지 눈 뜨고 보고 있을 수 없을 것 같았다. 떨어뜨려 놓으려던 시윤이 오히려 더 찰싹 유미에게 붙어 있질 않은가.

"가요."

시윤은 휙 몸을 돌려 걸었다.

"시윤 씨, 이제 이런 거 안 해도 돼. 팔 좀 풀어줘."

유미는 시윤에게만 들릴 정도로 조그만 목소리로 말했다.

"'작전'은 아직 진행 중이에요. 제가 하자는 대로만 하면……."

시윤은 스스로를 비겁하다고 생각했다. 이겸을 분노하게 하기 위해 유미의 마음을 이용하고 있다는 사실이 못 견디게 괴로웠다.

"'작전' 성공이야."

"……네?"

"대리님한테 고백 받았어."

시윤의 풀린 동공은 제자리를 찾지 못하고 쉼 없이 움직여 댔다. 숨을 내쉬려다가 가슴께에 걸린 듯했다.

"뭘 받아요?"

"고백. 신이겸 고백…… 받았어. 그러니까 이제 이렇게 연기 안 해도 돼."

유미는 자연스럽게 제 어깨에 올려진 시윤의 팔을 내렸다.

"왜…… 아니, 언제……."

시윤의 시선이 깊고 무겁게 가라앉았다. 갑작스럽게 가라앉은 분위기에 유미는 잠시 말을 잇지 못했다.

"아…… 어제."

시윤의 질문에 대한 대답은 확실히 해야 할 것 같아서, 유미가 망설이다가 답을 했다.

"그래서요? 그래서 뭐라고 했어요? 받아줬어요?"

만약 유미가 이겸의 고백을 받아줬다면, 방금 전 상황에서 저 혼자만 바보가 되는 것이었다. 갑작스럽게 쏟아지는 시윤의 질문에 유미는 당황한 듯 얼굴을 붉혔다.

'시윤 씨한테는 말하지 말 걸 그랬나.'

뒤에서 이 모습을 보고 있을 이겸이 신경 쓰여서 생각 없이 한 말이었다. 그런데 그게 시윤에게 상처가 될지도 모른다고 생각하니까 유미는 괜스레 그게 미안해졌다.

"아니. 안 받아줬어."

"아. 다행이다."

유미가 받아주지 않았다고 말하자, 시윤의 입에서는 어제 이겸이 했던 것과 똑같은 말이 흘러나왔다.

'다행…….'

"오래 품었던 마음이 쉽게 정리되지 않을 거라는 거, 그리고 지금도 대리님 고백 받고 흔들리고 있다는 거 알아요."

"아, 응……."

유미는 마치 제 머릿속과 마음속에 들어갔다 나와본 사람처럼 말하는 그가 놀라울 따름이다.

"괜찮지 않아요?"

"으, 응? 뭐가?"

"그렇잖아요. 평생 쫓아다녔는데 아무 말 없다가 갑자기 고백하는 거요."

갑자기였나? 아니면 서서히? 뭐였을까? 정말 충동적으로 고백했을
까? 유미는 이겸의 성격이 진중하다는 걸 누구보다 잘 알았다. 그런
데 그런 그가 생각 없이 고백을 할 사람인가? 글쎄, 이겸의 속은 어둠
에 가려져 단 한 번도 정확히 볼 수가 없었으니까. 그 속을 누가 알
까.

유미는 씁쓸하게 미소 지으며 낮게 고개를 끄덕였다.

"……사람이 감정을 좀 숨길 줄도 알아야지. 얼굴에 다 티 나잖아
요."

시윤은 처음부터 유미가 이겸을 좋아한다는 걸 알고 시작한 거였
다.

'대리님이 그렇게 좋아요? 나도 좀 봐주면 안 돼?'

한데, 막상 상황이 이렇게 되고 나니 시윤은 자신이 예상했던 것보
다 더 마음이 아팠다.

"크흠. 무슨 티가 난다고 그래."

유미는 민망한 듯 콜록거리며 헛기침을 하거나, 목을 가다듬는 척
을 하며 딴청을 피웠다.

"보란 듯이 뻥 차버렸어야지! 그래야 속 시원했을 텐데. 그러지도
못했죠?"

"아, 아니야!"

"내 말이 맞죠? 뻥 차진 못해도 '미안하지만 나도 생각을 정리할 시
간이 필요할 것 같아.' 이 정도라도 날려줬어야죠!"

시윤은 유미에게 빙의된 듯 그녀의 목소리를 흉내 내기까지 했다.
유미의 입장에서 생각하면 쉽다. 오랜 짝사랑남이 고백을 해왔으니
얼마나 좋을까? 솔직한 유미 성격에 덥석 이겸의 고백을 받아들이지

않은 것만 해도 엄청난 발전이 아닌가. 그래도 이대로는 안 된다. 유미를 이겸에게 보내주게 되더라도 남자를 다루는 기술 정도는 가르쳐서 보내야 했다.

'그렇지 않으면…… 이 여자는 속도 없이 또 헬렐레하면서 좋아 죽는 표정이나 지을 거야.'

마음은 쓰려도 자기가 처음으로 좋아하게 된 여자가 어디 가서 '을' 취급을 당하는 건 죽어도 싫었다.

"그렇게 말하면, 뭔가 좀 달라? 아니 달라질까?"

어느새 시윤의 말에 흠뻑 빠진 유미가 눈을 동그랗게 뜨고 물었다.

"주임님, 혹시 '밀당'이라고 들어보셨어요?"

"들어는 봤지……."

"남녀 사이에는 적절한 밀당이 필요해요. 사귀기 전이든, 그 후든."

"왜?"

당기기만해도 모자랄 시간에 대체 왜 밀어야 하는 걸까? 유미는 자신이 이겸을 사랑한 세월을 통틀어보아도 밀어낸 적은 손에 꼽을 정도로 적었다. 그렇게 미친 듯이 당겨도 고백을 받아내는 데 그 오랜 시간이 걸렸는데, 뭐? 밀어야 한다고? 대체 왜 그래야 하지? 유미는 그 이유가 무척이나 궁금했다.

"몰라도 너무 모르신다."

"……그러는 시윤 씨는 연애 경력이 화려한가 봐? 자기는 사랑에 있어서 늘 '갑'이었나? 처음부터 느낀 거지만 거만해, 아주!"

준수한 외모, 엄청난 재력은 물론이고 머리도 좋아, 눈치도 빨라, 일도 잘해, 매너도 좋지, 거기다 이성을 다루는 기술까지 마스터한 사람이라니. 시윤은 사기 캐릭터가 분명했다. 유미는 완벽한 시윤에게 질투가 날 지경이었다.

"화려…… 하다기보다는 이론에 빠삭하다고 해두죠."

시윤은 자신이 여태 연애 한 번 안 해봤다는 걸 유미에게 들키지 않기 위해 노력했다. 분명 그녀는 눈을 게슴츠레하게 뜨고 '그런 시윤 씨를 내가 어떻게 믿어?' 하며 의심하고 나설 테지.

'무슨 일이 있어도 그것만은 들키지 말자. 설사 나를 바람둥이로 오해하는 한이 있더라도!'

시윤은 자연스럽게 유미를 이겸에게서 멀리 떨어뜨려 놓을 심산으로 그녀를 주차장으로 이끌었다.

"밀당…… 그거 뭐, 어떻게 하면 되는데?"

유미는 자신이 이미 밀당 고자인 건 시윤에게 들켜 버려서 아닌 척을 할 수는 없다. 그렇다고 대놓고 물어보자니, 그것도 상사 체면에 자존심이 상했다. 그녀는 아직 이겸의 고백에 대한 대답을 어떻게 해야 할지 정한 것은 아니었지만, 시윤이 말한 그 고도의 밀당 스킬이라는 것이 뭔지 궁금했다.

"궁금해요?"

시윤이 눈을 부릅뜨고 일부러 거들먹거렸다. 그 모습이 어딘지 모르게 믿음직해 보였는지 유미가 눈을 반짝이며 살며시 고개를 끄덕였다.

"주임님이 제 작전으로 고백도 받았으니까, 소원 하나는 벌었고, 소원 하나 더? 콜?"

시윤의 나긋나긋한 말투는 마치 악마의 속삭임과도 같았다.

"콜. 빨리 말해줘. 궁금해."

방금 전까진 마지막 자존심이라도 지켜볼 기세로 굴던 유미가 초롱초롱한 눈망울로 시윤을 바라보았다.

유미의 티 없이 맑은 모습을 보자, 시윤은 또 심장이 두근거렸다.

'괜히 도와준다고 했나……'

이렇게 예쁜 얼굴을 하고 도와달라고 SOS를 치는데 안 도와주고 배길 사람은 몇 안 될 것이다. 매번 후회를 하면서도 유미를 도와주겠다고 나서는 건, 아마도 조금 더 유미와 가까워지고 싶은 것이리라.

"말로는 안 돼요. 실전이 중요하지."

"실전?"

"그전에 한 가지만 물어볼게요. 대리님 고백, 받아주실 거예요?"

시윤은 자신의 질문에 유미가 어떤 대답을 할지 예상했다. 그러나 긴장이 되는 건 어쩔 수 없었던 모양인지 마른침을 꿀꺽 삼켰다.

"아직…… 결정 못 했는데."

"좀 의외이긴 했어요. 바로 받아주겠다고 하실 줄 알았는데."

시윤이 유미를 위해 조수석 문을 열어주었다.

"그럼 아예 거절?"

그리고 대답 없는 유미를 보고는 그럴 줄 알았다는 듯 고개를 끄덕였다.

"……은 아니구나?"

"……좋아는 해. 아직도."

유미는 한참을 머뭇거리고 말을 잇지 못했다. 그러다 결국 시윤에게 제 진심을 털어놓았다. 처음 그에게 자신의 짝사랑을 고백했을 때처럼.

"알아요."

아니까 더 마음이 아프지만. 돌아서지 못할 마음이라는 건 계속 인지하고 있었으니까.

시윤은 쓸쓸한 미소를 지었다.

"그럼 받아주면 되잖아요. 뭐가 문제예요?"

"그러니까…… 뭐가 문젤까?"

유미는 자신이 말하고도 우스웠는지 피식 웃어버렸다.

"그러면…… 좀 밀어봐요."

여태 사람 마음가지고 잰 건 좀 괘씸하니까 아예 밀어버리든가.

"밀어? 얼마나? 어떻게 밀어야 하는데?"

눈치는 학습한다고 되는 게 아닌 건가. 처음이나 지금이나 유미는 '사랑'에 있어서는 여전히 좀 모자라 보였다.

'이 여자, 아직도 가르칠 게 한참 많아 보이네…….'

시윤은 다짐하듯 스스로에게 말했다.

"신 대리님이요. 당기지만 말고 좀 밀어보라구요."

"여태 밀었는데?"

시윤은 답답한 듯 낮게 한숨을 쏟아냈다.

"더 밀어요."

"왜?"

"그래야 완전히 넘어올 거 아니에요. 지금 주임님이 이렇게 고민하는 이유, 대리님 마음에 대한 확신이 없어서잖아요."

확신이 없어서 그런 게 맞다. 시원하게 이러러러 해서 너에게 고백을 하게 되었고, 언제부터 너를 마음에 품었다, 라는 말이라도 해줬다면 이렇게 속이 갑갑하지도 않았을 것이다. 고백만 했을 뿐, 대답도 듣지 않겠다는 녀석에게 무슨 말을 더 할 수 있었을까. 어쩌면 유미는 이겸의 마음에 대한 확신이 들지 않아 대답을 고민하는 걸지도 모른다.

"할 수 있겠어요?"

"미는 게 문제였다면, 기꺼이 불도저가 되어주지."

썩은 미소를 날리는 유미를 보며 시윤은 역시 유미가 보통 여자는 아니라는 걸 또 한 번 느낄 수 있었다.

"내일 회사에 출근하면 그때부터 시작하는 거예요. 주의사항은 서울 가면서 알려 드릴게요."

시윤은 느린 손놀림으로 차에 시동을 걸었다. 밀당 수업을 가장한 시윤의 본격 사심 채우기. 순진한 유미는 거기에 또 솔깃하고 넘어갔다.

앉은뱅이에게, '이 약만 먹으면 당장 일어날 수 있다!'고 광고하듯, 시윤은 유미에게 고도의 밀당 기술에 대한 강의를 이어갔다.

다음 날, 출근한 유미는 시윤이 말했던 대로 화장에도 평소보다 더욱 신경을 썼으며, 옷도 평소에 입던 밋밋한 것과는 달리 과감한 것을 입고 나왔다. 한껏 꾸미고 나온 자신의 모습이 어색했는지, 유미는 출근길에도 몇 번이나 옷매무새를 가다듬었다. 사무실에 들어서자마자 먼저 출근한 허 팀장과 팀원들에게 인사를 했다.

"오. 공 주임, 오늘 어디 가? 엄청 꾸몄네."

티 나요? 유미는 마음속으로 꽤 만족스러웠으나 애써 그 마음을 꾹꾹 눌러 담고 차분하게 행동했다.

"네. 오늘 저녁에 약속이 있어서요."

그녀는 어색하게 웃으며 대답했다.

"대리님도 출근해 계셨네요. 좋은 아침이에요!"

자연스럽게. 최대한 자연스럽게.

'어제 시윤 씨가 그랬었지. 입꼬리는 약 45도 각도로 올릴 것. 더 올리면 너무 좋아하는 티가 난다고 했었어!'

유미는 머릿속으로 '45도'를 끊임없이 되뇌었다. 그리고 이겸을 향해 정확히 45도 각도로 미소를 지어 보였다. 그러자 그는 당황한 듯 고개를 까딱하며 제 인사를 받아주었다.

'밀당 그거, 별거 없군?'

유미는 휙 몸을 돌려 회심의 미소를 지으며 자리에 앉았다. 역시 먼저 출근해 있던 시윤은 유미를 향해 엄지를 치켜들어 보였다.

"성공이야?"

"정확히 45도였어요."

"너무 완벽해서 나한테 푹 빠지면 어쩌지?"

"김칫국 노우."

시윤이 급정색을 하며 유미를 진정시켰다.

"네에. 알겠습니다."

잔뜩 들뜬 유미의 마음이 밀당의 스승 격인 시윤으로 인해 거짓말처럼 평정을 되찾았다.

"어제 말했듯이 '자연스러움'이 가장 중요해요. 최대한 아무렇지 않은 척, 도도하게. 할 수 있죠?"

"내 전문이지."

"전혀 신빙성 없어요. 못 믿겠는데."

시윤은 떨떠름한 표정을 지으며 의심 가득한 눈초리로 유미를 바라보았다.

"잘할 수 있어."

"좋아요. 그럼 다음 단계로 넘어가는 거예요."

출근하자마자 머리를 맞대고 쑥덕거리는 유미와 시윤의 모습을 바라보는 이겸의 마음은 그다지 좋지 않았다. 어제 시윤과 유미가 그렇게 떠나 버리고 난 다음, 따라나서고 싶은 마음은 굴뚝같았다. 하나, 애초에 자신이 속초로 간 이유가 지원의 뒤치다꺼리 때문이 아니었던가. 이겸이 이러지도 저러지도 못하고 고민하는 사이, 로비에 모습을 드러낸 지원과 마주쳤다.

자초지종을 들은 지원이 자기 때문에 이곳에 와놓고선 대체 왜 유미 병간호를 하러 간 거냐며 푸념을 쏟아내는 것을 시작으로 싸가지 없는 서 감독과 더는 같이 작업을 못 하겠다고 징징대는 통에 이겸은 곤욕을 치렀다.

그는 징징거리는 지원을 겨우 달래서 마지막 촬영까지 마칠 수 있었다. 서울에 도착하니 자정이 넘은 상태였다. 혹시 유미가 잠들기 전일까 싶어 이겸은 집으로 돌아가기 전 유미의 집 앞으로 가보았다. 역시나 창문으로 확인한 그녀의 방 전등은 꺼져 있었다.

'무슨 약속이기에 저렇게 꾸미고 나온 거지?'

유미는 살짝 안이 비치는 시스루 스타일의 블라우스에 무릎보다 한참 위로 올라온 빨간색 스커트를 입고 있었다. 평소 꾸미는 것에 별로 관심이 없던 유미가 갑자기 다른 사람이 되어 나타나서일까. 이겸은 괜히 마음이 불안해졌다. 사실은 이겸 그 자신의 눈에도 유미가 너무 예뻐서 더 불안한 걸지도 몰랐다.

"대리님? 듣고 계세요?"

멍하게 다른 생각에 잠겨 있던 이겸은 화들짝 놀라 몸을 들썩였다.

유미가 45도, 그 이상의 각도로 넘어가려는 입꼬리를 애써 내리눌렀다.

"뭐…… 라고 했어요? 잘 못 들었는데……."

오늘따라 입술에 붉은 립스틱까지 바르고 와, 입술을 움직일 때마다 허공에서 달싹이는 그녀의 입술에 이겸의 시선도 따라 흘렀다.

"아, 이런. 못 들으셨어요? 아니, 하반기 거래처별 예상 매출 데이터를 뽑았는데요……."

분명 평소와 똑같은 공유미인데. 그녀는 어딘지 모르게 평소와 많이 달라 보였다. 이겸은 자신의 귓가로 쉴 새 없이 밀려드는 유미의 목소리가 반갑지 않았다. 이제는 시도 때도 없이 미친 듯이 두근거리는 심장을 제어할 만한 힘도, 능력도 없어져 버렸다.

"제가 방금 메신저로 파일 하나 보냈는데, 그것 좀 띄워주실래요?"

이겸은 제 쪽으로 바짝 다가선 유미에게서 살짝 몸을 뒤로 물렸다. 그럼에도 불구하고 코끝을 잔잔하게 맴도는 플로럴 향은 이겸의 정신을 혼미하게 만들었다. 그는 완전히 유미에게 빠져 버린 정신을 다른 곳으로 돌려보기 위해 빠르게 파일을 열었다.

"조금만 더 아래로 내려주세요."

마우스 휠을 내리는 이겸의 손이 가늘게 떨렸다.

"아아, 여기요. 여기. 이거, 함수가 잘못된 거예요? 값이 자꾸 잘못 나와서요."

유미가 모니터를 검지로 콕콕 찍었다. 거의 몸이 맞닿을 듯 가까워지자 이겸의 얼굴이 걷잡을 수 없이 빠른 속도로 붉게 달아올랐다.

"저기, 좀 떨어져서……."

"어떻게 해야 해요?"

옆에 서서 앉아 있는 이겸을 내려다보는 유미의 눈빛이 어딘지 모르게 뇌쇄적이었다.

"모르면 물어보라고 하셨잖아요."

"……그러긴 했는데."

이겸은 생각했다. 유미가 이상해진 걸까, 아니면 자기가 이상해진 걸까. 후각은 유미의 향기로 마비가 될 것만 같았고, 벌어진 입술은 아무런 말도 흘려보내지 못한 채 멍했다.

"틀리면 또 혼내실 거잖아요."

안 혼낼게. 그러니까, 제발 자리로 돌아가. 더 이런 자세로 있다간 심장이 터져 버릴 것만 같으니까.

"어머나! 대리님 어디 아프세요? 얼굴이 왜 이렇게 빨개요? 열나는 거 아니세요?"

묘하게 입꼬리를 비틀어 올리고 걱정스러운 멘트를 건네는 유미로 인해 이겸은 정신이 혼미해져 왔다.

"조, 조금 더…… 자세히 봐야 알 것 같으니까…… 자리로 돌아가 있으면……."

"세상에! 식은땀도 다 흘리시고."

유미는 이겸의 책상 위에 있는 티슈 한 장을 뽑아 그의 이마에 송 골송골 맺힌 땀을 닦아주었다. 이겸은 나오지도 않는 기침을 만들어 내며 콜록거렸다.

"몸이 좀 안 좋나……. 콜록."

시크의 대명사라고 할 수 있는 이겸의 인생에 이런 굴욕의 역사가 생길 줄 누가 알았단 말인가.

"아프면 병원엘 가보셔야죠. 미련하게 참고 계실 게 뭐람."

이겸은 열이 오른 이마를 손등으로 짚으며 눈을 아예 감아버렸다. 보지 말아야 한다. 느끼지 말아야 한다.

콜록. 콜록. 이겸은 아직도 가라앉지 않은 붉은 얼굴을 손등으로 최대한 가렸다. 그는 한여름에 개도 안 걸린다는 감기에 걸린 명품 연 기를 선보였다.

"감기…… 인가 봐요. 공 주임한테 옮길지도 모르니까 떨어져요."

그 후로도 치근덕대는 유미 때문에 이겸은 곤란했다. 절대 유미가 싫어서가 아니었다. 자신의 것임에도 제어가 되지 않는 심장을 어찌 지 못해서 이겸은 위험한 유미를 최대한 멀리 떨어놓는 게 좋을 것 같다 고 여겼다.

퇴근 시간쯤이 되자 이겸은 하루 종일 외면하고자 노력했던 유미를 흘끔거렸다. 마치 6시가 되기만을 기다리는 사람처럼, 5시 55분부터 엉덩이를 들썩이는 그녀를 매의 눈으로 관찰했다.

'뭐야, 왜 저래? 저러고 누구랑 뭘 하러 가려는 걸까?'

5시 57분. 일을 마무리하려는 듯, 마우스를 딸각거리는 소리가 들려왔다. 동시에 이겸의 심장도 누군가 꾹꾹 누르는 것처럼 이상했다.

5시 59분. 컴퓨터 전원을 끄는 듯 보이는 유미의 모습에 이겸은 어쩔 줄 몰라 했다.

'대체 어딜…… 가기에 저렇게.'

6시 정각. 자리에서 벌떡 일어난 유미를 멍하게 바라보던 이겸의 입술이 벌어졌다. 가뜩이나 치마가 짧아서 거슬리던 차에, 갑자기 자리에서 몸을 일으킨 유미의 움직임에 치마는 평소보다 조금 더 위로 올라가 보기에 아주 민망할 만큼 짧아졌다.

'저러고 대체 어딜 가는데!'

도저히 안 되겠는지, 이겸이 급하게 작업을 하고 있던 파일을 저장하고 컴퓨터를 끄려고 하던 찰나였다.

"팀장님, 저 먼저 들어가 보겠습니다!"

"참! 오늘 공 주임 약속 있다고 했었지? 데이트?"

데이트란 단어가 흘러나오자 유미와 바로 맞은편에 앉아 있던 이겸의 동공이 커졌다.

"내일 뵙겠습니다."

유미는 질문에 대한 답은 하지 않고, 웃음으로 대신하고 돌아섰다. 뒤돌아 가는 유미를 원망스럽게 바라보며 이겸은 컴퓨터가 꺼지는 걸 확인할 새도 없이 그녀의 뒤를 따랐다. 허 팀장에게 인사를 건네야 한다는 사실조차 잊은 채 유미의 뒤를 쫓는 이겸의 모습은 몹시 초조해 보였다.

"대리님, 어디 가세요? 오늘까지 정리하라고 하신 J패션 매장 관리 목록 말인데요……."

시윤은 어딘지 모르게 이상해 보이는 얼굴을 하고 종종거리는 이겸을 붙잡아 세우고 물었다.

"나 좀 급해서. 그거, 내일 오전에 다시 이야기해요."

이겸은 유미에게 홀린 사람처럼 다급히 그녀를 따라 완전히 사무실 밖으로 사라졌다.

"저렇게 빤히 보이는데, 둘 다 바보야, 뭐야?"

시윤은 몹시 허탈한 웃음을 터뜨렸다.

가까운 거리가 아니면 돈 아까워서 택시도 안 타는 유미가 퇴근길 붐비는 지하철을 피해 택시에 올라탔다.

"뭐야? 왜 택시를 타?"

신경이 유미에게 쏠리기 시작하니, 퇴근을 하기 직전 유미가 화장품이 든 파우치를 들고 화장실에 가는 것만 보고도 별별 생각이 다 들 정도였다. 들키면 어쩌려고 이러고 있는지는 모르겠지만.

'그래. 걱정이 되어서 따라 나왔다고 생각하자.'

어느새 자기 합리화까지 하고 있는 자신의 모습을 보자니 스스로가 정상은 아닌 것 같다는 생각이 들었다.

'뭐 하는 거냐, 진짜.'

오늘 안에 끝내야 할 업무도 남아 있는데 그것도 미뤄두고 올 만큼 이겸은 제정신이 아닌 상태였다. 처음엔 시윤과 저녁이라도 먹으러 가나 보다 하고 생각했다. 그런데 혼자서 나서는 걸 보니 약속 상대가 시윤이 아님은 분명했다. 다른 누군가와 약속이 있는 것이다.

'그렇다면 누구?'

주하는 남자친구가 생겨서 연락도 잘 안 한다고 했었다. 그 외에 유미가 연락하는 친구가 있었나? 이겸은 급기야 중요한 순간에 머리가 새하얘지는 놀라운 현상을 겪어야 했다.

"하아……."

겨우 택시를 잡아탄 이겸은 유미가 탄 택시를 뒤따랐다. 그는 얼마나 긴장을 했던지 좌석에 제대로 등도 기대지 못하고 전방을 주시했다. 조수석 백 레스트를 붙잡은 손에는 흥건히 땀이 들어찰 정도였다.

유미가 내린 곳은 회사에서 그리 멀지 않은 곳에 위치한 호텔이었다. 자연스럽고 당당한 걸음걸이로 호텔 안으로 빨려 들어가듯 걸어가는 유미의 뒷모습을 보는 이겸의 표정은 그야말로 참담했다. 하늘에 맞닿을 기세로 높게 솟아오른 호텔 건물을 올려다본 이겸은 차마 믿을 수 없었는지, 손을 이마에 짚고는 들어가기를 망설였다.

"설마 눈치 없는 우리 어머니가 또 맞선 자리를 마련해 주셨나."

천천히 걸음을 옮기는 이겸의 모습은 어딘지 모르게 자신감이 결여된 것처럼 보였다. 잠시 돌아갈까 고민해 보기도 했지만, 이왕 여기까지 왔으니 유미와 맞선을 보는 상대방의 얼굴이라도 보고 가자는 생각이 앞섰다. 저번엔 의사였는데, 이번엔 또 어떤 빵빵한 직업을 가진 사람을 유미에게 들이밀었을까? 어머니가 그토록 사랑하는 유미가 아니던가. 이상하게 속이 쓰린 기분을 겨우 삼켜내고 이겸이 로비를 가로질러 걸어가는 유미의 뒤를 따랐다. 그는 대리석 바닥을 울리는 자신의 발소리를 죽이고, 동시에 숨도 참았다.

승강기가 내려오길 기다리며 층 표시기를 가만히 응시하고 어딘지 모르게 설렘을 가득 담고 있는 유미가 그의 눈에 들어왔다. 이겸 자신이 한 번도 본 적 없는 것 같은 모습이었다. 어느새 로비 층에 다다른 승강기 문이 양쪽으로 활짝 열리고 유미가 그 안으로 들어섰다. 멀찌감치 떨어져 있던 이겸은 유미가 떠난 다음 그 승강기가 멈춘 층수를 확인했다.

25층. 이 호텔에 와본 적은 없으나 그 정도 층수면, 스카이라운지 정도는 될 것 같았다. 승강기가 다시 로비 층으로 내려왔다. 그 문이 활짝 열렸음에도 이겸은 좀처럼 쉽게 걸음을 떼지 못했다. 이게 무슨 추태인가 싶기도 하고, 자칫 유미의 즐거운 시간을 방해할지도 모른다는 생각이 들었다.

'역시 돌아가는 게 맞아.'

이내 이겸은 결심한 듯 발길을 돌렸다.

"이게 누구야? 이겸이 맞지?"

긴가민가하며 자신 없는 말투를 한 여자의 카랑카랑한 목소리가 이겸의 귓가를 파고들었다. 제 이름이 들려오자 이겸은 무의식중에 소리가 나는 쪽으로 고개를 틀었다.

"하나 누나?"

방학 때면 유미의 집에 신세를 지던 유미의 사촌, 하나였다.

"이겸이 맞구나? 진짜 오래간만이다. 잘 지냈어?"

서글서글한 성격도 유전자의 일부인 건지, 유미와 비슷한 성격을 가진 하나는 뜻밖의 장소에서 이겸을 만난 게 반가운 듯 그의 팔뚝을 붙잡고 말을 이어갔다.

"아, 네. 뭐 그럭저럭."

이겸은 떨떠름한 감정을 숨긴 채 애써 미소를 지어 보였다.

"여긴 어쩐 일이야?"

"헛. 네?"

"아아. 유미랑 같이 왔어?"

츤데레와 정석

"유, 유미랑 같이요?"

하나의 입에서 '유미'의 이름이 나오기가 무섭게 이겸의 얼굴이 새파랗게 질렸다.

"유미 얘는, 나한테 말이라도 해주지. 유미는? 화장실 갔어?"

이겸은 당황해서 무슨 말을 어떻게 꺼내야 할지 몰라 부자연스럽게 눈을 깜빡였다. 그가 정신을 차렸을 땐 이미 하나에게 끌려와 25층 라운지 레스토랑에 앉아 있는 상태였다. 이겸은 자신의 바로 옆자리에 앉은 유미가 노골적으로 뜨거운 시선을 보내오는 것이 느껴졌으나, 이겸은 머리를 긁적이거나 눈동자를 굴리는 등 상황에 맞지 않는 무의미한 행동을 이어 했다.

"인사해. 우리 예비 신랑."

하나는 자신이 직접 소개를 하면서도 내심 쑥스러웠던지 코를 살짝 찡긋하는 걸로 그 부끄러움을 숨겨보려 했다.

"안녕하세요. 하나 씨와 다음 달에 결혼하는 정지호라고 합니다."

"안녕하세요. 저는 하나 언니 사촌 동생 공유미예요."

"하나 씨한테 듣던 대로 미인이시네요. 공씨 집안 유전자가 우월한가 봅니다."

할 말이 없어서 한 입바른 말이라는 걸 알지만, 유미는 그것에 괜스레 기분이 좋아졌다. 지호의 시선이 유미의 바로 옆에 앉아 있던 이겸에게로 건너갔다.

"그런데 이분은……."

"아……."

유미는 마음 같아선 이겸에게 대체 여긴 뭐 하러 따라온 거냐고 소리라도 지르고 싶었지만, 이제 가족이 될 지호와 처음 만난 자리에서 그러한 모습을 보일 수는 없었다. 반면, 이겸은 자신이 먼저 나서지 않고 유미가 저를 소개해 주길 기다렸다.

"아, 이름은 신이겸이고, 제 남자⋯⋯."

친구? 남자친구? 이겸은 묘하게 흥분되는 상황에 긴장이 되어 다리까지 떨려왔다.

"사람친구예요."

몹시도 쿨하게 이겸을 들어 '남자사람친구'라고 칭한 유미는 생긋 웃으며 제 앞에 놓인 물을 들이켰다. 이겸은 지금 마치 모래알을 삼킨 듯 목구멍이 따가웠다. 풀린 그의 눈은 초점을 잃은 채 허공을 맴돌았다. 기대라고는 전혀 하지 않았다고 생각했는데, 저도 모르게 유미의 입에서 '남자친구'라는 소개가 나올 거라고 생각한 모양이었다. 이것은 떡 줄 사람은 생각도 않는데, 혼자서 김칫국부터 마셔 버린 아주 정확한 예라고 할 수 있었다.

"아, 신이겸 씨. 반가워요."

이겸은 지호가 마치 남자사람친구가 이 자리엔 대체 왜 따라왔느냔 눈빛으로 저를 쳐다보고 있는 것만 같았다. 쥐구멍이라도 있다면 당장 숨어버리고 싶을 만큼, 이겸은 세상에 태어나 가장 부끄러운 순간을 맞이했다.

서울 시내가 훤히 내려다보이는 5성급 호텔 스카이라운지 레스토랑. 누가 봐도 단란하고 친근감이 넘쳐 보이는 세 사람과 이방인 이겸이 한 테이블에 모여 앉았다. 주문한 요리가 테이블에 올라오기까지 이겸은 몇 번이나 일어설까 고민했다. 하지만 이겸은 자신이 여기서 일어나면 유미와 하나에게 실례가 된다는 걸 잘 알기에, 조금 불편해도 자리를 지키고 앉아 있는 게 맞다고 생각했다.

코딱지만 한 스테이크를 메인 요리라고 내놓은 것이 우스웠지만, 이겸은 그런 걸 생각할 여유조차 없었다. 구워진 스테이크에 칼질을 시

츤데레와 정석

작하자, 거기서 나온 핏물과 육즙이 접시를 물들였다. 이겸은 그다지 배가 고프다는 생각이 들지는 않았지만, 분위기를 맞추기 위해 접시 위에 있는 고기를 억지로 다 먹었다.

"참. 유미 이번에 승진했다고 했지?"

"응! 드디어 승진했어!"

이겸의 초고속 승진에 비하면 명함을 내밀기도 부끄러운 수준이었지만, 유미도 그녀 나름대로 노력해 얻어낸 결과였다.

"이거, 승진 선물. 그 안에 청첩장도 같이 넣었어."

"우와. 고마워, 언니. 근데 뭐 이런 걸 다 준비했어?"

유미는 천진난만한 얼굴로 하나가 건넨 쇼핑백을 받아 들었다.

"너 승진했다니까 이 사람이 너 승진 선물이라도 챙겨줘야 하는 거 아니냐고 먼저 말해줘서 준비한 거야. 알고 보면 나보다 더 세심한 사람이라니까?"

유미의 말이 떨어지기가 무섭게 하나는 제 남편 될 지호를 칭찬을 하는 데 여념이 없었다.

"둘 중에 한 사람만 세심하면 됐죠. 하나 씨는 앞으로도 세심해질 생각하지 않아도 돼요. 내가 세심하면 되니까."

거기에 지기라도 할세라 곧바로 맞받아치는 지호의 모습이란.

'뭐지. 이 대놓고 꽁냥질은.'

유미는 고기를 씹다 말고 어색한 웃음을 흘렸다. 저는 태어나 한 번도 느껴 보지 못한 대놓고 아름다운 광경에 놀람을 감출 수 없었다. 그러고 보니 옆에 앉아 느긋하고 여유로운 자태로 식사를 하는 이겸이 얄미워 죽을 지경이었다.

"아이. 지호 씨, 애들 보는데 왜 그래요."

"뭐 어떻습니까. 어차피 결혼할 사인 거 다 아는데요."

유미는 그들과 더 같이 있다가는 먹은 음식들이 도로 역류해 튀어 나올 것만 같았다. 날씨는 바람 한 점 없는 무더운 여름이건만, 마음 속은 칼바람이 쌩쌩 부는 겨울이었으니까.

"대충 다 먹은 거 같으니까 이만 일어날까요?"

"오래간만에 만났는데 조금 더 이야기 나누다 가. 아래에서 커피라 도 한잔하고 갈까?"

"아냐, 언니. 결혼 준비로 바쁠 텐데 이렇게 시간 내서 만나준 게 더 고맙지."

아쉬운 감이 없지 않아 있었지만, 확인해야 할 일이 좀 남아 있기 도 하고…… 유미는 제 옆자리에 앉아 머쓱한 듯 코를 만지작거리는 이겸을 노려보았다.

'어쩌자고 여기까지 따라온 거야. 미행이 특긴가? 지난번에 시윤 씨 랑 영화 보러 갔을 때도 따라온 게 맞아. 분명해.'

로비에서 하나, 지호 커플과 헤어지고 난 뒤, 유미는 휙 몸을 돌려 제 뒤를 느리게 따라 걷던 이겸을 보며 입술을 삐쭉였다.

"너 뭐야?"

"뭐긴 뭐야. 사람이지."

무서운 눈빛을 하고 저를 쳐다보는 유미를 외면하기 위해 고개를 모로 튼 이겸이 낮은 목소리로 말했다.

"사람인 거 누가 모르니? 누가 말장난하재? 여기까진 대체 어떻게 알고 온 거야?"

알고 오긴 뭘. 따라온 건데. 이겸은 차마 어떻다는 대답을 하지는 못하고 검지로 목덜미를 긁는 시늉을 했다.

"대답 안 하지?"

"……사실대로 말하면 화 안 낼 거야?"

잔뜩 화가 난 것 같은 유미의 눈치를 보며 이겸이 중얼거리듯 작은 목소리로 물었다.

"완전 화낼 거야. 사실대로 말해. 하나도 빠짐없이!"

무슨 말을 하든 이겸에게 화를 내는 것으로 이 답답한 속을 풀어 줄 것이다.

"그게……"

시원하고 대차게 하고 싶은 말을 잘만 하던 신이겸이, 요즘 들어 머뭇거리는 횟수가 늘었다. 그런 이겸의 모습이 적응되지 않아 유미는 팔을 안으로 넣어 팔짱을 낀 채 그의 대답이 나오길 기다렸다.

"맨정신으론 못 하겠는데."

"뭐가 어째?"

"술이라도 먹여줘."

화를 내기 위해 대답이 나오면 쏘아댈 기세로 준비를 하고 있던 유미는 황당함을 감추지 못한 채 입을 벌렸다.

이겸은 스스로 뱉은 말이 너무나도 놀라워서 한동안 말을 잇지 못했다. 유미를 따라 여기까지 왔다는 말은 차마 자존심이 상해서 할 수 없었다. 그래서 나오는 대로 뱉은 말이었다.

"술도 잘 못 마시면서?"

"못 마시는 게 아니라, 안 마시는 거야."

그 깊이를 알 수 없는 이겸의 그윽한 눈동자가 유미를 응시했다. 아주 잠깐이기는 했지만, 유미는 갑자기 진지해진 이겸의 눈동자에 홀렸다. 겨우 정신을 차리고는 말을 돌리는 유미의 모습은 누가 보아도 당황한 듯 보였다.

"……아아, 비싼 밥 얻어먹는다고 점심도 굶고 왔는데 영 내 입맛엔 안 맞았어."

"나오는 족족 다 먹어치우는 걸 내가 봤는데?"

비싼 거라 그런지 맛도 고급이긴 했다.

"그럴 리가. 네가 뭘 잘못 본 걸 거야. 나 아직도 입안이 텁텁해. 완전 별로였어."

유미는 괜히 말을 돌려보겠다고 이상한 소리를 했다가 곤욕을 치렀다. 눈에 빤히 보이는 거짓말을 하는 그녀의 모습에 이겸의 입꼬리가 호선을 그리며 위로 밀려 올라갔다.

"잘됐네. 나도 자리가 불편해서 별로 못 먹었거든."

유미는 이미 꽉 찬 위에 무언가를 다시 욱여넣을 생각을 하니 벌써부터 속이 더부룩한 기분이었다. 이겸이 가자는 대로 마지못해 끌려오긴 했지만 뭘 더 먹고 싶은 생각이 들지는 않았다. 하지만 이겸이 주문을 하자마자 나온 장어 두 마리는 벌써 불판 위로 올라갔다. 불판 위로 회색 연기가 솟구쳐 올랐다. 초벌구이가 되어 나온 장어를 굽던 이겸은 움직임이 없는 유미를 의아하게 바라보았다.

"안 먹어?"

유미는 먹음직스럽게 익은 장어의 자태를 보고 있자니, 위가 꽉 차긴 했지만 조금 더 먹어 늘려보는 것도 좋은 방법일 거라는 생각이 들었다. 후각을 미칠 듯이 자극하는 장어 굽는 냄새에 완전히 굴복해 버리고 말았다.

"어디 그럼…… 조금만 먹어볼까?"

기쁜 마음으로 젓가락을 집어 든 유미의 머릿속에 불현듯 시윤의 말이 스쳐 지나갔다.

"주임님은 너무 쉬워요. 좋게 말하면 거짓말을 못해서 솔직한 거고, 나쁘게 말하면 너무 빤히 보여서 속이기도 쉽고 이용해 먹기도 쉬운 스타일이야. 문제는 그걸 신 대리님도 알고 있단 거예요. 절대, 무슨 일이 있어도 쉽게 휘둘리면 안 돼요. 알아들으셨죠?"

유미는 '사랑'이라는 감정과 관련된 모든 것에 스킬이 부족한 여자였다. 그래서 시윤이 유미에게 그 중요성에 대해 두 번, 세 번 강조하고 나선 것이었다. 그녀는 곰곰이 이전 상황에 대해 다시금 되짚어보았다. 생각해 보면 자신이 이겸을 따라 여기까지 온 것 자체가 문제였다. 자존심도 뭣도 없이 행동한 지난날 자신의 과오는 절대로 되풀이하지 말자고 해놓고선, 또 속없이 끌려온 꼴이었다. 최소한의 자존심이라도 챙겨보려고 시윤의 도움을 받으려 했던 건데. 오히려 또다시 제 모습으로 회귀하고 있는 느낌을 지울 수가 없었다.

'자연스럽게 또 넘어갈 뻔했잖아?'

제아무리 치밀하게 계획을 세웠다 할지라도, 어쩌면 이겸의 앞에서 마음과 다르게 행동하는 것 자체가 힘들었던 걸지도 모르겠다. 그렇게 생각하니 유미는 스스로에게 자괴감이 들어서 견딜 수가 없었다. 조용히 젓가락을 테이블 위에 내려놓고 빈 잔에 소주를 졸졸 따라 그대로 들이켰다. 차라리 이 자리에 시윤이 있었다면, 정신 좀 차리게 뺨이라도 내려쳐 달라고 했을 것 같았다. 유미는 마치 설익은 밥을 씹은 것 같은 기분이었다.

"먹는다며. 다 타겠다."

이겸은 익은 것들을 모아 유미의 앞접시에 올려놓으며 그녀의 눈치를 살폈다.

"먹어야지."

제 접시에 있는 장어를 입에 넣고는 또 아무 말 없이 소주를 들이켜 대는 유미를 보고 있자니 이겸은 괜스레 속이 탔다.

'예쁘게 하고 혹시 데이트라도 가는 줄 알고 쫄려서 따라간 거라고 이야기할 걸 그랬나.'

그냥 그때 질러 버릴걸. 이겸은 시간이 지날수록 더 말을 하기가 힘들었다.

'하, 바보 같은 놈. 어차피 고백해 놓고 뭘 더 숨기겠다고.'

공부를 해서 좋은 성적을 받는 건 쉽다. 회사에서 업무적인 성과를 내고 인정을 받는 일도 이겸에게 있어선 그리 어려운 일이 아니었다. 그런 '엄친아' 이겸에게도 어려운 일이 있었다. 그것은 바로 유미에게 제 속마음을 가감 없이 드러내 보이는 것이었다. 더 이상 유미에게 자신의 마음을 숨기지 않겠다고 다짐했고, 고백까지 해놓고선 질투가 났다는 말은 왜 못 하는지. 이겸도 유미만큼이나 속이 탔다. 유미는 감정을 숨기는 것이 너무나도 어려웠고, 이겸에게 있어서 감정을 숨기는 일은 너무나도 쉬운 일인 까닭이다. 이겸은 놀라운 속도로 빨리 소주를 비워내기 시작했다.

"무슨 술을 그렇게 빨리 마셔. 안주라도 먹어가면서 마셔……."

유미가 연거푸 소주를 마셔대는 그를 보며 걱정부터 앞세웠다.

"맨정신으론 못 해. 죽어도 못 해."

이겸은 뭣 때문인지 살짝 고개를 숙인 채 작은 목소리로 중얼거렸다.

"그래. 이제 맨정신도 아니겠다. 대답해 봐. 아까 거긴 대체 어떻게 알고 온 거야?"

"……네가 뭘 알겠어."

차라리 솔직하게 그렇게 예쁘게 하고 어디에 가는 거냐고 물어봤으면 될 것을. 그게 뭐라고 이렇게 뜸을 들이다가 타이밍을 놓쳐서 이렇

게 애를 태우고 있는 건지 모르겠다. 더운 숨을 동반한 이겸의 목소리
가 한숨과도 같이 새어 나왔다. 그는 여전히 고개를 숙인 채 혼잣말
을 하듯 중얼거렸다.

"설마 하나 언니가 너한테도 나오라고 했어?"

유미는 이겸에게서 눈을 떼지 못했다. 만약 그런 거라면 미안해야
할 쪽은 이겸이 아니라 유미였다.

"왜 말이 없어, 응?"

대답 없이 고개를 푹 숙이고 있는 이겸을 향해 유미가 답답한 듯이
소리쳤다.

"따라가따."

유미가 눈썹을 살짝 일그러뜨렸다.

"응? 뭐라고?"

유미는 자신이 뭘 잘못 들은 건가 싶어서 다시 물었다.

"따라가따고오……."

유미는 고개를 아래로 낮춰 아래로 꺼질 듯한 이겸의 얼굴을 들여
다보았다.

"응? 따라왔다고?"

"그래애, 따라가따."

잔뜩 꼬인 발음하며, 느린 행동은 분명 이겸에게서 나온 것이었다.

"신이겸. 너 설마…… 취했어?"

"그래애, 취해따……."

유미는 난생처음 보는 이겸의 흐트러진 모습에 어안이 벙벙했다.
테이블 위에는 고작 두 병밖에 안 되는 빈 소주병이 놓여 있었다. 거
기서 자신이 마신 술이 한 병 남짓.

"너 술 못 마시는 거 맞네! 뭘 잘 마신대!"

말을 하려다 말고 멈칫한 유미는 이겸이 술을 많이 마시는 걸 거의 본 적이 없다는 사실을 생각해 냈다. 술을 못 마시는 게 아니라 안 마시는 거라는 말을 왜 자연스럽게 믿어버렸을까?

"야아…… 너 정말 취했어?"

"……푸우."

"뭐 얼마나 마셨다고 그러는데! 너 지금 연기하는 거지?"

그렇지 않고서야 이렇게 빨리, 쉽게 훅 갈 수는 없는 것이다. 곧 테이블에 닿을 듯 이겸의 머리가 내려오는 걸 발견한 유미는 이겸의 옆으로 자리를 옮겨 앉았다. 맥없이 늘어진 모습을 보자니 연기는 아닌 것 같았다. 흐트러진 모습마저 완벽해 보이는 건 왜 때문인지.

'술 취한 모습은 처음인데. 지나치게 섹시한 게 흠이라면, 흠이다.'

흠이고 나발이고, 이 정도면 중증이 아닐까 싶다. 그를 외면하고자 했던 다짐에 반한 마음은 계속해서 그를 좇았다.

"안 되겠다……. 집에 가자."

술 취한 이겸보다 위험한 건 바로 자신일 거라 생각한 유미는 황급히 자리에서 몸을 일으켰다. 유미는 이겸의 짐을 챙기기 위해 주변을 둘러보았지만, 그가 아무것도 들고 오지 않았다는 사실을 그제야 깨달았다.

"어? 가방이 없네?"

유미가 사무실을 나서는 모습을 보고 놀란 이겸이 혼비백산이 되어서 회사에 가방도 놓고 온 걸 알면 그녀는 아마 까무러칠지도 모를 노릇이었다. 그런 사실을 알 리 없는 유미는 이겸의 팔에 팔짱을 끼고는 그를 일으키려 했다.

'내가 술 취한 신이겸을 부축하게 될 줄이야.'

유미는 제 쪽으로 바짝 기댄 이겸을 일으켜 보려 안간힘을 썼다. 별로 마시지도 않은 것 같은데 완전히 늘어진 남자의 몸을 유미 혼자 감당하기란 여간 어려운 일이 아니었다.

"정신 좀 차려봐, 이 자식아."

답답한 유미의 마음을 아는지 모르는지, 이겸은 달아오른 얼굴 가득 인자한 미소를 지어 보이며 '헤' 하고 웃었다. 결국 식당 주인의 도움을 받아서 택시에 올라탄 유미는 모아둔 숨을 길게 뱉어냈다.

'괜히 내가 추궁할 것 같으니까 술 마시고 뻗은 건가! 고단순데? 역시 쉽지 않아.'

제 어깨에 기대 잠든 이겸을 보는 일은 생각보다 더 가슴 떨리는 일이었다. 묵직하게 내려앉은 무게가 이상하리만치 가볍다. 이겸의 입술 사이로 뜨거운 숨이 흘러나올 때마다 유미는 볼이 점점 달아오르는 것을 느꼈다. 택시가 과속방지턱을 넘는 바람에 이겸의 몸이 앞으로 쏠리자 유미는 순간적으로 이겸의 몸을 제 쪽으로 쭉 끌어당겼다. 너무나도 쉽게 제 품으로 파고들어오는 이겸의 모습에 유미의 심장은 더욱 빠르게 뛰었다.

'기분이 이상해……'

늘 밀어내기만 하던 이겸이, 제게 아무렇지 않게 끌려오는 것은 물론 이토록 가까이 다가서 있는 것 자체가 신기했다.

"신이겸……."

되도록 그의 정신을 깨워 떨어뜨려 놓는 게 좋을 것 같아서 유미는 이겸의 이름을 불러본다.

"으응……."

의외로 그의 입에서 대답이 흘러나왔다.

"정신이 들어? 좀 이렇게 제대로 앉아……."

유미는 이겸의 어깨를 밀어 좌석 등받이에 기대어볼 참이었다. 그런데 힘없이 늘어져 있던 그의 몸이 밀려나긴커녕 더 바짝 제 쪽으로 파고들었다.

"시러어."

"……허어."

유미의 입에서는 그 의미를 알 수 없는 탄식이 흘러나왔다. 너무나도 좋아하는 이겸의 향기가 코끝을 진하게 감돌았다. 이겸의 팔이 유미의 허리를 완전히 감쌌다. 그 모습은 흡사 유미가 이겸에게 완전히 매달리고 있는 것같이 보였다.

"너무 가까워."

이겸을 밀어내는 유미의 손에는 조금의 힘도 실려 있지 않았다. 힘없이 밀어내는데 밀려날 턱이 있나.

"……공유미."

잔뜩 늘어진 발음으로 유미의 이름을 부르는 이겸의 음성은 더없이 감미로웠다.

"응. 왜."

"유미야……."

유미는 더 이상 그를 밀어낼 자신이 없어졌다. 아니, 애초에 밀어낼 생각조차 없었던가.

"절대 휘둘리지 말아요."

시윤의 목소리가 유미의 귓전을 울렸다.

"유미야……."

좋은 걸 어떡해.

"왜에. 이겸아."

아직도 좋아서 포기가 안 되는 걸 어떻게 해.

"따뜻해……."

느리게 꼬인 발음으로 한 마디 한 마디 뱉어내는 이겸의 목소리에 마음이 녹아내릴 것만 같았다. 제 심장이 반응하는 남자는 신이겸 하나뿐이었다. 그 어떤 사람에게도 마음을 줄 수가 없었다. 사람들이 저를 두고 쉬워도 너무 쉬운 여자라고 손가락질을 해도 괜찮다. 사랑에 빠지는 건 쉬워도, 그 사랑을 잊는 건 더없이 어렵다. 적어도 유미에게 있어서 이겸은 사랑하기 쉬운 상대이자 잊기 어려운 존재였다. 마치 그게 자신의 정해진 운명인 것처럼.

이겸의 집 바로 앞까지는 택시가 들어갈 수 없는 좁은 골목이었다. 두 블록 정도 되는 거리를 유미 혼자 술에 취한 이겸을 부축해 가야 했다.

"아우, 신이겸. 제발 정신 좀 차려봐."

유미는 가뜩이나 짧은 치마를 입고 있어서 걸음걸이에 신경이 쓰이는데, 인사불성이 된 이겸까지 부축하려니까 죽을 맛이었다. 고작 몇 걸음 이동했을 뿐인데 숨이 턱 끝까지 차올랐다.

"에잇!"

유미가 패대기치듯 이겸을 골목길 벽에 몰아세웠다.

"신이겸! 어이, 신 대리!"

그의 뺨을 사정없이 내리치고 멱살을 쥐고 흔들어보아도 이겸은 살짝 몸을 움찔거리거나 간헐적으로 신음 소리를 흘릴 뿐 잠인지 술인지 모를 것에서 깨지 못했다. 이른 시간이었다면 이겸의 가족들에게 연락을 해 도움을 청했을 테지만 벌써 시간은 새벽 1시를 넘어섰다. 유미는 가족들에게 괜한 민폐를 끼치고 싶지 않았다. 제 힘으로 해보려고 안간힘을 썼으나 그를 집까지 끌고 가는 건 여간 힘든 일이 아니었다.

"앞으로 내가 너랑 술을 같이 마시면 개다!"

맹세하듯 다짐을 하고선 유미가 다시 이겸을 부축해 보려 그를 끌어안았다. 아까 걸으며 그를 부축했을 때와는 차원이 다른 힘으로 밀려드는 이겸의 무게에 못 이겨 유미는 뒤로 엉덩방아를 찧으며 쿵 내려앉았다.

"으악!"

그와 동시에 자신의 위로 쓰러진 이겸을 몸으로 받아낸 유미는 아릿한 엉덩이의 통증에 얼굴 가득 인상을 구겼다. 제 목덜미에 입술을 묻고 있는 이겸을 황급히 떼어낸 유미는 홧홧하게 타오르는 얼굴의 열기를 식히려고 손으로 부채질을 했다.

"덥다. 더워."

있는 힘껏 그를 밀어서 아스팔트 바닥에 앉힌 유미는 긴 한숨을 쏟아냈다. 자신이 그간 이겸의 등에 업혀 집에 들어간 횟수를 생각하자면 이겸이 취해 집으로 데리고 들어가는 이 한 번을 힘들다고 하면 안 된다.

"투덜대서 미안. 집에 얌전히 모셔다 줄게."

유미는 자신이 술에 취하면 늘 이렇게 했을 이겸을 생각하니 그에게 몹시 미안해졌다. 말은 싫다, 귀찮다 해도 항상 자신을 챙겨주었던 이겸에게 때아닌 고마움이 밀려들었다. 유미는 이겸의 겨드랑이 사이에 팔을 끼워 넣어 그를 일으켜 보려고 용을 썼다. 무슨 돌덩이도 아니고. 꿈쩍도 않는 이겸과 씨름을 하던 유미는 아무래도 안 되겠던지 그의 옆에 아예 자리를 잡고 앉아버렸다.

"그냥 여기서 밤을 새는 게 낫겠어."

"……푸흐."

이겸이 입술을 잔뜩 내밀고 알코올 향을 잔뜩 머금은 뜨거운 숨을 뱉어냈다. 가쁜 숨을 고르던 유미는 순간적으로 화가 치밀어 올랐다. 왜 항상 안달 나고 힘든 건 저여야만 하는 걸까? 왜 늘 마음 졸이고 눈치 봐야 하는 건 저여야만 하는데? 오락가락하는 마음을 반증하듯 이겸을 다루는 유미의 손길은 거칠기만 했다.

"나쁜 자식."

온갖 나쁜 말을 다 갖다 붙여도 이상하지 않을 천하의 나쁜 놈.

'감히 날 까놓고 두 발 뻗고 여태껏 편히 지내셨겠다? 그래놓고 이제 와서 좋아? 좋다고? 그렇게 좋아 죽겠다는 눈으로 쳐다보면 뭐 어쩔 건데? 흥!'

유미는 이겸의 마음을 받아줄 때 받아주더라도 복수는 해야겠다는 생각이 들었다.

"날 아프게 한 복수의 시작은 이게 좋겠어."

유미는 서서히 제 쪽으로 몸을 기울여 오는 이겸에게서 몸을 물렸다. 그러자 그의 몸이 천천히 바닥으로 흘러내렸다.

다음 날 아침. 이겸은 주변에서 들려오는 웅성거리는 소리에 잠에서 깼다. 몸에 닿는 딱딱한 감촉이 몹시도 낯설게 느껴졌다. 새 지저귀는 소리가 어쩐 일인지 창문을 거르지 않고 아주 생생하게 들려오는 느낌이었다. 떠지지 않는 눈을 억지로 떠보려고 하자, 눈꺼풀이 파들거리며 떨렸다.

"어머나, 세상에! 아침부터 이게 무슨 일이래? 앞집 신 검사님 댁 아들 같은데…… 어쩌다 여기 누워서 이러고 있는 건지……."

"맞네, 맞아!"

눈을 뜨기가 무섭게 이겸의 시야를 채우는 풍경은 실로 놀라웠다.

90도로 틀어지기는 했지만, 이겸은 자신이 있는 곳이 자신의 집 바로 앞 골목길이라는 것을 알 수 있었다.

그리고 제 주변을 둘러싸고 있는 동네 아주머니들.

이미 뜬 눈을 감을 수도 없고.

"아이고, 눈 떴네! 눈 떴어!"

그렇다고 앞집 아주머니에게 인사를 건넬 수도 없었다.

'이런…… 젠장. 이건 또 무슨 개떡 같은 상황이야!'

신이겸 인생의 가장 큰 흑역사로 길이길이 남을, 길거리 취침되시겠다.

"어머머. 이겸아? 거기 누워서 뭐 해?"

범인은 반드시 현장에 다시 나타난다는 말이 있다. 연기인지 뭔지 모를 놀란 표정을 하고 묻는 유미를 물끄러미 응시하던 이겸은 천천히 몸을 일으켰다.

"……하긴 뭘 해."

이겸은 너무 부끄러워서 목소리도 제대로 나오지 않았다. 그가 몸을 일으키자 이겸을 둘러싸고 있던 동네 아주머니들이 걸음을 조금 뒤로 물러 길을 터주었다.

"너 설마 여기서 잠든 건…… 아니지?"

숙덕거리는 아주머니들을 피해 이겸에게 바짝 다가선 유미가 마치 몰랐다는 듯 그에게만 들릴 정도로 작은 목소리로 물었다.

"그럴 리가…… 없잖아."

가뜩이나 낮은 이겸의 목소리가 땅속을 기어들어 갈 기세로 작아졌다. 유미는 밖으로 터져 나오려는 웃음을 참고, 속으로 그를 비웃었다. 그런 유미에 반해, 이겸은 동네 주민들에게 이런 제 모습을 보인 것보다 유미에게 이 말도 안 되는 모습을 보인 것이 미치게 부끄러웠다. 가루가 되어 사라져 버리고 싶을 정도였다. 좋아하는 사람 앞에서 이런 추한 꼴이라니. 자제하지 못하고 술을 들이마신 건 자기 자신이라서 차마 유미를 탓할 수도 없었다.

'제길.'

이겸은 속으로 자신이 할 수 있는 온갖 욕은 다 했다. 그렇게라도 하지 않으면 스스로를 향한 분노가 쉬이 해소되지 않을 것 같았기 때문이다.

집으로 돌아온 이겸은 거울에 비친 제 모습을 보고는 또다시 좌절해야 했다.

"어쩌자고…… 공유미한테 이런 말도 안 되는 꼴을 보여준 거지."

머리는 산발이고, 명치 아래까지 풀어 헤쳐진 넥타이하며, 푸석푸석한 얼굴까지. 지금 제 모습에서 말끔한 곳을 찾는 게 더 쉬울 정도로 어느 것 하나 정상적이라고 볼 수 있는 게 없었다. 항상 유미에게 완벽한 모습만 보인 것 같은데, 혹시 자신의 흐트러진 모습을 보고 실망하지는 않았는지. 술에 취해 무슨 실수를 저지르지는 않았는지, 또 혹시 이상한 소리를 하지는 않았는지 걱정되었다.

"아악!"

결코 상상하고 싶지 않은 것들이 하나둘씩 이겸의 머릿속을 빼곡하게 채워 나갔다. 아니길 바랐다. 아니, 아니어야 했다. 이겸은 습관적으로 셔츠 깃 아래를 쓰다듬었다.

"응……?"

이상하게 허전했다. 방금 전 골목에서 눈을 떴을 때 유미를 발견했던 그 순간보다 더 놀라 커다래진 이겸의 동공이 지진이 난 듯 흔들렸다.

"어디로…… 갔지?"

늘 착용하고 다니던 목걸이가 없었다. 셔츠에 비해 평상복은 목걸이가 눈에 띄기 쉬워서 일부러 군번줄 같이 길게 늘어지는 디자인을 선택했다. 목걸이 줄은 가장 얇은 것으로 해서 자세히 들여다보지 않으면 모를 정도였다. 그랬기 때문에 누구도 자신이 목걸이를 하고 다닌다는 걸 눈치채지 못했고, 아무도 그 사실을 알지 못했다. 그 목걸이는 이겸이 자신의 몸보다도 더 소중히 여기던 것이었다.

"아…… 내가 씻으면서 잠깐 빼뒀나?"

설마 그 소중한 걸 잃어버린 건 아닐 거라고 믿은 이겸은 확신에 찬 표정을 하고 욕실을 향해 걸었다. 그런데 어쩐 일인지 욕실 문고리를 돌리는 이겸의 손길은 느리기만 했다.

"여기에 있어야 해."

그러나 그가 너무나도 잘 알고 있는 사실은, 자신이 그 목걸이를 걸게 된 그 순간부터 지금까지 단 한 번도 제 몸에서 분리시킨 적이 없다는 것이었다.

"대체…… 어디로 간 거야."

가뜩이나 풀리는 일이 하나도 없어서 속이 상해 죽겠는데, 혹시 이겸은 자신이 술에 취해 골목길에서 고꾸라져 잠들어 있을 때 누군가 빼간 건 아닐까 의심했다. 그런데 왜 하필 지갑도, 휴대폰도 멀쩡히 주머니에 있는데 그것 하나만 사라져 버린 걸까. 이겸은 해소되지 않은 답답함에 속이 꽉 막힌 기분이었다.

헝클어진 머리카락 사이로 손가락을 비집어 넣고 흔드는 바람에 이겸은 다른 사람으로 보일 정도로 완전히 흐트러진 모습으로 변했다. 이겸은 급하게 회사에 연락해서 휴가까지 쓰고 목걸이의 행방을 찾기 위해 고군분투했다. 거들떠보기도 싫은 곳이지만 자신이 아침에 눈을 뜬 골목길을 시작으로 어제 자신의 발길이 닿은 모든 곳을 둘러보았다. 그러나 그 어디에서도 이겸은 제 소중한 목걸이를 찾을 수 없었다.

"하아……. 대체 어디 있는 거야."

막막하다는 말은 이럴 때 두고 쓰는 모양이었다. 소중히 다루던 무언가가 없어져 버림과 동시에 이겸은 세상이 무너지는 것 같은 기분을 느꼈다. 누군가에게는 정말 별거 아닐 수 있는 목걸이일지 몰라도, 이겸에게는 절대 잃어버려서는 안 되는 소중한 것이었다. 결국 이겸은 자포자기한 심정으로 경찰에 도난 신고를 했다. 찾을 수 있는 희망이 없다고 하더라도, 제 분신과도 같은 그것을 찾기 위해 뭐라도 해야 할 것만 같았다.

한편, 오늘 이겸이 출근하지 않을 것이라는 소식을 전해 듣게 된 유미는 불안함을 이기지 못하고 책상 아래로 계속 다리를 떨었다. 불안함과는 별개로 아침에 길바닥에 누워 있던 이겸의 모습이 떠오르자 유미는 저도 모르게 웃음이 터져 나왔다.

'그 자존심 강한 녀석이, 얼마나 자존심이 상했으면…….'

유미는 괜스레 그에게 복수한 사실이 미안해졌다. 다른 방법도 많았는데 왜 하필 그런 극단적인 방법을 쓴 걸까 후회가 되기도 했다. 여태까지 동네에서 신이겸의 이미지는 훈훈한 남자, 엄친아, 혹은 사위 삼고 싶은 남자였다. 그런데 오늘부로 그는 그 모든 이미지를 탈피하고 길거리에 뻗어 잠든 한심한 남자로 전락해 버린 것이다. 이겸이 받았을 상처와 상실감이 이루 말할 수 없을 것이라고 생각하니 유미는 괜히 코끝이 시큰해졌다.

'내가 무슨 짓을 한 거야…….'

유미는 자신의 손으로 좋아하는 남자의 이미지를 망가뜨려 버렸단 사실을 실감했다. 아침까지만 해도 고소해 죽을 것 같았는데, 생전 휴가를 쓴 적도, 쓸 생각도 하지 않던 이겸이 휴가까지 내버린 걸 보면 그 마음은 오죽했을까 싶었다. 유미는 하루 종일 이겸에게 전화를 걸어볼까, 문자를 해볼까 고민하다가 퇴근 시간을 맞았다.

"주임님. 어제 신 대리님이랑 무슨 일 있었어요?"

입사한 지 얼마 안 된 시윤이 보기에도 이겸이 갑작스럽게 휴가를 쓰고 회사에 나오지 않은 일은 꽤 이상해 보였던 모양이었다.

"으, 응? 아니…… 아무 일도 없었는데."

유미는 차마 시윤에게 어제 저와 함께 술이 떡이 되도록 먹었고, 그런 그를 길바닥에 버리고 갔단 말은 하지 못했다. 시윤은 입술을 안으로 말아 넣고 눈동자만 굴리고 있는 유미를 의심스럽게 바라보았다.

"어제 대리님이랑 같이 있었던 것 아니에요?"

"어? 시윤 씨가 그걸 어떻게 알아?"

시윤이 그걸 모를 리 없었다. 그렇게 혼비백산이 되어서 뛰어나갔는데 당연히 둘이 나가서 만났을 거라 생각했다.

"그럼 대리님 오늘 왜 안 나오신 건지 아세요?"

"어…… 아, 아니. 잘 모르겠는데."

유미는 시윤이 일전에 저에게 해줬던 충고가 떠올라 끝까지 진실을 말하지 못했다.

"밀당의 가장 기본은 바로 감정을 숨기는 거예요. 사랑, 행복, 아픔, 분노 같은, 주임님이 대리님에게 느낀 모든 감정을 거둬내면 비로소 완벽한 포커페이스가 완성돼요! 혹시 복수해 보겠다고 허튼짓할 생각은 접어둬요. 복수는 언제든 할 수 있지만, 밀당을 할 수 있는 기회는 지금뿐이니까!"

츤데레와 정석

유미는 자신에게 밀당의 기본 덕목은 물론이고, 연애의 기술에 대해 설명해 준 것은 물론 진심 어린 충고를 해준 시윤의 말에 옳다고 무릎까지 쳤던 자신의 모습이 머릿속을 스쳐 지나갔다.

'내가 복수하겠다고 설친 걸 시윤 씨가 알기라도 하는 날엔······.'

상사인 저에게 욕은 하지 못하겠지만, 욕보다 더한 잔소리를 쏟아 낼 것 같아서 유미는 입을 다무는 쪽을 선택했다. 입술을 굳게 다물고 아무것도 모른다는 말만 되풀이하는 유미를 보며, 시윤은 둘 사이에 무슨 일이 있기는 했을 거라는 확신이 섰다.

'대체 무슨 일이 있었기에 결근까지 다 한 거지. 책임감 강한 사람답지 않은데?'

보아 하니 유미는 어제 이겸과 무슨 일이 있었는지에 대해 말할 생각이 없어 보였다. 그때, 유미의 휴대폰이 책상 위에서 빠르게 진동했다. 모르는 번호가 버젓이 떠 있는 액정을 한참 바라보던 유미는 통화 버튼을 누르고 전화를 받았다.

"여보세요?"

[서대문 경찰서입니다. 공유미 씨 본인 되십니까?]

수화기 너머로 묵직한 무게를 지닌 목소리가 흘러나왔다. 그와 동시에 유미의 표정이 일그러지기 시작했다.

"아이. 이 아저씨가. 지난번에는 강남경찰서라면서요? 이번엔 서대문경찰서예요?"

[예?]

수화기 너머 상대방은 의아한 듯 화들짝 놀란 목소리를 냈다. 거기에 아랑곳하지 않고 유미는 잔뜩 벼른 모양새로 묵혀둔 말을 줄줄 읊어댔다.

"내가 무슨 사기 사건에 연루되어서 내 이름으로 대포 통장을 만들었네 어쩌네 하면서 내 개인 정보 빼간 거 말이에요! 그거 알고 보니까 신종 보이스 피싱이라고 해서 내가 얼마나 황당했는지 알기나 해요?"

[무슨 오해가 있으셨나 본데 저희는 급하게 확인해 볼 것이 있어서 연락을 드린 거고…….]

"거, 지난번에도 똑같은 소리 했거든요? 됐어요! 끊어요!"

유미는 씩씩거리며 통화 종료 버튼을 눌렀다.

"왜 그래요? 무슨 일이에요?"

시윤은 통화를 마친 유미에게 물었다.

"아니, 내가 저번에 보이스 피싱을 당했는데, 뭐 내 명의로 된 통장이 몇 개가 되고, 통장에 잔고는 얼마고 이런 걸 물어보더란 말이야!"

거기에 속아 넘어가 질문에 대한 답을 술술 읊어댔을 유미를 생각하니 시윤은 웃음이 터져 나왔다.

"그걸 왜 알려줬는데요?"

"경상도에는 연고도 없는 나한테, 경상남도 합천에 사는 김 아무개 씨 사기 사건에 이용된 통장이 내 명의였대 글쎄!"

"그래서 술술 다 말해 버렸군요?"

방금 전까지는 억울함을 조금은 해소했다는 생각에 생기가 넘쳐흐르던 유미의 목소리에 힘이 빠져나갔다.

"……그랬지."

유미가 속기 쉬운 타입이라는 사실이 보이스 피싱 집단에도 소문이 난 건지. 시도 때도 없이 전화를 걸어와서 비슷한 뉘앙스를 풍기며 개인 정보를 빼가려는 그들에게 몇 번을 당하고서야 유미는 그것이 보이스 피싱이라는 걸 알았다.

'이제 그 모든 일에도 다시는 어수룩하게 당하고 있지만은 않겠어!'

지난날 부족했던 자신의 모습은 지우고 새로운 철벽녀로 거듭나고 싶었다. 그게 남자든, 보이스 피싱이든!

"어려울 줄 알았는데 별거 아니네!"

제게 걸려온 경찰을 사칭한 보이스 피싱 전화에 완벽한 철벽을 쳤다고 생각한 유미는 꽤 흡족한 미소를 지었다.

퇴근길, 지하철에 오른 유미의 휴대폰이 또다시 진동하며 울렸다. 아까 그 번호로 전화가 걸려온 것이다.

"이 사람이! 내가 그렇게 알아듣게 말을 했는데!"

그 정도 했으면 알아듣고 알아서 발 뺄 일이지 이렇게 다시 전화를 걸어올 줄이야. 이번엔 욕이라도 쏟아부어 줘야지 싶어서, 유미는 전투태세를 갖추고 핸드폰을 귀에 가져다 댔다. 그런데 웬걸. 유미가 무어라 말을 꺼내기도 전에 상대방이 그녀에게 다다다 쏘아댔다.

[서대문경찰서 소속 형사 강민욱입니다. 아무래도 저를 보이스 피싱으로 의심하시는 것 같은데, 그렇다면 직접 모시고 말씀드리는 게 좋겠는데요!]

"그럼 이거…… 보이스 피싱이 아니라, 면대면 피싱인가요?"

유미는 한동안 말이 없는 상대의 반응에 역시 자신의 예상이 엇나가지 않았음을 확신했다.

[공유미 씨는 지금 창전동 절도 사건의 용의자입니다. 한데 절도범이라고 하기에는 좀 이상한 점이 많아서 일단 서로 오셔서 이야기 나눠보는 게 좋겠다고 판단해서 연락드린 거였습니다.]

"저, 절도사건 용의자요? 제가?"

순간적으로 유미의 낯빛이 어두워졌다.

[네.]

"이것도…… 신종 피싱이에요?"

결국 유미는 집으로 가려던 걸음을 돌려, 서대문경찰서로 향했다. 피싱일 거라는 예상과 달리 서대문경찰서에는 정말로 강민욱 형사가 있었다. 유미는 살벌한 경찰서 내부 분위기에 잔뜩 주눅이 든 상태였다.

'뭐야, 여기……. 무서워.'

숄더백을 꽉 움켜쥐고 이동한 유미는 마침내 강민욱 형사 자리에 다다랐다. 모니터에 열중하고 있던 민욱의 시선이 제 앞에 선 유미에게로 향했다.

"공유미 씨?"

"네. 제가 공유미인데요……."

민욱은 간단히 목례를 하고 유미를 자리로 안내했다.

"아까 대충 말씀드려서 아시겠지만, 오늘 새벽에 창전동에서 일어난 절도 사건의 유력한 용의자로 공유미 씨가 지목되었습니다."

통화를 나눌 때와는 달리 완전히 꺾인 기세인 그녀에게 민욱은 아랫입술을 살짝 내밀어 보였다.

"제가 절도라니……!"

"개인 정보 보호 때문에 일반인에게는 CCTV를 보여주지 않는 게 원칙입니다만…… 아무래도 이건 두 분이서 처리하는 게 어떨까 싶어서요."

민욱은 몹시 곤란한 표정을 지으며, 제 이마를 긁었다.

그의 말이 끝나기가 무섭게 헐레벌떡 달려오는 이겸을 발견한 유미는 숨을 '헙' 하고 들이켰다. 그러고는 민욱의 책상 위로 손을 뻗어 손에 잡히는 종이 몇 장을 움켜쥐고 제 얼굴을 가렸다. 그런다고 들키지 않을 리는 없겠지만.

'뭐야, 이거. 대체 어떻게 돌아가는 상황이야. 미치겠네. 진짜……'

유미는 조금도 이해되지 않는 이 상황을 어떻게 헤쳐 나가야 할지 몰라 난감했다.

"너야?"

평소와는 다르게, 아주 무섭고 음울하게 흘러나오는 이겸의 목소리에 유미는 당장에라도 숨이 멎을 것만 같았다.

"어? 나, 뭐? 왜?"

이런 곳에서, 이런 식으로 이겸과 마주해야 했던 유미는 온몸을 훑는 긴장감에 손이 달달 떨려왔다. 겉으로는 아무렇지 않은 척 해보지만, 아무렇지 않을 리가 없다.

"내 목걸이 가져간 사람이 너냐고."

"목걸이라니, 무슨 소린지 도통…… 모르겠는데."

억울한 건 둘째 치고, 음산한 기운을 뿜어대는 그로 인해 유미는 심장이 쪼그라들었다.

"자자, 흥분하지 마시고, 우선 두 분, 새벽에 찍힌 영상을 좀 확인하고 이야기를 나누시는 게……"

민욱은 자신의 모니터를 이겸과 유미가 앉은 방향으로 돌려 보여주었다. 유미는 차마 그걸 보지 못하고 고개를 돌려 버렸고, 이겸은 4배속으로 빠르게 흘러가는 영상이 끝날 때까지 모니터만 뚫어져라 쳐다보고 있었다.

"그…… 일단 도난 신고를 하셨고, 거기서 뻗어 계실 때 신고자분과 접촉했던 사람은 공유미 씨 단 한 분입니다. 그런데 아무래도 용의자로 보기에는 좀…… 그렇죠?"

유미는 눈을 비비거나, 아무것도 없는 천장을 훑는다든가 간지럽지도 않은 몸 여기저기를 긁으며 어색함을 이겨내 보고자 했다. 결국 일을 마무리 짓지 못하고 이겸은 유미와 함께 경찰서 밖으로 나왔다. 날은 이미 어두워졌다. 말없이 앞서 걷던 이겸이 걸음을 멈추었다.

그렇다고 뒤따라 걷던 유미를 바로 돌아보지는 않았다.

"저기…… 이겸아, 아까 그건…… 말이지."

다른 것보다 자신이 그를 버리고 간 것이 제일 마음에 걸렸다. 버리고만 갔으면 다행인데, 다음 날 아침에 그를 찾아가 놀리기까지 했으니 이제 이겸과 원수지는 건 시간문제구나 싶었다.

'등신, 머저리! 어쩌자고 그런 엄청난 짓을 저지른 거야. 신이겸 화나면 되게 무서운데. 이제 어쩌지. 그걸 다 봐버렸으니. 설마 하니 신고까지 할 줄 누가 알았겠어…….'

아까 목걸이 어쩌고 했던 것 같은데. 목걸이는 또 무슨 이야기일지 궁금했다. 미안함과 동시에 들어차는 궁금증에 유미의 가슴이 더욱 세차게 떨려왔다.

"공유미."

"으, 응?"

"너…… 솔직히 말해봐."

"뭘?"

갑자기 진지해진 이겸의 표정에 유미는 눈을 동그랗게 뜨고 숨을 멈춘 채 그를 빤히 바라봤다.

"나 싫다는 거…… 다 거짓말이지."

이겸은 술에 취한 자신을 버려두고 간 사람이 유미라는 걸 이미 알고 있었다. 그렇다고 저를 길바닥에 놓고 간 그녀를 탓하고 싶은 마음은 없었다. 게다가 그 굴욕적인 순간보다 제 소중한 목걸이를 잃어버린 것이 더 속상했기 때문에 그런 것들은 지금의 이겸에게 있어 그다지 중요한 사실이 아니었다. 목걸이. 아니, 그 목걸이에 걸려 있던 반지. 그것만 찾으면 다 괜찮았다. 그러나 강민욱 형사가 보여준 짧은 영상은 잃어버린 목걸이를 잊게 만들 만큼 강렬했다.

이겸이 예상했던 대로, 새벽에 CCTV에 찍힌 유미는 술 취한 자신을 짐짝 버리듯 내팽개쳤다. 그러고는 조금의 미련도 없이 홱 돌아 사라져 버렸다. 사실 아주 조금, 정말 조금이지만 유미가 곁에 있어주었을 거라 생각했던 것과 달리 저 혼자만 길바닥에 덩그러니 엎드려 잠들어 있었다.

길지도 짧지도 않은 시간이 흐르고 난 뒤, 유미가 다시 화면 속에 등장했다. 그녀는 나타나기가 무섭게 늘어진 제 고개를 바로 세워 옆에서 받쳐 주었다. 한참을 그렇게 멍하게 앉아 있었다. 그러다가 가끔 몸을 이리저리 트는 모습을 보이고는 했는데, 그건 아마도 쥐가 나서 그런 걸 것이라는 추측도 했다. 동이 트고 대지가 완전히 밝아져 올 때까지, 유미는 미동도 없이 쓸쓸한 자신의 옆자리를 지켰다. 이겸은 문득 그런 생각이 들었다.

'내가 확인하지 못한 무수히 많은 시간들 속에 유미도 이런 모습이겠지.'

차라리 유미가 저를 버리고 가줬더라면 아직도 마음 한구석을 묵직하게 짓눌러 오는 죄책감에서 조금은 벗어날 수 있었을 것이다. 그녀는 이겸에게 지난날의 미안함을 씻어낼 기회조차 주지 않았다.

"너, 아직 나 좋아하잖아."

차라리 그 대답으로 더 이상 좋아하는 마음 따위 없다고 말해줬더라면 유미를 향해 폭발하는 감정을 조금이나마 제어할 수 있었을지도 몰랐다.

"너, 아직 나 못 버렸잖아."

유미는 싫어할 수도, 미워할 수도 없게 슬픈 눈으로 저를 바라보는 이겸에게서 눈을 뗄 수 없었다. 그리고 외면할 수 없는 '신이겸'이라는 진실과 마주했다. 그녀는 더 이상 그의 고백에 대한 대답을 회피할 수는 없을 것 같다는 생각이 들었다.

"아니야?"

"……그래, 못 버렸다."

버리고 비우는 일이 이렇게까지 어려운 일인 줄 몰랐다. 버린 건 하나도 없는데, 더 이상 비어 있는 공간도 없는데, 이겸을 향한 마음은 쌓여만 갈뿐이었다.

"어떻게 해줄까?"

이겸은 유미에게 뭐든 좋으니 어떻게든 해주고 싶었다. 어떤 방식으로든 유미의 복잡한 마음을 정리하게 만들어주고 싶었다.

"내가 어떻게 해줘야, 나에 대한 원망 다 털어내고 나한테 올래?"

위험한 발언이라는 걸 알지만, 이겸은 이제 더 이상 참을 수가 없었다.

"……신이겸."

"힘들다는 거 알아. 다 아는데 그래도, 그래도 한 번만."

받아주지 못했던, 아니 받아줄 수 없었던 마음도 좀 알아줬으면 싶다.

"한 번만이라도 좋으니까."

"……."

"원 없이 사랑해 보자."

감추고 숨기고 아픈 거 말고.

"사랑……?"

진짜 사랑.

"힘들고 서로만 위해주는 사랑 말고, 이기적이고, 한없이 일방적이기만 한 사랑이어도 좋으니까."

"……."

"해보자. 우리."

지난번 고백을 했을 때 쭈뼛거리던 것과는 차원이 다른 이겸의 고
백은 유미의 심장에 거센 파도를 몰고 왔다.

"내가 지금…… 뭘 들은 거야."

애써 아무렇지 않은 척 해보았지만, 애를 써도 아무렇지 않게 되지
않는다는 걸 유미는 잘 알았다.

"자신 없어?"

"무슨!"

"이제부터 너는, 나한테 받기만 해."

"……."

"주는 것 말고, 받기만 해."

유미는 머릿속이 너무나도 복잡했다. 이것저것 뒤죽박죽 뒤섞여 어
느 것 하나 제대로 정리된 것이 없었다. 지금 제 옆에서 아무렇지 않
게 걷고 있는 이, 신이겸이 정말로 저를 사랑하는 게 맞는지. 듣고도
믿을 수가 없었고, 보고도 믿기 힘든 사실이었다.

"다 왔네."

경찰서에서 집까지의 거리는 그리 가까운 편이 아니었음에도 체감
상의 거리는 너무나도 가까웠다. 거기에 아쉬움을 느낀 이겸은 불만
가득한 표정을 지었다.

"아까 그 목걸이. 뭐야?"

유미가 조심스레 질문을 건넸다.

"별거 아니야."

"별거 아닌데 경찰에 신고까지 해가면서 찾으려고 해? 그렇게 중요

한 거야?"

"그냥 내가 좋아서 차고 다니던 거야."

이겸은 조금도 익숙해지지 않은 허전한 제 목덜미를 쓸어내렸다.

'누가 훔쳐 간 게 아니면, 어디서 잃어버린 걸까…….'

이겸은 다른 사람에겐 말할지언정, 유미에겐 그 목걸이에 대한 것을 이야기 해줄 수 없었다.

"들어가."

"……들어왔다가 갈래?"

서로의 집에 제집처럼 드나들던 것을 생각하면 이상할 게 없는 말이었다. 그런데 유미의 잠깐 들어왔다가 가라는 말에 이겸의 가슴이 멋대로 뛰어댔다.

"어?"

"얼마 전에 수박이 먹고 싶어서 한 통 사뒀는데, 아빠가 집에 안 들어와서 아직 반도 못 먹었거든."

"아…….."

이겸은 긴장이 됐는지 제 눈썹을 만지작거렸다.

"먹고 가. 아니면 싸줄게. 집에 가지고 가서 먹어도……."

"아니, 먹고 갈게!"

단둘만 있을 수 있는 절호의 기회를 놓치고 싶지 않았던 까닭일까, 유미의 말이 끝나기도 전에 대답을 하는 이겸의 목소리가 우렁차게 흘러나왔다.

너른 옥상 위 평상에 앉은 이겸은 깜깜한 밤하늘을 멍하게 바라보고 있었다. 조용한 옥상 위에 달빛이 조명이 되어주었다. 이겸은 등 뒤에서 계단을 딛고 올라오는 유미의 발소리에 귀를 기울였다. 커다란 보름달이 바로 옆에 있는 듯 가까이서 밝게 빛났다. 눈으로 직접 보지 않아도 유미의 모습이 눈앞에 그려졌다.

유미는 손에 찐득찐득한 물이 묻는 게 싫다는 이유로 수박을 네모난 모양으로 썰어서 포크로 찍어 먹고는 했다. 지금 유미가 가지고 오는 수박도 그럴 것이다. 집에서는 편한 옷만 입는 아이니 지금도 벌써 옷을 갈아입었을 것이다. 가뜩이나 느린 걸음이 더 느려진 건, 접시에 가득 올린 수박이 떨어지기라도 할까 봐 조심해서 걷기 때문이겠지.

"그냥 안에서 먹을 걸 그랬나? 모기 있으면 어쩌지?"

마침내 모습을 드러낸 유미는 이겸이 머릿속에 떠올렸던 모습과 정확히 일치했다. 그녀는 자리에 앉자마자 네모난 모양으로 자른 수박 하나를 포크에 찍어 이겸에게 내밀었다.

"엄청 시원해. 먹어봐."

포크를 전해 받으려다가 유미와 스친 이겸의 손끝에 진한 여운이 남았다.

"……고마워. 잘 먹을게."

수없이 많이 드나들었던 유미의 집, 옥상인데 이겸은 마치 처음 걸음한 곳인 것처럼 낯설고 설레기만 했다. 그는 과일을 그다지 좋아하지도 않았지만, 어색함에 뻣뻣하게 손을 놀려 계속 수박을 집어 먹었다. 수북하게 쌓여 있던 수박이 어느새 사라지고, 접시는 바닥을 드러내고 있었다.

'이거 다 먹으면 가야 하는데.'

이겸은 아쉬운 감정이 물밀 듯 밀려들었다. 유미와 헤어지기 싫었다. 참고 숨길 땐 쉬웠던 것들도, 솔직하게 고백하고 마음을 숨기지 않기 시작하니 마치 폭주하듯 멈춰지지 않아 문제였다. 씹지 않아도 입안에서 녹아 뭉그러지는 수박이 원망스러웠다.

"……출출하네. 배 안 고파? 난 저녁을 안 먹어서 배고픈데."

이겸은 유미와 어떻게든 오래 같이 있고 싶어서 이런저런 이유를 들어보았다.

"그러고 보니까 나도 저녁을 안 먹었네?"

"치킨 먹자. 치킨."

배달된 치킨을 먹고, 맥주 캔이 다 비워질 때쯤, 이겸은 또다시 말했다.

"뭔가 좀 모자란데…… 집에 라면 있어? 라면 먹을까?"

이미 배는 부를 대로 불렀음에도 유미와 더 같이 있고 싶었다.

"라면? 라면이 있나? 내려가서 봐야 할 것 같은데."

"없으면 내가 사올까? 같이 먹을래? 아니, 아니다. 먹고 가도 돼?"

수박도, 치킨도, 맥주도 유미는 거의 손도 대지 않았다. 그 많은 걸 다 먹어치운 건 이겸이었다. 과식하는 것을 그렇게 좋아하지도 않는 녀석이 계속 뭘 먹겠다고 하는 모습을 가만히 지켜보던 유미는 솟아오르는 광대를 애써 내리눌러 보았다.

"신이겸."

"……어?"

눈을 동그랗게 뜨고 자신을 쳐다보는 이겸을 보며 유미는 결국 웃음을 터뜨리고 말았다.

"나랑 같이 있고 싶으면 그냥 그렇다고 말해."

"……어?"

"너 지금 나랑 같이 있고 싶어서 계속 뭐 먹고 싶다고 하는 거잖아."

반박을 하지도 못하고 잔뜩 메마른 입술을 축이는 그의 모습이 어딘지 모르게 우스워 보였다.

"아냐?"

"……맞아."

결국 꼬리를 내리고 살며시 고개를 끄덕이는 그를 바라보는 유미의 입가에 미소가 피어올랐다.

"내가 그렇게 좋아?"

유미는 조금 더 그의 애를 태워보고 싶었지만, 민망한 듯 헛기침을 해대며 멀쩡한 헤어스타일을 정리하는 이겸의 모습이 왜 이리도 귀여운 건지 모를 노릇이었다.

"말해봐. 내가 그렇게 좋아?"

"……좋기는 좋은데, 그렇게까지 좋은 건 아니고."

"스읍."

"조…… 쿨럭, 좋아…… 쿨럭, 해."

혼내듯 표정을 무섭게 짓는 유미를 보고는, 이겸은 헛기침을 했다.

"나도 좋아."

"어. 응."

드디어 터져 나온 서로의 진심이 여름밤 뜨거운 열기와 맞닿아 더욱 뜨겁게 달아올랐다.

'실은 나, 이제라도 네가 날 좋아해 줘서 너무 좋아.'

너무 좋은데, 유미는 차마 그것까진 이겸에게 말하지 못하고 마음속에 꾹꾹 눌러 담았다. 너무 좋아서 눈물이 난다는 말을 유미는 믿지 않았다. 좋은데 왜 눈물이 난다는 건지 이해할 수 없었다. 그런데 막상 그 '좋은 상황'이 닥치고 보니 정말로 눈물이 터져 나왔다. 이겸은 입을 다문 채 깊은 눈동자를 하고 눈물을 글썽이는 유미를 바라보았다.

"울지 마……."

"좋아서 그런 거야."

유미는 어느새 볼을 타고 흐르는 눈물을 손등으로 쓱 닦아내며 웃었다. 마침내 이뤄진 자신의 짝사랑이 벅차서, 흘러넘치는 눈물을 어쩌지 못해 유미는 손으로 아예 얼굴을 다 가리고 목 놓아 울었다.

"좋은데 왜 울어……."

이겸은 가슴이 찢어질 듯 아파도 한 번도 제대로 안아준 적 없던 유미에게 손을 뻗었다. 하지만 그 손이 닿기까지 상당한 시간이 걸렸다. 그만큼 이겸에게 있어 낯설고 두려운 일이었다. 마침내 유미의 어깨에 닿은 손엔 아무런 감각도 느껴지지 않았다. 몸에 있는 모든 신경 세포는 죽기라도 한 건지, 그는 마치 쥐가 난 것처럼 마비가 온 것 같았다.

이겸이 유미의 어깨를 끌어당겨 제 품에 안착시켰다. 그는 들썩이는 유미의 어깨의 떨림이 잠잠해질 때까지 등을 토닥이고 쓸어내리기를 반복했다. 누군가 마음을 쥐어짜듯 아팠다. 이렇게 아플 줄 알았다면 처음부터 숨기지 말 걸 그랬다. 이렇게 서로 힘이 들 줄 알았다면 처음부터 외면하지 말 걸 그랬다. 조금만 아프고 나면 각자의 길을 걸을 줄 알았던 예상과 달리, 운명의 고리는 서로를 놓지 못하게 만들었다. 그렇게 너무도 오래, 서로에게 다가서지 못하고 돌고 돌아 겨우 제자리로 돌아온 느낌이었다.

"아…… 부끄럽다."

한참을 울고 난 유미가 황급히 이겸에게서 몸을 떨어뜨려 눈물로 얼룩진 얼굴을 숨기려 했다. 유미는 울고 나면 눈이 퉁퉁 부어오르곤 했는데, 그런 모습을 이겸에게 보이기가 부끄러웠다. 이겸에게 얼굴을 보이지 않으려 눈물에 젖은 머리카락으로 얼굴을 가리고는 자리에서 벌떡 일어나 몸을 돌렸다.

"너무 늦었다. 내일 출근도 해야 하는데…… 그만 내려가는 게 좋겠……."

유미는 갑작스럽게 제 뒤를 감싼 따뜻한 온기에 놀라 하던 말을 멈추고 말았다.

"조금만 더 있다가 가면 안 돼?"

"어? 뭐라고?"

유미는 자신이 뭘 잘못 들은 건가 싶어 이겸에게 되물었다.

"조금만 더 같이 있어…… 나랑."

꿈이 아니었다. 이겸이 저를 껴안고 똑똑히 말했다. 살짝 목이 늘어난 티셔츠를 입은 유미의 목덜미로 이겸의 더운 숨이 쏟아져 내렸다. 유미는 말문이 막혀서 아무런 말도 할 수가 없었다.

"가지 마."

대답 없이 그 자리에 굳은 듯 선 유미에게 이겸이 다시 말했다. 바로 얼마 전까진 제 마음을 받아주지 않아서 그랬고, 지금은 너무 좋아서 미치게 만들고 있었다. 유미는 차마 그의 얼굴을 마주할 자신이 없어서 여전히 그대로 굳어 있었다.

"미안해, 유미야."

이 말밖에 못해서 미안해. 한숨 섞인 이겸의 목소리가 유미의 가슴을 맹렬하게 파고들었다.

"사랑해……."

사랑해서 미안해. 사랑을 말하는 이겸의 목소리가 부유하는 공기와 함께 흘러간다. 이겸은 오래 참아왔던 눈물이 빠르게 차오르는 것을 느꼈다.

"너, 울어?"

유미는 살짝 고개를 옆으로 틀어보았지만 이겸이 시야에 들어오지 않았다. 답답함에 질문을 던져 보았다.

"아니."

터져 버린 감정은 쉽게 진정되지 못했다. 범람해 버린 슬픔은 어떻게 해도 참아지지 않았다.

"……왜 울고 그래. 내가 좋다고 했잖아."

유미는 이겸이 이렇듯 서럽게 우는 이유를 알지 못했다. 사랑해서 미안하다는 건, 이제 와서 좋아한다고 하는 게 미안하단 뜻일까? 아니면 저처럼 너무 기뻐서 눈물을 흘리는 걸까? 묻고 싶은데, 억눌린 울음으로 인해 간헐적으로 신음을 터뜨리는 이겸을 보고 있자니, 그 모든 물음들이 다시 속으로 삼켜졌다.

"왜 그래…… 만나보자. 사랑하면 되지. 원 없이 사랑하면 되잖아."

유미는 그를 달래기 위해 되는 대로 말을 해보았지만, 그의 울음은 쉽사리 멈추질 않았다.

"왜 울어…… 사람 미안하게."

방금 전 자신이 터진 감정을 어쩌질 못해 그의 품에서 엉엉 울었던 건 생각하지 못하고, 이겸이 우는 게 마음이 아파 죽을 지경이었다. 유미가 이겸에게 묻고 싶은 것이 많고, 듣고 싶은 것이 많듯, 이겸도 마찬가지였을 것이다. 그는 유미에게 말하고 싶은 것도, 묻고 싶은 것도 너무나 많았다.

이겸은 항상 유미를 위해 외면해야 한다고 생각했다. 그런데 시간이 흐르면 흐를수록, 그것은 유미를 위함이 아닌 자신을 위함인 것을 깨달았다. 스스로 아프지 않기 위해서 유미를 버리고자 했다. 그런데, 그 몹쓸 사랑이란 게 참 웃기게도 버리고자 해도 버려지지 않았다. 외면하고자 해도 외면할 수 없었고, 바라보지 않으려 해도 바라볼 수밖에 없었다. 복잡 미묘한 감정들이 계속해서 이겸의 머릿속을 혼란스럽게 지배해 나갔다.

지나간 시간들이 아쉬워서였는지. 아니면, 그저 지나간 시간에 힘들어했던 기억 때문인지. 유미는 자신의 목에 팔을 두르고 있는 이겸의 옷자락을 꽉 쥐었다. 이겸을 안고 싶었다. 뭔가 가슴속에 꽉 막힌 듯 꾹꾹 눌러 담긴 감정을 뭐라 표현할 순 없었지만, 그냥 지금은 신이겸을 꼭 안고 싶었다. 마주 보려고 몸을 돌리려는 유미가 저를 보지 못하도록 이겸은 더 힘을 주어 꼭 끌어안았다.

"돌아보지 마. 지금은……."

그간 힘들었던 시간을 보상받기라도 하듯, 지나치게 자연스러운 이 상황들에 이겸은 기쁨과 동시에 아픔을 느껴야 했다.

"안아주고 싶어."

이겸이 우는 저를 안아줬듯이, 유미도 그를 꼭 안아주고 싶었다. 호흡이 멈추고 세상이 멈춘 듯 두 사람이 있는 이 공간만 움직이는 기분이었다. 내내 까만 밤하늘에 시선을 맞추고 있던 유미는, 어쩐지 모르게 자꾸 가슴이 아려왔다. 그렇게 기다려 온 순간이었는데. 그저, 기쁘고 또 기쁠 것만 같던 순간이었는데. 이겸의 고백에 미치도록 가슴이 아팠다.

"유미야……."

뒤돌아선 유미를 꼭 끌어안고 있던 이겸이 허스키하게 잠긴 목소리로 말했다. 유미는 왜인지 모르게 자신의 이름을 나지막이 부르는 그의 음성이 안타깝고, 애처롭고, 애달프게 들렸다.

"유미야."

이겸은 그 사랑스럽고 예쁜 이름을 셀 수도 없을 만큼 많이 불러주고 싶었다.

"응. 나 여기 있어."

이겸은 유미의 허리를 조금 더 꽉 끌어안았다. 더 이상 떨어지고 싶지 않았다. 밀어내고 싶은 생각도 없었다. 할 수만 있다면 매분, 매초를 이렇게 함께 붙어 있고 싶었다.

그리웠다. 유미의 향기가. 보고 싶었다. 사랑받는 여자, 유미의 얼굴을. 원했다. 유미의 눈동자 가득 들어찬 자신의 모습을. 그리고 만나고 싶었다. 신이겸의 여자가 된 공유미를.

이겸은 이제 더 이상 자신의 마음을 숨기지 않아도 된단 사실이 반가웠다. 유미의 뒷모습만 바라보는 건, 여기서 끝낼 것이다. 이겸이 유미의 어깨를 잡고 천천히 제 쪽으로 돌렸다. 이끄는 대로 끌려와서 그와 눈을 맞춘 유미는 곧 울 것만 같은 표정을 하고 있었다.

"어쩌면 조금 더디게 다가가게 될지도 몰라."

한 번 상처 난 곳에 다시 상처가 나면, 아물 때까지 처음 상처를 입었을 때보다 배로 많은 시간이 걸린다고 한다. 이겸은 이미 상처가 난 제 마음이 또다시 상처 입을까 두려워서 필사적으로 자기방어를 했다.

"또 어쩌면, 조금 답답해 보일 수도 있어."

그래야 겨우 아문 상처가 덧나지 않을 것 같아서.

"이런 나라도 정말 괜찮겠어?"

아픔을 딛고 앞으로 나아갈 준비는 끝났다. 하지만 여태까지 벌려놓은 거리를 줄여 나가기 위해선 시간이 필요했다. 마음을 가다듬고 천천히 유미를 받아들일 시간. 이렇게 위축된 자신의 모습도 유미가 괜찮다고 해주길 바라고 한 질문이었다.

"그거 꼭…… 다 이해해야 하는 거야?"

"어……?"

유미에게서 예상치 못한 답변이 돌아온 탓일까. 이겸은 잠시 공허한 눈빛으로 그녀를 응시했다.

"더뎌서 답답해지면, 내가 먼저 다가가면 안 될까?"

"아······."

"내가 먼저는 안 돼? 꼭 네가 먼저 다가오길 기다려야 하는 거야?"

"아니. 뭐 꼭 그런 건 아니고······."

이겸의 대답이 떨어지기 무섭게 유미의 입술이 그대로 그의 입술 위로 겹쳐졌다. 두 사람의 입술은 아주 잠깐 닿았다 떨어졌다.

"너······ 너는······ 예고라도 좀······ 해주고 이런 걸 해."

이겸은 유미의 기습 공격에 당황해 손등으로 제 입술을 가렸다.

"별거 아니네."

검지를 세워 제 입술을 슥슥 문질러 닦는 유미의 모습에 이겸은 경악하고 말았다.

"뭐? 이게······ 별게 아냐?"

"뽀뽀 이런 거 뭐, 더한 것도 하겠네. 흐응. 괜찮았어?"

입꼬리를 말아 올려 웃는 유미의 모습이 영악해 보이기까지 했다.

"너, 지금 말 다 했어? 뭐? 괜찮았냐고? 그걸 말이라고 해?"

"아아. 말도 안 될 만큼 좋았다?"

이겸은 이런 것쯤, 정말 별거 아니라는 양 구는 유미가 놀랍기만 했다.

"너 정말, 애가 부끄러운 줄도 모르고······."

"뽀뽀하고 손잡나, 손잡고 뽀뽀하나 그게 그거지."

"한결같다."

"사람이 쉽게 변하면 쓰나? 그리고 우리 이제 '서로' 사랑하게 된 사이잖아. 사랑하는 사이에 이 정도도 못 하나?"

당황한 것도 잠시, 이겸의 입가에도 미소가 돋아났다.

"방금 말했다, 방금. 좀 더디게 갈지도 모르겠다고……."

"내가 너와 사랑하게 되는 이 순간을 얼마나 기다려 왔고, 이 설레는 순간을 얼마나 바라왔는지, 감히 상상이 되니?"

유미는 덤덤한 척 이야기하고 있지만 이겸은 안다. 이렇게 덤덤해지기까지 유미가 얼마나 힘들었을지. 얼마나 많은 날을 울고, 또 아파했을지. 유미가 아픈 만큼 저도 아팠지만, 제 상처보다 유미의 상처가 더 클 거라는 것도 안다.

"그건……."

이겸은 말을 잇지 못한 채 입술을 깨물었다.

"그래. 넌 죽었다가 깨어나도 절대 상상 못 해. 내가 여태껏 느꼈던 이 감정. 기다려 온 바로 지금 이 순간."

"……."

"내 인생에서 신이겸 하나를 빼면 정말 아무것도 안 남아. 그러니까 네가 버린 내 인생, 지금부터라도 제대로 찾아줘."

유미의 인생을 통틀어 서로를 좋아한 시간보다, 좋아하지 않은 시간을 세는 게 빠를 정도였다.

"어떻게 찾아줄까? 내가 어떻게 해주면 되는데?"

이겸은 유미의 지난 시간을 되돌릴 방법이 있다면, 그녀가 원하는 건 뭐든지 해주고 싶었다. 그런 방법이 과연 있기는 할지 모르겠지만.

"내가 손잡아 달라고 하면 손잡아주고. 내가 안아달라고 해도 안아주고. 내가 키스해 달라고 하면 키스해 줘. 무조건."

유미가 원하는 대로 해주는 건 어렵지 않다.

"무조건?"

무조건 유미의 말에 복종해야 한다면, 그 또한 어렵지 않은 일이었다.

"그게 내가 너에게 하는 복수야. 내가 해달라는 대로 다 해줘."

문제는 왜 그게 스킨십에 국한되어 있느냐는 것이다.

"대답 안 하지?"

"……알았어."

이겸이 마지못해 대답했다.

"좋아. 그럼 일단 키스부터 해줘. 그것부터 시작하자."

도통 어디로 튈지 모르는 유미의 말에 이겸은 정신을 차릴 수가 없었다.

"키스? 지금?"

"그래, 지금."

"여기서?"

이겸은 믿을 수 없다는 듯 소리를 높여 물었다.

"그래, 여기서."

그에 반해, 유미는 너무나도 자연스럽게 대화를 이어갔다.

"이건 빨라도 너무 빠른데……."

이제 겨우 마음 확인한 지 한 시간도 채 지나지 않았는데, 뭘 하겠다고?

"나한테 속죄하고 싶다며."

"……응, 그랬지."

속죄를 하겠다고 했지, 키스를 하겠다고는 안 했는데?

"방금 전에 내가 해달라는 대로 다 해준다며?"

"……맞아."

"그럼 해줘. 키스."

이겸은 유미로부터 자신을 방어해야 하는 게 비단 상처만이 아님을 뒤늦게야 깨달았다.

"······정말 해?"

반신반의한 표정으로 이겸이 물었다.

"그럼 가짜로 해?"

"너······ 진짜."

아예 두 눈을 감고 있는 것도 모자라, 입술을 앞으로 내밀고 있는 유미를 이겸은 대체 어떻게 하면 좋을지 몰라 난감했다.

'무슨 놈의 첫 키스를 이런 식으로······.'

이겸이 낮게 한숨을 몰아쉬었다. 유미는 입술이 닿지 않음에도 미동 하나 없이 그 자리에 서서 이겸을 기다리고 있었다. 꼭 키스를 받고야 말겠다는 강력한 기운이 뿜어져 나왔다. 이겸은 유미를 말릴 수 없다는 걸 너무나 잘 알고 있었다.

'잠깐이면 되겠지······?'

그냥 잠깐, 입술만 닿았다 떨어뜨려서 명분만 만들면 된다. 아까 유미가 했던 것처럼 그렇게만 하면 되는 거겠지. 굳어 있던 이겸의 손이 유미의 뒷머리를 자연스럽게 감싸 제 쪽으로 끌어당겼다. 그리고 마침내 입술이 닿았다. 그저 가볍게 닿고 말아야 했지만, 막상 입술이 닿는 순간 머릿속이 하얘지면서 심장이 미치게 달아올랐다. 유미의 머리칼을 쥔 아귀에 힘이 들어갔다. 유미의 입술이 또다시 하늘을 향해 호선을 그리며 올라갔다. 닿았다 떨어진 입술이 다시 맞닿았다.

유미는 이겸의 허리를 꼭 끌어안았다. 꿈이 아닌 현실에서 나누는 키스는 황홀하고 또 짜릿했다. 좋다는 말로는 다 표현할 수 없는 감정이 이 키스로 인해 터져 나온 것이다.

유미는 늘 궁금했다. 넘치는 마음을 표현할 수 있는 방법이 뭘까. 유미는 그동안 마음을 표현할 수 있는 적당한 말이 떠오르지 않아서 입버릇처럼 '사귀자', '좋아해'라는 말만 되풀이했다.

'이런 좋은 방법이 있었구나…….'

유미는 지금에서야 비로소 이겸의 입술 모양이 어떤 형태를 지니고 있는지 정확하게 파악할 수 있었다. 이겸의 아랫입술은 윗입술보다 조금 더 도톰했다. 그의 입술은 저보다도 더 붉은 기운이 감돌았다. 그녀는 마음껏 이겸을 탐구할 수 있는, 지극히 믿기 힘든 지금 이 순간을 놓치고 싶지 않았다. 범접해 보지 못한 영역에 들어선 것이 못 견디게 짜릿했던 이유도 있다. 이겸의 입술을 할짝거리며 맛보는 시늉을 했다. 그러자 이겸의 한쪽 눈썹이 살짝 꿈틀거렸다.

"뭐 해, 너."

이겸이 살짝 입술을 뒤로 물렸다.

"어떤 맛인가 궁금해서."

닿은 입술이 떨어진 게 못내 아쉬워, 유미가 다시 입술을 마주 대고 말을 이어갔다.

"뭔 소리야……."

습기를 머금은 유미의 숨결이 닿았다.

"네 입술 맛."

"입술 맛이라니…… 정상이 아니야."

"나를 정상이라고 생각해. 그러면 모두가 비정상으로 보일 거야."

입술이 닿은 채로 나누는 대화는 생각했던 것보다 훨씬 더 좋았다. 이겸을 보내고 난 뒤 아쉬운 마음을 안고 방에 돌아온 유미는 화끈거리는 얼굴을 가라앉히느라 애를 먹었다. 유미는 자신의 허벅지를 세게 꼬집어보았다.

"아야!"

아프다. 이번엔 혀를 살짝 깨물어보았다.

"윽!"

완전 아프다.

"꿈이 아니구나."

고통이 느껴진다는 건, 꿈이 아니란 거다. 아픈 게 이리도 반가울 줄이야. 유미는 너무 좋아서 자꾸 실실 웃음을 흘렸다. 누군가 제 마음을 간질이는 기분이었다. 당장 밖으로 나가서 아무나 붙잡고 '나 남자친구 생겼어요!'라든가, '방금 제가 뭘 했는지 아세요? 남자친구와 무려 첫 키스를 했답니다?'라고 말하고 싶은 심정이었다. 내일 이겸의 얼굴을 마주할 순간을 생각하니 벌써부터 흥분되기 시작했다. 그렇게 유미는 설레고 들뜬 마음을 가라앉히지 못해서 밤새 잠을 설쳐야 했다.

다음 날 아침. 유미는 눈을 뜨자마자 주하에게 문자를 보냈다.

"이 기쁜 소식을 주하에게 알리지 않을 수 없지!"

흥분을 감출 길이 없어 잔뜩 격양된 유미의 표정은 누가 보아도 행복해 보였다.

〈주하! 출근 준비 중? 대박 소식! 톡 확인하면 연락 줘!〉

평소였다면 한참 뒤에나 답장이 왔을 테지만, '대박 소식'이란 단어를 덧붙였던 탓인지, 바로 전화가 걸려왔다.

[무슨 일이야?]

주하의 시니컬한 목소리가 조금 멀리서 들려오는 느낌이었다. 아마도 출근 준비를 하면서 스피커폰을 켜두고 통화를 하는 모양이었다.

"무슨 일일 것 같아?"

그 와중에 여전히 흥분감을 감추지 못하고 유미가 목소리를 잔뜩 높였다.

[전혀 짐작 안 가는데? 또 어디서 방귀 끼고 다니다가 욕 들어먹은

건 아니지?]

유미가 입사하고 얼마 되지 않았을 무렵 출근길에서의 일이었다. 만성 변비 때문에 고통 받고 있었기에, 그날도 배에 가스가 차서 곤욕을 치렀다. 지하철에서 참지 못하고 가스가 분출되고 말았는데, 자리에 앉아 있던 나이 지긋한 할아버지가 벌떡 일어나더니 냄새가 나는 쪽을 향해 소리쳤던 것이었다.

"공공장소에서 지킬 건 지켜야지 말이야. 밀폐된 공간에서 방귀를 뀌다니! 배가 아프면 똥을 싸라고!"

아직도…… 할아버지의 외침이 생생하게 귓전을 울리는 듯했다.
"야! 너는! 내가 그거 무덤 갈 때까지 비밀이라고 했잖아!"
[그게 아니면 뭔데?]
주하는 여전히 무미건조한 말투로 내뱉었다.
"나의 아주 오랜 염원이 이뤄졌어."
[오랜 염원? 왜 이렇게 답답하게 굴어? 뭔데 그래? 빨리 말해봐.]
잔뜩 뜸을 들이며 운을 떼는 유미의 음성에 수화기 너머 주하의 목소리가 다급했다.
"나, 신이겸이랑 사귄다?"
자, 이제 놀라서 펄쩍 뛰어줘! 바위로 계란을 쳤어! 천만 번쯤 찍어 겨우 넘어왔다고! 마음껏 놀라도 돼. 유미는 한껏 기대에 부푼 표정을 지으며 주하의 대답을 기다렸다.
[또 꿈꿨구만. 내가 너 신이겸이랑 사귄다는 소리, 몇 번이나 들었는지 아니?]
웬걸. 기대감에 부푼 유미의 감정과 달리 주하의 목소리는 여전히

무미건조하기만 했다.

"오늘은 꿈 아닌데?"

유미는 가끔 이겸과 사랑의 결실을 맺는 꿈을 꾸고는 했다. 또한 그럴 때마다 주하에게 전화를 걸어서 없는 일을 사실인 양 말한 적이 있다.

[누굴 속여. 그 말이 사실이면 내가 오늘 내 연하 남자친구와 헤어지고 말겠어.]

"당장 헤어져!"

단호한 주하의 목소리에 유미는 표정을 잔뜩 구기고 버럭 소리쳤다.

[네 말을 믿느니, 차라리 신이겸한테 전화해서 사실을 확인해 보는 게 빠르겠다.]

"이번엔 믿어야 할 텐데? 후회할 텐데?"

이 단호한 녀석 같으니! 이번엔 진짜란 말이야! 사귀기만 해? 키스까지 했다고!

[유미야. 저번에 울고불고 그만두겠다고 한 지 얼마 되지도 않은 것 같은데 아직도 포기가 안 돼? 대체 몇 년이야. 이제 그만할 때도 안 됐니? 사람이 충고를 하면 좀 들어. 조금만 눈을 돌려봐. 신이겸보다 훨씬 멋지고 괜찮은 애들 많다니까?]

단호하던 주하의 목소리는 어느새 안타까움으로 짙게 물들었다.

"이주하. 너까지 정말 이럴래?"

유미는 난데없이 밀려드는 자괴감에 견딜 수가 없었다.

[아니, 그러지 말고 우리 준호 친구들 소개시켜 줄까?]

"나 진짜 신이겸이랑 사귄다니까?"

[그래. 얼른 세수하고 출근 준비해야지. 응? 유미야. 꿈 깨고 얼른.]

유미는 답답함에 몸부림쳤다.

"정말! 왜 이렇게 못 믿는 거야. 나 신이겸이랑 어제, 응? 첫 키스도 했다니까?"

[아이고. 그랬어?]

유미는 전적이 있어서 뭐라고 말도 못 하고 입술을 말아 넣었다.

"응. 했어. 진짜야."

[그럼 우리 같이 데이트하자. 나도 오늘 준호랑 만나기로 했거든.]

"가, 같이?"

유미의 목소리가 가늘게 떨렸다. 이겸과 사귀기로 한 지 만 하루도 되지 않았다. 이겸의 마음에 대한 확신은 생겼지만, 아직 둘이 데이트를 해보지도 못했고 또 결정적으로 그는 낯을 가린다. 일면식도 없는 주하의 남자친구, 준호를 만나자고 하면 과연 순순히 따라올까?

"지금 나 시험해 보려고 도발하는 건가 본데. 좋아. 내가 내 남자친구와 함께 나가주지! 더블 데이트! 그까짓 거."

짝사랑 경력이 몇 년인데, 그 정도 근성도 없을까 봐?

'이주하, 이 사실을 믿지 못한 걸 후회하게 해주겠어. 오늘이 준호와 네가 헤어지는 날이 될 거야.'

유미는 꼭 이겸을 주하의 앞에 데리고 가겠노라 다짐했다.

[오. 세게 나오네? 진전이 좀 있긴 했나 봐? 근데 유미야. 내가 신이겸을 몰라? 걔 철벽은 우주 최강 수준인걸. 난 이겸일 믿어.]

주하는 끝까지 자신만만했다.

"이주하 이 녀석, 남자친구 있다고 유세를 떨다니. 오늘 아주 코를 납작하게 해주겠어."

유미는 입가에 비소를 띠웠다.

출근을 위해 대문 밖으로 나온 유미는 대문 옆 담벼락에 몸을 기대고 휴대폰을 들여다보고 있는 이겸과 마주했다.

"어? 이 시간에 어쩐 일이야?"

"같이 출근하려고."

"으, 응?"

유미는 얼음이 된 듯 그 자리에 굳어 섰다. 겨우 정신을 차리곤 유미는 자신의 볼을 쭉 옆으로 당겨보았다.

"아프네?"

도통 믿을 수가 없다. 이겸과 자신이 사귀고 있다는 사실도. 자신의 집 앞에서 저를 기다리고 있는 이겸도.

"뭐 해. 얼른 가자."

이겸은 담벼락에 기댄 몸을 일으켜 똑바로 섰다. 순간 유미는 주하와 오늘 저녁 만나기로 한 약속이 떠올랐다.

'이겸이한테 주하 커플 만나러 가잔 얘길 어떻게 꺼내지?'

유미는 옷에 붙은 먼지를 떼어내는 이겸에게로 다가섰다.

"겸아. 너 어제 내 부탁 뭐든지 다 들어준다고 했지?"

유미는 그를 유혹하기라도 하듯, 조금의 망설임도 없이 와락 끌어안았다.

"야…… 밖에서 이렇게, 막 안고 그러면 어떻게 해? 누가 보면 어쩌려고."

"오늘 주하가 남자친구랑 데이트를 한다는데……."

"주하?"

"……거기에 우리도 가면 안 돼?"

"뭐? 내가 거길 왜 가?"

유미의 갑작스러운 요구에 이겸은 황당해했다. 그러고는 골목길 주변을 살피며 제 품에 찰거머리처럼 들러붙은 그녀를 살짝 밀어냈다.

"날 위해서. 어제 나랑 약속했잖아. 다 해주기로. 응?"

이겸이 유미에게 뭐든 원하는 대로 다 해준다고 했던 건, 그동안 그녀에게 상처 준 것에 대한 것에 대한 보상 같은 것이었다.

"거기 나가는 게 왜 널 위해서야?"

그걸 유미가 이토록 잘 활용할 거란 예상은 미처 하지 못했지만.

"아침에 눈뜨자마자 주하한테 전화해서 '나 드디어 신이겸이랑 사귄다! 얼른 반응해 봐' 했거든? 근데 글쎄 내가 너랑 사귀면 지 연하 남친과 헤어지겠대."

연하. 그 단어 되게 싫은데. 이겸의 한쪽 눈썹이 불편한 감정을 싣고 삐죽 솟아올랐다.

"그래서, 헤어지라고 했어?"

"그렇게 자신 있으면 신이겸 데리고 나오래……."

입술을 삐죽이며 종알종알 이야기하는 유미의 모습에 이겸은 픽 웃어버리고 말았다.

"주하가 뭐, 딴소린 안 하고?"

한 가지 걱정되는 게 있었지만, 여태껏 유미에게 아무 말 없던 주하가 멀쩡한 정신으로 자신의 '비밀'을 털어놓았을 거라는 생각은 하지 않았다.

"딴소리? 뭐?"

"아니, 뭐. 너랑 닮아서 워낙 헛소리 잘하는 애잖아……. 그래서 거기에 나가주기만 하면 되는 거야?"

이겸은 급하게 말을 얼버무리고 유미의 관심을 돌리려 했다.

"응."

"거기 나가서 내가 뭐 하면 되는데."

"내 남자친구 노릇. 찐하게."

유미가 의기양양하게 이겸과 얼굴을 마주한 채 씩 웃었다. 너무나도 바라왔던 일상을 만난 그녀의 얼굴은 세상에서 가장 밝은 빛을 머금고 있었다. 유미가 이렇게 좋아하는데. 이렇게 좋은데…… 여태껏 유미가 '그것'을 기억하지 못하고 있는 걸 보면, 아마 이대로 영영 기억하지 못할 텐데. 조금 더 빨리 인정하고 받아들일 것을.

"얼마나 찐하게 해주면 되는데?"

"어, 얼마나? 으음. 소, 손을 잡아준다든가?"

"또?"

"어…… 바, 밥을 떠먹여 준다든가?"

일단 이겸이 질문을 해오니 대답은 했지만, 유미는 떨떠름한 표정이었다.

"또 있어?"

"또? 또, 뭐가…… 있을까?"

이겸이 이렇게까지 적극적으로 나올 거라는 예상은 미처 하지 못한 유미의 눈동자가 희미하게 흔들렸다.

"이주하 걘, 왜 사람 말을 못 믿고 그래?"

"주하? 그거야 내가 워낙……"

헛소리를 많이 해대서 못 믿을 만도 했다. 유미는 차마 자신이 틈만 나면 망상에 사로잡혀 주하에게 거짓말을 해댔다는 사실을 실토하지 못했다.

"걔가 사귀던 애가 연하야?"

"연하에 능력도 좋대."

능력 좋은 연하남이라. 이겸의 눈가에 작게 스파크가 튀었다.

"여자들은 왜 남자 능력을 그렇게 따지는 거야?"

"난 아닌데?"

유미는 눈을 동그랗게 뜨고 대꾸했다.

"뭐, 아냐? 아닌데 나 같은 남잘 만나?"

"말이…… 그렇게 되나?"

유미의 얼굴이 미묘하게 흐트러졌다.

"내 능력 무시해? 최시윤 정도 되어야 능력남이야?"

"절대 아니지! 능력남이라 함은 우리 이겸이 정도는 되어야 능력 좀 있네 하지. 그럼, 그럼."

유미가 이겸의 허리를 폭 감싸 안고 그를 올려다보았다.

"……왜 이래?"

"아직도 시윤 씨 질투해?"

"질투는 무슨. 난 타고나길 질투라는 감정이 결여된 채 태어난 사람이라고."

질투라고는 모르는 사람이 최시윤에 '최' 자만 나와도 이렇게 의식을 하나.

"오호. 놀라운 사실인걸?"

유미가 짧은 웃음을 터뜨렸다. 이겸이 제 품에 안겨 있는 유미의 허리를 바짝 끌어당겼다. 그러자 두 사람의 몸이 틈 하나 없이 가까워졌다.

"너한테 질투를 하진 않지만, 네 주위에 꼬이는 똥파리들은 싫어."

"똥파리?"

"그래. 그러니까 딴 데 한눈팔지 말고 나만 봐. 사람 불안하게 만들지 말고."

"어이구. 그렇게 불안하신 분이 그동안 그렇게 철벽을 치셨어요?"

"……크흠. 늦겠다. 빨리 가자."

차마 부정할 수 없는 사실에 이겸이 얼굴을 붉히고는 앞서 걸어갔다.

"하여간, 자기한테 불리한 질문하면 꼭 저렇게 피한다니까?"

앞서가는 이겸을 쫓아 유미는 요즘 들어 부쩍 걸음이 느려진 이겸의 뒤를 천천히 따라 걸었다.

퇴근 시간이 되기도 전에 엉덩이를 들썩거리던 유미는 6시가 되자마자 자리에서 일어섰다. 유미는 이겸에게 눈짓을 보내고 사무실 밖으로 나갔다. 이겸은 괜히 불안해서 검지 마디를 입속에 넣고 깨물었다. 그리고 또 다른 손으로 책상을 툭툭 두드렸다.

〈같이 나가면 눈치 보이니까 오 분이나 십 분 뒤에 나와. 회사 건물 끼고 돌면 보이는 편의점에서 기다릴게.〉

이겸은 유미에게서 문자가 도착한 뒤로 줄곧 모니터 하단에 위치한 시계만 째려보았다. 십 분이 이렇게 긴 시간이었던가. 겨우 기다리고 기다려서 맞이한 6시 9분.

'이제 슬슬 인사를 하고 나가볼까.'

이겸이 자리에서 몸을 일으키려는데, 시윤이 그의 자리로 다가오는 게 보였다.

'저 자식, 또 나한테 뭘 물어보러 온다거나 그런 건 아니겠지.'

이겸은 요즘 업무적인 질문이 있으면 '대리님. 대리니임' 하면서 제 뒤를 강아지처럼 졸졸 쫓아오는 시윤 때문에 힘들었다. 사수인 유미도 있는데, 시윤은 꼭 저만 찾았다.

'설마 내가 유미를 차지해서 나한테 복수를 한다거나 그런 건 아니겠지?'

이겸의 생각이 채 끝나기도 전에 들이닥친 시윤이 퇴근 준비를 하는 그를 제지했다.

"대리님 어디가세요? 퇴근 시간 지나면 물어보려고 쌓아둔 질문이 얼마나 많은데요."

"어…… 오늘은 좀 곤란해요. 중요한 약속이 있거든."

"모르는 거 있으면 무조건 물어보라고 하셨잖아요."

"언제든 물어봐도 되는데, 오늘은 좀 보내줘요. 진짜 중요한 약속이라서, 늦으면 안 되거든요."

"데이트하러 가세요?"

사무실이 쩌렁쩌렁 울릴 정도로 크게 이야기하는 시윤으로 인해, 아직 퇴근하지 않고 남아 있던 타 부서 직원들의 이목까지 집중되었다.

"데, 데, 데이트라니."

"왜 이렇게 당황하세요?"

이 눈치 빠른 녀석이 저와 유미의 007 작전을 눈치채기라도 했을까 싶어서 이겸은 괜히 마음이 조마조마했다. 들키면 안 될 것도 없지만, 굳이 밝히고 싶은 마음도 없었다.

"질문은 내일 받도록 할게요. 그럼 이만."

허 팀장이 자리를 비웠으니 망정이지, 아니었으면 허 팀장과 시윤이 양쪽에서 저를 귀찮게 했을 게 뻔했다. 안 그래도 제 사생활에 가장 관심이 많은 두 남자인데, 낌새를 잡으면 그냥 넘어갈 위인들이 아니었다.

허겁지겁 밖으로 뛰어나온 이겸은 편의점으로 향했다. 편의점 통유리창 안으로 보이는 유미의 모습에 이겸은 한동안 넋을 놓은 채 그녀를 멍하니 바라보았다.

약속한 시간보다 늦는 자신을 기다리며 얼굴을 찌푸리거나, 전화를 걸어 아직이냐고 물어볼 법도 했지만, 유미는 그런 초조한 기색 하나 없이 테이블에 턱을 괴고 창밖에 지나가는 사람들을 구경하고 있었다. 그러다 문득 시선을 느꼈는지, 제 쪽으로 고개를 틀었다. 방금 전까지 회사에 함께 있어놓고, 뭐가 그렇게 반가운지 손을 높이 올려 흔드는 모습에 이겸은 심장이 멎을 것만 같았다. 편의점 밖으로 나온 유미가 자연스럽게 이겸의 팔짱을 꼈다.

"집 근처에서 보기로 했어. 괜찮지?"

"어, 응."

이겸이 낮게 고개를 끄덕였다.

"저녁 메뉴는 우리 보고 정하라던데. 뭐가 좋을까? 주하 남자친구와는 초면이니까 아무래도 우리 좋아하는 거 먹긴 좀 그럴 테고……"

유미가 깊게 고민에 빠진 듯 눈동자를 굴렸다.

"먹고 싶은 거 없어?"

고민해 봐도 딱히 적당한 메뉴가 떠오르지 않아, 유미가 이겸에게 물었다.

"어?"

"먹고 싶은 거 없냐고."

"너?"

"뭐?"

줄곧 멍하게 정신을 빼놓고 있던 이겸은 자신이 헛소리를 했다는 사실에 경악했다.

"내가 지금 뭐라고 한 거야?"

"날 먹고 싶다고?"

"……그럴 리가. 잠깐 딴생각을 좀 하느라. 말이 헛 나왔나 봐."

마치 귀신에 홀린 것처럼 유미의 모습에 넋이 나갔다. 같이한 세월이 몇 년인데, 새삼 유미에게 다시 반하기라도 한 것처럼.

"은연중에 보인 진심이야?"

찰나를 놓치지 않고 유미가 이겸에게 질문했다.

"……헛소리야."

"아닌 것 같은데?"

고개를 틀어서 이겸과 눈을 똑바로 맞추고 유미가 재차 물었다.

"저녁 메뉴 말이야. 대충 패밀리 레스토랑 같은 데 가서 먹어. 그게 제일 무난하잖아."

유미와 눈을 마주치자 이겸은 화들짝 놀라 몸을 잘게 떨었다. 원래 유미가 질문했던 저녁 메뉴에 대해 답하며 자연스럽게 말을 돌려보았다.

"말 돌릴래?"

"스테이크 같은 거 잘 먹는대? 전화해서 한번 물어봐. 괜히 갔다가 헛걸음하면 안 되니까."

"헛소리는 되고, 헛걸음은 안 되나?"

"……쓸데없는 소리."

"제대로 좀 말해주면 덧나나? 널 먹고 싶다! 왜 말을 못 해!"

유미의 외침과 동시에 길을 걷던 주변 사람들이 불편한 시선으로 유미를 흘끔거리고 돌아보았다. 이겸이 급하게 유미의 어깨를 둘러 그녀의 입을 틀어막았다. 잠시 잊고 있었다. 물불 가리지 않는 여자, 직진형 인간 공유미.

"하…… 넌 이렇게 입 좀 막고 가자."

어쩌자고 이런 엄청난 여자를 좋아해서 평생 이 여자에게 순정을 다 바쳤을까. 이겸은 제 그릇이 부족함을 탓해야 할지도 모를 것 같았다.

패밀리 레스토랑에 먼저 도착한 주하와 준호가 자리에 앉아 있었다. 주하는 이겸의 팔짱을 끼고 들어오는 유미의 모습에 놀라 입을 쩍 벌렸다.

"뭐야, 둘이 진짜 사귀어?"

주하는 보고도 믿을 수 없는 광경을 확인한 사람처럼 놀란 표정이었다.

"……그렇게 됐어."

이겸은 자연스럽게 유미의 의자를 빼주었다.

"진짜였어?"

"이주하. 내가 이번엔 믿어야 한다고 했어, 안 했어?"

"아니…… 이겸이 너, 이제 괜찮아?"

"……뭐가?"

이겸은 자리에 앉자마자 반사적으로 가슴을 움츠리고 주하와 눈을 맞췄다. 깊이를 알 수 없을 만큼 짙은 어둠을 담고 있는 이겸의 눈동자와 마주한 주하는 저도 모르게 흠칫 어깨를 떨었다.

"아, 아니. 아니지. 자, 잘됐다. 정말 잘됐어."

"진작 그렇게 축하해 줬어야지! 으흥."

"여긴 내 남자친구 여준호."

주하는 급하게 놀란 감정을 갈무리하고 제 옆자리에 앉은 남자친구를 소개했다.

"안녕하세요. 주하한테 말씀 많이 들었어요. 저는 주하 고등학교 친구 공유미예요."

"신이겸입니다."

반듯하게 깎아지른 듯 흘러나오는 이겸의 차가운 말투가 매섭게 느껴졌다.

"우리가 대충 주문했는데, 혹시 더 먹고 싶은 거 있으면 시켜."

"그럴까, 그럼?"

유미는 콧노래를 부르며 자신의 앞에 놓인 메뉴판을 펼쳤다.

"난 잠깐 화장실 좀 다녀올게."

이겸이 자리에서 일어나자, 유미가 움직이는 그를 따라 시선을 옮겼다.

"주문은?"

"너 먹고 싶은 걸로 두 개 시켜."

"네! 알겠습니다!"

지금 유미의 기분은 그야말로 날아갈 수준이었다. 우렁차게 대답하는 유미를 뒤로한 채 이겸은 화장실로 향했다.

"신이겸!"

불투명한 화장실 문을 밀어내던 이겸의 손길이 일순 멈추었다.

"이겸아…… 나랑 잠깐 얘기 좀 해."

이겸을 따라나선 주하가 그를 불러 세운 것이었다.

"무슨 얘기."

이겸은 주하 쪽으로 차마 고개를 돌리지 못한 채 문 앞에 서서 대답했다.

"너, 정말 괜찮은 거야? 유미는…… 유미도 괜찮은 거고?"

"……괜찮아."

"아침에 전화 받고 좀 싸했는데, 유미가 워낙 없는 소리 잘하는 애라서 그냥 넘겼어. 근데 아까 같이 들어오는 거 보고 깜짝 놀랐지 뭐야. 둘이 잘된 건 분명 축하할 일인데 마음이 안 좋아서."

주하가 구구절절 늘어놓는 말이 이겸은 달갑지 않았다.

"마음이 안 좋을 게 뭐 있어. 그냥 축하해 주면 돼."

그의 눈빛이 느른하게 늘어졌다. 유미와 사귀면 주하가 이렇게 동정할 거라는 걸, 예상하지 못했던 건 아니었다. 아플 걸 예상했다고 아프지 않은 건 아니듯. 이겸은 지금 마음이 몹시 불편했다.

"나는, 이겸이 네가 끝까지 유미를 밀어낼 줄 알았어."

"……밀어내는 것도 하루 이틀이지. 밀어낸다고 있던 마음도 사라지는 건 아니더라."

"혹시라도 말이야. 아주 만약에 유미 기억이 돌아오면…… 어떻게 감당하려고……."

말을 꺼내는 주하조차도 이 말을 하는 게 껄끄러웠다. 하지만 이겸과 유미의 친구이자, 그들을 아끼는 한 사람으로서 이건 꼭 짚고 넘어가야 할 문제임은 틀림없었다. 그랬기에 이것이 위험한 발언임을 알면서도 결국 이겸의 상처를 긁을 수밖에 없었다.

"그만!"

이겸에게서 날카로운 비명이 터져 나왔다. 잊고 있던 기억. 잊으려 했던 기억. 그걸 떠올릴 때마다 이겸은 가슴 곳곳을 난도질당하는 기분이었다. 억눌린 숨이 한꺼번에 터져 나왔다. 목구멍이 따끔거리고, 가슴은 무언가로 두드리는 것같이 아팠다.

"이겸아……."

"그만하면…… 됐어."

얼마나 고통스러울까. 모든 기억을 떠안고 고통 속에 살았을 이겸을 생각하는 건 완전한 남인 주하가 느끼기에도 너무나 가슴 아픈 일이었다. 주하의 볼을 타고 눈물이 흘러내렸다.

"내가 더…… 잘할 거야. 그러면 돼. 그러니까 더는 그 얘기 꺼내지 마."

츤데레와 정석

초점이라고는 찾아볼 수 없는 이겸의 눈동자가 허공을 향했다. 다짐하듯 한 글자, 한 글자 토해내는 그의 목소리는 완전히 가라앉았다.

"……나는, 너나 유미나 이제는 좀 행복했으면 좋겠어. 너는 평생 유미만 위했고, 유미는 계속 너만 바라봤잖아. 서로 사랑하는 거, 반가워. 좋아. 그런데 있지. 마음에 걸리는 게 있어서 자꾸 불안해."

"아픔은 한 번으로 족해."

쉼 없이 겉돌던 감정을 겨우 제자리로 맞춰놓았다. 더는 물러서지 않겠다고 다짐했다. 주하가 걱정하는 게 뭔지 이겸도 잘 알았다.

'잊혀진 시간? 그따위 기억이 뭐가 중요한데? 지금이 중요한 거지.'

이제 다시는 흔들리지 않을 것이다. 사랑하는 감정은, 숨긴다고 감춰지는 게 아니다. 부풀어 오른 마음은, 터뜨린다고 없어지는 게 아니다.

이겸은 한참이나 자리로 돌아오지 못했다. 그의 접시 위 고깃덩이가 육안으로도 보일 만큼 식어서 딱딱하게 굳었다.

"얘는, 변기를 만들어서 볼일을 보고 오나. 왜 이렇게 안 와?"

유미는 휑하게 빈 제 접시를 물끄러미 들여다보며 입맛을 다셨다. 잠시 뒤 돌아온 이겸은 세수를 한 듯 앞머리가 살짝 젖었고, 얼굴에도 물기가 살짝 묻어 있었다.

"왜 이렇게 늦게 왔어……."

"주하야, 준호 씨, 미안한데 오늘은 이만 가볼게요. 몸이 좀 안 좋아서."

이겸은 말을 마치기가 무섭게 유미의 손목을 틀어쥐고 자리에서 일으켰다. 그와 동시에 유미의 몸이 이끌리듯 이겸에게로 따라갔다. 유미의 무릎 위에 가지런히 자리를 잡고 있던 냅킨이 그녀의 발아래로 떨어져 내렸다. 놀라서 눈을 동그랗게 뜬 유미가 얼떨결에 주하에게 인사를 하려는데, 이겸은 그 잠깐의 틈도 주지 않았다.

"왜 그래. 왜."

이겸에게 붙잡힌 손목의 감각이 없어질 정도로 과한 악력이 느껴졌다. 이겸은 끝까지 제 뒤를 끌려오는 유미를 돌아봐 주지 않았다.

"겸아. 왜 그래……."

인적이 드문 골목길에 들어선 이겸이 그제야 유미를 놓아주었다. 유미는 빨갛게 부풀어 오른 제 손목은 아랑곳하지 않고 이겸의 표정을 살폈다.

"무슨 일인데. 갑자기 왜 그래, 응?"

아까까진 멀쩡하던 이겸이, 화장실에 간다더니만 주문한 음식이 나오고 그게 다 식을 때까지 돌아오지 않았던 이겸이 대뜸 저를 끌고 여기까지 온 것만으로도 유미는 불안함을 느낄 수밖에 없었다.

"……키스, 해도 돼?"

고개를 아래로 떨군 채 한참 낮게 숨을 몰아쉬던 그가 처음 뱉은 말이었다.

"어?"

"아니, 이제 그냥 해도 되지?"

이겸은 양손으로 유미의 턱을 감싸 쥐고 제 쪽으로 올려 그대로 입을 맞췄다. 벌어진 입술 틈 사이로 밀려드는 뜨거운 숨결에 유미는 정신이 혼미해질 것만 같았다. 단 한 번도 느껴보지 못한 아찔하고도 짙은 키스. 유미의 눈꺼풀이 살며시 아래로 처졌다. 그와 동시에, 이겸의 눈에서 떨어진 눈물이 유미의 볼을 타고 흘러내렸다.

이겸의 날렵한 턱이 사선으로 틀어져 코가 맞물렸다. 숨결까지 집어삼킬 기세로 거칠게 키스하는 이겸으로 인해 유미는 정신이 아득히 멀어져만 가는 느낌이었다. 제대로 된 사고를 할 수 없을 만큼 이겸은 쉴 새 없이 몰아쳤다.

"하아…… 잠깐……."

유미는 숨을 몰아쉬기 위해 입술을 조금 더 크게 벌려보았다. 하지만, 이겸은 그마저 허락하지 않고 조금의 틈도 용납하지 않을 기세로 덤벼들었다. 무엇이 그리 애절한지, 그의 감정이 입술을 통하여 고스란히 전해지는 느낌이었다.

숨을 제대로 쉴 수 없을 만큼 아찔하고 아린 감각이 입안을 감돌았다. 예민한 곳곳을 건드려 자극하기라도 하듯 그의 혀끝이 닿는 곳곳마다 불꽃이 이는 것만 같았다. 이렇게 뜨겁게 키스를 하고 있는 순간에도 유미는 불안했다. 이제야 마음이 닿았는데, 왜 또다시 멀어지는 느낌이다. 겨우 입술이 떨어지자, 유미는 고개를 숙인 채 숨을 토해내듯 내쉬었다. 이겸은 제 손에서 벗어난 유미를 공허한 눈빛으로 내려다보았다.

"갑자기 왜……."

겨우 숨을 고른 유미가 고개를 들어 이겸을 바라보았다. 눈물로 얼룩진 이겸의 얼굴을 마주한 유미는 말끝을 흐렸다. 그제야 방금 전 제 볼에 닿았던 감각이 되살아났다.

"왜…… 그래?"

유미는 덜컥 겁이 나기 시작했다. 그 눈물의 이유가 저일까 봐. 이겸은 쉽게 자신의 감정을 겉으로 드러내지 않는 사람이다. 그런 그가 흘리는 눈물은 이상하리만치 낯설게 느껴졌다.

'오늘 넌…… 좀 이상해.'

그는 화가 난 것 같아 보이기도 했고, 또 어딘가 슬퍼 보이기도 했다.

"확인하고 싶어서."

부자연스러운 침묵 끝에 흘러나온 이겸의 대답은 실로 의미심장했다.

"뭘?"

"나에 대한 네 마음."

이겸의 표정은 엉킨 실타래처럼 복잡해 보였다.

"내 마음? 내 마음이라면, 너도 이미 다 알고 있잖아. 그리고 그걸 왜 꼭 지금 확인해? 주하랑 밥 먹고 있었잖아. 대체 무슨 일인데? 갑자기 왜 그러는데, 응?"

초점 없는 눈동자로 유미의 입술만 바라보는 이겸은 정말이지 어딘가 이상해 보였다.

"조바심이 나서……."

"조바심? 어째서?"

"네가…… 갑자기 날 떠나 버릴까 봐."

얼마나 기다려 왔던 순간인데. 누가 누굴 떠난다는 걸까. 유미는 혼란스러운 마음을 안고 불안한 눈동자로 이겸을 응시했다.

"그게 무슨 소리야."

"겁이…… 났어."

이겸은 돌이킬 수 없는 '그날'로 다시 돌아갈지도 모른다는 생각에 덜컥 겁이 났다.

"왜 그래. 응?"

유미는 발뒤꿈치를 살짝 들어서 그의 어깨를 끌어안았다. 그러자 이겸의 몸이 거짓말처럼 낮춰져 유미에게 폭 안기는 모양새가 되었다.

"……무서워."

겁이 난다. 무섭다. 두렵다. 유미는 이겸이 하는 말이 무엇을 뜻하느지 도통 이해할 수가 없었다. 단 하나 확실한 건, 이겸이 지금 많이 불안해하고 있다는 사실이었다.

"내가 왜 널 떠나. 이렇게 사랑하는데."

이겸은 외면하고 싶은 기억에 아예 눈을 질끈 감아버렸다. 기필코 견뎌내고 말겠다고 다짐해 놓고, 주하의 말 한마디에 이렇게 무너지는 꼴이라니. 우습다. 이겸은 그깟 기억에 연연하는 자신이 어쩐지 처연했다. 이유도 알지 못한 채 저를 위로하는 유미의 품이 그렇게 따뜻할 수 없었다.

거센 파도에 휩쓸렸던 마음은 금세 안정을 찾았다. 모든 일에는 항상 시작과 끝이 존재한다. 미칠 듯 심장을 쪼개어오는 아픔도 그 끝은 존재할 것이다. 아픔은 사랑으로 치유하면 된다. 두려워 말아야 한다. 괜찮은 척하면 괜찮아질 것이다.

"미안해. 내가 너무 내 생각만 했어."

이겸이 엄지를 세워 유미의 입가에 번진 립스틱을 부드럽게 닦아냈다.

"혹시 해서 묻는 건데. 나와 사귀게 된 게, 너한테 힘든 일이야?"

유미가 아주 조심스럽게 물었다.

"……왜 그런 걸 물어?"

"너 있지. 어제 옥상에서도 울었고, 오늘도 울었어. 알아?"

"기쁘고, 불안해서 그래."

'친구'와 '사랑'의 경계. 친구 사이는 헤어질 수 없지만, 사랑하는 사이는 헤어질 수 있다. 그게 그들이 불안해하는 가장 큰 이유였다. 유미는 이겸과의 '헤어짐'을 두려워했고, 이겸은 유미와의 '이별'을 두려워했다.

"심각한 상황에서 정말 미안한데……."

이겸은 끝내 자신의 눈물의 이유에 대해 대답할 생각이 없어 보였
다. 유미는 이 상황을 계속 끌고 갔다간 그가 자신에게 차마 말하지
못한 '상처'가 더욱 짙어질 것 같았다. 갈무리되지 못한 감정을 붙잡고
여전히 눈물을 머금고 있는 이겸의 모습을 더는 보고 싶지 않았다.
그가 아프면, 자신도 아프다. 유미는 이겸과 저에게 더 이상의 아픔은
없었으면 했다.

"응?"

당황한 기색을 보이는 이겸을 보며, 유미는 그제야 안심했다.

"내 얼굴에 묻은 거, 혹시 콧물이야?"

"어?"

"여기 묻은 거…… 어째 좀 끈적하다?"

유미가 제 인중 쪽을 가리키며 물었다.

방귀와 냄새가 반비례한다면, 눈물과 콧물은 비례한다. 눈물과 콧
물이 같이 흐르는 현상은 자연스럽다. 그게 신이겸이라고 예외는 없겠
지. 유미는 제 입술 바로 위에 묻은 진득한 콧물을 닦아냈다.

"이겸아…… 네 콧물, 되게 짜다."

닦아내다가 입술에 살짝 묻은 걸 유미가 혀로 훑었다.

"대체…… 그걸 왜 먹어."

"그냥, 네 콧물 맛은 어떤가 해서."

"벼, 변태……."

남자는 태어나 세 번만 운다는데, 이겸은 그 두 번을 모두 유미의
앞에서 보여줘 버렸다.

'한 번밖에 안 남았어. 젠장.'

이겸은 유미의 집 앞에 도착할 때까지 내내 쭈뼛거리며 말없이 그

녀와 걸음을 맞춰 걸었다.

"들어가…….."

어색함을 가로지른 이겸의 목소리가 들려왔다.

"아까 물어봤는데, 오늘 우리 아빠 안 들어온대."

"……근데?"

보통은 여자가 이런 말을 하면, 남자들은 눈에 불을 밝히고 그러지. '아니, 그런 영광스러운 일이!' 하고 말이다. 그런데, 이겸의 반응은 놀라울 만큼 신기했다.

"너 저녁도 안 먹었잖아. 라면 먹고 갈래?"

"라면?"

"아니면 치킨도 괜찮아. 아니다, 치킨은 요즘 좀 자주 먹은 것 같으니까 보쌈? 족발?"

이겸은 방금 전까지만 해도 유미의 앞에서 추한 모습을 보인 것이 부끄러워서 당장 집으로 돌아가고 싶은 마음이었다. 배는 별로 고프지 않았다. 그저, 조금 더 유미와 함께 있고 싶기는 했다.

"너 저녁 먹었잖아."

"또 먹을 수 있어. 들어와. 들어와, 얼른."

유미가 이겸의 손을 잡고 안으로 걸음을 옮겼다. 유미는 먹을 것에 유독 예민하게 굴곤 했다.

"아저씨. 아직이에요?"

특히 배달 음식이 예정 시간보다 조금만 늦어도 사납게 변했다. 휴대폰을 붙잡고 언성을 높이는 유미를 본 이겸이 낮게 웃음을 터뜨렸다.

"출발했다고요? 아까 전에 전화했을 때도 그 소리 하셨잖아요! 저 그 가게 위치 어딘지 다 알아요. 거기서 걸어와도 우리 집까지 십 분이면 오거든요?"

이겸은 씩씩대며 속사포 랩을 쏟아내는 유미를 그저 신기한 듯 바라보았다.

"아저씨. 카드 결제요. 카드 결제기 안 들고 왔다고 현금 달라고 하지 마세요. 집에 현금 없어요."

통화를 끝낸 유미가 입술을 잔뜩 일그러뜨렸다.

"아니, 출발 안 했으면서 왜 출발했다고 거짓말을 하지?"

"출발 예정이었나 보지."

빙긋 웃는 이겸의 모습에 화가 누그러진 유미가 배시시 웃었다.

"어…… 너 눈, 부었다."

유미가 이겸의 부은 눈을 살짝 건드렸다.

"아…… 괜찮아."

"눈 부었을 때, 빨리 가라앉게 하는 법이 뭔지 알아?"

"뭔데?"

"뽀뽀하는 거!"

유미는 짐짓 심각한 말투로 말했다. 거기에 깜빡 속아 넘어갈 뻔한 이겸이 짧은 한숨을 터뜨렸다.

"아이…… 뽀뽀에 환장했나. 그만해."

"넌 키스에 환장했잖아. 아까, 응? 굉장했지? 막 내 목을 조를 기세로 끌어당겨서는."

정곡을 찔린 듯 뜨끔한 이겸의 어깨가 움츠러들었다.

"그만해. 아깐 좀…… 제정신이 아니었어."

"그래. 사랑은 좀 미쳐야 할 수 있는 거니까. 우린 조금씩 미쳐 있어."

"헛소리 좀 그만해."

이겸은 술도 안 마셨는데, 참 부지런하게도 헛소리를 해대는 유미의 비정상적인 정신세계가 독특하고 놀라웠다. 그때, 대문 밖에서 초인종 소리가 들려왔다.

"내가 나갈……."

유미가 소파에서 벌떡 몸을 일으키자, 이겸이 곧바로 유미의 팔을 잡아 내렸다. 그와 동시에 유미는 다시 소파로 풀썩 주저앉았다.

"이런 건 남자가 하는 거야."

빠르게 눈을 깜빡이는 유미의 속눈썹이 쉴 새 없이 나풀댔다.

"완전 배불러."

족발 뼈에 붙은 살까지 살뜰히 발라 먹고 난 유미가 소파 바로 아래 바닥에 앉아 등을 기대고 늘어졌다.

"이 집 별로다. 앞으로 시켜 먹지 마."

"왜 난 맛있었는데."

"배달 오는 애가 너무 잘생겼어."

이겸이 깨끗하게 해치운 플라스틱 용기들을 정리하면서 혼잣말로 중얼거렸다.

"……응? 뭐? 누가 잘생겨?"

"왜? 뭐? 나 아무 말도 안 했는데?"

시치미를 뚝 떼는 이겸이 퍽 놀라웠다. 비닐에 먹은 것들을 고스란히 정리해 넣은 이겸은 그걸 들고 자리에서 일어났다.

"갈 거야?"

몸을 비스듬히 기대고는 느른한 표정으로 이겸을 바라보는 유미의 표정은 몹시 서운해 보였다.

"가야지. 늦었잖아."

아쉽지만 그렇다고 여기서 밤을 샐 수도 없는 노릇이었다.

"……안 가면 안 돼?"

이런 말을 꺼내지 않는 유미란 걸 잘 안다. 그래서인지 이겸은 쉽사리 거절을 하지 못했다.

"여기서 뭐 하라고?"

"밤에 할 건 많지."

"뭐, 뭐?"

비닐을 잡은 이겸의 손이 가늘게 떨렸다.

"내일 주말인가?"

유미가 대뜸 이겸에게 요일에 대해 물었다.

"토요일……."

"딱 좋네. 내일 아침에 늦잠 자도 되겠다. 우리 집에서."

유미의 얼굴은 지나치리만큼 해맑다.

"너는…… 내가 남자로 안 보여?"

사귄 지 하루 된 남자친구에게 자고 가라는 말을 이렇게 자연스럽게 하는 여자가 몇이나 될까? 음탕한 속내를 품은 공유미가 아니라면, 이유는 단 하나다. 유미에게 있어 자신은 남자가 아닌 게 틀림없다.

"네가 남자지. 여자야?"

"……너 그런 말 함부로 하는 거 아니다."

"함부로 안 했는데? 되게 진중하게 했는데? 자고 가세요. 신이겸님."

공손하게 배꼽에 손을 모아 고개를 숙이는 유미의 모습에 이겸은 헛웃음을 터뜨렸다.

"그러다…… 내가 널 덮치기라도 하면 어쩌려고 그래?"

츤데레의 정석

"환영합니다아."

분명 유미는 술 한 잔 들어가지 않은 맨정신에 하는 말이었다. 이 정도면 놀라움을 넘어서 경이로운 수준이었다. 덮치는 걸 환영한다니. 이겸은 방금 전까지 유미를 잃을까 두려워했던 제 모습이 더욱 부끄러워졌다. 이런 여자인 걸, 모르지 않았는데. 왜 그런 멍청한 생각을 했을까.

"집에 갈 거야."

이겸이 홱 몸을 돌리자, 그의 손에 들린 비닐에서 바스락거리는 소리가 났다.

"가지 마. 응? 손만 잡고 자자."

중간이 없는 여자가 바로 공유미였다.

"공유미. 솔직히 말해봐. 나 몰래 화장실에서 소주 한 병 까고 나왔지?"

술을 마시지 않고서야 이런 말을 건네는 게 쉬울 리 없다.

"흐응…… 뭐가 어째?"

"맨정신으로 그런 얘기를 하는 여자가 어디 있어?"

"나 있잖아. 나."

"넌 날 뭘 믿고 이래?"

"겸아. 네가 뭘 착각하나 본데. 난 널 무지 믿어. 단지, 날 못 믿을 뿐이야."

"……나도. 나도 널 못 믿어. 갈래."

다시 돌아서는 이겸의 손을 턱 붙잡은 유미가 애원하듯 간절한 목소리로 말했다.

"혼자서는 이 밤이 너무 길어."

"……뭐?"

"정말 손만 잡고 갈게. 다른 건 걱정 마. 참을 수 있어."

마치 남녀가 뒤바뀐 것만 같은, 놀랍고도 기괴한 상황. 매달리고 붙잡아야 할 쪽은 남자고, 거절하고 쳐 내야 할 사람은 여자인데 말이다.

〈2권에서 계속〉